U0941229

七彩人生随感录（下）

李金海　著

山西出版传媒集团
三晋出版社

在旧金山中国城
都板街（1992.10.16）

在华盛顿美国国会大厦前（1992.10.22）

在纽约大西洋城海滩
木板大道（1992.10.23）

在洛杉矶好莱坞环球影城门前（1992.10.26）

拜会日本埼玉县厅副知事凑和夫（1994.11.24）

接受埼玉县厅知事签署的感谢状（1994.11.28）

观瞻日本东京之浅草寺（1994.11.30）

在法国巴黎埃菲尔铁塔前(2002.10.10)

在法国巴黎凡尔赛王宫内（2002.10.12）

在比利时布鲁塞尔市政厅广场（2002.10.13）

在德国科隆大教堂前（2002.10.15）

在德国波恩贝多芬雕像前（2002.10.15）

在德国慕尼黑玛利亚广场钟楼前（2002.10.16）

在奥地利萨尔茨堡莫扎特广场（2002.10.17）

在奥地利维也纳国会大厦前（2002.10.18）

在意大利威尼斯城圣马可广场（2002.10.20）

在意大利比萨教堂及斜塔前（2002.10.22）

在意大利佛罗伦萨市政广场雕塑像前（2002.10.22）

在意大利罗
马城威尼斯广场
维克多·埃曼纽
尔二世纪念堂前
（2002.10.23）

在意大利罗马
城古罗马斗兽场前
（2002.10.23）

在梵蒂冈
圣伯多禄广场
（2002.10.23）

作者夫妇在晋城市与老领导、老同事合影，左起姬花蒲、武海疆、赵振宏、李金海、李小竹、郭保岗、李金斗（2016.3.22）

与家人在阳城皇城相府景区（2016.8.6）

2017年春节于阳城新家庭的全家福照（2017.1.27）

2018年春节于太原新家庭的全家福照（2018.2.16）

作者夫妇在阳城演礼赏杏花（2016.3.31）

作者夫妇在阳城安阳潘家明代民居景区（2016.4.30）

与家人在阳城安阳潘家明代民居景区（2016.8.8）

作者夫妇在
阳城皇城相府景区
（2016.8.6）

新家庭的三位
主妇（2016.8.6）

作者夫妇与女
儿在阳城蟒河景区
（2016.8.7）

作者夫妇在阳城蟒河景区路边休息（2016.8.7）

与在阳城工作、生活的家人合影（2016.8.7）

与在太原工作、生活的家人合影（2016.8.7）

新家庭兄妹、兄弟合影（2017.1.27）

新家庭三妯娌合影（2017.1.27）

新家庭孙子、孙女合影（2018.2.16）

为锡崖沟精神唱赞歌

今年七月,我有幸随同省直宣传文化系统赴锡崖沟参观学习团,到陵川县锡崖沟去学习考察,时间虽短,受益匪浅。特别是汽车行驶在巍峨倚天的悬崖峭壁上开凿出来的“之”字型的“挂路”时,不禁为这样险峻的工程而惊叹!同时,也为锡崖沟人战天斗地、征服大自然的精神所折服。真是百闻不如一见,当置身于这条惊心动魄的“悬天之路”时,感动之情,崇敬之意,不禁油然而生。

锡崖沟位于陵川县的东南角、晋豫两省的交界处,全村 217 户,830 口人,散布在 18 个自然村,依山傍水,风光秀丽,多少年来被四周大山所阻隔。据县志记载:“东有马东岭之屏障,西有桦山之阻隔,北有王莽岭之险峰,南有青峰巍之对峙。四山夹隙之地称曰锡崖沟,因地形险恶,绝路,沟人多自给自足,自生自灭。偶有壮侠之士舍命出入。”当地民谣对“行路难”称之为:“摔死圪獠摔死猴,神仙到此都发愁。”面对这一种险境,锡崖沟党支部从 1962 年起,率领群众修路,一任接着一任干,屡经挫折志不衰。为了修路,村民们卖过羊、卖过树、卖过牛、卖过房,为贷款把集体的家当也抵押上;为了修路,有的村民一连 5 年,吃在山上,住在山上,干在山上,不少村民累得落下了各种疾病;更有可歌可泣者,为了修路,老支书董怀跃、村民宋双保献出了宝贵的生命,足以感天动地。短短 7.5 千米山路,漫漫 30 年时间,在他们的率领下,几代人的苦斗,奉献出汗水、泪水、青春、鲜血,以至生命,锡崖沟人终于走出了封闭的大山。

锡崖沟人 30 年修路不止,修出的路虽不算太长,但却充分体现

了一种伟大的精神，这就是百折不挠、勇往直前的精神，群策群力、愚公移山的精神，无私奉献、不怕牺牲的精神，自力更生、艰苦奋斗的精神。靠了这种精神，艰难险阻能挺住，失败挫折气不馁；靠了这种精神，悬崖峭壁凿通道，走出大山奔富路。锡崖沟人的这种精神，是中华民族的优良传统和宝贵的精神财富，也是民族魂的光辉写照，我们不仅要赞美它，而且要把它发扬光大。

锡崖沟人30年奋斗不止，冲破封闭，使"天堑变通途"，不仅体现了艰苦奋斗的精神，而且还集中表现了一种求索创新的精神。长期以来，大山阻隔了他们与外界的联系，但却阻隔不了锡崖沟人对外面精彩世界的强烈向往。正是有了这种向往，他们才不安于现状，才不安贫乐道，而是苦苦求索，想方设法要走出大山；正是有了这种向往，他们才不等不靠不伸手，迎着困难向前走，用自己的双手去改变自己的命运；也正是有了这种向往，他们才敢干前无古人的工程，敢创当今人间的奇迹。如今他们走出了大山，仍将发扬求索创新的时代精神，发展经济，脱贫致富，重新绘制锡崖沟的宏伟蓝图。

正当全省人民掀起"三项建设"新高潮的关键时刻，省委、省政府推出了锡崖沟的这个典型，并号召全省人民学习发扬锡崖沟精神，大力发展、振兴山西经济。实践证明，这个典型抓得好，确有很大的感召力。它告诉人们，在改革开放的今天，在市场经济条件下，艰苦奋斗这个传家宝千万不能丢！必须看到，由于我们的底子薄、基础差，积累的问题较多，要改变落后的面貌，要使经济发展上新台阶，没有求索创新的精神不行，不靠自力更生、艰苦奋斗精神更不行。锡崖沟的这个典型，是这两种精神的统一；是在新形势下，靠党的领导、靠群体形象所塑造出的民族魂。锡崖沟之路是三晋之路，中华民族之路；锡崖沟的精神是我们的民族精神、时代精神。宣扬这个典型，同宣扬大庆人精神、大寨人精神、雷锋精神、李双良精神一样,无疑会对前进中的山西人民起榜样和鼓舞的作用,对山西的“三项建设”和经济腾飞将会有不可估量的促进作用。

作为文化艺术工作部门,要积极响应省委、省政府的号召,尽职尽责地宣传锡崖沟的这个典型。首先,要组织全省各级文化部门和广大文化艺术工作者,认真学习锡崖沟人的典型事迹,深刻认识锡崖沟精神的实质,用锡崖沟精神教育武装广大文艺工作者;其次,要充分发挥文化艺术部门的优势,运用戏剧、歌舞、美术、音乐、曲艺等多种文艺形式,宣传好锡崖沟人的高尚情操和创业伟绩,通过艺术加工,用典型的舞台形象去教育人、鼓舞人;此外,还要用锡崖沟精神,繁荣文艺创作,鼓励广大文艺工作者深入基层,深入实际,到火热的“三项建设”中去,到发展经济的大潮中去,创作一大批反映现实生活、讴歌英雄业绩的艺术精品,为山西的经济腾飞唱赞歌,为建设有中国特色的社会主义伟大事业作奉献。

※发表于 1994 年《山西文化》杂志第 4 期。

从丝路花雨中归来

金秋八月,瓜果飘香。由文化部主办的第四届中国艺术节 8 月 18 日在金城兰州拉开帷幕。省文化厅及所属单位一行 16 人组成山西观摩团,在李金海副厅长的率领下,赴兰州观摩了这次艺术盛会。艺术节使西北重镇兰州焕发了青春活力,整个甘肃都沉浸在节日的气氛之中。河西走廊上丝路铺金,花雨如潮,46 台节目连同 5 个美术、书法展览,精品迭出,五彩纷呈,使人目不暇接。观摩团的同志大开了眼界,感受十分强烈,收获颇丰。

一、国家级的艺术盛会,高水准的精品荟萃

第四届中国艺术节是继云南昆明之后,第二次在首都以外城市

举办的具有世界影响的高规格、高水平、大规模的国家级艺术盛会，它以象征国力强盛、民族团结、文化繁荣为显著特征。通过集中展现近年来我国在继承和发扬本国艺术优良传统、借鉴和吸收外国优秀艺术成果所取得的成就，来达到繁荣和发展我国社会主义文艺、弘扬民族优秀文化、扩大中外文化交流、振奋民族精神、促进两个文明建设的目的。此次艺术节围绕“团结、改革、繁荣”的主题和“荟萃艺术精品、弘扬民族文化”的宗旨，努力反映在建设社会主义市场经济体制这一历史转折时期中广大文艺工作者的崭新风貌。

此次艺术节有全国精选和邀请国外及港台的 32 台优秀节目参加演出，还有祝贺演出剧目 14 台，共 46 台剧（节）目，有 3000 多名表演艺术家和文艺工作者参加演出，这些剧（节）目分别在兰州 16 个剧场轮番上演。参演节目以专业为主，兼顾业余，是近年来我国优秀剧目的大荟萃、大检阅。

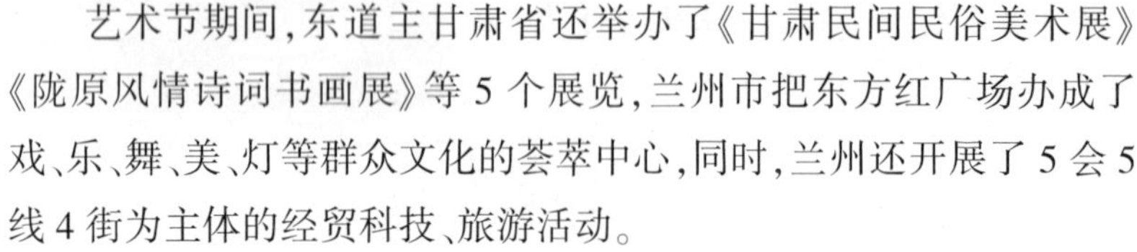

艺术节期间，东道主甘肃省还举办了《甘肃民间民俗美术展》《陇原风情诗词书画展》等 5 个展览，兰州市把东方红广场办成了戏、乐、舞、美、灯等群众文化的荟萃中心，同时，兰州还开展了 5 会 5 线 4 街为主体的经贸科技、旅游活动。

甘肃省及兰州市为这次艺术盛会做了充分的准备。为了搞好艺术节的接待工作，兰州有 50 多家宾馆、饭店进行了全面装修改造，所有的服务人员都进行了严格的训练，并通过向社会招募“志愿者”活动，组织几百人的训练有素的礼仪小姐，她们到机场、火车站迎接来宾，还为来宾介绍艺术节的情况以及甘肃的风土人情，在来宾和艺术节的领导机构间架起了无形的桥梁，受到来宾的高度评价。

此次艺术节的宣传活动更是深入细致、有条不紊。艺术节期间的兰州，被艺术节的宣传标语、气球笼罩着，整个甘肃省都沉浸在节日的气氛之中。我们去敦煌，路过丝绸古道上的武威、张掖、酒泉，都和兰州一样，披着节日的盛装，就是戈壁滩人烟稀少的地方，公路两边也用石头摆下庆祝艺术节的标语，使我们感到惊叹不已。

为了办好艺术节，甘肃省和兰州市各大文艺演出团体，全都投巨资赶排了新的剧（节）目，其中有8台节目正式参加演出，还有10多个剧（节）目参加祝贺性演出，显示了甘肃省的艺术实力。

这次艺术节可谓好戏连台，精品迭出，正式参演的32台节目，有戏曲7台，分别是京剧《夏王悲歌》和《曹操父子》、豫剧《红果红了》、秦剧《白花曲》、陇剧《莫高圣土》、黄梅戏《红楼梦》以及川、滇、桂艺校组台演出的《明日之星》等；话剧2台，即《极光》和《大青山》；歌剧、舞剧、歌舞剧和花儿剧6台，分别是歌剧《张骞》和《马可·波罗》、舞剧《森吉德玛》和《罗密欧与朱丽叶》、歌舞剧《阿莱巴郎》和花儿剧《牡丹月里来》；歌舞乐舞、舞蹈诗共10台，另外还有芭蕾舞晚会1台及群众文化的组台节目等。此外，还有祝贺演出剧目14台。这些节目中，大部分是近年来荣获文化部“文华奖”的剧（节）目，群众文化组台的《群星灿烂》，也都是近年来全国群文的获奖优秀节目，展示出当前我国文艺创作和艺术表演的最高水平。

纵观此次演出的剧（节）目，我们认为有以下几个特色：

1.以崭新的视角审视历史与现实，从多种生活侧面塑造和讴歌历史和现实的开拓者，表现时代的主旋律。其中有反映现实生活的作品，如话剧《极光》，讴歌了我国冰川学家秦大河和其他国家的探险家，首次完成人类徒步横穿南极的壮举，产生了震撼人心的艺术力量。话剧《大青山》，通过山林汉子吴常福与山东汉子王耀祖在建啤酒厂投资问题上的矛盾冲突，表现了在改革大潮中人们面对纷繁的社会现象、新奇的观念、变幻的价值之喜悦、焦虑和思索，讴歌了改革者的拼搏与奋进精神。花儿剧《牡丹月里来》，以索菲娅、牙海等人物在市场经济中公开竞争和索菲娅的爱情纠葛两条线的交织发展，表现了少数民族地区改革开放的初澜和新生活的亮点。现代

豫剧《红果红了》,则通过春花、驼哥、供销社主任三者之间的爱情纠葛,表现了改革开放中人们的爱情观、价值观、生活观发生的新变化,展示了改革带来的新风貌。这些戏都有深刻的思想内涵,都反映了我们的时代精神,给予人们以思想的启迪和精神的鼓舞力量。

有的历史戏也表现了时代精神,奏响了时代的主旋律。如陕西省歌舞剧院创作演出的歌剧《张骞》,以恢宏的气势表现了张骞两次出使西域,打开同西域、西亚以及欧洲各国商业通道的艰难历程,表现了我们民族不怕艰险、勇于开拓的精神,对于搞好改革开放,极有现实的教育意义。历史戏要表现时代的主旋律,就必须以现代意识关照历史,寻求历史与现实的契合点,《张骞》的创作便比较好地解决了这一问题。

2.反映历史题材的作品,作者多选取了新的生活视点,以当代意识与新的审美标准开掘题材,把凝重的历史感悟与强烈的当代意识有机地结合起来,从而加强了作品的历史批判力和现实洞察力。如京剧《曹操父子》,没有停留在惩恶扬善、贬奸褒忠的原始主题的惯常处理办法上,而是通过一代枭雄曹操在择子继位上的矛盾冲突,表现了他的政治家、军事家的气魄和胆识,这大大有别于表现曹操的同类题材的戏。京剧《夏王悲歌》,从一个独特的视角,揭示了封建帝制必然灭亡的规律。中国历史上不知有多少皇帝,都想使自己的王位得到继承,要用“家天下”的方式与历史抗争。西夏王李元昊就是在这种抗争中失败了,以其历史性的悲剧证明了这一规律是难以逾越的。这是过去历史戏很少揭示的主题,所以很有认识价值与艺术震撼力。

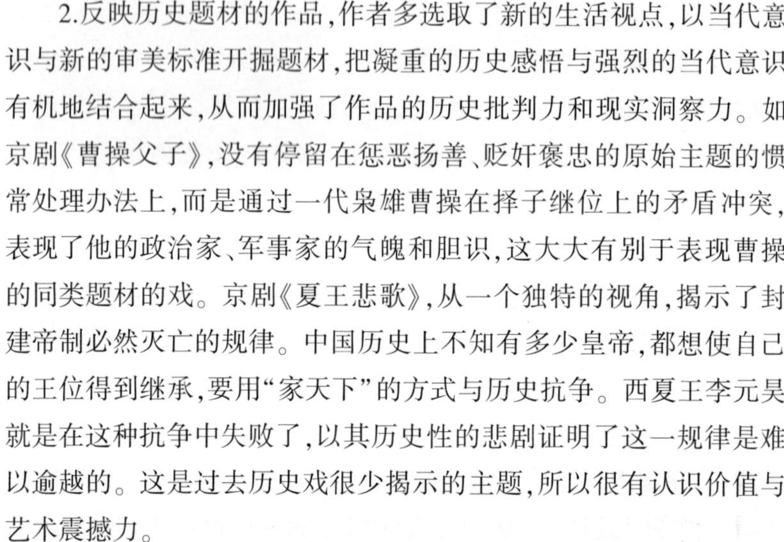

3.歌舞创作都注意开拓中华民族的优秀文化传统,使之具有鲜明的地域文化特色。如甘肃敦煌歌舞剧院创作演出的《敦煌古乐》,是1900年在敦煌发现的著名“敦煌遗书”中的一部分,经敦煌学专家10年研究译出,由艺术家以歌、舞、乐的形式表现出来,它不仅具

有鲜明的西北文化特点,而且观众更能从中体味到中华民族古文化之伟大。《西出阳关》《漠海羌笛》《莫高圣土》等,都具有浓郁的西北文化特色;特别是倍受观众喜爱的民俗系列舞剧《土里巴人》,更充分地展示了巴楚文化的优秀传统,给观众以丰富的文化陶冶。艺术创作要不断地强化文化思辨色彩,是可以大大加强艺术作品的思想底蕴与艺术魅力的。

4.二度创作中,许多导演的思想非常开放,敢于突破传统,大胆吸收,广泛借鉴,把许多优秀艺术形式的表现手段融为一体,为我所用,使舞台具有强烈的时代感、新鲜感。宜昌市歌舞团演出的《土里巴人》,以民族舞为本体,吸收与融合了大量的现代舞的表现手法,在舞台美术上,除声、光具有高度的现代化外,也把民族的绘画艺术与西方现代派、抽象派艺术融会起来,这些都使这台舞剧的艺术表现手段丰富多样起来。几台歌剧,也在民族歌剧中吸收了西洋歌剧的一些创作方法,更强化了歌剧以“歌”为主的艺术本质。戏曲舞台也打破了许多传统框子,向其他姊妹艺术学习、借鉴,在程式中强化了生活化的表现,更易为现代观众所接受。特别是在舞台美术与灯光设计上,更具有时代特征,赢得了观众的赞赏。

5.涌现出了一批社会效益和经济效益都好的艺术精品,为艺术作品走向市场探索了道路,在实行社会主义市场经济的转折关头,具有重要的现实意义,代表了市场经济条件下文艺发展的方向。应该大力提倡这样的艺术作品,从而满足不同层次欣赏者的需求。如歌舞《土里巴人》、秦剧《白花曲》等,不仅主题鲜明,而且通俗易懂,可看性极强,它们都力争向现代靠拢,向观众靠拢。不仅得到领导和专家的首肯,而且深受群众喜爱,经济效益相当不错。又如黄梅戏《红楼梦》和香港的《芭蕾舞晚会》,在艺术节演出期间场场爆满,连剧场的过道上都挤满了观众。京剧《夏王悲歌》和豫剧《红果红了》,因观众反响强烈,只好增加了演出场次。

二、艺术盛会促经贸,"反弹琵琶"见成效

甘肃省不是就经济抓经济,而是"反弹琵琶",以文化促经济、促旅游、促商贸、促城市设施建设,成效显著。艺术节不仅是艺术的盛会,也促进了甘肃各项事业的发展。为了办好艺术节,甘肃省及兰州市投巨资,把黄河剧场、飞天剧院等16个演出场所全面维修了一遍,装饰一新,并发动全市人民大搞城市市容美的建设,使城市街道整洁干净,盆花竞放,争奇斗艳;新建的几家现代化商场刚刚剪彩过,从市区到机场的高速公路,也在艺术节前一周通车。艺术节期间,甘肃的各旅游点线十分热闹,尤其是古丝绸之路和敦煌成了热中之热。成千上万的游客涌向敦煌,游人吃、住、行、购,大大促进了沿途服务业的发展。据有关报道,今年到敦煌游览的中外游客人数创历史最高年份。艺术节期间,客商云集兰州,参加各种展示会和洽谈会,经贸成交总额突破10亿元。艺术节期间举办的九四兰州丝绸之路经贸洽谈会,共签订投资合同57项,总投资额7.3亿元。艺术节期间,各种传播媒介把焦点对准甘肃,共有198家新闻单位的500多名中外记者,进行了现场采访和报道,这对提高甘肃的知名度,进一步搞好该省的改革开放,无疑起到积极的推动作用。

三、几点感想和启示

观看第四届艺术节的精彩节目,我们受到很多启示,感想颇多:

1.主要编创人员思想要进一步解放,思路要进一步拓宽,要向题材的更深层次开掘,艺术表现手法要新颖独到。参加这次艺术节演出的宜昌市歌舞团的歌舞《土里巴人》,主创人员在初创时,可能受了我省"二黄"的启示,但他们思想更解放,在更加广阔的文化背景下,向题材的深处挖掘。不是一般地用几个段落表现土家族的婚俗,而是把土家人的生息繁衍,用象征性的手法集中在虎哥和凤妹身上,使剧情更加连续、通顺和流畅;加上他们的表现手法更加大胆、新奇,把一些认为不能到舞台上表演的动作和画面,都艺术地搬上了舞台，给人以庄重、深刻、回味无穷的感觉，激发了人民创造幸福美好生活的热情，受到文化部领导和专家乃至普通老百姓，尤其是普通青年观众的好评。

2.文化艺术必须有自己的特色，没有特色就没有自我，没有自我也就没有生命力。吸收和借鉴外来文化艺术，也是为了丰富和发展自己的特色。甘肃的文化艺术，紧紧围绕黄河、敦煌、丝绸古道和多民族这一特色，所以出现了许多好作品。我们山西的文化艺术，围绕黄河、黄土高原，作了一定程度的探讨和表现，出了许多成果，现在应在这个基础上，向更宽阔、更深的层面继续挖掘，如山西是尧、舜、禹的故乡，也有五台山和云冈，近代出现过闻名遐迩的晋商，现在是能源重化工基地等，这些都是我们的特色，怎么样去艺术地表现它，是文化艺术工作者的责任。总之，还是要走具有山西特色的文化艺术之路。

3.文艺创作和大型文化活动，要追求社会和经济两个效益，当然要把社会效益放在首位，但经济效益也不容忽视。在市场经济条件下，社会主义文艺仍然肩负着教育和鼓舞人民的重任，同时又要走向市场，让广大人民群众接受并消费，从而保证艺术作品的再生产和质量的逐步提高。第四届艺术节的大型开幕式《黄河潮》，主题明确，构思完整新巧，融音、舞、诗、画于一幕，集歌唱、芭蕾、戏曲于一台，受到一致的好评。组委会采取了在场馆内演出的办法，既不受天气的干扰，又无不安全之虞，前后总共演出了 8 场，每场按 3000 人计，每张票 80—100 元，总收入预计达 200 万元，这样可观的经济收入，为艺术活动的进一步开展奠定了物质基础。

总之，参加第四届中国艺术节，是一次不可多得的外出学习机会，使我们大开了眼界，受到了多方面的启示。我们希望文化艺术团体的领导，能为编、导、演及研究人员创造更多的外出学习机会，尤其是走到娘子关外去。让我们的专业艺术人员，大胆地去借鉴外

地的好东西，以丰富完善我们，使山西文化艺术水平更上一层楼。

※发表于1994年《山西文化》杂志第4期，系与他人合作。

但使好戏唱京城　莫教人物负三晋

金秋十月，天高气爽，在这明丽宜人的季节里，中国老龄委、文化部老干部局和中国剧协，将在北京联合举办“’95全国中老年戏剧汇演”，旨在弘扬民族优秀传统文化，振兴我国戏曲事业，挖掘传统戏曲瑰宝，同时也为了唤起社会各界更加关心老龄事业。

应这次汇演之约，山西省文化厅组建了包括四大梆子名家的、具有相当规模的“山西中老年艺术团”晋京演出。演出团中有近30名著名的表演艺术家，其中有中路梆子名家王爱爱、梁小云、刘俊英、张鸣琴、侯玉兰、武忠、白桂英、程玲仙、冯继忠、降经元，蒲州梆子名家王秀兰、苏俊祥、齐建生、解光礼，上党梆子名家郝聘芝，上党皮黄名家马正瑞，北路梆子名家李万林、任建华，眉户名家李英杰，碗碗腔名家赵篆英等。这些中老年艺术家，年龄最大的72岁，最小的49岁，多数是国家一级演员。他们的艺术表演炉火纯青、各有绝招，在五六十年代曾红极一时，誉满三晋，为我省戏曲艺术的继承、发展和革新作出过重大的贡献。为培养戏曲事业接班人，不遗余力，硕果累累。这次，他们更愿以群体的阵容，展示中老年艺术家的实力，唤起全社会对老龄艺术事业的关注。

山西是戏剧大省，素有“戏曲之乡”的美誉，不仅宋、元以来出现的戏剧名人多，地上、地下戏剧文物多，而且民间的剧种数目和类型也多。古往今来，以四大梆子为代表的丰富多彩的戏曲剧种，深深地植根于广大人民群众之中，具有深厚的群众基础。中路梆子的音乐丰富、板式多变，蒲州梆子的惯用特技、做派细腻，北路梆子的慷慨激昂、家底丰厚，上党梆子的粗犷明快、淳朴豪放，以及其他剧种的风格和特色，都早已为广大群众所熟悉，深受群众的喜爱。这些都是山西人民以及历代戏曲艺术家们，用自己的智慧和才能创造出来的，不仅是山西戏曲艺术的瑰宝，也是整个中华民族艺术遗产的重要组成部分，当代艺术家有责任使它得以进一步发扬光大。

古人云："烈士暮年，壮心不已。"这正好用来描摹中老年艺术家们此次晋京参演的心情。艺术家们希望通过演出再现艺术青春，展示山西人民艰苦奋斗、改革开放的精神风貌。艺术源于生活，三千万山西人民建设家乡、改造家园的伟大现实感召着艺术家们，他们将以技艺精湛的表演，扩大山西的知名度，宣传山西的经济建设和精神文明建设，为山西争光，为三晋大地添彩。生命不止，奉献不已。

但使好戏唱京城，莫教人物负三晋。谨祝"山西中老年艺术团"全体表演艺术家晋京汇演成功，艺术青春常在！

※发表于 1995 年《山西文化》杂志第 5 期，当时分管老干部工作。

竞折牡丹震京华

"山西人特实在"！"山西人干啥也认真"！"山西戏倍儿棒"！十月京华，无论是在文艺圈里，还是在普通观众中，到处都可以听到关于山西人和山西戏的对话、议论和赞誉。这是继今年六月"山西省新创文艺作品进京展演"之后，由参加"'95 全国中老年戏曲汇演"的山西代表团在首都又一次掀起的"山西热"。用北京出租汽车司机的话来说："山西戏，在北京又唱红了！"

山西不仅拥有深厚的煤炭资源，而且还有丰富的民族民间艺术资源。特别是戏曲艺术，在山西可谓源远流长、根深叶茂。山西历

来被誉为“戏曲艺术的摇篮”和“戏曲之乡”。山西戏曲，概括起来有五大特点：一是剧种多，有52个，占全国剧种的七分之一；二是历史悠久，现在广为流布的四大梆子，都已有几百年的辉煌生命了；三是戏剧文物遗迹多，约占全国的70%以上；四是剧目丰富，仅现存的就有4000多个；五是名家辈出，灿若星河，仅荣获历届戏剧“梅花奖”的演员就多达18人，实为全国之最。山西历代戏曲艺术家们用自己的智慧和才能，创造出了戏曲艺术的无数瑰宝；山西戏曲艺术家无论年老、年轻都有一颗火热的心，都愿为建设社会主义精神文明添砖加瓦，奉献一切。

因此，当接到由中国老龄问题全国委员会、中华人民共和国文化部老干部局、中国戏剧家协会联合主办的“’95全国中老年戏曲汇演”邀请书后，文化部门即认真准备，精心组织，派出专人分赴各地市了解情况、征求意见、准备剧目、加工提高，最后组成了有中路梆子名家王爱爱、梁小云、刘俊英、张鸣琴、侯玉兰、武忠、金世耀、白桂英、程玲仙、冯继忠、降经元，蒲州梆子名家王秀兰、苏俊祥、齐建生、解光礼，北路梆子名家李万林、任建华，上党梆子名家郝聘芝，上党皮黄名家马正瑞，眉户名家李英杰，碗碗腔名家赵篆英等7个剧种近30名著名的表演艺术家和百余名演员、演奏员参加的山西中老年艺术团。这些为山西戏曲艺术繁荣和发展，作出过重大贡献的老艺术家们经过组织排练后，精神非常振奋，情绪特别高昂，决心活到老、演到老、传艺到老，为山西文艺事业再作贡献。

参演人数最多、参演阵容最大、参演实力最强，是“’95全国中老年戏曲汇演”组委会评委和首都观众，对山西中老年艺术团的共同评价。

10月6日下午，在人民大会堂举行的“’95全国中老年戏曲汇演”开幕式上，被誉为“晋剧皇后”的中路梆子著名表演艺术家王爱爱，代表全国500多位参演演员讲话，获得了热烈的掌声。8日下

午,有山西代表参加的彩唱、清唱专场,更让评委和观众欢声四起,耳目一新,梁小云、张鸣琴、马正瑞、李英杰、赵篆英等8人的唱段,激起了一阵又一阵的喝彩。著名京剧表演艺术家梅葆玖,听得如醉如痴,高举双手热烈鼓掌,表达了他和观众对山西同行的敬佩与赞赏。10日上午,组委会特意组织的山西代表团折子戏专场,又一次掀起了汇演高潮。参演的10个折子戏,剧种多(占全国参演剧种的四分之一),演员知名度高,演唱功夫深,表演特技精,各具特色,相互辉映,加上仅此一家的唱词字幕,获得了评委和观众们的一致好评。多数唱段一唱出,掌声、喝彩声就不断响起,被认为是整个汇演中组织、安排得最好的一台节目。山西籍和在山西工作过的老领导陶鲁笳、王谦、池必卿、黄志刚、柴泽民等也兴致勃勃地观看了这场演出。在此之前,应代表团之邀,陶鲁笳、王谦、霍士廉、池必卿、李力安、黄志刚等老领导,曾到驻地同老艺术家们进行了热情洋溢的座谈,并对这一代艺术家们为弘扬民族优秀传统文化、培养戏曲事业接班人等作出的贡献,给予了高度评价;同时,希望大家今后在省委、省政府的领导下,用自己不老的艺术青春,继续为繁荣发展山西文艺事业和建设山西、宣传山西、扩大山西的知名度,再立新功。

山西中老年艺术团,在这次"'95全国中老年戏曲汇演"中获得了殊荣。大会组织的闭幕式暨颁奖晚会组台演出的21个节目中,山西代表团有5人表演了4个节目。在大会评选颁发的10个特别奖中,就有山西代表团的王爱爱、王秀兰、郝聘芝、李英杰、李万林等5位登上领奖台。在大会评选的专业演员64个牡丹奖(一等奖)的得主中,山西代表团即占了17位,梁小云、刘俊英两位在荣获牡丹奖的同时,还获得了寿星奖;此外,山西代表团还荣获了大会组委会颁发的组织奖。中奖率之多,获奖位置之高,都属全国第一。

这次晋京参演成功,一是得益于各级领导的关怀和支持。省委书记胡富国,省长孙文盛,省委常委、宣传部部长崔光祖,多次就老

艺术家们的演出作过指示安排；省委副书记梁国英，全国人大常委会委员李立功，为代表团赴京演出挥毫题词；各参演单位所在地、市党政领导，为老艺术家的赴京演出，从人力、物力、财力上都给予了很大保证。

二是得益于省及有关地、市文化行政部门的精心组织和认真准备。为了搞好这次活动，省文化厅党组多次进行了认真研究，省委宣传部副部长、省文化厅厅长温幸同志对演出阵容、节目质量等都提出了具体要求；同时还特别聘请了原文艺界的老领导、老艺术家：巨玉秀、鲁克义、邓焰、贾克、张焕等同志作为代表团顾问，请他们出点子、作指导；不少老领导冒着酷暑多次深入地、市审看指导节目，努力使演出精益求精。担任总导演的原省文化局副局长、著名戏剧表演艺术家刘元彤，不顾年老体弱，不厌其烦地对每个参演剧目都进行了极有成效的加工提高，对参演人员表演的一招一式都认真进行了辅导，力争使表演更符合剧情、更符合人物。各地文化主管部门更是紧密协作，全力以赴，狠抓落实。全团在剧种的选择上，确定了能够代表山西戏曲阵容的四大梆子等7个剧种；在剧目选择上，既安排了传统戏，也注意到了新编历史剧和现代戏；在表演技巧上，特别注重能体现山西传统戏曲中诸如帽翅功、翎子功等表演特技；从演出效果来看，这些选择和组织准备工作是成功的。

三是得益于全体参演中老年艺术家的努力拼搏和全体工作人员的无私奉献。这些艺术家们，年龄最大的72岁、最小的49岁，多数虽已“烈士暮年”，但都“壮心不已”。他们抱着再现艺术的青春、为山西人民争光的信念，在家期间抓紧时间刻苦排练，在京近10天里，也没有外出游览，每天继续抓紧时间认真排戏，一招一式地加工提高。有时候排戏排到深夜凌晨，没有交通工具，就步行走回驻地，第二天早上7点多钟，照样出发参加活动。为演出服务的工作人员更是不辞辛苦，任劳任怨，为保证演出，连日来废寝忘食，加班加点。

如果说,参加历届的"梅花奖"评选,是展示我省优秀演员实力的话,那么,参加"'95全国中老年戏曲汇演",则展示了山西中老年戏曲艺术家们的群体阵容和整体实力,他们确确实实为山西人民争了光,添了彩!

纵观这次汇演,对弘扬民族优秀传统文化,振兴中国戏曲艺术,挖掘传统戏曲瑰宝,丰富中老年人的精神文化生活,乃至唤起社会各界对老龄艺术事业的关怀,都具有重大意义。可以相信,山西的中老年艺术家们,必将会把汇演活动所焕发出的活力,倾注到培养教育戏曲人才上,并继续和青年艺术家们一道,以精湛的技艺和优秀的表演,去展示山西人民艰苦奋斗、改革开放的精神风貌,为宣传山西的经济建设和精神文明建设,生命不止,奉献不已!

※发表于1995年《山西文化》杂志第6期。

向省直文艺十标兵学习

今岁初,在总结去年工作时,文化厅党组根据基层组织和群众推荐的意见,树立和表彰了省直文化系统十标兵。他们是:省曲艺团团长于廷水、省晋剧院一级演员王爱爱、省歌舞剧院一级编导王秀芳、省群众艺术馆研究馆员王清涛、省晋剧院一级演员田桂兰、省京剧院一级演员李胜素、省歌舞剧院二级演员宋拉成、省文化艺术学校高级讲师陈德宝、省晋剧院三级编剧张晓亚、省戏曲学校讲师景芝兰。这十位同志,是近年来省直文化系统涌现出来的优秀代表,是广大文艺工作者学习的楷模。

十标兵中,有从事专业文化和群众文化管理的基层领导,有长年活跃在戏曲舞台上的著名表演艺术家,有伏案笔耕、甘作艺术奠基石的著名编导,有数十年如一日辛勤耕耘在艺术教坛的园丁。年

长者已近花甲，最小者刚交30岁。尽管他们的岗位不同，专业各异，阅历有别，声名相殊，但却有许多共同之处，主要是：有崇高的理想和道德情操；有强烈的事业心和责任感；对艺术和业务精益求精，一丝不苟；有顾全大局、无私奉献的精神。只要听过他们的事迹报告，就会觉得：十标兵为人可亲可敬，十标兵业绩可歌可泣，十标兵形象光辉映人，十标兵精神催人奋进！正因为如此，厅机关党委郑重做出决定，号召省直文化系统的全体共产党员、共青团员和广大文艺工作者，要认认真真、扎扎实实地向十标兵学习。

提出向十标兵学习，是落实江泽民总书记"讲政治"的具体体现。文化战线是意识形态的重要领地、精神文明建设的主要窗口，在这个领域"讲政治"显得尤为重要。十标兵的先进事迹，包含了丰富的政治内涵，向十标兵学习，是文艺战线讲政治的具体化。透过标兵们平凡而又光辉的业绩，我们看到了他们坚定的政治信念和党性原则，全心全意为人民服务的政治立场。在这里，没有空洞的说教和漂亮的口号，却有拼命实干、热忱服务的高大形象。为了人民的艺术事业，为了服务中心、服务基层，他们舍小家为大家，弃重利讲奉献，不顾金钱的诱惑，克服常人难以克服的困难，舍身从艺，抱病执教，日日夜夜献艺在三晋大地，风风雨雨演出在"三项建设"前线，呕心沥血培训骨干、传艺育人，彻夜不眠精心构思创作精品。这一切靠的是"讲政治"，靠的是有良好的艺德修养。在当前市场经济条件下，标兵们能坚持这一美德，并将之发扬光大，实在是难能可贵的。

提出向十标兵学习，是提高文艺队伍素质的需要。近年来，我省文化战线形势喜人，无论专业文化、群众文化，还是艺术教育、科研和内部管理，都取得了新的成果。这些成绩的取得原因是多方面的，但和文艺队伍的整体素质分不开。十标兵正是这群体素质的代表和缩影，是从这支被省委、省政府誉为"可以信赖的"文艺队伍脱颖而出的佼佼者。但是,我们还必须清醒地看到,省直文艺队伍建设还存在不少问题,就队伍素质来讲也是不平衡的,诸如,文艺创作不注意政治影响和社会效果者有之;怕艰苦、怕困难,不愿到基层体验生活、演出者有之;不学习、懒练功,无所事事,无所作为者有之;经不起金钱的诱惑,擅自离岗,搭班走穴者有之。这一切,虽然发生在少数人身上,但对文艺队伍建设却危害极大。有鉴于此,我们有必要大张旗鼓地宣传十标兵的先进事迹,用这些活生生的典型,教育和激励广大文艺工作者,使文艺队伍的整体素质得到新的提高,以适应形势和任务对文化战线的要求。

提出向十标兵学习,是繁荣和发展山西文艺事业的需要。近年来,我省文艺事业在各级党委和政府的重视关怀下,在广大文艺工作者的共同努力下,在原有的基础上有了长足的发展。一批群众喜闻乐见的高扬主旋律的作品相继问世,各种艺术门类在全国和省内艺术活动中频获殊荣,"杏花奖""梅花奖"、文华奖有增无减,文艺百花园中又盛开了不少新的花朵。这里边凝结着广大文艺工作者、尤其是以十标兵为代表的一批艺术骨干的辛勤劳作。是他们对艺术的执着追求,对事业的爱业敬业精神,感染带动了广大文艺工作者;是他们精湛的表演技巧,撼人心魄的演唱水平,铸就了朵朵新花,促使文艺百花园更加绚丽多姿。如今,有中国特色的社会主义文化艺术事业要繁荣、要发展,仍离不开标兵们的带头、示范,更需要在他们的影响和带动下,一大批艺术骨干为之辛勤耕耘,奋力拼搏。

榜样的力量是无穷的。我们相信,随着宣传学习十标兵活动的深入开展,省直文艺队伍建设将会有新的起色,文艺百花园必将迎来更加辉煌灿烂的明天。

※发表于1996年《山西文化》杂志第4期,当时兼任文化厅机关党委书记。

端正认识抓创作

大家在讨论中谈了不少情况，也反映出一些思想认识问题，有些认识是需要加以解决的。关于主旋律和多样化的问题，这既是中央一再强调的，也是我们文艺工作者的职责所在，它体现了文艺为人民服务、为社会主义服务的责任感及艺术创作的导向性，这个原则必须坚持，就是要把作品的社会效益放在第一位去考虑，不能媚俗，不能迎合低级下流。关于评奖与市场，我们提倡，只要有机会、有条件，可以积极地参与一些艺术评奖，但创作的着眼点，还是应主要关注演出市场的需求。这二者应当说是一致的，不要把它们对立起来，评奖可以检验作品的竞争实力和艺术水准，一般来讲，评奖中涌现出的优秀作品，走市场也是受观众欢迎的。问题在于创作者，不可有侥幸心或走捷径，而应把功夫下在踏踏实实搞创作，让自己的作品，走出一条适应市场需求的路来。如何看待艺术活动，我认为，要正确评价艺术活动的作用，应当说，适当地参加一些规范化的艺术活动，对于促进艺术创作，推出优秀艺术人才和作品，都是有益处的；问题在于艺术活动的质量和档次，这取决于活动主办方，也不宜太多、太滥；我们提倡参与党委和政府主办的一些规范化的艺术活动，但也要实事求是，量力而行，把握适度。在艺术创作中，常会遇到是重点剧目还是演出剧目的事，这实际体现的是艺术作品的好中择优问题；就主管领导来讲，从抓演出剧目中产生重点剧目的思路是应当肯定的，但也不要绝对化，而应看剧目的起点及质量，采取相应的措施及对策。与此相连的还有个剧本和上演的问题，主管部门及领导，应积极创造些条件，让好的和比较好的剧作，有立于舞台上演的机会，边演出，边修改，力求提高剧作的质量与品味，不失为一个可行的路径;但剧作者也不能企求自己写出的剧作都能上演,这里既有剧作的质量如何,也还有双向选择与市场需求的问题,应当把功夫下在不断修改加工自己的剧作上。面对市场经济的发展,各地还应注意抓好演出活动中的营销工作,这是我们文化部门的一个弱项,应选调一些懂经营、善营销的人员,组建一支好的戏剧演出营销队伍,主动出击,去占领城乡演出市场,为演出团体的生存发展,活跃人民群众的文化生活,发挥作用,作出贡献。总之,不管是领导同志,还是创作人员,从繁荣我省文艺创作的大局出发,大家应振作精神,端正认识,满怀信心,齐心协力,切实采取措施,最大限度地调动起创作队伍的积极性,让我省的戏剧创作再上一个新台阶。

※写于 2000 年 7 月 11 日,是全省艺术创作会议总结讲话提纲的一部分,当时分管专业艺术工作。

两翼齐飞　良性互动

我一直认为,在我国,所谓旅游业的发展与竞争,实际上是文化底蕴与商业市场的有机结合与较量。前者靠传统文化的积淀,后者靠现代经济的发展。就我省而言,不可能像北京、江苏、浙江那样,将二者紧密融合,使旅游产业突然提升至名列全国前茅的位置。这样的想法并不现实,也确实超越了目前我省经济和社会发展的总体水平。但是,我省旅游业的发展,也确实有独属于自己的优势,除了我们经常提到的文物的优势外,我们在文化艺术方面的某些优势,同样能够起到推动旅游经济发展的作用。

一、近期我省文艺队伍,呈现出了向省外乃至向全国扩张的趋势。我省民间文艺之发达,为全国所瞩目。以锣鼓为代表的农民文艺表演队伍,已经或正在形成产业化的规模。我们从电视上就可以看到,在祖国的大江南北,在很多规模宏大的交易会开幕式上,威风

锣鼓都在淋漓尽致地呈现着它的“威风”；著名的绛州鼓乐团，不仅在北京音乐厅、南方都市的文化会堂里，展示了它的艺术丰采，还在东南亚乃至欧洲一些国家的艺术殿堂里，迎接着四海的宾客。目前，他们正在上海演出，为上海的旅游事业奉献着自己的力量。无独有偶，我省的舞蹈也承续着它的独特的魅力，为周边省份所看好。太原市杏花岭区少年宫编创的舞蹈《山花花》，是陕西省迎接21世纪春节电视文艺晚会的重点节目；由和顺县文化馆编创的老年集体舞蹈《秧歌情》，是河北省春节电视文艺晚会的入选节目。联想到省歌舞剧院在中央电视台春节文艺晚会上的辉煌，以及山西舞蹈风靡大江南北的盛况，我们有理由得出这样的结论：山西的锣鼓与歌舞，能够成为旅游经济中的潜在王牌，能够为山西旅游的发展，助上一臂之力。

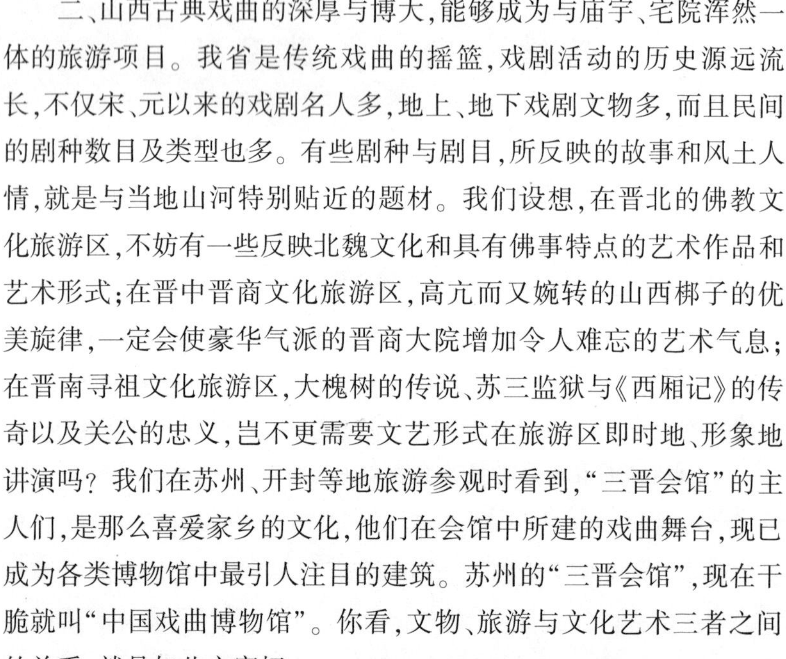

二、山西古典戏曲的深厚与博大，能够成为与庙宇、宅院浑然一体的旅游项目。我省是传统戏曲的摇篮，戏剧活动的历史源远流长，不仅宋、元以来的戏剧名人多，地上、地下戏剧文物多，而且民间的剧种数目及类型也多。有些剧种与剧目，所反映的故事和风土人情，就是与当地山河特别贴近的题材。我们设想，在晋北的佛教文化旅游区，不妨有一些反映北魏文化和具有佛事特点的艺术作品和艺术形式；在晋中晋商文化旅游区，高亢而又婉转的山西梆子的优美旋律，一定会使豪华气派的晋商大院增加令人难忘的艺术气息；在晋南寻祖文化旅游区，大槐树的传说、苏三监狱与《西厢记》的传奇以及关公的忠义，岂不更需要文艺形式在旅游区即时地、形象地讲演吗？我们在苏州、开封等地旅游参观时看到，“三晋会馆”的主人们，是那么喜爱家乡的文化，他们在会馆中所建的戏曲舞台，现已成为各类博物馆中最引人注目的建筑。苏州的“三晋会馆”，现在干脆就叫“中国戏曲博物馆”。你看，文物、旅游与文化艺术三者之间的关系，就是如此之密切。

三、民俗文化可望成为旅游经济中的潜在亮点。一些同志曾提出搞“窑洞一日游”“黄土高坡民俗游”等等特色项目,我认为这些想法极富创意。我想补充的是,在以上的这些旅游项目中,民间文化产品的展览与销售,地方风味小吃的品尝,都可以丰富、充实此类旅游项目的内涵,并使之成为与现代化都市形成反差的旅游景点。正如城里人吃大鱼大肉太多而转寻杂粮饭店一样,黄土高原的古朴民情也会产生一种返璞归真的自然魅力。重要的是,在这些朴实的探寻中,厚实的传统文化的影子仍可时时映现,诸如“信天游”“二人台”以及独具山西地方特色的民歌等天籁之音,也会让人耳目一新。我们不能否认贫穷的现实,但应该保持高度的文化自信。

正是基于此,我们对21世纪山西旅游经济的发展充满信心,同时也希望加强文物、旅游与文化部门的密切联系,使我省有限的资金流向具有长久生命力的文化基础设施上。两翼齐飞,良性互动,为拉动山西经济的发展,共同努力吧!

※写于2000年12月20日,为全省旅游会议的发言提纲,后发表于《山西日报》。

喜迎杏花重开放

今天召开全省“杏花奖”评奖的前站会,想就一些情况,与大家交流沟通一下:

一、重开“杏花奖”评奖的必要性、重要性。为调动广大文艺工作者艺术生产的积极性,鼓励新的艺术作品不断地问世,于1989年即设立了“杏花奖”,这是我省在文化艺术方面政府的最高奖。开奖以来,评了七届,却因种种原因,竟然中断了。面对新世纪全国文艺战线严峻形势的挑战,面对我省艺术生产不容乐观的现状(编剧、导

演人才匮乏,表演人才青黄不接,演出市场不太景气等),为使艺术创作与艺术生产走上一个良性循环的轨道,经文化厅党组决定,重开"杏花奖"评奖活动。这对于调动和保护广大文艺工作者艺术生产的积极性,无疑是一个得力的措施。据了解,通知下达后,各地文艺工作者的积极性异常高,出现了多年来少有的现象,练功、竞争,把主要的精力用在基本功的训练、提高上,申报参赛"杏花奖"的情绪高涨,不惜自己付出一定的代价。实践证明,党组重开"杏花奖"评奖的决定是正确的,其重要性和必要性已显而易见,必须高度重视、精心组织,明确责任、通力合作,求得有个好的效果。

二、要正视本次"杏花奖"评奖的难度。"杏花奖"评奖多年未进行,重新开评,一下子涌来不少的具体问题。诸如,评奖范围的扩大、新设"杏花新剧目奖"项,自然会出现一些矛盾,质量、数量如何把握;既不能降低评奖的档次、质量,又要适当地保护参赛单位及个人的艺术生产积极性;集中评奖,参赛人员多,装卸台频繁,组织工作量加大,吃、住、行及安全保障,都带来一定的困难;但最难的还是如何客观公正地评好奖。我们强调和坚持的原则是,从严掌握,宁缺毋滥,好中择优,兼顾平衡。为能真正做到这点,多次统一了评委的认识,制定了纪律和要求,尽管如此,也不可能是尽善尽美,也请大家能够理解、谅解和支持。

三、要注意保护好演艺人员的积极性。这次"杏花奖"评奖,激发出演艺人员的积极性是正常的、是可以理解的,但必须对参赛人员予以恰当的引导和善意的保护。各地可以在本地、市组织赛前比赛,给大家一个均衡参赛的机会,优胜者送省参赛,其他则记录在案,同等有效。要给大家讲明白,"杏花奖"不是一次性的,本届开评后,没有什么特殊原因,每两年进行一次,大家都是有机会的。还要教育参赛人员,应当有一个良好的心态;这次参赛,虽然给了一个展示技能风采的极好机会,但不是说,所有的参赛人员都可以得了奖。

“杏花奖”不是等次奖,达到了评奖分数线的就能上,不够的就没有奖;但对献身于艺术事业的同志来讲,就应当坚持不懈、永不停歇,艺无止境、勇攀高峰。

※写于 2001 年 6 月 15 日,为“杏花奖”评奖前站会的即席讲话提纲。

红杏绽放报春来

在热烈庆祝中国共产党建党 80 周年之际,山西省文化厅、山西省戏剧家协会,在省城太原联合举办了规模盛大的第八届山西省戏剧“杏花奖”评比演出。这次演出,从 7 月 2 日开始至 7 月 15 日结束,历时 14 天,取得了良好的效果,达到了繁荣艺术创作、推出优秀人才、促进全省艺术事业健康发展的目的,对我省今后的艺术生产和艺术建设有着十分重要的意义。

一、本次活动的概况

在领导组的正确领导下,经过两个多月的精心准备和各参赛单位的积极配合,本届“杏花奖”评比演出工作取得了圆满的结果。在 14 天的时间里,共演出了 27 台 165 个剧节目,其中,戏曲大戏 6 台,折子戏 14 台,话剧小品 1 台,音乐舞蹈杂技专场 6 台。共有 487 人参加了编剧、导演、表演、音乐设计、舞美设计、乐队演奏、伴奏等奖项的角逐。艺术门类包括戏曲、话剧、音乐、舞蹈、曲艺、杂技等 6 个艺术门类;剧种涉及晋剧、京剧、蒲剧、上党梆子、上党落子、雁剧、眉户、耍孩儿、豫剧等 9 个剧种;参演单位计有太原、大同、阳泉、晋城、长治、吕梁、晋中、临汾、运城 9 个地市和北京军区五分部、省文化厅直属院团、校共 35 个单位,其中既有国有的省、市大团,也有集体所有制的县级剧团,既有民营剧团,也有艺术院校,还有驻晋的部队文工团。演出期间,除音乐舞蹈等场,受场地限制,没有出售观众票

外，其余场次，均是场场爆满，叫好声不断，有的场次由于观众太多，还出售了一定限额的站票。第八届“杏花奖”评比演出，其规模之大，艺术门类之全，参赛单位之广泛，参赛人员之众多，观众观看之踊跃，均为历届“杏花奖”之最，可谓规模空前，异彩纷呈，百花齐放，影响深远。经过戏剧、音舞两个评委会的初评和终评，戏剧类共评出新剧目奖 4 个、编剧奖 4 个、导演奖 7 个、音乐设计奖 4 个、舞美设计奖 3 个、乐队伴奏奖 7 个、表演奖 50 个、特别奖 3 个，共 82 项，占参评人数的 33.2%；音舞杂技类，共评出舞蹈编导奖 3 个、作曲奖 2 个、声乐演唱奖 8 个、器乐演奏奖 11 个、舞蹈表演奖 3 个、杂技表演奖 3 个，共 30 项，占参评人数的 25%。总获奖比例为 30.52%。这个比例，可以说是比较合理和客观的，基本实现了“从严掌握，宁缺毋滥，兼顾平衡，适当照顾”的原则，符合领导组事先确定的评奖原则及其要求的。

二、本次活动的主要特点

本次活动，除规模大、参赛人员多、团队体制多样化等特点外，还有如下五个特点：

第一个特点是，参赛门类齐全，重点突出。众所周知，“杏花奖”是在电台的戏曲广播大赛的基础上设立的。1989 年设立之初，主要是一项戏曲艺术的政府奖项。为了进一步搞活“杏花奖”的评奖演出活动，使其在全面繁荣艺术创作，推动艺术事业发展中发挥更大的作用，文化厅党组决定，将戏曲“杏花奖”扩展为戏剧“杏花奖”，范围包括戏曲、话剧、音乐、舞蹈、曲艺、杂技等多项艺术，从而促进各艺术门类的全面协调发展。在范围扩展的同时，本届评奖还增设了“杏花新剧目奖”。一则弥补了“杏花奖”没有综合奖项的不足，二则突出了鼓励新创剧（节）目的宗旨。这一决定，得到了各地、市文化主管部门和表演团体的一致赞同。在本届比赛中，音舞曲杂、话剧诸门类共推出了 7 台 106 个节目，在“杏花奖”的评奖历史上初次发出了自己的声音，亮出了自己的阵容，展示了自身的魅力，使我省艺术的百花园里真正做到了百花竞放。尤其是“新剧目奖”的设立，更是引起了众多的关注，一些近年来涌现出的好作品纷纷申报参赛，有些刚刚出手的新作也积极申报，加紧排练，力争出现在本次评比演出的舞台上。这种勇于冲击新剧目奖的精神，既表现出了作者旺盛的创作热情，也是对这一新奖项的认可和支持。相信“新剧目奖”的设立，必将对我省的艺术创作产生积极而深远的影响。

第二个特点是，各地、市文化主管部门高度重视，参赛准备认真。自 3 月底发文后不久，即收到了各地、市的反馈意见。大家积极组织，认真准备，表现出了对“杏花奖”评比工作的高度重视和对艺术事业的高度责任感。为了保证推荐剧节目的质量，太原、大同、长治、运城等地、市组织专人对参赛节目进行了初选，吕梁、阳泉等地、市集中时间加工排练。同时“杏花奖”评比演出工作，还得到了部分地、市党政领导的大力支持，有的为院团拨付了专款，有的在演出期间专程赶到太原观看演出，为演员们鼓掌助威。这些来自政策上、物质上、精神上的支持和鼓励，都是“杏花奖”评比演出得以圆满成功的重要保证。

第三个特点是，演员队伍年轻，参赛热情高涨。与往届“杏花奖”评比演出相比，本届参赛演员的年龄明显低于往届，其中戏曲表演类获奖人员的年龄平均为 35 岁。除朱丽、吉有芳等个别演员外，绝大多数都是八十年代末、九十年代初登上舞台的青年演员，其中不乏刚刚走出校门的年轻人。这些年轻人精力旺盛，血气方刚，表现出了良好的艺术素质和竞技状态，给古老的戏曲艺术注入了活力，也使我们看到了我省戏曲事业蓬勃兴旺、后继有人的美好前景。尤为值得一提的是，自 3 月 24 日《关于举办第八届山西省戏剧“杏花奖”评奖演出活动的通知》下发以后，在各地、市文化主管部门的积极组织下，广大演职人员的参赛热情空前高涨，出现了刻苦练功，

认真准备，踊跃报名的可喜局面。在一些经济条件不太好的地、市和团体，演员们为了参赛能取得优异的成绩，有的自费请老师排练加工，有的自费请乐队伴奏，有的自费制作伴奏带，有的利用节假日自费到北京、太原请名师指点，有的自费制作服装，有的还在练功时不慎摔断了手臂等，在社会转型期，在市场经济大潮的冲击下，这种不惜代价、不顾得失、献身艺术、追求完美、精益求精、奋发图强的精神十分令人敬佩！可惜，由于时间有限，容量有限，名额有限，有些演职人员虽然做了充分的准备，仍未能来到太原一展风采；有的虽然来了，但也未能手捧“杏花”如愿以偿，在这里，我代表领导组向这些可敬可爱的同志们表示亲切的慰问。应该说，正是全省艺术工作者的积极参加和大力支持，才使得本届“杏花奖”评奖演出获得了极大的成功，取得了极好的效果，产生了广泛的影响。有些同志虽然没有获奖，但同样为繁荣文艺舞台作出了自己的贡献。从这个意义上讲，“军功章里有你的一半也有我的一半”。还应该提到的是，在本届评奖演出中，栗桂莲、张保平、胡嫦娥、孙昌等“梅花奖”“文华奖”演员和苗洁、李红梅、武学文等“杏花奖”演员，能放下架子主动为后来者配戏；大部分院团不分主角配角、主奏伴奏、参赛与否，均能精神饱满、认真负责、一丝不苟地完成演出，表现出了良好的精神风貌和团结友爱、互帮互助的艺德素养。这是“杏花奖”评奖演出成功的保证，也是本届评奖演出在精神文明建设方面的收获。

第四个特点是，唱功戏的成绩突出，塑造及刻画人物形象有了明显进步。在本届的戏曲类剧目中，唱功戏所占的比重较大。《芦花》《教子》《空城计》《三上轿》《三击掌》《秦雪梅吊孝》《金水桥》《交印》《算粮》等以唱功见长的折子戏多有出现。演员们均能轻松驾驭、声情并茂地完成演出，表现出了各剧种青年演员过硬的唱腔功夫和日渐成熟的演唱技巧；同时，在很大程度上，克服了不顾剧情的“拨撩子”和“洒狗血”的恶习弊病。这里尤其需要指出的是，各剧种的唱腔设计人员功不可没。他们多年耕耘在地方戏曲音乐的园地里,精研细磨,击节推敲,为戏曲音乐的传承和发展作出了积极的贡献。同样引人注目的,还有演员们在塑造和刻画舞台人物方面的进步。我们山西戏素来以做功技巧见长,久而久之有的便流于技巧的卖弄,本次评比演出中,这种倾向有了很大的改观,绝大部分演员在塑造和刻画人物上下功夫,表演贴切细腻,层次清楚,分寸把握适当,取得了很好的演出效果。吉有芳饰演的阴丽华、闫丫铮饰演的贺氏、阎飞瑜饰演的诸葛亮、傅永亮饰演的徐策、孟素珍饰演的红嫂等,均表现了她(他)们扎实的表演功底,给观众留下了深刻的印象。这种在塑造人物形象上的明显进步,表明了我们的导演和演员在艺术观、审美观上认识的深化和成熟,表明了我们一批中青年演员,已经超越了以获取廉价掌声为骄傲的阶段,开始向表演艺术的更高层次迈进。

第五个特点是,匡正了评奖风气,为规范全省的艺术评奖活动打下了良好的基础。本次评奖演出,在总结以往几届“杏花奖”评奖工作经验的基础上,重点参照“文华奖”“梅花奖”的评奖规则和办法,制定出了一套新的评奖规则。首先是分开戏剧、音舞两个门类;其次是加大评委的人数,吸收了省城戏剧界、舞蹈界、音乐界以及新闻媒体方面的领导和专家。这样做有两个好处,一是评委有广泛的代表性和权威性,二是评委人数的增多,给试图跑评委的人造成一定的难度,从而保证了评奖的公正性。在评奖过程中,先组织评委掌握评奖的办法和细则,开演前发表格,现场打分,每位评委要独立思考,不受干扰,演出完后即收回表格,评委们都要在自己的打分表上签名,然后工作人员把所有本场的打分情况输入电脑。整个评奖演出过程中,谁也无权查分。在打分时,还为评委们提供了每个参评人员的背景材料,使之在注重现场发挥的同时,也能兼顾演员平时的演出情况及其在演出团体中的位置。同时,我们还制定了严格

的观摩纪律；评委中有本人参与创作的项目采取回避制，不计分；戏曲三场以上、音舞两场以上未参加评分的评委，视为自动退出，不得继续参与评分；戏剧、音舞两个组的评委，可交叉观摩打分，但是，如果参评一场就必须全部看完，否则所打分也无效。这样既尊重了评委的权利，也限制了其随意性和可能发生的人情分。需要说明的是，本届评委表现都非常出色，在不集中吃住、没有车接送的情况下，冒着酷暑，一天平均看两场演出，没有一个人叫苦叫累、违规违纪，大家都以高度的责任心和崇高的艺术良心，圆满地完成了评奖工作，不折不扣地贯彻了“导向性、权威性、公正性”的评奖原则。现在公布的获奖名单，是在初评打分的基础上，确定了入围分数，然后由总评委本着“好中择优，宁缺毋滥，兼顾平衡”的原则投票评选出来的。这种评奖办法得到了领导组、评委和参赛单位的一致认可和好评。大家认为，此次评奖匡正了评奖风气，为规范全省的艺术评奖活动打下了一个良好的基础。

三、本次活动暴露出的问题及其改进的意见

在取得显著成绩、获得大面积丰收的同时，本届评比演出活动也暴露出了一些亟待解决的问题。

其一，创作力量不足，编导年龄的老化不容忽视。本届评比演出中，戏剧、音舞两大类的编导获奖人数共 14 个，占总奖项比例的 12.5%；其中 50 岁以上的 13 人，40 岁以下的 1 人。在“新剧目奖”的获奖名单中，本省的编导 4 个，外省编导 4 个，且没有一个是 40 岁以下的。就这样一个比例，也是在为鼓励编导、“向年轻编导倾斜”的评奖原则下产生的。可见，我们的创作力量明显不足，编导的年龄严重老化。如何培养新人，创造一个有利于年轻编导脱颖而出的环境，使之成为艺术生产的主力军，已成了关乎我省艺术事业发展的重要问题，这个问题要引起全省各级文化主管部门的重视。固然，人才就其概率而言，本来就不是容易或轻松地能成批出现的，它需

要条件、机遇、环境、才华、勤奋、天赋等种种不可或缺的因素，但唯其稀缺，我们更应该珍惜、保护，为他们创造一个良好的成长、完善和提高的环境，既不能求全责备，也不能拔苗助长。古语讲："治无古今，育才是急。"这是一个大课题，需要大家认真研究，严肃对待。

其二，老戏的比重仍然很大，推出行当的布局不甚合理。这个问题与第一个问题也有关联。由于编创人员的缺乏，直接导致了新创作品较少；由于参赛剧目、曲目、节目选择的不全面，也就造成了推出的行当布局不合理。据统计，在音、舞、杂参评的 96 个节目中，新创的节目有 22 个，占总比例的 22.92%。戏曲类参评的 59 个剧目中，新创作的只有 5 个，占 8.47%。应当看到，一些老剧节目，既是行当的应工戏，也是演员艺术功力的试金石，保留和不断上演这些剧节目，对艺术事业的传承和发展都是十分必要的；但这种新创剧节目偏少的不协调比例，确实反映出我们艺术创作生产中存在的问题。同样，推出行当的不平衡也是这个道理，只有青衣、须生，而没有大花脸、二花脸、小旦、花旦乃至丑角，就不会阵容整齐，满台生辉。这些问题，要引起主管部门及演出团体领导的高度重视，因为它是关系到我省艺术事业能否健康、协调、持续全面发展的大事。

其三，演员"偏科"的倾向仍然存在，综合素质有待提高。这次评奖演出从总体讲是成功的，出现了一批成熟的很有前途的年轻演员，但也应看到在他们身上存在的不足。有些演员唱功出色，表演平平；有的身段漂亮，但是张不开口；有的还停留在模仿的阶段，对人物剧情没有自己的理解和创造；有的则是靠一技之长、一招之险，逞一时之勇，一招一技游离于戏外，没有内涵，缺乏后劲。这些问题反映出我们的一些年轻演员基本功不全面，"偏科"倾向仍然存在。过去的老艺人，在没有文化或文化水平很低的情况下，还要在"四功五法"上下功夫，还讲究"文武昆乱不挡"。今天在这么优越的条件下，又有科班毕业的背景，只会一招一式，信奉"一招鲜吃遍天"的说

法，是不可取的。要告诉我们的演员，让他们认识到，随着时代的发展，社会的进步，观众对我们演员的综合素质要求会越来越高。只有在唱念做打等表演的基本功上下功夫，不断地提高自己，完善自己，才能适应时代，才能有艺术的竞争力。有句写金字塔的诗是这样说的："给我以宽大的基座，以保证我的高度。"同样，在表演艺术上没有扎实宽厚的基础，也是保证不了高度的。

其四，是评奖办公室的问题。由于经验不足，时间仓促，这次评奖活动的部分条例和要求尚不够科学细致。如在参评年龄上有上限没有下限，有些艺术中专的低年级学生也参加了比赛，给评奖造成了一定的难度，也在一定程度上造成了人力物力的浪费。再如，在音舞方面，民乐与西洋乐的比赛分不分组？美声、通俗、民族三种唱法，古典舞、民族舞、芭蕾舞、现代舞各种舞蹈是分开比，还是一起比？要不要搞规定曲目和自选曲目？诸如此类，这些问题，都是需要在今后的评奖工作中进一步去完善。

四、对下届评奖工作的几点想法

在本届评比演出活动还没有结束时，有些同志就在打听下届怎么搞？有些什么新精神？可以告诉大家，下届，也就是 2003 年的"杏花奖"评比演出与本届相比，大的框架不会有什么变化，但要有一些新的要求。

第一，在下届评比中，新创剧目要占有一定的比例，评奖还要向新创作的剧节目倾斜，以鼓励推动我省的艺术创作。老戏老演的情况，首先要在评奖中逐步得到改善。所以希望大家，现在就着手准备，选好题材，落实到人，及早创作，争取早出成果。

第二，对参评人员的资格要做更为科学细致的规范。例如，常年不跟团下乡演出的，就要考虑不予参评；年龄偏小的低年级学生最好等"小杏花"设立后再参评。

第三，要综合考察参赛人员的素质。音舞方面，要改进和完善有关规定曲节目与自选曲节目的办法等。

第四,地、市文化主管部门要严把质量关,对推荐对象应进行严格筛选,同时要注意行当的均衡,剧目不要过分集中,不要不加鉴别地凡报名就推荐。这样做,既能保证"杏花奖"的质量,也不至于造成人力、物力上的浪费。

总之,第八届山西省戏剧"杏花奖"的评比演出工作已圆满结束,应该说这是"杏花奖"评奖历史上的一次盛会,也是我省艺术发展史上的一次盛会。这次评奖演出的成功,离不开领导组的正确领导,离不开各地、市文化主管部门的精心组织,离不开各参赛单位的积极配合,也离不开工作人员的努力工作及社会各界的大力支持。在这里,我代表领导组向所有为第八届"杏花奖"评比演出作出过贡献的人们表示衷心的感谢!向所有支持、关心艺术事业的人们表示衷心的感谢!让我们在江总书记"七一"重要讲话精神的指引下,为实现"三个代表"的要求而作出我们应有的贡献!

※发表于 2001 年《山西文化》杂志第 4 期。

剧目生产结硕果

自 1994 年第三届至 2000 年第八届,中宣部精神文明建设"五个一工程"评奖活动以来,每届均有我省的一台舞台文艺作品榜上有名,迄今为止已有 6 个剧目获此殊荣。第三届是晋中市晋剧团的现代戏《醋工歌》,第四届是省晋剧院的现代戏《油灯灯开花》,第五届是省话剧院的大型话剧《孔繁森》,第六届是山西省歌舞剧院的舞蹈诗《黄河水长流》,第七届是省京剧院的新编历史故事剧《大脚皇后》,第八届是省歌舞剧院的大型舞剧《傲雪花红》。在这 6 台剧目中,《醋工歌》同《油灯灯开花》两部作品,分别描写和歌颂了醋都工

人的日常生活与一名普通乡村教师崇高的品格;《孔繁森》《傲雪花红》是以不同的艺术手法为观众讲述了党的一对好儿女的光辉事迹;《大脚皇后》则是通过一桩灯谜案,寓实事求是精神于其中;《黄河水长流》展现了黄河儿女生生不息、坚韧顽强的精神风貌。

总结近年来,我厅在实施精神文明建设“五个一工程”的具体做法,主要有以下三点:

一、指导思想明确,重视艺术产品的思想性

江泽民同志提出了“以科学的理论武装人,以正确的舆论引导人,以高尚的精神塑造人,以优秀的作品鼓舞人”的四项战略任务。省委宣传部据此,提出我省精神文明建设“五个一工程”的具体要求,充分发挥优秀精神产品的示范作用和导向作用。在此思想指导下,近年来,我厅在抓剧目创作,尤其是重点剧目创作时,首先强调的是作品的思想性。

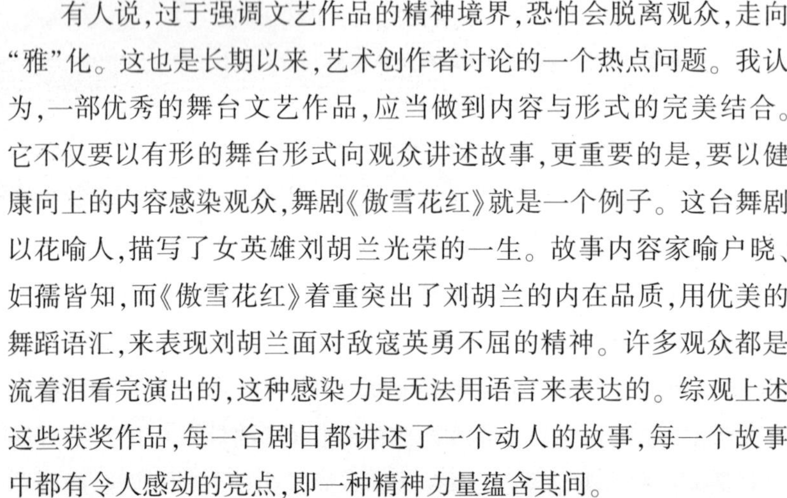

有人说,过于强调文艺作品的精神境界,恐怕会脱离观众,走向“雅”化。这也是长期以来,艺术创作者讨论的一个热点问题。我认为,一部优秀的舞台文艺作品,应当做到内容与形式的完美结合。它不仅要以有形的舞台形式向观众讲述故事,更重要的是,要以健康向上的内容感染观众,舞剧《傲雪花红》就是一个例子。这台舞剧以花喻人,描写了女英雄刘胡兰光荣的一生。故事内容家喻户晓、妇孺皆知,而《傲雪花红》着重突出了刘胡兰的内在品质,用优美的舞蹈语汇,来表现刘胡兰面对敌寇英勇不屈的精神。许多观众都是流着泪看完演出的,这种感染力是无法用语言来表达的。综观上述这些获奖作品,每一台剧目都讲述了一个动人的故事,每一个故事中都有令人感动的亮点,即一种精神力量蕴含其间。

此外,创作者是艺术创作的关键,抓剧目创作的同时,我们十分注重创作者的思想教育。在全省艺术创作工作会议上,我们多次强调全省艺术创作者要加强学习,不断提高自身素质;深入生活,感悟生活，编好故事，为作品注入思想灵魂，体现先进文化的发展方向。

二、精品意识与市场意识并重

在我省早期的获奖剧目中，我们注意到一个现象，有些获得全国奖项的剧目，却不能长期在广大群众中演出。分析其原因，有的是因为舞台制作过大，无法下乡演出；有的是过于写实，缺乏感染力，引不起当代观众的共鸣。鉴此，我们在抓剧目创作中，在注重思想性与艺术性相统一的同时，要求作品要贴近时代，强化市场意识。创作一个剧目，首先要考虑作品的内容，老百姓是否喜欢看，能从中受到什么启发，悟出什么道理；此外，尽量不搞大制作。我们山西的戏曲舞台，硬件设施有限，大制作的剧目，需要特定的剧场才能演出。这些剧目，即使是观众爱看，但没有演出条件，在一定程度上，人为地封杀了剧目向观众展示的机遇，也就起不到应有的作用。这方面，省京剧院新编历史故事剧《大脚皇后》即是成功的一例。这出戏，结构紧凑，环环相扣，故事情节诙谐幽默，于小事中见大道理，对现实具有极强的借鉴意义；此剧目的舞台制作简单大方，特别适合下乡演出。迄今为止，这台剧目已演出100余场，在太原、长治、晋城等地，深受老百姓的欢迎。省晋剧院的改编传统戏《清风亭》也是一例，这台剧目，去年冬天刚刚排出，虽然未获什么奖，但在基层受欢迎的程度和演出的场次，已不容小觑。

三、遵循艺术创作规律，逐步推出优秀剧目

艺术创作不是一蹴而就的，它有自身的发展规律。一台剧目，从一度创作到二度创作，要经过一年、二年乃至几年的反复修改，甚至在立于舞台后，还要经过不断的加工和完善。抓创作，出精品，这是我厅多年来艺术工作的主旨，尤其是省直五院团的创作，更是工作的重心。每年年初，省直院团和各市地文化局，都要制定本年度剧目创作和生产的规划。我们汇总全省创作情况，坚持剧目的审读制度，组织专家对部分作品进行研讨，层层把关，好中择优，确定出

本年度的重点剧目。对这些重点剧目,要积极扶持。从一度创作开始,即组织专家进行认真讨论和修改,打好坚实的剧本基础。立于舞台后,更是多方邀请专家观看,广泛听取意见,边演出、边修改,使之逐步趋于完善。这样就保证了年年有新剧目,年年有重点剧目,可以不断地推出优秀的艺术作品。多年来,在省委宣传部的关心和支持下,省直五院团创作演出的一些剧节目,已多次在全国性的比赛中获得奖项,其中有四个院团的剧目,荣获中宣部"五个一工程"奖。

在剧目创作与生产中,也存在一些问题。首先,重点剧目创作和生产的投入资金相对不足。一台好剧目,剧本创作仅是一个基础,大的投入在二度创作,在要求演员高水平演出的同时,还需要舞美、灯光、道具上达到高标准、高质量;此外,通过多演出来锤炼剧目的质量,也是十分重要的,但我省目前的演出市场不是十分乐观,很多剧目的创作及演出,经常是入不敷出。对于一台优秀剧目,这些都需要有资金的保障。限于我省的实际情况,重点剧目的投入相对较少,导致一些剧目仅能初步排出,没有进一步加工提高的资金,影响其艺术质量。还有些优秀剧目,因资金不足而不敢大量地演出,得不到应有的锤炼;甚至有些获全国奖项的剧目,因演出机会少,不能发挥其应有的导向性和示范性作用。其次,我省目前创作队伍老化,青年剧作者后继乏人;创作人员学习观摩机会也相对较少,不利于开拓创作思路。其三,因多方面的原因,艺术人才流失问题严重,在一定程度上也制约了艺术的创作和生产。这些问题,都有待于我们在今后工作中认真加以研究和解决。

今年,我们正在抓的重点剧目有以下几部:一是省话剧院的大型话剧《元朝帝师八思巴》,这是一部少数民族题材的历史剧,主题凝重突出,故事情节生动感人。在刚刚闭幕的第二届少数民族文艺汇演中连获7项金奖,引起了宗教界许多领导和专家的关注。另一部是省京剧院创作演出的新编历史故事剧《三关明月》，描述宋、辽战争中，佘太君与萧太后痛感战争造成了许多人间悲剧，双方协商停战议和的故事，突出了民族团结和解这一主题，具有较为深刻的现实意义。此外，还有临汾市蒲剧院的现代戏《土炕上的女人》，它描写了黄河岸边一位普通农家妇女平凡而光荣的一生。该剧在北京上演后，曾引起京城观众的轰动，11 月下旬，将赴南宁参加第七届中国戏剧节，被专家们定为戏剧节的重点剧目。

在历届中宣部精神文明建设"五个一工程"奖评选活动中，我们虽然也取得了一些成绩，但面对新世纪，面对蓬勃发展、日新月异的当代中国，只有创作出更多优秀的、人民群众喜闻乐见的文艺作品，才能体现先进文化发展的方向，才能无愧于时代赋予我们的光荣使命。

※系 2001 年 10 月 12 日，在全省精神文明建设"五个一工程"会议上的发言提纲。

回归民间　贴近群众

在纪念毛泽东同志《在延安文艺座谈会上的讲话》发表 60 周年之际，中共山西省委宣传部、山西省文化厅联合主办了山西省小戏、小品、小剧种调演。连日来，省城观众观赏踊跃，小戏演出高潮迭起，人们像过节一样，品尝着乡音的甜美，感受着民间艺术的质朴，一种有别于传统大戏，但却是真正回归民间的艺术情感，正在深深地浸染着古老的三晋大地。

由于本次大规模的"三小"调演，为建国以来首次在专业艺术团体范围内所举办，因此引起了省内外各界的广泛关注。参加本次"三小"调演的，除四大梆子、京剧、豫剧、话剧、歌剧、曲艺等形式外，

还有来自全省各地的13个小剧种(包括眉户、线腔、秧歌、二人台、道情、耍孩儿等),历时10天,共18台节目,包括3台大戏、47个小戏、29个小品,近80个剧节目参赛。与以往的调演相比,这些节目更多地来自于基层,有着较为深厚的乡土气息,取材于民间,多表现凡人小事和人情事理。特别值得提出的是,许多剧目继承了我省文学艺术界善于表现农村题材的优长,较为着力地表现了农村现实生活中的诸多问题,扭转了我省近年来戏剧剧目中农村现实题材创作乏力的现象。

我省素称"戏剧之乡",但一说起山西戏剧,人们总是立刻就想到四大梆子,想到那古老的装饰与程式化的表演,想到一演就是两个多小时的大戏,这自然是情理中的事。但是,随着人们对丰厚的文化艺术资源的再认识,随着城乡文化市场的逐步成熟,随着我省旅游事业的进一步发展,那些生动活泼、载歌载舞的地方小戏,那些为广大观众所喜闻乐见的曲艺小品,已经愈来愈显示出它独特的生命力,显示出它不可替代的价值。

通过这次大规模的调演,既检阅了我省小戏、小品、小剧种的创作及演出的阵容,又推出了一批优秀作品和戏剧艺术新人,为我省戏剧事业的改革,特别是繁荣戏曲创作积累了诸多有益的经验。那些短小精悍、轻松活泼、语言风趣的地方小戏,那些一针见血、针砭时弊、酣畅淋漓的曲艺小品,甚至包括那些由大剧种演出的现代小戏,与观众有着天然的审美沟通,不需要太长的时间,观众就立刻被融入剧情之中。这种现象,在由大剧种演出的大戏、特别是传统古装戏中是看不到的。由此使我们意外地感到,此次调演,实际上为我省戏曲事业的改革和发展,注入了一股新鲜的活力;使我们看到了广大城乡观众的审美渴求;看到了我省戏剧创作与表演的潜力及前景。当然,也发现了戏剧创作中亟须注意解决的问题,特别是直接为基层广大群众提供服务的小剧种的生存和发展,亟待引起各级主管部门和社会各界的注意和支持，应当创造条件，让它们健康地发展，真正使山西的戏剧百花园地里的花竞相开放，万紫千红，绚丽多姿。

※写于2002年6月3日，后发表于《山西日报》。

风光不与四时同

在隆重纪念毛泽东同志《在延安文艺座谈会上的讲话》发表60周年之际，在省城太原，由中共山西省委宣传部、山西省文化厅共同主办了山西省小戏、小品、小剧种调演。这次调演从5月23日开始，经过了10天的紧张比赛，于6月1日落下了帷幕。紧接着，我们于6月3日又召开了小戏、小品、小剧种的理论研讨会，研讨会由省城和部分地、市的戏剧理论专家和学者参加。可以说，这次“三小”调演，一直到6月3日才完满地结束，达到了预期的效果，取得了优异的成绩，获得了极大的成功。

一、“三小”调演的背景和概况

本次调演是建国以来，我省专业艺术战线组织的第一次小戏、小品、小剧种调演，也是改革开放以来我省小戏、小品、小剧种最大规模的集中展示。据我省搞戏剧史的同志讲，我省在1953年曾举行过小剧种调演，但是没有小戏、小品，而且小剧种也仅有5至6个，因此我们说这次活动，是建国以来首次在专业艺术战线上搞的大规模的“三小”调演。为什么要搞这次调演，为什么把这次活动放在纪念《讲话》发表60周年之际，文化厅党组是做了充分考虑的。大家知道，江泽民总书记在纪念中共建党80周年大会上发表了“七一”重要讲话，讲话全面阐述了“三个代表”的重要思想，对建设先进文化提出了新的要求，省委、省政府也根据“三个代表”的指示发出了建

设文化强省的号召。如何实践“三个代表”、建设文化强省，就成了我们必须承担的使命和必须回答的现实课题。我们知道，山西文化的优势之一在戏剧，戏剧的优势在历史悠久、剧种丰富，全国 360 多个剧种，山西就占了七分之一，建设文化强省，服务基层群众，它们是一支不可或缺的重要力量。恰逢即将迎来《讲话》发表 60 周年，而《讲话》解决的就是文艺为什么人服务和怎样服务的问题。于是，在第八届“杏花奖”评比演出结束以后，党组就决定在 2002 年“5·23”期间，在全省搞一次小戏、小品、小剧种调演，以促进基层文化建设，推动小戏、小品的创作和小剧种的发展。这就是文化厅党组搞这次活动的背景和初衷。去年 9 月发文以后，各市、地和省直各院校团都给予了高度的重视，进行了认真的准备，克服了种种困难，做了大量的工作。为了保证调演质量，今年春节以后，省文化厅召开了专家论证会，对“三小”调演作了一些规范性的要求，并下发了第二次文件，同时组织专家分赴各市、地对参赛剧(节)目进行了审查指导。经过周密的准备，从 5 月 23 日至 6 月 1 日，共有来自全省 11 个市、地和 4 个省直院团的 20 个剧种、79 个剧目参加了演出。经过 10 天的激烈角逐，通过评委会的认真评选，共有 5 个剧目获得了最佳剧目奖、6 个剧目获得了优秀剧目奖、8 个剧目获得了剧目奖、27 个单位演出的剧目获得了演出奖；200 多名演职员，分别获得了编剧、导演、表演、音乐设计、舞美设计、乐队伴奏等单项奖。这个数字听起来似乎比较大，但我们这次活动由于发动面比较广，参与“三小”调演的演职人员多达 600 余人，从整体的授奖面看，仅占到 40%多。这次调演，有大量基层演出团体参加，特别是有好多县级剧团，多年来没有参与过这样一种演出，所以我们的评奖基本向他们进行倾斜，这也是可以理解的。

二、“三小”调演的主要特点

本次调演，引人注目的亮点比较多，特点也相当明显，概括起来有下列五点：

第一个特点是，各市、地文化主管部门高度重视，认真组织，积极发动，表现出良好的工作作风。自去年9月发文以后，大多数市、地都迅速转发了省厅的文件，立即着手安排，积极组织准备。他们克服了机构调整、新旧交替、事务繁忙、经费紧张等困难，对“三小”调演投入了大量的时间和精力。像晋中市、运城市、大同市，分管局长深入一线了解剧目，敦促排练，组织创作骨干集体攻关。比如运城市，发现芮城线腔有一个基础较好的剧目，就组织市里面的专家进行集体攻关，甚至请老导演韩树荆同志亲自当顾问，认真加工，所以运城的参赛作品那是非常突出的。实践证明，重视不重视，加工不加工，展示在舞台上就大不一样。忻州等市、地的主管领导，亲自跑到各县区组织发动，积极争取当地政府的支持。同志们都知道，忻州的经济条件在全省来讲最困难，机构改革，班子调整，新局长到任以后，对“三小”调演事抓得非常紧。这次到省城参加调演的繁峙秧歌，偏关、河曲二人台，神池道情，就是局长亲自下去，一个县、一个县地发动的，不仅准备剧目，同时向当地党委、政府建议，怎样给演出团体增加投入，这样才保证了忻州团的演出。这样困难的地区组织了两台节目，是难能可贵的，他们的组织工作是付出很大努力的。省京剧院为准备这次“三小”调演，调回远在温州演出的演职员，全部投入“三小”的排练，所以他们的《雁荡山》表演得非常出色。成厅长上去接见演员时，非常激动，称赞他们的演出使“三小”调演出现了一个小高潮，这是对京剧院领导组织工作的认可和肯定。此外，在演出期间，运城、临汾、长治、吕梁等地、市的党政领导，还亲临演出现场为演出团体助阵；忻州的一些县区领导，演员在台上演出，书记、县长、部长都坐在台下观看，那不仅仅代表领导，那是代表那个县的多少万人民群众，多少年来这样的小戏，能够在省城大舞台演出，此时此刻他们的心情，大家是可以理解的。好多市、地都是市

里的副书记、副市长、宣传部部长、文化局局长，组成一个联合带队领导组，亲临演出现场，为他们的演出团体助阵。事实证明，只要是重视的市、地和单位，不管基础如何，都能够做出成效，都有突出的表现。可以说，正是大家的组织、支持和努力，保证了“三小”调演的圆满成功。

第二个特点是，本次参加调演的剧团多、剧种多、代表性强。这次调演，共有 49 个剧团参加了比赛，其中，省级团 4 个，地、市团 18 个，县级团 13 个，企业文艺团体 6 个，省、市、县的艺术院校 5 个，部队演出团 1 个，民间职业团 2 个。就艺术种类来分，有戏曲团、话剧团、歌舞团、文工团。剧团数量之多，种类之丰富，体制之完备，为我省历届调演之最。这说明了各市、地发动的力度和效果，如果没有广泛发动、广泛组织，不会达到这样大的范围。同时，也表现了各市、地参赛热情的高涨，充分反映了我省健全多样的专业艺术结构。这个专业艺术结构中，省、地、县是主体，此外有院校、有部队、有企业文化，还有民间职业剧团。这是目前在市场经济条件下，健全多样的专业艺术结构的表现。这些团体带来的剧种，有晋剧、上党梆子、北路梆子、京剧、豫剧、话剧等大剧种，遗憾的是没有蒲剧；同时还有 13 个小剧种参加了这次的调演，其中有线腔、眉户、上党落子、上党二黄、祁太秧歌、朔州大秧歌、襄垣秧歌、繁峙秧歌、临县道情、右玉道情、神池道情、二人台、耍孩儿等，这在我省历史上是小剧种参与最多的一次。除此之外，还有一些音乐小品、小歌剧、小诗剧等现代的艺术形式，可以说我们这次的调演是百花齐放，多姿多彩。许多观众非常惊喜地说：“第一次看到我们省这么多剧种，第一次发现山西的小剧种好听、好看。”包括多年从事戏剧研究的专业人员也为之振奋，第一次领略了戏剧大省的实力。我们说，繁荣的前提是丰富，丰富的前提是多样化。多样化才有代表性，才能全面反映我省的文艺现状，展示我省的文化资源。从这个角度上讲，我们这次的“三小”调演，可以说是在较大的范围和较大的层面上，对全省剧种及其表演队伍的一次检阅。这是本次调演的一个突出特点，也是本次调演的重大收获。

第三个特点是，这次调演新创作的作品多，现实题材的作品多，反映了基层作者旺盛的创作活力。“三小”调演的直接目的就是要繁荣创作，并以优秀的作品推动小剧种的发展。所以，我们在发文时就特别强调，参加“三小”调演要求是新创作的剧（节）目，即使是传统的折子戏，也要经过大的加工修改方可申报参加。为此，省厅专门召开了专家论证会，会上专家们充分认可了这一原则。会后召开的调演预备会上，我们又重申了这一原则。各地对此给予了高度重视，进行了认真贯彻。在本次调演中，新创作的剧目占到了70%以上，而且大多数是反映现实生活的作品，这是非常可喜的。3台大戏有2台是新创作的现代戏，而且是反映我们时代的英雄，1台是临汾市的眉户《村官》；1台是临猗眉户戏，反映张小民的《热土忠魂》，这些都是新创作的。29个小品全部是新作品。小戏中，新作品也占到了70%。这些作品从不同的角度，对现实生活进行了多层次的反映，有的对社会丑恶现象进行了无情的批判，有的对弱势群体给予了充分的同情，有的赞美了高尚的人格，有的讴歌了时代的英雄，有的表现了时代的进步，有的揭示了社会的弊端。比如，长治市的一台演出，那反映的内容是相当丰富的，反映的面也是非常广泛的，有调整产业结构的，有计划生育的，有教育挽救失足青年的，有反对“法轮功”的，还有扶贫的，可以说涉及我们社会上的各个层次、各个方面。在这些新创作的作品中，既有反映农村变化的，也有反映城市风情的；既有反映军旅生活的，也有反映矿山故事的。可以说，本次调演的剧目，涉及了工农商学兵各个行业，题材的丰富性为历届调演所少见。尤为可贵的是，大多数作者都能从生活出发，以民间的视角，进行开掘和表达，使作品呈现出了鲜活的气息和动人的艺

术魅力。其中,《七斤三两》《牛嫂戏官》《保姆》《山妹子》《活来死去》等作品,就是它们中突出的代表。值得指出的是,这些作品大多出自基层作者之手。他们常年生活在基层,更贴近老百姓,更熟悉普通人的酸甜苦辣、喜怒哀乐,所以他们的作品,都能以民间的视角出发,以清晰的爱憎介入生活、表现生活,从而使作品获得了温暖的人道主义色彩和健康的生活气息。大家可能还记得,去年的"杏花奖"演出,有4部作品获得了新剧目奖,全部是历史题材的,而今年的5部最佳剧目中,历史题材的仅有1部;去年的4部作品,有2部是外省作者创作的,而今年的5部作品,作者全都是本省的。虽然今年的作品因体裁的关系,在思想容量、艺术含量、整体效果上,还不能与大戏作简单的对比,但也足以说明,我们的作者,尤其是基层作者,已经焕发了旺盛的创作活力。这是一个好兆头,有灵感的冲动、有创作的激情、有勇敢的尝试,就会有美好的戏剧创作前景。

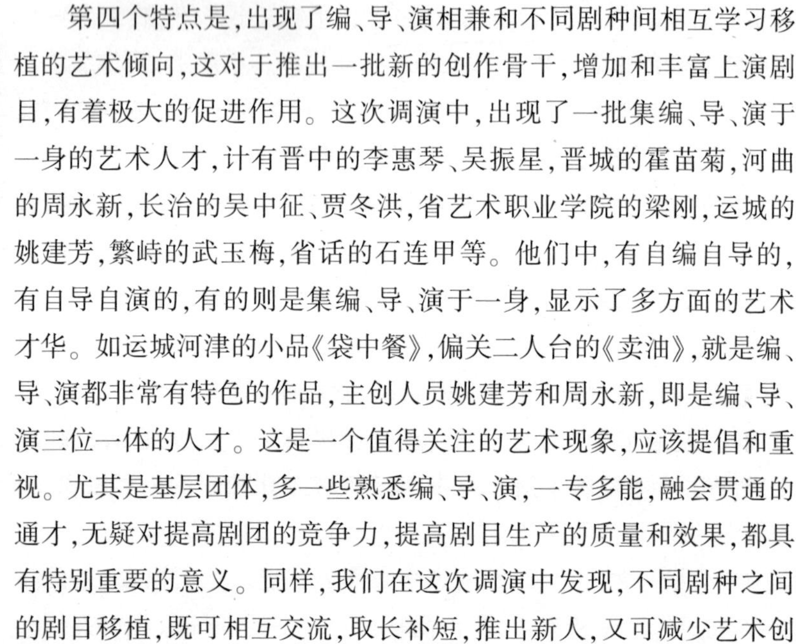

第四个特点是,出现了编、导、演相兼和不同剧种间相互学习移植的艺术倾向,这对于推出一批新的创作骨干,增加和丰富上演剧目,有着极大的促进作用。这次调演中,出现了一批集编、导、演于一身的艺术人才,计有晋中的李惠琴、吴振星,晋城的霍苗菊,河曲的周永新,长治的吴中征、贾冬洪,省艺术职业学院的梁刚,运城的姚建芳,繁峙的武玉梅,省话的石连甲等。他们中,有自编自导的,有自导自演的,有的则是集编、导、演于一身,显示了多方面的艺术才华。如运城河津的小品《袋中餐》,偏关二人台的《卖油》,就是编、导、演都非常有特色的作品,主创人员姚建芳和周永新,即是编、导、演三位一体的人才。这是一个值得关注的艺术现象,应该提倡和重视。尤其是基层团体,多一些熟悉编、导、演,一专多能,融会贯通的通才,无疑对提高剧团的竞争力,提高剧目生产的质量和效果,都具有特别重要的意义。同样,我们在这次调演中发现,不同剧种之间的剧目移植,既可相互交流,取长补短,推出新人,又可减少艺术创作的成本,增加上演剧目,最大限度地满足演出市场上广大观众的需求,这也是一件值得提倡的好事。比如像我们的京剧院,守着山西梆子这样一个老窝,把山西梆子的拿手好戏《杀宫》移植过来;而晋剧院参演的三个折子戏《活捉》《通天犀》《临江驿》,有移植川剧的,有移植京剧的。这种不同剧种之间的移植与交流,在我们过去的戏剧历史中就有的,我想这个艺术倾向也是值得我们各地提倡的,既可减少我们的艺术生产成本,同时又可向兄弟剧种学习,学其长、补己短,增加演出剧目,何乐而不为呢?上述调演中的两个艺术倾向,值得引起我们各个院团、各地主管部门的重视。

第五个特点是,本次"三小"调演影响巨大,得到了社会的广泛关注。首先是新闻单位,与以往调演不同,我们并没有召开新闻发布会,但新闻单位表现出了强烈的反应,给予了热情的关注。赛前,《山西日报》《太原晚报》就对活动的准备工作进行了大篇幅的报道,而且《山西日报》《太原晚报》还跟踪报道基层的一些排演情况,比如,阳泉的一台节目还没到省城演出,《山西日报》就已经报道开了"10万矿工争看一台小戏",引起了社会的极大关注。调演预备会上,省城报社、电台、电视台的10余家新闻单位到会采访。调演期间,省电台对每个场次都进行了详尽的报道,电视台、报纸也连续发表了评论,介绍调演的盛况。新华社得到我们"三小"调演的信息,新华社总部要求驻山西记者站来做这篇文章。省电视台除了文艺频道,还有经济频道、影视频道,也是多方面来反映、多角度来报道,影视频道专门就如何重视小戏、小品的创作,如何关注小剧种的生存和发展,搞了一个专题节目,极大地配合了我们这次"三小"调演。这些媒体的热情参与,证明了本次活动丰富的新闻价值和深刻的文化内涵,形成了强大的舆论效果,引起了社会的广泛关注。调演期间,无论夜场、日场,观众都是踊跃观看,气氛是热烈的。白天的一些场次,在铁三局礼堂观众不太满,但晚上人数特别多,有时走廊里

都站满了观众。由于我们的一些剧目,直接接触了现实生活,反映了时代的英雄,因此受到了有关方面的重视。如首场演出的大型眉户《热土忠魂》,是以文艺形式讴歌时代英雄张小民的创作,在并举办的中组部基层组织建设座谈会的领导及会议代表也闻讯观看了演出。可以说,本次调演对过去存在的"圈里演、圈内看"的现象,有了一定程度的扭转,为我们今后举办类似活动,如何扩大社会影响,积累了一定的经验。

三、本次调演中存在的问题

在推出新人新作,展示了"三小"魅力,取得显著成绩的同时,我们也应该看到,本次调演中还存在着一些亟待解决的问题。

首先,是部分作品还存在着思想性、艺术性不统一、不平衡的问题。有的作品对生活的开掘不深、提炼不够、表现生活流于表面。就是说虽反映了生活,但却没有升华、没有提高,写得比较浅薄;有的作品创作技巧简单,手法陈旧,缺少戏剧艺术起伏跌宕这样一个韵致,比如有一场演出,几乎两三个小戏,都是在解决如何克服落后思想、转变落后观念这个问题,而且创作手法简单雷同;有的作品图解政策,如一些反映计划生育的小戏,或者是反映植树造林的,缺乏艺术的加工,直白浅陋,严格地讲,这不叫艺术品,只可称作宣传品。同志们请注意,我们是搞艺术的,我们的作品是艺术品,我们的作品之所以能够打动观众,是靠艺术的感染力,而不是一般的宣传教育。从哲学观点来讲,我们是搞形象思维的,是通过塑造舞台人物的艺术形象来感染人,这一点确实值得我们创作人员注意。有的作品主观动机和客观效果相背离,产生了不应有的负作用,比如说我们的一些小品,你的出发点可能是讽刺、鞭挞社会的弊病和丑恶现象,但是因处理得不好,适得其反,你在舞台上展现的却是一种负作用,是一种负面效应。如小品《取长补短》,表演是很到位的,一个是聋人,一个是哑巴,在电话亭打电话,反映的是人间真情,身残心不残,热心帮助人，但名字叫了个“取长补短”，对我们的残疾人这个弱势群体就是个刺激。再比如《推销员》，我理解作者的意图，无非是想批评社会上的一些不正当交易，但这个题材的选择欠妥，推销墓地，死得越早越可打折优惠，这个作品对老同志刺激太大，看了很不舒服。所以，我们的创作人员一定要注意，对这种创作倾向，需要我们认真地对待。

我们知道小戏、小品，短小精悍，反映生活快捷方便，这是优势，但如果不对其艺术性、思想性进行认真严谨的锤炼，就会陷入概念化、公式化、浅薄化的泥潭。这里要认识一个道理，我们强调主旋律，我理解它是要提倡一种精神，是提倡一种对社会、对人类、对生活应有一个健康向上的负责态度，我们的创作也必须要有这样一种负责的态度，所以说主旋律的作品，应该是艺术化了的主旋律作品，而不是局限于单一的、刻板的反映某项中心工作的题材，更不是张贴标签和口号的载体。所以我们说，主旋律作品要真正达到像江总书记所指出的“以优秀的作品鼓舞人”的效果，就必须在艺术性上下功夫，用艺术的感染力去打动观众，实现寓教于乐的目的，就是说我们的艺术产品是艺术品，不是一般的宣传品，这一点我们应该有清醒的认识。

其次，是小剧种的特色有弱化的倾向。本次活动目的之一，就是要促进和推动小剧种的发展，所以我们给小剧种大开绿灯，给了特殊的政策。我们这次规定，大剧种演小戏，小剧种可以演大戏，给小剧种腾出舞台，以展示其风采，所以眉户两台大戏，要孩儿一台大戏，这是本次调演对小剧种的倾斜。同时，在评奖中也是对小剧种倾斜，同等条件下，首先考虑的是小剧种，因为它们的生存环境太艰难了，我们的一些专业团体，特别是四大梆子，再困难也要比小剧种好过得多，所以在评奖中应对小剧种倾斜。即使得不上名次奖，也要给他们一个演出奖，很不容易，这个思路得到了大家的认可。小

剧种的表现,无疑是本次调演中最大的亮点。但我们也发现,有些小剧种在音乐和唱腔上,暴露出了向大剧种靠拢、被大剧种同化的倾向,这是值得我们注意的。比如说繁峙秧歌,听了半天就听不出它是个秧歌,倒是北路梆子味特别浓;再比如说,这次的二人台出现了两种,有一种味就不是二人台的味,这都得注意。向大剧种靠拢,在表演上有过分歌舞化的倾向,本身独有的风格特色正在丢失和削弱,这是非常危险的。山西是个多剧种省份,50 多个剧种,之所以有区别,特点就在音乐和唱腔上,把音乐和唱腔一味地向大剧种靠拢,你靠不过、比不过大剧种,最后没有自己的特色,便自我消亡了,这个倾向值得注意。这种现象已经引起了业内人士深深的忧虑。小剧种之所以在戏剧百花园中有自己的一席之地,就在于其独特性和不可替代性。如果不对其特色加以保护,不使这种保护成为一种集体的文化自觉,势必要造成不良的后果。当然,剧种的发展进化有其自身的规律性,不可避免地也要吸收一些新的素材和营养,以丰富自己的表现手段,但必须注意一个前提,就是要在保持自己本体风格的基础上,去改革、去发展自己,否则,前进将失去主体。

其三,是各市、地对"三小"调演的组织工作有不平衡的现象。在这次活动中,大多数市、地和单位都比较重视,能积极配合,认真组织;但也要看到,个别市、地和单位,并没有认识到此次调演的重要性。我这里不是要批评哪一个单位和市、地,因为情况的不同,我们有的县、市正在机构改革,领导班子正在调整,工作衔接不上,虽然付了很大的努力,效果也不理想,这是一部分情况;但我也发现,有些单位,有一些市、地,没有什么特殊情况,对这次调演也没有引起重视,有的连厅里下发的文件都不知道。我们党组去年 9 月就发了文件,今年春节过后,在全省的文化局局长会议上,成厅长的报告包括我最后的总结,又强调了"三小"调演。在这个会议之后,我们又紧接着召开专家论证会,不仅发了文件,并开了预备会,这样紧锣密鼓地督促,仍然引不起一些市、地和单位的重视。他们不去认真地研究省厅下达的文件精神,对这项工作抓得不力,以致展现在舞台上的不是老的作品,就是凑数应付演出,没有能够显示出与自己地位和身份相适应的艺术作品,这是非常令人遗憾的。我们知道,艺术活动是推动创作、推出新人、繁荣舞台的重要措施,是交流学习、互相提高、展示成果、扩大影响的极好机会。对艺术活动的忽视,久而久之,势必要影响到一个市、地,一个单位艺术生产的健康发展。我想这个责任不在院团,主要在主管领导,我们各自都反思一下,在去年的“杏花奖”的舞台上你们展示了些什么?在今年的“三小”调演舞台上你们又展示了些什么?这样就知道,对这两次大的艺术活动你们付出了多少努力,一分耕耘有一分收获,只要是付出努力,效果一定会好的。否则,你将会错过一个机会,你所耽搁的不是你自己,是你这个地区的艺术生产力的发展,你耽搁的是一个艺术团体内一批新人的成长。从这个意义上讲,我想提醒各主管部门的领导,务必引起高度重视。

四、对今后“三小”工作的几点意见

我们谈了成绩和不足,还想谈几点意见和希望。

第一,希望各市、地要一如既往地抓好小戏、小品的创作,希望广大戏剧工作者,继续保持旺盛的创作活力,创作出更多更好的小戏、小品。这里我要特别表扬一下晋中,本次调演中,晋中取得了优异的成绩,你们可以看到,最佳剧目奖、优秀剧目奖里,算绝对数,晋中为第一,这是功夫不负有心人,是和他们集中全市的创作力量投入小戏、小品的创作分不开的,是和他们多年来致力于小戏、小品的创作分不开的。在晋中,可以说已经形成了以程毓祥、齐根元、雷守正、张喜明等为代表的小戏创作群体,具备了很强的竞争力,所以,全国的“曹禺戏剧文学奖·小品小戏奖”金奖就出在晋中。实践证明,创作抓不抓、下功夫抓不抓,效果大不一样。我这次深入晋中调

研,看他们的排练,可以说他们把所有的创作力量都集中到一块抓。这一次调演,还有一个现象是"大家"演小戏,比如"梅花奖"演员郭明娥、成凤英这些"大家"演小戏,她们在艺术上精益求精、认真严肃的态度值得称赞;同时,我们的剧作家抓小戏,"大手笔"写小戏也是值得提倡的。艺术创作是非常严肃的,艺术创作是非常认真的,艺术创作又是非常扎实的,你没有严肃、认真的态度,扎实的功底,你能抓出好的艺术作品来吗?晋中正是有了这么好的优势,才抓出了如《牛嫂戏官》《退婚》《赶会》以及《偷南瓜》等精彩的作品。值得指出的是,小戏、小品的创作,又关乎到小剧种的生存发展问题。大家知道,剧目是剧种的载体,没有好的剧目,剧种的发展就会受到影响。你想扶持小剧种,首先要抓小剧种的剧目创作,剧种的发展受到影响,也就进一步影响到它的生存。所以,希望大家多出作品,多为小剧种写戏,促进小戏、小品、小剧种的繁荣和健康发展。

第二,希望广大音乐工作者,积极投入到小剧种音乐的创作中去,帮助小剧种建立自己的理论体系和实践规范,处理好继承和发展的关系,辩证地认识和发展小剧种的特色,为小剧种音乐的发展注入新的活力。我们要像当年李守祯、现在的李秉衡和刘和仁老师那样,亲自动手参与小剧种的音乐创作,全面提高小剧种的艺术竞争力。比如刘和仁,这次"三小"调演中,音乐设计、音乐创作他得了两个奖,不管是晋剧小戏,还是临县道情,都有新的作为。我们今天在座的还有一些音乐专家,我希望我们搞音乐创作的同志,能够调动起创作的积极性,为小剧种的音乐创作施展自己的才能。

第三,希望各市、地文化主管部门,要将本市、地小剧种的生存问题提上重要议事日程,给予高度的重视。同时,要呼吁当地政府和全社会,关注支持小剧种的生存和发展,尤其要注意扶持那些有生命力的、群众喜闻乐见的、在省内外有影响的小剧种,努力为小剧种的健康发展创造一个良好的环境。在这一点上,省文化厅也将采取一些相应的措施，以加大保护和发展的力度，力争把我省的小剧种搞活搞精，使它在新世纪焕发出新的光彩，真正让我们50多朵戏剧花朵竞相开放，使我省的戏剧事业得到全面发展。

※原为2002年6月20日的讲话录音，后经整理，发表于2002年《山西文化》杂志第4期。

三晋杏花再飘香

2003年11月17日至12月1日，由山西省文化厅、山西省戏剧家协会联合举办的第九届山西省戏剧“杏花奖”评比演出活动，在省城太原隆重举行，这是我省恢复“杏花奖”评奖以来举办的第二次评比演出。这次评比演出，历时15天，取得了良好效果，达到了繁荣艺术创作、推出优秀剧目和优秀人才、促进全省艺术事业健康发展的目的，对推动我省今后的艺术生产和建设，振兴三晋文化，实现“文化强省”的战略目标，必将产生重大而深远的影响。

一、评比演出概况

这次评比演出，在“杏花奖”评比领导组的正确领导下，在各市、地文化局与参赛单位的大力支持和配合下，从2002年9月下发文件开始，经过近一年多时间的精心策划、准备和组织，取得了圆满的结果。评比期间，共组织33台演出，分4个剧场进行，有近三千人参加了演出活动。参评剧(节)目涵盖戏曲、歌舞剧、话剧、小品、曲艺、声乐、器乐、舞蹈、杂技等9个艺术门类，共162个剧(节)目，其中，大戏12台，折子戏67个，小品11个，声乐45个，器乐23个，舞蹈2个，双簧1个，杂技1个。共有325人、次参加了对编剧、导演、音乐设计、舞美设计、表演及二度杏花表演奖等6个奖项，以及53队、次乐队对乐队伴奏奖奖项的角逐；涉及晋剧、蒲剧、上党梆子、北路梆

子、上党落子、京剧、眉户、豫剧、二人台、神池道情等10个戏曲剧种；参赛单位计有太原、大同、忻州、阳泉、晋中、吕梁、长治、晋城、临汾、运城10个市、地和省直7个院、校、团等共35个单位，其中，专业艺术表演团体(包括院校)31个，民营剧团(包括文工团)4个。评比演出期间，观者踊跃，演者尽心，无论是早场还是晚场，几乎场场座无虚席，掌声、喝彩声不断，有的场次加椅添凳，甚至连走廊里都站满了痴迷的观众。可以讲，这次评比演出，参赛剧(节)目之丰富，剧种之多，门类之全，参评人数之众，观众之踊跃，规模之宏大，堪称历届“杏花奖”评比演出之最。评比演出结束后，经总评委员会认真的审核，确定评奖入围分数线和获奖奖项、名额，提名组织奖和个别集体奖项，并报请领导组审定。计评出杏花新剧目奖5个，二度杏花表演奖2个；单项奖中，戏剧类87个，其中，编剧(改编)奖7个，导演奖6个，表演奖43个，音乐(唱腔)设计奖6个，舞美(灯光)设计奖8个，乐队伴奏奖12个，特别奖5个；音舞类中，声乐演唱奖12个，器乐演奏奖6个，杂技表演奖1个，舞蹈表演奖1个，音乐创作奖6个，两类共113个。在本届评比演出中，表现突出的运城市文化局、忻州市文化局、山西省京剧院、山西省话剧院和晋中市文化局，领导组还授予了组织奖。

二、本届活动的特点

1.准备充分，组织到位，运行规范。第九届山西省戏剧“杏花奖”评比演出，是2003年省文化厅的一项重中之重的工作。为了组织好这次活动，早在2002年9月，省文化厅就下发了评比通知，要求各市、地严格按照艺术生产规律，早发动、早规划、早做安排和准备。之后，为了贯彻“杏花奖”评奖演出的宗旨，出人出戏，坚持继承、改革、创新的导向性和评奖的权威性，贯彻公开、公正、公平的评奖原则，科学规范评奖，又多次组织专家就参评条件、奖项设置、指标分配、评奖细则等问题，进行了广泛论证，做了大量的前期准备工作。

这期间各市、地文化局，省直各院、校、团积极响应，对本次评比演出给予了极大的关注和支持，定规划，选题材，聘编导，同样做了大量耐心细致的前期发动和组织准备工作。据初步统计，向各市、地文化局申报的初评剧（节）目多达528个，为此各市、地大都通过举办不同的艺术赛事，对所报剧（节）目进行了首轮筛选，并据此向省“杏花奖”评奖办公室申报推荐剧（节）目295个。为了好中选优，确保质量，也为了避免不必要的人力物力浪费，2003年九十月份，“杏花奖”评奖办公室，根据各市、地剧（节）目的申报情况，组织我省戏剧、音乐、舞蹈、杂技等各界专家，分5路赴各市、地和省直各院、校、团审查，对所审查的每个剧（节）目、每位演员的表演，都要进行认真的讨论，并提出详细的加工修改意见，共审看了剧（节）目222个。在此基础上，专家组会同各市、地文化局和省直各院、校、团，共同确定出参加第九届山西省“杏花奖”评比演出的推荐人员名单和剧（节）目。所以说，这次来省城参加演出的剧（节）目，是经过层层筛选才确定下来的，真正做到了好中选好、优中选优，保证了此次“杏花奖”评奖剧（节）目的质量。

评比演出期间，为了确保评比演出的顺利进行，我们组织成立了第九届山西省戏剧“杏花奖”评比演出评委会和办公室。评委会分设戏剧和音乐舞蹈两大类，29名评委委员，全部由省内的戏剧、音乐、舞蹈界专家，理论评论家和艺术管理人员组成，人数多于往届，既具有广泛的代表性，又在一定程度上确保了评比成绩的客观公正。办公室下设新闻简报、演出保卫、联络资料、评委工作、行政后勤、录音录像等6个组，各组分工明确，各负其责，各司其职，有效地保证了评比演出的安全、协调、有序进行。

2.参评人员多，门类齐全，竞争激烈。这次评比演出，各地演职人员的参赛热情空前高涨。据统计，初次申报参评的演职人员在500人以上，而最终选拔到省城来参赛的，是经过三轮筛选而推选出

来的，由于有指标的限制，竞争相当激烈。这一方面说明，经过上届戏剧“杏花奖”评比演出，其评奖的公正性、权威性及导向性，已经得到了演职人员的广泛认同，各演出团体、每位演职人员，都希望通过参加评比演出，检验并展示自己的实力和水平；另一方面，由于我们在“杏花奖”的规格和待遇上，作为我省唯一的舞台艺术政府最高奖，经过积极的争取与协商，已得到了省人事厅等部门的充分肯定和支持，在职称评审中，可把“杏花奖”比照为国家级的等次奖去对待，这就极大地调动了广大演职人员的参赛积极性。

与此相适应，这次参赛的艺术门类与上届相比更为齐全，涉及戏曲、歌舞剧、话剧、小品、曲艺、声乐、器乐、舞蹈、杂技等9个艺术类别，各个艺术品种都囊括其中，成为各艺术门类在省城舞台上的一次集中展示。特别值得一提的是，我们在这次评比演出的奖项设置上，新增设了“二度杏花表演奖”，参赛的条件和标准，参照“梅花奖”的评奖办法，为一台新创大戏和一台折子戏专场，目的是为了鼓励已获得“杏花奖”的演职人员，进一步提高自身的艺术素养，培养山西戏曲舞台上的中坚力量，这使“杏花奖”奖项设置更趋合理。这次有2人申报二度杏花表演奖，由于他们的出色表演，双双如愿以偿。我们这次选拔上来的表演人才，都是常年活跃在舞台或坚守在艺术事业第一线的骨干，他们的艺术实力在一定程度上代表了山西戏剧艺术事业发展的实力。

3.继承是“杏花奖”评比演出的基础，创新是本届评比演出的突出亮点。在这次参评的剧（节）目中，新创作品占到了全部参评作品的三分之一强。12台大戏中，《哥哥你走西口》《祥林嫂》《娘啊娘》《我能当班长》《山女》《十里花香》《玉带传奇》《不能没有你》等8台全部为新创作品，《三义亭》是在改编上取得重大突破的传统剧目，《三关明月》《风雨行宫》和《史外英烈》是移植剧目；67个折子戏中，新创或有重大改编的，也占到折子戏总数的近三分之一;11 个小品就有 10 个为新创;声乐作品中有 15 个为新创;器乐作品中有 4 个为新创;舞蹈、杂技全为新创作品。与此同时,这次参评剧目在音乐设计、唱腔设计、舞美设计、服装设计、人物造型设计等方面,都取得了重大的突破和进展,充分展现了本届评比演出与时俱进的精神风貌,也反映了创作者旺盛的创作活力和不凡的创造才能,这说明山西的戏剧艺术,已经开始走上以创新求发展的良性轨道。

我省戏剧在创新的道路上,之所以能取得如此令人欣喜的进步,是与各级文化主管部门的直接推动和大力支持密不可分的。戏剧艺术要求得生存与发展,必须坚持与时俱进,在创新上大做文章。“杏花奖”评奖演出中的导向性,向新创剧(节)目倾斜的政策,已成为戏剧界人士的共识,同时也大大地调动了我省编创人员的积极性。为了推动全省戏剧创新的步伐,早在 2002 年 9 月省文化厅在下发评奖通知时,就明确要求所有的参赛作品,必须是 1995 年以来创作的作品或者是有重大改编的传统剧目,并对参评的新创剧目,不受指标限制,鼓励出新。同样,各市、地文化主管部门,在出新上也都想了不少办法,采取了许多行之有效的措施,也取得了明显的成效。这次评比演出已经证明,文化主管部门上下联动、共抓创新的举措,已产生了明显的效果,其导向性的作用,将随着时间的推移会产生更为深远的影响,下功夫抓创作、抓精品的指导思想,应是今后艺术工作始终注意坚持的一项方略。

4.观众看戏评戏的热情高涨,简报与新闻舆论宣传得力。首先是观众看戏评戏踊跃,热情空前高涨。艺术是为人民群众服务的,为了最大限度地满足广大戏剧观众的看戏需求,我们在组织这次评比演出时,共安排了 4 个剧场,这在“杏花奖”评比演出中是最多的一次,从而为广大观众提供了更为便利的条件,创设了更加适宜的环境,在省城掀起了看戏评戏的热潮。全部 33 场演出,不论上午下

午,还是晚上,几乎场场座无虚席,有的场次甚至连过道上都站满了观众,有的观众每场必到,连轴转,鼓掌喝彩,为演员加油鼓劲;还有的观众不仅仅停留在看戏上,还以极大的热情参与评戏,他们或投书报刊,或向评奖办公室来信来函,有的干脆找到艺术处、创作室,谈体会,谈看法,谈意见或建议。可以说,这次评比演出中,观众所表露出来的那种热情是空前的,是历届评比演出所没有过的。其次是简报的职能作用,得到了充分的发挥。新闻简报组成员,以省厅创作室人员为主体,好多人是国家一、二级编剧,他们不辞劳苦,加班加点,扑下身子写简报,每天一期,先后编发 19 期,每期都能提纲挈领地概括出当天演出剧目的特点和剧场效果,不仅质量高,而且期期能准时编印下发,极具收藏价值,充分发挥了简报的及时、准确、真实性功效,赢得了专家、领导、同仁们和各市、地代表及各新闻媒体的夸赞。其三是新闻舆论宣传有力。11 月 14 日,我们组织召开了第九届山西省戏剧"杏花奖"评比演出新闻发布会,山西电视台、太原电视台、《山西日报》《太原日报》《山西晚报》《山西商报》《生活晨报》《三晋都市报》《山西青年报》等多家媒体的新闻记者出席了会议。会上"杏花奖"评奖办公室,就这次评比演出的筹备工作和评比演出安排事项等,向与会记者予以通报和说明。评比演出期间,各大新闻媒体都给予了极大的关注与有力的支持,安排专人进行连续的跟踪报道,好多记者不顾疲劳,场场必到,采访专家、评委、观众和广大的演职人员,捕捉新闻信息。据所掌握的资料显示,各报刊、电视台共刊(播)发新闻、特写、随笔、评论等各类文章(消息)上百篇,专版 6 版,电视访谈节目 4 期,各网站发布的有关"杏花奖"评比的信息和文章就更多更广,全国各有影响的网站纷纷报道"杏花奖"评比情况,世界各地都能了解到我省"杏花奖"活动的盛况,这就极大地宣传了山西、宣传了山西的戏剧、宣传了演职人员,有效地扩展了"杏花奖"活动的覆盖面和影响力。

三、存在的问题

1.一些参评剧目，还有待于进一步加工、打磨和提高。这次评比演出，出现了不少的新创剧目，这些剧目新颖独特，基础扎实，反映了我省戏剧创作蓬勃向上的新气象。但从总体上讲，还缺少思想性、艺术性、观赏性相统一的好作品，在剧目文本上、在思想内涵上、在人物塑造上、在舞台呈现等方面，都还存在着这样或那样的问题和不足，还需要我们继续下大力气加工修改，耐心打磨与雕琢，进一步加以完善和提高。

2.从获奖人才的构成上看，还处于一种不合理的状态。从评比演出中，我们可以看到，我省已经成长起一批年富力强的戏剧艺术人才，特别是表演人才队伍，数量多，年龄小，技能全，实力强，已经成为各院团舞台上的顶梁柱，成为我省戏剧事业发展的骨干。但相对而言，编导人才与舞美、音乐设计人才匮乏，力量薄弱，特别是年轻的、有实力和竞争力的就更是屈指可数。这次参评的剧目中，就有不少编导、舞美人员是外聘的；当然，我们也不排除外请这条渠道，但立足自我，注重培养自己的人才，是各级文化主管部门和各院团领导要着力解决的一个重要问题。

3.参赛单位的组织力度和重视程度，还存在着较大的差异。通过这次评奖可以看出，各市、地以及省直院团，在戏剧艺术的创新上、在戏剧团体的整体实力及水平上、在重视的程度上、在投入上，都还处于不平衡的状态。如有的市、地及有的院团，在参与“杏花奖”评奖中，心中无数，缺少规划，组织不力，重视不够，没有建立起推出新人的合理梯队，任由演职人员自己申报，甚至存在有“谁愿意掏钱就推谁”的不负责任的行为，这是有悖于我们“杏花奖”评奖的宗旨和艺术生产规律的。再如在舞台呈现上，不能很好地体现和发挥编导人员的作用，继承不足，出新更无，艺术上没有大的提高和进步。对于这些问题，我希望各市、地与各院团，能够引起足够的重

视，并设法切实加以解决。建设文化强省，加强文艺队伍的建设，不断推出新人新作，组织行为、集体攻关和文化投入是不可或缺的。各文化主管部门要在文化建设上主动出击，有所谋划，更要有所作为，只有这样，我们的文化事业才能得到持续、长足的发展。

4."杏花奖"评奖本身，还有需要我们继续规范和完善的地方。"杏花奖"评比演出已经举办了九届，通过举办这一赛事，我们积累了不少宝贵的经验，这次成功的评比演出，已经证明了这一点。但就目前来讲，在评奖中还存在一些不足，尚需进一步规范和完善，比如在奖项的设置上，音乐设计中唱腔的设计如何体现，舞美设计中服装、灯光、人物造型设计如何体现；此外，参评资格的认定和审核，各市、地参赛指标的分配和使用等，都有待于我们在今后的工作中继续完善和改进。

四、对第十届山西省戏剧"杏花奖"评比演出的几点设想

下届的"杏花奖"评比演出，与本届的评奖相比，在大的框架上不会有太多的变化，但要做一些新的要求和调整。第一，要进一步做好组织、策划和论证工作，科学规范，从严要求。如对参评人员的资格审查、奖项的设置、评奖指标的使用等，我们都要进行新的要求与规范，以真正体现公平、公正、推出新人新作的宗旨。第二，对参赛的剧（节）目将有更为严格的要求，在创新上做文章，包括更新创作观念，在编、导、音、舞等诸方面综合改革；在推新人、推新作方面，特别是对新创剧目，我们将继续予以政策上的倾斜，大张旗鼓地加以鼓励和扶持，通过创新，推动我省戏剧艺术的繁荣与发展。第三，希望各市、地文化局和各级院团，能及早动手、及早规划、及早安排和部署，力争有计划地推出新的更为成熟的剧目和素养更高、发展更为全面的演职人员，我们也将不断地总结经验，不断地对评奖工作加以完善，把"杏花奖"评奖做大做强，从而为全省各艺术门类的集中展示搭建理想平台，力争把"杏花奖"树立为在全国有一定影响的山西文化品牌。

第九届山西省戏剧“杏花奖”评比演出结束了，这是我省艺术发展史上又一次规模空前的盛会，它必将对我省艺术事业的发展产生重大而深远的影响。在我省加快发展经济、努力建设文化强省的新形势下，让我们在十六大和十六届三中全会精神的指引下，按照“三个代表”重要思想的总要求，继往开来，开拓创新，昂扬奋进，为山西文化艺术事业的发展，作出我们应有的贡献！

※原为山西省第九届戏剧“杏花奖”评比演出总结会的讲话录音，后经整理，登载于2003年度《山西文化统计年鉴》。

好花开在春风里

过去的一年中，全省11所艺术院校全体师生员工齐心协力、共同努力，教学工作取得突出成绩，在全省乃至国家级艺术比赛活动中屡创佳绩，为我省赢得了荣誉，为山西人民争了光。在文化部举办的全国青少年艺术大赛第六届“桃李杯”舞蹈比赛中，艺术职业学院3位选手获古典舞三等奖、5位选手获古典舞的优秀表演奖、3位教师获教学论文奖、5位教师获园丁奖；临汾艺校1个群舞获优秀表演奖和创作奖。在中国剧协举办的首届全国戏剧“红梅奖”比赛中，戏剧职业学院2位教师获大奖、1位教师获金奖。在首届“中国滨州·博兴国际小戏艺术节”比赛中，晋中市艺术学校选送的祁太秧歌《偷南瓜》获“稀有剧种保护奖”“剧目金奖”和编剧、导演、音乐创作、编舞、演员等5个单项奖。由省艺术职业学院策划组织，与中央电视台影视部、太原市委组织部等单位联合，拍摄的8集电视连续剧《生死之恋》获山西省“五个一工程”奖和全国第22届电视剧“飞天奖”中篇一等奖。在第九届山西省戏剧“杏花奖”评比演出中，有戏剧职业学院、艺术职业学院、阳泉艺校的6位教师获奖，戏剧职业学

院影视表演专业学生参加演出的儿童剧《我能当班长》，获山西省第九届戏剧杏花奖。

特别是在河南省郑州市举行的第七届“中国少儿戏曲小梅花荟萃”活动中，我省选手取得了历届比赛中的最好成绩。临汾艺校、晋中艺校的12名选手，在全国19个省、市108名参加“小梅花”金花角逐的选手中独占鳌头，一举夺得全国专业组12个“金花状元”中的6名，囊括前3名。其中，临汾蒲剧院定向班的吕晓栋表演的《伍员逃国》以9.98的最高分获得专业组第一名，成为继第六届我省选手梁静荣获“金花”状元后的又一个第一。其余6名选手获“金花”奖，另有2名选手获“银花”奖。山西选手在专业组比赛中，以绝对优势居全国各省之首，荣获团体第一，山西省文化厅、山西省戏剧家协会荣获优秀组织奖。比赛结束后，专家评委们盛赞山西选手的演出品位高，群体好，有实力，基本功扎实，路子对。《中国戏剧》2003年第9期“小梅花荟萃”活动专栏文章中给予很高的评价，对山西小选手们所具备的良好的先天条件和扎实的基本功，甚至身怀绝技尤为赞赏。比如，晋中艺校的焦亚楠在晋剧《小宴》中的翎子功、李星星在晋剧《泗州城》中的耍枪耍棍和出手，临汾艺校的常涛在《挂画》中的椅子功、程雅琨在蒲剧《表花》中的扇帕功、姚飞龙在《贩马》中的髯口功、王晓彤在《莫愁投湖》中的唱做念舞，尤其是头名状元吕晓栋在《伍员逃国》中唱做俱佳，表演传神自如，令人激情澎湃，心旷神怡。中国剧协副主席何孝充先生说：“太高兴了，太兴奋了，太激动了，太喜悦了，没有山西的参赛，‘小梅花荟萃’活动就要逊色。山西的参赛，提高了整个赛事的档次、品位和质量，(你们)不只是一个人在表演，而是一个整体层次很高的团体力量的展示，在发扬、继承传统戏曲上有创新、有发展。继承出新，使我看到戏曲发展的一个新阶段。”

“中国戏曲小梅花荟萃”活动，自1997年创办以来已经举办了七届，是中国戏剧家协会为了振兴戏曲艺术事业，发现和培养戏曲

艺术接班人,推动少年儿童戏曲活动开展,普及戏曲知识而开展的一项全国性艺术比赛活动。我省已连续7次参加,相继有戏剧职业学院、晋中艺校、临汾艺校、忻州艺校、太原艺校、运城艺校的近60位选手参加,有30位获“金花”、14位获“银花”,另有业余的2位选手分别获业余组“金花”和“银花”。山西是戏曲大省,数千年的悠久历史,使三晋大地成为戏曲艺术生长的肥沃土壤。特别是近几十年来,我省戏曲艺术事业在党和政府的关怀下,在老一辈艺术家的辛勤培育和各级各类戏曲、艺术院校的共同努力下,戏曲艺术教育的硕果累累,梨园新秀不断涌现。历时20年的“中国戏剧梅花奖”评比中,我省获奖演员人数在全国名列前茅,“文华奖”获奖演员也不少。这些获奖演员,大都经各艺校培养成才,而今我省的戏曲“小梅花”,又在中华艺术大地上脱颖而出,这些都值得我们认真总结和思考。

“宝剑锋从磨砺出,梅花香自苦寒来”。我省艺术教育的硬件条件在全国来说并不是最好的,同沿海发达省份相比还相差甚远,但取得如此的成绩并不是偶然的。

第一,我省的戏曲教育有着深厚的群众基础。特别是在广大农村,拥有大批的戏曲爱好者,唱戏、看戏至今仍是一些地区仅有的文化娱乐活动。因此,生长在这种环境之中的孩子们,从小耳濡目染,对戏曲艺术有着浓厚的兴趣;而并不富裕的生活条件,又使孩子们养成了吃苦耐劳的优秀品质。

第二,我省的戏曲教育,有着几十年来成功的学校教育经验和科学的教学方法。早在二十世纪八十年代,我省戏曲学校(现改为戏剧职业学院)就被教育部、文化部命名为“国家级重点中专”,戏曲专业始终作为骨干专业,有着成体系的戏曲教学模式。全省各市艺校也大多由戏曲起家,更是因地制宜、因材施教,把培养戏曲人才放在工作首位。自1978年以来,由省文化厅举办的5年一届的全省艺

术院校戏曲教学剧目汇演，至今已连续举办六届，成为戏曲教学实践的有效手段，推出一大批的新人新作。我省的36位“梅花奖”演员中，有25位出自省内各艺术院校，他们大多都是在汇演中崭露头角的。任跟心就是第一届艺术中专戏曲教学剧目汇演中的获奖学生。

第三，我省有一批事业心极强的戏曲教育工作者。戏曲学校学生由于入学年龄小，农村孩子相对多一些，教师都是把学员当作自己的亲生孩子来对待。这次比赛，晋中艺校有位女选手，胆子小，晚上不敢单独睡，她的老师就天天晚上搂着她一块儿睡觉。这种事例能列举很多。就是在这种严师慈母般的关怀下，我们的小选手才能充分发挥出超人的才艺，为我省、为我们的地方剧种，取得了令人惊叹的成绩。这次比赛有4个“金花”状元，出自临汾艺校蒲剧院的定向班。这个定向班，是我省“二度梅”获得者任跟心和郭泽民于2000年创办的。3年来，他们自筹资金，勤俭办学，勇于探索，培养出了行当齐全、素质较高的一批新苗。可以说，在每一朵“状元花”“小金花”“小银花”背后，在每一个学生的成长过程中，都有无数人、甚至几辈人付出了艰辛和汗水，从学院领导到每一位老师，基本功老师、乐理老师、文化课老师、剧目老师、包括服装道具化妆美工等等，他们都是当之无愧的功臣。

第四，各级党委和政府对戏曲艺术人才培养的重视。近年来，从省文化厅到地、市政府，都加大了戏曲尖子人才的培养力度。省厅近两年每年补贴经费20万，在省戏剧职业学院开办戏曲表演实验班。大同市政府从2003年开始，每年投入3万元，作为大同市艺校开办耍孩儿戏表演班的经费补贴。忻州、阳泉文化局采取特殊政策，1998、1999连续两年在忻州艺校招收了北路梆子戏曲表演班，2002、2003连续两年在阳泉艺校招收戏曲表演班，以满足当地戏曲艺术人才需要。运城市政府在事业机构缩减的大形势下，于2002年特批运城艺校成立实验团，以满足戏曲教学实践的需要。晋中艺校自 2001 年起，连续 3 年参加“小梅花荟萃活动”，夺得 8 金 1 银的好成绩，市政府拨 8 万元以资鼓励。临汾市政府近两年共投入 41 万，用于临汾艺校戏曲小梅花活动的经费和奖励。着眼于人才培养，着眼于戏曲艺术的未来，给政策，给支持，这是戏曲事业发展的有力保障。

“小梅花”活动已经举办了七届，我省由最初晋剧一个剧种参加，发展到北路梆子、蒲剧、祁太秧歌等几个剧种，而且在全国占据一席之地。从中可以得出这样几点启示：

一、戏剧大省要有所作为。山西是剧种多、剧目多的省份，一些古老的剧种，源远流长。2003 年山西参赛的蒲剧、晋剧，加上 2002 年忻州的北路梆子，都取得很好的成绩，引起全国同行的关注。作为戏剧大省，理应有所作为。只要我们戒骄戒躁、奋力拼搏，就能拼出好的成绩来，就能做出和戏剧大省相称的贡献来。

二、继承是基础，创新是关键。这次比赛，我省 12 朵小梅花呈现给观众的大多是传统剧目，但在表演手段和表现方式上，都令人耳目一新，老少都爱看。实践证明，戏曲艺术继承是基础，创新是关键。随着改革开放的不断深入，人们的生产方式、分配方式、生活方式和价值取向、审美情趣越来越多元化，作为戏剧艺术，必须以满足人们健康向上的精神生活需求为出发点，必须在继承传统戏曲艺术的基础上，与时俱进，不断创新，才能赢得广大观众的认可。

三、戏曲教育重在进行基础教育，培养尖子人才（包括编、导、表演、音乐、舞蹈），“小梅花”活动的开展，有利于培养戏曲表演的尖子人才。这次在郑州比赛期间，凡有临汾、晋中小选手演出，河南大剧院一改往日门可罗雀的局面，门庭若市，正说明了这一点。只要我们按照“三个代表”思想，去对待戏剧艺术，从人民群众的需求出发，拿出优秀的艺术精品来，培养出尖子人才来，下功夫抓好基础教育，

就一定会有广阔的市场和广大的观众群，戏曲艺术更有着美好的未来。

四、抓好戏曲教育，提高教师的素质是重中之重。我们经常说，出人才、出成果，教师是关键。所以要抓好戏曲教育，加强师资队伍建设，仍然是我们工作中的重中之重。这次由文化厅组织的全省艺术院校戏曲专业教师业务考核，就是加强和提高教师业务水平综合素质的一项具体措施。这次考核，既考核实践能力，又考核综合理论水平，特别是理论知识考核，包括了中国戏曲通史、戏曲发展史、艺术概论等等，尤为必要和重要。这是我们戏曲教师最欠缺的，是必须补上的一课。我们这次下很大功夫请到了北京专家，来给我们当考官，并进行专题教学讲座，这是一个非常难得的机会，老师们一定要珍惜。同时，也希望老师们加强自学，除戏曲业务知识外，还要学一些文学、历史知识，有利于提高自身的素质。

今后，我们还将逐步规范教学内容，包括规范教学实践活动。省剧协和厅科教处，已拟出一个关于山西省推荐参评"中国戏曲小梅花荟萃"活动的规定，对报评程序、评比方式、参评演出等提出了要求，等讨论通过后将下发执行，以确保包括"小梅花"活动在内的各项赛事活动健康有序进行，促进戏曲人才的培养。

最后，我们还要特别关注，已取得一些成绩的优秀学生的成长。这些学生都是好苗子，是我们戏曲事业的接班人，更要精心培育，时刻注意对他们的思想教育，教育他们正确对待荣誉，戒骄戒躁，不被名利所困扰，继续发奋努力。获奖是好事，我们要把好事办好，要让这些嫩苗更加茁壮地成长，长成栋梁之材。再次向获奖的学生、老师及其他有关同志表示祝贺，向全省 11 所艺术院校的全体教师员工为山西的艺术教育所作的贡献表示感谢。

※原为 2004 年 1 月 12 日的讲话录音，后经整理，发表于 2004 年《山西文化》杂志第 2 期，当时兼任山西省戏剧家协会主席。

他山之石可攻玉

由山西省文化厅主办的2004年山西省移植剧目调演,于2004年11月16日在省城太原开幕,11月28日闭幕,历时13天。作为我省乃至全国的一次首创性艺术活动,其示范性、导向性作用,将对我省今后的舞台艺术创作工作产生重大而深远的影响。

参加这次移植剧目调演的剧目共有13台,其中有创作剧目1台,即太原市话剧院的《西柏坡的曙光》;改编剧目2台,即省晋剧院的《清风亭》、长治市上党梆子剧团的《汉阳堂》;移植剧目10台,即长治市上党落子剧团移植我省京剧优秀剧目《三关明月》,晋城市上党梆子剧团和运城市蒲剧青年实验团移植豫剧的《丑嫂》,太原市实验晋剧院实验团移植豫剧的《风雨行宫》,晋中市晋剧团移植豫剧的《香魂女》,长治市豫剧团移植山东梆子的《画龙点睛》,忻州市北路梆子青年团移植京剧的《华子良》,忻州市北路梆子剧团移植京剧的《狸猫换太子》,夏县蒲剧团移植眉户戏《迟开的玫瑰》,大同市歌舞剧院移植(也可称为搬演)南京市话剧院话剧《平头百姓》。此外,还有2台不参加评奖的献演剧目,即运城市蒲剧青年实验团的《山村母亲》和省晋剧院的新创剧目《晋文公》。

这15台剧目,分别在省演艺中心、太原工人文化宫、省京剧艺术活动中心、太原市实验晋剧院剧场和太钢耐火俱乐部5个剧场,共演出18场。计有136人次,参与了对移植导演奖、音乐设计奖、表演奖、舞美设计(制作)奖和11支乐队对乐队伴奏奖的角逐。这次移植剧目演出,涉及晋剧、蒲剧、上党梆子、北路梆子、上党落子、豫剧及话剧等7个剧种。参赛单位有太原、大同、忻州、晋中、长治、晋城、运城7个市及省晋剧院等,共8个代表队的13个院团,其中,省级院

团1个，市级院团11个，县级团1个。调演结束后，经总评委员会认真审核，报请领导组审定，共评选出综合奖13个，其中，优秀演出奖8个，演出奖5个。单项奖为94个，其中，移植导演一等奖7个，二等奖6个；音乐设计一等奖6个，二等奖5个；表演一、二、三等奖各15个；舞美设计（制作）一等奖7个，二等奖6个；乐队伴奏奖11个；外聘特型演员特别奖1个。领导组对调演中表现突出的长治市文化局、忻州市文化局、运城市文化局、太原市文化局，还特别授予了组织奖。

2004年山西省移植剧目调演，是我省站在艺术创作可持续发展的高度，集中可调动的财力、物力，全面繁荣我省舞台艺术创作的又一战略举措。这项活动，在文化厅党组的高度重视和领导下，在各市文化部门的大力支持和全省广大文艺工作者的积极参与下，经过调演办公室各工作组的共同努力配合，取得了圆满成功。这次移植剧目调演，首开我省乃至全国移植剧目调演的先河，有新意，有亮点，特点鲜明，突出表现在以下几个方面：

1.主旨明晰，决策科学，组织工作缜密。这次移植剧目调演，是省文化厅党组为丰富剧团上演剧目，拓展戏剧演出市场，培养戏剧艺术人才，推动我省戏剧事业的繁荣与发展，而采取的一次战略性举措。大家知道，新创作一台剧目周期长，投入大，要付出大量的人力、物力和时间，很多市、县剧团无力问津。一直以来，新创剧目的重任，大都由省直院团和个别市级院团承担，即使这样，创作出来的作品，能进入全国优秀剧目行列的也很少；而移植在全国已获奖的优秀剧目，剧本结构较为完整，只需重新设计音乐，在念白等方面作一定调整即可上演，投入少，见效快，很容易赢得观众的认可。鉴于我省剧种丰富，剧团较多，但创作力量薄弱、投入又严重不足的状况，厅党组决定，通过举办移植剧目调演，将全国获奖的优秀剧目移植上演，为我所用。事实已经证明，这一决策是科学的，主旨是明晰

正确的。

为了认真搞好这次调演活动，在2004年年初，全省文化工作会议上即安排了这项工作。之后，本着早动手、早安排的原则，春节过后，经过专家们的论证，于2004年3月1日，向全省下发了《关于举办2004年山西省移植剧目调演的通知》，对调演时间、举办方式、调演范围、奖项设置、剧目申报等相关事项作了说明。各市文化局、省直有关院团积极响应，对本次调演给予了极大的关注和支持，定规划，选剧目，聘编导，搞制作，同样做了大量的前期发动和组织准备工作。2004年5月9日，我们组织召开了本次移植剧目调演的第一次预备会，汇报和交流了全省移植剧目的申报情况，及其各地加工、改编剧目的进度与参演剧目的详细情况，同时还安排了对参演剧目的审看工作。从2004年10月份起，根据各地申报情况，我们组织戏剧界的专家学者，分赴各地对申报剧目进行了审看，寻找差距，帮助修改完善剧目，提高剧目质量，以确保调演圆满成功。2004年11月9日，针对审看剧目中发现的新情况和新问题，我们组织召开了第二次移植剧目调演专家论证会。依据论证结果，从14台申报剧目中确定了13台剧目具有调演资格，并立即下发了《关于举办2004年山西省移植剧目调演的补充通知》，对第一个《通知》进行了补充和完善，并决定每台参演剧目，除安排一场评委观摩演出外，另安排一场公演，以满足广大戏剧观众的观赏需求。2004年11月13日，我们组织召开了第二次移植剧目调演预备会，对调演前的各项工作做了具体的安排部署。

调演期间，为了确保调演工作的顺利进行，我们组织成立了省移植剧目调演评委会和办公室。16名评委会成员，全部由我省戏剧界专家、学者和艺术管理人员组成，具有广泛的代表性和权威性，确保了评比工作的客观公正。办公室下设新闻简报、演出保卫、联络资料、评委工作、行政后勤、剧目录像等6个组，各组分工明确，各负

其责，保证了调演活动的安全、协调、有序进行。

2.参加这次调演的移植剧目档次高，品味新，均为在全国具有广泛影响的优秀剧目，有的还入选了精品工程。这次调演的10台移植剧目中，《丑嫂》获全国“五个一工程”奖；《狸猫换太子》获全国“五个一工程”奖和文华新剧目奖；《华子良》《平头百姓》《画龙点睛》《迟开的玫瑰》获文华大奖，其中《华子良》还入选全国十台精品工程剧目；《香魂女》获中国艺术节大奖；《三关明月》获中国京剧艺术节优秀剧目奖；《风雨行宫》获秦晋豫“金三角”优秀剧目奖。这些剧目的思想性、艺术性、观赏性完美统一，领导满意，专家认可，观众喜欢，都是经过时间和市场考验的优秀剧目。这些剧目在我省的移植推广，等于为全省增加了10个新创的优秀剧目。此项举措若能长期坚持下去，对于繁荣我省戏剧演出市场，满足广大观众的观赏需求，必将产生巨大的作用。

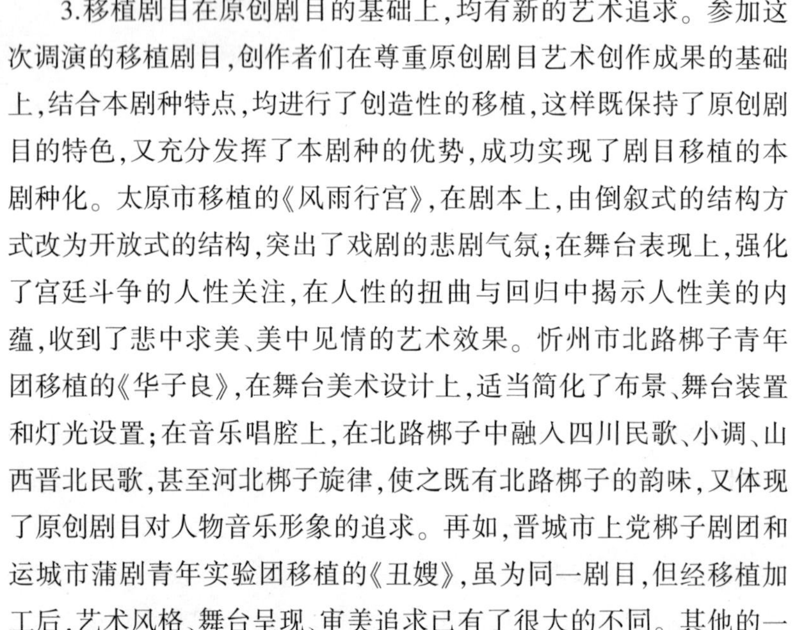

3.移植剧目在原创剧目的基础上，均有新的艺术追求。参加这次调演的移植剧目，创作者们在尊重原创剧目艺术创作成果的基础上，结合本剧种特点，均进行了创造性的移植，这样既保持了原创剧目的特色，又充分发挥了本剧种的优势，成功实现了剧目移植的本剧种化。太原市移植的《风雨行宫》，在剧本上，由倒叙式的结构方式改为开放式的结构，突出了戏剧的悲剧气氛；在舞台表现上，强化了宫廷斗争的人性关注，在人性的扭曲与回归中揭示人性美的内蕴，收到了悲中求美、美中见情的艺术效果。忻州市北路梆子青年团移植的《华子良》，在舞台美术设计上，适当简化了布景、舞台装置和灯光设置；在音乐唱腔上，在北路梆子中融入四川民歌、小调、山西晋北民歌，甚至河北梆子旋律，使之既有北路梆子的韵味，又体现了原创剧目对人物音乐形象的追求。再如，晋城市上党梆子剧团和运城市蒲剧青年实验团移植的《丑嫂》，虽为同一剧目，但经移植加工后，艺术风格、舞台呈现、审美追求已有了很大的不同。其他的一些剧目、甚至包括属搬演类的话剧《平头百姓》,都有不少创造性的挖掘和发挥。实践证明,移植的过程,也是一次学习、提高、创新的过程,它不仅大大激活了我们创作人员的创作热情,而且证实了其他剧种的优秀剧目可以为我所用,并且在原有的基础上会更加光彩夺目。

4.观众看戏评戏的热情高涨,社会效益显著。艺术是为人民群众服务的,我们举办这次移植剧目调演的最终目的,归根结底,是为了更好地满足广大人民群众的文化生活需求。在调演期间,为了让更多的观众能够参与并欣赏优秀剧目,我们共安排了5个剧场,创设了更加便利、适宜的观赏环境。在演出场次上,经过与各参评院团协商,除13场观摩评比演出外,还安排《平头百姓》《迟开的玫瑰》《华子良》各加演一场,另安排《山村母亲》《晋文公》各献演一场,使这次调演的演出场次达到了18场,最大限度地满足了观众的观赏需求。在票务上,除公演场外,观摩场中还出售了部分零散票,尽可能使想看戏的观众都能进入剧场。这次调演,观众表现出了异乎寻常的热情,演出场场座无虚席,有的场次甚至在过道上也加椅添凳,挤满了观众,大家为演出鼓掌喝彩,为演员加油鼓劲。还有的观众,不仅仅停留在看戏上,他们或来信、来电,或直接到艺术处、创作室,谈体会,说看法,出主意,想招数,表现出了极大的评戏热情。观众的积极参与,说明了戏剧艺术在省城拥有扎实的群众基础,而这次移植剧目的调演,则成功地使这一基础更加稳固并扩大,从而也激励着戏剧工作者去创作更多更好的剧目。

5.舆论宣传有力,营造出了一派浓郁热烈的节日气氛。为了认真做好这次移植剧目调演的宣传工作,营造良好的宣传舆论氛围,我们组建了强有力的新闻简报组,并在调演前组织召开了新闻发布会,《山西日报》、山西电视台、《太原日报》《山西晚报》《太原晚报》《三晋都市报》《生活晨报》《山西青年报》《山西商报》等省城多家媒

体记者出席了这次会议。会议全面介绍了这次移植剧目调演的目的、宗旨、筹备情况及调演安排。调演期间,新闻简报组与各大新闻媒体之间,保持了密切的互动和良好的合作关系,许多记者不避严寒,场场必到,采访专家、评委、观众及广大演职人员,捕捉新闻信息,编写人物专访,及时有效地将调演情况通过媒体向社会发布,取得了良好的社会反响,吸引了广大观众和戏迷们的关注。这次简报组人员虽少,但工作效率很高,每天一期的简报,都能概括出每个剧目的特点和演出的效果,不仅文字水平高,而且都能准时编印下发,充分发挥了简报及时、真实、准确之功效,赢得了专家、领导、各参演单位及新闻媒体的赞誉。各演出剧场及参演单位,通过设置充气拱门、宣传气球、彩旗条幅,张贴和悬挂宣传画、宣传标语等形式,营造出了很好的宣传效果,烘托出了浓郁热烈的节日气氛。

总的讲,这次移植剧目调演,准备是充分的,实施是成功的,达到了预期的目的,收到了良好的效果,但也存在一些不尽如人意的地方,需要在今后引起重视,并积极加以改进。

1.部分市、部分院团,对移植工作重视不够,组织不力。参加这次移植剧目调演的仅有太原、大同、忻州、晋中、长治、晋城和运城等7个市10个团的10台移植剧目;省直一些院团和朔州、吕梁、阳泉、临汾,均没有移植剧目参加调演,参演的剧团中,也仅有1个县级剧团。据2003年山西文化统计年鉴的统计结果,我省国有、集体艺术表演团体共有158个,其中,戏曲剧团就有126个;另据2004年民办文化调研统计,目前全省在册又常年活动的民办剧团有341个。与这些统计数字相比,这次参加移植剧目调演的剧团,显然还不具有广泛性,在地域的分布上也很不平衡,这不能不说是一个缺憾。我无意对哪个市、哪个院团提出批评,只希望通过这次移植剧目调演,能够引起大家对移植剧目的足够关注和重视,在今后的艺术生产与建设中,有意识地将一些优秀的或精品剧目,移植回来为我们所用,相信我们的戏剧舞台将因此而更加繁荣，我们的戏剧事业将更加蒸蒸日上。

2.部分剧目的移植还过于粗糙。这次移植剧目调演的原创剧目，其原有的创作水平与演出质量应当是一流的，但经我们的院团移植后的个别剧目，受时间特别是经济条件及表、导演水平等多种因素的制约，显得不够精致。表现为，舞台演出粗糙，舞台呈现陈旧，舞美设计制作单调、老套，在一定程度上影响了剧目的整体观赏效果。我不是说要大家追求豪华制作，而是要大家在自身的基础上，再讲究一些、再细致一些、再精美一些，确实做到准确把握剧目主题，加工制作精益求精，这应引起我们院团领导和创作人员的足够重视。

3.评奖中还存在一些需要我们今后不断加以改进和完善的地方。可以负责任地讲，经过近年来我们举办"杏花奖"评比、"三小"调演以及"红梅奖"竞赛等，在评奖中，我们已经积累了一套比较规范而又成功的经验，基本保证了各次赛事评奖的客观公正。但就这次移植剧目调演本身来讲，由于是第一次，在评奖中还存在一些不足，比如在调演前，由于我们没有条件专门组织评委对原创剧目进行观摩，致使部分评委对部分调演剧目缺乏与原创剧目作比较，在评判移植导演、表演，特别是舞美设计(制作)等奖项上，对是否有创新，创新的成分究竟有多少，难以准确地把握与判断，这些都需要我们在今后相类似的工作中，进一步改进和完善。

2004年山西省移植剧目调演结束了，这是我省艺术发展史上又一次重大的艺术盛会，它以"第一次"的开创性之举，必将在我省文化艺术事业发展史上，留下浓墨重彩的一笔，它所产生的引导、示范性效应，在当前及其今后将更加显现。

※发表于2005年《山西文化》杂志第2期。

任重道远　前景可观

很高兴出席今天的座谈会,首先对《太原文化》创刊号闪亮登场、不俗问世表示由衷的祝贺。《太原文化》是在太原市深化文化体制改革,着力提升文化广播工作原动力和创造力的关键时刻诞生的,它的出版承担着传播文化建设信息,繁荣文化艺术创作,开展艺术理论研究,反映文化人的心声等重要职责。希望《太原文化》出手不凡,愈办愈好,特别是要办出省会城市文化刊物的鲜明特色,要打造体现太原地域文化特征的品牌专栏;要在准确、精练、生动地宣传太原文化建设信息的同时,更多地服务于艺术创作和艺术理论研究,强化刊物的指导性、学术性和可读性,吸引和赢得更多的读者群,使刊物真正办成省内外有一定知名度的优秀文化刊物。

谈到繁荣艺术创作,首先要说的便是舞台剧的创作,这是由山西是戏剧大省,从业队伍及观众人数在全国均名列前茅的客观因素所决定的。回顾改革开放 30 年来,尤其是近 10 多年来,太原市的舞台剧创作是卓有成效的,并已显现出自身的一些特点。其一是有一支比较成熟的、创作力比较强的戏剧创作队伍,其中以梁枫老师及孟恭才、赵爱斌、孙国强等同志为代表。他们甘于清苦,耐于寂寞,长期坚持戏剧创作,不断推出自己的戏剧新作,努力支撑着太原戏苑的一片天。其二是有一支阵容强大、行当齐全、艺术上有所追求、特别能吃苦的演出队伍,尤以一批荣获“梅花奖”和“杏花奖”的优秀表、导演人才为代表。通过他们精心的二度创作和艰辛的舞台实践,使一大批群众喜闻乐见的剧作陆续地立在了舞台,既满足了广大群众的观赏需求,又在省内外的艺术赛事中,为太原市争得了不少的荣誉。其三是领导的重视和支持,给太原市舞台剧创作提供了强有力的保障。特别是近年来以范世康部长为代表的部、局领导以及各市直艺术院团的领导，始终把戏剧创作放在心上、抓在手上，直接参与了创作的全过程。尤其是对新创剧目，反复论证，广纳群言，大大提高了这些剧目的起点和质量，取得了令人瞩目的好成绩，荣获全国诸多奖项的新编晋剧《傅山进京》便是一个明证。正是由于这些因素，才造就了近年来太原市戏剧创作的良好局面，赢得了省内外业内人士的普遍赞誉。

时光在流逝，社会在前进，面对新的形势和日益发展的演出市场，给太原市舞台剧的创作又提出了新的课题。首要的是要努力服务于太原特色文化名城的建设。这就要求，生活在这座具有悠久历史文化名城的戏剧工作者，在市委、市政府扎实推进特色文化名城建设中，应主动发挥自身的优势，以艺术特有的形式和手段，在整理历史文脉、塑造城市精神上，要有所作为、有所贡献，努力打造出一批和这个特色文化名城相匹配的舞台艺术产品。同时，还要服务于省会城市人民大众日益增长的文化艺术的需求，让他们能够及时欣赏到形式多样的新剧节目，不仅得到理念上的升华，而且获得精神上的愉悦，真正使广大观众在感悟中华传统美德、体味人生酸甜苦辣的同时，更多地得到艺术美的享受。而要做到这些，戏剧工作者不但不能歇脚停步，相反，更是任重道远。

为了适应太原特色文化名城的建设，太原市的舞台剧创作，就应大力开掘太原历史文化资源，充分反映文化名城独具的魅力与特色，着力表现至今还深有影响并能引起现实共鸣的历史人物及事件，以探寻并打造体现这座文化名城的内涵和灵魂的戏剧佳作。为了满足省会城市广大观众多层次、多方位的观赏需求，不仅要编写古装戏，表现古晋阳大地曾经发生过的重大事件，以及那些感天动地、可歌可泣的历史人物；还要编写现代戏，讴歌这个文化名城中能够体现时代创新精神的杰出的太原儿女。同时，还要注意发掘山西

戏曲传统剧目的资源宝库，整理改编和这个文化名城相关的传统剧目，或深受晋阳人民喜欢的优秀传统剧目，经过艺术加工和再创作，赋予其时代精神，以崭新的面貌进行新的传承。而在剧作的表现形式和风格上，既要有饱含人生哲理、体现严肃主题的正剧，更应有幽默风趣、寓教于乐的喜剧、轻喜剧；从某种意义上讲，后者的作品还可以多一些，以便最大限度地适应当代观众的欣赏口吻。此外，为了攻克创作“难题”，提高剧作的质量，还可外聘高手，“借笔生花”，《傅山进京》的成功创作便是一个范例。为了增加艺术院团的上演剧目，减少戏剧创作的成本，还可因人制宜，量体裁衣，有选择地移植改编一些外剧种的优秀剧目，使其以晋阳之风韵充实于太原的戏剧舞台，同样也会受到广大观众的赞赏和欢迎。总之，经过多年的积累和磨炼，太原市的舞台剧创作，已经有了一个良好的基础和必备的条件，只要我们大家齐心协力、聚精会神地抓舞台剧创作，太原市的戏剧舞台将会是佳作迭出，一定会呈现出异彩纷呈的繁荣景象。

※写于2009年5月18日，是应太原市文化广播局主办的《太原文化》创刊号所撰。

为晋剧“丁派艺术”的传承发展进言

很高兴参加今天这样的活动，首先对举办纪念丁果仙诞辰100周年暨山西省晋剧院建院50周年活动表示祝贺，对出席今天会议的领导、专家、学者，特别是远道而来的专家、学者们，表示由衷的欢迎和感谢。应当说，将丁果仙大师的百年诞辰纪念和省晋剧院建院50周年的纪念联结在一起，是有实际意义的。在度过的百年岁月中，既是晋剧“丁派艺术”诞生、成长、发展、光大的百年，亦是党领导下的省直晋剧事业艰辛创业、健康发展的半个世纪。其间，晋剧事业的每一前进步伐和各个艺术成果，无不凝聚着以丁果仙大师为代表的老一辈晋剧艺术家的指导和关怀、劳作及心血，同时，亦充分体现了“丁派艺术”随着岁月的推移和时代的发展，在进行着卓有成效的传承和发扬光大。今天，我们已进入新的历史时期，党和国家已把文化建设放在十分重要的位置，晋剧已被列入国家非物质文化遗产的名录。此时此刻，我们来举办这样的纪念活动，确实感慨万千。下面，仅就“丁派艺术”的传承、发展和振兴晋剧事业的话题，发表一些自己的浅显之见：

其一，要以丁果仙大师为榜样，努力学习和继承丁大师的人格魅力和从艺精神。丁果仙大师虽然离开我们将近40年了，但她一生热爱党、热爱祖国、热爱晋剧事业，追求进步、甘为园丁、服务人民的人格魅力，刻苦学艺、不断创新、勇攀高峰的从艺精神，却影响了一代又一代的戏剧工作者。作为新一代的戏剧工作者，就应以丁大师为榜样，继承和发扬丁大师留下的这笔宝贵的精神遗产，不断加强和提高自己的政治和业务修养，努力做一个德艺双馨的文艺工作者，为振兴晋剧、服务人民作出自己应有的贡献。

其二，要大力开展“丁派艺术”的传承和研究工作。丁果仙大师在晋剧发展史上是具有里程碑式的人物，其流传下来的代表剧目及其表演技艺是“丁派艺术”的宝贵财富。对此，我们要积极做好相应的传承和研究工作。一方面，要搜集和整理丁大师的代表剧目及其音像资料，仿照京剧音配像的办法，录制、出版一批有参考学习价值的“丁派”剧目资料；另一方面，要组织戏剧研究工作者，对“丁派艺术”的剧目、声腔、表演及其舞台呈现，作全方位的综合研究。这些研究成果，既可用作舞台传承实践的指导，又可作为戏曲教育的教材施用。真正使“丁派艺术”在今天仍有看头、有学头，让戏曲后人的讲授有章、传承有据。

其三，要发挥政府的主导作用，加大振兴晋剧的力度。“丁派艺术”是晋剧艺术中的瑰宝，但却不是它的全部。山西是戏剧大省，晋剧作为山西戏曲的龙头老大，理应走在前面。而要振兴晋剧，就必须强化政府行为，加大人力、财力、物力的投入，使这个列入国家非物质文化遗产名录剧种的保护真正落到实处。在这方面可做的事情还很多，诸如加强戏曲人才的培养，搞活内部管理机制，营造优秀人才脱颖而出的氛围，整理、改编、传承好晋剧优秀传统剧目，开展对晋剧音乐唱腔的研究和改革，编创表现三晋地域文化特色的新剧目，加工、推出有代表、有影响的晋剧精品剧目等，这一切都应当有所作为。使晋剧在传承的基础上有新的更大的发展，为富裕了的三晋人民提供更多更好的愉悦和优秀的精神产品，为提高人们的精神文明境界和建设和谐小康社会，作出戏剧工作者应有的贡献。

※写于 2009 年 12 月 10 日，是这次纪念活动的即席发言提纲。

读《中华戏剧·晋剧卷》(草稿)与笑林同志的商榷

笑林同志：

您让刘涛转送来的《中华戏剧·晋剧卷》(草稿)，从运城看戏开始就阅读上了，直至回太原后才看完全稿，总的感觉，按目前的这种结构，铺叙相关资料还是可以的。并根据书稿内容，按照您的嘱咐，撰写了近三千字的“前言”，合适不合适，符合不符合要求，还请您酌定。在撰写中，我也翻了不少的戏剧志书和相关著作，力求准确达意，同时也发现书稿中尚有一些需斟酌的地方，提出来，供统稿和修改时参考：

1.关于晋剧形成的源及时间问题，书稿的第一部分开头有三种说法,系见于《中国戏曲剧种大辞典》;但在书稿第二部分的开头却肯定地说"中路梆子与北路梆子,是由蒲州梆子母体中孕育产生出来,这是不争的事实"。这前后两种表述方式应统一,为不产生歧义,尚需作文字上的修饰,而且此时的"蒲州梆子"还应称作"山陕梆子";至于形成时间,按照《中国戏曲志·山西卷》的资料,应为清道光、咸丰间,有关这方面的表述前后也应一致起来。

2.第二部分开头几页,应集中撰写声腔发展变化的内容,其中也有一些早期班社的发展情况,有的可以合并到第一部分的相关处,若重复的可删去,以便直接进入叙述艺术特色为好。此外,32 页的"班政管理"内容和 33 页的"艺人竞争唱对台戏"内容,似乎与艺术特色内容有些不相协调,究竟放到何处,请再斟酌。37 页翎子功的五代传人之写法,要和后面各种表演绝活的表述体例一致起来,若其他没有这种表述,此处单独这样写,好不好?

3.第三部分的人物排列次序有些乱。按照一般常规,应按传主出生年的先后次序排列,《中国戏曲志·山西卷》的人物介绍部分就是这种排法。同时,应在入选人物的代表性上多考虑考虑,早期的尚云峰、郭坤是否需要写入?近期的同类人物若无特色者可以舍弃,如太原市的几位须生演员;再如,丁派的直接传人,若马玉楼、刘汉银未入选,阎慧贞是否还要写入?传略中的内容还可简略一些,特别是避免前后重复,如梅兰芳送给孟珍卿扁担一事,稿中两次出现。此外,从百余年晋剧的传承史考虑,"梅花奖"演员和"杏花奖"演员中的佼佼者,也应写入一些,但应注意他们的代表性和典型性。除书稿中已立目无文字内容的谢涛与史佳花外,我意苗洁和李建国也可以写入,从行当角色代表出发,苗是新一代晋剧刀马旦的代表,李是新一代晋剧小生的代表;前者曾参加文化部在长沙举办的 35 岁以下青年演员大赛,夺得一等奖即全国第一名,后者是我省首位获得"杏花二度表演奖"的人物,都应载入晋剧发展史册。是否合适,

请您定夺。

4.第四部分中,对晋剧16位获得“梅花奖”演员的情况应集中写一段,按届次为序全部点到。此外,在介绍剧目内容时,即使是新创剧目,内容也可以简略一些,至于传统戏则不必展开说剧情,如108页至109页的《芦花》和《杀驿》,111页至112页的《打金枝》等,只说改编后的特点即可。对近年来新编晋剧力作《傅山进京》《大红灯笼》《龙兴晋阳》和梅花版《打金枝》等剧目要重点写一下,也主要是介绍创作角度和舞台呈现方面的特色,剧情应简略。对历届“杏花奖”评比结果的叙述,表述体例要一致,详略尽可能得当。

5.对书稿采用的资料和数据,要尽可能地再核实一下,有的剧目名称还有错误,还有一些错别字,需要再仔细一些。

※写于2012年7月30日。

祝贺《中华戏剧·晋剧卷》的出版

得知《中华戏剧》选择全国有影响的剧种分卷出版的信息,我由衷地高兴。作为“半路出家”的文化人、戏剧人,我深知中华戏剧源远流长,内涵丰富,在传承中华优秀传统文化、弘扬民族精神和道德风范、愉悦民众精神生活方面,均作出了重要的贡献,在当今有中国特色的社会主义文化建设中,仍承担着重要的职责和使命。《中华戏剧》按剧种汇编出版,不仅是戏剧人、文化人精神生活中的一件幸事,而且为当代广大读者,特别是中青年读者,提供了一套极好的中华戏剧普及读物,使他们对中华戏剧文化,能有个概貌的了解,进而产生兴趣,自觉融入这块新天地,在这方面该书有着不可估量的作用。而就广大戏剧工作者而言,该丛书的出版,对于梳理总结中华戏剧的昨天,认识把握中华戏剧的今天,发扬光大中华戏剧的明天,更是做了一件功德无量的事，值得予以庆贺！

山西省是一个戏曲大省，在悠久的历史长河中，孕育有50多个地方剧种，世代相传地唱彻在这块古老的黄土地上。至今，最具地域特色的晋剧、蒲剧、上党梆子、北路梆子等山西四大梆子，仍雄踞一方，各显其能，成为山西戏剧的重要支柱。这次《中华戏剧》丛书，将山西的晋剧、蒲剧入选立卷，是山西戏剧的荣幸。作为《中华戏剧·晋剧卷》的编撰者王笑林先生，二十世纪七十年代初便开始了戏剧创作，1982年于中央戏剧学院戏剧文学系毕业后，先后从事过戏剧教学、戏剧创作、戏剧研究、戏剧管理工作。特别是长期担任山西省戏剧家协会的驻会副主席兼秘书长，参与了一系列全省的戏剧活动和戏剧赛事，是改革开放以来山西戏剧事业繁荣与发展的亲历者和见证人，由他担任该书的编撰，是最为合适的人选。我与笑林先生相识多年，山西省第六届戏剧家协会换届以来，我又兼任山西省戏剧家协会主席，我俩成为同事、搭档和战友。在与他共事的10多年里，相互学习，共同探讨，在事业上达成不少的共识。这次应邀为他的书稿撰写前言，他本应该选择比我更合适的人选，因他盛情难却，不好推辞，我只得勉为其难了。

晋剧，习称中路梆子或中路戏，追溯其发展的源与流，就是要探求晋剧发展的艰难历程，追忆为晋剧艺术筚路蓝缕、披荆斩棘的先贤们。该书的第一部分，就集中阐述了这个问题。作者依据有限的史料记载和相关的舞台题记，追述中路梆子的形成及其发展中的三起三落的艰难历程，概括各个时期的特点，历数代表性的班社及名伶，为人们勾勒出了清代道光、咸丰间至新中国建立初期，晋剧发展的百年兴衰史。此外，对与山西毗邻的河北、内蒙古、陕西三省的相关地域，晋剧的流入、传播、发展、影响及其特点，也做了回顾与介绍；还将二十世纪五十年代末，榆次市晋剧一团支援新疆近3年的演出活动记录在案。纵观晋剧发展史，可以说，山陕梆子的北上孕育

并形成了中路梆子;晋商的崛起与发展,促进了中路梆子的繁荣与发展;中路梆子班社的口外巡演和京、津献演,与其他剧种的艺术交流,提高了技艺,丰富了剧目,为中路梆子更加成熟奠定了丰厚的基础。

剧种的艺术特色决定着它的艺术魅力,也集中体现了该剧种区别于其他剧种的个性特点。在该书的第二部分,作者通过对中路梆子长期形成的唱腔、板式、唱词格式、念白特点、乐队建制、角色行当、表演特技的介绍,全面叙述了晋剧的艺术特色。特别是比较突出地介绍了多种晋剧表演绝活,如翎子功、梢子功、帽翅功、水袖功、扇子功、杠子功、蛤蟆功、耍牙功、担子功、喷火功、髯口功等,这些舞台表演特技,多数是晋剧前辈艺人舞台实践中的自创,也有的是向其他剧种交流学习的成果,加上流派纷呈、各具特色的唱腔艺术,共同营造了绚丽多彩的晋剧舞台艺术,成为板式变化体梆子腔剧种中的一朵奇葩,深爱广大观众的喜爱。

一部晋剧发展史,既有晋剧前辈艺人艰难拼搏的开创史,又有后继艺术家们传承与创新的发展史,其间,历经数代,薪火相传,涌现出不少杰出的人物。在该书的第三部分,作者用较大的篇幅为这些优秀者立传,起于晋剧早期班社的领衔名流,止于当代晋剧界的传承新秀。在每个人的传略中,主要介绍其从艺经历、表演特色、擅演专工,以及在同辈、同行和省内外戏剧界的影响。品读这些梨园人物传略,不仅为他们献身于晋剧事业的精神所感动,而且能让当代的读者,有幸领略到支撑晋剧百余年大舞台的群星图谱。

就这些人物所处的时段来看,大体可以分为四个时期:“班社竞技”期,杰出代表人物有“四大须生”杜福盛、高文翰、王步云、张锦荣,“四大名旦”王云山、李子健、刘明山、张宝魁,“小生泰斗”孟珍卿,“狮子黑”乔国瑞等;“名家显现”期,杰出代表人物有丁果仙(须生)、牛桂英(青衣)、郭凤英(小生)、冀美莲(花旦)、程玉英(青衣)、

花艳君(青衣)等;“新秀成熟”期,杰出代表人物有王爱爱(青衣)、田桂兰(花旦)、武忠(须生)、高翠英(刀马旦)、郭彩萍(小生)、王万梅(青衣)等;“梅杏斗艳”期,杰出代表人物有谢涛(须生)、史佳花(青衣)、苗洁(刀马旦)、李建国(小生)等。他们代表着成千上万的晋剧从业队伍,为晋剧事业的传承和发展作出了卓越的贡献,在城乡晋剧观众中享有广泛的声誉。

晋剧事业的发展历程,与人民共和国的命运息息相关。建国以后,文艺界在经历了短暂的繁荣、受“左”的思想影响与干扰、“文化大革命”的摧残后,再谱华章的时刻则是到了改革开放的年代。在本书的第四部分,就突出讲了这个问题。这是在解放思想、拨乱反正、重建演出队伍、恢复上演优秀剧目的基础上进行的,这一时期,在山西全省重点做了两方面的工作:

其一是,省文化主管部门提出了“综合治理”“振兴晋剧”的要求,即在剧本创作、表导演、音乐唱腔和舞台美术诸方面,都要进行面向当代观众的全面认真的改革,以适应广大观众的审美需求,并贯彻“三并举”(改编传统戏、新编历史剧和新创现代戏)的剧目工作方针,选择优秀晋剧剧目,组织全省性的调演活动。加上举办全省性的优秀中青年演员演出评比等赛事,极大地调动了各演出团体和广大演职员的艺术生产积极性,推出了一批优秀演员和好的剧目。

其二是,严格规章制度,建立竞争机制,扎实严谨地开展“推梅争杏”活动。多年来,由省戏剧家协会主办的推荐中国戏剧“梅花奖”演员的活动,卓有成效地进行着。至今,全省已有 43 位演员获此殊荣,其中 3 人获“二度梅”,名列全国之首;其间,晋剧演员获“梅花奖”者有 16 位,获“二度梅”的有谢涛和史佳花。由省文化厅和省戏剧家协会联合主办的山西省戏剧“杏花奖”评比演出,已成为省级政府最高奖,目前已成功举办了 13 届。逐步将单一的戏剧奖项扩大到舞台艺术的各个门类,将演唱奖项扩大到编剧、导演、音乐唱腔设

计、舞台美术、乐队伴奏等方面，由“杏花表演奖”扩展为“二度杏花表演奖”“杏花大奖”等，并吸纳民营演出团体参加。通过调演及评奖，推出了一大批优秀演员和深受观众喜欢的优秀剧目，全面促进了山西省的艺术生产。这些“梅花奖”“杏花奖”演员，已成为晋剧，乃至山西戏剧的领军人物和中坚力量，新编晋剧《傅山进京》《大红灯笼》《龙兴晋阳》和梅花版晋剧《打金枝》等精品力作享誉省内外，正引领山西戏剧事业稳健地向前发展。

这次《中华戏剧·晋剧卷》的出版，能以严谨的结构、翔实的资料、通俗的语言，向广大读者展示晋剧源远流长的历史、极具魅力的艺术特色、名家辈出的代表人物、活泼稳健的发展现状。相信会有自己的读者群。如果您也很喜欢，甚至还想了解得更多，就请进入这座饱含山西地域特色的艺术殿堂吧！

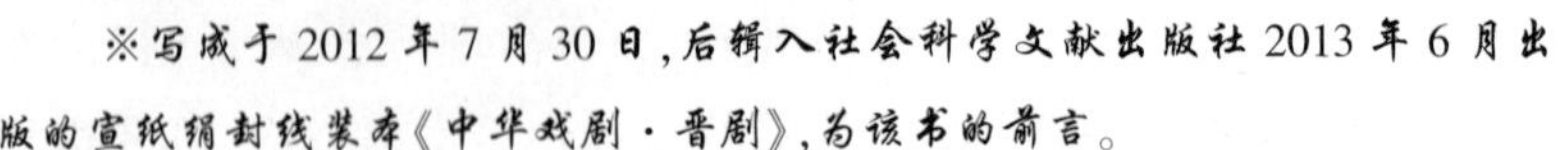

※写成于 2012 年 7 月 30 日，后辑入社会科学文献出版社 2013 年 6 月出版的宣纸绢封线装本《中华戏剧·晋剧》，为该书的前言。

看话剧《渔人之家》

今天晚上，看省话剧团演出的《渔人之家》。这是我有生以来看到的第一个话剧，表演的真实及完美的艺术性令人赞扬。剧中的布景，虽然只是渔人姚努兹老头一家的家景，但观众并不因此而感到单调无味，反之，随着斗争情景的尖锐化，灯光的配合，剧情环环扣紧了观众的心弦，真好似身临其境，亲见其境其人。

这个故事发生在 1943—1944 年间，姚努兹老头是一个热爱祖国，但找不到解放祖国正确道路的一个正直的阿尔巴尼亚渔人，他既严厉怒斥不热爱祖国、一心向往去意大利的大儿子谢里木，也怕鲜血流在自己的家里，而阻止三儿子共产党员吉恩进行革命斗争。但是，政治斗争冲击着他的家庭，给了他的儿女们迥然不同的道路，有的成为共产党员，投入了党领导的斗争，有的却成了出卖祖国的叛徒。生活的严峻考验，接踵地涌向姚努兹和他的家庭，以生命来维护正义或者是屈辱而生，要他们做出选择，最后，姚努兹老头的思想也随之起了变化，走上了革命的道路。姚努兹一家人的行为，显示了阿尔巴尼亚人民大义凛然的英勇气概，他们不惜生命和鲜血，选择了英勇斗争的道路。剧中通过在革命的急风暴雨中，人们追求正确道路的斗争，歌颂了英勇不屈的阿尔巴尼亚人民，表现了只有阿尔巴尼亚共产党，才是人民幸福之航的伟大舵手。剧中的人物形象各异，但终归是朝着反动或进步两大潮流走去。

总之，剧情是真实而又动人的。人常说，话剧是戏剧中最难表演的，但它却被省话剧团演员演活了，何况是外国名剧，可见各方面

是下了很大功夫的。特别是演员，为演好此剧，不断地熟悉生活，要熟练台词，吃穿住行，连头发面容都要有所改变，模仿阿尔巴尼亚的生活方式等，加上灯光及后台声响的配合，犹如真境实情。舞台上人物的对话，好似真实的一家渔家人的生活，一点也感觉不到是在演戏。直至剧终，我还久久不想离开。当晚我好久也不能入睡，剧中人物像刻在我的脑海里，又在接连不断地演下去……

※摘自 1962 年 3 月 18 日的日记，当时在山西阳城一中高中二年级上学。

观评剧《红松林》

今晚看大同评剧《红松林》，这是我初次观看评剧。大概因阳城人不习惯看外地的戏，皆曰："不好。"我却说："妙哉。"特别好的是，演唱流利清爽，人物形象鲜明，舞台语言也是格外引人注意。遗憾的是，服装有些不大众化，老太婆穿长袍子，头发装饰太长，化装不鲜亮，有点儿污浊感。从剧中内容来说，老太婆的儿子大山，着笔太少，收场仓促，余恨未消。不过，就剧情、表演整体来看还是好的，特别是扮演老太婆、冬梅、老爹的几个人的角色尤佳，如能在道具、服装上略改一下，则会更好些。

《红松林》反映的是革命斗争的故事，有很好的教育意义。剧中主要人物表演感人，给我留下了深刻的印象，情不自禁地记下了如下的一些感想。

青松，郁郁葱葱，生气勃勃，傲然屹立，使人油然而生敬意。然而这并非一般的青松，而是红色的松林。它是穷人的血汗浇灌，它是烈士的鲜血染成，它象征着革命胜利的曙光，它预示着红旗将插遍神州。它饱尝了穷人的泪水，遭受过敌人残酷的践踏，但终归是苦尽甘来。多年的阴郁顿时开解，它微笑着仰望红旗，清晨的曙光沐浴着身躯，更显得倔强、健傲、美丽。

冬梅，严冬耐寒，劲风呼啸，披霜着露。豺狼撕扯了您的身躯，疯狗啃坏了您的枝干，然而，您心中想着党的教导，幼小的心灵向往着革命。敌人折磨得了您的肉体，却磨灭不了革命的骨气。您似一株高傲的红松，为了革命含笑而就义。您并没有死，实实在在没有死，这是党和人民救了您。您的血汗并未白流，童年的希望顿变现实。红旗高举头上指向胜利，冬梅更健壮，并散发出芳香。

老爹，敌人称您是“忠诚老实”，蕴藏着的烈火却顿然掀起。您一向谨慎保守秘密，使党的工作未受损失，即使露出马脚，仍能随机应事，有谁知您是藏于山间的明珠。冬梅是您教育下的好儿女，为革命父女献身不顾自己。敌人折磨得了您的身躯，却不能摧垮您的革命意志。您常说：“大风吹不倒英雄，怕死我不是共产党员。”带镣含笑，视死如归，倒不了的身躯，吓破了害人兽的胆子。更显示出敌人的渺小，老爹您高大无比。您的鲜血并未白流，蒙眬间望到了党的红旗。

※摘自 1962 年 5 月 29 日的日记。

看电影《甲午风云》

晚间，观看电影《甲午风云》，系国产彩色清装故事片，所反映的是 1894 年中日甲午海战的事情。剧中突出地表现了，以邓世昌为首的中国海军官兵及其人民，反抗异族侵略所进行的不屈不挠的斗争，也揭露出清朝统治者腐败无能、屈膝投降的丑恶嘴脸。邓世昌那高大的形象，与李鸿章那向敌人乞求言和，二者形成了鲜明的对照。

影片结尾感人至深，致远舰受伤起火，仍勇猛地冲向敌舰，机巧

地躲过敌舰射来的两次鱼雷，不幸快要追上时，第三枚鱼雷射来，躲避不及，全舰官兵壮烈牺牲。此时，恰到高潮，戛然而止，波涛滚滚，悲歌四起，烟消云散，冉冉日上，使人们对英雄顿生敬意、怀念悲叹，痛恨国贼，可谓艺术手法之高。但片中道语不清，色彩不鲜，却是美中之不足。

看完影片，邓世昌的形象久久不能忘怀。是的，英雄虽死，浩气长存，军民同心，抗敌卫国，日寇欠下的血债终究是要偿还的！

※摘自1963年9月12日的日记，当时在山西省委党校大一上学。

看话剧《年青的一代》

晚间有太原市话剧团演出《年青的一代》，观赏后，给人以深刻的教育。它告诉人们，真正的幸福是靠艰苦斗争得来的，忘记过去就等于是背叛。这里接触到一个富有时代意义的重大主题：在社会主义时代成长起来的青年，应当怎样把前辈高举的革命火炬举得更高，直到共产主义的最后胜利，这是摆在我们面前一个很尖锐的问题。它说明，在还有阶级和阶级斗争的社会主义社会里，每一个青年的面前都有两种选择，是做目光短浅的资产阶级个人主义者呢？还是做永不生锈、永不变质的可靠的共产主义接班人？

毫无疑问，话剧对于我们的启示，就是要坚持走如肖继业、林岚所走的道路，坚决抵制资产阶级思想的侵蚀，拒绝走林育生曾经摔过跟头的危险道路。它提醒我们，要教育好无产阶级的下一代人，要接好无产阶级老一辈的班，要时刻防止和抵御资产阶级思想的侵袭，不断地进行思想改造。

剧中所表现的故事，正是现实生活的真实写照。肖继业不愧是无产阶级的好子弟，他是我们学习的榜样，他的高大的形象波及于我的脑海中，使我久久不能平静。是的，肖继业说得对，在我们的社会里，党已经把路给我们指明，问题是要有走正路的决心。这一点，自己应牢牢记住，作为行动之目标，下定了走正路的决心，阔步向前！

※摘自1963年11月15日的日记。

看豫剧《东风解冻》

晚，太原市豫剧团演出《东风解冻》。这是反映农村阶级斗争的大型现代戏。通过支部书记赵玉霜与农民的"四同"，搞清楚了小王庄历年来发生的无名案和稻种遗失案，彻底破获了把持小王庄政权、财权的逃亡地主洪家仁的反革命集团，解救了被暗害、受委屈的好干部和好社员，教育挽救了误入歧途的大队长王梦良，从而鼓舞了全体社员，为来年的农业丰收而加劲苦战。全剧情节曲折紧张，演员表演动人，尤以唱腔最受欢迎。微感不足的是，剧中对洪家仁的逃亡以及和老地主间的关系交代得不清楚，而相隔数省的赵玉霜，又为何和洪家仁能恰巧碰上，这些都有待于作补充和修改，但仍不伤其大雅。

此剧深刻地告诉我们，应当时刻地提高革命警惕，遇事要做深入的调查研究，紧紧依靠贫下中农，狠狠地打击阶级敌人。要知道，阶级敌人惯于披着老好人、假慈善的面具，无孔不入地向我们进攻，若不透过现象看本质，揭穿其假面具，我们一定会上它的当，其后果不堪设想。是的，东风能够解冻，党能够领导我们走向胜利。然而，广大的劳苦大众，更应该牢记阶级仇恨，只要敌人不消灭，我们就不能忘记万恶的过去！

※摘自1963年12月24日的日记。

看话剧《千万不要忘记》

晚,在文水县影剧院观看山西省话剧团演出的《千万不要忘记》。该剧反映了青年工人丁少纯,因受其妻家庭的影响,渐渐滋长了小资产阶级的虚荣心和自私心理,极力追求吃、穿、住和小家庭的“幸福”,不务正业,旷工打猎,违章操作,险些让可供七百多万人用电的电动机爆炸。后在劳模爷爷、工人出身的父亲及电机厂职工的教育帮助下,终于勒马回头,从小资产阶级的泥坑中拔了出来。

这个话剧告诉我们,生活是一条不平静的河流,其间的各个旋涡和激流,都隐藏着形形色色的复杂而又尖锐的阶级斗争。思想领域是没有空白点的,无产阶级思想不去占领,资产阶级思想就会去占领。金钱、美女、好吃、好穿、好住、小家庭的“幸福”……,这些迷人的东西,往往像鱼饵一样,能勾引年青一代的“鱼儿”上钩。在今天,资产阶级在同我们无产阶级争夺着青年一代,这一仗我们若打输了,其后果是不堪设想的。联想当前城乡开展的社会主义教育运动,其意义真是无可估量。

剧中的一些台词说得好“自私的心理能使人做出更多的坏事”“思想上的传染病是不能隔离的”“生活的钥匙是不能随便丢的,应把它经常带在心上!”我应牢牢记住这些富有哲理的人生格言,在生活的激流中去经受考验和锻炼!

※摘自1964年3月21日的日记。

看京剧《芦荡火种》

晚,看太原市京剧团演出的《芦荡火种》。这是我第一次看京剧,感到很新鲜,唱腔流利,道白清晰。

《芦荡火种》连这次已看过三次了,其中两次是晋剧。全剧共十一场,反映了大革命失败后,江苏某地沙家浜保存新四军之革命火种,而与投日卖国的国民党反动派进行激烈的斗争。主人翁阿庆嫂深入虎穴,与敌斗智,成为新四军反攻之内线;敌参谋长刁德一阴险诡诈,敌司令员胡传魁简单粗鲁,沙奶奶爱党爱军,舍子舍身等等。全剧情节曲折,斗争激烈复杂,充分表现了我军民在地下党组织的领导下,所进行的不屈不挠的英勇战斗。

※摘自 1965 年 2 月 11 日的日记。

看临猗眉户剧团演出

晚,在和平剧院看临猗眉户剧团演出《大年三十》《一颗红心》,前者歌颂"管得宽"的老贫农董大元,为集体、为社员,公而忘私的高贵品质;后者歌颂红色饲养员、贫农许老三,精心饲养集体耕畜,牺牲个人的一切,与危害集体利益、满脑袋资产阶级个人主义的旧商人潘发家作斗争,以触目惊心的事实,教育了埋头生产、不问政治的生产队长田明,从而树立了阶级斗争之观念。

演出具有地方色彩,活泼开朗,演员水平较高,将所饰者演活了,很动人,许多场博得观众的鼓掌和喝彩,而"忆家史"的一场又扣人心弦,感动得观众流下了眼泪。不足之处是,唱腔较死板,吐字不

清爽，也可能是由于地方方言的缘故吧。

※摘自1965年2月15日的日记。

看电影《青山恋》

晚，看电影《青山恋》。影片描写知识青年在党的培养教育下，在林场中的成长。由赵丹、钱千里等主编，赵丹、祝希娟等主演。影片成功地刻画了一群热情奔放、勇于克服困难的青年人，她（他）们以林为业、以场为家，一颗红心跟着党，在干着改天换地、移山造海的伟绩，鞭挞了抱着资产阶级个人主义名利观点的洋学生，表里不一，在困难面前逃跑，成为革命事业的逃兵。它告诉我们，知识分子一定要和广大工农群众相结合，才能改造主观世界，为建设社会主义献出自己的青春。

影片中的老路（路春，赵丹饰）做思想工作给我以很大的启示：必须紧紧记住用二分法来看待人，不能光看到别人的缺点。

※摘自1965年2月18日的日记。

看歌剧《白毛女》

下午4点，在山西革命剧院，观看晋南长征文工团演出的8场歌剧《白毛女》。该剧系根据同名革命现代样板戏改编。全剧剧情较紧凑，突出了喜儿、杨白劳、贫下中农的革命造反精神，在尊重原著精神的基础上，剧情的一些地方稍有改编。如第一场，大年的除夕夜，喜儿与父亲未共餐；黄世仁为日皇送礼一场，加上喜儿当着日皇的面摔掉礼品的情节，突出了喜儿反抗民族敌人之大无畏的精神；

喜儿逃走一场，由黄、穆追赶改为穆和随从人员追赶等。这些改动，多为突出喜儿的形象所为。过场中穿插了一些抗日的歌曲，突出了当时的时代气氛。同时，舞台的布景、效果、烟火的配合亦颇成功。美中不足的是，主角的唱腔不佳，念白不清爽，影响了演出效果。

※摘自1968年10月6日的日记。

看京剧《海港》

晚，在工农兵会堂，观看太原市京剧团演出的革命现代样板戏《海港》。我第一次看，主要内容是写在上海码头工人中狠抓阶级教育的故事。剧中透过码头工人生活中的流言蜚语、散包等事件，对受阶级敌人蒙蔽、轻视体力劳动的知识青年小韩，进行了活生生的阶级斗争教育，粉碎了阶级敌人拉拢腐蚀、争夺青年一代的罪恶阴谋，表现了工人阶级翻身当家作主，胸怀祖国，放眼世界的豪迈气概。这个戏剧说明，在新的历史条件下，阶级斗争又以新的形式出现，一切革命的同志，必须提高革命警惕，牢记毛主席的"千万不要忘记阶级斗争"的教导，将社会主义革命和建设进行到底。

※摘自1968年10月12日的日记。

看曲剧《包公误》

晚，全家到长风剧院，看垣曲曲剧团演《包公误》。剧情编得好，塑造了几个好的人物形象。剧中大体情节是，包公年迈，其子包贵代理开封府尹。西宫娘娘庞银花勾结其父庞文，买通刺客韩血，假扮太监入宫。假传诏，设圈套，骗取从边关返回汴京的狄龙、段红玉

夫妇,入宫探望正在病中的皇上。刺客借狄龙之刀,杀死太子,陷害狄龙,责成开封府尹判案,又让刺客假冒狄府家人狄信给包府行贿。这些都使一贯断案公正的包拯产生错觉,他先入为主,错判狄龙,包贵的劝言,更听不进,以致铸成错案。后在包贵力主重判、皇后沉着考虑支持重判的情况下,包家父子深入察访,终于抓住刺客,平反冤案。包拯因错判狄龙案,自责而要求开铡以戒百官。剧中包拯、皇后、段红玉的形象均是高尚的,当前上演这样的戏,具有现实意义,对于正确评价毛主席、以法治国均有积极的作用。实践告诉人们,正直的人也会犯错误,不怕有错,可贵的是能知错认错改错,世上没有一贯正确的人,对己对人均能秉公执法的人是难得的。曲剧系第一次看。在山西也是唯一的一个演曲剧剧团,表演还是好的,只是门外汉不会欣赏罢了,但却受了一次好的教益。

※摘自 1980 年 11 月 28 日的日记,当时在山西省委组织部工作。

看电影《戴手铐的旅客》

晚,赴湖滨会堂,观看电影《戴手铐的旅客》,由于洋导演并主演,此片大部分外景采自太原、大同等地。影片反映"文革"中,在砸烂公、检、法的情况下,公安人员顶着政治风险,追踪侦破间谍案,而又蒙冤下狱的故事。主人翁刘杰的形象塑造得比较成功。此片系北京电影制片厂的作品,是于洋在粉碎"四人帮"之后担任主演的第一部片子,很受观众欢迎。

※摘自 1980 年 12 月 23 日的日记。

看话剧《血总是热的》

晚，在红旗剧场，看省话剧团演出的多场次话剧《血总是热的》。剧作通过凤凰丝织厂在改革中的矛盾和斗争，说明实现“四化”并非易事，改制过程中的阻力重重，必须克服困难、充满信心去战斗。剧本写得好，演出也是成功的，尤其是舞台设计新颖，运用台上台下、回忆对比，感染观众。虽多场话剧，时间较长，但观赏起来却不觉得长。总的讲，演出效果是好的。

※摘自 1981 年 3 月 10 日的日记。

看电影《天云山传奇》

晚，看电影《天云山传奇》。影片是以“反右运动”扩大化为题材，真实地反映了“反右”“文革”时期，对正直有为的知识分子的冲击和迫害，也表现了在政治磨难中，男女之间不同的爱情观及其情感、人性的真挚表露。该片由谢晋执导，石维坚、王馥荔等主演，情节感人，表演动人，个别地方有些失真，总的讲是部好片，但结尾令人不快。这大概是编导刻意这样处理的。一般来讲，人们希望花好月圆，希望剧中宋薇和罗群再能生活到一起。这样处理，虽合情合理，符合观众的心愿，但却没有目前这种处理会给人以悬念、会感到有力。

※摘自 1981 年 4 月 14 日的日记。

看北方昆剧《血溅美人图》

晚收看电视北方昆剧《血溅美人图》演出实况。剧演李自成进京后，听信牛金星谗言，围绕“抚吴抚清”策略，展开忠奸斗争，终致杀害李岩，兵败平阳；此后，红娘子以死救驾，牛金星降清，方辨明忠奸，却已晚矣。剧作好，演得也好，成功塑造了李岩、红娘子及陈圆圆等舞台艺术形象。同时，也增加了一点知识，历来总认为，吴三桂“引狼入室”，实属卖国求荣之典范；然而殊不知这是在腹背受敌的情况下，逼出来的行为。作为李自成不听忠言，抚吴未成，而导致义军覆没亦为一大错误。可见吸纳忠言，特别是逆耳之言，对位高权重之人来说，实属不易，其往往骄横致败，也多在于此。历史是面镜子，主要在于教育后人。

※摘自 1981 年 5 月 11 日的日记。

看电影蒲剧戏曲片《窦娥冤》

晚，在临汾地区工会礼堂看蒲剧戏曲片电影《窦娥冤》，系 1959 年长春电影制片厂摄制，蒲剧的名老艺人阎逢春、王秀兰、杨虎山、张庆奎等均出了场。我久闻这些艺术家的大名，观看演出实况还是第一次。这次亲临蒲地观看蒲州梆子，尤以《窦娥冤》最佳，剧中王秀兰成功地塑造了窦娥的形象，感人至深。窦娥这位中国封建社会中受欺凌的典型女性（幼年丧母、成年失父、自小童养、婚后丧夫、备受欺凌），在关汉卿大师的笔下，经王秀兰老师声情并茂的表演，逼真活现，催人泪下，深切感人，社会效果特别好。这样好的演出，是我20年后的今天才看到,不能不为之叫绝。回想1979年到运城出差,曾目睹了王秀兰老师扮演的西厢红娘,同这次观看相比较,当年她正处在舞台艺术的黄金期,无论是唱腔,还是表演技巧,都是她表演最出色、最优秀的时期,因此,王秀兰老师的《窦娥冤》,很值得一观。

※摘自1981年5月12日的日记。

看电影《喜盈门》

晚饭后,我和爱人到七一礼堂看电影《喜盈门》。影片表现得比较真实,有教育意义,而无副作用,是近年来拍摄得较好的故事影片之一,深受观众的欢迎。特别是在"五讲四美"教育活动中,提倡精神文明,树立好的社会风气与美德的今天,上映这部影片有现实教育意义。

※摘自1981年7月7日的日记。

看电视剧《静静的白鹅湾》

晚上,看电视剧《静静的白鹅湾》上、下集。影片反映买卖婚姻害死人的事情。这种封建遗毒比之"文革"前有过之而无不及。建国这么多年了,青年男女难道还不如当年的小芹和二黑的反抗精神吗?剧作者们为何均以受害者自杀的结局为最终之出路呢?这种悲观的情调,让人悲伤,令人失望。艺术作品应该更多地给人以斗志、鼓励以及奋发向上的精神才对。

※摘自1983年2月22日的日记。

古城泉州赏戏录

晚饭后，7:30乘车到泉州旧城茶艺馆，观看泉州市文化局组织的专场泉州古典戏曲集萃。8点开始，10点结束，演出8个剧目，充分展示了泉州古典戏曲的风采及特色。主要有高甲戏剧团演出的晚清戏《管甫送》；省艺校泉州戏曲班演出的南音《梅花操》节选，据说这种音乐已有千年以上的历史，并清唱了《三更鼓》；还欣赏了市木偶剧团演出的《小沙弥下山》《钟馗醉酒》《驯猴》，提线木偶的表演很有特色，老中青艺人同台献艺，后继有人，听说该团已出访演出20多个国家；最醉人的演出是，福建省梨园戏实验剧团演出的折子戏《莲花落》(《李亚仙》片段)、《陈三五娘·睇灯》，确有宋元戏文之风味，首次观赏便很迷人，从中可以看到福建戏曲古风浓郁、戏曲文化源远流长。演出场地为茶馆梨园式的，也很有些古香古色古风韵的品味，正如戏台两侧对联所写的“艺赏泉腔百戏传承艺术家　茶烹晋水一杯领略茶文化”。这种边品茶、边聆听浓郁地方特色的古典戏曲，确实是一种享受。此次泉州行收获之大，今晚为最，确实领略了古城泉州的优秀传统文化。尽管多数是用闽南方言演唱，听不懂，但那种意境，优雅的曲调，实实怡人。戏散了，但演唱的余音，仍流连于脑际……

※摘自1995年4月20日的工作日志，当时在山西省文化厅工作。

看电影《红月亮》《撼天雷》

午后，于省电影公司小放映室审看新片《红月亮》《撼天雷》，均为长春电影制片厂出品。前者为农村题材，反映商品经济大潮下，贫困山区的人与人之间的关系，以金钱代替亲情及法制，来处办青年男女的婚事，以及妇女权益受侵害得不到保护的现状。整个影片感到压抑和悲愤，金钱使纯朴的人际关系变态扭曲，故事结尾无果，留有供回味的余地。第二部影片反映小县城反腐败的故事，当年的老战友成为反腐败斗争的对立双方，围绕集资办学、基建工程承包行贿等展开情节，倒亦值得一看。

※摘自 1998 年 2 月 23 日的工作日志。

看电影《背起爸爸上学》

上午，处以上干部及党风廉政建设监督员，集中到省电影公司小放映室开会，传达中央及省反腐败会议精神，安排部署厅系统反腐败工作方案。会后 10 点多，看国产片《背起爸爸上学》，联想自己童年上学的艰辛经历，泪水不断涌出。影片内容集中，情节感人，充分反映了中华民族的美德，展现了真挚动人的父子情、姐弟情、师生情和邻里情，不失为教育青少年孝敬父母、刻苦学习的生动教材。

※摘自 1998 年 4 月 10 日的工作日志。

读晋中秧歌剧《西域桃花》札记

此剧是张正申先生1994年至1995年创作的电视剧本子,现改为秧歌剧本,史佳花想以此剧去参赛"二度梅"。通观全剧,主题尚好,反映民族关系及情感的,人物形象明确,情节尚感人。只是故事情节显得单薄,三对婚姻的情节都比较简单,情感不丰富,人物不丰满,缺乏铺垫,剧情形不成高潮;人物的身份与语言又缺乏一致性,语言气氛的运用,野味还可足一些,应当向民间靠拢;新疆、山西两地地域风情特色不同,导演的手法如何切入?二度创作上的新意、难度如何去实现和解决?值得深思;难度大还在于音乐,是唱秧歌,还是新疆民歌,剧团的底子是晋中秧歌,如何写出多行当唱腔语言的韵味,方言特色的地域化,这些都是有难度的。该剧立不立,还应慎重考虑。

※写于2001年6月1日。

读晋剧《清风亭》札记

省晋剧院的张晓亚改编的传统戏《清风亭》,取舍得当,内涵丰富有新意,整体效果是好的。剧中加大了鞭挞张继保丑恶的灵魂,加强了对张元秀夫妇崇高美德的颂扬,在以德治国的今天,继承和弘扬中华孝道传统美德,启迪教育不可娇惯子女,以该剧为载体,赋予其现实的教育意义。该剧重新整理有价值,突显了道德批判的力量。

该剧的不足,对张继宝是如何变坏的,这个反面典型是怎样产生的？交代得不清楚，挖掘表现得很不够，直接影响到剧情的合理性与可信度。剧的结尾不太好，更改了传统戏中“雷击”张继宝的情节是可取的，但目前这种结尾，有给皇帝涂脂抹粉的感觉，是否可在社会谴责、舆论压力下，让张精神失常，这比皇上罢免他或许要好一些。此外，地保的戏写得有点简单了，可以给他加些戏，以体现正义的声音；周桂英前后不太统一，中间又没有戏，如何让这个人物能贯穿起来；主要人物的内心冲突写得还不够，也不可让张元秀自责太多。总之，改编传统戏走出了一条新路子，经过继续修改加工，可望能成为当代观众喜欢的保留剧目。

※写于2001年8月31日。

读晋剧《招聘爸爸》札记

六场现代戏《招聘爸爸》是晋中市戏剧研究所程毓祥之新作，反映现时代，发生在单亲离异家庭里的一些生活故事。各场大意如下：第一场，招聘，重点学校要开家长会，母亲忙于事业，兄妹俩劳务市场招聘开华，让以“爸爸”名义去开家长会。第二场，辞工，兄妹过生日，召集同学于家聚会，喝酒、跳舞乱成一团，开华从中予以招呼及引导；不料其母亲归来，以为开华为小偷，竟叫来警察，发生误会，开华乘机辞职。第三场，资助，开华儿子小强工地打工，被羊羊驾车撞伤，张总到医院看望，知小强考上重点高中，家境困难，无力上学，决定资助他上学。第四场，救护，兄妹被骗进歌舞厅玩，流氓欲行事，被李开华救下，兄妹离开，李却被砸昏倒。第五场，爱心，开华主动到张家去关照琳琳，张总受感动，也到李家看望，两情相近，似想联姻，子女们亦想促成。第六场，搭桥，兄妹俩主动促成母亲与开华的结合，两家人大团圆，轻松愉快地一起生活。

通观该剧,剧情流畅,又反映现实,是一台轻松活泼的都市生活轻喜剧,有一定的观赏性;但在剧情细节的编织上,还不够丰满和合理,如,兄妹招聘“爸爸”的事,母亲为何不知情?如何把生活中的偶然事件,如撞人、舞厅相救,与单亲离异家庭双方主要人物的再婚理念及情感,有机地编织在一起,还需下些功夫。

※写于2002年3月18日。

读歌舞剧《华表》札记

此剧是省歌舞剧院的刘同兴,在其歌舞剧《诽谤木下》基础上修改的。这一稿,四幕,加序幕、尾声,共六幕,较之前稿,基础要好一些。通读后,感觉台词还需推敲加工,以适合歌唱;词及道具应尽量符合当时的情形,关于法治问题,此时应是不清晰、不完全的;一般来讲,国家的出现应在夏朝之后,禅让时期社会的治理,究竟是什么样,尚需征询探讨;此时的尊卑等级,如,喊万岁,有国家、江山等一说。戏外人(爷爷、孙女)的话有些多,一些意思可写入剧情和台词里;尾声的《击壤歌》可移到前面。可以在此稿的基础上,再作一些论证、修改和完善。

※写于2002年4月3日。

读话剧《国徽下的誓言》札记

大同市送来的话剧本《国徽下的誓言》,读后总的感觉,基础尚好,内容、素材丰富感人,虽无场次,但结构连贯还畅通,主要人物的形象塑造得不错,二度创作搞得好,是一个十分感人的话剧。

不足的是，有些台词语言太长，不精练，特别是一号人物的语言太多、太长，说教多，缺乏生活化，理念化的表述多了；在塑造人物形象上，如何再强化一下于震江的人情味，不可写得太清高，人至清则无徒，容易失去可信度；小冯这个人需再琢磨一下，让他更真实一些，崇敬于的人，如何就背叛了于，显得不真实；小朱开始的行为有点莫名其妙，以后几乎没有什么戏，让她出场好不好？再斟酌。关于剧中人物写真名字的事，既是舞台典型化了，不妨起个化名，关键是剧中选用素材的真实度，有一定的提高与美化，就不如用化名；不然，就是纪实报告剧了。总之，基础不错，认真加工修改以后，可望成为一部好作品。

※写于 2002 年 4 月 11 日。

读眉户剧《十里花香》札记

运城市临猗县眉户剧团送来现代戏《十里花香》剧本。全剧共七场，反映改革开放年代，农民外出打工，家庭发生婚变的故事。各场大意如下：

第一场，由魁外出包工，另有所爱，提出和结婚 12 年的菊花离婚，劝阻无效，由魁出走。唱词中第 1 页“丧良心”可改为“丧天良”；第 2 页“脸阔”不准，是变阔脸变，可改为“发阔”。

第二场，菊花进城找由魁未果，无心料理家务，在顾大姐的劝慰下，聘请技术员开发花卉。应聘者林子，是抱着报复的心态来到菊花家。这场台词仍有不顺畅、不贴切之处，如第 7 页“夜凉大姐送炭归”；第 11 页“花成花败放手干，架火蒸馍图气圆”等。

第三场，林子帮菊花养花，情感发生了纠葛，因闲言碎语，欲在不能、欲走不忍，经顾大姐劝阻，最终还是留下了。

第四场，菊花事业有成，众花农商议想搞股份制，林子的心情却矛盾；此时，由魁来信，要求了断婚事；菊花决心挑头搞股份制，恰又传来由魁负伤的消息。这场的唱词写得比较好，念白中的方言应注意，如第19页“过前去”，尚有一些，需大众化。

第五场，由魁负伤回村后，由菊花侍候着，对她和林子形成的感情，发生困扰；菊花已向林子表白，要与由魁了结婚事；等知晓林子是由魁情人的未婚夫后，她又陷入困惑中。

第六场，由魁为自个良心所责备，想促成菊花和林子的婚事，林子还是坚持要走；菊花痛下决心，要打发林子上路，推着伤残的由魁回家。这场戏的情感纠葛、变化较大。

第七场，菊花为林子送行，互道真情，以十送唱段抒情，哑巴儿竟奇迹般地开口喊出爸、妈，让离别之人实难离别。这场戏流露出真情实感，推起高潮，平中出奇，耐人寻味。

该剧总的感觉是，剧情还比较流畅，情感纠葛引人，有一定的观赏性；但应增加时代气氛，人物定位再准确些，如，林子的复仇心态不可取，哑巴儿的开口又不可信；由魁、菊花与林子三人间的情感交锋，还可写得再深些，可能更有戏；一些台词、念白不准不贴切，尚需推敲，特别是使用一些方言，要能够大众化、通俗化。

※写于2002年7月12日。

评议上党梆子《代代乡长》

齐根元的上党梆子现代戏《代代乡长》立起来后，比预想要好得多。剧本又有改动，为一号人物抒发内心情感加写了唱段，主题更为突出，表现手法总体上讲，还是大气的，能看下去。演出效果后半部分优于前几场，相信经过再加工，会有市场效应的，会成为该团的保留剧目。建议不要就此停步,要再加工、再磨合,力争成为优秀之作。

剧本上,可加重喜剧的气氛,还可从语言和表现风格上作些文章。目前首尾有些不协调,主题曲显得很沉重、风格不一,与主要剧情结构不贴切;乡长人物的定位、代代乡长的推出,再用些笔墨;部分台词还需把握准确,如反腐,“上上下下一批贪官”等。

导演的风格也应当向喜剧靠拢,例如群众演员的表演及其舞台的调度、表演的夸张度,像寡妇、歌舞厅老板等,均可以再放松、幽默一些,舞台调度可灵活些,目前有些臃肿。

音乐基本上是上党梆子的味道,少量吸收了潞安大鼓及秧歌元素,也还好听;量少了些,有些地方上党梆子音乐不适合表现的,还可再用些,问题在于要融洽、衔接好。舞美从总体讲还算简约,不铺张,对体现剧情能够说得过去。灯光的运用也很有特色,但聚光使用得有些多,造成时空的混乱,大可不必,再斟酌一下。

舞蹈的运用有些是很不错的,如表现假现场,效果就很好;但还可设计得协调一些、贴切一些、幽默一些,首尾及一些场次,用得有些多和乱,容易喧宾夺主,舞台画面显得不简洁、不利落。

表演方面,主要人物、主要唱段以及表演尚说得过去,但还可唱得更到位些,目前主要是表演不熟练,还不够贴切;念白不过关,听不清是说什么,影响整体演出效果,要多练习;此外,不应忽视配角人物的表演。

大乐队的倾向要注意,如此大乐队、舞蹈队、合唱队,攻关重点剧目,不妨用一下;但要着眼于经常性的演出成本、演出效果,便于下乡演出,本演出团能承受得了,还是应向简约化方面发展;外借人员不宜太多,应以本团演职人员为主。

※2002年7月16日写于长治市。

读话剧《我本不想当村长》札记

阅看省话剧院黄冲写的七场话剧《我本不想当村长》。各场大意如下：一场，村长拉差，让不情愿的郑老六当了副村长。这场有驴出场，寓意何在？有无必要？二场，接待计生委、煤矿干部，反映出村长作风飘浮，老六为人诚实。这场场地变换不清楚，是路上，还是何地？三场，因剪彩的事，村长找来郑老六，商议让他改姓出面，老六不依。本场出了个村长远房侄子长贵，没有更多的事。四场，王老五猪被疯狗咬，老六让埋掉，老五却要偷着卖肉。五场，老五卖疯猪肉，老六设法让他吃了肉，以毒攻毒治老五。六场，老六夜间为老宋头找驴，老五泻药发作蹲厕所，发话吓住偷驴人，最终私了，误会之语，解决了问题。七场，老六与村长对着干，惹恼了村长，准备撤掉老六的职务；众村民却一致同意，要选老六当村长。

通观该剧，语言幽默、风趣、轻松活泼，是一台喜剧小品式的话剧，有一定的观赏性；但戏剧情节太单薄，特别是老六和村长间的矛盾与冲突，还应当强化。加工修改后，可以试着上演，看有无市场效应。

※写于2002年7月22日。

读蒲剧《贞观贤后》札记

蒲剧《贞观贤后》，是运城市韩树荆的新作，全剧六场，另有序幕，演绎唐初长孙皇后的故事。序幕，交代历史背景，兴兵灭隋，尚有气势。

第一场，易相，唱词、道白长，欠推敲；长孙无忌出场的台词应再斟酌，要和人物身份相符，“为官择人，唯才是用”，不如“论功行赏，唯才是用”与其身份更贴切些。

第二场，阻猎，台词不押韵，行文欠推敲，尚缺些文采；长孙无忌的人物定位亦欠准确。

第三场，赦魏，篇幅较长，9 页半。皇后劝阻不斩魏征，唐太宗采纳，万民称颂。这场唱词文字粗糙，有的太长，有些词意表达得不明白、不准确。如，13 页“逼朕行权”；15 页“君屈于臣”“遗笑天下”，付之一笑中，衔接不起来；16 页唱词长到 22 字一句，紧接下面“春穿秋”“冬穿夏”是何意思？有两种含义，究属哪种，“春穿到秋”，或者为“春天穿秋天的衣服”；17 页“赦魏征反后意把后讥弹”，不知是什么意思？疑“意”或为“竟”；结尾的 3 句合唱，虽可给观众引出下场剧情的大意，但突如其来，前后风格不统一，大可不必。

第四场，劝嫁，篇幅更长，竟达 14 页多。这场剧情惹起一场风波，险些将皇后下入冷宫。台词的毛病更多一些。道白用比喻时要得体，合乎人物，如，皇上说“黄鼠狼尾巴长，嫁了姑爷忘了娘”，不妥；21 页长孙无忌的一段唱，应围绕婚嫁的事写，不可再把前面已知的易相、赦免魏征的事写进来，显得无词可写，又游离于本场剧情，最终影响人物定位，表现其心胸狭隘；23 页皇后自唱“绵里藏针”，不妥，推倒龙椅，作为皇后身份，不可能干出，这个情节的设计有些简单化了；25 页李世民一大段道白，历数打江山时皇后的好处，和后面的结果不协调，显得前后矛盾、不合情理，这样抓捕又表现皇上鲁莽从事；26 页公主的唱词，理不出逻辑关系，文学色彩也差；27 页“难道儿痛母朕不痛梓童”，此处的“痛”用得不准确，省略不得的词，这页上面 4 行唱词，两层含意，因果联不起来；这场皇后的一大段唱词中，有和皇上的对唱，前后气氛不协调，此时还在发怒，周围人等均在场，能对唱抒情吗？

第五场，感妃，这场比较感人，但需精练。道白太多，且说教味重，历数前朝，点到为止，更应多关注大唐社稷；独孤皇后鬼魂的出现也不合适。

第六场，辞世，皇后病重，皇上为祈祷，许下赦囚、召人入道观之愿，皇后劝阻。唱词中有些字省不得，40 页多次出现“感”，文字表达不准、不尽意。这场设计的幻觉不好表现，让皇后穿好朝服走向死亡，这种场面如何表现，也不合情理，已是病入膏肓的人，有必要以这样的形式逝去吗？

综观该剧作，选材、立意尚好，已给提供了个比较完整的故事框架的基础，场次铺排也比较大气。不足之处是，场次分布不均衡，繁简度反差大，故事尚未编圆满，剧情显得不顺畅，台词上的问题更多一些，还需下大功夫加工修改。

※写于 2002 年 11 月 27 日。

读京剧《哥哥你走西口》札记

山西省京剧院新编京剧《哥哥你走西口》，作者为张晓亚、高晓江、黄来喜，为该剧作的第 4 稿，是表现晋商题材的一部剧作。全剧共八场，另有序幕及尾声，序幕如前，未变化。

第一场，常雨桥返家过年，送匾引出故事来。和前稿不同处，是地点发生转换，由口外商号转到常家院里，唱词、道白均精练了，首尾穿插《走西口》民歌，仍感觉有些不协调。

第二场，常雨桥会见钟雪儿，主动认错，决意辞去石墩子。整场唱词精练，对白亦较前稿简约，只是“欺世盗名”牌匾，如何由常家大院来到口外商号了？

第三场，决意烧油。唱词有些少了，念白太多，可以再改写 1 到

2 段唱词;结尾又有《走西口》歌声,协调否?

第四场,接纳钟雪儿,提出了“拓北”的设想,苦莲、甜妹为石墩子事赶来,第一场伏下的人物线连接起来了。这场还是显得念白长且多,唱词少,仅 4 段,有些词还未改过来,如,“诚信”商号,14 页“主张”,还是“主意”;15 页的“辞职”不合身份,可为“我不想干了”。

第五场,走大漠,丢失货物,为过场戏。这场戏,有些短,又加入一段唱秧歌,协调否?

第六场,找不见钟雪儿,众说纷纭,要告官追物,苦莲要返回家乡,夫妻情燃起,结尾钟雪儿又出现。这场戏,情节头绪多,篇幅也相对长,但层次尚清晰。一些唱词欠准确,如,20 页计划书“齐正相生”不知何意?21 页苦莲的念白中“羽翼”不妥,不如说是“左膀右臂”;22 页“琴棋书画年年换”不妥,“这一回我发誓指地指天”可换为“指地对天”。

第七场,对是否再派钟雪儿北行,常雨桥拿不定主意,苦莲的大度相劝,增强了常的勇气,但股东会的不同意,又让其发生愁困。这场戏是过渡、铺垫,还算流畅。仍有一些台词欠准确,如,25 页“知遇”应为“知己”;“罪大恶极”说得有些重了,宜改为“错上加错、追悔莫及”;“皆大欢喜”可改为“大家满意”或“各方满意”。

第八场,在苦莲筹资、常雨桥裁决下,决定促成钟雪儿北行。前案已破,是钟一笑的人干的;结尾,夫人又回归了山西。这里破案的交代有点简单化了,作案的人是钟一笑的人,也显得无情由,缺少前期的铺垫,不如设计到刘满堂身上,让石墩子去破解为好。

尾声,很有气势,有点影视表现手法,怕不好表现,建议可简化一些。这里常雨桥的形象是山西商人的化身,还是要回归到戏曲的本体中去。仅此一场的制作,要花很大的代价,担心不好保留,又不适合下乡演出。

※写成于 2002 年 12 月 18 日。

读《走西口》修改稿札记

2004年3月12日,省京剧院送来新编京剧《走西口》。这是修改的第8稿。全剧七场,另有尾声。

第一场,情节未作大的改动,只是结尾夹着牌匾,不好。

第二场,情节做了微调,钟雪儿的出场,是以化装伙计进入,并将晋德裕号和忠义号之间的源流关系,常雨桥、石墩子和雪儿之间的关系,写得更亲近一些,以师兄妹之称入戏更贴切一些。

第三场,以烧毁劣质油的行为,挽救了晋德裕商号的诚信声誉,强化了常雨桥的唱段及人物形象,念白也很顺口,似乎还可精练一些,文字再少一些。

第四场,钟雪儿受邀入晋德裕,说出自己的宏图大志,台词中对雪儿的身世有所铺垫;甜妹到来,为石墩子说情,又挑起了容留雪儿的是非。这里的对白,虽朗朗上口,是否可以改写为一些唱词?这场戏,改写得比原来顺畅,突出了主要人物,去掉了一些不必要的陪衬。

第五场,过场戏,钟雪儿带领驼队走大漠,基本保持了原稿的内容;不同的是,加写了石墩子暗中跟随驼队保护,与强盗展开殊死的搏斗,最后竟壮烈捐躯,这使石墩子的形象也高大了。同时,也说明经商之路,同样有生命的危险,不仅仅是挣几个钱的问题。

第六场,北疆失事,石墩子的死,引起了甜妹等人对钟雪儿的非议,由此引发了撤股的风潮。斗争异常地激烈,常雨桥乱了方寸,剧情高潮自然推起。但这场戏篇幅太长,念白太多,显得唱段有些少了。建议压缩念白,加写唱词,对白说清意思就行。

第七场,常雨桥返回家乡,变卖家产,筹集资本,企图东山再起;

甜妹退回股金，柳涵玉出走当年与常雨桥成亲的草房；钟雪儿回来，告知丢失的货物已经追回，策划再行北上；常雨桥深情地望着妻子出走的方向，结束在《走西口》的音乐声中。

尾声，拓开商道，继续北进。

综观这一稿，戏剧情节更流畅了，人物形象更突出了，少了一些儿女情，多了一些晋商艰难创业的悲壮感。但篇幅尚有些长，念白还可以再精练一些。

※写于2004年3月12日。

读蒲剧《鹳雀楼》札记

2003年2月11日，收到运城市蒲剧团景雪变送来的新编蒲剧《鹳雀楼》，全剧九场，剧作者杨焕育。因系新编剧作，剧中的人物、情节均生疏，加之篇幅较长，一时还不能尽阅，遂边读边做了些批注及札记，并征引了一些相关的史料记载。

第一场，赋诗明志。王之涣科考时，直言朝中弊病，竟落榜，被花花公子闾丘晓夺得头名，一怒之下，王之涣浪迹天涯，主考官辞官归田。故事设计在科考完毕，得闲踏春，王昌龄、高适、王之涣三才子，路遇闾调戏主考官李洪禄之女，三人怒打闾，闾竟洋洋得意，道出虽无文才，却可花钱买得状元郎。揭示了官场科考的腐败，表达了王之涣怀才不遇之情。剧中将离愁诗句入唱词不太恰当。

此处讲到的闾丘晓，唐史无传，但在《唐才子传》卷二中有些记述，知其(？—757)为唐人，工诗，唐肃宗时为亳州刺史，一作濠州刺史。安史之乱起，诗人王昌龄避乱还乡，道经其地，为其所杀。后宋州被围，张巡告急，河南节度使张镐倍道兼进，传檄晓引兵出救，晓逗留不进。镐至淮口，宋州已陷。镐怒晓，将戮之，晓告曰："有亲，

乞贷余命。”镐曰：“王昌龄之亲，欲与谁养？”晓默然。即杖杀之。（见《中国历代人名大辞典》第1769页）从这则史料可知，闾出身纨绔子弟，后任刺史职务，是杀害王昌龄之元凶，安史之乱时，因玩忽职守，贻误战机，终被严处。剧中可能是以这种史实背景，去构筑和塑造有关闾丘晓的故事情节及人物形象的。

第二场，旗亭惜别。五年后，王昌龄、高适赴任，约王之涣旗亭话别，恰遇唐玄宗同张说等私访蒲州。酒店相逢，邀歌女们吟唱助酒，三才子以吟唱谁的诗作多相赌，王之涣竟得头筹，狂饮相贺，惊动了玄宗，鼓励众生为国效力。王之涣诉说怀才不遇，玄宗以身边玉佩相赠，后会为凭。王之涣与歌女湘凌，一见钟情，依依惜别。

这场演绎的是“旗亭画壁”故事，作者设计了与玄宗面遇，为以后的情节发展做铺垫，本场唱词相对少了一些。

史载，开元初，王之涣任衡水主簿，不久为人诬告，辞官归家，后又补为文安县尉，55岁时卒于官。天宝间，与王昌龄、崔国辅等联唱迭和，名动一时。有关他的诗作，除《鹳雀楼》外，均为离愁及边塞风光之作。《全唐诗》中仅存王诗6首，《全唐诗简编》仅录4首，而且批注《鹳雀楼》诗为朱斌所作。“旗亭事”时，三人均还未为官，谈论也极随意，并非赴任送别。旗亭画壁故事，最早见于唐人薛用弱《集异记·王之涣》中的记述，说是发生在开元中，宋人王灼《碧鸡漫志》卷一也载此事，但明人胡应麟《庄岳委谭》中考辨不可信，主要是高适与二王不是同时代人。至于剧中王之涣旗亭饮酒，偶遇玄宗的事，则是虚构的故事。和玄宗一同出场的张说，《唐书》中有传记，其先范阳人，代居河东，开元年间，曾任检校并州大都督府长史、兼天兵军大使，后又为朔方军节度大使，对山西、蒲州政务及风土人情熟悉，史称其为“开元宗臣”，深得唐玄宗赏识。构思他和玄宗一道私访蒲州是适宜的。

第三场，题扇联姻。王之涣任衡水县主簿，深得县令李涤的赏识,欲将义女李湘凌许婚于他,托赋闲老臣李洪禄为媒。王之涣想到旗亭偶遇的意中情人,便推诿不允,谁知见面后竟是旗亭之人,王之涣当即应允,李女却不从。正说之间,女父李慈求见,李系钦定囚犯,隐名逃窜,来至衡水,由李洪禄等将其隐藏于家中。不料,闾丘晓奉刑部令前来捉拿,县衙中搜寻不见,又到李洪禄家中搜查。

这场戏情节头绪有些多,联姻未成,竟又出现了抓捕逃犯事,而李慈的事,前面也未交代,其女李湘凌虽在第二场出现,但前后却衔接不起来,观众看时费解。且李洪禄是何方人氏?为何闲居衡水,剧中也应有所交代。一场戏中,人物多、头绪多,势必影响对主要人物的表现和抒情。

剧中涉及的李慈,《唐书》无传,但综合新、旧《唐书》中的有关记述可知,李为率京都禁军的右羽林将军,参与太平公主谋废太子事,事发,被斩北阙门。显然,剧中的避难衡水情节是虚构的。

第四场,监中相会。李慈被囚狱中,父女相会,为了不牵连女儿,碰壁而死,闾丘晓追查责任,终以5000银两赎走尸体了结。

李慈的人物设置,究竟要起到什么作用?三场刚出现,四场便死去,一个情节链条便人为地中断了,对全剧的情节发展是否有影响?

第五场,吟诗联情。李慈死后百日,李湘凌花园赏菊,正遇王之涣前来,心心相印,又提婚事,仍遭李婉拒,李涤、李洪禄赶来,告诉了几件好事,在众人的帮衬促成下,李湘凌勉强应允婚事。

这里的几件好事,有些突如其来,是否确当,值得商榷。其一,经王昌龄荐举,王之涣成为朝廷丽正书院文学士。其二,王之涣状告闾丘晓索贿,闾由刑部侍郎降为刺史。这两件事,史无所载,表明是剧作虚构的。王之涣受聘丽正书院文学士,确实是一件光彩事,但闾丘晓的任刺史,却未必是降职处罚。唐时,刺史为一州之行政长官,掌监察之职,职级并不亚于各部的侍郎官,剧中闾丘晓的职级

设置含混不清，说他是刑部钦差，唐代无此制度，刑部差员只管刑狱之事，称不得钦差，外任刺史，实为晋升提拔。

第六场，谋刺昌龄。王昌龄重阳约定，与王之涣旗亭相会，途中遇到闾丘晓，闾托王在皇帝面前美言，将他调回京师，王不允，闾便暗箭伤王。

这场戏中，没有更多的情节可言，而且情节的编织又有些牵强附会。闾为官濠州，治所在今安徽一带，王道行蒲州，二人缘何能于途中相遇？剧中说，闾行猎奔华山，为了能将俩人捏合在一起，不惜舍近求远，让围猎者由安徽跑到陕西，人为编织的痕迹太重了。至于闾想调回京师，也没必要非得找王昌龄。历史上，闾忌才杀害王昌龄是事实，但编织本场这样的离奇情节不可取。

第七场，重会旗亭。李涤、李洪禄长亭相送王之涣赴京，不见李湘凌的到来，王之涣带着疑虑来到旗亭，却见李早在亭中等候。两情相悦，诉说身世，李湘凌表明，自己不允婚是怕牵连王之涣，为了情爱，王之涣撕掉聘书不赴京，决意与李湘凌同回绛州。此时，传来王昌龄被害的消息，更引起二人对王的怀念。不一会，又出现了张说带皇上旨意，委任王之涣为朝廷集贤院文学士，王不允，硬将他夫妇拆散，王之涣被绑架走，李湘凌被校尉踢昏，又被张说女张潇君救起。

这场戏，不仅篇幅长，头绪多，不少情节的编织又不合情理。李湘凌的身世，早在衡水县衙便知情，为何到旗亭，又以大段的唱词说过程，表心境；一个王之涣，两地聘任，都是皇上的旨意，何况丽正院、集贤院原本一回事，以不同名目在剧中两次出现，自相矛盾，混淆视听，这是朝廷的委任，说不去就不去了？还敢撕掉聘书，可能吗？王昌龄与本剧的主旨无关，为何花费那么多笔墨，去写他与闾丘晓间的恩怨？该剧开头出了个李洪禄之女，这场又出了个张说之女，这些人物，既未贯穿全剧，又不是推动剧情发展的重要人物，设置这些多余的人物，有何必要？

第八场，义放之涣。张说将王之涣囚于书房，欲让他和其女订婚，王不允，张女又女扮男装前去劝说，劝说无效，张女同情，放王之涣、李湘凌双双逃去。

这场戏中的强行联姻，和第三场的情节有些雷同，而且囚人逼婚之行为，出自宰相张说也是不合情理的。唱词中，两次出现一至十的唱词写法，又无惊人之笔，牵强附会，落入俗套，不可取。

第九场，登楼题诗。王之涣夫妇登鹳雀楼，即景生情，吟出名诗后，下楼云游天下。之后，唐玄宗登楼，发现名诗，大加称赞，责成人追寻王之涣。结尾，相错而行，留有悬念。

综观此剧，结构松散，并未构成中心戏剧故事框架，全剧虽以“鹳雀楼”为名，但大量的篇幅，却与此不沾边，甚至离题太远，不能扣紧题目去展示情节，令人不知所云。情节的设置，也太随意，有的突如其来，缺乏铺垫，有的刚刚出现，立即中断，没有形成周密连贯的情节链条。剧中人物设置过多，多数人物及其故事，都游离于中心事件之外，除前述王昌龄与闾丘晓的恩怨外，剧中的三李也属此列。既然李慈的身世已清楚，李涤、李洪禄史无其人，有没有必要去设计李慈之女与王之涣的婚恋？以及李慈父女狱中相会等场面？更无必要去编织王之涣与罪犯之女的一段难舍难割的情感纠葛。这一切，对表现鹳雀楼，又显得无关紧要。全剧应当围绕王之涣与鹳雀楼去编织故事，即使虚构，也不能太离奇，更应注意合乎情理。

※写于2003年2月11日至25日。

读晋剧《罢宴》札记

省晋剧院的吴占全，送来其改编的传统戏《罢宴》的本子，据说是根据《吟风阁杂剧·寇莱公思亲罢宴》和京剧《寇准罢宴》的剧情改编的。未能和相关剧本核对，只是感觉情节和台词也还流畅，只是个别地方对人物的身份把握得还欠准确，如下跪等；唱词有些还需推敲得准确和精练些。

既是改编传统戏，就应当注意，必须是改编，两相对照，不是重抄过来，也不是对个别唱词做简单润色；改编就应比原作有新意，有何新意？必须能突显出来；改编还要处理好传承和出新的关系，传承什么？有何出新？也应是一目了然。戏是写给观众看的，对优秀的传统戏曲的改编，处理好传承与出新，既可留住老的观众，又能吸引和培养新的观众。

※写于2003年2月26日。

读晋剧《大唐公主》札记

2003年2月27日，收到山西省晋剧院送来的新编晋剧《大唐公主》，作者张晓亚，据说此为第二稿。全剧九场，演绎的是唐高祖李渊之女平阳公主的故事。边读边对剧本做了些批注，并征引了一些相关史料。

第一场，李唐兴兵平隋胜利后，班师回京，李渊欲为女儿李三娘择婿，三娘表明自己已有了心上人，李渊不允，三娘乘势逃走。在这里，李三娘的身上表现出很大的野性，具有村姑的特色。

第二场,李三娘跑回柴绍草房,重新叙旧,表白心迹,要和柴绍成亲。此时,隋朝降将黑虎,领了李渊的旨意,前来迎娶公主与他成亲,双方发生争执。秦王李世民赶来,迎娶公主、柴绍还朝成亲,黑虎气恼而下。这场戏,三娘村野气息浓,台词也流畅。

第三场,黑虎因为婚事不成,即投奔突厥国王的儿媳、原大隋公主义成,密谋颠覆大唐江山。这是个过渡场次,没有更多的情节和内容。一开场,义成公主的唱词,是自由体诗歌的形式,和前两场的唱词风格不一,显得不协调。

此处,应弄清楚"突厥国"的方位以及与山西娘子关的边界距离,即使是虚构,也不可出现硬伤。据史载,突厥,古代民族名,后为国名,有广义、狭义之分,公元 552 年,建突厥汗国,隋开皇二年(582)时,分为东突厥、西突厥汗国。东突厥,处于阿尔泰山以东,地在漠北,亦称北突厥。隋末中原大乱,汉人投之者甚多,国势复盛。唐初,颉利可汗立,时常袭扰边境。贞观四年(630),为唐军所平灭,以其地为六州,置云中、定襄二都督府以统之。由此来看,剧中设置以东突厥为宜。

第四场,李三娘困守宫中,习学公主礼仪,好生厌烦,正遇探子来报,驸马柴绍被困突厥的死亡谷中,对方索要公主为妾,公主自告奋勇,欲率兵抵敌,李渊不允。这场戏,也无大的情节推进,发展有些缓、拖,末了念白太长,又有些排比之嫌,可以精练一些。此外,10 页的"元戎"不准,宜为"元勋";12 页的"各尝"所愿,应为"各遂"所愿。

第五场,黑虎、三娘,分别带兵对战,开打。此为过渡场次,无大的情节变化。剧中黑虎的一段唱,似歌剧抒情式,风格不一,应回归到戏曲唱词。

第六场,死亡谷的一场恶战,李三娘试图拼死一战,经柴绍的劝阻,终以麻痹敌人之计取胜,后在花姑的陪同下,柴绍赴突厥和谈。

这场戏,篇幅较长,有几处,值得商榷。其一,一些台词的表述趋现代化,长短抒情,与戏曲演唱风格不一;其二,情节发展有些拖沓,对有关怀孕、生子的道白渲染过多,花姑回忆当年,爷爷逃出死亡谷,与《杨门女将》的有关情节雷同,而花姑的单独逃跑,有损她的形象;其三,跳舞情节的设置应推敲,剧中李三娘的性格泼辣,有些男子气概,前面在宫中习礼仪都厌烦、极不情愿,此处怎会主动提出跳舞?又不是少数民族;其四,柴绍以抚琴、舞蹈,转移敌军注视取胜,舞台上如何展示?这场戏的内容太多,应精练集中一下,突出重点。此外,字幕上的吐谷浑战,是《唐书》所载,如何与戏中情节相衔接。剧中黑虎为隋将降唐后又反叛,他和公主义成的勾结,属于隋的复辟势力,阵线必须搞清楚。

关于吐谷浑,古代民族名,鲜卑慕容部人,吐谷浑国从4世纪初建立,至7世纪六十年代灭亡,共存在300多年,传20余主,盛时疆域在甘南、青海一带,唐龙朔三年(663)为吐蕃所灭,后散处青海一带。剧中以此史实背景,虚构了死亡谷恶战,似乎有些牵强。

第七场,黑虎勾结公主义成设下陷阱,先谋杀处罗可汗,并将罪责转嫁给大唐的谈和使者柴绍,还逼花姑写下认杀诱兵书,以诱得平阳公主就范。

这场戏中的情节编织需斟酌,首先是,“突厥国”与山西娘子关的地理位置的联系;其次是,公主义成杀死处罗可汗能否得心应手?她是隋亡后下嫁之人,谋杀可汗如此顺畅,少数民族的凶悍劲能让她得逞吗?应寻求戏剧情节的合理性。此外,全场仅有一段唱腔,其余全是念白,台词又太长,尚需精练。

第八场,休战间,女兵的洗濯、戏耍,宣泄了思乡、思儿女之情怀,李三娘怀孕,亲身体会做女人的滋味,忽报和谈破裂,犹如晴天霹雳。本场意在表现,战争间隙期的和平环境,青山绿水映美人,唱词需再推敲,要切合时代氛围和身份感,情趣还可和谐一些。

第九场,李三娘率兵抢救夫君柴绍,两军开打,花姑说明了真相,颉利杀死公主义成,黑虎率军与三娘激战,最后同归于尽。

这场戏的情节设置,是黑虎与李三娘的一场恶战,杀进突厥风临关,又战李三娘,他的对手目标到底是谁?既是李三娘,就没必要去打风临关,人物主线还需理清理顺。此外,唱词中的一些排比句,空洞无实质内容,如"罪恶的篇章""六月雪,七月霜"等,应换个写法;颉利的念白,更应符合人物的身份及少数民族的个性特色。

本剧的创作,原想将大唐平阳公主与山西娘子关联系起来,演绎一段大唐巾帼英雄李三娘的故事。但据史学家考证,娘子关,一称苇泽关,在今山西平定县东与河北的交界处。唐李渊太原起兵时,三娘与丈夫柴绍还在长安,她劝柴绍投奔太原,本人回户县起兵,进军关中,会师渭北,平定长安,封为平阳公主,武德六年(623)去世,从未带兵驻扎过苇泽关。苇泽关称为娘子关,是宋初的事,将娘子关和平阳公主联在一起,始见于清乾隆修的《大清一统志》:"相传唐平阳公主驻兵于此,故名。"但却缺乏史实依据。由此看来,编写历史故事剧,历史大背景的史实应当能站得住脚。此外,结构不可松散,内容应当集中;故事情节要理顺,要编织得合情合理;剧中人物应以情感人,出自真情,不可矫揉造作。

※写于2003年3月13日。

读几个曲艺本子札记

省曲艺团送来几个曲艺本子,相声《快乐的马老太》,名字改得比"马老太献艺"要更贴切些,内容还可再扩充一些。这里谈到了修路、交通、通信,还可从衣、食、住上扩充些内容。小品《妈妈的生日》,内容、表现形式还可以。群口快板,内容不错,文字显得有些

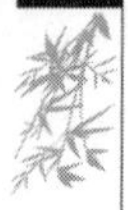

长,可再精练些,上下衔接要顺,要注意押韵;说道毛泽东、周恩来时,要按当时的职务称呼,以体现历史的风貌;最后的新长征,应再多写几句,如何去过渡承接,可用"说长征,道长征,如今进入新长征",对比写起来,也许更协调。

※写于2003年3月21日。

读北路梆子《山女》札记

2003年3月25日,阅读忻州市文化局送来的新编北路梆子《山女》,作者马彬。全剧六场,前有入话,后有尾声,是反映环境保护题材的剧作。

入话,由远古引入,这里的"人定胜天",要注意它的辩证性和特定含义。

第一场,有几个场面,山女、赵飞一夜之欢,种下孽果;先怀孕,后结婚;坑下产女;承担矿长之责。这场戏,时间跨度大,场面转换多,增加了二度创作的难度。

第二场,过渡场次,铁旦、彩凤夜间幽会,意在表现环境污染的严重、恶劣。

第三场,篇幅较长,计10页,表现多种情感纠葛,父女情、夫妻情、恋人情,相聚一场,中间还夹杂着政协会议上,治理环境污染的精神,但主要是抒发山女的心声,酸甜苦辣,别样人生。

第四场,篇幅和前场相仿,计11页,唱段仍在表达恋人情,行为却在表达父女情,学校的轰塌,灵苗的被砸,环保问题被向前推进了一步。山女的病,或隐或现,预示环境污染严重,穿插铁旦参军离开山庄,似乎有些勉强。场末,灵苗向娘要爹,山女的明示又显得突然,缺乏铺垫。

第五场，过渡场次，铁旦参军体检不过关，彩凤决意把婚定，想到下一代，不寒而栗。

第六场，篇幅最长，计 12 页，反思挖煤的消极影响，决意炸窑停产，建议换个活法。这场戏，内容虽庞杂，情节却简单。几处情节的编织，尚需斟酌。其一，山女的出场缺乏铺垫，可在前一场铁旦去体检时，留下一个伏笔，提出环境污染，祸及人类；其二，二仁的人物定位是智力障碍者，但却心明眼亮，最后竟主动退出，让山女、赵飞重新结合；其三，灵苗死后，为什么不紧接着去表现山女对女儿的怀念，而是在五场之后才去表现，那么多的人来到灵苗的坟上，感到情节有些跳跃、断裂，还需调整结构；其四，山女的觉醒，是台骀爷穿越时空对话教育的结果，还是现实环境被污染恶果的教育，很显然是后者。这样，台骀爷有没有必要出场？

这里涉及的台骀爷，实为主宰汾水之神。《左传·昭公元年》载："昔金天氏有裔子曰昧，为玄冥师，生允格、台骀。台骀能业其官，宣汾、洮，障大泽，以处太原。帝用嘉之，封诸汾川，沈、姒、蓐、黄，实守其祀。"唐、宋时，尚有台骀神之庙。

尾声，10 年后，灵苗林场树木成林，山女与赵飞在林场举行了婚礼，大地一片葱绿。这场戏，人、鬼、神相交融，观众分不清是现实，还是幻化；二仁和山女的原有婚姻，何时解除也未作交代；这种理想的结局，似乎有画蛇添足之感，无形间增大了二度创作的工作量和舞台美术制作的成本。

综观全剧，宣传环境保护的色彩浓，但戏剧情节的构筑和人物形象的塑造还不到位，还停留在环保题材的宣传品阶段，距离环保题材的艺术品，还得下一番功夫。

※写于 2003 年 3 月 25 日。

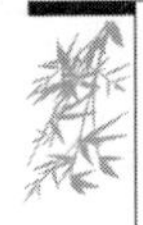

读话剧《立秋》札记

山西大学姚宝瑄教授的话剧《立秋》,2002 年 12 月 23 日曾读过他的第一稿,全剧四幕,剧情演绎民国初年,围绕山西矿产开采权与入股国家银行事,晋商票号与家族内展开的矛盾及冲突。剧中人物较多,主要人物为杨益尔与马鸿翰。原剧的第一幕情节推移有些平和拖沓。第二幕为高潮戏,季节时间交代不清楚。第三幕写汇兑成风,剧情转换急,有些不合情理;场面设置多个表演区,增加了舞台装置的难度;第四幕写赎回开矿权,重振山西经济,一些台词太长,语言与人物身份不相吻合。此稿经研讨后,姚又修改出第二稿。

第二稿仍为四幕,主要事件没变,人物有变化。第一幕,问题提出。围绕入股银行、收采矿权,代表人物纷纷亮相,观点手段有明有暗;莎菲的出现,又形成传统守旧与开放世界的反差对比,剧情还比较流畅。第二幕,交锋。双方主要人物均出场,主张入股银行者据理力争,马鸿翰固执己见,不让半步;常克明、莎菲窥测动态,见机行事,以售其奸,冲突迭起,气氛渲染,再度失去转机。这幕对话显得冗长,需要精练。人物也变了,原为代言人渠本翘,换作行长鹿钟森出场。第三幕,败露。票号挤兑,晋商破败,马不得不动用埋在地下的十万两黄金;马老太指斥败家子,得知培仁跳海后,她更是一气不起,瑶琴等跳湖殉情,家族乱了,商号破败了;错走一步棋,出了大事,小人常克明趁机想独吞商号钱财。这幕冲突、高潮迭起,情节引人。第四幕,转机。面对败局,马、许两家再度联手,谋求赎矿,再创辉煌。

通观这一稿,戏剧情节顺畅了,时间概念放开为立秋前后,也更合理了,人物形象更鲜明,寓意也深刻了。需要改进的是,几个主要人物的对白显得有些长，语言的时代气氛一定要体现出来，注意表述的准确性与时代感。此外，剧的开头与场间，以及幕间的连接，多次运用播放影视画面、片段的表现形式，一定要注意整体的衔接、贴切及一致性，不致产生生硬插入或造成观赏跳跃的不协调感。

※写于 2003 年 3 月 27 日。

读儿童剧《我能当班长》札记

2003 年 6 月 12 日，阅读文化厅创作室送来的新编多场次儿童剧《我能当班长》，作者安兰。全剧十场，表现的是当代儿童素质教育的故事。

第一场，新老师的到来，提出了轮流当班长，一石激起了众人的遐想，足球迷范学毅的表现，引起了丁老师的注意。

第二场，丁老师向同学们说明意图，决定让范学毅第一个当班长。

第三场，范学毅策划当班长，却总想不出什么高招来。

第四场，范学毅就职演说，用画外音处理，生出两个办法来。

第五场，学校组织足球比赛，范学毅动员大家奋力夺魁。

第六场，范学毅面见丁老师，承认自己球场表现不好，刘丹打小报告，丁老师肯定范学毅的进步。

第七场，课堂上老师提问题，范学毅回答不出来，这使他这位班长大为沮丧。

第八场，小范提出辞职，丁老师鼓励他，让他增强自信心。

第九场，单元测试讲评，小范的学习成绩进步很大，全亏刘丹对他的帮助。

第十场，“小鬼当家”主题班会，形式活泼，内容丰富，标志着孩

子们向成熟的方面发展。此处“大义灭亲”一词不准确,宜调换。

该剧作的基础不错,构思连贯,情节流畅,主题鲜明,有感染力;舞台呈现可能有一定的难度,如课堂的设置、球场的展现,应多想些办法,可以立起来再看、再议。

※写于2003年6月12日。

读现代戏《支书,走好》札记

长治市任治平编写的现代戏《支书,走好》,反映一位山区支部书记积劳成疾、殉职于修路上的真实事迹。全剧六场,另有序幕与尾声,各场剧情大意如下:

序幕,显示故事发生在条件恶劣的山沟沟,提出了“修路”这个要展示的事情。

第一场,云山住医院,中途离去,返村安排修路,并带头让地挖祖坟。这场台词第5页唱段字太多,18、17字5句唱;第6页“赶得紧”欠准确、“霍乱、感冒”不是一回事,秀梅两次说“你家”“你村”,两口子说话不贴切;第7页“模范村民”不如说“老实人”;第8、9页对白多而长,应精练,有些可改成唱词;第10页唱词21字句,要改写。

第二场,修路缺资金,发动乡民集资,村干部带头抵押贷款。这场要注意,抵押贷款符合相关政策规定否?念白多、唱词长与第一场相类似,应精练;注意念白中不要说脏话,如“屁话”;第17页、第20、21、22页,念白多而长,可改写为一些唱段。

第三场,从发现云山的病情诊断书引起,两口子大段对唱,抒发夫妻间情感,但却时空跳跃大,如何衔接?这场末的唱山歌,要有地域特色,还得与本场戏的唱腔音乐相协调。

第四场,修路工地场面,县委书记也出现了,为过渡场次,全是对白，应改写几句对唱；群唱又如何表达？这场末的扛水泥场面，和前几场串场山歌的表演，风格应协调一致。

第五场，云山病倒，在家输液，为还拉石头的脚钱，云山提出借家中的卖花椒钱；女儿为给父亲治病，剪发卖钱。本场的对唱，抒发父女情、夫妻情、母女情。云山出场时的台词中，应加几句修路工程的进展，如何又病倒在家输液，否则，抒情虽感人，却有游离于修路主线的感觉。此外，第37页台词“输液又犯病”应改为“犯病回输液”。

第六场，云山主持开会，商议修路完工的剪彩事，又遇水泥已泡硬了影响完工，他吃力地登上山头，打手机催要水泥。

尾声，竣工剪彩，支书溘然而逝，县委书记来为支书送行。

剧作立意好，有真实原型，事迹很感人，但剧情结构不严谨，受真人真事局限，情节尚显单薄；台词还需下功夫，再精练；表演风格也应贯穿统一。

※写于2003年9月4日。

读晋剧《文公归晋》札记

省晋剧院送来新编晋剧《文公归晋》，作者张晓亚。通读该剧作后，就总体感觉做了一些批注，并征引了一些相关的史料。

一、剧名《文公归晋》似不准。重耳外逃19年直到返晋，均是以晋国公子身份出现，回国登上国君位，才可称晋文公。剧中大量篇幅表现外逃异国的情景，成为晋文公已是剧作的结尾了，所以称《重耳复国》或《重耳归晋》为好。

二、剧中人物除虚构者外，真实的历史人物不可出现硬伤，有几个人的名字需修正一下：“序幕”中的太监勃，应称真名寺人披（《左传》的叫法），或勃鞮，或履鞮（《史记》的称呼），总而言之是位宦者；

第一场末出现的齐姜，是剧中的一个主要人物，她是齐桓公的女儿，太子申生的母亲。对重耳来说，应以王姨相称，不是一辈人。重耳出逃齐国时，仍是齐桓公在位，对他厚礼相待，以同宗之女嫁于重耳，2 年后齐桓公才去世。这个人物应重新起个名字，亦称齐姜，不太好。第三场出现的秦穆公，《史记》中有两种叫法，一为穆公，一为缪公，称缪公者为多，再酌定。此外，随同重耳出逃人员中有狐偃咎犯，书中常用咎犯，剧中称舅犯，酌定一下。

三、重耳出逃的时间应准确，同时要分别体现在剧情和唱词、念白中。按《史记》载，重耳出逃 19 年，时间最长的是在狄国计 12 年，在齐国为 5 年，楚国是几个月，此外，就是消磨在途中各国和最后落脚秦国的时间。出逃时重耳是 43 岁，返回晋国时，已是 62 岁的暮年老人。应按这个时间去设定有关情景、环境，以及设计人物的造型。

四、重耳出逃各国的先后顺序也很重要，应按这个顺序去设计情节，同时应把为什么去某国，因何又离开某国的原因搞清楚，以便把这些背景资料，体现在唱词和念白中，让观众明了连续出逃的这段历史及其原因。

出逃各国的顺序是：先是投奔了翟国；然后到狄国（这里翟和狄可能为同一国，《史记》中两种记载，前面为翟，后面说出逃时去的却为狄，因翟字有两种读音，其中一种即同狄，故可能为一个国家），12 年后离狄赴齐；途经卫国，不以礼遇，经五鹿（卫的城池）乞讨食物，到达齐国；一住 5 年，离齐国，途经曹国，不以礼遇，又奔宋国；不能长住，离宋国，途经郑国，不以礼遇，前往楚国；几个月后，秦国派人召重耳去秦国，到秦后，缔结秦晋之好，派兵护送回晋国。

重耳离晋，是因晋献公听信骊姬谗言，害死太子申生，又派人去杀重耳，重耳才出逃。到狄国的原因，一是离晋国近，二因狄国是重耳母亲的故国，自然有亲人庇护，所以一住便是 12 年。

离狄赴齐的原因，亦应向观众交代清楚：重耳弟弟夷吾为晋惠公后，担心重耳通过外部的势力返国夺权，派宦者履鞮去暗杀重耳，重耳闻讯，决定离狄。因何赴齐？齐为大国，齐桓公正施行善政，广为收抚诸侯，此时，贤相管仲已死，或许会寻求有才能的人辅佐，抱着试试看的想法投奔齐国而去。

重耳在齐，不是半载，而是5年。到齐2年后，齐桓公去世，此时齐国发生内乱，拥立孝公为国君。重耳要离齐，还需找出适当的理由，按《史记》载，重耳逃离齐国，是齐女的设计所为，齐女想促成重耳的复国大业，她头脑很清楚、行为很主动，为给重耳的谋臣们保密，不惜杀掉自己的侍从。这个人物应当好好写一写，或设计为老王赐婚，小王另眼相待；或设计为是晋国内部的反对势力，从旁施加压力，借刀杀人。剧中应把晋国内部争权斗争十分激烈的情形，向观众表白清楚，如无这方面的因素，重耳早该回国了。出逃事件，不能孤立地去写，要和晋国内部斗争相呼应，不然，重耳的出逃，便是周游列国去玩乐了。至于齐女有没有跟随重耳离开，史书没有明确的记载，可以设计一块离开，愿随夫君浪迹天涯，这正是可以好好虚构的。

重耳到秦国，是秦缪公的主动召约，目的是想帮助重耳上台，搞掉晋惠公父子，因他父子对秦国有出尔反尔、失信之举，其子(子圉)作为人质，竟悄悄离开秦国回了晋国，惹恼了秦缪公，所以才会有主动迎接重耳，将宗室女子5人嫁于重耳，缔约亲事护送回国。缪公派军队陪同重耳回国，晋怀公(子圉)听说秦军前来，就派兵抵御，表明重耳的回归，并非一帆风顺，国内有人欢迎，有人反对。史载，晋文公元年(前636)春天，秦军护送着重耳到达黄河，乘船渡过，围困令狐，晋军驻扎卢柳，进入大营，然后进入曲沃。这里要注意，不能把复国大军的入晋口，设置在绵山下，更不能结尾收在介子推自焚，除了不符合历史和地理环境外，这也是犯大忌的。缪公给重耳作警卫的是3千人，10万大军护送是否太多了？

五、关于焚绵山，不管在曲沃，还是在介休，世传已有争论，但由文公派人焚绵山却已成定论。剧中以介子推自焚出现，一是观众不认可，二是有美化、粉饰文公之嫌，三是有些牵强附会。不仅于戏无补，而且感觉到全剧的结构，有些虎头蛇尾。焚绵山这个千古之谜，最好不去碰它，不要搞出力不讨好的诠释、演绎，而应另外考虑结尾。

六、本剧对正面表现晋国内部的斗争几乎没有，除了在外逃国有关人物唱词中，可以补写一些外，是否把结尾落到晋国国内对重耳的回归的不同势力的争斗上。第七场去掉焚绵山，几乎没戏，对头须、太监勃的宽容，又显得过于简单，是否可以在太监勃的身上做些文章。据史载，重耳刚回晋国后，还发生了怀公的亲信密谋策划放火烧宫事件，企图烧死重耳，关键时刻，是勃鞮报信（重耳起初不予接待），才使重耳躲过了这一关。若能这样写，既为重耳宽容、重用勃鞮做了铺垫，又让序幕中仅出现了一次的人物（即勃鞮）发挥了作用，也使重耳复国事情增加了难度。用此情节结尾，去代替焚绵山，似乎顺畅一些，好一些。

七、要注意唱词、念白的时代感，要符合春秋时人物的心理活动状态和认识上的局限性，合情合理地去抒情，以使人物形象的塑造和时代背景相一致，力戒用现代人的语言去表现、反映古代人。

※写于2004年3月10日。

读豫剧《有家真好》札记

阅看阳泉市戏剧研究所田伟泓创作的豫剧本《有家真好》。该剧原名《亲情杏花林》，几经修改、易名，此稿已是第六稿。全剧六场加尾声，反映乡村里尊老敬老美好风尚的故事。各场剧情大意如下：第一场，喜迎新年，新月和家宝商议，接杏花娘来她家过年；新月比较大方、主动。第二场，杏花娘喜好剪窗花，无意间剪了新月妈妈的照片,大年初一惹出了事端,神志也有些错乱。第三场,家宝带着杏花娘,重又回到杏园,杏花娘触景生情,清醒过来,合家欢喜,新月妈却有些不愉快。第四场,杏花娘的苏醒,引起了新月妈心里的不平衡,她装病不起,新月及杏花娘侍候着;因烧剪纸发生口角,矛盾激起,新月妈出走,高潮戏出现。第五场,新月妈出走,雷雨交加,她躲进杏园的茅棚避雨,众人四处找了个遍,最终在茅棚找到。第六场,杏花娘侍候新月妈吃药,老姐妹聊天交心、沟通,合家人为新月妈过生日,两位老人不愿分开,杏花娘又展示剪纸艺术,体现民俗风情。尾声,无具体内容,回复主题,有家真好,是谢幕的一种形式。

该剧几经修改,故事情节顺畅了,人物的定位明确了,唱词也比前几稿有改进。需要指出的是,对杏花的事,还应在唱词、念白中交代清楚,她是如何死的?她与家宝的关系,是婚约,还是事实婚姻?一些细节尚需把握,过春节下雷雨可能吗?个别台词还需再推敲。

※写于 2004 年 5 月 8 日。

话剧《立秋》创排的几点思考

山西省话剧院创作排演的话剧《立秋》于 2004 年 4 月底在省城上演后,掀起了省城观众进剧场看话剧的热潮。从 4 月 27 日首场到 6 月 7 日,第一个演出季结束,这台剧目共演出了 34 场,创收 20 余万元,可以说创造了近几年话剧演出的最高纪录。演出期间,我本人以及省文化厅艺术处的工作人员,都不断地接到电话,均是询问有关《立秋》演出事宜的。以往的演出中,通过关系来要演出票的人不少,但拿到票后,真正坐在剧场的,却又是寥寥可数。话剧《立秋》的演出,和以往有所不同,要票的人大多是慕名而来,并且表现出了要一睹为快的热切心情,有的人还不止一次地去看。每场演出中,

台上台下,演员观众,融为一体,非常投入,直到谢幕时,剧场内观众还是满满当当的。演出过程中的格外静谧,和谢幕时经久不息的掌声,都是前所未有的。观众对该剧的反映和评价,超出了我们的预料,这一切,在给予省话剧院演职人员极大鼓舞的同时,也需要我们文化主管部门,认真地回顾和总结《立秋》的创作过程,为指导今后的艺术创作,特别是精品剧目的创作,提供可资借鉴的经验。

回顾一年多的创作过程,我想话剧《立秋》的成功,主要得益于以下几点:

一、选材好,立意新,是《立秋》成功的内在因素。晋商文化在中国商业发展史上,可谓是一颗耀眼的明珠。近年来,有不少反映晋商为题材的影视剧和舞台剧,但这些作品,都是以反映晋商发展的高峰期为背景的。对于我们山西来讲,展示晋商的兴盛期,只能说明我们辉煌的过去,实际上,晋商的衰败,对于今天的三晋人更有着警示作用。话剧《立秋》的成功,首先是题材选择角度上的成功,它着眼于晋商的衰落期,填补了艺术创作中的一块空白,让人们在耳目一新的同时,看到了晋商的另一面。再者,立意新,也是该剧能吸引人的重要因素。《立秋》的主题,既有对晋商诚信为本商业之道的肯定和褒扬,又有对晋商衰落原因的反思和觉悟,它以小见大,昭示了无论在哪个时代,改革和创新都是永恒的主题,不改革、不创新,只会阻碍事业的发展。所有这些,都不是以直白和表面的故事情节来表现,而是蕴含在整个剧目深刻的演绎变化中,这就使得话剧《立秋》,像一个年迈的长者,思想内涵极为丰富,舞台展现极有深意。

二、扎实的一度创作,是《立秋》成功的先决条件。一台剧目的成功,光有好的题材还远远不够,题材选准之后,需要有一个好的剧本。如何结构故事,使情节更吸引人,人物性格更鲜明突出,这就需要在剧本上下大功夫。《立秋》从创作到立于舞台,共经历了一年半的时间,主要是在一度创作上做文章、打基础。其间,省委宣传部多次召开专题研讨会,省文化厅也组织专家审读组,反复对《立秋》剧本进行研讨。此外,为了广泛征求意见,省话剧院两次组织有关人员带上剧本,专程赴京听取话剧界老专家的意见,并多次举行小型的剧本讨论会,后来又请到天津著名编剧卫中参与剧本修改,前后修改剧本达7次之多,这里编剧所付出的辛勤劳动就可想而知了。因为剧本的基础非常扎实,二度创作一气呵成,不到50天的时间,舞台排练就结束了,创造了大型话剧创排史上的又一个奇迹。我想,剧本创作的重要性,不只体现在舞台艺术作品的创作和生产中,在其他艺术产品的生产中也同样重要,没有哪部优秀的作品,不是以好剧本为基础的,这方面,《立秋》为我们又提供了一个有力的例证。

三、聘请名家,强强联合,是《立秋》成功的基础力量。纵观这几年获得国家级大奖的剧目,以及国家舞台艺术精品工程的入选剧目,没有一台剧目是完全依靠院团自己的力量取得成功的。在这方面,我们显得有点跟不上形势,这可能也是导致我省至今没有一部作品获国家级大奖或入选国家舞台精品工程的原因之一。但依靠外部力量有一个原则问题,如果编、导、演我们全部外请,那么即使这台剧目搞得很成功,但鲜花和掌声过后,留给我们自己的是什么?这台剧目能长期演出吗?能达到我们创作和生产的目的和要求吗?我想答案很明确,肯定是不能的,因为这样毫无意义,也不符合艺术生产规律。因此,在艺术创作和生产中,我们应在充分挖掘自身潜力的基础上,再积极考虑引进外部力量。《立秋》在这方面开了一个好头,依靠本院内实力雄厚的中青年演出队伍和舞美工作骨干,在省委宣传部的关心和支持下,外请了中国国家话剧院的著名导演陈颙、舞美设计毛金钢等艺术家,加盟二度创作,强强联手,互补互济,剧目起点就不同一般。这些专家们,依靠他们丰富的舞台经验、超凡的创作手法,以及对话剧《立秋》的深刻理解,大大提高了这台剧目的艺术质量,同时也为我们的演职人员,提供了一次极好的交流

和学习机会。陈导演不幸在《立秋》的创作中以身殉职，她高尚的艺德和人品，为我们广大文艺工作者，树立了一个新时代的楷模，激励大家为了艺术事业而努力工作的决心和信心，也是《立秋》成功的一种巨大的精神力量。

四、领导的重视和支持，是《立秋》成功的重要保障。《立秋》自剧本创作开始，就受到了省委宣传部领导和省文化厅党组的高度关注和重视，他们对《立秋》创作的全过程做过许多具体的指示，并按照精品剧目的标准对剧目提出了严格要求。排练之初，省委宣传部及省文化厅有关领导专程到省话剧院，召开动员会，号召全体演职人员拧成一股绳，齐心合力打造我省的精品剧目。对于一个院团来讲，这些要求看似压力，实则动力。同时，在经费投入上，省委宣传部给予了极大的支持，保障了这台剧目的创作和生产。在市场经济还不发达和完善的情况下，艺术创作很大程度上还得依靠党委和政府部门的大力扶持，精品剧目的创作和生产更是如此。如果没有领导部门的重视和支持，《立秋》就不可能以这么快的速度同观众见面，也不可能达到目前的演出效果。所以说，领导的重视和支持，是《立秋》成功的重要保障。

《立秋》从上演至今已一月有余了，各大报刊、新闻媒体都做了及时地报道，各方面的反映还不错，这方面还得感谢新闻媒体的朋友们，是你们及时的报道和宣传，使更多的观众走进了剧场。同时，也应该看到，还有许多人都在关心着这部作品的前景和未来，有不少观众还通过各种途径，向我们反馈对这台话剧的意见和建议，如果演出时间稍长，故事情节还需要进一步地合理和完善等。面对这些热心的观众，我们应该有信心将这部戏去加工好、修改好，争取早日向国家舞台艺术精品工程冲刺。

※写于2004年6月10日，并在省委宣传部组织的话剧《立秋》座谈会上发言。

评议蒲剧《迟开的玫瑰》

夏县蒲剧团演出的《迟开的玫瑰》，音乐唱腔自如，表演到位感人，全剧导得细微贴切，舞台调度合适，移植是成功的。要注意著作版权，应注明移植改编于眉户《迟开的玫瑰》。

剧本台词可以做些微调，适当改动一些，如"不如流"可改为"不入流"，"同情"可改为"可怜"，交换礼物可以是多样化，"给我一杆枪，我要上战场"，即可改一下。女一号出场时化装有些偏老，姨妈的化装应有时代感，与前面的变化不大。和温欣通信一场的舞蹈有些多余，雪梅为何下跪？情感把握不准，舞台灯光的运用还欠准确，配合不到位。主要人物表演把握情感尚可，配角人物还有距离，要声情并茂，以情感人，与观众产生共鸣。舞台美术写实、写意应统一，开场和后面要协调一致；总体上要亮丽一些，更增色。人物造型有的还不得体，可以更舞台化一些。字幕再细一些，还有错别字，如"千帆竟过"应为"竞过"，"包密"应为"保密"，"打扮地"应为"打扮得"等。总之，微调修改后，应继续再演出，力争参赛前，更熟练、更完善一些，以达到最佳的演出效果。

※2004年10月30日写于夏县。

评议上党梆子《赵树理》

张宝祥的上党梆子现代戏《赵树理》，写作切入点好，集中写赵树理的家风家事，反映人民作家的高风亮节及人格魅力，主题鲜明突出。剧中结构及素材的取舍得当，以穿糖葫芦的方式展示，既有

波澜起伏,剧情推进也还顺畅。张保平、吴国华夫妇担纲主演,表演到位有特色,对赵树理这位受党培养、农民出身的人民作家的形象塑造是成功的。

感觉不足的是,剧中对赵树理的作家身份、成就及其巨大影响的烘托、表现不够,毕竟他是全国著名的人民作家,作家的本色要有所体现;对赵树理个性上的机智、幽默,在台词语言和表演风格上还应强化,要更加生活化,乡土味浓一些;要注意舞台呈现的时代感和地域性,一些台词的准确性还需把握,几个女人亮小足,好不好?可再斟酌。

※2005年4月8日写于晋城市。

读北路梆子《黄河管子声》札记

俞立华同志的《黄河管子声》,是在同名二人台歌舞剧的基础上改编而成。全剧以七场、五个过场、尾声的宏大场面,演绎了抗日战争时期,发生在黄河岸边的一场男女情爱的悲剧。反映了战争与女人、战争与爱情、战争与家庭的主题。剧中主人翁大花眼和二柱的形象是突出的,戏剧故事情节的推进是顺畅的,剧作者善于运用浓郁地方特色的戏剧语言,来表现剧中人的细腻复杂的性格情感,比较准确地刻画和塑造了人物形象,加上拟人化的海红树、糜谷、河灯等舞队的设置,极具地方音乐特色的二人台曲牌与管子声的串场,充分展示了黄河岸边的民俗风情。就目前剧本来看,基础是好的,一些场面还是感人的,在广泛听取各方面的意见后,做进一步的加工,相信立于舞台后,会产生较好的演出效果。

现就剧本中尚需进一步推敲和加工的地方,提一些建议和想法:

1.时代背景渲染不够,影响主题的表达。该剧以抗日战争为背景,除剧中人二柱被日本飞机炸伤、大花眼被炸死、大柱伤残胳膊以及一些过场中的反日无伴奏山曲的点缀外,几乎感觉不到这一特定的时代特征,应当在剧情的推进和大段的台词中加强这方面的内容,使观众更加直观地感受到,是日寇侵华战争造就了人间的爱情悲剧、家庭悲剧,让男女恋情置于国仇、家恨的大前提下,互为铺垫,相互交融,以增强人物形象的立体感和全剧时代背景的历史厚重感。不然的话,现有背景氛围的设置,就会有贴上去的感觉。

2.剧中人物的设置还可再精干一些。目前剧中人物的设置,从整体上看是比较简约的,但有两个人物还需考虑,一个是人物表中的"船老大",七场戏中及其过场始终未出场,这可能是沿用二人台歌舞剧人物表所造成的笔误;另一个是新设置的大花眼的丈夫"嗳",这个人物在剧中三次出现,一次是第三场群众演员同大花眼的对话中提到"嗳",在这里只是一个抽象的符号;而另两次则是以幻觉形象分别出现在第四场和第七场,他的出现是主人翁大花眼精神意念外化的体现。由于在整个剧情推进中,观众并未正面直观地感知"嗳"的这个人物,所以他的幻觉形象的出场,对于广大观众来说,是陌生的,是费解的,对剧情的发展也无大的推动作用,是否可以把这个人物去掉,并相应地调整有关台词。

3.一些情节的设计、个别唱词的撰写尚可推敲。就整个剧情的发展来看还是顺畅的,其中有两处提出来商榷:一是第四场二柱在糜谷地里锄地时,吹着管子睡着了,此时二柱是自个吹,而不是听别人吹,况且吹着有一定曲牌的管子,只会兴奋神经,不大好入睡,如何能使他进入梦乡?可以再斟酌一下;二是第四场前的过场,设计了一个小花眼投河自尽的情节,就目前剧本提供的情况,看不明是投河自尽,不仅缺乏台词语言的铺垫,而且投河自尽的理由还不充分,似乎有些人为的痕迹,因为小花眼不投河,就生发不出大柱抢救

小花眼的情节，此处可以设计得再合情合理一些。此外，剧本整体的唱词、念白很有功力，既朴实，又生活化，有浓郁的晋西北地方特色，但个别地方还欠推敲，如第七场第24页下段大花眼的唱词就欠佳，应在准确表达情感、朗朗上口上再下功夫。

4.要恰当地运用好过场戏和拟人化舞队的表演。全剧除了七场正戏外，还设计了五场过场戏，这对于补充、延伸戏剧情节，有机地连贯上下场次间的间隔，无疑是会有好处的。但应注意的是，过场戏不宜长，也不可雷同，剧中第二、第四过场戏就有些长，显得不太精练，并且三次唱起无伴奏的反日山曲，有重复感。这些还可做进一步的修改和调整，真正使过场戏起到拾遗补阙、有利衔接、点到为止的作用，而不致让人感到累赘拖宕、多此一举。同样，剧中三支拟人化舞队（海红树、糜谷、河灯群舞）的表演，亦要做到服务剧情，尽量简约，恰到好处，不可喧宾夺主。

5.戏曲音乐、唱腔设计要有利于演员的抒情，要尽可能风格协调统一。目前剧本所呈现的不少的大段唱词，多数是抒情式的，如何准确地体现出来，是用二人台曲牌还是梆子腔，整体把握好戏曲音乐、唱腔设计至关重要。加上有不少的伴唱，还有贯穿全剧始终的管子声，音乐创作风格的协调统一不可忽视。

※写于2005年9月20日。

读蒲剧《赵氏孤儿》札记

《赵氏孤儿》是中国古典戏曲十大悲剧之一，曾被著名国学大师、戏曲史家王国维称之为“列之于世界大悲剧中，亦无愧色”的名剧。由申大局、杨焕育两同志改编的蒲剧《赵氏孤儿》，在继承传统、力求创新的创作思想指导下，做了许多有益的探索和尝试，使该剧在原有的基础上，给人以耳目一新的感觉。全剧一序七场，重新演绎了程婴救孤这一古老的传说故事。剧本继承和保留了元杂剧《冤报冤赵氏孤儿》及地方戏曲《八义图》的基本剧情和精华，在浓缩剧情、突出剧中主要人物形象上下功夫，特别是在编织故事情节、构筑戏剧冲突、推进剧情顺畅发展、营造戏剧高潮上颇具匠心，使这一老剧目有了新的面貌。相信该剧在广泛听取各方面意见的基础上，再推敲、再加工、再雕琢，会以较高的起点立于舞台，加上成功的二度创作和演员们的精彩表演，必将更加吸引观众，更具有观赏性，更有市场竞争力。

现就剧本中尚需进一步商榷的地方，提一些建议和想法：

1.就剧本结构来看，一些场次尚需完善或调整。第一场“搜孤”，内容偏少，只是点明程家生子惊哥，卜凤传唤程婴，进宫面见公主，戏份轻，显得单薄，充其量是过场戏，还可适当充实及完善；而第四场“献孤”，内容偏多，有审卜凤、程婴出首、救卜凤出狱、搜查公孙杵臼家、斩杀孤儿及公孙杵臼等，戏份重，时间长，三次转换场景空间，显得拖沓臃肿，可再精减和调整一下。

2.就剧中一些人物关系来看，有些简单化，尚需雕琢得更加丰满一些。如几个为救孤儿做出重大牺牲的人物韩厥、程婴、公孙杵臼等，他们为什么会心甘情愿地或舍命、或舍子，这其间的理由，还需要深刻地挖掘一下，通过剧中人物的念白和唱词，表现得更充分一些，以达到戏曲行为的合理性和剧中人物的可信性。这方面，可借鉴元杂剧《冤报冤赵氏孤儿》中的相关内容。杂剧在表现程婴与赵家的关系时，是以程婴自报家门的念白形式来表述的：“自家程婴是也，元是个草泽医人，向在驸马府门下，蒙他十分优待，与常人不同。……如今公主囚在府中，是我每日传茶送饭。”这就反映出程婴与赵家亲密无间、非同一般的关系。韩厥与赵家的关系，剧中是通过程婴、韩厥的不同表述来体现的。先是韩厥的唱词中，表达了他

是一个疾恶如仇、是非分明、忧国忧民的正直军人："列国纷纷，莫强于晋。才安稳，怎有这屠岸贾贼臣，他则把忠孝的公卿损。""他待要剪草防芽绝祸根，使着俺把府门。俺也是于家为国旧时臣。"并对程婴唱道："你为赵氏存遗胤，我于屠贼有何亲？却待要乔做人情遣众军，打一个回风阵。你又忠我可也又信，你若肯舍残生，我也愿把这头来刎。"同时，程婴也通过念白，表示了对韩厥的信任："我抱着这药箱，里面有赵氏孤儿。天也可怜，喜得韩厥将军把住府门，他须是我老相公抬举来的。若是撞得出去，我与小舍人性命都得活也。"上述两方面的融合，造就了程婴与韩厥的志同道合，及其舍身救孤的坚实思想基础，程婴的冒死、韩厥的自刎，水到渠成，逼真感人。由此可见，能否深刻揭示剧中人物的相互关系，准确凸显人物的个性特色，是直接关系到剧中人物形象的丰满以及剧目有无感染力的问题。

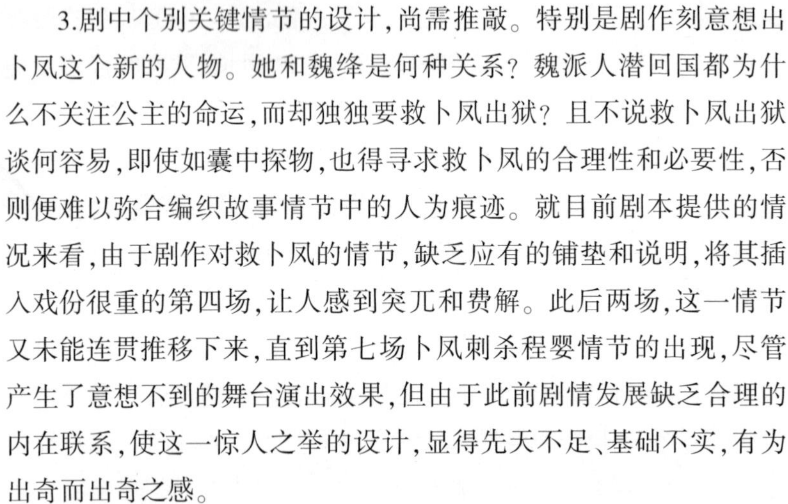

3.剧中个别关键情节的设计，尚需推敲。特别是剧作刻意想出卜凤这个新的人物。她和魏绛是何种关系？魏派人潜回国都为什么不关注公主的命运，而却独独要救卜凤出狱？且不说救卜凤出狱谈何容易，即使如囊中探物，也得寻求救卜凤的合理性和必要性，否则便难以弥合编织故事情节中的人为痕迹。就目前剧本提供的情况来看，由于剧作对救卜凤的情节，缺乏应有的铺垫和说明，将其插入戏份很重的第四场，让人感到突兀和费解。此后两场，这一情节又未能连贯推移下来，直到第七场卜凤刺杀程婴情节的出现，尽管产生了意想不到的舞台演出效果，但由于此前剧情发展缺乏合理的内在联系，使这一惊人之举的设计，显得先天不足、基础不实，有为出奇而出奇之感。

4.剧中一些人物的称谓及其相关的几个历史常识问题，应注意准确的表述。赵氏孤儿故事的历史背景是我国春秋时期，所以剧中人物的称谓及其相关事宜，应与春秋的历史环境、典章制度相统一，否则便会出现不应有的"硬伤"。首先是"驸马"的称谓,它是"驸马都尉"的简称,始置于西汉武帝时期,原为皇帝出行时执掌副车的官名,属侍从近臣,待遇优厚。魏、晋以后,尚公主者常加"驸马都尉"官衔,后世因此将"驸马"作为皇帝女婿的俗称。既然春秋时还无"驸马"的称谓,就应改作它称,如"夫君"等。其次是屠岸贾与魏绛的身份,元杂剧中称屠岸贾为晋国大将,《史记·赵世家》中记载原为大夫,后为掌管刑狱的司寇,为国君重要辅佐大臣之一,但却不是宰相。春秋时并无丞相一职,这一最高国务长官,始置于战国时的秦国。至于魏绛,初为晋国中军司马,后为新军副帅,而元帅一职,春秋时晋国始置,为三军中军主将之称,执掌国政,统兵作战,剧中称魏绛为元帅还是可以的。鉴于春秋时期作战的流动性,驻守边防,调动频繁,让身居这一重要职位的人,驻守边关16载,却是不现实的,应对相关台词做相应的调整。此外,第六场"醒孤",程婴与孤儿的对白中,有赵家犯有"欺君之罪"的说法,这是不准确的。据《史记》载,屠岸贾诛讨赵氏,是将赵穿"弑杀灵公"的罪名,强加在赵盾头上,此时赵盾已死,屠岸贾便假借国君名义,带领诸将斩杀了赵氏满门。试想一个"欺君之罪",是不会遭到灭绝赵氏整个家族的。

5、剧本中一些场次(如三、四、五场)的念白有些多,还长;在唱词的表述上,剧作虽下了一定的功夫,但仍有一些欠准确和不能朗朗上口的地方,特别是要注意,不要出现现代式的豪言壮语(如第13页的"宁可舍己要为人"),而应在抒发情感上做文章。整个台词还需进一步精练、修饰和加工,力求文采斐然,韵脚顺畅。

※写于2005年10月30日。

读晋剧《豫让刺赵》札记

“豫让吞炭”这一传说,发生在春秋战国间,它演绎了一个悲壮的义士豫让为其主复仇的故事。比较完整地反映这一事件的记载,见于《史记·刺客列传》。以戏曲形式反映这一故事,最早见于元杂剧,那就是杨梓的四折杂剧《忠义士豫让吞炭》。近世以来,京剧及北方各梆子腔剧种,均有演绎这一题材的剧目,名称有的叫《豫让吞炭》《豫让砍袍》《豫让剁袍》《豫让刺无恤》,也有的叫《豫让桥》《国士桥》。山西的蒲州梆子、中路梆子也有类似剧目,剧情内容大同小异。

近日,马兆录同志从开发山西历史人文资源出发,匠心构思,别出心裁,另起炉灶,重新演绎了这一古老的故事。全剧五场,不仅保留了“豫让吞炭”故事的全部情节,而且重新构筑了豫让这一铮铮铁汉的家庭情感世界,使他的义士之举,与社会环境有机地融合在一起,其人物形象更加突出、更为丰满。一些生离死别的场次,比较煽情,也极感人。全剧结构严谨,剧情发展顺畅,作者凭借多年来从事舞台导演的经验,在剧作中巧妙运用舞台调度手段,进一步强化了剧中人物的心理外现,加上赋予丑角人物适度的诙谐调侃,增强了该剧的观赏性。剧本台词撰写颇具功力,多数唱词朗朗上口,很有意境。就目前情况来看,可以说是一个基础较好、起点较高的剧本,相信广泛听取各方面意见后,再做进一步加工修改,会取得更加完善的效果。

现就剧本中尚需商榷的一些地方,提一些建议和想法:

1.剧中一些人物的定位需斟酌,主要是赵襄子和巫优这两个人物。据史书载,赵襄子先是对智伯贪得无厌的索地行为进行抵制,进而在智伯伐赵的情况下，联合韩、魏，击败智伯，智伯死后，将其头颅做成酒具。似乎过于刺激豫让，但他毕竟是弱者自卫。其次对豫让的刺杀行为，也是采取了宽容大度的态度：一是充分予以理解，二是处置仁至义尽（第一次为主动释放，第二次满足豫让索要锦袍的要求，豫让死后又让手下厚葬，剧中改为对其妻丹娥的厚葬）。就赵襄子的所作所为来看，似乎应该以写实的手法去表现他，而不宜把他写成野心勃勃、玩弄权术、手段毒辣、工于心计的人物。剧中写赵襄子，想“独霸晋阳”，对智伯要“玩弄于股掌”、将他“一刀一刀的宰割”，对豫让的两捉两放，是在“演戏”等，似乎不太准确。

另外对巫优这个人物，也需要前后平衡一下，他的出场是以“软骨头”的形象，展示在人们的面前，与豫让的狂傲不羁、不投降、不怕死的性格，形成鲜明的对照；但到了第四场，巫优竟然也壮烈地自刎而死，使这一人物前后判若两人，反差太大了，反倒让人不可信。事实上，应当让这个人物，继续沿着“软骨头”的轨迹走下去，给他设计一个“离开晋阳，浪迹江湖，苟活性命”的下场就可以了。这样，既可衬托豫让的视死如归的高大形象，又反映了在生死面前两种截然不同的人生现实。元杂剧《忠义士豫让吞炭》中，就设计了絺庇这样一个人物，原为智伯的家臣，智伯死后，为保全性命，逃避他乡。巫优亦应属同类型人物。

总之，对剧中人物个性、形象的准确把握，直接影响到全剧主题思想的表达，这方面可尽量向有关史料靠拢一下。

2.剧中的一些细节要处理好。第二场，在豫家婆媳一大段抒情对唱后，丹娥走到台口遥望远方，然后下场，紧接着豫让出场，窗上映出丹娥吹箫的倩影，此时的时空概念不清，是白天，还是晚上，缺乏应有的提示；从下面豫让的一板唱词唱完后，在月下徘徊的提示来看，应是晚上，但何时转换的，剧本未交代清楚。第四场，在场景未拉开前，剧本对豫让声音变哑有所提示，此处，似应对“豫让吞炭”

动作展示一下为好，这就要求豫让和巫优对话的场所设计，不能在野外，还应有炭炉的道具，以直观显示“吞炭”细节，强化演员这方面的表演，同时嗓子变哑后的唱段也应相应减少，不能像前几场那样大段、大段地唱，主要以沉默、表演为主。第五场丹娥死，剧本提示以头触柱而死，此时场景是野外石桥，是桥柱，还是什么？应当提示清楚，不然也可设计为大树、崖石等。

3.剧中第三场优伶的表演，以及第五场民间社火的设计，从乐器、舞姿、表演装饰、社火门类等，均应和春秋战国的历史背景相吻合，不可有超越历史的现象出现，这方面还需做一些咨询和考证的工作，尽量严谨些为好。

4.一些唱词还需修饰、加工，力求表述准确，特别是有些场次(如一、四、五场)的念白，显得又多又长，有的表述还不通俗(如“天乎”“夫”等)，鉴于当前晋剧表演中念白不清爽的现象比较普遍，还应在剧本的对白精练、通俗上下些功夫，不然的话，会影响观赏效果的。

※写于2005年11月3日。

读笑剧《咱爹咱娘》札记

大型笑剧《咱爹咱娘》以轻喜剧的风格，演绎了现时代的家庭伦理道德与和谐相处的社会风尚。作者崔砚君，全剧七场，以欢快的节奏，幽默风趣的语言特色，充分关注了老年社会生活的现实，正面颂扬了新时代的孝道，以及邻里之间互助友爱的亲情关系。就剧本来讲，结构基本是顺畅的，情节还比较合理，主要人物的个性特色也比较鲜明，相信经过进一步的加工修改和二度创作，舞台演出效果还是很可观的。现就剧本方面需要斟酌的几个问题，提一些建议：

1.内容还可以再丰富一些。全剧围绕乡间的一位痴呆老人的出走，牵动城乡两个家庭，因误会而引起的戏剧冲突，去展开情节的。就找爹、认爹的这种特殊戏剧行为，固然会引起不少的误会，但相比之下，一台七场大戏，内容还显得有些单薄；应当再多关注一些当今老年社会生活和家庭伦理道德方面的现状，从细节和语言方面予以充实，使该剧的情节更丰富，舞台呈现更感人、更具有时代特点。

2.个别场次的细节需推敲。第五场，地点设置在王宝来家，开场张德福呼喊儿子要吃饭，梁红霞走进来，然后发生了错把梁红霞当老伴的误会。由此看来，王宝来家的门户是开着的。作为一个痴呆老人，其病还在发作期，宝来将他一个人留在家里，而且门户还是开着的，这对老人和宝来家的安全来讲，都是不可以的。若门户是上锁关闭的，梁红霞则进不了宝来家，也就引发不了这场误会戏。看来，这个细节还需要再琢磨考虑。此外，第一场戏，找爹的情节进戏慢，有些拖，整场也没有大的推进，需要精练或充实其他内容。

3.要注意剧中人物的语言表达之差异性和个性特色。最明显的是第五场和第六场。第五场，张德福和梁红霞的对话，要体现出农民和城市居民身份的语言之差异性及其各自的个性特色。一个是病态老人讲的糊涂话；一个是追求时尚的城市妇女，二者在突如其来的情况下的应对话。第六场，王宝来和张德福对应梦话的设计，既要注意它的合理性，又要注意语言衔接大体相近的特点。

※写于2006年3月1日。

读校园青春剧《我和星星有个约定》札记

该剧是文化厅创作室的安兰编创的，是在她的《星光依然灿烂》剧作基础上修改的。全剧七场加尾声，反映了青春期中学生的校园

学习和生活。剧中各场大意如下：

第一场，为参加学校的艺术节，重点班班长刘思扬提议成立戏剧社。戏剧社成立后，进入对台词排练时，却遭到班主任李梅的反对，宣布剧社解散，理由是重点班的目标是考大学，不能占用过多时间。

第二场，校园外的修车摊旁，孩子们在交谈，既说了自己的心里话，又揭示了家长们对上重点班的不同希望，刻苦学、考大学、花钱进重点班、不能没面子等，显示了当今社会、家庭的面面观、众生相。这场戏，修车人尽管有几句台词，但却显得是人为设置，游离在外；同时，要注意语言和身份的一致性，十六七岁的孩子说"河东狮吼"？

第三场，期中考试成绩的波动，影响了个别同学参加排练的信心，也引起李梅老师的注意，再次批评让大家停止排练小品，集中精力学习。秘密排练被发现，引起刘思扬的怀疑，认为是赵石柱告密，又引起小的波澜。这场开始，赵石柱的内心独白，还不顺畅，缺少实际内容，谁嫌弃他，如何产生的，未挖掘出来。语言还欠准确，第 15 页"夸张"，还是"声张"？第 17 页前面是讲"生活"，紧接着便是"生命"，哪一个更贴切？

第四场，陈可心同学给赵石柱道歉，李老师把石柱爷爷捎来的包裹交给石柱，爷爷的信及捎来的礼物教育了众人，石柱的自卑心在同学鼓舞的氛围下化解了，主动报名参加小品的排练。这场有的台词语言不完整，第 23 页可心请大家原谅，为什么原谅，要说出理由，应补充。

第五场，侯小飞同学因父亲责打而出走，和小学同学一起对饮聊天，发泄心中的郁闷，同学找，不回去；李老师来找，听到小飞的独白后有所感触，之后，促膝谈心，得到理解，一起学跳街舞。这场李老师的行为转变有些快，应做些铺垫，不然，和前面的形象对比，判若两人。

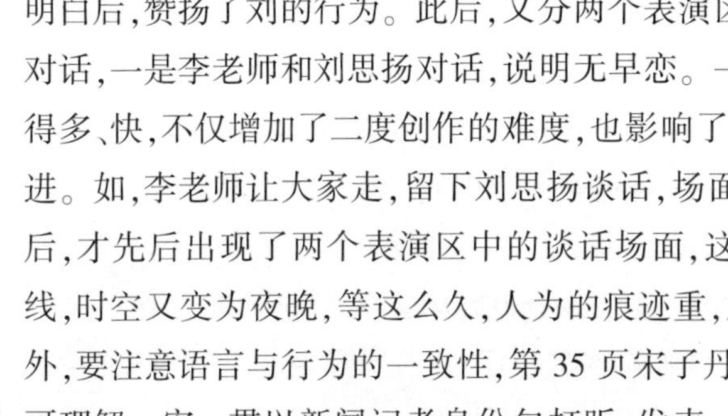

第六场，时空转换较多，先是方国强找李老师，了解刘思扬与方平平有无早恋的事；后是同学们等刘思扬排练小品，刘却未到场；之后，又是刘思扬、方平平和人打架；接着是大家全上场，打架的事搞明白后，赞扬了刘的行为。此后，又分两个表演区，一是方平平父女对话，一是李老师和刘思扬对话，说明无早恋。一场戏中，时空转换得多、快，不仅增加了二度创作的难度，也影响了本场剧情的顺畅推进。如，李老师让大家走，留下刘思扬谈话，场面即出现了停顿，之后，才先后出现了两个表演区中的谈话场面，这是人为的停顿、断线，时空又变为夜晚，等这么久，人为的痕迹重，应做调整、简化；另外，要注意语言与行为的一致性，第 35 页宋子丹的“瞎说”，让人不可理解。宋一贯以新闻记者身份包打听，发表一些小道消息，此处却说出相反的语言，是否让他说出，再斟酌。

第七场，诉说理想的一次课堂班会，各抒己见，畅所欲言，可以看到新一代的心声；但内容是否太深沉，显得不活泼。本场又有方师傅受伤的情节，大家都在课堂上为方祈祷，特别是方平平，不是在医院守护，不合乎情理，这个情节要不要？

尾声，化装演小品，各自以角色的语言出场，李老师以月亮妈妈的角色闪亮登场，受到孩子们的欢迎。全剧在主题歌《我和星星有个约定》的响亮声中闭幕。

该剧立意好，反映了中学生青春期的一些现实状况，编织了一个较好的基础框架，但全剧结构不严谨，情节有些凌乱，一些场次尚需调整、精练，特别是班主任的戏剧行为未能贯穿始终，中心事件戏剧社的活动，究竟影响不影响学习，未做出回答，尾声的“闪亮登场”是不可信的。

※写于 2006 年 3 月 22 日。

读晋剧《义仆丹心》札记

该剧是省戏剧研究所李岗的处女作,是在冯梦龙《醒世恒言》卷三十五“徐老仆义愤成家”故事的基础上编写的,故事情节又做了大的改动,人物改名易姓,另起炉灶,塑造了姚实忠心为主、重兴家业的义仆形象。全剧八场,各场剧情大意如下:

第一场,灵堂生变。姚员外新逝,弟弟姚居仁竟来灵堂提出分家产事,遭到姚夫人与老奴姚实的反对,终无趣而去。这场念白、对白偏长,应精练,秀才的串场唱也不协调。

第二场,兄弟分产。姚居仁胁迫乡绅,力逼嫂嫂分家产,姚实立志重整姚家家业。这场第 8 页“强扭的瓜不甜”,用在此处不当;第 10 页“高邻推顺水船”,实际乡邻并未起任何作用,要增加些戏剧行为,否则此话多余;自责处可补“老而无用”之语。

第三场,老仆立业。姚实重开布店,生意兴隆,养子拾得包裹后,归还失主。这场第 14 页“海水斗量”不准确;第 15 页“断了干粮”不如“断炊断粮”,对白“贪财富不到那里”,应表述为“不是自己的钱财,自己不能收”;第 16 页对白可简练些,表述要顺畅些。

第四场,主母劝学。姚夫人见姚实勤快,生意兴隆,力主姚实养子春生读书学习。这场第 17 页幕内说在念《三字经》,念白却说是《千字文》;第 22 页姚夫人为在家居士,口念“阿弥陀佛”即可,不必“善哉善哉”;结尾无秀才伴唱,此形式,要么贯穿到底,要么干脆不用。

第五场,居仁设计。姚居仁买通县衙,独揽冬装生意,为除掉姚实,夫妇定计,诬陷姚实与盗同谋。这场第 22、23 页开场的调侃之言,要把握度数,不可多,不能过,点到为止;不能为了调侃而调侃,要进入戏中。

第六场，老仆蒙冤。姚居仁买通捕头，捕头串通囚犯，攀诬姚实为盗，屈打入监。这场攀诬姚实为盗，似乎有点简单化，缺乏细节的铺垫；三次切换场景，增加二度创作的难度；姚实的大段唱词，一些内容似可提前，如身世的交代等，此时应唱的内容，对主家问心无愧、对入狱事质疑喊冤，还有想念春生及老夫人，以便与下场情节衔接。

第七场，父子重逢。县官张润田私访调研，春生告状，姚实得以平冤，父子相逢，润田认了春生。这场场次转换突兀，情节变化也突然，尤其是润田认子的情节，此前应有所铺垫；平冤走了暗场倒亦可以，但需过渡好，不然有虎头蛇尾之感。

第八场，秀才相伴。姚实年老体衰，身经牢狱之难后，旧病复发，在落魄秀才陪伴下，长眠于九泉。这场没有更多的内容，姚实幻觉出现三次，如何表现？春生与瑞虹成婚，姚实竟然不知，是秀才口中唱出，不合情理；秀才原为串场人物，后几场又没出现，最后居然进了戏中，既无铺垫及相应内容，前后表现风格也不统一，这个人物设置与否？值得斟酌。

该剧作为戏剧初创者的作品，搭起上述戏剧框架，已属不易，且不少唱词还顺畅，问题在于结构松散，故事情节尚未编圆满，特别是未能围绕“义仆丹心”，赋予一号人物更多引人的戏剧行为，其形象是不丰满的，还需进一步加工修改。姚实为何对姚家忠心尽责？他因何遭人暗算陷害？均应有必要的铺垫；润田认子一事，也应对来龙去脉有所交代；姚实的人物设计，年岁不宜太老，50 岁左右即可；对突显姚实形象无关的人物及情节，尽可删去，让剧情更集中，人物形象更突出。

※写于 2006 年 5 月 19 日。

评议蒲剧《山村母亲》

运城市青年蒲剧团坚持创作、不断修改完善剧目的精神是值得肯定的。《山村母亲》剧情修改后，一些地方有了明显的进步，主要是对儿子全宝所承担的社会谴责减轻了，一些细节比前稿编得更合理了；二度创作为演员细腻的表演提供了机遇，能更好地去展示表演技艺；舞台呈现也更可观了。

需要商议的一些地方：剧情修改带来些不确定性，事情发生在县城？还是在省城？同学间竟不了解情况，让全宝、玉莲游离于矛盾之外；植物人的复活？戏的后半截凉下来，一板十唱，言不由衷，更唱得落了俗套；舞美追求豪华排场，有些脱离剧情，山村的朴实味不浓了，有向都市化靠的感觉，没有能围绕山村母亲，在“土味”上做文章。要亮明该剧创作所要达到的目标，尽快纳入正常程序，尽量少走些弯路。

※2006 年 9 月 25 日写于运城市。

读晋剧《红兜肚》札记

2006 年 10 月 27 日，阅读吕梁市文化局送来的新编晋剧《红兜肚》，作者荆佩荣。该剧是在晋剧《摇篮曲》的基础上，重新结构编撰的，全剧六场，另有尾声，是一部表现母女传奇离合经历的剧作。

第一场，绣兜肚引出了母亲的一桩心事，女儿丢失无影，儿子结婚在即，母亲不愿要李燕，儿子结婚不告娘。为此事，母亲找到了煤城去。这场戏中，母亲为什么不愿意要李燕，缺乏交代；母亲想要的胖妞，不是儿子水生的意中人，反差太大，人物形象简单化了，可否再接近一些；刘老师的出场，只是捎了一句口信；答应给他做饭，也无下文，母亲径直而去，此处情节编织有缺陷。丢失女儿的年限，母亲说 20 年，“大喇叭”说 24 年，外人倒比母亲说得还具体，要么一致起来，要么含糊为 20 多年。

第二场，母亲赶到了煤城，正遇着儿子结婚拜堂，李燕想要个娘，母亲勉强接受了这桩婚事。这场戏中，庆贺婚礼运用了伞头秧歌的表演，展示了民俗风情；但儿子结婚不告娘，说不过去，原因应有所交代。此外，矿区的定位在何地？离村究竟有多远？不能含糊。如离得远，母亲一气跑向煤城，行吗？如离得近，母亲对李燕的身世、隐情不知道，可能吗？要注意情节编织的合理性。

第三场，洞房花烛夜，母亲、水生、李燕在不同的场区，抒发各自的心思和情感。这场戏，台词还顺畅，加上送灯、糕等民俗的内容，有浓郁的乡土味；但舞台设置、灯光运用、导演调度上要下功夫，大段的对唱，唱腔要设计好。此外，一些台词的表述，需斟酌。第 16 页李燕的一段唱，说儿时的记忆很清晰，此处最好是模糊点，既然清晰，就记得母亲和村落的印象，为什么 20 年不找娘？对此应做一些铺叙；第 17 页水生唱“担是非”，不是“是非”，而是不给母亲添麻烦；第 19 页“长智慧”不如“长成人”，“小西矿肯定过不了关”，为什么如此的肯定，不如改成“还不知能否过关”为好。

第四场，水生家请刘老师吃饭，张老板给李燕打电话，托她向刘老师送礼，两盒一样的酒，水生竟误将装有 10 万元的酒，送给了乐叔，母亲为矿上的安全之事和李燕拌了嘴。这场戏中，装酒道具的设置要恰当，酒具里装 10 万元能否放下？水生为什么给乐叔去送酒，应当找出适当的理由；水生爹在“矿难”中死去，要在前几场就有所交代，由于前面缺乏铺垫，这里提出就感到突然；乐叔来家，母亲即下场，要给母亲下场加些理由词，不然的话，是人为的走开，有意

让乐叔拿错酒；李燕见张老板，时空设置要衔接好，所谓“特殊酒”，张老板不能说透，如叫“特制”，为何又和水生买的一样？本场结尾唱的歌，尽管是秧歌，内容应和这场的情节、特别是结尾的情节推进要衔接好，更贴切一些，不然就会有贴上去的感觉。

第五场，水生家宴请刘老师，敬酒时，各怀心思，表明各自的心绪，张老板闯来，装钱的酒盒不见了，李燕误会是母亲把钱给昧了。这场戏中，李燕错怪母亲而发作时有一段唱，是当着张老板的面，还是张老板走以后？请斟酌；装钱的酒具，既装了钱，又能有酒喝，是何种装置？再考虑，要把握得真实一些。

第六场，李燕气头上出走，慌乱中跌落红兜肚，让母亲发现，睹物思亲，母女相认，共叙多年来的离别情，全家人终于大团圆。这场戏中，有几处，需考虑。其一，台词中说，李燕的父亲25岁死去，这不仅要和剧中母亲的岁数相平衡，而且应准确把握，他们何时结的婚？何时生女？何时丢失女儿？几年后移居下煤矿？大体算准，不可太随意，免得出硬伤；其二，台词中说，李燕是陕西老奶奶救的命，就黄河来讲，吕梁的方位在陕西的下游，是上游人救了下游的人，还是怎样？应斟酌；其三，应给李燕加写一段唱词或念白，说明为张老板办事的目的，在母亲面前主动认个错，以便和前场的情节衔接起来。

尾声，回应开场时的刺绣红兜肚的场面，没什么情节。

该剧作以母女离合的传奇经历为主线，穿插煤矿安全生产为背景，编织了一台黄河岸边普通农家的悲欢离合的情感剧，情节编织比较连贯，台词表述也还流畅，加上适度展示了地域文化风情，增加了剧目的观赏性；但因是在《摇篮曲》的基础上改编，尽管做了许多完善和弥合，交代不清、缺乏铺垫、编织缺陷之处还是存在，特别是母女离合的主线，与煤矿安全生产的副线，交融得不够紧密，似乎还有两张皮的感觉。应在现有的基础上，在剧作结构的严整性和情节编织得合理性上下功夫,让悲欢离合的情感渐次推进,更趋自然。

※写于2006年10月27日。

读晋剧《范进中举》札记

晋剧本《范进中举》,是赵爱斌、雷守正两人合作编写的,是为太原市的谢涛进京演出准备的。全剧七场加尾声,是根据名著《儒林外史》中范进中举的故事编演的。

剧中各场大意如下:一场,范进穷困潦倒,仍矢志要考举,想借岳丈钱做盘缠,却遭到岳丈的当面凌辱,让他去教书。这场念白有些多,又长,可简略些。二场,范进上街去卖鸡,正遇二位考生和张乡绅,范借钱不着,反遭书生、乡绅污辱。此为过场戏。三场,在文庙里,乞丐与范进相遇,醉酒后吐露心里话,乞丐竟然赠范进银子,让他前去考举。四场,又是过场戏,进考场,衙役盘查举子,趁机收取银子,见范进穷样,同情可怜,还给了些散碎银子。五场,范进中了举,等报"中"的心情描写得很细腻,如醉如痴,但念白冗长,可以简练一些;乞丐扛着报中举旗,有些不妥,报中举是官府的事,花子可以跟着看热闹。六场,范进疯上街头,表演享受中举瘾、坐轿瘾,众举子围着戏耍,张乡绅却来巴结送礼品。没什么情节,亦为过场戏。七场,岳丈屠夫打范进,范进清醒后,以举人自居,不耻与乞丐众人为伍;其母撤去酒宴,让其继续攻读书,以备再去会试。这场台词3页多,仅4句唱词,念白太多了。尾声,赶考队伍疲惫行进,范进夹在其中,一条道走下去。

范进中举的故事,源于清代吴敬梓的著名讽喻谴责类小说《儒林外史》的第三、四、七回,范进中举情况,如同剧中演绎的。范进中举后,常有人巴结奉迎,其母消受不了,高兴得让一口痰呛死了。范

进守孝丁忧,然后中了进士,成为山东学道。原书旨在表现和批判封建科举考试制度对知识分子的腐蚀与毒害,剧中重在表现范进迷于科考、入仕。纵观全剧,将原作的中举事抻长了,有所发展,但却没有编织出更多情节,显得剧情单薄,七场戏中竟有三场为过场戏,后面的戏,节奏有些拖,还可压缩紧凑些;主要人物形象突出,但中举前后的变化突然,涉及人物定位的准确与否;唱词顺畅讲究,但却有些雅化,念白也太多,还可再精练些。此外,一些细节的把握还应准确些,如让乞丐去打报中举旗,盘查举子收贿银的衙役怎么可能给范进银子呢?

※写于2006年10月28日。

读上党梆子《迎春花开了》札记

2007年5月18日,阅读长治市长子县民营化工企业送来的新编上党梆子《迎春花开了》,作者暴玉喜。全剧六场,另有尾声,是一部反映工业企业改制的剧作。

第一场,祸生任上。工厂改制,人心涣散,工人们趁机偷拿了厂里的一些物件,引起了口舌争端。原厂领导要严惩,叫来了公安和救护车;新总裁的到来,化解了矛盾,平息了事端。开场戏,情节尚可吸引人,矛盾冲突已露端倪。这场戏似乎有点长,唱词还可再准确一些,特别是要讲究一下韵脚。

第二场,家庭矛盾。为贺小军、小娟考入北大,姚红杏设家宴款待全家,温秘书给送来价值百万元的住房,贺振业与嫂子郑寒梅,为厂子的事回来得晚,酒席宴上,谈起贺总回厂引发的口角,家事、厂事搅打在一起。这场戏,情节推进自然、引人,但篇幅有些长,可压缩,有的台词冗长,念白也需精练。

第三场,室内风波。工厂实验室内,贺总和嫂子相叙,不知是私情还是公事,哥哥与贺总妻子的到来,平添了家庭间的醋意,矛盾的推移,姚红杏竟提出了离婚。这场戏的情节,应和第二场相衔接,但却有些人为的编织痕迹,嫂嫂与小叔相叙,为什么要安排在实验室内?说不明理由,让人感到,贺总和嫂子确有暧昧。唱词上的毛病更多一些,长短不一,又不规整,影响谱曲及配器。

第四场,内外夹攻。魏智全操纵厂内职工闹事,围攻新总裁,温丽串通美方来京面谈,债主上门催债,形成内外夹攻之势;贺振业沉着应对,化解矛盾,迎难而上。这场戏与上一场的情节线不关联,群众演员出场太多,影响舞台调度;应设计一些支持贺总的中坚力量代表,奶奶和贺总父亲的出场打人大可不必;此外,唱词太散,缺乏文采,无法演唱。

第五场,柳暗花明。贺振业、郑寒梅北京会见外商,揭开温秘书的欺诈骗财真相,中、美双方愉快履约成功。这场戏中,与外商的谈判似乎有些太顺利了,揭穿温丽的骗局也似乎太简单,矛盾冲突解决得如此简单、容易,反而不可信。事实上,温丽被揭穿,是不会甘心的。结尾为何设计贺振业的晕厥?应有所交代。本场的念白又多又长,要精练。

第六场,情深谊长。事过一月,贺振业在北京住院,厂内的案情大白,贺的哥哥与贺的妻子,均遭到法律的严惩。他俩穿囚衣进京探病,叙衷肠,追悔莫及。这场戏,为何要设置在北京?贺总因何住的院,又拄着拐杖?服刑人员能否离开监所远地探视?这些情节的编织有些随意性,也太简单化了。

尾声,春暖花开,企业经济复苏,中、美合作双赢,迎春花开,唱起来,跳起来。此处台词虽好,不一定适合唱梆子腔,倒有点像小歌剧。

该剧作的题材、立意都很好,又有一定的可用素材,但就全剧而

言，结构松散，情节编织不连贯、不圆满，特别是未能围绕企业改制中的矛盾冲突，去编织和展示戏剧情节，而是以家庭的矛盾和情感纠葛去冲击和代替之；剧中的人物有些多，有的还未充分得到展示；台词不规整、不讲究，不便于纳入板腔体吟唱；要打造成舞台剧，还得下大功夫。

※写于2007年5月18日。

读晋剧《春晖》札记

2007年5月30日，阅读晋中市文化局送来的新编晋剧《春晖》，作者李星红、马兆录。全剧五场，另有序幕、尾声，是一部反映贫困山区农民子弟上大学难的剧作。

序幕，冬生考上了大学，全村人为之沸腾，但因学费问题，又让家人愁闷，母亲和好心的村人，决意为冬生凑钱上学。此序幕，有些长，有些拖。

第一场，距离冬生报到还有15天，葛揽为女儿订婚彩礼事，来冬生家找女婿志明，生怕把彩礼钱顶了冬生的学费；莲花睡不着，把家里所有的积蓄拿出来，为儿子冬生凑学费，志明两口子取出了存款为弟弟凑钱；全村的老小为冬生凑学费。这场戏，围绕给冬生上大学凑学费，抒发和表达了浓郁的母子情、兄弟情和乡亲们的情谊，篇幅有些长，可压缩一下。此外，志明岳父葛揽50多岁，生了3个闺女，是否合适？

第二场，距离冬生报到还有12天，莲花为冬生凑学费，到远方一家表弟家中借钱，却受到了冷遇；当得知要以钱顶人，让冬生过继他家为儿后，莲花气愤地将钱甩下，扬长而去。这场戏，表现了莲花的人穷志不穷的精神，也反映了人情冷暖的社会现实，有一定的观赏性。

第三场,距离冬生报到还有8天,志明、冬生等和泥抹房,急盼妈妈的归来,妈妈决意要卖房凑学费,引起志明的反对,他怕落下不孝之名,安慰母亲,莲花竟道出了冬生的真实身世,感动了冬生和志明,母子3人抱成了一团。这场戏比较动情,台词中的一些地方需修改一下,如未过门的儿媳妇恬妞称莲花时,有的叫"婶",有的叫"妈",要一致起来;志明说"忤逆不孝",可改得通俗一些。

第四场,距离冬生报到还有3天,冬生看见母亲凑钱艰难,决意不上大学,葛揽给出了个歪主意,让他躲进了后山。县里知道冬生家困难,决定提供无息贷款,等学费问题解决后,却找不到冬生。在众人的追问下,葛揽才说出了真情,莲花拄着棍子到后山找冬生。

第五场,距离冬生报到还有2天,莲花、志明上山去找冬生,到处找,找不见,不小心莲花摔了一跤,崴了脚,听到莲花喊"痛",冬生立刻出现在母亲面前,他跪下为妈妈揉脚,并背着妈妈下山。这场戏,尽情宣泄了母子情、兄弟情。

尾声,距离冬生报到的最后1天,乡亲们都走出村外,欢送冬生去省城大学报到。依依惜别,冬生向母亲及乡亲们下跪,莲花高台瞭望,深深的母子情,浓浓的乡情。这场戏最后的伴唱词,还可以通俗一些,虽深有寓意,但和全剧的唱词风格不协调。

该剧作结构严谨,剧情流畅,舞台调度新颖,人物个性鲜明,剧中以倒叙的手法,表现了贫困山区农民子弟上大学难的事实,突出抒发了母子情、兄弟情及乡里情,但中心事件单纯,情节推移平缓,可在"上学难"的原因上,再进行深层挖掘,场次间再平衡一些,台词的表述更准确一些。

※写于2007年5月30日。

读豫剧《女人家》札记

2008年6月9日，阅读阳泉市文化局送来的新编豫剧《女人家》，作者田伟泓。全剧六场，另有序和尾声，是一部反映改革开放的大潮中，传统家庭受冲击、发生婚姻变故的剧作。

序，造势，无情节，可以去掉。

第一场，春节拜年，年轻漂亮的大学生刘云，突然来到老耿家里，她和老耿男人的交谈，引起了婆婆的警觉，憨厚的老耿却蒙在鼓里。

第二场，正月十五，外出打工的男人们舞龙灯，闹元宵，老耿的男人忠义，却在元宵夜，与刘云偷偷约会，共诉相思，老耿找不到自己的男人，寻来寻去，却发现了自己男人的秘密。

第三场，老耿与忠义直面交锋，等她追问约会事时，忠义支支吾吾说不明白，夫妻的争吵，惊动了婆婆，她连忙从女儿家赶回村里。

第四场，老耿因为生气住了医院，婆婆及儿女们轮流在医院陪侍，刘云到医院探视老耿，遭到婆婆及老耿家人的冷遇和谴责，等刘云说出肚子里已怀上了忠义的孩子，这婚外恋的晴天霹雳，击碎了这原本完整温馨的家。老耿的家庭破裂了。

第五场，从婚变的打击中挺过来的老耿，立志治理鹰头岭，她吃在山头，住在山窝，开始了艰难的创业，婆婆及儿女们全力地支持她。在她的影响和带动下，一大批女人家，纷纷加入了治山治水的行列，鹰头岭10年大变样。听说忠义在工地上出了事，又勾起了她已冷却的心。

第六场，忠义从建筑工地的高空摔下来，落下了残疾的身体和神志不清，经受不了这种生活折磨的刘云，抱着孩子，推着坐轮椅的忠义,回到了香水河。她向婆婆和老耿来求助,婆婆不理她,狠狠地打了忠义一巴掌,忠义的一声“秀”,唤醒了老耿善良的心,她决意将这一残一小留下来。

尾声,老耿功成名就要退休,她召开了股民大会,安排了今后的发展规划;从自己的收益所得,她发现这多年,是忠义在暗暗地给她以资金的援手,女人的心促使她做出了决定,接受忠义,放飞刘云。

该剧作生活气息浓,表现手法新,情节的编织比较流畅,台词的表述也有一定的文采,但对剧中主要人物的心路历程,还缺乏深度的开掘,大学生刘云,为何会爱上外出打工的农民工忠义?守护传统家庭的老耿,为何能原谅、放飞刘云?这一切,都缺乏应有的交代和表现,使相关的戏剧行为显得突兀、苍白、简单化,也影响到人物形象的塑造。在场次戏份的安排上,也有些不平衡,序及第一场并无多少内容,第五、六场的分量就比较重,应做适当的整合和调整。至于在舞台剧中,如何表现改革开放的大潮下,家庭伦理的变故和第三者插足事,如何准确表达当代大学生的道德观念及社会责任,还是值得商榷和探讨的。

※写于2008年6月9日。

读话剧《家园》札记

该剧是文化厅创作室马连伦的新作,反映煤矿生产与环境保护方面的现实,全剧四场。各场剧情大意如下:

第一场,叶儿从城里打工回来,据说是哥哥让回来的,看到周围环境发生了变化:菜枯萎了,井里没水了,青皮核桃一直在掉。兄妹俩由卖煤矿分钱,谈到彼此的理想,哥哥愿意和妹妹换一下,自己外出打工,让妹妹继续去上学。开场戏,入戏慢,不知所云。

第二场,母女对话,又从眼前的环境变化谈起,认为村里待不下去了,要出走;让儿子担水去,和女儿一块去卖核桃。这场情节无大的进展,还是娘仨,把一场要说没说的话又捡起来;第16页让儿子担水去后,只是母女对话,儿子干啥呢?直到结束,他才去担水。

第三场,卖核桃归来,叶儿在数钱,母亲谈到全家搬迁的事,并对不让叶儿上学事感到内疚。父亲回来了,拿回来卖煤矿分得的40万元,母亲又提出搬家的事,父亲不同意。正在这时,哥哥出现了,带回学校教室倒塌的不好消息。

第四场,守夜,怕窑洞塌,全家人搬到院子里;父亲到村里关照乡亲们,全村人一夜未眠。天亮了,父亲回来了,自责不该卖煤矿给煤老板。孩子们议论搬家的事,母亲忽然提出,找块地方,重建新村的事。

剧作主题立意尚好,也反映了现实,剧情内容集中,但情节却显得简单、平淡,人物形象不丰满,特别是父亲这个角色,既是家庭主要成员,又是村长、村里的主干,赋予他的戏剧行为应更多些;他在剧中的形象也是苍白、被动、无力。剧中情节推移形不成高潮,又不时地流露出影视剧的痕迹,观赏性不强。

※写于2008年6月21日。

读晋剧《我爱这片绿》札记

2008年6月23日,阅读太原市实验晋剧院送来的新编晋剧《我爱这片绿》,作者张喜明。全剧六场,是一部表现环境保护、维护林权内容的剧作。

第一场,突如其来的山洪冲毁了村庄,老村长断然决定,终止金凤莲的承包山林合同,凤莲不答应,村人逼、母亲打,矛盾冲突挑起来。这场戏中，设计有老树显灵说话，拟人化手法虽新颖，但如何表现，涉及前后风格的统一。

第二场，金凤莲不吐口，老村长没了招，金的男人外出打工，凤莲从山外聘请来技术人员文彬彬，山上山下两样景，文彬彬陶醉在一片绿海中。这场戏中，舞台画面的变化，羊群的滚动，符号男人的出门等，增加了二度创作的难度。

第三场，文彬彬出主意，贴告示，动员大家入股退耕还林。众乡亲不理解、不参与，凤莲无奈设酒宴请，也不行；以认亲名义来，又被村长阻拦。在母亲的建议下，凤莲设宴自喝酒，酒醉后的凤莲，背着文彬彬走上山头。这场戏中，场景转换多，虽有许多好的设想，二度创作的难度大。

第四场，男人们又外出打工，女人们闲得无聊，凤莲和彬彬疏枝剪枝，龙大嫂等却以乱砍滥伐对待，竟然动手打了文彬彬；金凤莲对文彬彬的呵护，二人在山头小屋中产生了感情。这场戏中，老村长从神树中出来，又唱又说，令人费解。

第五场，凤莲深情地侍奉彬彬养伤，二人互诉衷肠，凤莲决意送彬彬下山，彬彬却为她的真情所打动，欲走不能。凤莲的母亲赶着羊群也来送行。

第六场，送别的路上，突起狂风，凤莲摔倒，树倒坝决，山洪冲刷，羊死田毁。时空大转换，文彬彬返回来了，打工的男人们都回来了，在血的教训面前，大家向文彬彬道歉，文彬彬悲愤地哭喊着去找金凤莲，凤莲生子在山间，是真是幻，老神树又一次说了话。

该剧作以大自然对人类之惩罚的悲剧形式，唤醒人们珍视爱惜这片绿地。剧中以新的创作理念，利用影视手法，采用空灵对话、心灵撞击等手段，展示地域风情，表达毁林事件，抒发人物情感，冲击观众的视听觉。文本的台词流畅，文字洗练，但作为舞台剧，时代的特征不明晰，缺乏连贯的戏剧行为，情节的推动乏力，影响了人物形

象的塑造，舞台惊恐画面的呈现，不仅增加了二度创作和舞美制作的难度，也不易为观众所接受。

※写于2008年6月23日。

读话剧《美人湾》札记

该剧是山西大学教授姚宝瑄的新作，反映农村改革开放以来的巨大变化。全剧十七场加尾声，各场剧情大意如下：

第一场，饭场闲议论，高速路从村里通过要砍树，老人们挡住不让砍，石柱归来把伐木队长带走，众人散去。开场戏，衣着、谈吐，有一定的时代气氛。

第二场，还是闲议论，支书让敲钟端饭来开会，情节没有大的推进。

第三场，乌书记的出现，看来平易近人，很有人缘。支书正式向大家传达成立股份制合作社的事。语言还生活化，风趣。

第四场，石圪旦父子对话，中心议题劝石柱娶媳妇，石柱不听，走了；春枝出场，找石柱。

第五场，不同的四个空间，大家都在议论成立股份制合作社选董事长的事，各有心思，看法不一。如何设置舞美，二度创作需要考虑。

第六场，石柱、大金湾，公开摊牌，互不相让；老人们看重的仍是那块地，搞不清楚什么是股份制，担心的是米大都趁机贿选。

第七场，石柱主动出击，面对三位美人，表态和双燕近亲，结婚不行；和秋枝一往情深；与春枝有协议发展事业，推进感情。

第八场，穆爷爷、樊大娘利用美人湾历代的传说，向青年人讲述保槐树、保风水宝地的重要。

第九场，石柱等乌书记，正遇秋枝和他说话，由此想到了当年采访的对话，并谈到了经济发展与政治改革的关系。这个话题似乎大了一些，也很抽象，结果只能靠实践。

第十场，利用在饭场吃饭，石柱、大金湾，分别布置选举的事、砍树的事，基本顺利；就是一提到树，老人们还坚持反对的意见。

第十一场，这场两个表演场区，前半场，大槐树下，青年人和老年人拉话怀旧，讨论养殖开河鱼的事，为大槐树守夜；后半场，交叉出现穆家、薛家老小两代人的对话，谈的是儿女们的婚事。

第十二场，守夜的人醒了，米大都带人来砍树，双方僵持，石柱借乌书记的电话名义，制止了一场即将发生的械斗。

第十三场，大金湾、薛花桃、吴巧姑相遇，说起薛、穆两家老辈人的婚事；米大都、二分头，又在策划贿选的事。

第十四场，村里为帮五保户、军烈属收秋的人准备饭菜，支书想借大伙吃饭的机会，选举董事会。

第十五场，乘大伙儿吃饭时，乌书记也参加，宣布了高速路绕道走的决定，老人们想到国家要多花钱，决定放弃自己的意见，并带头祭树；经乌书记的协调，关于选举的事，石柱、村支书的认识一致了。

第十六场，董事会正式选举，宣布结果，竞选董事长的发言，却不见了石柱子。这里的选票是390，怎么得票有399？是笔误，还是什么？当选人中尽量是出场人物。

第十七场，石柱抱着全部财产账本，参加竞选演说。春枝的策划更激起了人们的向往和希望。乌书记建议，增加春枝为候选人，大家同意，董事长的选举正式开始。

尾声，春枝、石柱憧憬未来，寓意爱情、人们的生活会越来越滋润。

剧作以散文式抒情，讴歌农村改革30年之巨变，时代气氛、生活气息浓郁，情节、语言流畅，中心事件突出，人物形象鲜明，多层次、

多方面地去展示了变化、进步及远景。不足的是,篇幅长,人物多,起伏波澜还不大,尚可集中、精练、强化一些;石柱的戏,还应加强,体现新一代农民的形象,类同人物可以去掉一些;乌书记的几次讲话,可以调整得再现实些;一些情节展示多次,推进不大的,应紧缩集中,如砍树等。总之,是反映农村现实题材、基础比较好的一部剧作。

※写于2008年6月24日。

读晋剧《豫让击衣》札记

由武凌翔、张卉编撰的历史故事剧《豫让击衣》,计有序幕及八场戏,演绎了春秋战国间义士豫让替主复仇的故事。

序幕,智伯义纳勇士豫让。

第一场,智伯设宴招待赵、韩、魏三家,席间智伯出言不逊,大有恃强凌弱之感,结果不欢而散,由此也与周边邻邦结下了仇怨。

第二场,智伯联合韩、魏击败南越,又欲攻赵,决计水灌晋阳,赵襄子率众闭城坚守,谋士张孟谈献计,离间韩、魏,破水反攻。

第三场,汾河岸旁舞女紫烟伤春,偶遇豫让的真情关怀,倾诉爱慕衷肠,赠箫而别。

第四场,智伯狂傲轻敌,谋士郄疵欲离去,被豫让追回;赵国上下,众志成城,终以反间计转败为胜,拿获智伯。

第五场,赵襄子设宴庆贺灭了智伯,席间歌舞相伴,豫让扮作吹箫人入席伴奏,乘机刺杀赵襄子未果。赵感念豫让忠义之士,不加追究,放他而去。

第六场,豫让涂漆毁容,告别母亲、妻、子,再度走上复仇不归之途。

第七场，在龙山脚下烧窑作坊前，豫让受窑工谈话的影响，吞炭毁嗓，面对朋友仲由的劝解，仍坚持己见，英勇赴义。

第八场，仲由陪赵襄子一行途经赤桥，豫让事先藏于桥下，准备再次刺赵。不料马被惊，仲由下桥查验，发现豫让，既不能欺主，又不能卖友，自刎而死。豫让乘势跃上桥头刺赵，仍未能得逞，终被赵兵捉住。临死前，请赵襄子赐衣，用剑猛击，正击衣间，紫烟突然扑来，反被豫让误杀，豫让谢过赵襄子，对紫烟尸体行礼后，自刎而死。

“豫让吞炭”“豫让击衣”的故事，发生在春秋战国间，即公元前453年后不久，它演绎了一个悲壮的义士为主复仇而甘愿献身的故事。比较完整地反映这一事件的记载见于《史记·刺客列传》和《战国策·赵策》；以戏曲形式反映这一故事，最早见于元杂剧，那就是杨梓的四折杂剧《忠义士豫让吞炭》。近世以来，京剧及北方各梆子腔剧种，均有演绎这一题材的剧目，有的叫《豫让吞炭》《豫让砍袍》《豫让剁袍》《豫让刺无恤》，也有的叫《豫让桥》《国士桥》。山西的蒲州梆子(26场)、中路梆子(9场)也有类似剧目，剧情内容大同小异。武凌翔、张卉的《豫让击衣》，依据相关史料做了精心的构思。全剧结构完备，情节顺畅，剧作注意通过一些细节的铺陈，努力去展现一些关键情节，充分表现人物的个性特色；特别是大胆地进行了一些于史无稽的艺术虚构，在着力推进豫让为主复仇主线情节的同时，又刻意铺设了舞女紫烟与义士豫让的爱恋副线，以表达作者所设定的“士为知己者死，女为悦己者容”的主题，是一个基础比较好的剧本。如能广泛听取各方意见，再作修改加工，会取得更加完善的效果。

现就剧本中尚需商榷的一些地方，提些建议和想法：

1.剧作篇幅有些长，场次也有些多。全剧加序幕，实为九场戏，如经二度创作立于舞台，恐怕两个小时是演不完的。剧作从智伯义纳豫让写起，直至复仇献身，虽写得很完备，但却影响了主要人物豫

让的入戏进程。综观前四场戏,豫让的戏剧行为并无大的推进,这无疑会影响对豫让舞台艺术形象的塑造。从精练角度出发,序幕内容可以省略,一、二场戏可以合写。

2.关于该剧主题的表达。剧作试图想通过豫让的为主复仇、紫烟对豫让的以身相殉,去表达"士为知己者死,女为悦己者容"的主题。但仔细推敲,该剧的舞台表现,只能给人以"士为知己者死"的感觉,即使最后出现紫烟以死殉情的戏剧行为,也只能是加深"为知己者死"的主题,而体现不出"女为悦己者容"的意蕴。通俗地讲,"女为悦己者容",主要是强调漂亮的女子,应当为爱慕自己的人去修饰打扮,剧中在这方面并无恰当的表现。即使加了第三场,豫让和紫烟在汾河岸边相遇的戏,对豫让来说,也只是萍水相逢、道义关切,根本谈不上二人间有爱慕之情,至多算是紫烟的一厢情愿,此后这条副线又无具体的推移和发展。客观地讲,这条副线的发展,并不能有助于主线情节的推进和主要人物形象的塑造,相反,却与整体剧情的发展显得极不谐调。更何况,剧中还有豫让和母亲及爱妻的副线,豫让与紫烟的相关情节如处置不当,将直接影响到剧作对豫让形象的塑造。是否可以考虑,去掉或改变这条副线的推移和发展,强化一下豫让与家人间的交往及情感纠葛的戏,这样,既有利于衬托和塑造豫让的形象,也使剧情的发展更为集中精练。

3.剧中人物的设置显得有些多。尽管不少人物都是有史可据的,如智伯的谋士郄疵、赵襄子的谋士张孟谈、韩康子的谋士段规等,其中不少人出场极少,台词不多,有的仅见其一面,在剧中的利用率很不高。连与豫让密切相关的人物,如豫让的母亲和妻子,也只是在剧中的第六场才出现,在此前后均未能再露面。这不仅加大了剧目立于舞台的成本,而且也增加了观众观赏认知剧中人物的难度。应当说,对于不熟悉这段历史背景的大多数普通观众来讲,剧中人物的设置一定是少而精为好。这一点,需要剧作者做进一步的斟酌，应重新审视和平衡剧中人物的设置，将那些可有可无的人物一定要去掉，必须要保留的人物，也要尽可能多地给他以出场的机遇，并设计一些相关的合乎情理的戏剧行为，让他在助推主要情节发展上发挥作用。这样既有利于突出剧中主要人物的形象，也会使观众在观赏剧目时，对剧中的人物留下深刻的印象。

4.在剧作的表现手法上要尽量做到准确、贴切、前后一致。如第三场开幕，导演提示中，要求套用现代版《汾河流水哗啦啦》，而婆子的唱词内容也是“汾河流水哗啦啦，阳春三月看……”，不管出于何种意图，此处的表现和剧中战国时代的气氛、风情极不吻合。对于这样一部正剧、悲剧来讲，容易出现观赏中的失真和跳跃。再如第五场的幕启前，赵兵敲锣喊话有关“委派官职，选贤任能”的表述也不贴切，以此去营造豫让潜入赵府时之氛围，也是不准确的。在场次时空转换上，要注意尽量集中一些，剧中第二场增加了一次，第四场增加了两次，这不仅加大了二度创作的难度，也容易使观众在观赏时产生视角上的跳跃感。此外，在剧中的第七场、第八场出现了伴唱，此前各场均没有，使得前后的表现风格不统一。

5.一些台词还需修饰、加工，力求表述准确，又适合演唱，尽量避免出现现代人的语言。一些引语尽量要通俗一些，为大多数观众所熟悉、理解，如第 21 页郄疵引用的邵公、鸾枝之说，以及第 41 页的幕后伴读词，都需进一步斟酌。此外，各场的唱词及念白要大体平衡，相比之下，第一场、第七场的念白就偏多，第六场的唱词也偏多，这些还可作适当的调整。

※写于 2009 年 6 月 15 日。

读上党梆子《吴汉杀妻》札记

2009年6月16日，省剧协派人送来上党梆子《吴汉杀妻》整理本，该剧是冯来生根据葛来保《反潼关》剧本整理。全剧五场，除“杀妻”一场保留葛来保整理稿外，其余均为冯来生整理。

第一场“降香”，写吴汉随妻王玉莲，赴七仙庙降香，忽然接到新朝皇上圣旨，令他擒拿逃犯刘秀。

第二场“擒刘”，写吴汉于潼关布下天罗地网，刘秀在马成的陪护下，乔装进入潼关；马成借同吴汉父辈的世交情谊，企图以贩马人混出潼关，被吴汉用计赚出刘秀，双方虽经格斗，马成等终因寡不敌众，双双被擒。

第三场“激吴”，写吴汉母亲闻讯私下探监，看望当年救他母子的恩人马成及皇叔刘秀。交谈间，吴母表明愿扶助刘秀继承汉室的心迹；马成不信，多次以不逊之语激怒吴母，并以五更天杀吴汉妻为要挟以明吴母之志。

第四场“训子”，写王玉莲为表孝心，乘吴汉父亲的忌日，穿着孝服到其灵堂祭奠，受到吴母的严厉阻拦，只好只身返回。吴汉以拿获马成、刘秀的信息向母亲禀告，不料母亲竟向他讲明15年前其父惨遭王莽杀害的真情，此事激起了吴汉兴汉灭莽之志，吴母乘势让他五更杀妻。

第五场“杀妻”，写吴汉谨遵母命，带着母亲所赐宝剑回到自己家中，面对正给自己煎药的恩爱之妻不忍下手，无奈只好借着和玉莲喝酒之机，说明杀妻的原委，但仍下不了手；玉莲明了真情后，虽痛心疾首，却无法挽回这个惨局，在宽慰其夫的情况下，深明大义，带着恨和怨自刎而去。

《吴汉杀妻》是一个传统剧目,该剧出现于何时,已无确切的记载,但至迟在清嘉庆年间(1796—1820)已被搬上了戏曲舞台。近世以来,京剧及南北地方戏曲均有类似的剧目,名称各异,有的叫《斩经堂》,有的叫《反潼关》,有的叫《吴汉杀妻》,有的叫《收吴汉》,还有的叫《出潼关》《乱潼关》《吴汉出潼关》。我省现存的同题材戏曲旧抄本中,有清同治初年即上演的上党落子本《反潼关》(15 场),此外还有中路梆子《吴汉出潼关》(6 场)、蒲州梆子《出潼关》(和中路梆子抄本大体相同,只是无场次区分)。葛来保的"《收吴汉》是纵向继承上党落子传统剧目《反潼关》,及横向借鉴其他兄弟剧种《斩经堂》《吴汉杀妻》等演出本改编而成"。(《葛来保剧作选》第 720 页)全剧共七场,分为闯关、囚牢、训子、探狱、赐剑、杀妻、举旗。拿冯来生整理的本子和葛来保的原改编本相对照,不仅场次结构有所调整,而且也大大精悍了。基于两剧作表现角度的不同,冯本在场次、情节的取舍上,作了大胆而又合理的增删,而主要还是删节,如将"闯关""囚牢"缩写为"擒刘","训子""赐剑"缩写为"训子",删去"举旗",加写了"降香",这样使剧情更加紧凑,人物形象更为突出。此外,在台词上也做了大量的简省和修饰、改编工作,目前剧本的总体呈现是值得肯定的。提一些商榷意见:

1.为使全剧更加顺畅、完整,建议"杀妻"后加一场戏,交代一下已出场人物的归宿,特别是马成、刘秀,至于吴汉的母亲也可出场,也可在其他人台词中有所交代,这位很有主见、心中有大局的母亲,也没有必要叫她去自杀。此外,第三场吴母出场的唱词中,应当交代一下她是如何知悉马成、刘秀被擒的事,现在接得太紧,似乎有些突兀。

2.第四场"训子"前半段,王玉莲主动要求为公爹祭奠事,似乎游离在戏外;葛来保原本的第五场"赐剑"中,玉莲自祭公爹时有大段唱腔,既已全部删去,此处也没必要保留。事实上,玉莲主动要求

祭奠公爹遭到婆母拒绝，又不便说明情况，这一细节对整理本剧情的推动并无大的影响，不如索性去掉，使前后的内容衔接得更紧凑一些。连贯起来如有什么缺失之处，还可在台词中做些必要的补充。

3.该剧第三场的名目为“激吴”，其意思涵盖似乎不太确切，如不看剧情内容，便会让人产生是激吴汉、还是激吴汉母的歧义，建议改称为“探监”。如加第六场戏，似可称为“兴汉”或“归汉”。

4.整理本的台词表述整体感觉不错，一些地方尚可再作修饰与加工，使其更能准确达意，板式一致，平仄相符，便于唱念。如第7页吴母唱段的第4句“吴汉儿罪深重臭名远流”，鉴于前三句的板式为“三四三”，这里似乎还需要修改一下；紧接着下面的“寅夜”应为“夤夜”之误，从通俗角度讲，也可直接改作“深夜”；下面念白中的“送来银和钱”亦应改一下。第8页刘秀唱词中“铛铛铛撕裂我心房”，此处的“撕裂”是否应改为“震裂”或“敲碎”，因为它所表现的是夜间打更声的刺激。类似的台词还有一些，不一一列举了。

应当说，修改、整理已改编过的传统剧目，剧中主要情节的更改任务似乎不大，而应将功夫下在结构的调整、增删，以及台词的简约与准确上。这一点，冯本做得是比较好的。

※写于2009年6月19日。

读晋剧《罗贯中》札记

2009年6月19日中午，太原市实验晋剧院的谢涛委托文化厅艺术处张秀娟，给我转来由福建剧作家郑怀兴新编的晋剧本《罗贯中》，计有六场一楔子。剧中人物不多，经常出场的仅四五人。

楔子部分，由贾仲明编写《录鬼簿续》引出剧中人罗贯中的生平经历、主要著作及其与贾仲明的交往。以此形式介绍剧中人物及其相互关系，其表现手法倒也新颖。

第一场，罗贯中与书童，漫步行走在浙西通往福建的仙霞岭路上，正沉浸在自己多年来的颠沛流离的生活回忆中。突然，他的思绪被久违了的自己相知的王巧儿唱杂剧的声音所打断，继而出现的则是贾仲明和章文华这样两位不速之客，巧儿的悄然离去和仲明的盛情款留，引起了罗贯中的警觉。

第二场，夜宿二十八都客栈中，贾仲明设宴款待罗贯中，席间贾、章二人软硬兼施，企图套出《水浒》书稿的下落，贯中及书童巧言以对，闯过了章文华的搜检；进而章又以让巧儿脱籍为名相引诱，逼迫贯中交出《水浒》书稿，这使罗贯中悟透了贾、章一行的真实意图。

第三场，在客栈里，贾仲明和罗贯中继续议论昨晚的话题，以书赎人，不过书不是《水浒》，而是《三国演义》，为了能够卖掉书稿，贯中甚至想重返苏、杭去。见罗痴心于王巧儿，贾仲明又抛出了让罗和巧儿应聘于燕王宫中之招，这给罗贯中出了一个难题。

第四场，在贾仲明、章文华的策划下，罗贯中与王巧儿如期相会于仙霞岭路上，一对钟情男女，久别重逢，倾诉衷肠，为了自己心爱的人能够重新登上舞台，贯中准备屈身应聘燕王府做文学侍从。

第五场，贾仲明、章文华见罗贯中有顺从之意，决意借晚宴再作相劝，贯中与巧儿因心中有事，不胜酒力，先后借醉离席；罗贯中醉卧客房，《三国》《水浒》人物诸葛亮、李逵先后坠入梦境，一番心灵的对话，使罗感悟到眼前发生的一切，都是贾仲明为他铺设的圈套，巧儿为成全罗保《水浒》、撰《三国》的宏伟志向，毅然割断了与罗的情缘，这使罗贯中的心情异常之痛苦。

第六场，客栈外间大摆酒宴，巧儿、仲明、文华乘着酒兴，演唱杂剧《救风尘》，罗贯中和书童乘乱逃离客店；当文华醒悟过来，欲派人追赶罗时，却被巧儿紧紧缠住，文华急中拔刀刺杀巧儿，遭到仲明的

指责。正混乱间,罗贯中竟又返回,店公出于道义,将文华等用酒灌醉,贯中怀抱巧儿,悲痛地看着她逝去。在店家夫妇相助下,罗才离开客栈,不知所终。

作为历史人物的罗贯中,正史中并未留下任何记载,生平简略资料见于明初贾仲明的《续录鬼簿》;此外,在明代的一些笔记中,虽亦有相关的只言片语,但却相互抵牾,不足为凭。《中国历代人名大辞典》中称:"罗贯中,元明间太原人,一说钱塘人,又有庐陵人之说,名本,号湖海散人。为著名小说家。有《三国志通俗演义》《三遂平妖传》《隋唐志传》《残唐五代史演义》等。"《中国历史大辞典》除确定其为太原人外,还指出"生平事迹不详,卒于明初"。对于这样一位生平史料极度贫乏的人物,无疑给以他为主角的剧作创作带来了极大的困难。但综观郑怀兴先生的晋剧《罗贯中》文本,应当说总体印象还是不错的,剧作能写成这个样子,已经很不容易了,它的基础还是值得肯定的。全剧结构严整,情节顺畅,人物精干,剧作抓住了剧中人物的个性特色,充分运用有限的史料素材,大胆构思了人物间的复杂关系,恰当地选择了故事的切入点,集中表现了罗贯中的主要业绩及其丰富的感情世界,为当代观众塑造了一位可亲可敬的罗贯中的舞台艺术形象。但直观地讲,剧情内容有些单薄,情节推移显得乏力,人物形象还欠丰满,提几点建议待斟酌:

1.剧情内容的单薄,是因为创作素材不足而造成,同时亦为剧作合理的艺术虚构留下了宽敞的空间。剧中选择"搜《水浒》手稿,追贯中踪迹"为中心事件是可取的,应在现有情节的基础上,适当强化对立双方的斗智斗勇,让双方间的较量有失算、有得手,使相互间的关系既明白、亦糊涂,尽量使剧情的展示有起伏、有波澜,以增强剧目的戏剧性和观赏性。

2.在剧中人物的定位和个性的把握方面:鉴于历史上贾仲明和罗贯中有"忘年交"的情谊,剧中不可将贾仲明推移过远,可将其塑

造成为既有同情罗贯中的一面，又不得不为朝廷效力的复杂人物；让他既主动设法规劝罗贯中应聘于燕王府，又能在关键的时刻受良心自责帮罗贯中一把。而对章文华这个人物，则应塑造成死心塌地为朝廷效力，是明王朝派来监视、迫害知识分子的鹰犬及走卒。这便使剧中的几个主要人物，有了鲜明的层次感。而人物定位的多层次及人物性格的复杂性，又会伴生出更多的戏剧冲突，能使戏剧情节的展示更加曲折引人。此外，对罗贯中的个性把握上，既要有桀骜不驯、与人寡合、愤世嫉俗、为民代言的一面，又要有如同明人汪道昆评述的“诙诡多智”的一面；相比之下，剧作中罗氏的性格，更应强化一下“诙诡多智”的特色，这样才能使罗贯中的形象更为丰满一些，使其在同朝廷鹰犬的斗争中，能够立于不败之地。

3.为了突出塑造好罗贯中的舞台艺术形象，应在目前文本的基础上，适当增加或调整一下台词内容，分别向观众交代清：罗贯中因何撰写出皇皇巨著《三国》《水浒》？罗贯中为何不出仕明王朝，而四处漂泊、浪迹江湖？同时，还应强化一下罗贯中的思乡情怀，以增进当代观众对这位山西先贤的理解和认同感。

4.剧作设置了“几个不明身份的人物”，这个点子出得好。目前的问题是，要在相关的场次，充分使用好这些人物。可以设计这些人物中，既有章文华带来的打手，又有暗中保护罗贯中的好心人，让他们在双方斗智斗勇中，各自发挥出自己的作用，特别是当罗贯中遇到危难的时刻，能够出手相助，转危为安，以显示文学大师的人心背向及其群众基础，这一点还需通盘考虑一下。

5.要注意各场唱词、念白的平衡性，念白多的，可适当加写些唱段；唱段长的，要适当简略一些。同时，还要注意晋剧唱腔板式和韵律的规范性，以使文采充溢的唱词，更适合于配器和吟唱。

※写于 2009 年 6 月 26 日。

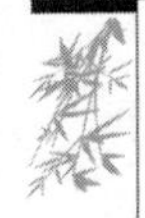

读《罗贯中》修改稿札记

2010年3月25日，收到太原市文广新局派人送来的郑怀兴对晋剧《罗贯中》的修改稿，仍保留了六场一楔子的规模。和初稿文本相对照，楔子部分变动不大，只做了部分的文字修饰。

第一场，基本情节未变，只是调整了巧儿的出场，让贾仲明、章文华直接与罗贯中见面交锋。

第二场，夜宿客栈戏做了大的调整，基本包含了初稿的二、三场内容，只是去掉了施耐庵出场一节，让王巧儿自始至终出现，主要戏剧情节不变，加大了罗贯中与王巧儿情感撞击的戏份。

第三场，是在初稿第四场内容的基础上形成的，只是首尾做了相应的铺垫和修饰，主要是表达了罗贯中与王巧儿互相的钟情爱恋以及罗贯中的思乡之情。

第四场，是在初稿第五场内容的基础上改编而成，直接让罗氏笔下的小说人物，与其进行心灵的对话，并加进了关羽；罗贯中与王巧儿，进行了推心置腹的交谈，二人心心相印。

第五场，取自初稿第六场的前半部分内容，罗、王设计，用酒灌醉贾仲明等，企图逃脱贾、章的纠缠及监控。

第六场，是在初稿第六场后半部分内容基础上改编而成，章文华等以欲擒故纵的方式，尾随追捕罗贯中等，并将初稿中章文华刺杀巧儿的情节，改变为王巧儿以身引开追捕者，最终跳崖，以保护罗贯中顺利逃走。

综观《罗贯中》的修改稿，较之初稿在场次结构的调整上，更趋合理与顺畅，特别是加强并突出了罗贯中与王巧儿间的情感戏份，对于集中塑造罗贯中及王巧儿的艺术形象无疑是有好处的，但剧中主要情节改变不大，加上创作素材先天不足的因素，仍未能改变该剧作剧情单薄、情节推进乏力的缺陷，上次对初稿文本提出的一些建设性意见，尚需慎重考虑，此外还需注意：

1.不要把有关罗贯中籍贯中史无定论、目前尚有争议的说法写入戏中，这会带来一些不必要的麻烦，如修改稿第二场第10页罗贯中唱词中，有因其混迹于勾栏，《罗氏族谱》中删去其名的说法，此说并无实据，只系推断之言，已被祁县河湾发现的明代《罗氏家谱》所否定。这种一时无定论的说法，大可不必写入戏中。

2.要注意文本各场次的内容篇幅大体平衡，修改本中二、四场有些长，五、六场又显得短一些，可作相应的文字调整，特别是剧中相关场次的一些念白，还可精练删削一些。

※写于2010年3月29日。

读北路梆子《貂蝉轶事》札记

2009年7月27日上午，省剧协小刘送来刘颖娣新编北路梆子历史传奇《貂蝉轶事》，原名《美人劫》，全剧六场，演绎三国时期貂蝉的故事。

第一场，吕布之妾貂蝉，憧憬怀念故园儿时风情，企盼过平常人的生活，但却迎来的是夫婿吕布的被擒现实。

第二场，白门楼斩吕布，貂蝉受严氏之托，前来为吕布送行，并向曹操表白了愿回故里的希望，曹为瓦解消蚀刘备的斗志，竟将貂蝉赏与刘备。

第三场，刘备夫人糜氏，因曹操赏赐貂蝉事，心中顿生妒意，直接去找貂蝉寻衅；当得知貂蝉欲回故里的心愿后，便放她们主仆逃走。此时，刘备也来找貂蝉，发现已离去，便和糜氏说明，要将貂蝉

送与关羽,急令手下人将貂蝉追回。

第四场,糜夫人命下人赶忙为关羽和貂蝉准备完婚事宜,并别出心裁地为貂蝉设置了一个有故园特色的农家居舍,居舍内,关羽、貂蝉由叙乡情、讲身世、到共诉衷肠,心灵间的拘束隔膜逐渐消融,相互间的敬慕之情油然而生。

第五场,为过场戏,当张飞得知刘备将貂蝉转送给关羽,立即想到要除掉这个祸害;此时,曹操也在窥测刘、关、张的动向,张飞见曹的随从与貂蝉侍女秋菊窃窃私语,便押着他们前去见曹操。

第六场,张飞大闹关府客堂,搅乱了曹操、刘备的各自心绪,曹操为掩饰自己的险恶用心,刘备、张飞为除掉所谓曹的奸细,都想置貂蝉于死地;关羽试图保护貂蝉,却遭到曹、刘、张的反对。面对他们的淫威及阴暗心理,貂蝉据理辩驳,振振有词,在揭示他们丑恶灵魂和卑污心理后,大义凛然地走向刀剑,结束了自己曲折而又瑰丽的一生。

关于貂蝉,于史无稽。她的艺术形象,最初出现于元杂剧及无名氏《三国志平话》,经罗贯中《三国演义》的艺术加工,使她的形象更具光彩。至于说她是“忻州木耳村任昂之女,小字红昌”,亦是杂剧、平话演义之言。剧作者根据这些演义线索及民间传闻,编撰了一出颇有创意的貂蝉轶事,使“貂蝉之死”这一古老的戏曲题材顿生新意,在舞台上重新塑造了一位“女中豪杰”的貂蝉形象。

综观全剧,结构严整,情节顺畅,铺垫合理,人物形象突出,作者有较好的台词语言功力,文本的呈现既朴实俏皮,又颇有文采;剧作较好地运用了传统戏曲的表现手法,如配角人物的插科打诨,政治斗争生活化、平民化,大大增强了该剧的观赏性。特别是高潮戏第六场,让貂蝉直面世俗偏见,据理辩驳,铿锵之言,掷地有声,使其“女中豪杰”“伟丈夫”的形象高耸于舞台,这大大有别于同类剧目的貂蝉形象,也是该剧目的可贵之处。提一些修改建议:

1.剧中貂蝉朝思暮想回归故园,似一条红线自始至终贯穿了下来,但她为什么会有这种始终不渝的想法,是否还可挖掘一下她的内心世界,这有利于她的形象塑造和其剧中行为轨迹的合理性。

2.一些场次唱词、念白偏多、偏长,还可以整体平衡和精练一下,特别是同一意思的排比句尽量减少一些,既减轻演员唱、念的负担,又可缓解观众欣赏的疲倦感。

3.台词整体不错,但一些唱段和唱段中的少数唱词,还需规整一下,尽量让所写唱词达意、上口、押韵。

※写于2009年7月28日。

读京剧《五台山》札记

2009年8月14日下午,省文化厅创作室送来京剧修改本《五台山》。该剧原名《五台山祥云》,我曾于2008年4月8日研读过剧本的初稿。修改本剧目框架,并无大的更动,只是去掉了尾声,加了一个过场戏,结构仍为一序六场戏,演绎清初康熙皇帝亲赴佛教圣地五台山"朝台礼佛"、剪除乱党的轶事。

序幕,交代背景,点明康熙皇帝不日将来五台山"朝台礼佛",晓谕僧众护法护国。

第一场,吴继祖同副将潜入五台佛地,以重金收买五台赵县令作为策应。康熙乔装策马,与随从亦来到五台胜地,在射虎川与吴继祖初次相遇。

第二场,寺外广场,各种摊点叫卖五台特产,民间杂耍、吹奏佛乐者串场而过,显得格外祥和热闹。康熙便装走访民情,忽遇吴继祖以县衙师爷身份,带领衙役打手,借康熙"朝台礼佛"滥收捐银,挑起满汉矛盾,激起民愤。含英出面阻拦,群凶抓捕含英,受到康熙等

人相救。当赵县令指出，含英为吴将王坤之女，吴继祖又称曾与王坤义结金兰，以此去游说含英，借机挑起含英与康熙的仇恨。

第三场，云空大师的禅房，康熙借拜访禅师，寻访父亲踪迹，却被禅师有意避开。二人谈禅论佛，共话华夏一统，忧虑战火隐患，心心相印，有所感悟。

第四场，清水河畔，含英悲愤地怀念已故的父亲，激起她杀康熙、报父仇的情怀，吴继祖前来为其出谋划策，让其易装混入人群刺杀康熙，姑母恐其有闪失，只身夜探行宫。

过场戏，姑母夜探康熙下榻地文殊寺，被卫士以刺客拿下。

第五场，文殊寺内的康熙住所，大学士们正向康熙报告边事军情，随从禀告抓住了刺客。康熙由刺客的兵器，想到王坤的家人，立即派人请来含英，主动说明情况，化解满汉之仇冤。在云空大师的点化下，含英姑侄尽释仇冤，企盼天下太平，并提醒康熙，明日法会提防刺客。

第六场，文殊寺大雄宝殿，护国佑民祈福大法会正隆重举行，吴继祖扮作跳傩舞的厉鬼，步步逼近康熙，被云空大师识破，让棍僧前来护卫。吴终于露出本相，被护卫抓捕，康熙放其逃生，吴竟出暗器射杀康熙，为含英所挡，射中其肩头，吴却被含英发出的链子镖击中毙命。在制服刺客后，祈福会在五彩祥云中继续举办，并伴有欢快的歌舞佛乐。

修改本较之原剧本，更为简练、明快，情节顺畅，更趋合理，尤其是大量增加了地域风情、佛地胜景之文化特色，对于宣传五台山这一世界文化遗产的品牌，配合旅游观光文化产业的开发，都会有明显的效果。提一些修改建议：

1.第五场高潮戏中，康熙化解满汉仇冤的台词，大有增加，但似乎有点冗长，又缺乏点睛之语，应强调两点，其一是神州中华自古以来就是多民族的一统天下；其二是中华儿女，同根同源，中华文化，一脉相承。

2.第一、二场戏,念白较多,唱词偏少,可适当再加写一些唱段,毕竟是京剧,各场次中的唱段还是主要的。

3.几处文字再讲究一些,如第5页的"朱朝"的天下,似乎应为"朱明皇朝"的天下;第9页有"大清朝几十年了",事实上,顺治开国仅18年,此时为康熙初年到平"三藩"前的一段时间,吴三桂反叛是康熙十二年(1673)的事,满打满算前后仅30年,且顺治前期,还有平定中原及南方的战事,不打仗的时间顶多才20多年,此处不如以实写"20多年"较为妥当。

4.明珠、索额图这两个人物,一直到第五场才出现,而且台词不多,这样设置似乎有点突兀及浪费,如在剧中作用不大,似可减少一人,并在开场康熙的台词中要有所交代,说明他微服先行,后续人员将由大学士某某随后而来,前后有所呼应,比较妥当。

※写于2009年8月15日。

读《五台山》修改稿札记

2009年9月9日,省京剧院赵新田副院长送来剧本《五台山》的第三次修改稿,并易名为《五台山佛光》。对照比较第二稿,提出如下一些看法:

人物康熙,将二稿的"20岁"改为"20多岁",这一改,改得似乎不准确了。事实是,康熙8岁登基,吴三桂反叛是康熙十二年(1673)的事,该剧的时间定位,应为反叛之前或临近反叛,满打满算才19年,称他20岁勉强能说过,20多岁就不准了。因为康熙是该剧中的主要人物,又是正史中的真实人物,一些事可以虚构,人物的主要情况不能太离谱。明珠、索额图这两个人物的设置,以及在剧

中的戏份,与上一稿没变化,有关意见请参考前次提的建议。

序的部分改了两处,其一是伴唱词的后半阙,改的和该剧的主题更贴切、更吻合;其二是序的结尾佛乐队具体分为青教、黄教两个佛乐队更准确,也更符合五台山佛教队伍的构成状况。

第一场,情节结构未变,台词经修饰更符合人物身份,去掉了皇家马队及末了佛乐队过场,更趋合理、简洁。这场念白多,唱词仅康熙的一段,还可再加一段,是吴继祖唱,还是县令唱?可再斟酌。台词有三处再推敲,其一,吴继祖出场后,四句台词的后两句,“兴军旅”说不明意思,平西王驻边就有军旅,而是要说明“要起事”“要反清”,下面一句,开头二稿为“江南”,三稿改为“华夏”有些大了,似乎应为“中原”;其二,第6页“皇上的气派”应为“气魄”;其三,第7页“兄台仪表非俗,定非凡辈”,“俗”“凡”同一意思,又不顺口,是否可改为“兄台仪表堂堂,定非凡夫俗辈”。

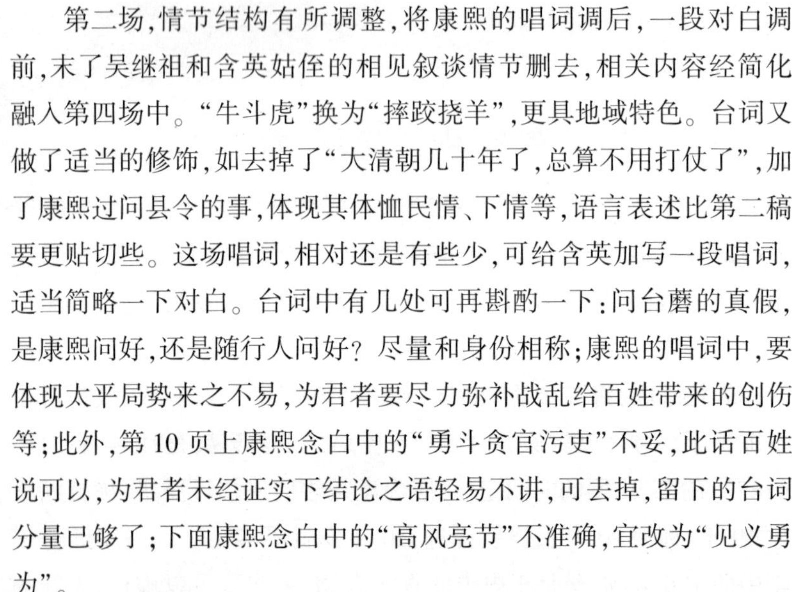

第二场,情节结构有所调整,将康熙的唱词调后,一段对白调前,末了吴继祖和含英姑侄的相见叙谈情节删去,相关内容经简化融入第四场中。“牛斗虎”换为“摔跤挠羊”,更具地域特色。台词又做了适当的修饰,如去掉了“大清朝几十年了,总算不用打仗了”,加了康熙过问县令的事,体现其体恤民情、下情等,语言表述比第二稿要更贴切些。这场唱词,相对还是有些少,可给含英加写一段唱词,适当简略一下对白。台词中有几处可再斟酌一下:问台蘑的真假,是康熙问好,还是随行人问好?尽量和身份相称;康熙的唱词中,要体现太平局势来之不易,为君者要尽力弥补战乱给百姓带来的创伤等;此外,第10页上康熙念白中的“勇斗贪官污吏”不妥,此话百姓说可以,为君者未经证实下结论之语轻易不讲,可去掉,留下的台词分量已够了;下面康熙念白中的“高风亮节”不准确,宜改为“见义勇为”。

第三场,情节结构未变,只是把云空大师赠地图改为了赠弥勒佛，台词无论念白还是唱词，做了少量的增减及修饰，总体看还是合适的。台词中有三处再推敲一下，其一，第 12 页康熙唱词中“平三藩”应为“撤三藩”，史实是因为“撤藩”引起了反叛，才有“平藩”之说，紧接着下句“战事又起”宜改为“引起战乱”，这些表述旨在说明，康熙采取“平藩”是应对反叛的正义之举。其二，第 12 页云空的念白“请你别说了”应改得冷静沉着一些，现在这种表述，情感有些过于冲动，还有默认自己是顺治之嫌。顺治出家本为传说，对此事，剧中似应表现得似有似无、扑朔迷离，不可太直白，是否改为“逝者如斯夫，出家人管不得宫闱之事，你就别说了，阿弥陀佛。”其三，第 13 页康熙唱词中“望厚情深”其意不明，此处应当表达出，云空对康熙的关爱、呵护之情。此外，本场人物出现了“小李子”“治空”，可能为笔误，前后应准确一致。

第四场，为改写的一场，内容更为集中，个别台词尚需修饰，如第 14 页“兵烽”，有“烽火”“烽烟”之说，却无“兵烽”之称，且与前面的“战火”均为同一意思，改写一下。这一页含英唱词中有“音书断”，应为“音信”或“音讯”，可能是笔误。第 16 页“带着金银”，可改为“银票”；这页下端的念白“官府必定放咱不过”，拗口，不如为“放不过咱”，紧接下来“快快离开”后边应加“此地”为好。

过场戏，情节与前稿一样，细节稍有修饰，如调整了姑妈上场的次序，并加了剑刺举动，舞台呈现更趋合理。

第五场，是经重点加工修改的一场戏，前边康熙对随臣们的训诫，加写了区别对待，“擒贼擒王”和不能重弹“满汉之防”论调，后边精练了康熙对含英化解仇恨的开导之语，这些都是可行的。但因这场戏是高潮戏、重场戏，再提一些建议：重点要写好康熙化解满汉仇恨的一段对话，要突出神州中华自古以来就是多民族的一统天下，中华儿女，同根同源，中华文化，一脉相承。只有满汉同心，才可共建中华的思想。此外，在文字的表述上，要力求准确简练。如第 17

页“烽头”应为“峰头”。第18页“吴三桂气势汹汹，前方吃紧”，这里到底是谁吃紧，应说清楚；“念诗”应为“念词”；“擒贼擒王”似乎不准，因“三藩”都是王，这里似乎要说“打蛇先打头”或“打狼先打头”，以体现康熙的“区别对待，打击重点”的策略；康熙念白中的“与他一唱一和”宜去掉，“正中下怀”也就够了。第19页“天纵”何意？是否应为“天赋”或“天资”；“黎元”宜为“黎民”。第21页康熙一段长念白的前半部分，不是要说“是英杰”“传千秋”，而要说明民族的交融及其影响，如汉武通西域，带来大汉繁盛，要加“沟通民族交往”内容，以突出民族和解交融；这里拟写一段供参考：“我中华大地，自古便是民族聚居、民族交融之地，华夏同根，文脉相承，古有赵武灵王胡服骑射，魏孝文帝汉化以治，汉武通西域，民族相交融，蒙元展雄姿，一统中原地。”紧接着“我满洲”应为“我满族”；下面唱词“豪情万丈”又和前面想“先代英烈”不协调，应为“肃然起敬”或“令人敬仰”之意。第23页姑妈的念白“老百姓再也不能打仗了”，其意不准，不是老百姓要打仗，是老百姓盼望再不要打仗了。第24页云空念白“听我偈子”，应为“偈词”等。

第六场，情节结构没变化，民间乐舞换为“牛斗虎”，唱词做了修改，更贴切，整场铺排更精练，只是第25页“满洲”应为“满人”，“天下粗安”应为“天下初安”。

※写于2009年9月11日。

读晋剧改编本《书生拜将》札记

2009年10月20日，胡嫦娥团送来晋剧改编本《书生拜将》，全剧八场，演绎的是三国时吴国孙权起用年轻将领陆逊大败蜀军的故事。

第一场“闻讯”。由孙权做主，将侄女孙幼娟嫁给爱将陆逊。正是洞房花烛时，突报刘备率大军直奔吴国而来，又听闻元帅甘宁阵亡，顿时一片发兵报仇的声音；陆逊力排众议，自告奋勇出使蜀营下书求和。

第二场“下书”。陆逊只身去蜀营下书，讲明孙刘联盟的重要性，劝阻刘备不要发兵攻吴。刘备为关、张复仇心切，不听劝谏，差点要了陆逊的性命。

第三场“议将”。吴宫大帐内，孙权静听陆逊下书遭拒情况。面对刘备大军逼临，陆逊提议以战求和。在选择将帅时，众说纷纭，孙权最终说服众将，选择陆逊为帅。

第四场“拜将”。孙权设坛拜陆逊为元帅，陆号令三军主动迎战蜀军。

第五场“定计”。吴军以逸待劳，三个月来拒不交战，激怒了众将，纷纷责怪陆逊怯懦，不敢出兵交锋。陆再三说明，敌我双方兵力悬殊，不能贸然进兵；等听说刘备大军移营松林茂密之处，陆逊随即安排部属定计火攻。

第六场“探营”。夜深人静，陆逊扮作书生，潜入蜀营窥探，假装迷路询问老少二蜀兵，无意间将蜀军的驻兵情况摸得一清二楚。

第七场“烧营”。漆黑之夜，吴兵放火烧了蜀兵营寨，连绵大火烧得蜀兵四处逃窜。刘备在关兴、张苞的护卫下，逃至赤松谷口，搭乘假扮渔女的孙幼娟的船只逃离火海。

第八场“凯旋”。刘备等乘船逃命，没想却被送到陆逊面前，等知悉这一切都是陆逊策划所致，刘羞愧难言。陆逊当面说明原委，重申孙刘同盟主张，并赠刘等好马粮秣，让人送其返回白帝城。

该剧是根据传统梆子戏《大报仇》《连营寨》的相关情节改编而成，其本事源自《三国演义》第八十三回后半部分至八十四回前半部分，即是人们所熟悉的“火烧连营”的故事。就目前改编本来看，情

节比较顺畅，主要人物形象比较突出，但尚有一些商榷的地方：

其一，从剧中人物来看，孙桓、潘璋的设置及其出场是不合适的，按《三国演义》八十二回讲，刘备率军攻吴时，孙桓被困于彝陵，这样他就不可能一开场就忙得去为妹子操办婚事。另据《三国演义》八十三回讲，潘璋在甘宁阵亡的同时，也被关兴杀掉，于是他也不可能出现在孙幼娟与陆逊的婚礼现场。这两个人物在剧中的台词及戏剧行为都不多，亦不是不可或缺之人，可适当调整为其他人物。当然，若不按《三国演义》有关内容去演绎，则另当别论。

其二，从剧中情节来看，为了突出主要人物陆逊的形象，剧作为其设计了不少戏剧行为，诸如自告奋勇到蜀营下书、提出以战求和策略、深入蜀营刺探军情，乃至于义释刘备以礼相送等，显然这些都是虚构的，就剧情发展的整体趋势来看，前面几个戏剧行为都是站得住脚的，但最终的结局似乎就有点勉强。剧中东吴以倾国之兵力，对付刘备伐吴大军，以火烧连营的计策致蜀军以死地，在即将取得全面胜利的时刻，怎么可能会放过伐吴主帅刘备呢？何况此结局也不是孙权事先敲定的，如此重大的举止无孙权的授意，陆逊临阵是不敢擅作主张的，更何况和《三国演义》的情节也不一致。据《三国演义》八十四回载，刘备在陆逊带兵追杀到无路可逃时，是孔明安排赵子龙前来救驾的。这种为了突显主要人物形象、不顾本事的依凭，编造不可能发生的事情是不可取的。但鉴于《书生拜将》原演出本已是这样编织的，改编本亦可照演下去。

其三，改编本在《书生拜将》原演出本的基础上，除增饰了“拜将”场次外，其余主要是做了大量的删减工作，从总体上看，删减多数是成功的，如缩减了孙尚香的戏份，裁掉了孙幼娟闯帐夺印的情节，这些都是可行的。特别是对多数唱词作了简化和修改，有些唱词的修改更趋合理、准确，如第五、六场陆逊的大段唱词就改得好，有些句子的表述，比原演出本唱词的文字还更为准确。六场中将

“刘玄德毁盟约横行霸道”改为“刘玄德急弟仇举兵咆哮”，“丧斗志恰好似大舸抛锚”改为“恰好似激浪中大舸抛锚”，这样的改动含意就更为贴切些。但第三场“议将”中，将孙权说服众位老将的唱词删减得就有些多了，要知道众老将不服书生陆逊是在情理中的事，孙权说服大家也是必不可少的。第一场“闻讯”中，众将要求发兵的5句联唱，显得有些不完善，其中陆逊的“不灭那汉刘备，陆逊、幼娟不拜堂”的唱词，与陆逊求和主张的思想脉络不相称，孙权的“发兵呼声干云上”又不知所云。应对已删减的唱词再通盘考虑一下，一定要在不损伤原意的前提下，进行必要的删减和简化。

其四，文本台词中还有不少错别字或词不达意、不准确，尚可调整的地方。如将“彝陵”错为“夷陵”，“悉听尊便”错为“息听尊便”，“不幸”误为“不信”，“孤行”误为“孤心”，“在所不辞”误为“再所不辞”，“静候”误为“敬候”，“高唐”错为“高谈”，“夤夜”误为“寅夜”等，应当再仔细全面核对一下。此外，部分唱词中用字遣词还可推敲一下，如第3页“乘门婿”宜改为“乘龙婿”，此页唱词“儿郎”出现两次，前面的可改为“书生”；第5页“回忆那”宜改为“成就那”或“造就了”；第7页“遭害锦州”地名不准确，应为“阆中”或“巴西”；还有一些地方，也可再斟酌一下，就不一一列举了。

※写于2009年11月2日。

读上党梆子《两地家书》札记

2010年3月11日，省剧协小刘送来剧本《两地家书》的改编本，是由晋城张宝祥、张华父子原创并改编的。原剧目是为参加1988年山西省举办的振兴上党梆子调演而创作排演的。1991年，张爱珍参赛全国“梅花奖”，在此剧中担纲主演，由于她的出色表演，一举摘取

了第九届“梅花奖”的桂冠。

这个剧目的创作素材，主要是从晋葛洪《西京杂记》卷三的一则笔记延伸出来的。原文为：“相如将聘茂陵人女为妾，卓文君作《白头吟》以自绝，相如乃止。”剧作者正是依据正史中有关卓文君与司马相如私奔成婚的事迹，与《西京杂记》中“相如将聘茂陵人女为妾”的记述，去编织和构思戏剧情节。巧妙地演绎了西汉才女卓文君和才子司马相如，一见钟情，私奔成婚，当垆卖酒，以求生存；后司马相如进京赶考，得中高官，另有新欢。夫妻间出现了一段爱情危机的故事。

全剧共六场，各场剧情大意是：

第一场，卓文君和司马相如私奔成婚后，于巴镇的街市当垆卖酒，受到当地恶少的欺凌。危急之时，被赶来寻找文君的卓家仆人郭成、红儿兄妹救下。郭成带来卓王孙夫妇思念女儿的书信及一些黄金，这引起了文君返乡省亲的念头，却遭到相如的反对。当听说皇上张榜招贤时，文君劝相如前去一试。相如担心离别后会发生婚变，为表心迹，二人挥笔分别写下了誓言。

第二场，文君返回故乡临邛，日夜牵挂相如进京的消息。卓王孙对相如的前程满怀信心，谁知盼来的却是名落孙山。相如想重操旧业，当垆卖酒，文君劝他再去赴试。为避开相如于卓家停留的尴尬，文君让他重返长安习文备考，并让郭成前去陪侍。

第三场，司马相如凭借着自己的文才，终于高中得官，很快便有了出身贵胄的茂陵贺安将军小妹贺玉的新欢，终日陪伴在相如的身边。文君频频投来的家书，却得不到相如的只字回音。面对两位女子，相如陷入了欲休前妻不能、欲弃新欢不舍的境地。

第四场，文君盼望相如回信盼得十分痴迷，不料想得到的信笺竟是一封令人费解的数字游戏。聪明的文君从信中的两个“七”字，悟出相如已停妻再娶。郭成的证实，让文君伤透了心。这更激起了卓王孙夫妇对相如的愤恨,决意赴长安找其论理。文君劝阻了父母,又以痛诉衷肠的信件回复了相如。

第五场,相如看了文君的来信,深深被文君的真情实感所打动,决意与贺玉分手,却遭到贺玉的拒绝,其兄贺安又以武力相逼,最终贺玉以做妾身份让步,授意相如以“巡巴蜀,接夫人”的内容给文君复了信。

第六场,文君接到相如的来信,知其不肯舍弃新欢,内心感到非常痛苦。卓王孙知相如仍以夫人身份迎接女儿回京,从旁劝文君顺从为是,文君断然不能接受。此时,相如已携贺玉来到卓家门前,文君令下人关上大门,不予迎接。相如破门而入,并对文君的态度大为恼火。文君当面斥责了相如背信弃义、不履行诺言,然后愤然离去,相如怀着负罪之感亦紧随其后……

显然,这个六场剧本,是作者做了重大修改的。原演出本子比较简洁,舞台演出仅有一个半小时。这次修改,在保留原剧本主要情节和主要唱段的基础上,重点做了以下几方面的修改:其一,扩展了场次,第一、二场均为新写,为完善情节、突出塑造卓文君的人物形象做了极好的铺垫。其二,增写了人物,修改本增写了文君母、茂陵女(即贺玉)之兄贺安以及蜀中恶少朱某等,并给了相应的戏份,这对丰富戏剧情节、展示戏剧行当均是有好处的。其三,对原剧中的一些人物,如卓王孙、茂陵女的戏份,适当有所增加,使这些人物在剧中情节的推动和凸现人物个性特色上真正发挥了作用。其四,对该剧的结局做了重大的改动,原剧结尾,文君提出要让他随同相如回京团聚,必须允许她娶一个小丈夫,这使相如等人陷于十分尴尬和狼狈的境地。改编本精心编织了文君夫妇离别时,为表示爱情的始终不渝,分别挥笔于绢上书写誓约,这样便水到渠成地于结尾处出现了文君要相如洗掉绢上墨写的誓约,方能够随同相如回京团聚。这一改动,既保持了原有的舞台演出效果,又极好地维护了文

君的艺术形象，确实使细节的设置和编织更加顺畅与合乎情理。

综观改编本，较之原演出本要有优势得多，应当说这种改编是成功的，作为一般性的演出，只要二度创作得法，是会有好的舞台演出效果的。但从参加全国“梅花奖”赛事的角度来看，改编本及其将来的舞台呈现，尚有一些值得斟酌的地方。

首先，增加了一些人物，适当调整充实了原有配角的戏份，无形中对主要人物的戏有所减弱，似乎有些平分秋色之感。其次，戏的容量有些大，通过二度创作，舞台演出可能要达到两个多小时，还需适当剪裁把握。其三，在一些场次（如一、二、六场）中念白相对有些多，鉴于地方戏曲基层团体的演员，念白工普遍不过关的现状，可能会影响到舞台演出的整体效果，建议相关场次或简略念白、或将要表达的意思改写为唱段。其四，台词中个别地方有错别字，少数唱词可和原演出本比较，择优选用。

※写于2010年3月15日。

读晋剧《西周大夫》札记

2010年3月29日，晋中张喜明同志送来他的新剧作《西周大夫》，又名《狂夫褒尚》，据说已是修改稿。全剧为六章，各章大意是：

第一章，西周末，幽王登基，正遇地震之灾，宫墙震裂，房倒屋塌。朝臣虢石父占卜系女妖作乱，要搜出处死，却应在后宫申妃刚出生的女婴身上。史官褒尚，不顾个人安危，驳斥巫术惑众，力保女婴，竟被轻信巫术的幽王打入死牢。

第二章，褒尚被囚禁10年后，刑前获准夫妻相见，二人共诉衷肠，难舍难分。其妻为救夫君，上下打点，乘王宫里选歌乐女，将自己收养多年的养女褒姒献出。

第三章，褒姒选美入宫后，褒尚被赦免出狱。当他官复原职，却看到的是，申妃的疯癫狞笑，褒姒的裂锦无言，幽王的千金买笑，虢石父的投其所好。这一切让他忧心忡忡。听说虢石父出主意，以燃放烽火去博得褒姒一笑，他便心急火燎地奔向了骊山。

第四章，骊山举行祭祀大典，群姬弹唱，众儒吟诵，虢石父正导演着"烽火戏诸侯"的恶作剧。褒尚冒着风险，冲向祭祀现场，企图予以制止，却遭到卫士及虢石父的阻拦。当从众诸侯的怨骂声中传来褒姒的笑声时，他激愤而起，怒目对视幽王和褒姒。

第五章，褒尚拒不认女，又被幽王投入牢狱，其妻率儿女前来探监，规劝夫君不得执拗。褒尚执意要与褒姒了断父女情缘，引起了其妻的自责，竟触狱中栅栏而死。面对褒妻的丧身，褒尚及儿女们痛悼亲人，互表心迹。褒姒的一番肺腑言，才令褒尚理解了女儿的心。

第六章，烽火戏诸侯后，幽王失掉人心，西戎起兵反周，诸侯竟无援兵，众臣要求杀褒姒以退叛军，却遭到幽王的拒绝。此时，虢石父又扬言，褒姒即为10年前被处置的女妖复活，以此蛊惑人心。褒尚据理力辩，道出褒姒的真实身份。褒姒见众口难调，众怨难平，拜别养父后，纵身跳入烽火中。褒尚痛心疾首，在批驳虢石父、幽王等荒唐言行后，也昂然走向了烽火台，舍生取义，以身殉礼。

《西周大夫》演绎的是西周末"烽火戏诸侯"的故事，这一故事又称为"褒女惑周"，也就是民间俗传的"褒姒一笑失江山"的故事。这个故事出自《史记·周本纪第四》，在此前的先秦著作《国语》中就有相关的记载："周幽王伐有褒，褒人以褒姒女焉，褒姒有宠，生伯服，于是乎与虢石甫比，逐太子宜臼而立伯服。太子出奔申，申人、鄫人召西戎以伐周，周于是乎亡。"此外，在《诗经·小雅·正月》中亦有"赫赫宗周，褒姒灭之"的说法，可见流传深远。

以戏曲形式演绎这个故事的最早见于明邓志谟的杂剧《幽王举

烽火》，简名《举烽取笑》，剧中有演褒姒裂锦缯、烽火戏诸侯事。在此后的地方戏曲梆子戏传统剧目中，亦有同题材剧目《烽火台》，又名《烽火戏诸侯》《进褒姒》《点烟墩》《千金一笑》等。山西中路、蒲州、上党梆子均有此剧目，剧中情节主要根据冯梦龙、蔡元放的小说《东周列国志》第二至三回的相关内容进行编织。

晋剧《西周大夫》，在继承传统梆子戏《烽火台》基本情节的基础上，做了大胆的新编和创新，以全新的视角和理念诠释了千古名典"烽火戏诸侯"。作者善于开掘人性，揭示和抒发人类情感中真、善、美的精粹，笔锋直指"女人是祸水"的陈腐理念，在舞台上塑造了一个全新的褒姒形象；并以浓墨重彩之笔，重塑了主人公褒尚的艺术形象，将其放置在戏剧矛盾冲突的风口浪尖中，给观众描绘出了一位为维护周礼、不惜以身相殉、大义凛然的耿直之士。全剧结构严整，情节发展顺畅，人物个性鲜明，舞台呈现手法新颖，若二度创作能到位，相信会有好的观赏效果。这里对剧本提几点看法及建议：

其一，剧目名称需做进一步斟酌。《西周大夫》，无论从时间范围和所指对象都存在有不确定性，很难准确地包含剧目所要表现的内容；而《狂夫褒尚》，虽指明了剧中要表现的主要人物，但给其冠之以"狂夫"，又似乎不确当。作为剧中主要人物褒尚，正史中并无其人，他可能是从传统梆子戏《烽火台》中大臣褒珦这个人物衍化过来的。这里的"珦"读音"向"，是指玉名的。这个人物的原始素材，系采自小说《东周列国志》第二回，书中说他是来自褒城，在周官居大夫，因入朝进谏，被周幽王囚于狱。后因其子洪德于乡间重金买得美女褒姒，教以礼数送于幽王，才换得其父出狱，复其官爵。就目前新编剧中，褒尚的所作所为，充其量是个敢于冒死直言的谏诤之臣和耿直之士，说他"狂"似乎还不够准确。在剧作文本扉页的人物表下，引用了《论语·子路》篇第21段语录，文中的"狂狷"，是指激进与洁身自守的人，也泛指为偏激之士，以此来关照褒尚在剧中的行为举止，也似乎有些不确当。

其二，剧目所要表达的主题还需进一步明晰。在戏曲舞台上，以艺术的方式对“烽火戏诸侯”做出全新的诠释，是《西周大夫》剧目观赏中的一个重要看点；新的褒姒形象的出现，是对“褒女惑周”“褒姒灭周”这些千古定论的动摇，这无疑亦是该剧向广大观众所传达的主题思想内容的一个重要方面。同时，该剧还用更多的笔墨，为人们塑造了一个忠实维护周礼的史官褒尚的形象。说到西周的礼，这是一个内涵深刻、内容庞杂，又令今人特别费解的题目，其间小到祭祀仪式、交往礼仪，大到关乎社稷、民生的礼乐制度，概言之，它囊括了当时人们在社会生活中，必须遵守的行为规范和道德准则。其重要性正如《左传·隐公十一年》中所指出的：“礼，经国家，定社稷，序人民，利后嗣者也。”《左传·昭公十五年》又说：“礼，王之大经也。”显然，这样重大而又繁复的课题，不是《西周大夫》剧目所能解读的。就剧中褒尚所接触到的，也多是祭祀之礼、君臣之礼，以及为民请命和呼吁周幽王施仁政等，这些远远包含不了周礼的庞大内涵。在这样的情况下，让他在台词中多次讲出“记周礼”“扬周礼”，和虢石父的辩论“礼”等，这些枯燥费解的表述，很容易使观众产生空洞的说教感，而且与剧中相关的戏剧行为，又有不贴切之嫌。即使费了好大劲，说透了，辩明了，弄懂了，但褒尚所维护的仍是一套西周的封建礼教，它会给当代观众带来什么新的启迪？唤起什么时代的共鸣？这是该剧主题思想方面值得深思的一个问题。与其这样，倒不如在重塑褒姒形象的同时，为观众提供一个西周时代敢于直谏、为民请命、关注民生、痛斥昏君的直臣形象，有意识地将这段远古的历史和当代观众间的距离拉近，以产生应有的观赏效果。这就需要相应地调整目前剧本中有关的戏剧行为及台词，适当地减少和淡化有关“礼”的表述内容。

其三，台词的表述还需进一步准确、简练和风格统一。综观

《西周大夫》剧作文本的台词表述，应当说是很不错的，尤其是唱词，规整有文采，又朗朗上口，善于抒情和表达人物的内心世界活动，这些都是值得肯定的。个别地方尚需斟酌得再准确一些，如第四章的幕间歌词“可怜列国奔驰苦”，文辞虽然移自小说《东周列国志》第二回，但事情还发生在西周末，宜将“列国”改为“诸侯”；第五章第25页褒尚念白“宁当玉碎，安可没没而活”，这里“没没”二字可能是“默默”之笔误，从对接上文意思来看，宜为“不为瓦全”，或者改为“安可苟且而活”；第26页褒姒、褒德二人的重唱词“空留雪花无声寒”，似乎寒冷和声音无关，可以改一下。整体念白还可简练一些，特别是用文言和半文半白形式写的有关“礼”的念白，尽量简短一些，力求文字表述通俗易懂，明白如话，既和唱词文字表述的风格一致，又不影响观众的观赏。毕竟当代多数观众，对这段历史还不太熟悉，对以文言或半文言的表述还不太认知，这一点很值得注意。

※写于2010年4月6日。

读晋剧《鞭打芦花》札记

省戏剧家协会派人送来三晋晋剧团演员准备参评“梅花奖”的剧本《鞭打芦花》。该剧是根据《山西省地方戏曲汇编》第5集中的中路梆子《芦花记》剧本整理，全剧共四场。

第一场，闵德仁带儿子闵损、英哥，前去东庄公冶长家赴宴，恰遇大雪纷飞，两个儿子同穿新衣，却感受不一。闵德仁以为闵损偷懒，责怪鞭打他，衣服中竟然飞出芦花来。这引起了他的注意。经察看才发现，两人的棉衣中所絮物件不一。一怒之下，拨转车马返回家中。

第二场，闵德仁回到家中，叫出夫人李氏，就两个儿子棉衣中所絮物件不一事提出责问。李氏一味巧辩，不予认从。无奈之下，闵德仁只好修书一封，让英哥前去外婆家，请李氏父母来家评判是非。

第三场，英哥遵照父亲的指示，踏雪步道，将外公、外婆请到自己家中。

第四场，外公、外婆到来后，闵德仁当面让二老验过两个儿子棉衣中所絮物件不同，二老自知理亏，责骂女儿认错，李氏却不肯低头。闵德仁气极，索性写下休书，让岳父母将李氏领回家中。闵损见此情景，反向父亲为继母求情，并道出了“宁叫母在一子寒，莫叫娘走三子单”的肺腑之言。闵损的赤诚孝心感化了李氏及闵德仁，李氏诚恳认错，表示痛改前非，闵德仁撕毁休书，夫妻和好如初。

通读整理本可知，文本内容是在原剧两场的基础上，分为目前的四场戏。全剧结构情节均未变动，只将个别台词做了前后调整，少数地方的文字做了些修饰，基本维持了中路梆子《芦花记》的原貌，只是剧名易为《鞭打芦花》。这样一个晋剧经典剧目，作为平时下乡演出的保留剧目是可以的，拿它去参评“梅花奖”就需慎重考虑。

《鞭打芦花》演绎的是春秋时大孝子闵子骞的故事，他是被后世儒家纳入“二十四孝”中的人物。剧作的本意是要向人们表明，在一个续弦的家庭里，继母如何善待前房子女，前房子女如何妥善处置与继母的关系，以构建一个和睦相处的美满家园。该剧的情节虽然简单，但自宋、元以来，一直在戏曲舞台上演着。对于这样一个老故事、熟题材，以什么样的风貌展示给当代的观众，是值得我们深思的一个问题。以传演久远的剧本原貌前去参赛，显然有些太陈旧，而要让剧目出新，就得做脱胎换骨的改造。综观目前剧本的内容，无论主题立意，还是唱词念白，不少地方都不符合当代人们的审美情趣，而台词的表述既有松散冗长之处，也有对重要细节开掘不够、表

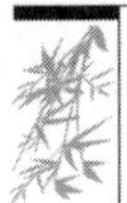

达不深之憾,这些都直接影响着该剧参赛的竞争力。

《鞭打芦花》是一出须生、青衣、小生的唱工戏,其中尤以须生为最,丁果仙大师就是以学唱《芦花》起步,并一举成名的。就目前剧本所安排的唱口,主要集中在第四场,正因为这样,《芦花》一剧又常常以第四场为折戏单独演出。如要上演全剧,就显得唱段的前后极不平衡。这不仅给演员造成了前松后紧,越到后期愈要疲于支撑的局面;而对于观众来讲,前三场听觉不过瘾,后一场又有听觉疲累之感。这些问题如不予以解决,或多或少都要影响到剧目的参赛效果。

另就《鞭打芦花》全剧的念白来看,总量有些偏多,这对于念白功不太过关的晋剧演员来说,无疑也是一大难题。如要参赛,不仅要求主要角色,而且所有配角的念白都要十分到位。此外,剧中的李翁、李婆,戏的分量亦不少,尤其是剧作赋予他俩滑稽逗笑的表演与幽默、调侃之言,对调节全剧的气氛,加强观赏的效能,确有很大的帮助,但与此同时,也带来了冲击和影响主要参赛演员的舞台表演效果的负面效应。因为是参赛演出,这一点也不得不予以考虑。

※写于2010年5月27日。

读北路梆子《徐向前回乡》札记

2010年8月11日中午,创作室送来北路梆子剧本《徐向前回乡》,编剧卫和平、刘颖娣,全剧一序六场一个尾声。该剧是为纪念徐向前元帅诞辰110周年而创作,反映的是徐向前同志在抗日战争初期,即1937年9至10月间的事。

序幕,讲述20世纪20年代,徐向前执教被辞退,面见时任山西督军阎锡山的情景,亮明身份,显示不同的性格特征,为下面14年后的出场做了铺垫。

第一场，抗战爆发，国共两党联合抗日，徐向前随周恩来一起来到山西，与阎锡山共商抗战大计。徐向前承担了起草对日作战的方案。

第二场，面对如期完成的复杂而详细的作战方案，阎锡山感慨万端，没想到当年被他轻看和冷遇的徐向前，如今竟然成长为一名军事家，他和身边的亲信正谋划着如何让徐为其所用。

第三场，徐向前回到了阔别多年的家乡永安村，受到了乡亲们的隆重欢迎。朱秘书、梁化之赶来规劝徐为阎长官效力，当即被徐拒绝；面对父亲、姐姐和女儿松枝，徐向前沉浸在悲欢交加的亲情中。

第四场，夜深人静，对着停放的母亲灵柩，徐向前泣诉衷肠，独自彻夜为母守灵。天亮后，乡亲们都来看望向前，却被朱秘书、梁化之的送钱举动所激愤，大家对向前和阎锡山的合作事产生了误解，经徐的耐心开导，方才化解了众人的疑虑。

第五场，阎锡山正为八路军抗战捷报频传而烦恼，又传来属下所报，徐向前四处奔走，进行抗日联络及宣传鼓动工作，由此打消了他争取徐易帜归顺的念头。

第六场，徐向前就要离别亲人上前线了，姐姐熬夜为弟弟赶制了一条新棉裤，弟弟却不能收，他说明了官兵一致的道理，带着姐姐的关爱之情，率领部队走上了抗日的第一线。

尾声，交代徐向前此一走，再没有回过故乡，直至逝世后，部分骨灰带回故土，这位五台山的儿子总算魂归故里。

这个题材不好写，能写到现在这个样子，已经尽到力了。这是我看到的以戏曲形式表现徐向前艺术形象的第一个剧作，作者创作的热忱及其成果是值得肯定的，但从成熟的一部剧作来考虑，尚有需要斟酌的地方，提出一些看法和建议。

其一,该剧结构及剧情发展有断线及跳跃之感。序幕及第一、二场似乎围绕徐向前这个人才,展开了阎、徐的交往和较量;但到第三场即中断了,开始了徐回乡重叙亲情与乡情的情节线,而这一条线经过三、四场的接连推进,到第五场时又中断了;直到第六场才又出现了亲情戏。这样给人的感觉是戏剧情节的发展缺乏连贯性。剧作应在这两条线中理出一条主干线,然后有机地交融在一起,顺畅地予以推进。此外,六场戏中,一场、五场戏份偏少;三场戏的结尾显得很仓促,有言犹未尽、人为截断之感;四场又有些冗长,跨越了两个时空,尚应做合理恰当的调整。

其二,主题思想的表达有些模糊。剧作取名《徐向前回乡》,此次回乡究竟是要表现徐向前在抗日战争初期在军事上的重大作为呢?还是返回故里,重叙亲情和乡情呢?如系前者则表现得很不够,如系后者,序幕及一、二、五场又显得有些多余,以致使主题思想的表达给人以模糊不清的感觉。作为徐向前这样一位军政重要人物,抗战初期的回乡,必然肩负着重大的军事和政治的职责,剧作应加大这方面的内容,构筑起相关的大是大非上与阎锡山及其亲信的戏剧冲突。在此前提下,写好徐与家人的亲情戏以及与乡亲们的乡情戏,最终统一在同仇敌忾、一致抗日的大目标下,以凸现抗日对敌的时代背景。

其三,主要人物入戏慢,形象塑造显得单薄。徐向前作为剧中的一号人物,真正进戏是到了第三场,虽然在第一场徐便出现了,但却没有给他安排应有的戏份,加上五场徐没戏,而剩下的几场戏,又多是表现徐与家人和乡亲们的情感戏。这就给人们留下了一个印象,剧中的徐向前,似乎儿女情长的戏多了,抗战重大作为的戏少了,与阎锡山既联合、又斗争的直面交锋几乎没有。这直接影响着对徐向前形象的塑造。

其四,一些待商酌的细节问题。剧作第 2 页徐向前唱词中“启民心智、唤民觉醒”，留下前半句就行了，这和教师的身份吻合；第一场，徐的唱段太少，此是亮相场面，应适当扩充；第四场，将国共两党的争斗及合作，比作是兄弟间闹意见不准确、不妥当，应参看当时的有关文件及政策，予以恰当的表述；一些场次念白多且长，应精练简化，唱词中亦有表述不贴切、雷同排比之句，可简化；剧中周恩来仅出场一次，以后便没有了他的戏，像这样的人物是否需要设置？而朱秘书和梁化之作用又有些雷同，没有更多的个性发挥，是设置一人好，还是都存在？此外，全剧画外音形式的运用，时有时无，应精练语言，贯穿始终，以体现表现形式的风格统一。

※写于 2010 年 8 月 12 日。

读《徐向前回乡》修改稿札记

2011 年 9 月 15 日，收到省剧协刘涛同志送来的新编北路梆子《徐向前回乡》修改稿，并易名为《徐向前返晋》，编剧为刘颖娣、卫和平、田昌安，是为庆祝中国共产党成立 90 周年暨徐向前元帅诞辰 110 周年而作，反映了徐向前同志 1937 年至 1938 年，即全面抗日战争爆发初期在山西的革命活动。

全剧一序六场一个尾声，剧情大意是：

序幕，篇幅 1 页半。含两个场景，其一是 1937 年 3 月，在西路军遭受重大损失时，徐向前怀着沉痛的心情，奉调回陕北向党中央汇报；其二是卢沟桥事变后，国共联合抗日，面对日军紧逼三晋大地的严峻形势，阎锡山等候共产党的谈判团的到来。

第一场，篇幅 3 页半。陕北某地，面对国共合作，摒弃前嫌，统一番号，换装抗日，徐向前的部下想不通，他从民族危亡的大局出发，耐心说服大家，战士们心悦诚服地走上抗日的第一线。

第二场,篇幅6页。太原阎锡山官邸,面对共产党谈判团送来的第二战区作战规划图,阎锡山与身边人等盛赞共产党内有人才,阎锡山还特请徐向前来赴宴,席间试探诚意,询问战术,旁敲侧击地企图让徐向前为他所用,都被徐向前睿智果敢地应对过去,梁化之又生出个笼络之计。

第三场,篇幅6页多。徐向前的家乡,徐不坐阎锡山派的小车,徒步返回离别12载的家乡,面对父亲、女儿和母亲的牌位,他心怀愧疚,哭诉衷肠。乡亲们赶来看望,正见阎锡山派人给徐向前送来补贴家用的一箱子大洋,徐向前把它作为给八路军战士做冬装的费用。这让大家深感,共产党的官和国民党的官大不一样。

第四场,篇幅近5页。五台某会馆,在阎锡山的策动下,由梁化之出面,组织乡绅们规劝徐向前为阎长官效力;没想到徐向前的一番义正词严、入情入理的谈吐,竟让规劝者哑口无言。青年学子踊跃参军抗日,阎锡山的拉拢企图终于破产。

第五场,篇幅4页多。某地农家,国民党汤恩伯部溃兵抢掠农家,受到徐向前及其部下的严厉制止,八路军保护民众、英勇抗日的行为,深受民众的爱戴,也让心存戒备的阎锡山松了一口气。

第六场,篇幅3页多。晋东南抗日战场,透过一些战斗场面及效果氛围,表现了徐向前临战时,沉着冷静、有勇有谋的将帅之才。129师的抗日捷报频传,让阎锡山在嘉奖的同时,不免心生遗憾。

尾声,篇幅半页。在辽县,徐向前应邀出席各界人士举行的新年宴会,即席发表演讲,总结抗日战绩,鼓舞军民斗志,带头高唱《义勇军进行曲》,又踏上了抗日的新征程。

看了这一稿,首先应当肯定,剧作在原稿的基础上,作了重大的改动,使人面目为之一新,这说明改编者是尽了最大的努力。剧作主题明确,事件集中,情节连贯,主要人物形象突出,特别是连续使用同一场次不同时空的对比手法,极大地凸显了徐向前同志在抗战初期，返回山西抗日的光辉业绩和大义凛然、睿智果敢的人格魅力。可以肯定地说，改编是成功的，提一些商榷的意见。

一、结构和情节方面。第二场情节设置为阎锡山请徐向前赴宴，但却几乎没有表现宴请的场面，后半截试探徐向前的对白有些冗长、不精练，篇幅还可再短一些，对话可以再精悍一些。第三场，篇幅有些长，特别是徐向前哭拜母亲的唱段偏长，台词内容也多有雷同，全场3个人的唱段中，“12载”“12年”的频繁使用，显得有些重复，不精练。乡亲们来看望时，徐向前父亲提出了为什么共产党和蒋介石合作的事？下面因出现新情况，就没有正面予以回答，应当完善一下这个被打断了的细节。第六场的念白、对话偏多，在中、后部可适当给徐向前加写一段唱词。尾声的画外音内容偏长，前面表现过的，显得重复；未表现的（如阳明堡战役）应放置到剧中的相关场面，此处应概括肯定徐向前这次返回山西以来的作为和业绩，说明此后的去向，因为是戏的结尾处，台词内容要言简意赅、感慨有力。

二、几处台词的表述需修饰，第5页上半页徐向前问陈锡联：“你是党员吧？”老上下级关系，不该提这样的问题；第6页上半页唱词中的“立碑树传”不好，宜为“立碑祭奠”；第10页下半页唱词中“才具大”不如“有才干”；第11页下半页念白中“心胸不足”宜为“心胸狭窄”；第12页下半页“五台山”宜为“五台”，“荣耀归里”宜为“荣归故里”；第16页中部唱词“呵护有家”宜为“呵护有加”等。

※写于2011年10月3日。

读京剧《释迦塔传奇》札记

2010年8月11日中午，创作室送来神话传奇京剧剧本《释迦塔传奇》，剧作未署名，也无剧中人物表，全剧一序七场，演绎的是有关

山西应县木塔的传说故事。

序幕，无情节推移，以伴唱的歌声概括表达全剧的主题。

第一场，宋、辽时期，双方太后率兵在古应州地面开战，兵士民众死伤惨重，惊动了文殊菩萨，骑狮下界，规劝双方息战，和睦相处，并请鲁班大师于应州建造释迦佛塔。

第二场，此时的鲁班，正在天庭修补被孙悟空毁坏的南天门，为王母蟠桃宴采摘仙桃的七仙女，从鲁班的身边经过，红衣仙女对巧匠鲁班情有独钟，将自己采摘的最红的蟠桃送给了鲁班。蟠桃宴上，众仙争抢仙桃，红衣仙女却因无桃可献，被王母囚禁于广寒宫。文殊菩萨急急赶来，请求王母允许鲁班下界建塔，出乎王母的预料，鲁班竟爽快地答应了下来。

第三场，得知鲁班下界建塔，被囚广寒宫的红衣仙女，萌发恋情，在嫦娥的同情放纵下，离开天庭，追随鲁班降临人间。

第四场，鲁班、红衣女建塔的事，引起了应州地面土地、山神的关注，他们暗中纠集黑衣党，企图趁机发财，为建塔设置障碍。

第五场，鲁班为建塔备料奔波，宋、辽双方均送来了慰劳的食品；终日的疲累，引起鲁班对红衣女馈赠蟠桃的思念，红衣女的飘然到来，又燃起了鲁班的爱恋之情，两情相依，志同道合，幻化出一片茂密的桃林，更增强了鲁班建塔的信心。

第六场，佛塔工程的顺利推进，引起了山神、土地的忌恨，他们挑唆黑衣党人前来干扰，都被鲁班、红衣女制伏。在他俩的精心策划、匠心实施下，巧夺天工的释迦佛塔终于建成。文殊菩萨前来道贺，特赐舍利佛宝塔顶放光，并满足了他俩长留人间的心愿。

第七场，山神、土地，又分别挑唆宋、辽双方重开战端，遭到文殊菩萨的严厉惩处，宋、辽军民，谨遵佛命，胡汉和好，骨肉团聚。

该剧以千年应县古塔为题材，构思了一个想象丰富的神话传奇故事，如能发挥二度创作的优长，是一出前景可观、极具观赏性的旅游观光剧目。现就剧作文本,提一些意见和建议。

其一,该剧表现形式的定位问题。如按神话传奇剧定位,就应在“神话”“传奇”上做足文章,严格界定天庭、人间的时空范围,设置不同的戏剧行为,采用不同的语言风格加以表述。目前剧作,神话味还不浓,传奇更显得不足,赋予鲁班、红衣仙女夸张的戏剧行为还不够,特别是语言的表述要和人物身份相吻合、要与时空环境相一致。个别的幽默、调侃是可以的,但过于直白的涉世语言就值得商榷了,剧中王母的满口脏话,山神、土地的讥讽语言,不仅无助于该剧的舞台呈现,而且有谴责、讽喻现实社会之嫌。

其二,剧目主题的表现有待商酌。剧作序幕的歌词中有“诉说胡汉姐妹缘”,七场结尾处,两太后的台词中有“莫非是我那失散多年的姐姐(阿妹)”但通篇却没有在姐妹缘上去展开相关情节,这就使人难以理解,该剧究竟在讲述一个什么样的故事,传递一个什么样的主题。如若是讲鲁班、红衣仙女造佛塔的故事,就应将前后唱词、台词中相悖的内容加以修饰;如若是讲胡汉姐妹缘,就应增加相关的内容和戏剧情节,并将这些内容和情节,与建造佛塔的故事情节有机地融合在一起。此外,建造佛塔与息止战端之间,是否存在着必然的联系?如果这个问题,不能以艺术的形式恰当地予以破解和说明,将直接影响到该剧目能否成立的基础。剧中第七场,佛塔已建成,山神与土地又在挑唆战端,似乎有些画蛇添足,如有新的情节推进,似可和六场合并。

其三,剧中人物设置中的一些问题。剧中有两太后、两将军,是宋、辽时期人间人物的代表,剧中将他们处置为符号人物出场,固然没有什么具象意义,但却应有一定的史实及民间传说为依凭。熟悉宋、辽的交往历史及其相关的小说、戏曲演义,辽太后率兵与宋军交战是存在的,但却没有听说过宋太后率兵到前线去的事,即使是戏曲演义,也得让观众能够接受,否则会影响剧目的观瞻效果。

其四，该剧的唱词和念白的表述还需下功夫。作为京剧本，不仅唱词应规整，韵脚应讲究，还应有一定的文采，在这一点上，剧作还有相当的距离。

※写于2010年8月13日。

读晋剧《大红灯笼高高挂》札记

2010年8月3日，省剧协小刘送来晋剧戏曲本《大红灯笼高高挂》，编剧贾璐，系根据小说《妻妾成群》和电影《大红灯笼高高挂》改编，据说已是第四稿了。全剧四幕一个尾声，讲的是清末民初发生在一个陈氏大家族家庭里的故事。

第一幕，洋学生颂莲当了陈府的四姨太。在一片贺喜声中，让她领略了二姨太、三姨太、长子飞浦，包括丫鬟燕儿等下人的不同态度及做派。丈夫陈佐千的到来，让她徒增了惊恐感，三姨太不停地唱京戏，搅了颂莲的新婚夜。在二姨太的挑唆下，颂莲给自己重新扮装，她以典雅漂亮的新娘形象，在高高挂起的红灯笼的陪伴下，度过自己的新婚夜。

第二幕，幽怨惆怅的箫声，使颂莲不由自主地走向了飞浦，年龄经历的相近，让二人情不自禁地共同吟咏起卢仝的《感秋别怨》，飞浦想以馈赠打火机宽慰颂莲，没想到二姨太突然闯来，冲散了两人的邂逅相会。丈夫与丫鬟燕儿的偷情，激起了颂莲的愤恨，诅咒自己的小布人的发现，使颂莲看清了二姨太的险恶用心。接踵而至的烦心事让颂莲怒火中烧，但飞浦的箫声又使她平静了许多。

第三幕，小布人的事让二姨太心虚理亏，她主动地与颂莲套近乎，请颂莲为自己剪发。心绪烦乱的颂莲，不小心伤了二姨太的耳朵，二姨太哭喊着告到陈佐千那里，陈答应在她房中多陪几天。这事让三姨太心中特别舒服,她赶来告诉颂莲,二姨太是个笑面虎,心狠手辣,要在陈府站住脚,就得生个孩子,这让颂莲陷入沉思。

第四幕,颂莲怀孕的消息,让陈府上下心态各异,为排解自己烦躁的心绪,她去找三姨太学唱戏,无意中发现了三姨太与高医生私通的秘密。悄然离去的路上,却遇到了外出归来的飞浦,飞浦馈赠颂莲玉箫,又唤起了颂莲对他的依恋之情。两情浓浓之时,颂莲向飞浦提出帮她生个孩子的请求,这件事,叫飞浦甚为尴尬,当他无可奈何地拒绝后,颂莲自感无地自容。颂莲的假怀孕,让陈佐千大为恼火,揭露二姨太唆使丫鬟作恶事,又使燕儿丢掉了性命;面对"四院封灯"的指令和鞭打三姨太的惨景,颂莲的精神崩溃了,她怀着愧疚和绝望的心情,借酒浇愁,点灯自赏,沉浸在疯疯癫癫的状况中。

尾声,在一片打击乐声中,陈府又要迎娶五姨太。费尽心机的二姨太在不断传呼"封灯"的叫喊中消逝;稚嫩的五姨太跟着前来贺喜的、举止木然的颂莲机械地挪步走去;颂莲用飞浦送给她的打火机,点亮了陈家古宅各个院落的红灯笼。突然,在一片"闹鬼"的叫喊中,颂莲的四院起火,紧跟着火蔓延到整个陈府,铺天盖地的火苗吞噬了陈家古宅。当陈家大宅院全部化为灰烬后,痴呆的颂莲和满怀幽怨与怜悯的飞浦相遇了,飞浦帮着颂莲点亮了其手中残破的灯笼,深深地看了她一眼,默默地走了。颂莲沿着天际中传来的似有似无的玉箫声,亦朝着飞浦的方向走去。

纵观剧作文本,应当说已趋成熟,流畅传神又赋有文采的唱词和个性鲜明的人物形象的刻画,是剧作突出的两大特点,细腻而又形象的舞台提示,为该剧的二度创作提供了极好的基础。相比之下,陈佐千、飞浦的人物形象的塑造弱了一些,特别是陈佐千,这个陈家古宅的主人、封建专制恶势力的代表,戏份应适当强化一下。第四幕,颂莲的一大板唱,固然淋漓尽致,十分过瘾,但从保护演员的嗓子、避免观众听觉的疲累来讲,还是精简一些为好。这样的好

戏，不可能只演几场，连续地唱下去，演员身体是吃不消的。要获取该剧最佳的舞台呈现，还不可忽视音乐和舞美的效能，建议这两方面能够提前介入创作，以理解并充分表达文本所赋予的深刻内涵，和演员的出神入化的表演融为一体，真正达到好听、好看、撼人心灵的效果。

※写于 2010 年 8 月 14 日。

读话剧《信仰》札记

2010 年 11 月 26 日，收到太原市艺术研究所康宇同志创作的话剧《信仰》。这是反映 1921 年，发生在太原一个大收藏家林嘉敬的家庭及其身边的故事。全剧六幕，开场的序，是由场景的铺排和画外音的介绍导入，说明了故事发生的时代背景及地域环境。

第一幕，篇幅 24 页。在主人公古董收藏家林嘉敬的客厅里，剧中有姓名的人全部登了场，每个出场人物的戏份多少，各有千秋，但职业经历、个性特色却比较明确。中心意思是，为了唐人王维《长江积雪图》的复合，相关人员各怀心思，各使招数；抵制日货的学生爱国行动，则是作为背景行为穿插其间。

第二幕，篇幅 9 页多。在省立一中教师王泰方家中，林子雄与王梅，两位风华正茂的青年男女，正议论着如何设法尽快为王梅母亲治病的事。交谈中，不仅传递出爱国学生秘密活动的信息，也隐约地流露出这对热血男女的爱恋之情。林嘉敬派人送来的钱物，使王泰方深为感激，女儿的突然被捕和妻子的服药自尽，又让王泰方陷入绝境。

第三幕，篇幅 9 页稍多。在警察署办公室，霍树棠正和属下谋划着一件绑票讹诈事。香港商人的到来，预示着讹诈期限的短暂。表弟林子雄破门而入，索要王梅，被他支吾了过去。二人关于主义的辩论，表明各自的人生信念。与周翠翠的鬼混，让人感到一个更大的陷阱，在等待着林嘉敬。

第四幕，篇幅 8 页。在王泰方的家中，面对妻子逝去、女儿失踪的凄惨境遇，王泰方痛不欲生。董舒华的到来，给他带来女儿活着的信息。匿名人“以图换人”的指令，让王想到了林嘉敬，董舒华的冷静分析，使王泰方明白了谁是绑架女儿的真凶。但迂回“以图救人”的建议，又让王泰方难以接受。

第五幕，篇幅 10 页多。林家客厅里，林嘉敬为能得到王老师那幅《长江积雪图》并救下了王梅而感到欣慰；与儿子林子雄关于信仰的一场争辩，竟让父子间的关系骤然破裂。在霍树棠的催逼下，林嘉敬毅然改变了将“宝画”出手的主意；在此情况下，霍只得指使周翠翠施行偷画。

第六幕，篇幅 13 页。还是在林家客厅，周翠翠的蹊跷出走，引起了佣人们的诸多议论。王泰方、董舒华的急切询问，林嘉敬意识到“宝画”已丢失。正在大家心急火燎之时，吴姨道出了真情，原来在她和子雄的共同配合下，采用调包告密的手法，不仅保住了“宝画”，而且让警察署抓捕了企图外逃的霍树棠和周翠翠。这种有惊无险的结局，令众人皆大欢喜，也使林嘉敬对儿子另眼相看。

综观六幕话剧《信仰》，剧作者为观众编织了一个情节连贯、发展顺畅的故事；剧中几个主要人物，性格鲜明、个性突出，为他们设计的戏剧行为及语言，和人物的性格特征还比较一致；全剧的台词语言还比较通俗、流畅，基本上达到了口语化的要求；此外，该剧浓郁的地域特色，再现了民国初年太原社会人文环境，这对山西的老一代观众，尚有一定的吸引力。总之，该剧虽为初稿，但基础还是好的，相信在广泛征求各方面意见的基础上，会修改得更好。

现就剧作文本，提一些商榷意见：

其一是该剧的立意。按照剧目名称《信仰》来讲，主要应表现辛亥革命以后，太原风起云涌的爱国青年运动以及马克思主义的传播活动。这些在剧中是有所表现的，如第一幕中人物台词中带出的抵制日货的内容，第三幕、第五幕中林子雄与表兄、父亲的关于信仰的辩论等；但作为体现剧作立意，又应予以正面表现的戏剧行为来讲，则是很不够的。相反，该剧就唐人王维的《长江积雪图》的收藏与复合的相关情节，却演绎得结构完整、环环相扣、贯穿始终。显然，有关"信仰"的内容，只是穿插于这一中心事件的背景材料。这样，全剧的主题及走向，是否还应重新梳理及定夺一下，使主题立意的表达更加明晰起来。

其二是该剧台词的诗化问题。应当说剧作在台词上是已经尽了最大的努力，但作为话剧来讲，台词的诗化是很重要的。所谓诗化并不是要求语言都要采用诗体，而是要求台词要有诗的特质、诗的力量，表现为语言的精练、含蓄、有意境，感情充沛、富于感染力和表现力。在这方面，剧作还是有一定距离的。剧中一些台词冗长，平淡无力，不像对话，倒好似旁若无人的个人演讲，直接影响了舞台效果。特别是一些倒叙回忆的台词，不仅不够精练，有的还影响了剧情的推进。如第六幕 66 页长贵的大段回忆台词，此时观众最关心的不是长贵的身世，而是周翠翠的出走是否带走了林嘉敬的宝画。此外，第一幕中人物对话台词有的显得偏长，又有平分秋色之感，影响了主要人物戏剧行为的推进；整场篇幅 24 页，节奏有些拖沓。这些都有待于精练和压缩。

其三是文物收藏业务的咨询问题。鉴于剧作的中心事件是古画复合，主要人物的戏剧行为是古董收藏，应当了解和咨询熟悉这方面业务的部门及相关人员，尽量避免出现硬伤。如贯穿全剧的王维的《长江积雪图》就有不同的说法。据文物部门的权威著作称，王维传世的画品，在宋《宣和画谱》著录有 126 幅目录，其中并无《长江积雪图》,于今王维的绘画,更“无墨迹传世”。(见《国宝大观》第461页、《古玩鉴赏投资指南》第32页)而对世传所谓王维的画雪图,早在北宋时米芾就提出过怀疑,他在《画史》中指出:“世俗以蜀中画骡纲图、剑门关图为王维者甚众。又多以江南人所画雪图,命为王维,但见笔清秀者即命之。……其他贵侯家不可胜数,谅非如是之众也。”目前网上盛传的美国火奴鲁鲁艺术博物馆藏《长江积雪图》组图或局部,有的称托名王维,有的注明并非真迹,系宋人仿作。如若是这样的情况,剧作在结尾处的画外音中,就不必具体交代画作的流落状况以及剧中每个人的结局,只需点明主要人物林嘉敬父子及王梅的相关情况即可,更没有必要强调这是一件真事,我们毕竟搞的是戏剧。

※写于2010年12月1日。

读晋剧《赵襄子》札记

2010年11月26日,收到太原市艺术研究所田永刚同志创作的新编历史剧《赵襄子》。全剧六场,表现了春秋战国间,晋国大夫赵毋恤与暴虐贪婪、固执骄横的智伯斗勇斗智,终以自己的宽厚爱民、豁达大度,换来了晋阳的一片和谐天地。

第一场,篇幅11页多。在韩、赵、魏、代联军与中行氏的激烈交战中开场。这是春秋的末期,主持晋国国政、带兵交战的智伯,企图借联军势力,剿灭中行氏,以壮大自己的力量。他以攻战为上,遭到赵毋恤的反对,赵以招降攻心,来收复中行氏余部。智伯表面同意赵的做法,实际却率兵继续攻城,欲陷赵于险境。后在空同好和家臣张孟谈的密切配合下,赵不动干戈地吞并了中行氏的地域及百姓,这让智伯甚为恼怒。

第二场，篇幅11页。有两个场面，一是智伯与智国密谋，想借赠送代王“人畜”之机灭掉代国。同时，赵毋恤也和家臣们商议，利用请代王夫妇为赵毋恤与空同好完婚之机，劝说代王与赵合兵对付智氏。谁知迎请宴上，代王突发奇想，要擒拿赵毋恤献与智伯。一怒之下，赵杀死代王，并发兵攻取代国。赵的姐姐、代王夫人无姬，在护送丈夫遗骨归国途中，豫让将其劫持到智伯府中。

第三场，篇幅11页。在智伯府中，智伯与智国商议，假借晋侯名义，召集韩、赵、魏三家，让他们各自献出部分领地。赵毋恤为救姐姐，登门赔罪，愿听智伯调遣。等索要赵的两块领地时，毋恤姐弟二人均不能接受。智伯以谋叛和违抗君命的罪名相威胁，欲对毋恤姐弟施刑。无姬当堂喊冤，说明代王并未谋叛，毋恤是滥杀无辜，要押解毋恤返回代国，斩杀毋恤以祭奠代王。智伯见毋恤姐弟反目，喜出望外，立即同意无姬的请求。谁知一出智府，赵毋恤就被家臣张孟谈带人救走。

第四场，篇幅9页稍多。在晋阳城，智伯联合韩、魏两军攻打晋阳，围困孤城，赵毋恤发动军民，迎战联军，固守城池。在最困难的时刻，智伯派遣豫让押解无姬前来晋阳劝降。面对遍体鳞伤的姐姐及受苦受难的晋阳民众，毋恤决意投降，但在姐姐以死相劝和军民们同仇敌忾的面前，赵毋恤信心倍增，决心带领军民抵御智伯水漫晋阳城。

第五场，篇幅11页。在龙山及晋阳城外，智伯漫水浸灌晋阳城后，与韩虎、魏驹等于龙山观望危在旦夕的晋阳，其洋洋自得之势，让韩、魏深感自己的灾难即将来临，借口巡视堤坝各归本营，而智伯的“一网打尽”计谋正在施行。此时，赵毋恤与家臣张孟谈，正秘密化装乘舟潜入韩营。韩、赵、魏三位主将在密谋，赵毋恤申明利害，希望三家合兵，共同对付智军。于是韩、魏出兵，夺取堤防，开坝放水，反灌智军；赵氏出兵正面截杀，斩杀智伯，放走豫让，反败为胜。

第六场,篇幅8页多。在晋阳郊外的智伯渠和赤桥旁,赵毋恤以斩杀智氏降将祭奠亡灵,遭到张孟谈及空同好的反对与阻拦。爱妻的肺腑之言使赵毋恤猛醒,豫让的再次行刺,让他深感冤冤相报终难了。当即脱掉战袍,成全豫让,义葬智伯,警示后人,并表示要施行仁政,造福晋阳一方百姓。

读完这个剧作,给我的感觉是,永刚同志撰写这个剧本很不容易。严格地讲,这个题材不好写。这是因为,事情发生得太遥远而又陌生,春秋战国间的事搬上现今的舞台,能否成功?是否有观众?需要有一定的创作胆略。此外,即使有史实依据,也不见得就有戏剧性,我们搞的是戏剧,撰写有史无戏的作品,通常是出力不讨好的。基于这两点,我是抱着同情而又担心的态度认真阅读了剧作。由于人物事件的生疏,每场戏看一遍还是不行的,必须自己先能看得懂,方可做出一些评判。总的讲,比预想的要好得多,该剧在大的方面遵从了历史记载,在具体的编织中,也做了相应的艺术虚构,特别是塑造了诸如赵襄子、无姬、豫让等几位感人的艺术形象,将春秋战国时期,古晋阳大地发生的、至今仍有认识价值的人文典故,艺术地呈现于戏曲舞台,确实是一件值得称道的事。

从该剧创作的史实依据看,晋出公十七年(前458),智伯与韩、赵、魏三家联合灭掉范氏、中行氏,其势力最强。二十年(前455),索地于韩、赵、魏,赵氏不与,遂同韩、魏去攻赵,围晋阳,三年不下,引汾水灌城。之后,赵又联合韩、魏,将智氏攻灭,其地为三家所分。这些在《史记·赵世家》中均有记载。此外,赵襄子灭代国与豫让刺杀赵襄子的事情,《史记》中也分别做了记述,前者见于《史记·赵世家》,后者见于《史记·刺客列传》。这说明作为新编历史剧,在大的史实背景上是站得住的。

剧中的人物关系,基本也是遵从史实的,智伯与赵毋恤、韩虎、魏驹同为晋卿的一代人,相互关系清晰。赵毋恤与"空同氏"为夫

妇,赵毋恤与代王夫人为姐弟关系,亦是有史可稽的。剧作只是对她们的名字略作增饰罢了,称为“空同好”和“无姬”,还是可以的。只是剧中智伯的族弟、谋臣智国,史书中称为“智果”或“智过”,相比之下,还是用史书记载的名字为好。

剧作虚构的地方主要是:一、将赵襄子灭代国和智伯率四国灭中行氏,这两个本无关联的春秋战事,有机地编织在一起,不仅为智伯与赵襄子的斗智斗勇增加了戏剧性,而且为代王夫人无姬的表演提供了机遇与场所。二、为代王夫人无姬,设计了不少的戏剧行为。据正史记载,这位因为代王被杀、代国被灭而自杀殉夫、殉国的无名女子,却在剧中连续出场了三次,剧作在表现她与代王的夫妻情、与赵毋恤的姐弟情,以及忠于赵氏的爱国情感上做足了文章,给观众留下了深刻的印象。

就剧作目前的结构来看,还比较完整和连贯,不宜作过大的调整,而应在情节推移的顺畅性上、场次间连接的节奏感上,再下一些功夫。此外,就剧作文本及人物形象的塑造,还有一些值得商榷的地方:

一是智伯的人物形象塑造。历史上的智伯,是一个贪得无厌、固执骄横,又不善于用人的一个人物,以致会出现算计欺凌赵襄子,最终反被赵剪灭的可悲下场。这个人物如果塑造成功,很有现实的认识价值。目前剧中的智伯,蛮横霸道尚可,其他表现得还不够;而且因何蛮横,同是晋国的卿、大夫,为何韩、赵、魏就得受他调遣,这方面的原因,在台词中还交代得不够清楚。事实上,春秋末期,晋国六卿执政,智氏是其中势力最强大的贵族,他恃强凌弱,经常发动不义战争,又拒不听从正确的意见。先是带领韩、赵、魏灭掉范氏、中行氏,这一举动,遭到了晋出公的反对,出公欲借齐、鲁势力对付“四卿”;而“四卿”又联合起来对付出公,结果出公逃亡齐国,半路上死去。智伯乃立昭公曾孙骄为国君,史称晋懿公。由此,智伯便更加骄横起来。接下来，才有向韩、赵、魏索取领地的行为。又如水灌晋阳时，史书记载，智果觉得韩、魏主将的情绪不对，便建议智伯，要他防范韩、魏的反戈。智伯拒不听从，并非如剧中智伯对智果的谋划是言听计从的。是否可将这些史料素材写成台词入戏，并辅之以相应的戏剧行为？这样，或许会使唱词的内容和人物的形象更能丰满一些。

二是关于赵襄子的为人处世。历史上的赵襄子，为人处世宽容忍让、果断恭谨，又善于用人，因而能在敌强我弱的劣势下，得以生存并发展壮大。剧中依据相关史料，对赵襄子的为人处世已做了很好的表现。但在第六场，剧作却设计了赵襄子为报智伯之怨恨，竟不顾谋士的劝解，大开杀戮，斩杀智氏降将，还营造了“天幕染红”的舞台效果。这和全剧所表现的赵襄子的人格特征是不一致的，也直接影响了对赵襄子这个人物形象的塑造。剧中和中行氏开战中，赵还能以攻心为上，采用和平的手段收编战败人员，这里却让他以胜利者的姿态大杀俘虏，这不像是一个明智的主帅所为，是否将他有点人为地推移过远呢？

三是剧作台词语言方面的问题。应当肯定，剧作在台词语言上已经做了很大的努力，但相比之下，这方面还需下一些功夫。现在的台词中，词不达意者有之，重复雷同者有之，生搬硬造者有之，不合韵脚者有之，这里不一一的予以指出，希望在口语化和诗化上再做进一步的努力。另外，剧本第25页和31页中，关于索要“赵氏宗土”的两块领地中“宅皋狼”明显有误，应为“皋狼”，即今山西方山一带的地方。

※写于2010年12月3日。

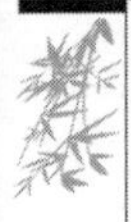

读晋剧《天地神灵》札记

新编晋剧《天地神灵》，通过演绎武则天与狄仁杰君臣间的故事，向人们传递了一个欲修庙宇、先修民心，老百姓是真正的天地神灵的鲜明的主题。剧的结构完整，情节顺畅，主要人物形象比较突出，台词通俗、流畅，朗朗上口，具有优秀传统梆子戏的表述风格。就目前舞台呈现来看，基本上是一出好听、好看的新编古装剧目，相信下乡演出会有较好的演出效果。

为进一步提高和完善这个剧目，特提出以下一些意见和建议：

其一，关于故事情节方面。剧中武则天要限期修空灵寺，狄仁杰因天灾人祸，未能如期完成，这就形成君臣间的戏剧冲突。这一中心事件，贯穿始终，比较集中，表现较好，但却比较单一，由于没有更多的细节补充和辅助情节线的铺垫，便使整个剧情的推移和发展，显得较为平淡。是否可以围绕中心事件，适当增加一些相关内容，如整肃吏治问题，或因灾群众造反事等？作为矛盾的双方，狄仁杰和武三思的斗争，有的是直面交锋，有的则应是武三思在当地的代言人的干扰、破坏，作为一个京官，不可能武三思事事、时时都在蒲州。又如武则天对狄仁杰与武三思的对或错的判断，不能仅凭武三思或者狄仁杰的一面之词，而应通过第三者的参与和验证，证明武三思拦截扣压灾情报告，诬陷狄仁杰，欲置其于死地的罪过。历史上就有武则天曾通过设置检举箱和派身边人深入下去察访而获得真实情况的事实。这些细节均可采入戏中，可让上官婉儿在剧中发挥更多的作用。这样，既避免了剧中的武则天给人以偏听偏信、蛮横武断之感，又对塑造她的广开言路、明断是非的形象大有帮助。

其二，关于人物形象的塑造方面。剧中的狄仁杰，直言敢谏，为

了民众的利益，甚至冒死进谏，这一点表现得很充分。相比之下，对狄仁杰智慧的方面却表现得不够，这对于一个善于分析判断、用聪明才智决断许多疑难案件、被称之为“东方福尔摩斯”者来说，不能不说是一个缺憾。是否在这方面做些文章，使其形象更为丰满一些。武则天对百姓是天地神灵的认可和转变，不可放在剧尾，最迟也应该在案情审明白，在听到民众的真实呼声后有所醒悟，毕竟是个史称“尊时宪而抑幸臣，听忠言而诛酷吏”的女皇，“劝农桑，薄赋徭”“省功费力役”又是她的一贯主张，切不可让人感到她是一位不听忠言、不恤民生、滥施淫威的吕后式的人物，在塑造她的形象上需要把握好度。此外，人物关系的定位也需斟酌，特别是武则天和狄仁杰的关系，充其量是同乡、忠臣、近臣，不可设计为以兄妹相称，超乎君臣的礼遇。剧中狄仁杰于空灵寺搭救武则天一事是缺乏史实依据的，即使真有其事，此一时，彼一时，在这位“女儿身、男儿胆”的女皇面前，聪慧的狄仁杰从保存自己、为民请命出发，是不敢轻越雷池一步的。史书中倒有武则天“善言慰仁杰之心”，对狄“恩宠无比”的评述；也有记载武则天欲“造大像，用功数百万，令天下僧尼每日人出一钱，以助成之”。仁杰上疏谏阻，提出“为政之本，必先人事”，应“不损国财，不伤百姓”，则天听从了狄的意见，终于取消了这项劳民伤财的工程。是否可依据这些史实素材去做些文章？至于齐德宽与杏花的爱情关系，更缺乏应有的铺垫，使人感到莫名其妙，可能是行当设置的需要，但剧中杏花没有更多的戏剧行为，属于可有可无的人物，如要继续保留，必须充实她的戏，如无必要，亦可去掉。

其三，关于表演风格。该剧总的来讲，是以正剧形式出现的，但也有不少幽默风趣之处，剧中充分发挥戏曲本体功能，增强了舞台的观赏效果，这是值得肯定的。但应注意把握全剧表演风格的一致性，调侃的成分要适度，不可太过，否则，便近乎荒诞。剧中对狄仁杰贬官三次，尤其是最后一次贬到九品，既不合情理，也没有必要。

在封建等级森严的社会,官大一品压死人,将狄仁杰贬到九品,又让他办五品官职时还未办理成的事,等于置他于死地。这不是与人为善的态度,也不是明智君主做的事,更不像对待与自己有特殊交往关系的宠臣,何况又是在全部明白案件真实情况下做出的决定,只能让人感到武则天是一个蛮不讲理的昏君,有损她的形象。而结尾狄仁杰竟以九品监工的身份办成了修建空灵寺的皇差,这个结局也是不可信的,人为的痕迹太重。倒不如顺理成章,在弄明真相的情况下,恢复狄仁杰原职级,把武三思降级使用,以得到惩恶扬善的目的,这对塑造武则天的形象是大有好处的。

其四,关于艺术虚构。应当说,一部好的戏剧是离不开艺术虚构的,该剧主要是在艺术虚构的基础上编织而成。剧中除了武则天、狄仁杰、武三思等三个主要人物史有其人外,其余故事情节几乎都是虚构的,就连剧中中心事件武则天派狄仁杰修缮空灵寺一事也是没有史实依据的。现今的普救寺固然最早是建于唐武则天时代,但该寺的前身是永清院,并非空灵寺,而且修缮之事与狄仁杰和武则天并无任何直接的关联。这样的戏,作为一般上演,只要有观众、有市场,照常演出即可,但要扩展到更大范围,特别是要参与全国的赛事,就怕评议剧目创作依据时遇到一些不必要的麻烦。不是说该剧作不可以虚构,而是因为剧中主要人物是有史可稽的历史人物,其戏剧情节的艺术虚构就受到人物自身的一些限制,剧中情节虽不可能、也没必要事事都有所依凭,但最起码的中心事件是应当能够站得住的。以山西近年来的几部剧作为例,晋剧《傅山进京》,故事情节就作了大量的艺术虚构,但傅山被康熙皇帝选调进京一事却不能子虚乌有。同样,晋剧《龙兴晋阳》,剧中也有不少的艺术虚构,但刘恒母子当初蛰居晋阳,最后登上皇位的事情,却不能胡编乱造。

其五,目前剧作文本台词表述中,还有几处待商议的地方:

1.第2页第1行“寸土未动,寸草未栽”,从修缮寺院角度和上下文字对称来讲“寸草未栽”是否改动一下？

2.第 2 页第 11 行“武三思侄臣在！命你到……”，人物台词错位，可能系笔误或打印时出错，宜更正。

3.第 3 页倒数第 9 行武三思唱词中“得罪了小人，……”此话应是旁观者所言，自己默认自己是小人，似乎不妥。

4.第 4 页倒数第 11 行出现“工部”，按古代历史常规，上报灾情的文书应直接报告尚书省，或者分管赈灾的户部，而不应当是工部，且武则天时代实行吏制改革，尚书省改称“文昌台”，户部改称“地官”，工部改称“冬官”。

5.第 11 页倒数第 3 行和第 5 行，前后出现“工部拨银赈灾”和让“户部任齐德宽代理知府职务”事，按古代历史常规，“拨款赈灾”应是户部的事，“任免官吏职务”事应属吏部，而武则天时代户部称为“地官”，吏部称为“天官”，不可搞错。同时，“知府”这个职务名称也不对，唐代没有“知府”这个官职。

6.第 15 页倒数第 1 行有“六品银刀校尉”，第 16 页第 1 行有“五品金刀校尉”。按照唐代武官职品，五品及其以上者为“都尉”，无“校尉”，而“校尉”的职品是六品及其以下者。

7.第 18 页倒数第 8 行出现“刑部”官员。唐武则天时代“刑部”称为“秋官”，秋官长官为“秋官尚书”。

※写于 2010 年 12 月 12 日。

读京剧《剑胆琴心》札记

2011 年 1 月 26 日春节团拜会上，省京剧院院长白相杰送来京剧本《剑胆琴心》。这是华而实先生编撰的，已为修改稿，是为纪念辛亥革命 100 周年而作。该剧表现的是发生在民国初年的蔡锷将军

和名妓小凤仙的故事。

全剧九场，分场的剧情大意为：

第一场，篇幅5页半。正当袁世凯窃据总统高位，即将签订丧权辱国的《二十一条》的关键时刻，在苏简斋以琴会友的古琴社里，蔡锷将军正与袁瑛、童晓亚等秘密会晤，了解政局的相关信息，琴友小凤仙初次接触蔡锷，对他的品貌、琴艺十分赞赏，等得知他的真实身份后，倾慕之情油然而生。

第二场，篇幅6页多。在中南海袁世凯的会客厅里，蔡锷应约觐见袁氏，在谋士们的策划下，袁正以恩威并用手段，企图摸清蔡的政治态度；蔡借题发挥，表现了他的爱国热忱，当知悉建帝制、签订卖国条约已成事实，蔡不得不隐蔽自己的政治见解。袁为稳住蔡锷，又策划实施美人计。

第三场，篇幅4页半。在京都前门陕西巷"云吉班"里，袁世凯身边的四条汉子，正紧锣密鼓地实施着美人计，经袁大公子克定的点将，班主花元春，盛情地将小凤仙引荐于蔡锷。面对袁世凯设下的美色陷阱，蔡锷将计就计，甘做一名厮混于风月场中的庸人，而小凤仙对袁克定的威逼指令，则是一笑置之。

第四场，篇幅7页。西城护国寺街棉花胡同蔡公馆，深明大义的蔡母，正为儿子的危险处境担忧。蔡锷的归来，母子间进行了掏心窝的对话交流，爱国的情操，让她母子的心贴得更近。小凤仙的突然造访，让蔡锷内心里增强了对她的设防，而小凤仙的一番直言快语，竟使蔡母对她另眼相看。

第五场，篇幅7页半。在"云吉班"楼上小凤仙的待客厅里，四条汉子以七贝子府花园房契，来换取蔡锷对帝制的态度。机智的蔡锷以双关语电文，稳住了袁氏的随从，却伤了小凤仙的爱国心；秘密来访的童啸亚与蔡锷的交谈，让小凤仙无意间听去，她明白了蔡锷的真实用心，主动配合蔡及同伙的活动。蔡母领人打砸了小凤仙的房间,这让小凤仙甚为伤感,等她看到完好无损的瑶琴时,脸上泛出了会心的微笑。

第六场,篇幅4页多。在袁世凯的春耦斋里,袁氏正聆听身边近臣汇报参政院的表决结果,杨度却因袁氏要帝制不要宪法而借故离去。蔡母带人大闹新华宫,索要儿子,欲正门风,未遂心愿,便哭着闹着要回湖南老家。袁克定顺势送她返湘。梁士诒传来蔡锷暗地谋划反帝制的情报,这使袁世凯大为恼怒,他立即安排身边人,加紧对蔡锷行踪的监控。

第七场,篇幅8页半。在小凤仙的待客厅,袁氏随从一面张罗蔡锷与小凤仙的婚事,一面加紧了对蔡锷的防范和监视。蔡锷被困青楼,面对母亲留下的物件,百感交集,满腹心事只得传之琴弦,小凤仙心领神会,以心心相印之琴曲互相抚慰。接下来,二人剖心的交流、志同道合的表白,让一对知音男女的心,紧紧地贴在了一起。次日清晨,在小凤仙的掩护下,蔡锷化装出走。

第八场,篇幅近4页。正当袁世凯称帝大典刚刚开始,却遭到了其孙袁瑛抛掷的炸弹袭击,杨度凭借日本报纸报道巧唱反调,袁克定对其父的质问支吾其词、敷衍塞责。这些使袁世凯甚为恼火,特别是小凤仙化装顶替蔡锷的出现,更使袁氏惊惶失措,狼狈不堪,哭笑不得。

第九场,篇幅2页。全剧的尾声,短命的洪宪帝制被铲除,袁世凯也跟着丧了命。获得自由的袁瑛与小凤仙,共同赞誉蔡锷在反对帝制中的卓越贡献。等得知蔡将军已赴日本治疗喉疾,小凤仙面对蓝天深处,弹起了《高山流水》的琴曲,为远方的知音,送去自己衷心的祝愿。

该剧文本,全景式地展现了民国初年倒袁活动中的诸多人物及事件,尤其是突出了蔡锷与小凤仙的相关活动。剧作结构严整,铺陈细致,人物形象比较突出,台词语言赋有文采。需要商榷的是:

其一,剧作的内容有些过满,篇幅容量又偏多,枝枝节节都点到了,恐怕立于舞台后,表演时间要拖长。

其二,剧情推移有些平铺直叙之感,营造感人的场面及唱段尚显得不足,可能会影响到舞台演出的效果。

其三,一些场次的念白偏多,唱词相对少了一些,如五场、六场、八场等,特别是对一些细节的诠释,应当让观众看明白,不然一晃而过,达不到剧作预期的效果,如五场摔琴以及小凤仙的领悟细节。

※写于2011年2月17日。

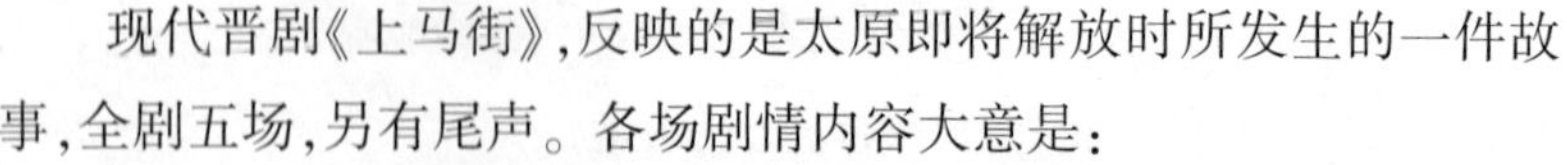

读晋剧《上马街》札记

现代晋剧《上马街》,反映的是太原即将解放时所发生的一件故事,全剧五场,另有尾声。各场剧情内容大意是:

第一场,太原城被解放军围困近半年,在老城区上马街的一个四合院内,住着五家从事不同职业的平民百姓。大家正议论着解放军围攻太原城的阵势,为时下艰难的生活而发泄着内心的怨愤情绪。身为地下党员的徐老师,一面安慰着众邻居,一面尽力帮助院内老弱病困者。他担负着秘密送“货”的任务,阎匪特警处人员的突袭搜查,仓促间,只好委托给邻居车伍儿办理,他本人却被特警处特务抓走。

第二场,特务未搜查出所需要的东西,于是便封锁了四合院,并停止了供应居民的红大米。由断粮引出来的生活困难,使大圪节迁怒于车伍儿。特务逼要的东西,引起了车轮子的好奇,从父亲口中问不出,便动手在家中乱找。邻居们的不理解,又不能把徐老师所托公之于众,这让车伍儿犯了难。

第三场,在徐光明的设计下,特务们跟着他又回到了四合院,并按他指出的地方，去搜寻所要索取的那件东西。乘此机会，邻居们围拢上来，关心着徐老师的安危。徐同邻居们共叙往事，共话情谊，又特意安顿了车伍儿。特务们未找到所要的东西，又变本加厉地切断了四合院的吃水。

第四场，面对断水的困难，车轮子和仇英子寻挖冰块，分给邻居们融水喝。来接“货”的晋源人，正与车伍儿对暗语，监视的特警便冲了上来，车伍儿借故缠住便衣警，让接货人得以逃脱，却遭到特务们的枪杀。货没送出去，还死了人，这让车伍儿甚为焦急。关键时刻，齐奶奶稳住了众人，找车伍儿个别叙谈，在亮明自己的特殊身世及政治态度后，将那件东西，从车伍儿身上转移到自己手中。等特务们挨家搜查到齐家时，齐奶奶特殊的背景，让来搜查的特务却步而归。

第五场，经过精心的策划，四合院的人全部动员了起来，有做掩护的，有分头去办事的，大家齐心协力，去完成徐老师交办的那件事。众人刚走出院门，又被躲在隐蔽处的特务陆续堵回来，不仅对仇英子进行粗暴的搜身，还向抢包夺路而走的车轮子开了枪。紧急关头，车链子出现了，这位遭人唾骂的车家大公子，当着特务们的面，打开了从英子胸前搜出的小包，包内放的是写给阎长官的信，特务们见此只得灰溜溜地离开。车链子即以“晋源人”的身份，与车伍儿接上了暗语。此时，大家才知道了他的真实身份。他迅速从父亲手中，接过藏有城防图的自行车，从容不迫地推着向远方走去。望着儿子走远的背影，车伍儿如释重负，会心地笑了。

尾声，秘密送出城防图，使解放军的攻城战役取得了胜利。四合院的男女老幼，沉浸在一片欢乐喜悦之中。

《上马街》一剧，以精心的构思，比较流畅的戏剧语言，向人们展示了太原解放前夕，发生在上马街一个四合院里的故事。全剧围绕传递“城防图”事件，对普通四合院内平民百姓的众生相，进行了细

致的描述;揭示了激战前夜,蒋阎匪帮垂死挣扎的狰狞面目,表现了普通民众仇视阎匪,热爱共产党、热爱人民解放军,急盼翻身解放的真挚情感。但就剧作的结构、故事情节以及人物形象的塑造来看,尚有一些值得商榷的地方:

其一,就故事情节的编织来看,有些简单平淡,尤其是前三场,不仅入戏慢,而且剧情没有什么大的进展,很难吸引住观众的欣赏情趣。作为中心事件的"送货"关子,一直是以悬念之"扣",延缓到第四场的后期,才由齐奶奶解开。这不仅让剧中人莫名其妙,而且让观众亦十分费解,无形中也减弱了该剧目的观赏性。就目前的剧情铺排而言,似乎更适合以话剧形式表达,但想让舞台呈现更具有戏剧性,更能够感染观众,恐怕是有一定难度的。

其二,就剧作结构来看,五场戏中的第三场,对衔接上下场次并无必然的关联,虽安排了不少的唱段,却有人为插入、抻长场面之感。这场戏中,情节没有新的发展,只是对第一场相关内容的细化和补充,而且情节的编织又不太合理。试想,已被特警抓捕的人,被带回原居住场所,能让你在无人监视的情况下,与邻居共叙情谊,尽力安顿自己想安顿的事宜吗?显然是站不住的。

其三,就剧中人物形象的塑造来看,主要人物不明确、不突出。如按剧中人物角色所处的位置看,徐光明应为一号人物,但他在一场与三场出现后,以后就没有他的戏了,显然够不上为主要人物。车伍儿倒是贯穿全剧的人物,但他的戏剧行为并不突出,剧中他接受徐光明的委托是被动的,执行的是什么任务,连他自己也不清楚;明确任务的重要性,并设法避开特务的搜查,靠的是具有特殊身世及背景的齐奶奶;最终秘密送出"城防图"的,又是遭其唾骂的儿子车链子。这一切说明,车伍儿是形不成剧中主要人物的。就连一些场次的唱腔安排也是平分秋色,如第二场、第四场,构不成主要人物的中心唱段。至于齐奶奶的特殊身世、车链子身份的重要,均缺乏应有的铺垫,只是遇到难处,要让她(他)出场时,才略加自我说明,人为设置的痕迹比较重。

其四,关于该剧的创作原型问题。太原解放时,秘密向城外解放军传送“城防图”是一件真实的事情。最近《山西晚报》还发表了这方面的专题文章,其主人公就是张全禧。他是我党的地下情报工作人员,曾以自行车行作为掩护,成功策反了阎锡山“侍从参谋室”上校参谋张光曙,获得了万分之一的军用太原作战地图,并成功携带出城,送到我军前线总指挥部,为解放军总攻太原的胜利作出了重大的贡献。为了表现这一事迹,撇开如此的真人真事,去做似乎有传奇色彩的情节虚构,既与史实相悖,又不一定会有好的舞台演出效果。倒不如以张全禧的相关事迹为基础,在一些细节上,加以必要的虚构和编织,写一个党的地下工作者的戏剧故事,主要人物、中心事件和圆满结局都具备,其戏剧性和观赏性可能会好一些。

※写于2011年5月14日。

读豫剧《吴琠》札记

2011年6月15日,省文化厅创作室派人送来剧本《吴琠》。该剧由子金山、孙悦遐编剧,反映的是清康熙年间耿直清廉之臣吴琠,在主持京闱科考中,坚持正义,严于律己,勇斗权奸,深受康熙皇帝赞赏的故事。

全剧一序八场,各场剧情大意如下:

序幕,篇幅1页。康熙年间的一次科考,御前侍读高士奇,毛遂自荐想任主考,康熙未能同意,而是调湖广总督吴琠回京充任左都御史并兼主考。

第一场,篇幅2页。京杭大运河上,吴琠与御史余呈祥,分别奉

调进京,驾舟同行在大运河上,余的大船挡了吴的小舟之道,余夫人如玉见是当年对她曾有救命之恩的吴大人。隔船施礼谢恩后,命下人为吴琠让道。

第二场,篇幅 4 页多。京城码头,明、索两相府的家丁,与高士奇、于成龙等,不约而同地来接吴琠,高还为吴琠准备了接风宴。吴为避开两位相府的争邀,借口到于家品尝家乡的沁州黄,而带家人赴驿馆歇息;高只好不情愿地邀余呈祥过府饮宴,这让余受宠若惊。

第三场,篇幅近 4 页。朝会,康熙平边患回朝后,群臣朝见,吴琠奏请科考时应废掉谢师礼金,引起高士奇的不满,高即借"沁州黄"事发难,诬告吴琠,遭到康熙的批驳,御书"沁州黄"三字,让高做成牌匾,登门向吴道歉。

第四场,篇幅 6 页。吴府,于成龙为治河方略事来找吴琠,想联名上奏皇上。此时,高士奇与明珠相随,送御题金匾也来到吴府。明珠想讨喜酒吃,吴琠顺势赚得明、高的联合签名,并以"沁州黄"小米饭招待诸朝官。这让明珠很是恼火,高士奇当即献计,企图以科考中的失误来惩治吴琠。

第五场,篇幅 3 页多。余府,在高士奇的示意下,余呈祥正在谋划着如何乘科考捞钱,忽报大夫人即将到京,又开始为私聘如玉为妾的事犯了愁。想到同乡人金秀才对如玉有意,于是便找来金秀才,除共谋科考卖名额赚钱外,还强将如玉典给金为妻三个月。

第六场,篇幅近 4 页。吴琠装扮成举子模样,与仆人段福深入到街头茶社,了解考生的情况。从店小二口中得到有人出卖功名的信息,便让段福跟踪打听,等得知是金秀才与如玉所为,便想赴客栈探个究竟。

第七场,篇幅 8 页半。举子住的客栈,金秀才求如玉,设法从余呈祥处套出科考的暗记,正好余来找金,问询买卖做得如何。如玉无意中得知,吴大人是主考官,便以招待吃酒为名将余灌醉,问出科考暗记,并把黄绫谕旨也拿到了手。如玉让金秀才把余送回其府,便想把有关事情给抖搂出来。正遇吴琠装扮成举子,前来客栈找金商议买功名的事,如玉将计就计,配合吴琠,取到了余呈祥以考权做交易的证据,遂将金押赴刑部候审。

第八场,篇幅6页半。贡院阅卷处,春闱科考结束。拆卷时,明珠、成龙等邀皇上亲临贡院,高士奇竟然提议抽查考卷,科考作弊事被揭露。吴琠奏明相关情况,康熙处置有关人等,在追究考官的责任时,康熙原本要轻处吴琠,吴却提出引咎免官归里,这让明珠、士奇等颇为得意。正当吴与家人准备启程回山西沁州时,皇上却下旨,让吴琠即刻入阁,到刑部任尚书之职。

通观《吴琠》一剧,人物定位准确,情节编织连贯,具有一定的观赏性。作为开掘和弘扬地域人文历史资源的一部新作,目前已具有一个较好的基础,广泛听取意见后,还可以改得更完善一些。现就几个方面的问题,提一些商榷意见:

其一,该剧的主题。该剧是以表现吴琠的清正廉洁为主,还是演绎"沁州黄"来历的故事为主?就目前剧作来看,描述前者的笔墨居多,"沁州黄"释义一事,似乎有贴上去的感觉。应当明晰和把握好该剧的主题,在现有的基础上,做好相关细节的充实和融合,让主线情节的展示更突出一些。

其二,该剧的人物。吴琠(?—1705)是该剧设置的一号人物。史载其曾两次主持会试,为官以清廉、平和著称。他第一次主持会试,正是从湖广总督任上奉调进京,担任左都御史后的次年而进行的,以此编织相关情节,其史实背景是站得住的。作为吴的对立面高士奇(1645—1704),史载其被明珠推荐供奉内廷,为官处事,怙宠纳贿,招摇依附,屡被参劾,罢官再起。以他为原型所塑造的对立面人物形象应当是可信的。从生卒年龄来看,高和吴应属同时代人,是否同朝为官,史书中并无所载。但据《清史稿》记录,吴琠第一次

主持会试是康熙三十六年(1697),而高士奇早在康熙二十八年(1689)受左都御史郭琇参劾被罢官归乡,康熙三十三年(1694)虽曾应诏回京修书,但不久便"以养母乞归"。显然,吴在康熙三十五年(1696)奉调回京后,并未与高士奇同朝共事,剧中的相关故事只是编织而成。

此外,剧中设置的副主考于成龙,其经历和所作所为有明显的错误。康熙朝,封疆大吏中确有两个于成龙,被称为大于成龙(1617—1684)者,是山西永宁(即吕梁方山)人,一生从政地方,从未在朝为官,被康熙称为"天下廉吏第一",康熙二十三年(1684)死于任上,显然剧中的于成龙不应是他。而小于成龙(1638—1700)者,历史上确曾干过河道总督,他主张疏通河道,是清代的治河名臣。从生卒年龄看,他与吴琠当为同时代人,但却不是山西老乡,而是旗人。让他以"吴琠同乡故友"身份出现,并以"沁州黄"为吴接风,显然是张冠李戴。这种随意编织,作为一般性的舞台演出无所谓,但要作为弘扬地域文化的品牌剧作,就需要慎重对待。

其三,该剧的情节。该剧是在吴琠的有关史实背景下编织的,应当强化吴的舞台艺术形象,用足用活有关吴的史实素材。在《清史稿》中,载有康熙对吴的一段评价:"吴琠宽厚和平,持己清廉。先任封疆,军民受其实惠。朝中之事,面折廷诤,能得其正。朕甚重其能得大臣之体。"就剧中科考之事,吴一身正气,对属下作弊之事洞察在先、处置在前,不应出现未能制伏高士奇的结局。此外,皇上既然已同意他引咎罢职归乡,为何又突然更改为入阁拜大学士兼刑部,这有点让人莫名其妙。倒不如把结局情节直接改为挫败明珠、高士奇的阴谋,罢免高士奇的职务,提升吴琠为保和殿大学士兼刑部尚书。

其四,该剧的定位。鉴于剧作虚构编织的成分居多,已不属严格意义上的历史剧目,充其量是在一定史实背景下构思编织的戏曲故事，拟改为新编古装戏为宜。

※写于2011年6月20日。

读蒲剧《情丝恨》札记

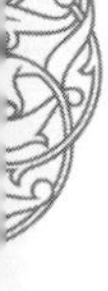

2011年9月15日，收到省剧协刘涛同志送来的新编蒲剧《情丝恨》剧本。编剧为魏强、席凯，剧情内容是根据明传奇《焚香记》改编的。全剧一序七场，演绎了千古传唱的宋代王魁与敫桂英的爱情悲剧故事。各场情节的大意是：

序曲，“问情”，篇幅1页多。试图借助舞台灯光的变幻，营造时空隧道，通过男女主人翁的对话，展示王魁与桂英对情爱的内心表白。

第一场，“缘情”，篇幅近3页。海神庙前。科考落第的王魁贫病交加，饥寒交迫，晕倒在海神庙前，被沦落风尘的敫桂英相救，并为王魁主仆提供了安身的处所。

第二场，“融情”，篇幅6页。王魁居所。在桂英的关照下，王魁病情好转，专心读书。此日，桂英让春兰给王魁送人参补身，她也亲自来看望王魁。互致问候后，桂英拨动琴弦传递心声，王魁以诗画表示心迹，桂英的和诗更让王魁痴迷，两情相融，两意相投，自觉主动地成就了男女和合之事。

第三场，“离情”，篇幅5页。先是王魁、桂英的魂灵儿对话，然后展现前场三年后的情形。在海神庙前，王忠要陪王魁进京科考，春兰、桂英前来送行，王魁、桂英两情眷恋，难舍难分。当桂英流露出担心王魁高中后另攀新枝的心绪时，王魁当即对着海神盟誓，倘若负心，人神共伐，桂英感动得剪发相赠，夫妻俩跪拜在海神面前，滴血盟誓，泪眼相送，依依话别。

第四场,“负情”,篇幅6页。京都汴梁状元府。正当王魁主仆沉浸在高中状元、春风得意之时,吏部侍郎张行简登门造访。他是受韩丞相之托,前来向王魁提亲的。尽管王魁说明家中已有妻室,但经不起仕途、利害关系的威胁利诱,王魁权衡利弊,终于给桂英写下了绝情的休书,让王忠前去办理。

第五场,“噩情”,篇幅近3页。海阳桂英家中。桂英正苦苦思念和等待王魁的音讯,默默祈祷王郎金榜题名。王忠的归来,让她喜出望外,谁知却盼来的是忘恩负义、另就高门的信息,以及断绝情缘的休书。一怒之下,她夺门而出,直奔海神庙。

第六场,“殒情”,篇幅近3页。海神庙。桂英一气来到了海神庙,对着神灵哭诉王魁的负心,对自己好心无好报追悔莫及,在哭诉无应的情况下,她绝望了,发疯似的怒打诸神,最后悬梁自尽。

第七场,“悲情”,篇幅6页半。京城状元府书房。王魁郁郁寡欢,借酒浇愁。新婚夫人的骄横冷对,让他想起了情意绵绵的桂英,老仆王忠的责怪、拼命,使他痛心疾首。恍惚间,他看到了桂英的鬼魂向他走来,一边斥责,一边索命,王魁在自愧惊恐的境遇中,精神崩溃,竟然疯癫起来,最终倒地身亡。之后,王魁、桂英的魂灵又开始了对话,试图向人们揭示,酿成这种悲剧结局的各自的心路历程。

综观全剧,戏剧情节连贯,人物形象突出,唱词通俗流畅,并能根据演员个人的表演特点,设置细节,安排唱段,有利于突出和展示演员的表演技能,剧作基础较好,是一部完整表现王魁与敫桂英爱情悲剧故事的作品。提几点尚需斟酌和商榷的意见:

一、关于该剧作的改编基础。据剧作文本介绍,该剧是根据明传奇《焚香记》改编。明代王玉峰的传奇《焚香记》,是历代关于王魁故事的剧目中一部很有代表性的翻案之作,剧作宣扬“王魁守义,贵不易妻,桂英坚志,死不改节”,将王魁塑造成一个文武双全、坚守信义,对爱情忠贞不贰、对朝廷忠心耿耿的朝廷命官和正人君子,大大

削弱了原传奇小说,以及基本忠于原作的南戏、杂剧相关剧目的思想性和感染力。就本剧作的剧情编织来看,显然不是承袭《焚香记》剧情的走向,而是和目前舞台上广泛上演的《打神告庙》的情节相一致。如再往前追溯,和李准的《活捉王魁》、吕仲的《义责王魁》、田汉的《情探》、李玉茹的《青丝恨》等剧作情节相仿,就连剧中一些细节,以及非主要人物的姓名也来自这些剧目,如聘娶韩丞相之女为妻情节来自《活捉王魁》,正直的老仆王忠之人物取自《义责王魁》,桂英剪青丝赠王魁的细节见于《青丝恨》。相反,这些情节及人物姓名,除桂英剪青丝赠王魁外,均不见于《焚香记》。因此,准确地说,该剧作不是对《焚香记》的改编,只是对《焚香记》改编本的改编。

二、关于魂灵对话的设置。剧中设置了王魁及桂英的魂灵,并让其在序曲、第三场开场和第七场结尾处三次出现。剧作企图以王魁与桂英的魂灵对话形式,向当代观众揭示这一千古爱情悲剧深层次的东西,并使舞台呈现出新;采用这一表现手法的初衷是好的,但实际效果如何值得考虑。就目前魂灵对话的台词内容来看,没有能够揭示出什么深刻的新意,充其量只是起着场次转换(如第三场)和剧目主题思想(序曲和结尾)的图解及说明,而且糅合得不好,有贴上去的感觉,显得冗长、重复,和全剧的表演风格也不协调。

三、关于全剧的场次结构。从总体来看,各场的篇幅和容量还是适当的,相比之下,第七场有些冗长。问题出在桂英斥责王魁忘恩负义时,多次采用了前后对比的表现手法,把观众在前面已经观赏到的一些场面情形再次展现,这便使得内容重复、情节不紧凑,也大大地削弱了表演的节奏感和震慑力。是否可以围绕桂英斥责的要点,再精练和紧凑一些?

四、文本台词中的一些具体问题。就剧作文本台词的整体而言,还是好的,说明作者是下了功夫的。还有若干处,需要斟酌:第一场第4页王魁出场的四句唱词“寒刺骨”“落孙山”用得不太好,而

且“寒”字用了三次；第 5 页下半页王忠唱词中的“王开选”“落孙山”，也有类似情况；第二场第 7 页王忠出场唱词中的“习文言”用得也不好；第 8 页、第 9 页中，设置有古琴，王魁未用，桂英却弹的是琵琶；第 11 页桂英唱词中的“纨绔弟”也不好；第四场第 18 页，画外音是“华堂玉马”，王忠唱词中却为“御赐金马”？而王魁的籍贯前说“临清”，此处又说“掖县”，应一致起来；第七场第 31 页的上半页唱词中的“有法网”“罪昭彰”，指的是“忘恩负义”，但这是道德层面的事，不属“法网”范畴；第 34 页上半页桂英唱词中“化鬼魂千百年来取你命”，此处表现的是现在时，并不是魂灵的时空对话，缘何能用“千百年”？以上这些，均需再斟酌修饰一下。

※写于 2011 年 9 月 30 日。

读《情丝恨》修改稿札记

2012 年 2 月 18 日晚，收到运城市蒲剧团的贾菊兰送来的新编古装蒲剧《情丝恨》的改编本。剧名易为《青丝恨》，编剧魏强也一同来家，这是作者在去年 9 月剧本基础上的改编本。

全剧七场，各场剧情大意如下：

第一场，“拒财斥富”，篇幅 4 页。北宋嘉祐年间，山东海阳的万花楼门庭若市，人来人往。海阳首富钱员外，久慕桂英之名，携重金相会，欲纳她为妾，遭到桂英的拒绝；在大雪的飘零中，桂英搭救了个贫病交加的落第书生王魁。

第二场，“萌情托身”，篇幅 4 页多。王魁居所。三个月后，桂英与丫鬟春兰，前来探望王的病情。王魁为答谢桂英援救之恩，设宴款待，席间频频举杯，诗画相酬，两情融融，互吐心声，终成男女美事。

第三场,“惜别盟誓”,篇幅2页多。两年后,王魁赴京科考,桂英与其难舍难分。临别时,为表心意,王魁在海神面前盟誓永不负心,桂英剪下头上的青丝赠予王魁,二人依依惜别。

第四场,“高中负情”,篇幅2页多。京都汴梁。王魁高中新科状元,韩丞相委托吏部侍郎张行简前来为他女儿提亲。经不住张大人的诱导,王魁应承下了相府的提亲事,当即写了休书,令王忠回海阳了断与桂英的婚事。

第五场,“盼夫惊变”,篇幅近3页。深秋时节,桂英在海阳家中期盼王魁的音讯,并焚香祷告,祝愿王郎事事如意。此时的京都,王魁正与相府千金喜拜天地。由于思夫情切,桂英入梦与王魁相会,还陶醉在青丝情怀中;王忠的归来,使桂英喜出望外。但突如其来的休书,又让她痛断肝肠。她夺门而出,奔向轰鸣的雷雨中。

第六场,“打神告庙”,篇幅近3页。雷雨交加中,桂英不由自主地奔向海神庙,她要把自己的满腔怨愤向海神诉说。在哭诉无应的情况下,她怒打海神,自缢而亡。

第七场,“义责索情”,篇幅近2页。京都状元府。得知桂英悬梁自尽,王忠气愤地赶回状元府,在责骂王魁后,还拼老命讨公道,却不幸撞到了桌角头破身亡。此时,桂英的怨魂也飘然而至,她向王魁索命讨情,在雷鸣电闪中,王魁也被惊吓而死。

综观这个改编本,是在认真听取大家意见的基础上,进行的再创作,作者锲而不舍的创作精神是值得肯定的。就文本而言,改编本较之原剧作,质量上有了大的提高。总的感觉是,结构更严谨、更紧凑,故事情节更连贯、更顺畅,人物形象更突出、更丰满,主要场次的台词更准确、更抒情。应当说,作者的改编态度是认真的,是卓有成效的。此外,还有一些地方,需要斟酌和商榷。

一、关于第一场的立意和设置。第一场“拒财斥富”是作者新加的内容,目的是为凸显桂英虽沦落风尘,却有“爱人不爱财”的高尚

品行，这为此后的搭救王魁做了极好的铺垫，这种反衬的手法，对塑造桂英的形象无疑是有好处的。但问题是，铺排这样一个较长的场面，对全剧情节的推进似乎无关紧要，相反，同场中搭救王魁的场面，却展示得异常简单，相比之下，倒有些本末倒置了。从人物设置来看，钱员外与管家，仅在第一场出现，就全剧来看，他们属于可有可无的人物，从精练角度出发，大可不必让他俩存在。倒不如保留相关情节，不让钱员外等出场，而在老鸨与桂英的交谈中，去展示这些情节，设计桂英海神庙上香的因由，重点展示风雪地桂英救王魁的细节，这是引发全剧情节发展的关键，理应展示得充分一些。

二、剧中新增设了个万花楼老鸨的角色，并让她数次进行串场导戏，这个角色如果用得得当，她的串场台词若写得精妙，不仅有新颖幽默之感，还可以充实场次间衔接不到位、或表达剧情展示中的言犹未尽之意。就目前来看，七场戏中，除第一场人在戏中，三、四、七场开场时各出现了一次，其他几场就不见了。这方面需要解决的是，尽量做到表现手法和演出风格上的一致，此外，老鸨在各场所讲的导入台词要恰到好处，要精练明快，既要关照到本场剧情表达的意思，还能够发人深思，引起共鸣，这可能要求得有些高了，但目前的水准还不够理想。

三、关于伴唱的运用。好的伴唱对于连接、过渡、转换场次、营造和剧情相一致的气氛，有着不可替代的作用。剧中在一些场次运用了伴唱的手法，相信立于舞台后，会有好的效果。问题是，目前七场戏中，只有前三场戏中用了伴唱，其中，第一场中竟出现三次伴唱，而在其他一些场次一次也没有，这种不平衡和随意性，必然导致前后表现风格的不统一，而且有的伴唱词还值得推敲，尽量要贴切一些。

四、一些具体问题。第一场第1页的时间，北宋“嘉裕”年间，应为“嘉祐”年间；第2页倒数第7行“献上弹奏”，不通；第4页桂英唱词“怒火心澎湃”,不妥;第5页首行“冷眼相藐”,不妥。第二场第1页末行“居青楼”,不确切;第2页倒数第12行“做些”不如“备些”,下面桂英提出“家住何处”,王魁未予回答,王自称“王魁乃……”,不如“我父原为”;第4页第2行“哄入”,不妥。第三场第1页“山神”应为“海神”;第3页桂英写给王魁的诗,可再通俗明了一些,还应加上剪青丝的戏剧动作。第五场第2页桂英的入梦境,可以设计得更自然一些。第六场第2页唱词“三百银两做通报”,不妥;第3页唱词中的四个“青丝”,不确切。第七场第1页倒数第16行王忠念白中的“可伤”,不妥;第2页桂英的一段唱词不精干、不达意、不解恨,特别是“法网恢恢”不准确,可以重新写一下。

※写于2012年2月25日。

读上党梆子《红梅阁》札记

2011年9月15日,省剧协刘涛同志送来新编历史剧《红梅阁》剧本。编剧吕育忠。全剧共六场,演绎了南宋末年,奸相贾似道的侍妾李慧娘,见义勇为、救助太学生裴舜卿、勇斗奸相贾似道的故事。

各场次的剧情大意是:

第一场,篇幅5页。南宋末年的杭州西湖,奸相贾似道带着众多侍妾游览西湖,尤对年轻貌美的李慧娘偏爱。他正派手下人砍伐岸边红梅供李慧娘玩赏时,太学生裴舜卿贸然闯入船中进言奏事;裴的英俊耿直引起李慧娘的注意,不禁脱口赞许,这让贾似道大生敌意。

第二场,篇幅4页半。月夜,贾府半闲堂,李慧娘在堂前凭栏望月,正想着白天游湖时所遇到的英俊少年。突然,贾似道来到她的身边,言谈中,贾指明要把李慧娘嫁给那位妙龄郎君。这突如其来

的决定，让李慧娘不知如何回应。还没等她反应过来，贾似道已让手下人给李慧娘梳妆打扮起来，当她还沉浸在兴奋之时，贾似道却将剑刺向了她的胸膛，让她带着永难消逝的恨意离开了人间。

第三场，篇幅近 3 页。阴曹地府，李慧娘的怨魂化身，在众鬼魂的映衬下飘然现身，她怨气冲天，几次冲向奈何桥、阴阳河均未能成功；等遇到了判官爷，哭诉冤情后，判官深表同情，赐给她阴阳宝扇，助她返人间救裴生、斗奸邪。

第四场，篇幅 9 页。夜，贾府红梅阁，太学生裴舜卿被贾似道囚于红梅阁内。李慧娘怕吓着了他，以阴阳扇解锁入门，告知是来相救于他，让裴生好生感慨，二人顿生情愫。与此同时，贾似道指使贾化，夜半三更前来杀裴。情势紧急，裴生不想连累慧娘，慧娘不得已，将自己被杀身死的真情说透，此时杀手已窜入，李慧娘急救裴生逃离红梅阁。

第五场，篇幅近 4 页。夜，贾府园林中，杀手猛追裴舜卿，正欲提刀下手，李慧娘突然出现，她挥动宝扇，狂风四起，飞沙走石，让杀手难于近身。一声长鸣，火花喷涌，慧娘力战众杀手。正激战时，突然鸡鸣，宝扇失掉了威力，慧娘晕厥，裴生被抓走。慧娘悲痛欲绝，泣求上苍。此时，众鬼魂簇拥着判官而来，传达阎王恩准慧娘还阳的旨意。在慧娘苦苦哀求下，判官施展法力，宝扇再度发光，并让鬼魂们护送慧娘，擒贼救裴。

第六场，篇幅 3 页半。贾府半闲堂，贾似道睡梦中被鬼魂裹挟惊醒，慧娘的怨魂化身，已将他团团围住，声声呼喊着索命来。接着她又挥动宝扇，火光四射，雷鸣电闪，在光电声响的交加中，半闲堂轰然倒塌，贾似道也葬身火海。烟雾中，慧娘与裴生相诉衷肠，表达恋情，在嘱托裴生为国纾难、为民解危后，李慧娘于一片梅花飘落中慢慢消逝。

李慧娘的故事，以戏曲的形式在舞台上演绎传播了 400 多年，上演这一剧目的剧种很多，演出的版本也不少，而《红梅阁》这一剧作，既忠实于原本事，又和传统戏曲的演法大同小异。综观这个剧作，主题思想明确，戏剧情节连贯，人物形象突出，台词通俗流畅，是同题材剧作中，基础比较好的一部改编本。明显的特点有两个，其一，戏剧情节有所出新，即在原有“救裴”的基础上，延伸扩展到“倒贾”，既使李慧娘的冤杀得以报偿，又让剧目的主题有所升华，由爱情的悲欢离合，上升到正义势力的斗奸除恶。其二，剧作文本的台词，不仅朗朗上口，而且有一定的文采，大大提高了剧目的观赏性。相比之下，第四场的篇幅有些长，无论唱词、念白均可再精练一些，即使是高潮场，也要与其他的场次大体平衡。此外，在二度创作时，李慧娘的舞台表演应能适度加强，要有鲜明的特色，应当以演唱和表演技巧取胜，在这方面，剧本已提供了一定的空间，一定要利用好、表现好。

※写于 2011 年 10 月 5 日。

读晋剧《刘胡兰》札记

2011 年 11 月 4 日，文化厅创作室送来新编晋剧青春剧《刘胡兰》，全剧分序幕、四章、尾声，由曲润海、戴英禄、邹忆青三位大剧作家共同编写，演绎并表现了女英雄刘胡兰光辉而短暂的一生。

全剧各场次的剧情内容大意是：

序幕，篇幅近 1 页。剧中主要人物在特定的环境中亮相，也展示了该剧故事发生的历史背景。

第一章，沃土根苗，篇幅 8 页半。在刘胡兰家，奶奶正为废除旧水规、农田丰收而烧香祈祷，年幼的富兰子跑来要求报名上学。虽经父亲和继母的劝解，奶奶仍不吐口。在顾县长和陈德照村长的关

照下,奶奶才同意富兰子去上学,胡文秀为她起名刘胡兰,大大凝聚了她母女间的情感。刘胡兰参加了儿童团,带领团员们认真操练;县抗联干部吕雪梅,以云周西村小学教员身份作掩护,指派刘胡兰等前去放哨,她们戏要了石狗子,和年轻的小八路亲切交谈;在日本鬼子袭击村落的战斗中,金香妈宁死不屈,两个小八路为保护村民英勇献身,这一切对刘胡兰的影响至深。到了麦收时节,胡兰一边参加捡麦穗,一边还警惕地盯看汉奸刘子仁的行踪。

第二章,疾风劲竹,篇幅 8 页。抗战胜利,普天同庆,在云周西村,农会主席石五则,受二寡妇之邀,到石财主家赴宴。吕雪梅正与胡兰商议,想让她参加贯家堡“妇训班”的学习。胡兰未和奶奶说通,便到“妇训班”学习,惹得奶奶找到“妇训班”,非要让她回去,在胡兰哭泣哀求下,奶奶勉强同意了。胡兰刚刚安下心来学习,却见妹妹爱兰来叫,原来奶奶病了,在吕老师的同意下,胡兰跟着妹妹急急回家,奶奶留下深情的话就走了,这让胡兰非常悲痛。从“妇训班”学习归来后,胡兰接受了做 200 双军鞋的任务,在母亲的帮助下,她加班加点带头完成了自己的任务,并严格检查,不顾情面,让以坏充好的石寡妇当众认错。

第三章,血火真金,篇幅近 7 页。云周西村,财主石廷璞,指派石狗子和二寡妇,给农会主席石五则送礼。此时,在护村堰上,陈德照对着吕雪梅、刘胡兰,宣布了胡兰被批准入党的消息,胡兰激动地宣了誓,并在党的会议上,旗帜鲜明地提出,要将石廷璞作为清算斗争的第一对象,这让石五则大为恼火。清算斗争焕发了青年们参军的积极性,但阎匪军的大扫荡,又使形势变得严峻起来,等县委决定胡兰上山时,她明确表示要留下来工作。果然,随石财主外逃的石狗子,在阎匪连长许得胜的保护下,返回了云周西村,开始向民众反攻倒算。留下坚持工作的吕雪梅与刘胡兰,在老坟滩秘密接头,等得知顾县长已经牺牲,胡兰悲痛得哭起来。雪梅安慰她要坚强起来,并交代她做好撤走前的准备。漆黑的夜晚，枪声响起，胡兰外出办事，胡文秀为她十分担忧，石五则也在东躲西藏。此时，护村堰上，陈德照带领武工队，连夜抓捕并勒死了石狗子，并让刘胡兰贴了处决石狗子的布告后，天亮前要撤离上山。

第四章，彪炳千秋，篇幅近7页。黎明前的云周西村，胡兰送玉莲上山，两人难舍难分，等她返回家里，母亲正为她着急，催她带包袱快走，她却还要去通知他人。父亲和妹妹告知，阎匪军正包围全村搜人，紧急中，母亲把她推到隔壁生孩子的金忠嫂家躲藏。她为了不连累别人，竟悄然走进了被敌人驱赶的人群，终于被叛徒石五则指认出来，敌人百般开导诱降，又让她目睹了六烈士惨死的现场，她硬是不屈服，在向家人和乡亲们致意后，毅然走向了鲜血淋漓的铡刀。

尾声，篇幅1页半。展示毛主席对刘胡兰烈士的题词，青少年群体朗诵《我们永远不会忘》。

读了这个剧本，很受感动，不愧为几位大家的联袂之作。剧作以翔实的素材，通俗流畅的语言，经过精心的编织与匠心的铺垫，给人们描绘出一个个感人的画面，塑造出了一批鲜活可信的群体形象，让英雄刘胡兰的舞台形象，自然而然地凸显了出来。应当说，剧作的基础是很好的，起点是高的，是近年来省内外，有关刘胡兰题材的剧作中比较优秀的一部剧作。尤其是文本台词通俗流畅的特色，点缀全剧的明朗活泼的地域风情，以及借助于话剧、影视剧的舞台表现手法更为突出，如果二度创作到位，未来的舞台呈现，定会让观众耳目一新。有几点不成熟的感觉，提出来，供参考。

其一，全剧内容除序和尾声外，以四章结构去铺排剧情，各章中时空、场面转换频繁，内容展示有些过满，剧情推进有些松散，无形中增加了二度创作的难度，有碍于全剧剧情发展的连贯性和紧凑感。

其二，全剧安排的唱段不少，特别是主人公刘胡兰的唱段更为突出，就目前文本看，有些场次是否多了一些、长了一些，这样既加重了担纲演员的演唱负担，又容易造成观众听觉上的疲劳，可以视情况适当删减一些。

其三，一些具体问题。首先是剧中人物的设置，从人物表中看，石五则是云周西村农会秘书，但剧中多次出现"主席"的称谓，应当一致起来。其次是一些细节及内容，尚需商榷。第 9 页，有刘胡兰对气节理解的一段念白，对于涉世未深、刚参加儿童团不久、尚无对敌斗争锻炼的刘胡兰来讲，说这样的话，是否有些人为地拔高，这些话还是让两个小八路讲为好；第 11、12 页，胡兰捡麦穗，盯看汉奸刘子仁的戏剧行为无结果，唱词中有"肩负着大事情"，却无效果，不知为何设计这样的情节，如无明显效果，就显得多余；第 14 页下部，刘胡兰唱词中"奶奶亲我把我像小猫"，"把我"不如"待我"；第 16 页，奶奶的去世，为什么胡兰父亲刘景谦不在场，于情于理，此时这个亲儿子是应当在场的；第 21 页，胡兰入党誓词应有时代特征，简单明了，重点突出，切忌语言的现代化；第 24 页的时空、场景转换不明白、不确切，胡兰和雪梅的接头在何时退场？石狗子到底放火了没有？雪梅临走前，与胡兰的一番嘱咐在什么地方？都不太清楚；第 26 页，石五则出场所处的方位有些模糊，按照文本提示，他先是蹭在墙边下，但却没有发现陈德照等一行人抓捕石狗子的行踪，后听到处决石狗子的声响，出来探头观看，此地已不是什么"墙边"，而是与石狗子家有相当一段距离的护村堰，石五则怎么会在这里出现？第 27 页，胡兰为玉莲送行的一段对唱是否有必要？黎明前的黑夜，又是紧急撤离，长段抒情是否合适？即使要唱，也应短些，何况胡兰也是要撤离的人，如此抒情，不仅使剧情推进拖沓，而且也不太合乎情理。

※写于 2011 年 11 月 5 日。

读上党梆子《西沟女儿》札记

2012年3月26日上午，省剧协小刘送来由张宝祥、张华父子编的上党梆子现代戏《西沟女儿》。据说为修改稿。全剧一序八场加尾声，演绎的主要人物为申纪兰，时间跨度为1952年至2008年。

序，篇幅少半页。伴唱声中，出现青年申纪兰与乡亲们刨地、铲土的画面。

第一场，篇幅4页。1952年，纪兰在山上放羊归来，听说因记工分不公道事，妇女们到合作社找社长评理。牛副社长硬要坚持男女记工不一样，纪兰据理力争，维护男女同工同酬，等以掏茅粪要挟时，纪兰毅然带头挑起了粪桶。

第二场，篇幅近5页。1954年，申纪兰已被选为全国劳模，正发动妇女在300亩荒坡上种树，谁知干旱缺水，竟没出来的苗。牛副社长等一旁说风凉话，爱人张海良想让她转户口进城，她看到妇女们的情绪，表示要留下来。在李顺达的支持下，决心失败了重来，此时，又传来了她和顺达俩人，都被选为全国人大代表的喜讯。

第三场，篇幅4页。1973年，申纪兰已调任省妇联主任，未转户口，不拿工资，不要住房，心中还想的是西沟的乡亲们。对机关谋私要住房的处级干部，她耐心地批评教育，并主动联系管理局，把给自己的大套房换成两套小房，分给困难户住。

第四场，篇幅4页半。1983年，省妇联换届，组织上派人征求意见，纪兰表示要回到西沟去。儿子从部队复员，因农村户口不能安置工作，为此，婆母、爱人和儿子，都对纪兰有意见，但她却坚持不当厅级干部，要回西沟当农民。

第五场，篇幅5页。1985年秋，儿子通过考试，被吸收为基层武

装干部，纪兰嘱咐他要好好干。邻村水源被污染，她答应向有关部门反映查处。此时的她，正带领大家联产承包，建铁厂，资金紧，要贷款，还得抵押，西沟又无值钱的东西，无奈只得抵押山林；群众又有不同意见，申纪兰面对倾注几十年心血的山林，面对顺达同志的墓碑，下决心抵押山林贷款，办好铁厂，再赎回山林。

第六场，篇幅5页。1989年，纪兰把彩电买回家，婆母却因双目失明看不上。为此事，爱人张海良发火责备她，她泣不成声地给婆母跪倒认错；又风风火火地跑出去，找勘探队给村里找水源。母亲夸赞了儿媳妇，批评了儿子并让他理解纪兰，帮她找专家给村里打深井。

第七场，篇幅5页。1996年，爱人张海良因病住院，纪兰从省里请来专家诊断，是肝癌晚期，这让一家3口人十分悲痛。眼见得时日不多了，夫妇俩泪流满面，相拥相诉，共话衷肠后，相携陪伴回到西沟。

第八场，篇幅3页。2001年，纪兰在北京开会，得了奖金2万5，婆母心想翻盖住房；正赶上村里打井钻机坏了无钱修，她便主张把奖金捐给村里打井，这让村民们十分感动。

尾声，篇幅1页。2008年，纪兰从北京开完人代会回来，正赶上义务植树节，她肩扛镢头与乡亲们一道去植树。

《西沟女儿》以全景式的结构，演绎了申纪兰平凡而又光辉的一生，不少感人的场面，也是纪兰的人生闪光处，均有所表现；以婆母解读的形式穿引全剧，有别开生面之感，修改本较之原演出本，表现纪兰的人生和光辉事迹更为全面、更为典型；尤其是朗朗上口、既富有感情、又有地域特色的台词，为剧作增色不少。应当肯定，修改稿是好的，相信二度创作后，效果会更好。提几点建议：

一、剧作表现的时间跨度大，各个时段的事都想涉及，内容是丰富了，反映得更全面了；但各场次的故事情节，只能是点到为止，无法具体展开,有平分秋色之感。这是影视的表现手法,不太适合舞台戏曲的表现,直接影响到重点事迹、高潮戏的深刻细腻的展现,客观上也加重了舞台场次的转换和舞美、道具的设置等。

二、戏曲的感人,除了优美抒情赢人的唱段,很大程度上取决于感人的情节,而感人的情节,又靠构筑戏剧矛盾冲突的戏剧行为及语言。剧作中,多次出现了这些冲突场面,但开掘得不够,解决得也苍白无力,有时就是一带而过,似乎有回避之感,直接影响了舞台演出的效果,或多或少地也影响了人物形象的塑造。

三、关于申纪兰的人物定位,她是劳模,是英雄,但又是母亲和妻子,剧中表现前者尚可,表现后者就有些欠缺。如何能够在加强纪兰的女人味、人性化方面做些文章?同样,她放着地、厅级干部不做,就是要回西沟,除了有她离不开西沟的农民情结外,还因为她是以客观实际看待自己的能力,有自知之明,这是一个人的品德问题。据有关资料载,1973 年,申纪兰被任命为山西省妇联主任。毫无思想准备的她,总觉得这不合适,不愿意去。她说自己文化程度不高,又没有机关工作的经验,让自己当省妇联主任不如让别人当更合适。她如实地向组织上反映了自己的想法,但最后还是服从了组织决定。1983 年,组织上把申纪兰列入长治市人大常委会副主任的候选人,她还是一再申明自己不合适,说:“我识字不多,当好代表就行了。”最后她当选了。市里领导要给她转户口、定级别、配专车,她又全部推辞了。她说:“我的户口在西沟,级别在农村,能走能动,要那些用处不大。”对她这种朴素的农家本色和淡泊名利的高尚情操,还可以表现得突出一些。

四、几个具体事。第一场的开场,在婆母台词中的“海良抗美援朝上了前线”的前面,应加上他于 1946 年就入伍参战的经历,不然就和后面的离休干部的身份有矛盾;第三场纪兰到省妇联工作,固然是 1973 年的事,但剧中解决住房、户口的事却是以后的事,即粉碎

“四人帮”之后的事，而解决户口问题也不应是人事厅，而是省委组织部，因为申纪兰是省管干部。何况当时山西省还没有人事厅，是人事局，后面又被撤掉了，恢复重建就到了八十年代初。

※写于2012年3月28日。

剧名趣谈

剧名，就是剧目之名称。如同给人起名字一样，剧作家为自己的戏曲作品，也总想起一个能够涵盖其内容，让人一听便明白的好名字。

元杂剧的剧目名称，分为题目正名和简名。题目正名要搞成对联式或诗句式，用两句话或四句话，总括全剧内容，并于末句点出剧名。例如《古今名家杂剧》本中的关汉卿的名剧《窦娥冤》，其题目正名写作“后嫁婆婆忒心偏，守志烈女意自坚。汤风冒雪没头鬼，感天动地窦娥冤。”同一剧目，在《元曲选》本中，题目正名被改动为“秉鉴持衡廉访法，感天动地窦娥冤。”这虽然是两种不同版本的《窦娥冤》的题目正名，但剧目名字的全称《感天动地窦娥冤》和简名《窦娥冤》，却是一致的。又如，元曲“四大家”之一的马致远的《汉宫秋》，在《元曲选》本中，题目正名为“沉黑江明妃青冢恨，破幽梦孤雁汉宫秋。”其剧目名字全称为《破幽梦孤雁汉宫秋》，简名为《汉宫秋》。很显然，这种句式整齐，可分可合，有节奏，有韵脚，念起来顺口，又容易记得住的题目正名，对于介绍剧目，扩大宣传，招徕观众，都是有作用的。

明清传奇的名目，则是另有一番特色。一般来讲，剧目名称为三个字，又大多以“某某记”为名(当然也有例外的)。最为典型的是明毛晋编的《六十种曲》，书中辑录的六十种戏曲剧本，包含元杂剧

《西厢记》一种，明传奇五十八种，其中汤显祖《还魂记》兼收原作与硕园改订本。剧名除《西厢记》分为《南西厢》和《北西厢》外，其余均为三个字的“某某记”。其中有南戏主要剧目《荆钗记》《白兔记》《拜月记》《杀狗记》，有影响甚广的《西厢记》《琵琶记》，有较早的昆腔剧本《浣纱记》，所收《精忠记》《八义记》《三元记》《春芜记》《怀香记》《彩毫记》《运甓记》《鸾鎞记》《四喜记》《投梭记》《赠书记》《双烈记》《龙膏记》《双珠记》《四贤记》和硕园改订本《还魂记》等十六种为首次刊出。这些传奇剧目，由于剧作者审视角度和创作的切入点不同，在为其命名时，或取戏曲故事发生的地域环境，或取贯穿全剧的主要戏曲道具，或取剧中主要人物的性格特征，或取剧中编织的中心事件，或取可影响全剧剧情走向的群体艺术形象等，精心构思，择优冠名，确实收到了言简意赅、重点突出、一目了然、好记易传的效果。

清代乾隆、嘉庆年间，新兴的花部戏曲剧目，或传承，或改编，或新编，名目繁多。留存于世的甘肃靖远清嘉庆古钟戏曲铸目就是一个明证。该钟重一千多斤，兽钮、钟裙为八瓣莲花形，每瓣上铸八卦符号各一。钟的外体分四圈，每圈并排铸有戏目。戏目按数字、人名、地名、物名、阵图、颜色、杀、斩、铡等系统排列，如以数字为戏目的有：《一捧雪》《二度梅》《三上轿》《四进士》《五岳图》《六月雪》《七星庙》《八件衣》《九莲灯》《十道本》《百子图》等；以人名为戏目的有：《伐子都》《昭君》《关公挑袍》《三气周瑜》《马刚跳楼》《李白醉写》《打严嵩》《马芳围城》《周文送女》等；以地名为戏目的有：《白水滩》《长坂坡》《太和城》《未央宫》《天台山》《牛头山》《葫芦峪》《五丈原》《过五关》《下河东》《摘星楼》《金水桥》《华容道》《风波亭》等；以物品为戏目的有：《抱火柱》《玉虎坠》《单刀会》《春秋笔》《闹花灯》《满床笏》《金琬钗》《天仙帕》《打銮驾》《铁莲花》《庆顶珠》《九龙杯》《合凤裙》《打草鞋》等；以阵图为戏目的有：《万仙阵》

《五雷阵》《火牛阵》《天门阵》《庆阳图》《铁兽图》《忠孝图》《日月图》等;以颜色为戏目的有:《黄河阵》《黄鹤楼》《碧游宫》《白门楼》《白逼宫》《白玉楼》《血手记》《红梅阁》《红鸾禧》等。其他各类,亦皆如是,名目异彩纷呈,一览趣味盎然。

以上仅是就中国戏曲发展史上几个重要时期,所产生的各种形式的戏曲剧目名称的简略回顾。随着地方戏曲的蓬勃兴起,各地方剧种上演的剧目的名称,更是自成体系,别具一格,各有千秋。

※写于 2012 年 6 月 22 日,是应山西省戏剧家协会主办的《名堂》创刊号所撰。

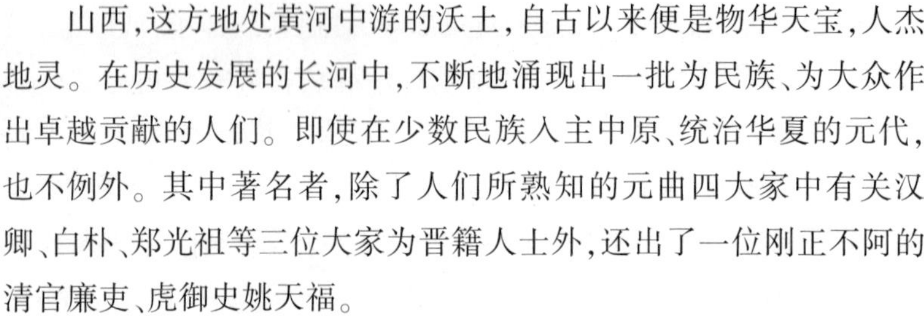

姚天福勇斗权奸

山西,这方地处黄河中游的沃土,自古以来便是物华天宝,人杰地灵。在历史发展的长河中,不断地涌现出一批为民族、为大众作出卓越贡献的人们。即使在少数民族入主中原、统治华夏的元代,也不例外。其中著名者,除了人们所熟知的元曲四大家中有关汉卿、白朴、郑光祖等三位大家为晋籍人士外,还出了一位刚正不阿的清官廉吏、虎御史姚天福。

据史载[①],姚天福(1230—1302),字君祥,元代绛州稷山人,其祖上世居山西稷山南阳村,父亲为避兵乱迁居大同怀仁。姚自幼生长在怀仁,由于勤奋好学,才华出众,被任为怀仁县丞,以后又晋升为监察御史。数年后,历官河东道提刑按察副使、中顺大夫、治书侍御史、嘉议大夫、淮西道按察使、湖北道按察使、山北道按察使、刑部尚书、扬州路总管、淮西按察使、平阳总管、陕西汉中道肃政廉访使、真定路总管、参知政事、大都路总管兼大兴府尹等,73 岁时死于任上。

综观姚天福一生的为官履历,既有受皇上派遣到各道巡察、考核司法刑狱和吏治的经历，又有担当地方军、政长官的履历，其中又以前者是其为官的主要经历。这一方面说明他为官清正，深受皇帝的器重和信任，另一方面也造就了他的疾恶如仇、刚正不阿和勇斗权奸的秉性。这样一位山西先贤的事迹，就绝大多数的山西人来讲，以往是知之甚少的，直至新编晋剧《巴尔思御史》的上演，人们才从戏曲舞台上艺术地感知了他。

新编晋剧《巴尔思御史》，是著名剧作家梁波先生的新作，由著名导演石玉昆先生执导，山西省晋剧院排练上演。剧作不是表现姚天福的一生经历，而是截取和表现了元代至元年间，姚天福担任监察御史时不畏权势、弹劾权奸的故事。

晋剧《巴尔思御史》，全剧一序六场，剧情的大意是：元代至元年间，监察御史姚天福，因弹劾宰相阿合马，被皇上赐封为“巴尔思”，而宿卫士秦长卿却被收监判斩。此时，姚天福正奉旨巡察地方，了解到宰相阿合马的不少罪行，急急回京禀奏，途中遭到阿合马派人行刺，在秦长卿胞妹秦长娟的救助下，凶手被擒，等得知长卿已于狱中含冤丧命，姚忧虑重重。姚天福回朝后，抓紧整理有关阿合马罪行的文书，其子祖舜对宰相的崇敬和对秦长娟的冷漠，引起了他的警觉。面对弹劾阿合马，儿子反对，夫人担心，姚天福最终接受夫人的建议，先把有关情况向御史台韩中丞禀报。等姚天福一行，兴冲冲来到御史中丞韩府，向顶头上司禀报时，却吃了个闭门羹，几经求见终未见，门官转告的一些明哲保身的话，叫姚天福甚为感慨。姚子祖舜从韩公子处得知父亲要弹劾宰相事，急匆匆赶回家中劝阻，他以弹劾将影响到自身的前程及利益为由，和父亲直面交锋，劝父亲和宰相相倚为强；这使姚天福大为气恼，父子反目，怒火中烧，面对没骨气的儿子，姚竟将案上砚台砸向了自己的头部。听说姚天福有病未能上朝，韩中丞派门官等给姚送来慰问品，并以隐语方式告知皇上的行止，暗示姚天福可拦驾奏谏。月夜中的姚府院内，秦长

娟思虑烦乱，舞剑解忧；连日来姚府发生的一切让她费解，祖舜似醉非醉的一番话，让她误解了姚天福，尤其是祖舜的冷漠寡情，促使她毅然离开了姚府。此时，伏案抚琴的姚天福，正为自己的人生磨难、家门不幸、逆子堕落而心绪难平，夫人为了开导他，也主动承担了宽宥纵子的责任。突然随从来报，秦长娟为报兄仇夜闯相府，终因寡不敌众自刎身死。姚天福看了她出走前留下的误会信函，不觉仰天叹惜。得知明日皇上外出的消息，他当即与夫人拜别，决意冒死进谏，参倒阿合马，夫人情愿陪夫君走到底。夜深了，夫妻俩互表心迹，心心相印，共同咏唱起当年洞房花烛夜时，一起诵读过的《我侬词》，以浓浓的亲情迎来了新的一天。接到皇上传姚天福御前对质的旨意，爱妻帮他整装更衣，姚天福取下御书“巴尔思”横幅，在随从和禁军的簇拥下，胸有成竹地向皇宫大殿走去。

山西省晋剧院，对创作和上演这台新编古装戏十分重视，不仅编剧、导演外聘名家，投入强大的演出阵容，而且选择了该院的优秀艺术骨干担纲主演。扮演姚天福的须生演员李建清和扮演姚夫人的青衣演员刘建平，是省“二度杏花表演奖”的获得者；扮演秦长娟的刀马旦演员苗洁，是中国戏剧“梅花奖”的获得者；此外，扮演欧阳坤的花脸演员金小毅、扮演门官的丑角演员郭学富，都是各自行当中的佼佼者，就连外借配戏、扮演姚祖舜的小生演员樊旭强，也荣获过省“杏花表演奖”。她(他)们从扮相到唱腔，从表演到刻画人物的内心世界，都十分到位，努力做到贴近人物，细腻演绎，表演适度，外化心理；尤以几个主要人物的刚柔相济、收放自如的演唱更能赢人，这种强强联手、配合默契的舞台呈现，令观众耳目一新。

新编晋剧《巴尔思御史》演绎的是元代的史实，它填补了山西戏曲舞台演绎元代故事的欠缺；剧作以舞台艺术的形式，首次将元代山西先贤姚天福的事迹及其形象立在了戏曲舞台上，是这一题材戏曲的开先河之作。由于梁波先生的匠心编织，使这一部新编剧作呈现出如下一些特点。

构思缜密,编织精巧。剧中主要人物姚天福,迈入仕途后,曾官拜监察御史,但正史中有关其任监察御史时的事迹却不多;特别是和宰相阿合马之间的纠葛与斗争却无任何记载,不仅阿合马本传中没有留下任何踪迹,就连《世祖本纪》和姚天福本传中同样也无记述。至于元世祖赐他“巴儿思”,只是因为姚“每廷折权臣,帝嘉其直”“谓其不畏强悍,犹虎也。”[②]并未明确赐名就是因为同阿合马斗争。值得注意的是,在元人陶宗仪的《南村辍耕录》卷二中,却有一段相关的记述,文云:“河南江北行中书省参知政事姚忠肃公天福,字君祥,平阳人。至元十一年(1274),拜监察御史,弹击权臣,无所顾畏,世祖赐名巴而思,国言虎也。后条奏宰相阿合马罪二十有四,召廷辩,公枚数之,彼辄引服,数至于三,气沮色丧。上曰:‘此三者,罪已不在宥。’因目公曰:‘巴而思,臣下有违太祖之制干朕之纪者,汝抨击毋隐。’廷臣皆震悚。”[③]显然,这条记述正是剧作编织构思的重要依据。此外,正史中倒有秦长卿因上书参奏阿合马被害的记载[④],但同姚天福却无关联。由此看来,正是在史实素材不充分的情况下,剧作者将三位有史可稽、关联并不紧密的人物有机地编织在一起,从而把姚天福弹劾阿合马的故事编得圆满顺畅,确实不易。为了突出表现官场斗争在家庭亲情间的影响和反映,剧作还编织了姚子祖舜为自己的前程事,投靠权奸、背叛父训以及和秦长娟的婚变事,这些纯属艺术虚构,但却合乎一定的情理,为激化戏剧冲突,突出主要人物的艺术形象,做了极好的衬托和铺垫。

人物设置简约,主要人物的形象突出。剧中人物的设置很简约,真正出场并赋予一定戏份的仅为姚天福的一家四口。尤为奇妙的是,作为姚天福的对立面阿合马,体现官场行为必不可少的皇帝及御史中丞韩大人均未出场。这些走了暗场的人物,其戏剧行为及效果,一方面是通过太监、门官这些辅助性人物的言谈举止去展现,

另一方面则是以对立面的代言人姚子祖舜的戏剧行为去表现的,舞台上的这一表现手法,给人以新颖别致之感。由于对立面的人物阿合马未能登场,该剧主题思想的揭示,则是通过对姚天福的家庭矛盾及风波的集中展示来实现的,既反映了复杂的官场斗争及宦海风波的社会现实,也使主人翁姚天福的艺术形象更加突出。

善于取材用典,注重唱词的文采及抒情。剧作在创作中,善于取舍史实素材,确当选用轶事典故。如秦长娟这个人物就是虚构的,是由秦长卿因参奏阿合马下狱身死的史实素材生发出来的。她的设置,对于编织戏剧情节(擒获刺客,暗中救护姚天福)、加剧戏剧冲突(和姚子祖舜的婚姻变故)、体现历史真实(秦长卿冒死参奏阿合马),均起到了不可替代的作用;同时,也为剧中角色行当配置得均衡齐备提供了条件。又如,对《我侬词》的妙用,此词作原系元人赵孟頫夫人管仲姬,为其丈夫想娶妾所作调侃小词的回应之作,这一轶事典故原出自《古今词话》,被清人徐釚辑入《词苑丛谈》卷十一中[⑤]。作者将它采入戏中,又演化为民歌韵味的对唱与重唱,既不失原词的文学艺术特色,又表达了夫妇间真挚浓郁的情感,做到了移用贴切而又恰到好处。此外,剧作为主要人物设计了不少有分量的唱段,唱词既有文学色彩,又极富抒情,特别是在一些唱段中,还刻意设计了些不规整的长短句,大大加强了唱腔的节奏感和感染力。

撷取古今相通事理,使剧作有强烈的时代感。剧作在整体构思时,从撷取古今事理相通的创作理念出发,匠心地编织了姚天福不畏权势、一身正气斗奸惩恶;姚祖舜经不起权势诱惑、背叛父训竟遭堕落;官宦家庭教育中的温情迁就、娇惯纵容,以致自食恶果;官场间的逢迎权贵、推诿扯皮、工于心计、不惹人、不作为的恶劣风气等。这些行为举止,以夸张幽默的形态及场面亮相于舞台后,既可视作是剧中情节的相应展示,又可透过这些历史现象,联想并感悟到当今现实生活中相类似的影子,极易引发当代观众欣赏情趣的共鸣,有利于增强该剧目的观赏性和时代感。

晋剧《巴尔思御史》虽为一部新创剧目,但因其具有诸多的优长,一经问世,便受到了广大观众的欢迎,除了剧作文本的基础好、起点高外,还得益于精心的二度创作。以至在省内城乡的演出和晋京赴蒙的巡演中,都得到了一片赞誉声,尤其是该剧目在塑造廉吏形象的创作模式上的突破和出新,更引起了戏剧界专家和观众们的热议。从求精和完善的角度来看,该剧目尚有一些商榷和斟酌之处。

晋剧《巴尔思御史》,在塑造"虎"御史姚天福刚正不阿、为民请命、勇斗权奸的形象时,不是同对立面阿合马直面交锋,也不是向皇上直言进谏,更不是以具体的案例、罪证制伏对方;而是以较大的篇幅,去展现这一监察御史复杂细腻的心路历程,其间,既有来自官场的压力和障碍,又有出于自身的迷惘和困惑,而更多的却是来自家庭、亲情的羁绊。前者为具象演绎,表现形式为故事情节的渐次推进及展示;后者为心灵外化,表现形式为内心世界的抒发及表述。二者相比,后者的表现确有新颖别致之处,但对习惯于以扣人心弦的情节为欣赏主旨的观众来讲,似乎还满足不了他们的欣赏需求;尽管演员已尽心竭力地做了淋漓尽致的情感抒发,但因情节推移平缓,缺乏直观的斗争过程及结果,这样的廉吏戏,担心普通观众会坐不住的。

晋剧《巴尔思御史》的情节编织,从总体上看,应当说是圆满顺畅的,但就一些细节而言,还有值得斟酌的地方。如在序言中,太监传达皇帝的旨意,同为弹劾阿合马,其结局,秦长卿是秋后处斩,姚天福却是褒奖赐号,同一事件两样处置,不仅自相矛盾,而且也不能自圆其说。又如对秦长卿罪过及结局的设计:列举秦长卿的罪责,应和他上书参奏宰相阿合马事有关,剧中单举所谓反诗一例,虽很形象化,但其内容打击面宽,并非专指宰相阿合马,锋芒所向直指朝

廷。事实上,《元史》中就载有秦长卿上书参奏宰相阿合马的内容,诸如"擅生杀人""杜塞忠言""情似秦赵高""事似汉董卓"等[6],这些内容均可以相应地采入戏中。至于秦长卿的结局,剧中设置为"自尽在牢狱";正史的记载是,受阿合马指使,"狱吏濡纸塞其口鼻,即死"。[7]若能按此记载,将剧中秦的"自尽"改为被"残害而死",既符合史实,又表现了阿合马的残暴,似乎更为准确一些。

此外,在场次的安排上,第六场的篇幅长、容量也有些大,又有不同时空的转换,是否可以调整一下,将秦长娟和姚祖舜的一场戏单独出来,适当予以加强?而舞美设计中硕大仿真的马车装置,虽可以造势引人,但利用率不高,相反,却占据了偌大的表演区,直接影响到演员自如的表演和时空转换的意境表达。这些看法,连同上述的一些感觉,不一定准确,仅供参考,并不影响该剧目的整体创作成果。相信在现有的基础上,广泛听取各方面的意见,《巴尔思御史》一剧会加工得更完善、更成熟。

晋剧《巴尔思御史》的上演,为戏曲舞台增添了一位清正严明的廉吏形象,同时也为宣传和彰显这位古代山西先贤作出了贡献。人们观赏了这个剧目,还想更多地了解这位山西先贤,除了应当研读他的本传外,建议能实地到稷山青龙寺走访一下。这是个国家级文物保护单位,在它的博物馆里,保存着元代元统元年(1333)奉元顺帝诏命,特制的一通姚天福的神道碑。碑文近五千字,是由元代著名文学家虞集奉诏撰文书写。碑文记载了姚的生平经历,特别是表彰了他的为官业绩,有的事迹,史传缺载,鲜为人知。诸如,严办元世祖宠臣、作恶多端的大名府(今河北大名)太守小甘浦,查办辽东宣慰使阿老瓦丁贪污军粮案,巧破武平县(今内蒙古敖汉旗东)"双钉案",破获景州(今河北遵化)"布商被杀案"等。这些都是演绎戏曲故事的极好素材,有这方面意愿的戏剧工作者,不妨尝试一下,为戏曲舞台上出现更多的有关姚天福题材的剧目，去尽一把力。

注　释

①《元史》卷一百六十八第3960—3962页，中华书局1997年缩印本，下同。

②《元史》卷一百六十八第3960页。

③（元）陶宗仪著《南村辍耕录》卷二第29页，文化艺术出版社1998年版。

④《元史》卷一百六十八第3958、3959页。

⑤（清）徐釚《词苑丛谈》卷十一第633页，人民文学出版社1988年版。

⑥《元史》卷一百六十八第3958页。

⑦《元史》卷一百六十八第3959页。

※写成于2013年11月19日，发表于2013年《三晋戏剧》杂志第4期。

读电影文学剧本《蒙山大佛》札记

电影文学剧本《蒙山大佛》，是太原市作家郭建华的新作，2013年5月30日收到该书，6月9日又见到了作者，但一直未能阅读该书，近日要召开该书的研讨座谈会，特突击性地浏览了全书的内容。

剧作全文28万余字，分上、中、下三部，集中反映了南北朝时期，北齐、北周两国间的斗争及其一些历史人物交往间的故事。

上部111场74页，两个时空区，北齐、北周，集中叙述又交叉展示，而在北齐的时空区内，又突显了斛律光和冯小怜的出场及相关活动的场面。剧作一般采用顺叙式的展示，也间有一些倒叙，如对卫元嵩及双胞胎姐妹身世的叙述及展示。两个时空区表现了两组截然不同的执政场面及相关的人物，北齐执政者高纬，贪图享乐，荒淫无道，杜绝忠言，滥杀无辜；北周执政者宇文邕，勤政开明，善用人才，广纳忠言，谋划大略。他们之间的斗争，有军事的、外交的、间谍

战的，而上部叙写斛律光和冯小怜的篇幅有些多。

中部135场77页，仍为两个时空区，相递展示，偶有交叉，或为剧中人回忆引出的倒叙，或为剧中人脑际间的幻影，总体讲，以齐地时空区展示为主。剧情展示以北周使臣卫元嵩出使北齐，施行周武帝制定的“拉婆——除光——毁佛”战略开始，此时冯小怜已得宠，宇文妃失宠被杀，引来了周武帝宇文邕率大军御驾亲征北齐，在斛律光的正确分析应对指挥下，周军全军覆没，一败涂地。亏得杨坚潜入救驾，才保住了宇文邕的性命。剧作中，除蒙山灭佛、血战场面展示冗长外，卫元嵩乘周武帝出征北齐，与卫小悯偷情的镜头也有些偏多。

下部213场89页，两个时空区，相递展示，以齐地时空区展示为主。剧情展示以周军败北又生毒计，借纳贡求和结盟为由，乘浴佛节圣日朝拜大佛盛大规模活动，制造事端，突袭北齐。乘乱将冯小怜掳掠回北周，而让卫小悯假充小怜，来到高纬身边，极尽荒淫享乐之事；并利用高纬引领群臣在逍遥宫的趣苑，行赤身裸体游乐之际，协同穆提婆等奸佞，共进斛律光谋反谗言，于大佛下暗杀之，紧接着诛灭其九族与同僚属下。北周乘势发大兵水陆并进，直逼晋阳，此时高纬还在和假淑妃淫乐，一封封紧急军情都被奸佞扣押。等周军占领晋阳城时，高纬君臣们仍沉浸在蒙山避暑宫中，尽情领略假淑妃的玉体横陈。周兵洗劫蒙山，高纬君臣们全被俘获，假淑妃在遭周将凌辱后被焚，周武帝带着冯小怜进入蒙山，冯见北齐国已亡，生灵涂炭，便以自身撞向大佛，继而跳入崖下。

尾声，以字幕交代全剧结局，北周灭了北齐，四年后杨坚废帝自立，隋朝建立。

读了《蒙山大佛》，洋洋28万言，甚感后生可畏，撰写不易，宣扬蒙山，功不可没。总体来看，剧作有这样一些特点：

其一，为人们勾勒出一幅恢宏大气的特定的历史画卷。全书以蒙山大佛为背景,为人们描绘了我国南北朝时期,北周剿灭北齐的历史画面。在遵从大的历史框架下,从政治、军事、宗教、民生以及执政者的理念等方面进行了具象的描述、展示,塑造了一批鲜活而又性格各异的人物形象;通过对一些史实素材的运用、编织及艺术加工,包括虚构及适度夸张,在读者及观众面前,呈现出了一幅幅栩栩如生、以血与火浇灌出的朝代交替、政权更迭、国之兴亡的画面,让当代人深刻感悟了“成由勤俭破由奢”的治乱兴亡的哲理,养成良好的治国兴业齐家的风尚,珍惜今日来之不易的美好生活。

其二,为人们展示出绚丽多彩的蒙山风光的动人景观。书中在展示北齐时空区时,刻意将不少的故事情节展现在蒙山景区,并用较多的篇幅、较重的笔墨,描绘并展示了美丽的自然景观、诱人的人文景观,包括具有悠久历史的宗教建筑和动人的轶事传闻,其中又不厌其烦地突出显示了蒙山大佛的宏伟、肃穆、壮观。这对于宣传蒙山景区,配合该区的旅游文化资源开发来讲,无疑起了功不可没的作用。

其三,全书饱含了丰富深邃的地域文化之内涵。作者以对太原的深厚情感,倾其智慧之力,把最能体现太原地域文化特色的内容,应有尽有地贯注其中,包括风土人情、宗教文化、民俗文化、饮食文化以及音乐、舞蹈、戏曲、武术、杂耍、语言等,涉猎面宽,丰富庞杂,在同类作品中是少有的。这不仅大大地提高了该剧作的文化内涵,也对弘扬和传播优秀的地域文化作出了贡献。

这是一部以蒙山大佛为背景,以影视艺术的形式,表现太原地区发生的北齐兴亡史实为题材的开先河之作。就目前的规模来看,可谓是鸿篇巨制,但带之而来的一些问题,也值得思考及商榷。

第一,主题思想的确定。演绎历史是为了关照现实,其主题思想的确定与揭示,又赋予了该部作品的灵魂主旨之所在。鉴于该剧作内容丰富,涉猎面宽,其主题思想即呈现为多元化。一般来

讲，文艺作品主题思想的确定和揭示，应当集中突出，而忌分散平淡，而主题思想的确定，又少不了为谁服务、有无现实性的基本要点。以此来看，为表现历史而演绎历史是不可取的，从服务蒙山景区的宣传和开发角度讲，又显得不突出、不贴切，如何寻找恰当的突破口和切入点，达到和服务对象的契合，则是应当考虑的一个问题。

第二，谋篇部局的取舍。谋篇部局涉及剧作的篇幅结构，而作品的篇幅结构又受到主题思想的制约，影响到作品终极目的之实现。剧中就对立双方执政者的施政理念和实践，缺乏应有的情节展示和行为表现，而却用较大的篇幅和笔墨，去展示与表现了蒙山灭佛、血战，浴佛节突袭血战以及高纬与假淑妃卫小悯的淫乱、北齐君臣们裸体逍遥游乐的场面。这些地方的描述，固然是作者创作灵感奔放宣泄自如的表露，但必须考虑到它在全剧中应有的位置、分量及客观效果。这些得心应手的描述及展现，既不可喧宾夺主，也不可引出负面效应来，否则就会影响到剧中人物形象的塑造及主题思想的体现。过多的渲染战场残酷、灭绝人性的血腥场面，不仅影响观瞻，也不利于准确贴切地宣传蒙山景区；同样，过多地展现高纬的淫乐场面，除了影响观瞻，还涉及人物形象的定位及塑造（史载高纬奢靡玩乐，人称“玩主”，“未尝有帷薄淫秽，唯此事颇优于武成云”；而剧作中对冯小怜的描述又寄予了极大的同情笔触）。这些较大篇幅的描述，不可能全部搬上影视及舞台，也就不能达到文本的终极展现。有鉴于此，该剧作目前的篇幅结构，还应根据主题思想的确定而进行合理的取舍。

第三，剧作文本的外延。《蒙山大佛》作为电影文学剧本来讲，一度创作应当说是已大功告成。至于它的终极展现，目前状况如何，不太清楚。如能成功地走上银幕，既实现了作者的初衷，也是文艺界可喜可贺的一件事。我们今天来讨论它，除了肯定作者的创作成果及其付出的辛勤劳作，评判作品的优劣得失，还应在文本的外延上做些文章。客观地讲，这样一个题材，这样一个“冷门”领域，能写到如此地步，已经很不错了，我前面称“后生可畏”“功不可没”，正出于此。我从事文化艺术管理工作多年，深知创作一部文艺作品很不容易，何况作品已具有较好的基础和编织，不应就此撂下或搁浅，而应做一些再开发的工作，诸如，从现有作品中选取一些人物及典型故事，确定议题，分而治之；或删繁就简，从某一个侧面去表现；甚至还可以这个题材，去构思和编织舞台戏曲和歌舞剧，等等。或许会有些意想不到的收获。

※写成于 2013 年 11 月 29 日，除研讨座谈会发言外，摘要发表于 2014 年《山西文化》杂志第 3 期。

读现代戏《托起明天的太阳》札记

2013 年 11 月 28 日晚，省戏剧职业学院齐英贵同志送来新编现代戏曲《托起明天的太阳》剧本。编剧安兰，是反映职业教育题材的戏曲。

全剧共一序九场加尾声，剧情内容大意是：

序，第一职业高中校园，实训基地落成剪彩，眼前的盛况，引起了小江书记的回忆。

第一场，时间回到 90 年代旧校园的建筑工地，面对白手起家自建校园，有的学生想不通，刚分配来的大学生江燕也难以接受，张校长以个人的模范行为感染教育大家。

第二场，张校长家，孩子在发热，爱人请假在家照顾，母亲不理解，值夜班回家的张素珍，还未来得及吃饭、休息，就因一名学生外出未返校，又返回学校去找。

第三场，街头网吧，张校长和老师们分头到街头网吧寻找蔡鹏飞，等寻到后，正遇几个小流氓和他纠缠，小流氓动刀，是张校长保护了他，使他很受感动。

第四场，张校长的办公室，用人单位退回了学生，江燕老师又想离校去考公务员，张校长分别做工作，听说退回来的学生被家长带回了家，她又踏上了家访的路。

第五场，董翠翠家，张校长带江燕行走山路到学生董翠翠家去家访，做了董爷爷的工作，留了一笔钱，劝导董翠翠重返学校读书，感动得翠翠喊她为妈妈。

第六场，王老师宿舍，张校长带人家访教师，做思想工作，帮助解决生活实际困难，感动了转岗的教师。

第七场，张校长办公室，江燕考上公务员，大家都表示祝贺，又不想让她离开，谁知她做出了决定，继续留校工作，并向党组织递交了入党申请书。

第八场，某酒店门口，张校长为安排学生就业，亲自登临酒店门，苦口婆心地与企业老总商量，并带领学生给老总擦汽车，以自己的真诚，换得企业老总的同情。

第九场，医院病房里，张校长积劳成疾住了医院，家人在呵护她，她却深深眷恋着学校及亲人，老师及同学们来看望，更激起了她热爱校园及师生的一片深情。

尾声，毕业生就业洽谈会，职校培养的学生供不应求，并和国外联合办学，习近平总书记视察学校，更鼓起了张校长们办好职校的积极性。

综观全剧，结构严谨，情节流畅，主要人物形象突出，为人们塑造了一位忠于职教事业，热爱学校，钟爱师生，舍家敬业，埋头奉献的人民教师形象。总体来看，剧作文本基本成熟，提些具体意见：

一、全剧结构整体还是严谨的，就是最后一场，张校长住院动手术的结果，应在尾声中有所交代，因她是一号人物，观众关心着她的事情的始终。

二、要适当增加职业教育能够赢得市场需要的内容，这是本剧的个性特色，以回答剧中设置的一个重要情节，即企业先是退学生，后来抢着要学生的问题。至于勤俭办校、登门家访、关心师生、做针对性的思想工作等，则是办好教育的共同特点，也是塑造主要人物形象不可缺少的素材。

三、关于衔接场次的形式，剧中四次让江燕在定点光下穿场，这种形式新颖，又对剧情的推移发展起承上启下的作用，但要注意它的连贯性和一致性。

四、台词总体不错，其中，唱词的不规整、长短句，可增强配器及演唱的节奏感。但要注意唱词中的韵脚和一些词不达意的句子，为了能明白涵义、朗朗上口，还应整体上对唱词很好地修饰一下。

五、一些具体问题：第 1 页，江燕的身份应说明是继任书记；第 13 页，江燕的台词中“高考无望、离犯罪只差一步之遥”有些绝对，可缓和一些，如“无所事事、容易迈向”等；张素珍台词中的两个“李总”和下文的“赵总”，是否应一致起来；第 16 页，唱词中“三流的学生”“孺子牛俯首甘为道还远”，需做文字修饰；第 18 页，爷爷说孙女哭为“尿水多”，不妥；第 19 页，江燕唱词“危机暂时难”“翻不过去的大山”，需修饰；第 24 页，江燕“我就是最好的接班人”有点自我赞许，最后一段的唱词“现身法”应修饰。

※写于 2013 年 12 月 1 日。

读现代戏《抗大女兵》札记

2013 年 11 月 13 日，在长治市参加市豫剧团建团 60 周年庆贺活动时，收到长治市郊区落子剧团负责人送来的新编现代戏《抗大女兵》。编剧王虎成、冯培英，反映的是抗战初期，抗大女生队和上党老区人民结下的革命情谊以及所发生的一些革命故事。

全剧共七场，各场剧情大意是：

第一场，村外，抗大女生队的小文，正在教村里妇女识字，只见村民牛二宝拿着鞭子追打其妻杏花，小文劝阻不听，索性动手夺去鞭子，保护了杏花。

第二场，小文住处，小文正伏案书写上前线的申请书，女生队队长找来，开导她发动群众共同抗日同样重要，并送给她一本毛主席的《论持久战》，让她学习领会动员群众、依靠群众的精神实质。

第三场，杏花家，小文边学纺线，边和杏花拉家常，开导她担起妇会主任的担子，启发阶级觉悟，参加妇救会，识字打鬼子。

第四场，女生队队部，村长想用群众捐出的粮食，来解决女兵吃不饱饭的困难，炊事班不接受；找队长，队长不在，让小文帮忙，小文以群众纪律为重，表示不能替村长疏通，受到队长的肯定和称赞，并教育大家以生产自救渡难关。

第五场，杏花家，正当妇女们要和抗大女兵开展劳动竞赛时，却传来杏花丈夫牛二宝当了汉奸的消息；二宝的母亲听到后气得昏了过去，杏花手持菜刀要找二宝算账。此时村长找来，传达营救八路军情报员的事，队长不在，小文决定由她和杏花化装进城和地下党取得联系。

第六场，城郊外，小文、杏花化装进城，于郊外遇见二宝，不仅弄清了二宝为日本人做事的原因，还从二宝口中了解到情报员的有关情况，小文决定让杏花回村通报情况，她留下与二宝见机行事。

第七场，日军监狱，二宝和化装为村姑的小文，用毒药浸过的烧鸡毒死看监狱的日宪兵，救出情报员。在护送情报员逃离的途中，遭遇日军追击，村长、二宝、杏花先后牺牲，小文受伤；在日军包围的情况下，队长带女兵赶来，在营救小分队的配合下，全歼鬼子兵，然后胜利撤走。

该剧作创作的初衷是好的，但由于选材的限制，加上编织构思欠周密，总体呈现不太成熟。提出些意见及建议：

一、题材的选择。从剧作简介可知，该剧作是以当年抗大女战士齐心的事迹为原型编创的，若确实如此，鉴于她目前所处的特殊身份及位置，尚需报中央有关部门核准，未经核准的情况下，是不可以随意以舞台艺术形式去表现的。若不是如此，则存在着事迹不典型，缺乏感人的故事情节，构不成戏剧性。

二、剧作的结构。整体来看，剧作的结构松散，有零星拼凑之感，全剧缺乏中心事件从头至尾贯穿下去，各场所堆砌的故事场面没有内在的联系，就一个场次的剧情推移来看，也很紊乱。如第五场，开场是讲生产自救、劳动竞赛，却突然冒出个二宝是汉奸，还不等问题解决，又出来个情报员事件。剧情转换随意，让观众不知所云，莫名其妙，加上情节平淡而无波澜，很难吸引观众，缺乏应有的艺术感染力。

三、剧情的编织。由于故事缺乏整体构思，情节的编织即有些随意，一些场面显得有失真现象，人为编凑的痕迹较重。如几个关键场合，队长都不在岗；情报员事件，不去找八路军总部或有兵力的单位，却将任务下达给不管和不懂军事斗争的村长；小文和杏花化装进城的行为更荒唐，一旦二宝真的是汉奸怎么办？至于小文和二宝潜入日本宪兵守护的狱中，去救情报员更是离奇，不明身份的翻

译关键时候杀鬼子也失真。这一切表明，剧作为了突显小文个人的所谓“英雄”行为，人为地设置一些虚假不合理的环境及背景，这样编织戏剧情节既站不住脚，又有胡编乱造之嫌。

四、人物的塑造。剧中人物形象塑造不成功，缺乏应有的基础及铺垫，表现得平板苍白无立体感，即使赋予了一些人物以高大的英雄行为，却显得突兀和虚假。如鞭打妻子、游离于革命教育活动之外的牛二宝，竟能义无反顾地为救情报员而牺牲；刚识了几个字的农家妇女杏花竟能记日记，并主动为救情报员而献出生命；一号人物小文的行为举止也很勉强。这些人物的塑造，不是水到渠成，而有人为拔高之嫌，使人不可信。

此外，台词中既有词不达意和不押韵之处，也有唱段设置不当之处。最明显的是第七场，小文被日军包围时的一大段唱，此刻情势危急，容不得有如此长的抒怀唱段，也表现出编织上的随意性。

※写于 2013 年 12 月 4 日。

读上党梆子《千古一将》札记

2013 年 12 月 2 日，收到长治市戏剧艺术研究院冯双明寄来的新编历史剧《千古一将》剧本。编剧冯双明、李中林，反映的是战国时期秦将白起的故事。

全剧共七场，各场的剧情大意是：

第一场，篇幅 5 页，长平战场。长平之战秦军大败赵军，并坑杀 40 万赵军降卒，秦将白起企图乘胜进兵邯郸，遭到参战的年老父亲的阻拦，白起不听父劝，继续进兵，其父表明要断绝父子情，常驻长平。

第二场，篇幅 3 页，秦地。赵国使臣苏代，携重金拜见秦国丞相范雎,请求割地求和、罢兵息战,并以白起灭了赵国、功高过范的攻心术来打动范雎,让他禀奏秦王息战。

第三场,篇幅6页,秦国宫殿。范雎上殿竭力劝秦王与赵国罢兵息战,并促成秦王下令白起回朝听命。朝堂上,白起再三申述不可退兵,经不住范雎与秦王的协同策应,最终决定从邯郸撤军。

第四场,篇幅5页半,白起府上。邯郸撤军让白起气愤病倒,多亏孟娥的精心照料,白母问询孟娥,方知10多年前二人的一段情缘。范雎奉命前来请白起再行伐赵,却遭到白起与其母的拒见。

第五场,篇幅5页,秦宫。范雎回报秦王,诉说白起拒见,秦王令人将白起抬上宫殿,在道歉的情况下,令白起再率军队伐赵。白起向秦王说明缘由,表示不愿出征,激怒了秦王,不答应白的请求。

第六场,篇幅12页多,白起府上。白起回府后,问起父亲的情况,白母始将其父为其赎罪死于长平之事告知;面对秦王逼他伐赵、父亲赎罪长平,白起痛心地反思了一生征战杀戮的罪行,并与孟娥泪眼相诉。突报秦王带范雎深夜来府造访,仍是让他出征赵国,百般请求无效,秦王怒不可遏,当即削去他的所有官爵,令他迁出京城,范雎却又献上斩草除根之策。

第七场,篇幅4页,京都郊外。白起同母亲、孟娥、随从等一起踏上冰雪盖地的外迁道,只见部将王翦随后赶来,他让母亲和孟娥等先行离去,自己迎候王翦。原来王带着秦王的赐剑,令他自裁,白起心内早有所料,在回顾了自己不平凡的戎马生涯后自刎而死。一代名将就这样结束了自己的一生。

新编剧作《千古一将》,依据长平之战后,秦将白起的一段有史可稽的经历,经剧作者精心的艺术构思,演绎了战国名将白起可悲的人生结局。剧作的谋篇部局已具有一定的基础,多数的台词也还朗朗上口,在认真加工修改后,可望成为一部能够立于舞台的剧作。现就剧作的加工和修改,提一些商榷意见:

其一，剧作的主题。主题思想是一部剧作的灵魂所在，也是能否吸引观众尽快进入剧情、产生思想共鸣的精神动力，主题思想的深刻与否，也决定着剧作能否立于舞台并可传演下去。目前剧作演绎白起可悲的人生结局之目的已经达到，但全剧到底要体现和表达什么样的主题，尚需明确和突出。

其二，主要人物的定位。白起是这部剧作的一号人物，对他定位的准确与否，决定着是以什么样的态度与笔触去描写和塑造这个人物，也影响着全剧剧情的铺陈和编织。就正史记载和历代史家、学者对白起的评述来看，他虽为秦帝国统一天下立有赫赫战功，但却是公认的中国古代将帅中头号刽子手，素有“人屠”之称。正如剧作结尾画外音所讲“歼灭六国军士一百余万，攻陷六国城池九十余座”，而这里所说的“歼灭”，按史书记载，包括斩首 47 万、放水淹死数十万、沉入河中 2 万、坑杀 40 万人，这样一个杀人不眨眼的刽子手，从“公理而言”，“以起之惨，虽夷族灭姓万万不足赎”，称他为“功勋卓著”“一代战神”“兵家奇才”是不合适的。这就决定了剧作不能以褒奖和赞赏的角度去表现他，只可以通过揭示和外化他的复杂的心路历程去表现，让观众感到他的死是罪有应得，正如他自裁前所说：“我固当死。”“足以死。”剧作的任务是，刻画和表现白起由杀戮成性到反思有罪的心路过程，剧作的名称，充其量只能称作“白起之死”，而不可誉为“千古一将”。

其三，该剧目的地域适应性。对于大多数上演剧目来讲，地域适应性并不显得那么重要，但有关白起题材的剧目，在上党地区推出并上演，就要顾及惨绝人寰的长平之战，以及这个地域、特别是世代生活在高平的百姓们心理的承受及影响，高平人世代流传的吃“白起豆腐”，就是千百年来生活在这块土地上的人们仇视白起情绪的具体体现。有鉴于此，在高平乃至上党地区，创作和演出白起题材的剧目，一定要慎重，特别是不能出现褒奖和赞赏白起的剧目。

其四，剧情的编织。基于上述的认识，剧中有可能起到赞赏和抬高白起形象的戏剧情节，都需做修改和调整。如剧中编织了80高龄的白起父亲留在长平，为儿子坑杀降卒赎罪，最后客死异地，既无史实依据，又无现实可能，相反却有人为拔高白起家族形象之嫌；更何况，80高龄的秦军统帅的父亲，被征上前线的情节设计也是不可信的。再如，剧中白起和孟娥的不明不白的关系，孟娥对白起有救命之恩，自小两人就萌生情爱，白起所以不同孟娥结合，是目睹了战争的惨景才下的决心，这和他一贯杀人不眨眼的性格行为是不相一致的。而上述情节，在剧中的处理，也是不能令人相信的：白起父亲为儿赎罪客死长平，白起回府一年多以后才知情；而白起与孟娥以兄妹相称，同他们一起生活的母亲，10多年来还不知个中情由。这些都不合乎情理，是情节编织中的硬伤。

其五，人物的设置。剧中人物的设置，特别是主要人物的设置，均是有史可稽的；少数虚构的人物，如白起的父亲白轸、少女孟娥等，从人物关系角度来看也是合乎情理的。其中需要斟酌的是，王翦这个人物，按《史记》载，他是继白起之后，秦始皇时期被重用的军事统帅人物，和白起不是同时代人，剧中让他和白起同时率兵参战，并受秦昭王委派赐白起剑自裁是不合适的。至于白起父亲白轸、少女孟娥，前者仅出场一次，寥寥数语就不见了；后者来历不明，出场较晚，对推动戏剧情节的发展作用不大。如剧情编织确实需要这些人物，就应加强他们的戏份，让他们在推动中心人物醒悟、中心事件发展中真正起到作用，否则，可有可无的人物，原则上是应当舍弃的。

此外，第六场的篇幅有些长，各场的篇幅结构也应当大体平衡。

※写于2013年12月6日。

评议北路梆子《云水松柏续范亭》

北京的专家们提出的意见是十分重要的,非常感谢他们提出了这么多宝贵的意见。这个剧目,首先是题材好,续范亭这个抗战传奇人物,早应该搬上戏曲舞台了,这个著名的历史人物,之前确实是宣传不够,更谈不上去艺术地表现了。以往,山西也写过这个题材的剧目,但都不成功。昨天晚上,我看了全剧,很赞赏舞台上的这个续范亭形象。这个剧目的主创人员,是本着一个打造精品和带着对爱国将领续范亭深厚的情感来创作的,已经把续范亭的舞台艺术形象塑造得很丰满、很恰当、很感人。剧中的第五、六场,以丰富细腻的笔触,抒发了续将军真挚的夫妻情、父女情、怀旧心,及其爱国御侮、忧国忧民、敬重共产党、憎恶蒋阎顽的高尚情怀,塑造了一个大义凛然、铁骨铮铮、爱憎分明、有血有肉的抗战将领形象,给观众们留下了深刻的印象。

续范亭形象的塑造,既符合当时的历史政治状况,又全面地展示了这位传奇人物的精神世界及伟人情怀。加上成功的二度创作,使整个舞台呈现,显得十分完美。剧中第五场,情节头绪较多,冲淡了本场应当表现的主题,可以削减,适当集中;阎锡山的出场是否合适?值得考虑,应该是打电话来叫,本身不可能出场,从历史的状况和写历史人物的角度再考虑一下。滹沱老人的串场,既连贯,又新颖,但表现却有些雷同;这个人物形象的定位,应当再准确一些,其所传达的内容,还可适当压缩一下。杨仲义的演唱,应该注意龚老师刚刚提过的意见,适当地增强柔和舒展的层面,达到刚柔相济,韵味绵长,可以向滹沱老人的唱腔靠一靠,使唱腔更能完美一些。

※系 2015 年 9 月 15 日,在省京剧院剧场座谈北路梆子《云水松柏续范亭》的即席发言。

赴美国考察日志

1992年,我还在省委组织部工作,这年10月的中、下旬,经部领导决定,让我随太原市一个企业家赴美国考察代表团出国考察。这是我第一次去美国,归来后,根据自己当时的笔记及相关资料,整理了此次赴美的逐日行程记录。

10月14日

北京时间下午3:05于首都机场,搭乘日航JL782号航班,经过4个多小时的飞行,于日本东京时间下午8点多,飞抵日本东京成田机场(即新东京国际空港)。天下着雨,经机场办理签证、入国审查后,搭乘日航巴士分两组,夜宿机场附近的日航旅馆(东急、尼科那瑞达)。

10月15日

上午,东京继续下雨,由于团组分住两地,加之语言不通,地理环境不熟悉,只好各自分头活动。住日航尼科那瑞达旅馆的,试图乘地铁进东京市,因种种原因未能成行。住日航东急旅馆的,冒雨乘旅馆的巴士,到成田市附近的商场,以及成田火车站附近的街铺观赏游览,领略了这个日本关东地区国际航空中心城市的一些人情风貌。

东京时间下午3时,住日航东急旅馆的5人,乘坐日航巴士,抵达成田机场,为等候另一组同志的到达,前后耽搁了2个多小时。大约当地时间5点多,团组人员到齐,急急办理登机手续,履行出境事宜。于东京时间下午6点,搭乘日航JL2号航班,离开东京,飞往美

国旧金山。由于时间差的原因,经过12个小时的飞行,于旧金山时间10月15日上午11:00,到达美国西部加利福尼亚州太平洋岸海港——工商业大城市圣弗朗西斯科,又称为旧金山、三藩市。市区面积116平方公里,人口80多万。该市系1776年西班牙人所建,1821年归墨西哥,1848年加入美联邦。19世纪中叶,在采金狂潮中迅速得到发展,华侨称其为“金山”,后为有别于澳大利亚的墨尔本,改称“旧金山”。1906年遭大地震,严重被毁,后重建,成为美国西部最大的金融中心。该市工业发达,主要有飞机、火箭部件、金属加工、造船、仪表、电子设备、食品、石油加工、化学、印刷等领域部门。气候温和,景色优美,是著名的旅游城市。

到达机场后,经过入境检查,海关验证,于机场出口处,中美旅游中心陈彼得夫妇接站,我们分乘两辆中巴,经对开各六排车道的高速公路驶往市区,于旧金山市马科提大街1412号大华酒店住宿。接待的是该店经理苏沃涛、相向懿夫妇,他们是从中国内地来的,在美居留已有10年左右时间了。收拾好行李,安顿好住处后,由陈先生引我们一行,到酒店对面临街的一家中国餐馆用饭。为适应时间差,午饭后未休息,大约当地时间下午3点多,乘陈先生开的中巴士外出游览。先看了海湾大桥,然后观赏了海湾桥附近的一个金银岛,据说这里是第一届国际博览会的会址,以后辟为海军基地,海湾战争时这里驻扎了不少军舰,大家在此停留了一会,合影留念。之后,又乘车参观旧金山水族馆,返回的路上又观赏了“小白宫”。当晚,在旧金山中国城一家中国餐馆,由美国加州第一进出口公司李建南先生做东,设晚宴欢迎我们的到来,返回住处时,已是当地时间晚9点多了。

10月16日

天气晴朗,早饭后,乘白梅小姐开的中巴士,到李建南先生的公司去进行商务会谈。由于人多,会谈地址设在公司附近的一家小型餐馆,临时将餐桌拼成长方形的两排桌,围桌交谈,团组成员各自都谈了这次赴美考察的任务,并就可能接触的商务范围做了意向性的发言。交谈用了近2个小时,中午,在李先生公司附近的一家香港餐馆就餐,李先生与太太出席作陪,席间叙家常,谈美国国内生活状况,进一步增加了彼此的了解。午饭后,乘车返回市区,由白小姐引导参观了旧金山市金币博物馆。这里是1874年建立的旧金山造币厂的旧址,现在馆内陈列着可以反映当年造币厂兴衰的珍贵文物、资料,稍事浏览后,大家还选购了一些铸有美国历届总统头像的镀金币。之后,又跟随白小姐,就街市附近一家五星级宾馆,进行了走马观花式的参观。从宾馆出来后,即乘车返回大华酒店,稍事休息,又由陈先生开车,陪同大家游览旧金山市区,特别是到位于市区东北角的"中国城"观赏。

这一片建筑,是1906年旧金山大地震之后重建的,是海外华人聚居的最大的"中国城"。陈先生把我们带到中国城主要街道之一的都板街,南端有一座"天下为公"的石牌坊,大家在这个具有中国特色的标志前拍照留念。然后,步行着沿街两旁由南向北深入。只见这里的房屋楼层之上,随处可见有中国古风的亭台榭宇,不少会馆、商店门前,还可看到贴有中国特有的对联,商品陈列琳琅满目,五光十色、井井有条。这里北部临近海湾,著名的渔人码头,是外国游客的好去处;南部靠近旧金山市的繁华商业中心;东部紧接有"华尔街"之称的金融区的摩天银行大厦,股票市场,尽在其中;西部则与"诺博高地"相连,是富豪之家的居所。中国城,仿佛紧紧握住旧金山市的经济咽喉,地处要害,已经成为国外游客必到的观光胜地,俨然成了一个"国中之国"。我们置身于其间,顿时没有了异国他乡之感。待到华灯初放之时,乘车返回住宿地。

晚饭后,顺马科提大街闲游,高速行驶的车灯红白相映,偶尔掺杂着救人、救火的流动警车发出的尖厉的叫声;大街两旁踉跄而行

的醉汉、无家可归的老人、嬉闹调情的怪模怪样的男女比比皆是；出卖黄色录相和仿真男、女生殖器具的小店灯火辉煌；裸体舞厅、各色各样的黄色夜总会诱人前往，裸体女郎广告招贴画上写着“美女如云，真人表演，香艳刺激，勿错良机”。这些就是美国旧金山夜生活的情景。

10月17日

晴天。昨晚因时间差，很久难入睡，直到凌晨6点多才睡着。一阵敲门声惊醒，已是9点了。昏沉沉洗漱后，9点多，在大华酒店隔壁楼上餐馆吃早点。10点多，由白小姐陪同，乘坐她开的中巴到市区内游览，汽车沿着约45度的陡坡向上爬，一直驶到市区内的最高点。这里有个建筑物，陈列着旧金山市1906年大地震时的有关资料、图片，以及旧金山市历史沿革的资料。建筑物前塑有哥伦布的铜像，周围形成一个小型广场，站在广场周边向下瞭望，可以看到旧金山市区的全貌。稍事停留即乘车前往海德街码头，路过艺术宫，在其附近的草坪合影留念。15分钟后，到达海德街码头，一面观看停泊于该码头的旧金山市5艘历史古商船，一面去游览航海商店。之后，参观国立航海博物馆。这里陈列着部分旧金山市港湾船舶的原物、无数的船舶模型、一些人工制品和照片，它将人们带回到19世纪40年代，加州的淘金热、西岸海上贸易的岁月。

从博物馆出来后，乘车到附近的一个购物商店，系经贸部开办的一个专供出国人员购物的免税商店，选购了一些商品后，又乘车前往金门大桥参观。金门大桥横跨金门海峡，全长约2825米，是世界著名的长悬索桥，大桥1931年动手设计，1937年5月27日建成，为圣弗朗西斯科等港出太平洋的咽喉要道，桥下可通巨轮，桥墩巧妙利用4个旧炮台筑成，是世界桥梁史上的一个杰作。时逢周末，游人甚多，于桥旁留影后，约在当地时间下午1点多乘车返回，在附近一家长江客家饭店进午餐。

午饭后,到附近一个购物中心观赏,半个小时后,乘车到李建南先生的办公楼,稍事休息,在李先生夫妇的相陪下,到旧金山一个大型批发市场参观。据李先生介绍,这个批发市场实行会员制,入会者要缴纳一定的费用,便成为该批发市场的当然主顾,凭批发市场发的卡,每周可直接入场优惠购物。这是个大型超级市场,各种商品齐全,大家一面观赏,一面选购了些商品,于当地时间下午6点多离开。7点多,由李先生夫妇做东,在附近的一家西餐馆品尝美国牛排,用餐后,于9点多乘车返回住处。

10月18日

天气晴朗,9点起床后,到熊猫饭店用早餐,老板是中国人,从香港来,在美国居留30多年,对我们的到来表示欢迎。早饭是大米粥、油条、四川榨菜,很合北方人的口味。饭后10点多,由陈先生陪同,乘车从旧金山出发,到圣塔克鲁兹黄金海滩游览,途中顺访世界名校斯坦福大学。这个坐落在旧金山市以南35英里的帕罗奥多小镇之中的学校,已成为美国第一流的高等学府,每年前来这里研究访问的世界名人学者,络绎不绝。设在这所大学的胡佛研究所档案中心,更以内容广泛、能提供学者专家们的第一手研究资料,而为世人所瞩目。据陈先生讲,在这所大学毕业的学生,就业机会比较多,但学费昂贵,每年要收2万美元之巨,对成绩优异的学生,会给予奖学金,此外,许多大学生都会外出去兼职,以求自力以攻读大学。尽管如此,作为有责任感的父母来讲,经济负担仍是沉重的。我们在校园中心的花池旁稍事停留,观赏了校园风景和大学生们玩排球的场面,当即乘车离开了这所树木掩映、宁静宜人的“世外桃源”。车驶上了高速公路,路旁丛林中有一片厂房,陈先生讲,这就是举世闻名的硅谷电脑中心。美国在20世纪40年代后期,悄然兴起了一股建设“卫星城镇”(也称“埠仔”)热潮,建筑商们纷纷在风景优美的海滩岸上、深山幽谷之间,寻找地皮,兴建学校、工厂、别墅式的住宅

群，以满足适应人们日益追求一种比较宁静的、轻松的、更加舒适的、接近大自然的乡间生活方式的需求。

将近中午时分，到达圣塔克鲁兹黄金海滩。这是一个与大洋相邻的游乐城，高空有供人乘坐的游乐缆车，地面有各种各样的游艺机，海滩还可供人作日光浴，利用假日在这里钓鱼的也不少。逗留观赏了约1个小时，在游乐城中一家香港餐馆进午餐，吃炒粉面。之后，乘车沿海滩绕太平洋岸一圈，返回旧金山市。在返回的途中，公路的右侧是一大片肥沃的农田，当看到不少人在挑选金黄色大南瓜的场面，我们的车子便停了下来。原来美国每年10月的最后一天，民间传统叫“万圣节”，华人称为“鬼节”，人们都要买很多南瓜，摆在家里和房子周围。难怪卖瓜的女主人，身着艳丽的怪服，脸上画有鬼脸，在招呼自己的顾客。出于好奇，我们的一些同志，与身着艳服的女主人合影留念。大约当地时间6点多，返回到旧金山市，又到熊猫饭店吃面条。饭后乘车，到中国城附近李太太开办的一家冷饮店，去品尝各色冰激凌。因是假日，李太太亲自到店操劳招待我们。该店的一个雇员，系5年前由中国山东来美留学，课余打工，每小时薪金近5美元。乘品尝冰激凌之际，代表团成员们都草拟了商务会谈意向书，并和李先生一家合影留念。

之后，我们即乘车往住处返，陈先生有意从“红灯区”“同性恋街”驶过，让我们目睹一下这个资本主义躯体上的“毒瘤”。在陈先生的指引下，我们可以看到站在霓虹灯下从事卖淫的“阻街女郎”，染着各色头发、身着奇装异服的“嬉皮士”人物，在街头接吻拥抱的“同性恋”者，这些人正是这个畸形发展的社会构成成分的一部分。据介绍，美国的“同性恋”者，尤以旧金山为最，每年6月份的最后一个周日，即有以10万计的同性恋分子，走上街头举办大游行、运动会，以至所谓“选美”等，借以庆祝他们的“自由”，美国政府也已承认了他们的“合法化”，允许同性恋者登记“结婚”。这部分人，已经成为美国一支重要的政治力量,许多政坛人物,也不能不与之妥协。据10月19日《星岛日报》载,美国今年总统大选,全国有1000万计的同性恋者,投票参选支持克林顿;华盛顿还举行了数以千计的艾滋病患者烛光晚会。一些老华侨深有感触地说,就这样发展下去,美国将会十分危险!大约9点多,我们回到住处。

10月19日

晴。仍在熊猫饭店用早餐,稀饭配油条。饭后,由陈先生带领我们乘车考察证券交易所,先由陈子龙先生陪同,观看了该公司的证券交易,然后才到太平洋证券交易所参观。这是一个比较大的证券交易所,据说全美有3个,涉及"证权交易",是更高层次的买空卖空。置身于现场,看到的是,悬空摆放的一长排联网的电视显示屏,将瞬息万变的股票、证券价格变化信息,及时展示给股民们;听到的则是一片嘈杂、震耳欲聋的买进、卖出的叫喊声。有幸遇到一位台湾来的,从事证券交易工作30多年的高级职员,他的胸前别着K28标志,听到乡音后,主动为我们作介绍。据他讲,"证权交易"是冒很大风险的,目前只有美国几个大交易所搞,台湾、香港地区,还停留在证券交易。搞这项工作要有好脑、好耳,平时思想上特别紧张。往往几分钟到10几分钟,既可成为百万富翁,又会搞得倾家荡产,他曾一次30分钟内,损失了30万美金。K28先生还讲到,自从1981年以来,美国经济很不景气,股东入股最低限额,已由10万美元降到2万美元,尽管如此,股东还在逐步减少。从事这种工作,他觉得很累,已准备要休息,想在有生之年能到中国去,我们表示欢迎。从这个老华侨的谈吐中,我们可以窥到美国经济发展的一斑。

从交易所出来后,顺街逛了一些大商店,价格昂贵得令人瞠目结舌,陈列的金银首饰大都在1800—5000美元之间,就连一个不显眼的小床头柜,也标价1600美元,一顶草帽标价39美元,一只普通质地的塑料拖鞋标价9美元,布料、成衣的价格就更贵。这些商品的

标价中均不含税，一经成交，每件商品，大至一部汽车，小至一支铅笔，都得在标价之外，另行交纳8.25%的购物税。从接触到的华侨口中知道，作为美国人，认为向国家交税，是天经地义的，但纳税的名堂，却多得数也数不清，什么社会安全保险税、所得税、地产税、遗产税、银行存款利息税，甚至连抽彩中奖、赌场赢钱、服务人员收小费也得纳税。据李太太介绍，纳税几乎要占到一个普通家庭总收入的三分之一以上。无疑，税收是美国生存发展的命脉，但也是人民肩膀上日益感到沉重的负担。

午饭，仍在熊猫饭店吃面条。饭后，陈先生领着我们，到近处看了一个"跳蚤市场"。原来这个商场，卖的都是些回收的、穿用过的东西，价格低廉一些。类似这样的商场，在旧金山市还有一些。大约到了当地时间下午2点多，我们返回住处，休息了好一阵。6:30到熊猫饭店吃炒面，晚饭后，8点多，李先生全家人来为我们送行、送机票，并责成白梅小姐，带领我们到美国其他城市考察观光。他们走后，我们收拾行装，准备明天飞往纽约。

10月20日

天阴。当地时间5:30起床，6:30乘白小姐开的中巴到机场，托运行李后，进行登机检查，从27机道登机，乘美国国内航班飞往纽约。8:30开机，9:30用餐，西餐，奶油味特浓。经过5个小时的飞行，于纽约时间下午4:30到达纽约肯尼迪国际机场。一下飞机就感到这里气候寒冷，和国内北方冬季差不多。在机场出口处，接站的是程先生和翟太太，分乘两辆中巴，经过1个多小时的驶行，到达纽约市皇后区南郊的法拉盛区。这里已远离市中心，我们分别住在翟太太和程先生的两个私宅。从机场到住宿地，沿途看到的是垃圾成堆，空气污染，经常堵车，这和旧金山市整齐干净的市容，车流畅通的交通，正好形成鲜明的对照。

纽约，这个美国第一大城市、第一大海港，位于美国东部纽约州

的东南哈得孙河口之东岸，濒临大西洋，面积 830 平方公里，人口 1200 多万，在它周围 23 公里的范围内，共有卫星城 60 多座，组成一个大纽约。是美国及世界的重要国际贸易港口，工业、经济、金融中心，联合国总部的所在地。1524 年意大利人最早来到这个河口地区，1609 年英国人哈得孙沿河上溯探险，该河流便以他的名字命名。1626 年，荷兰人从印第安人手中，贱价买下曼哈顿岛，辟作贸易站，称作“新阿姆斯特丹”，1664 年为英国占领，改名“纽约”(即新约克，英国有约克郡)，曼哈顿区便成为市中心，1686 年纽约建市。独立战争期间，纽约即成为乔治·华盛顿的司令部所在地，以及他就任美国第一任总统的地方，也是当时美国的临时首都。

10 月 21 日

晴。早饭后，乘翟太太和程先生的车，到天马旅游公司法拉盛分公司搭乘公司大巴士，经海底隧道，于当地时间上午 8:30 抵达公司本部。9 点搭乘公司的大巴士，由李旭恒先生作导游，开始了华盛顿的两日一夜游。从高楼林立的纽约市华埠出发，通过荷兰隧道，经新泽西、宾夕法尼亚，共计 2 个小时的高速行驶，于当地时间 11:15 抵达美国的第五大城市费城。它位于美国宾夕法尼亚州东南部，紧临特拉华河，隔河与新泽西州的卡姆登相望，是一个工商业发达的城市，为全国主要的炼油中心和钢铁、造船基地，同时也是美国的一个著名历史古城。

费城始建于 1681 年，1776 年十三州在这里宣布独立，1787 年在此制定联邦宪法，1790—1800 年为美国的首都。这里保存有独立战争前后的许多古迹文物。导游引我们参观的第一个建筑物是独立宫，它既是当年十三州宣布独立的场所，又是美国国会于 1790—1890 年在此议事的地方，建筑物分为两层，楼上为当年费城法院办公的地方。从独立宫出来，跨过马路，在一片草坪的尽头，有一个建筑物和独立宫遥遥相对，里面保存有“自由钟”，原为纪念宗教自由

而铸,50年后,美国十三州宣布独立时使用了这口钟,因被敲坏,再未使用,而被保存了下来。之后,又参观了费城造币厂,这是个专造硬币的厂子,每天可制作大约3000万枚钱币。费城造币厂的历史悠久,可以追溯到1792年,目前这个厂子是1969年8月14日建立的,是该城第四个造币厂,直接受美国首都华盛顿造币厂总部全权监督。我们走进大厅,乘电梯到3楼,沿走廊参观了反映造币厂历史的珍贵实物、图片、资料,观看了老造币厂铸造的国家奖章及其他艺术品标本,并透过密封的玻璃窗,居高临下地观赏了实际造币作业的全过程。

大约当地时间12:10,结束了在费城的参观活动,乘车继续前进。车高速行驶,透过玻璃窗,看到路两旁是一片热带、亚热带的丛林,绿树成荫,红黄相映,看不到山,仿佛是在丛林中穿行,自然环境太美了。大约在当地时间下午1点多,在途中一个加油站的餐厅里进午餐,之后继续行进,经得拉瓦州,于下午3:10抵达马里兰州的名城堡地磨市。该市为美国国歌的发源地,独立战争时的重要海港,我们观赏了停泊在港口供参观用的潜水艇、军舰,在港口商场逗留了近1个小时,于下午4:25乘车前往华盛顿。

华盛顿,又称华盛顿哥伦比亚特区,位于美国东北部,临近大西洋,介于马里兰州与弗吉尼亚州之间,正式名称为华盛顿D、C,面积174平方公里,人口70多万,居民主要为联邦政府官员、雇员及其家属,勤杂人员几乎占30%(大部分为黑人)。1800年美国首都由费城迁此,为纪念美国第一任总统乔治·华盛顿而命名。1812年为英军占领,国会、总统府均被烧毁。20世纪以来,建设成现代化城市,成为美国政治、文化、教育的中心。

下午6:05,大巴士驶进华盛顿市区,尽管时近黄昏,但整洁的街道,对称有序、各具特色的高大建筑物,镶以一片片如茵的草坪,给人们留下了美的印象。乘着晚霞的余晖,我们观瞻了杰弗逊

(1801—1809 年担任美国第 3 任总统,独立战争时期资产阶级民主派主要代表之一,反对奴隶制和议会选举的财产资格,参与起草《独立宣言》,是美国民主共和党的创始人)纪念堂、华盛顿纪念塔、林肯(1861—1865 年担任美国第 16 任总统,共和党人,主张维护联邦统一,逐步废除奴隶制度,1862 年颁布《宅地法》和《解放黑奴宣言》)纪念堂,这三个建筑物遥相对称,在一条中轴线上。此外,还看了越战纪念碑,据说是一位年青的美籍华人设计的,把美越战争期间死亡的美军名字,镌刻在黑色的大理石碑上。半个小时后,乘车来到肯尼迪文化中心。这是一个高雅的文化娱乐场所,据介绍,中心用的大幅玻璃、华丽灯具、质地考究的地毯等,均为世界各国捐赠。紧靠中心的一座大厦,就是当年发生举世丑闻的"水门事件"的水门大厦,因天气太晚了,只能看到一个大致轮廓。大约下午 7:40,我们乘车来到东江海鲜酒家进晚餐。这是一家正宗的粤菜餐馆,晚饭后 8:20,乘车离开市区,到郊外的一所大学中心旅馆(COMSORTINN)住宿。

10 月 22 日

早 6:30 起床,在住宿的旅馆用自助餐。7:25 乘车出发,经高速公路驶往华盛顿市区。7:50 观赏海军陆战队纪念碑,它是为美国海军陆战队参加历次战役死亡的美军将士而立。9:00 参观美钞印制厂,同样也是先看历史资料、实物展览,尔后居高临下看印制美钞的全过程。半个小时后离开,10:10 抵达国会大厦,观瞻大厦中心的 8 幅油画,参观议会会堂及走廊上陈列的展品,1 个小时后,离开国会大厦,排队参观白宫。

白宫是美国总统官邸,位于华盛顿市区中心宾夕法尼亚大街南边,是一座用石灰石建成、外表粉刷为白色的二层楼房,占地 18 英亩,从外形看并不显眼。1792 年始建,具有 18 世纪末英国乡间别墅的风格,由主楼和东、西两翼 3 个独立建筑物组成,周围是花园、草

坪,四周围以铁栅栏。1814 年遭英军焚毁,次年又扩充重建,今年恰为白宫建筑的 200 周年。从 1800 年以来,历届的总统都以此为官邸,并可对外开放参观。1902 年美国第 26 任总统罗斯福,在他的通信中首先使用"白宫"这一名词,以后便成为美国政府的代称。在规定的时间内,白宫的部分场所供人参观。我们这次就看了白宫的右半部分,大都是一些历史文物、馈赠珍品的展览。从当地时间上午 11:30 进宫,半个小时后出来,于白宫旁边的拉斐特公园前总统杰克逊雕像前合影留照。

约 12:10,参观世界闻名的史密兹太空博物馆。展馆很大,分上下两层,陈列着宇航飞机、发射火箭、太空石等实物标本,以及反映美国航天事业历史的图片、资料、模型。下午 1:15 从展厅出来后,于白宫前的大草坪上合影留念,然后乘车到东江海鲜酒家吃午饭,饭后稍事休息,于 2:20 乘车返纽约,途中于 4:00 时,在 76 号连锁店加油、休息,20 分钟后继续行进。经过近 5 个小时的高速行驶,于 7:10 到达天马旅游公司本部,8:00 返回法拉盛分公司,半个小时后返回住处,结束了华盛顿的两日一夜游。

10 月 23 日

天气晴朗,早饭后,8 点从住处出发,步行到法拉盛,于 103 号地铁站候车,准备到大西洋赌城去。美国近年来,随着高速公路和国内航空事业的发展,铁路企业受到冲击,客运里程大大减少。但就市内交通设施来讲,地铁还是主要的。乘坐者主要是上学的学生,部分不能驾车或放弃了驾车的老人,车辆不敷使用的家庭人口、新移民以及外地来旅游观光的人等。我们乘坐的时间,是当地时间的上午 8:40—9:30,正是地铁人流量高峰时机,显得比较拥挤。出站口正是纽约的唐人街,比起旧金山市中国城的市容要差得多,给人一个脏、乱、萧条的感觉。为了赶乘预约的巴士,在翟太太的带领下,大家一溜小跑,于 9:40 到达唐人街万国宝通银行(永明大厦)门

口，搭乘百利大赌场的 320 号大巴士，5 分钟后开车，经过 2 个多小时的行驶，于当地时间 12 点多抵达大西洋城。

大西洋城位于纽约市西南约 160 公里，是美国新泽西州著名的海滨城市。于 1980 年开放赌场，目前已拥有豪华赌城酒店 10 余个，大部分坐落于大西洋海边，临海有一条 7 公里长的（为世界最长）海滩木板大道，道旁设有商场、饭店，旨在为来赌城的人消费营业。我们下车后，先在海滩木板大道旁一家西餐馆进餐，之后，顺木板大道观赏了大西洋及其赌城的风光。大约下午 2 点多，带我们进入最高最大的百利赌场酒店，这里建筑豪华，内部装潢极为奢侈，上下数层，摆放着各种赌具，主要种类有：百家乐、21 点、输盘、骰子、大轮盘、吃角子老虎机，而尤以老虎机最多。出于好奇，大家把来时赌场“奉送”的现款“筹码”，尝试着投入老虎机，但多数却是有去无回。纵观赌场上下，各色人种，各种年龄、性别的都有，据了解，大西洋赌城每年游客高达 3000 万人左右，而华人约占 9%。这里 24 小时全天候开放，营业额远远超过全美最著名的南部拉斯维加斯赌城。据资料介绍，全美国除了密西西比州、印第安纳州、犹他州和夏威夷 4 个州禁止赌博外，其他各州都允许项目不同的赌博。其中 18 个州，还有一种政府经营的“乐透”彩票。在这些州赌博合法化，政府税收靠赌博。80 年代以来，平均每年全美国投进合法赌场的总金额高达 320 多亿美元，每一个美国人，平均每年在赌博上要花 4500 美元。仅 1983 年，全美赌客输给赌场的钱就达 458 亿美元之巨，创美国有史以来的最高纪录。虽然，每天进赌场的大多数，只是作为度假的“逢场作兴”，但经不起媒介宣传和些微“好处”（如赠送筹码，免费供水酒、餐券等）的诱惑，到头来倾囊而出，越陷越深，为数不少的人，当场把金表、首饰，甚至汽车都输光。不管赌场要为个别“幸运儿”赔出多少，而赌徒最终实际上都只能是输家。在赌城玩了近 5 个小时，约当地时间下午 5:30 乘车，5:35 发车返纽约，8:15 抵达华

埠,9:20 回到住处。

10 月 24 日

天阴,早饭后,在住处等车,今天的活动是到纽约市区游览。到美国的几天来,深感汽车在美国人的生活中至关重要,这里汽车之多、行速之快,确实令人惊讶。有人说,以全国人口平均计,大约每两个人就有一辆,比我国自行车在全国人口中的比例还要大。这当然与人的生活水准普遍提高,社会经济发达,工业技术发展有关,但美国幅员辽阔,居住分散,人员流动大,步行、甚至低速的交通工具,已无法适应这种现代化的生活需要。从接待我们的华侨口中知道,在美国,即便是生活在贫困线下的人,也都不能没有自己的车,哪怕是破烂货。我们在公路上,固然可以看到为数不少的名贵轿车,但那种老牛拉破车似的烂货,也随处、随时可见,以至 1000 美元左右,即可买一辆五成新的车。

一直等到上午 10:25,才分别乘坐上程先生和翟太太的破旧车,驶入市区。11:20 到达纽约港的码头,下车后,11:40 又乘渡船去看自由女神像。该像是法国艺术家、建筑家和工程技术人员,仿照古希腊神话中的女神雕像协作创作而成。1886 年,法国为了纪念美国独立 100 周年,把这尊巨型雕像赠送给了美国。女神像高 46 米,加上基座共高约 93 米,铜像重 225 吨,安放在纽约港入口处的贝德罗岛,该岛也因此而易名为自由岛。我们乘的轮渡,很快便靠了自由女神岛,上岛后因时间关系,未排队攀登女神像,而直接到神像下去观瞻。只见自由女神紧闭双唇,睁着两眼,头上戴着美丽的额箍,右手高举火炬,左手拿着一部法典。这对于美国来说,确有一定的纪念意义。大家在女神像下拍照后,当即离开该岛重登上轮渡,船开到了移民岛,我们没有下去,停留半个小时后,乘船往回返,于当地时间下午 1:10 返回纽约码头。下船后,分乘程先生和翟太太的车往市区内走。1:35 到达世界贸易中心,这是一幢高达 110 层的摩天大

楼,是目前纽约最高的建筑物。2:00 买门票后我们乘电梯,用了不到 1 分钟时间,登上了这个大楼的 107 层,该层设有商场、饮食店,大家绕楼一周,鸟瞰了纽约的全景,但见高楼林立,栉比鳞次,远处稠密的建筑物,融成一块整体,令人叹为观止。半个小时后,乘电梯返回到地面,此时天下大雨,3 点冒雨在街头马来小食店吃了中餐,饭后,乘车到曼哈顿区 38 号楼 16 层一个国人刘先生开的免税店购物。

5 点稍多一些,乘车参观联合国总部大厦,它位于纽约市曼哈顿第一大道 42 街至 48 街之间,建成于 1952 年。由于时间已过 5:00,门卫不让进去,只好隔着铁栅栏相望。此时,虽大雨已停,但仍有零星小雨。之后,又到纽约最繁华的大道——第五大道观赏。这里商店林立,著名的帝国大厦、洛克菲勒中心都在这里。因天色已晚,未多停留,顺便到紧靠这些大厦旁、著名的圣派屈克大教堂观瞻。这个教堂建成于 1888 年,是典型的欧美建筑,走入教堂一看,牧师正在给 2000 多名虔诚的教徒讲圣经。美国这个号称以犹太教——基督教的传统为立国精神的国家,在国内目前经济状况每况愈下、精神生活极度空虚的情况下,人们到教堂来,可能也是一种寻求精神的寄托吧!从教堂出来,又到林肯文化中心,这是 60 年代以来兴建的一个大型文化娱乐设施,人们正在排队买票,准备去听一场音乐会,最高的门票价 350 美元,普通票价也是 150 多美元。大约当地时间下午 6:30,我们乘车往回返,途中天又下起大雨,交通堵塞严重。道路旁不时能看到,冒雨举着写有英文字母牌子的人,经问询程先生,才知是失业人员写的“要工作,要吃饭”。美国进入 80 年代以来,经济发展很不景气,尤以近两年发生持续的经济萧条。据报载,当前美国约有 1000 万人失业,9 月份全国失业率为 7.5%,以军事工业闻名的加州,全州失业率高达 9.8%,20 万工程师和白领阶层没事干。今年上半年国内生产毛额上不到 2%,百业萧条,公司破产创空前纪录,8 月份对外贸易赤字再创近两年新高,联邦政府的国债累积已高

达40000亿美元。这些都是布什在92美国大选中失利的重要因素，就连布什本人也不得不承认“疲弱经济影响自己连任机会，50年来发生最严重的经济困难。”(见10月23日《星岛日报》)雨还在继续下着，汽车在风雨中慢慢地爬行，足足用了2个小时，8:30才返回到住处。离总统大选只有一周时间了，可想而知，此时的布什，也正在风雨飘摇中作最后的挣扎。

10月25日

晴。早上于纽约时间5:40即起床。收拾行装后，7点乘翟太太驾的车到肯尼迪国际机场，于环宇航空公司的B口等候，待陈先生来后，办理托运行李，经乘机安全检查后，步入1号候机厅休息，此时已近8点，8:20登上了美航TWA15号客机，于9:15起飞，经过了6个小时的航行，于洛杉矶时间上午11:30着落。

洛杉矶是美国加州南部太平洋岸港口城市，是美国西部工商业的第一大城市，人口900多万，为美国的第三大城市。1781年为西班牙人创建，后归墨西哥，1846年又归属美国，1850年建市。第二次世界大战以来，该市飞机制造和军火工业发展迅速，后又成为重要的文化旅游地。我们由美国的最东部，飞回到了洛杉矶，一下飞机就感到当地气温之高，候机室里，不少人光着上身或仅穿背心、裤头，仿佛从寒冷的冬天，又回到了炎热的夏天。出口处有洛杉矶市万国通运公司秦士婷小姐和王会先生来接，乘坐秦小姐的中巴，经过1个半小时的高速行驶，于下午1:00，抵达卡塔达街秦小姐的私宅住。安顿好后，2:00由王先生带领乘车到号称“小台北”的华人聚居区，在一家山西刀削面馆用午餐，主刀者是一位台胞，竟能削得一手地道的刀削面，门外用中文写着“满堂食客皆欢颜，一刀削尽天下面”“面中之王，请来用餐”，以招徕顾客，想其是何等的气派！饭后，在附近的大华超级市场参观，之后又乘车，到号称“小台北”的一片商场群观赏、购物，于6:20返回住处。

10 月 26 日

晴。早饭后,于当地时间 8:30 乘秦小姐的中巴士到好莱坞环球影城。它位于洛杉矶市市区西北郊,依山傍水,风景秀丽,气候宜人,是世界著名的电影城市,人口近 30 万。最初为住宅区,1887 年由制片厂主威乐科克斯夫人取名为好莱坞,1910 年成为洛杉矶市的一个区,20 世纪初,电影业由东部向此地集中,30 年代为最盛时期,美国大部分影片出自该地。我们进入影城后,在秦小姐的带领下,先乘电梯到山下片厂中心,搭乘有轨游览车,穿越为拍片而搭建的各色城堡、楼房、大街、庄园,亲身体验了一下失火、坠桥、地震、房倒屋塌、怪物出现等以假乱真的刺激场面。返回山顶后,先看了一下摄制电影的一些音响效果,之后,乘飞上星际的脚踏车,和 E.T.一道进行出乎想象的历险,最后又观赏了 4 场现场演出:巫师、战士及喷火龙,西部精彩斗打,动物表演,西部水面、空中枪战等。约在下午 4 点时,离开影城,乘车游览好莱坞城、明星大道。之后,又到洛杉矶市中心区、中国城观览,最后到 99C 商店购物,6:30 离开,于 7 点返回住处。

10 月 27 日

晴。早饭后,8:40 乘车出发,今天到加州迪斯尼乐园游览。这是世界著名的游乐城之一,也是全球首个迪斯尼乐园。9:35 抵达乐园的门口,门票 50 至 52 美元。入场后,10 点游乐正式开始,综观游乐园,占地面积之大,游乐项目之多,都是空前的,好多的活动项目,集观赏、游乐于一体,适合大人、儿童共享。在秦小姐的指引下,我们选择了一些适合中老年活动的项目,如非洲原始森林探险、鲁滨逊树屋、海盗金银岛、18 世纪水车船、恐怖鬼屋、自开汽车、太空列车、太空飞车探险、潜水艇 2 万尺大海底奇观等;其间,玩过一组 7 人乘船水上行驶直下 60 度的陡坡。最后,还饶有兴致地观赏了立体电影和 360 度全景电影,于下午 6 点多返回住处。

10 月 28 日

晴。早饭后，当地时间 9:10 乘车上路，秦小姐顺路带我们看了今春黑人暴乱留下的遗迹，还看了 1984 年洛杉矶举办奥运会的会址。10:30 到达洛杉矶飞机场后，不知什么原因，与接待方发生了些争执，居然要扣留团长的护照。经和李太太沟通交涉，才答应放行，去托运行李。安全检查后，11:20 抵达 104 登机候机室，11:30 登乘日航 JL61 号班机，12:00 起飞，离开美国飞往东京。这次出国，两次乘坐日航，两次乘坐美航，相比之下，日航的空中小姐，既年轻，又漂亮，微笑服务，服务周到，这一点，美航是无法比拟的。经过近 12 个小时的飞行，于东京时间 10 月 29 日下午 4:20，飞机降落在成田机场。因当地天阴下着雨，能见度差，飞机降落时严重失衡。尽管这样，还是安全抵达。经海关入境签证、审查后，5:30 乘坐日航巴士，半个小时后，抵达尼科那瑞达旅馆住宿。晚饭后，于机场附近商店看了看，7 点多回住处，洗漱、休息，东京时间 10 点睡去。

10 月 30 日

晴。早饭后，乘 7:45 的日航巴士前往成田机场，办理好登机手续，经安全检查，于东京时间 9:30 登乘日航 JL781 号班机，10:00 起飞，经过 4 个多小时的飞行，于北京时间下午 1:20，安全着落于首都机场，又回到了我们自己的祖国。

※写成于 1992 年 11 月 8 日，曾印发给出国团组的每一个人。

赴日本文化交流

1982 年 10 月，山西省与日本埼玉县缔结为友好省县城市。为增进友谊，数年间，双方不时地开展了互访活动。我 1993 年到省文化厅工作时，日方已来访 3 次，我省出访了 5 次，其中有 3 次为艺术团体的出访。1994年是双方结成友好省县城市的12周年,正逢埼玉县"彩之国埼玉艺术剧场"的落成,应日方的邀请,省政府决定派遣"文化交流使节团"出访庆贺。行前做了充分的准备,选派神头一电厂歌舞团抽出骨干演员创作排练节目。为保证出访演出节目的质量,省文化厅派出退休老厅长鲁克义及著名舞蹈编导冯玉梅,以及省歌舞团部分专业文艺骨干,全程介入该团的创作与排练。对节目的内容、形式、艺术构思以及舞台美术、灯光、音响等方面,都进行了认真的研究审看。一些搬演于省歌舞团的节目,还请原创演的人员手把手地予以教授。厅党组确定我为"文化交流使节团"团长后,随即带领文化厅艺术处副处长孙志勇,深入到该电厂,与先期到达的艺术骨干,一块研究审看节目及其排练。此时,我到文化厅工作才一年多,对艺术业务尚在学习与适应的初始阶段,更多的是尊重老厅长及艺术骨干们的指导意见,我只是从出访演出的重要性及节目排练要精益求精上,提醒与鼓励团组人员。最终的节目,是包容体现山西地方特色的黄河歌舞之精粹,以展示质朴纯情的山西民风民俗之民族舞蹈为主,辅之以山西民歌及少量日本国名曲的声乐节目,冠之以"山西美"的一台歌舞节目。

使节团出访前,即派出了以厅计财处副处长袁秀英等3人的先遣团,赴日接洽与考察演出场馆及相关事宜。1994年11月23日,以我为团长,神头一电厂党委书记石成基、省外事办公室汤德忠处长为副团长的"山西省文化交流使节团",一行32人,搭乘日航CA925号班机,从上海虹桥机场起飞,经过近两个小时的飞行,于当地时间下午3:20多降落于成田机场,办理入境签证后,乘坐接待方的大巴包车,开往埼玉县,于当地时间5:50多抵达大宫市,下榻于大宫饭店,晚餐后休息。次日早餐后,全团人员乘坐大巴包车到位于浦和市的埼玉县厅,拜会县厅领导,在一小会议室,由县厅凑和夫副知事与我先后致辞表敬。我转达了省政府领导对土屋义彦知事和

埼玉县人民的问候，并代表使节团赠送给县厅观世音菩萨画轴与关公脸谱刺绣挂毯礼品。拜会表敬的活动进行了约半个小时，结束后，又乘车到位于与野市区内新落成的“彩之国埼玉艺术剧场”，让演出人员去熟悉适应舞台，协同灯光及音响的配合，进行排练节目。

埼玉艺术剧场策划设计于1983年11月，动工建设就到了1991年12月，直至1994年3月才竣工，同年10月投入使用。剧场的建筑面积为10765.03平方米，通高是29.1米，最高处达31.8米，地下2层，地上4层，是一座适用于会议、演艺、音乐、映像及各种排练等多功能而又比较现代化的文化建筑设施。之所以称为“彩之国”，是埼玉县的爱称，表明该县有着丰富的历史遗迹，具有四季分明的自然环境，是日本东部最重要的交通中心，以工业、文化及艺术闻名，是一个现代化的充满魅力的地区，被称为多彩的城市。该建筑物的落成，也就成为能够显示埼玉县之特色的标志性建筑。我们的首场演出，确定在该剧场，既表示了庆贺，又体现了中日省县的友好情谊；日方也以“亲善公演”，事先做了广泛的宣传，为我们的演出做了极好的舆论铺垫。

11月26日当地时间午后2点，首场演出在埼玉艺术剧场，为保证演出效果，上午9点还进行了彩排。正式演出时，近800个席位座无虚席，观众观赏情绪高涨。当舞台上演出表现民间男女情恋的诙谐纯情舞蹈时，观众席上也发出了会心的笑声。在男声独唱唱起日本名曲《北国之春》时，台上唱，台下和，将演出的气氛推向了高潮。演出结束时，观众起立却许久不退席，此时，歌声伴着鲜花及掌声，回响在整个剧场。接下来，11月27日在熊谷会馆与11月28日在所泽市民文化中心的两场演出，观众同样是爆满，现场仍然是掌声雷动，观众久久不肯离去。几位山西留学生看了演出，对一些演员说，演出太精彩了，你们的演出，让我们好想家呀！一些日本观众离开剧场后，还一直守候在使节团乘坐的大巴前，直到与部分团员合影留念后,才恋恋不舍地离去。

整个3场的演出,都取得了极好的效果,日方《产经新闻》《埼玉新闻》等报纸,均刊登了剧照和评论,盛赞演出成功。埼玉电视台于11月27日、12月2日两次播放了演出的主要片段;11月28日最后一场演出前,埼玉电视台还现场采访了我,并向全县现场直播了演出实况。当晚6点,在使节团下榻的川越东武饭店,埼玉县厅、文化、演艺界知名人士,举行了欢迎宴会。由埼玉县厅县民部石原猛男部长与我先后致欢迎词和答谢词,双方回顾了两省县建立友好省县关系12年来的交流与合作,对继续发展两省县之间的友好关系,表示了由衷的热情及愿望。日方对我们这次成功的访问演出,予以热烈的祝贺;石原猛男部长,还代表县厅向我转赠了由土屋义彦知事签署的"感谢状"。宴会上气氛热情和谐,相互举杯致意,始终洋溢着中日两国人民和两省县人民间的友好情谊。

11月29日早6:40起床,洗漱后,7:05餐厅用和食,7:30返回住处,8:05召开团领导及各组负责人会议。我总结了此前的三场演出,肯定了大家全身心投入,相互配合得好,演出整体效果是好的;开始由于紧张出现一些小失误,初次出国演出,也是难免的;特别表扬了舞台灯光、道具技术小组的辛苦和工作。下段日程安排,为参观、游乐及购物。强调指出,由于演出任务的完成,思想上容易松弛下来,这是不利因素;但考虑到后几天,内容多,时间紧,如果稍不注意,就容易出事情。团领导商议决定,在时间、内容上适当做些调整,组织上可以化整为零,编成小组,目的就是想让大家看好、玩好,选购一些称心如意的东西。提出一个总要求是:内外有别,冷热适度,注意影响,服从整体,安全第一,请大家务必做到。会后,8:55使节团全体乘坐大巴包车,前往秩父郡的小鹿野町两神村,参观埼玉县山西省友好纪念会馆"神怡馆"。

两神村,位于埼玉县的北部,大巴行驶了2个小时,10:54抵达

神怡馆。来人接洽后,即入馆参观。该馆建于1992年,外观为仿唐寺院建筑,馆中介绍中国文化,陈列了不少山西古建筑的模型、历代珍贵文物复制品及其照片,好多都是省县交流中,我省协助复制相赠的。比如爱称"神怡馆"之匾额、五台山塔院寺大白塔、晋祠侍女像、永乐宫壁画,以及新石器时代至宋代有代表性的彩陶、铜戈、铜鼎、白釉壶及黑釉长颈瓶等,还有历代佛像及山西的传统工艺展品。该馆的建立与开展,为两省县进一步加深交流及友谊搭建了平台,也是宣传山西历史文化的一个重要窗口。参观之后,我们拜会了两神村村长山中仓次郎,双方举行了表敬活动,山中仓次郎村长与我先后致词,互赠了礼品,盛赞两省县之间的友谊,气氛亲切热烈。留用午餐后,午后2:15乘大巴包车离开两神村。途中3:49于高坂站休息了一会,4:12又开车行驶,4:48车行驶在江户高速桥上,据说此桥是在今年3月才投入使用的,大家尽览了桥两边的建筑与风光,于5:43抵达千叶县浦安市舞浜酒店食宿。

访问的最后两天,日方安排观光游览。11月30日,当地时间6:40起床,洗漱后,7:15于饭店用西餐。饭后,我于酒店楼房绕行一周,然后,全团人员乘坐巴士包车9:07出发,上了高速路,向东京都行进,10:01抵达浅草寺。浅草寺,又称为浅草堂,全名为金龙山浅草寺,位于东京都台东区浅草二丁目,是日本东京都内历史最悠久的寺院,供奉观音菩萨,通称"浅草观音"。相传该寺院最早建于推古天皇三十六年(648),后屡遭战乱、火灾被毁又重建,整体建筑有显著的"江户风格"。寺院大门称为"雷门",内有长约140米的铺石参拜神道,通向供着观音像的正殿。寺西南角有一座五重塔,为日本第二高塔。寺东北有浅草神社,造型典雅,雕刻优美。寺东侧有始建于元和四年(1618)的二天门建筑,1631年遭火灾后重建,是没被第二次世界大战破坏的珍贵建筑物,为日本现存的重要文化遗产。浅草寺前,位于雷门与本堂之间的街道,名叫"仲见世",300余米长的参道,聚集着约 90 家商店,熙攘的参拜人潮及兜售五花八门日产商品,成为此处一个可观的风景线。我们观瞻了浅草寺、浏览了仲见世街,10:40 于二天门集合乘车,11:03 向秋叶原电器街驶去。11:15 下车后,即可看到一街两旁数百家大大小小的电器商店,各色电器应有尽有,被喻为“电器购物的天堂”,就是价格昂贵,买不起。尽管如此,各自还是在上野“激安”商场选购了些中意的小电器。12:26 离开商场,12:30 抵达摩天楼饭店的 20 层用中餐。饭后,1:35 乘坐巴士出发,去登东京铁塔,路过皇宫及国会议事堂,不能入内参观,只是在这两处建筑物前的场地下车,稍事停留,瞭远观望,拍照留念而已。东京铁塔正式名为日本电波塔,位于日本东京都港区芝公园,是一座以巴黎埃菲尔铁塔为范本建造的红白色铁塔,塔高 332.6 米,比埃菲尔铁塔高出 8.6 米,1958 年 10 月竣工,为东京第一高建筑物。我们到达塔下已是 5:40 了,5:45 乘电梯登临 250 米高处的特别瞭望台,可 360 度全方位观赏到东京都内的全部,据说天气晴朗时,可远眺富士山或筑波山的雄姿,而此时已是傍晚,满目尽为一片霓虹灯的夜景。下塔后,浏览了设置在一楼的水族馆及出售各种纪念品的小卖铺,等人员会集齐后,6:20 乘车离开,7:20 返回舞浜酒店食宿。

12 月 1 日,安排游览东京迪斯尼乐园,我们食宿的酒店,离游乐园很近。早餐后,9 点集合,9:24 搭乘游览车,10 多分钟即到达游乐园。陪同人员说明注意事项,分发了门票、午餐券及简章后,即自行组合小组入园。我看了门票,价格 4320 日元。入园后,迎面便是一个五彩缤纷的大花坛,是由各色花草拼砌成的米老鼠图案。园内建筑别具一格,有西方的城堡,东方的殿堂,高耸的楼阁,低矮的木房,现代化的索道车,古香古色的独木舟,山水丛林,铁路街巷,剧场影院,舞厅画廊,交融并存于一园。据介绍,这个游乐园是目前世界上 3 个最大的游乐场之一,是填海造地历经 13 年建成的。游乐园分为

世界市集、探险乐园、西部乐园、新生物区、梦幻乐园及未来乐园等6大块,游乐项目达30多项。既可享受缆车观景、星际旅行的欢乐,又能体验幽灵公寓、海盗奇袭的刺激,难怪人们称之为“梦与魔幻的王国”。最引人注目的是,每晚7:20观赏精彩而美丽的米老鼠游园表演活动。我因1992年赴美考察时,曾游览过加州迪斯尼乐园的相关活动,与此游乐项目大略相似,没有更多的兴致,只是跟随大家随意转悠。午餐,日方发给每人2000日元的餐券,在园内餐厅自行用餐。观赏完米老鼠游园表演活动,晚8:35回到住处,在酒店中国餐厅用餐。饭后,于住处收拾行装,休息时已凌晨2点了。次日早7:22起床洗漱,7:50用早餐,10:15集合乘巴士包车,10:33开车行进,11:24抵达日航的成田机场。在该机场餐厅用午餐,稍事休息,托运行李,办理登机手续,经安全检查,于当地时间午后2:25登乘日航CA926号班机,2:55起飞,经过4个小时的飞行,于北京时间傍晚近7点,安全着落于北京机场。8:30出机场,当晚食宿于山西驻京办事处饭店,结束了这次赴日文化交流的使命。

这次赴日文化交流,主要时间和精力是组织访问演出,尽管时间短,接触面有限,但几点感触却留在了脑海里。其一是中日友好情谊蕴藏在广大日本民众心中。这从演出中日本观众对中国文化艺术热情饱满的观赏情绪,散场后久久不愿离去,主动找部分演员合影留念,以及两神村的友好纪念馆与表敬活动,均可证实这一点;这也正是维系两省县间友好交往合作12年的稳固之基石。其二是日本政府对文化的高度重视。从埼玉县到东京都,我们目睹了当地政府,不仅注重对江户时代等历史文化遗存的保护研究及开放观瞻,而且成立了以政府主要领导牵头的文化振兴事业团,投入巨资,修建供民众享用的现代文化设施。这次在埼玉县3场演出的场馆,就建筑规模与设施功能来讲都是一流的。其三是日本经济建设及现代化的程度令人瞩目。访日期间,从下榻饭店、乘车行驶,到商场购物、观光游览，所到之处给人的印象是，高楼林立，商品丰富，交通便利，现代化程度高。就埼玉县来看，便是交通网络稠密之地，到处是高速路及层叠交叉的立交路桥；通信工具也很先进，公务人员间联系，都手执小巧玲珑的薄手机，而此时我们国内使用的笨拙的“大哥大”，还是时新货。其四是公务人员严谨细致与服务民众的作风。这次文化交流，从组织会议、配合演出，到接机接站、陪同游览，事事处处都安排得周密细致。接待的日程表，细化到几时几分，一些主要行程，还列出具体的注意事项，让人人周知。演出场所不给官员及公务人员留座位，我和县厅陪同官员看演出，就落座在剧场末尾的偏座上，有观众来时，还得给让座，这在国内是不可想象的。这些感触也可能不准确，但却是我脑际间抹不掉的记忆及印象。

※根据当时的相关资料及记录，追忆写成于2020年11月28日。

附录一：

会见日本埼玉县副知事致辞

（1994年11月24日）

尊敬的凑和夫副知事，尊敬的埼玉县各界负责人，女士们、先生们、朋友们，您们好！

在山西省和埼玉县结为友好省县关系12周年之际，我受山西省人民政府的委托，应邀率“山西省文化交流使节团”出席“彩之国埼玉艺术剧场”落成的庆祝活动，展示山西民间歌舞文化艺术。借此机会，我谨代表访问团全体，向凑和夫副知事并通过您，向土屋知事、埼玉县厅和埼玉县人民表示亲切的问候与衷心的谢意！

山西是中华民族的发祥地之一，有着悠久的历史和文化，民间艺术丰富多彩。这次我们带来的民间歌舞《山西美》，就是一台具有浓郁的山西地方特色的歌舞节目，也是我们特意为“彩之国埼玉艺术剧场”的落成而创作排演的。这台节目，将于11月26日在“彩之

国埼玉艺术剧场”进行首场演出，欢迎副知事先生和在场的女士们、先生们、朋友们能够光临。希望我们的演出，能给埼玉县人民带来愉快和欢乐，能为增进我们两省县之间的友谊和交流起到积极的作用。

谢谢各位！

附录二：

在欢迎使节团宴会上的答谢词

（1994 年 11 月 28 日）

尊敬的埼玉县县民部长石原猛男先生，尊敬的埼玉县厅、与野市、所泽市的各位人士，女士们、先生们、朋友们，您们好！

在山西省和埼玉县结为友好省县关系 12 周年之际，我受山西省人民政府的委托，应邀率“山西省文化交流使节团”出席“彩之国埼玉艺术剧场”落成的庆祝活动，展示山西民间歌舞文化艺术。来到贵县 5 天来，我们受到埼玉县厅的热情接待，使我们全体团员度过了紧张而愉快的时光。特别是在 3 场演出中，县厅县民部、文化课、彩之国埼玉艺术剧场、交通机关的工作人员、陪同人员、翻译，给了我们热情的支持和大力的帮助，你们认真负责、一丝不苟的精神，给我们留下了深刻的印象。借此机会，我谨代表访问团全体，向部长先生、埼玉县厅和埼玉县人民，表示亲切的问候和衷心的谢意！向热情帮助我们的女士、先生、朋友们，表示诚挚的感谢！

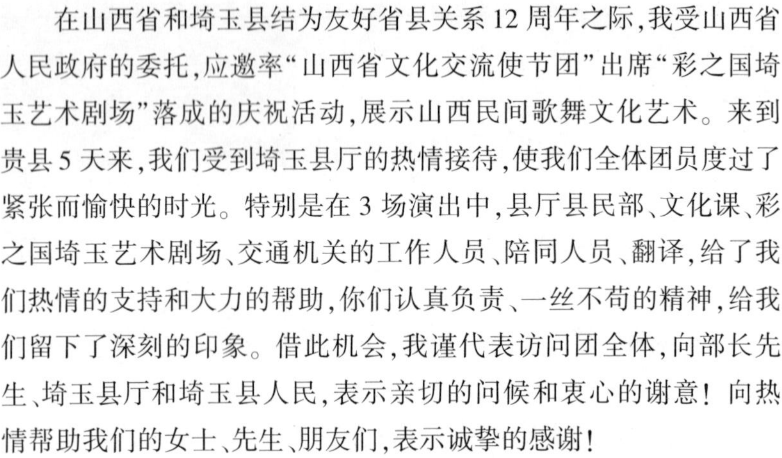

山西是中华民族的发祥地之一，有着悠久的历史和文化，民间艺术丰富多彩。中国实行对外开放政策以来，山西的对日文化交往日益增多，与埼玉县的文化交流不仅项目多，而且形式多样。近年来，我省先后派出专业歌舞团、民间艺术团、杂技艺术团以及绘画、书法与篆刻等传统艺术团体，相继来埼玉县访问表演，使埼玉县人民有机会领略到中华文化风采的各个方面，受到观众和各界人士的赞许。埼玉民俗艺能团、现代舞蹈团等各类艺术团体，也先后访问山西并作了精彩的表演，其节目充分表现出日本人民丰富的想象力和创造性，给山西的观众留下了深刻印象。

由于我们两省县的领导人，对双方交往与合作的高度重视和支持，使山西和埼玉之间，以文化交流为先导，推动和拓展了我们在教育、体育、科技、农业、医疗卫生以及经贸等各个领域里的合作与交流，并且取得了实质性的交流成果。

在和平与发展成为当今世界主流的形势下，山西和埼玉之间有着广泛的合作前景和潜力。巩固我们已有的交流成果，进一步寻求和探讨新的合作内容，是我们的共同愿望。我相信，经过我们双方坚持不懈的努力，两省县之间的友好之花，必将结出更加丰硕的果实。让我们互勉互励，共同努力，共同发展，达到共同繁荣，把两省县的友好关系推进到一个新的阶段。

祝愿中日友好源远流长！谢谢各位！

附录三：

在两神村欢迎宴会上的答谢词

（1994年11月29日）

尊敬的山中仓次郎村长先生：

应埼玉县厅邀请，我们率“山西省文化交流使节团”出席了“彩之国埼玉艺术剧场”落成的庆祝活动，并先后在与野、所泽、熊谷表演了山西的民间歌舞。所到之处，我们都受到有关部门的热情款待和日本观众的热烈欢迎。根据县厅的安排，今天我们有机会来到两神村拜会山中村长先生，参观这里的山川风貌和人文景观，代表团全体都十分高兴。

山中先生热心于日中友好交往，多次访问山西，积极促成两神村和山西台怀镇结为“友好之乡”，为两神村“神怡馆”和台怀镇“和

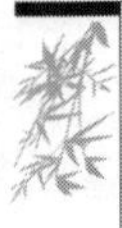

颜庄”的落成做了积极贡献。和颜庄现已投入使用,接待山西以及中国各地前往五台山观光的客人,使他们能够领略到日本的民族文化和生活习俗。这对于我们双方加深了解、增进友谊是一件具有深远意义的举措。

山中先生热情好客,致力于日中友好交流,给山西来访两神村的各界人士留下了美好的印象。对此,我谨代表文化使节团向您和两神村人民表示衷心的谢意!

让我们巩固已有的合作交流成果,寻求和探索新的合作内容,把我们之间的友好关系发展到一个新的水平。

最后,祝愿山中先生和两神村人民事业有成,生活幸福!

谢谢!

文化考察欧洲行

2002 年,是我到山西省文化厅任职的第 10 个年头。这年的 10 月中、下旬,经省文化厅党组决定,由我带队组团,赴欧洲几国进行实地文化考察,此前已有一个团组考察归来。这是我有生以来第一次欧洲行,对沿途的所见所闻,尽可能地做了一些记述。

10 月 10 日

晴。早 6 点起床,6:20 全体集中,乘车从驻京办事处出发,直抵首都国际机场。近 7 点抵达机场,办理入关、安检、托运行李,稍事休息后,9:50 乘坐法航 AF129 · 44A 飞机直飞巴黎。机上各个座位前,都有小电视屏,16 个频道,可供选择观看。于巴黎时间下午 2:25 飞机落地,2:45 出关,来机场接站的张博士,系华人,专业为司法专员,他在法国学习、工作达 14 年之久,沿途讲解得具体、周道,使大家无陌生感。我们乘坐大巴士,游览巴黎市容,先在埃菲尔铁塔前留

影,这是一座建于1889年的镂空结构式铁塔,坐落在巴黎市区、塞纳河畔的战神广场,塔高300米,天线高24米,是法国和巴黎的一个重要景点和突出的标志。之后,参观巴黎荣军院,位于巴黎第7区塞纳河左岸,该院建筑高达110米,是路易十四在1676年建成的,原为法兰西军事学院的一部分,曾收容安置过伤残军人,现为法国军事博物馆。

离开荣军院后,车驶向市中心的协和广场。下车后,让大家于广场上浏览观光。据介绍,这个广场始建于1757年,广场中心曾铸造有国王路易十五的骑马雕像,1763年曾命名为"路易十五广场",法国大革命时,被改为"革命广场",1795年易名为"协和广场",后几经反复,到了1830年,路易·菲利普时代,又重新恢复为"协和广场"至今。如今广场上,还保留有路易·菲利普时代建造的8个城市雕像、马利的骏马、广场喷泉、玛德兰教堂,和具有3400多年历史的花岗岩雕琢的埃及方尖碑,标志了这个国家及城市的厚重的历史。在观瞻了协和广场的古建筑、古雕像后,又放眼瞭望了宽广的香榭丽舍田园大道,并于附近的一家中餐馆进餐。饭后,7点时入住巴黎粤海酒店。安顿好住处后,召集秘书长和小组长在我住处开会,强调了安全和纪律,将全团的人员编为三个小组,要求个人不得单独行动。于当地时间10:30休息,此时,正是北京时间11日凌晨4:30,时间差为6个小时。

10月11日

晴。早7:30起床,8点在酒店的明珠厅吃自助餐,食品还很丰盛。8:30出发,到巴黎市政文化局进行公务商谈,顺路观看了路易十三广场及雨果的故居。这两个景点,均位于巴黎市区的3区与4区交界处的孚日广场。据介绍,孚日广场建于1605至1612年间,最早叫皇家广场,之后曾几易其名。1639年,广场上塑了路易十三的青铜像,后又被毁,直到1816年,路易十八决定,重新修建路易十三

塑像。如今，路易十三塑像居中，四周被36栋17世纪欧洲建筑风格的宏伟的楼宇建筑所环绕，其中6号2楼，便是19世纪法国大文豪雨果(1802—1885)的故居，现已被市政厅辟为雨果故居纪念馆。我们参观了故居中的陈列，观赏了广场周围一层拱廊内的艺术画廊，拍照留影后，就往市政文化局赶去。

10点开始交谈，接待我们的是两位中年女士，她们是巴黎市政的文化官员。由刘博士充当翻译，相互介绍了有关情况，了解了文化管理、经费开支以及演出市场等，不少情况是大同小异。感觉明显不同的是，法国文化主管部门，除文化艺术外，还主管宗教、城建艺术，政府对文化是十分重视的，每年有2亿多欧元的预算拨款。会谈于11:20结束，在友好的气氛中，相互交换了些文化书刊，合影留念，告别离去，然后到17区的“川外川”中餐馆用午餐。

午饭后，前往观瞻凯旋门。巴黎凯旋门，又叫星形广场凯旋门，也称戴高乐广场凯旋门，位于香榭丽舍大街的尽头，是1806年拿破仑·波拿巴为炫耀他打败奥、俄联军的战功而下令建设的，历经30年，于1836年落成。这座雄伟的建筑，全部由石材建成，高49.54米，宽44.82米，厚22.21米，中心拱门宽14.6米，是欧洲100多座凯旋门中最大的一座。凯旋门的四周都有门，门内刻有跟随拿破仑·波拿巴远征的286名将军的名字，门上刻有1792年至1815年间的法国战事史，门外墙上刻有取材于这一战事史的巨幅雕像，中心拱顶内装饰着111块宣扬拿破仑赫赫战功的上百场战役的浮雕。凯旋门内设有电梯，可直达50米高的拱门，也可沿着273级螺旋形石梯拾级而上，去观赏门顶上设置的小型历史博物馆。这一古老、壮观的建筑，既是一件精美动人的艺术品，又是法国历史的见证。凯旋门前，游人众多，我们置身其间，仰望全貌，无不为这一精美的建筑艺术而惊叹，纷纷拍照留念。

之后，便乘车到欧中友协会谈，就开展欧中民间文化交流事，谈了些意向性的意见，交谈进行了近1个小时，又乘车来到塞纳河边，准备乘船游览。谁知游人太多，等候游船费了事，时间已到了5:30，只得临时调整为登临埃菲尔铁塔。排队购票上到塔的2层，这里距地面为115米，站在这个平台上瞭望四周，巴黎全景，一览无余，人们或向外张望，俯瞰市容，或远眺景观，拍照留念，尽情去体味在巴黎市区居高观览的感受，20多分钟后下到地面，乘坐巴士直达市内老佛爷商场购物，我选购了一些法国香水和水果糖。7:20由城内往住处返，8:30回到粤海酒店用中餐。饭后，找夏平、李培勇闲聊，强调行程中以考察、参观为主，购物从属，尽量多看一些。10点多返回住室，整理携带的物品，于10:30休息。

10月12日

阴，小雨，午后转晴。7:20起床，洗漱后吃早餐，8:30乘车冒雨参观巴黎圣母院。巴黎圣母院，原本为法兰西小岛上最早的建筑之一，是一座哥特式风格的基督教教堂，是古老巴黎的象征，现处于巴黎市中心。该教堂始建于1163年，全部建成在1345年，历时180多年。教堂以其哥特式的建筑风格，祭坛、回廊、门窗等处的雕刻和绘画艺术，以及堂内所藏的13—17世纪的大量艺术珍品而闻名于世。建造全部采用石材，其特点是高耸挺拔，辉煌壮丽，整个建筑庄严和谐，精细美观，是欧洲建筑史上一个划时代的标志，堪称世界一流的教堂建筑。大家穿堂而过，对这一圣洁肃穆的场所油然而生敬意，更为如此众多、高超精美的宗教文化艺术杰作而叹为观止。从教堂出来后，又冒雨来到协和广场，根据各自的需求和爱好，作了一些简单的拍照，然后乘车到老佛爷商场购物、退税。中午，于巴黎市中心的凤凰酒楼用中餐，饭后1点多，乘车游凡尔赛宫。

凡尔赛宫，位于法国巴黎西南郊外18公里的伊夫林省省会凡尔赛镇，1682年至1789年是法国的王宫，是欧洲最宏大、最豪华的皇宫。此地原为一个小村落，1624年，路易十三曾在其树林中建造狩

猎宫。1661 年,国王路易十四开始建王宫,后经历代王朝的修葺和改建,该宫于 1689 年全部竣工,历时 28 年落成。全宫占地 111 万平方米,建筑面积 11 公顷,以东西为轴,南北对称,包括正宫和两侧的南宫和北宫,内部 500 多个大小厅室,无不金碧辉煌,大理石镶砌,玉阶巨柱,以雕刻、挂毯和巨幅油画装饰,陈设稀世珍宝。100 公顷的园林也别具一格,花草排成大幅图案,树木修剪成几何形,众多的喷水池、喷泉和雕像点缀其间。该宫的主要景观,集中于主楼 2 层和花园中,1998 年 11 月我带团出访摩洛哥,路过巴黎,曾到此匆匆浏览过。这次可谓是重温,随着络绎不绝的游览人群,对全部建筑及宫中的陈设,又大体过了一遍,深为路易王朝皇室的豪华奢侈、富丽堂皇的生活享受所惊讶,而宫中摆设的珍贵雕刻艺术的精美、油画之逼真细腻,令人赞叹不已。凡尔赛宫及其园林,堪称法国古建筑的杰出代表,它始终是法国封建统治历史时期的一座华丽的纪念碑,不愧为人类艺术宝库中的一颗绚丽灿烂的明珠。

3 点从凡尔赛宫出来,乘车急奔卢浮宫观赏。卢浮宫,位于法国巴黎市中心的塞纳河北岸,始建于 1204 年,原为国王菲利普二世皇宫的城堡,主要用于存放王室的档案和珍宝。这里曾经居住过 50 位法国国王和王后,还有许多著名艺术家在这里生活过,历经数百年的改建和扩建,1793 年起辟为博物馆,正式对外开放。目前,卢浮宫陈列面积 5.5 万平方米,共收藏有 40 多万件来自世界各国的艺术珍品,分为东方艺术馆、古希腊及古罗马艺术馆、古埃及艺术馆、珍宝馆、绘画馆及雕塑馆等 6 大展馆展出,尤以绘画馆展品最多,成为世界著名的艺术殿堂。此博物馆 1998 年我曾观赏过,这次因时间关系,仅用了 1 个小时,重点看了“维纳斯”雕像、“蒙娜丽莎”油画、“胜利女神”石雕,以及拿破仑加冕大典油画等镇馆之物,面对如此珍贵、精美的传世艺术杰作,不得不为欧洲文艺复兴时的巨大艺术成就所折服,从而也真正理解了欧洲文艺在世界文明史上的地位及价值。此外，值得一提的是，卢浮宫总入口处的水晶金字塔建筑，是著名美籍华人建筑师贝聿铭先生设计的，这令世界华人引以为傲。

6点出馆后，乘车急速向塞纳河畔驶去，去乘坐大游艇游览塞纳河。置身于游艇中，极目向上下左右张望，只见塞纳河纵穿巴黎城而过，河水清澈，两岸绿树葱郁，气派秀美的古建筑和名胜古迹比比皆是。在河中来回行了一个全程，最令人难忘的是，几十座不同建筑风格、造型、色彩及材料的桥梁从头顶飘过，建筑设计的精巧，雕塑的形象逼真，令人叹为观止。傍晚风大，游船行进中，周身颇感凉意。7点多上岸，乘车到唐人街一家中餐馆用餐，一直到近10点才返回住处。今日有些累，急急收拾行装后，便去休息。明天早晨将告别巴黎，向另一国进发。

10月13日

晴。7点起床，收拾好行李后去用早餐，才发现早餐券找不到了，到处找，让王学辉先去吃饭，他非要陪我一同走，好说歹说走了，马小平给送来了餐券，想来是又去给我买的，难得大家如此的关照。匆匆忙忙吃了饭，于住处顺德商场买了些香水、工艺品，赶到上车时竟迟到了。8:35出发，经过4个小时的高速行驶，于午后1:20到达卢森堡大公国，在其首都卢森堡市敦煌中国餐馆用午餐。

卢森堡，位于欧洲西北部，东邻德国，南毗法国，西部和北部与比利时接壤。历史上处于德法要道，地势险要，一直是西欧重要的军事要塞。15世纪以后，卢森堡市屡遭异族入侵，先后被西班牙、法国、奥地利等国，统治长达400多年，1883年卢森堡被承认为中立国，实行君主立宪制，后放弃中立，加入北约和欧洲共同体。卢森堡是工业国家，经济高度发达，是欧盟中人均收入和生活水平最高的国家。卢森堡市，是拥有1000多年历史的以堡垒闻名于世的古城，阿尔泽特河穿城而过，河的两岸是历史悠久的老城，城区里的建筑古朴，街道狭窄，其中著名的有比利时建筑特色、尖塔高耸的大公宫

殿和建于17世纪前期的圣母院大教堂。午饭后,我们就近观瞻了大公宫殿、宪法广场以及紧临广场处的所谓大峡谷。这个人口近40万、首都仅7万人口的王国,显得特别恬静、休闲,时逢周末,地面、街上行人稀少,尽是一批批来此旅游观光的。但可看的景点太少,只能说是路过了一个国家,下去顺便看一看。

2:40乘车出发,向比利时行进,于2:57进入比利时国境。一路行来,感觉行进的车一直是在向下滑行,再看高速路两旁,是层次有序、错落有致、郁郁葱葱、融为一体的草坪、灌木及森林,构成了十分宜人的绿色大屏障。经过2个多小时的行驶,5点多到达比利时的首都布鲁塞尔。

5:20下车后,先去观看被誉为"布鲁塞尔第一公民"塑像,即小于廉撒尿雕像,塑像以青铜制成,高60厘米,建于1619年,塑立在布鲁塞尔市中心区恒温街及橡树街的转角处。之后,又看了市政厅广场,这是古代布鲁塞尔市的中心,广场呈长方形,长110米,宽68米,地面全用花岗岩铺砌而成。大广场上最醒目的建筑是布鲁塞尔市政厅,它是比利时最典型的哥特式建筑,整个建筑建于三个不同时期,经一再扩建增修,才到目前的规模。市政厅对面,曾是法国路易十四的行宫,现为国家博物馆;市政厅左侧楼的2层门上,有个白天鹅雕像的是天鹅咖啡馆,马克思和恩格斯当年曾在此共同草拟《共产党宣言》。环绕广场的其他建筑物,多分属于各种行会组织,如船夫、裁缝、粉刷匠等等,每个行会建筑门上的雕塑,是本行会的崇敬人物或象征性动物的雕塑。纵观广场及周围的建筑群,宏伟壮观,富丽堂皇,它集合了歌德式、文艺复兴时代和路易十四时代的建筑精粹,是比利时许多重大革命事件的历史见证。人们置身于这一工艺精巧的古建筑群中,无不惊叹不已,纷纷拍照留影,记下这难忘的一刻。然后,绕别具一格的小街行走,于一座欧式宫廷式建筑门前(据说为证券交易所)上车,到郁金香饭店安顿住宿,我住819房间。

稍事休整，步行过街，到附近的金龙大酒店用中餐。

晚饭后，按小组活动，沿步行街去看了看，大部分的商店业已关门，留下的不少是卖书刊和小吃的门市。进了几个卖书刊的门市，见黄色书刊及录像充斥其间，公开兜售，走出商店又转游了一会，于8:30返回住处。今日虽行程400多公里，因步行去看景点的不多，显得不太累。郁金香饭店居住的房间虽小，条件环境却明显优于巴黎的粤海饭店。离开巴黎欧洲行，今天可谓是第一天，满路满街遇到的都是中国人，这一方面说明华人的旅游意识强了，更重要的是表明，随着国内改革开放、发展经济的步伐加快，人们的生活水平有了明显的提高，不然的话，这么多国人的欧洲行，是不可思议的！

10月14日

阴，有雨。早7点起床，于郁金香饭店一层用自助西餐。8:30准时乘车出发，天起风，骤变寒，于王宫前拍照留影后，乘车到1958年建造的原子球体塔的外景观看。这是为当年该城市展览中心举办的布鲁塞尔博览会，所设计的标志性建筑。设计者的构思来源于原子结构图，9个巨大的金属圆球，由粗大的钢管连接构成一个正方体图案，8个圆球位于正方体的8个角，另1个圆球位于正方体的中心。圆球直径18米，连接各个球间的钢管每根长26米，直径3米，总重2200吨，高102米。大家仰望这高大雄伟的建筑，拍照之后于9:30离开。天开始下雨，9:35上了高速路，雨越下越大，途中经过欧洲的第三大港口城市安特卫普，它是比利时的第二大城市，也是其最重要的商业中心。12:09我们乘坐的车，驶入荷兰王国首都阿姆斯特丹，它位于荷兰的西北部，是荷兰最大的城市和第二大港口，也是其金融和文化的中心。12:30抵达城中心的南山饭店用中餐，饭后，乘车到市内一家钻石厂选购钻石。钻石加工业，16世纪引进到荷兰，现已发展为世界著名的钻石加工中心。该市的钻石加工厂，都对外开放参观，由专业人士介绍钻石加工过程和鉴定方法，并

可在附设的商店里，购买纯正的钻石首饰，大家情况不等地为家人选购了一些白金项链和钻石等饰物，一直到下午 3:30 才离开了钻石厂。又冒雨到水坝广场的烈士塔、荷兰王宫前拍照留影，之后，步行到火车站前，乘游览船去游览阿姆斯特丹运河。这个运河带，建成于 17 世纪，有大小 165 条人工开凿或修整的运河道，游船穿行在著名的河道间，河道的两旁是典型的荷兰传统民居建筑，据说有两千多家的海上船屋，这构成了这座海上城市的一道亮丽的风景线。游览了 1 个小时后下船上岸，乘巴士又到中午用餐的饭店用晚餐。饭后，在附近的超市看了看，于 7 点多乘巴士，到郊外的度假村休息。在高速路上行驶了半个多小时，于 7:45 入住郁金香连锁饭店 130 房间住宿，房间较大，远离城市 20 多公里，特别宁静，为高级休闲住所，据说是四星级，倒也宽敞、干净、舒适。

10 月 15 日

晴雨交替。早 8:30 从度假村起身，经乡间小道上了高速路，只见公路两边的大地是一片绿茵，偶尔会有奶牛，在悠然自得地吃草，很少能看到人。今日第一个景观，是去看荷兰的赞丹风车村，这是荷兰著名的民俗公园，距阿姆斯特丹 10 多公里。村中保留了 3 座木制风车及散落着的 10 几座荷兰传统的木制建筑，用于展示荷兰的传统民俗文化，现场表演荷兰木鞋、青花瓷及奶酪的制作过程，还出售荷兰特色的纪念品。据介绍，风车、木鞋、奶酪、郁金香，号称是荷兰的“四宝”，而木鞋又位于“四宝”之首，我们看了木鞋的示范制作过程，选购了一些小型样品，拍照留影后，于 9:54 离开。天已放晴，空气格外的新鲜，心情也比昨天好。天遂人愿，乘坐的巴士，顺着高速路飞快地行驶，于 11:42 进入德国境界。一会儿，天又变阴，零零星星地下起了小雨，于下午 1:12 进入科隆，跨上莱茵河桥，1:19 于当地的北京饭店用中餐，饭店紧挨着科隆大教堂，饭后，便观瞻这个奇特的宗教建筑。

科隆大教堂，又称圣彼得大教堂，位于科隆市的中心及莱茵河畔，是中世纪欧洲哥特式建筑的代表作，是德国最大的教堂，也是世界最高的教堂之一。该教堂始建于1248年，1880年建成，占地8000平方米，建筑面积6000多平方米。内有礼拜堂10个，中央大礼堂穹顶高达43.35米，中央双尖塔高161米，直插云霄。大教堂的四壁上方10000多平方米的窗户上，全部绘有《圣经》人物，在阳光的折射下，金光四射，多彩多姿。教堂钟楼上有5座响钟，最大的重24吨，这些钟共响时，其声洪亮深沉。科隆大教堂是欧洲北部最大的教堂，较之巴黎圣母院教堂要高、要敞亮得多，我绕教堂一周发现，在一角的雕像中，有不少躺卧之像，模样有军人、主教等，在有的雕像脚前边，还放有花圈，这在巴黎圣母院中是看不到的。从教堂出来后，见有3个人在宣传“法轮功”，游人对此毫无兴趣，显得特别冷落。2:30离开科隆，乘车向波恩进发，经过25公里的行程，于3:04进入这个原西德的首都波恩的近郊，下车后，先去参观贝多芬的故居。

贝多芬(1770—1827)故居，位于波恩市波恩巷20号，一座简朴的3层小楼，诞生了一位世界著名的音乐大师。它是波恩至今唯一保存完好的贝多芬家族的居住地，150件原物展品，反映了大师工作和生活的情况，其中有他著名的肖像画，以及其最后使用过的大钢琴。从故居出来，沿波恩大街走到市政厅，这是一座巴洛克式建筑，建于700年前，墙上的浮雕金光闪耀，楼面古朴大方。从这里再步行到贝多芬广场，这里原名明斯特广场，1845年为纪念贝多芬而建造了一座纪念碑，塑有贝多芬的青铜像。大家正仰望着高傲、威严、神圣的贝多芬像时，天又下起了雨。3:38我们从波恩大学穿过，这一坐落在风景秀丽的莱茵河畔的综合性高等学校，是18世纪启蒙运动的产物。因雨越下越大，无法仔细观瞻，只好冒雨落荒而逃，于3:45乘车上了高速路，离开波恩，直接驶向法兰克福。此时，大雨如注，

加上水气、雾，能见度越来越差，巴士不紧不慢地向前驶去，全程186公里，一直到6:17才进入市区。天已晚，只好安排大家去购物，在附近专卖店，买了些德国、瑞士产的小电器及军用小刀等，7:35就近在花园饭店用中餐。9点时，入住紧靠火车站的一家老式旅店（据说叫钻石王冠旅店），我住在110房间，整理了一下行装，洗漱之后，于凌晨1点去休息。

10月16日

阴雨转晴。早餐后，9点上路，天仍在下雨，越下越大。我们现在所在的法兰克福，全名为美因河畔法兰克福，以区别德国东部的奥得河畔的法兰克福，是德国的第五大城市，始建于794年，为德国重要的工商业、金融和交通中心。目前，不仅是德国金融业和高科技业的象征，还是欧洲货币机构汇聚之地，这里拥有400多家银行，770家保险公司，以及无以计数的广告公司。今天看的第一个景观，是该市的老歌剧院，建于1880年，是法国巴黎歌剧院的复制品，音乐神童莫扎特6岁时，第一次登台演出就在这里；1945年毁于战火，70年代末重加修缮，采用新古典主义式的建筑，如今，同时作为音乐厅和会议中心使用，是一流的文化场所。之后，又到二战中仅存的王宫广场（亦称雷玛广场），看周围的古典建筑，其中以举行过神圣罗马帝国皇帝的选举及加冕典礼的大教堂为首，还有旧市政厅、尼古拉教堂，广场中央有正义女神像的喷泉；特别是旧市政厅，是由3座重建的15世纪的“人”字形建筑构成，这3幢精美的连体哥特式楼房，其阶梯状的人字形屋顶，别具一格；正中一幢叫雷玛，其2层有一个皇帝大厅，曾是古罗马帝国皇帝举行加冕典礼的地方。这些建筑，虽遭受数百年战火的摧残，但整修后仍保存完好，可以说是法兰克福的一个象征。从王宫广场出来，冒雨游览了美因河，并在横跨河床的铁桥上拍照留影，然后，又到中国商店选购德国产的刀具，11:30在花园饭店用餐。饭后，11:58乘车出发，向慕尼黑行进。因

司机走错了路，重返回后，已耽搁了40分钟，雨越下越大，冒雨行进，据说全程380公里。4点多，天放晴，阳光相照，蓝天白云，远望层林尽染，田园绿茵，秋高气爽，十分宜人，5:31进入慕尼黑郊区。

据介绍，慕尼黑是德国巴伐利亚州的首府，德国南部的第一大城市，是德国的第三大城市，位于德国南部阿尔卑斯山北麓的伊萨尔河畔，建于1158年，是德国著名的历史古城。该市现分为老城与新城两部分，是古代德国南方风格宫廷文化和现代都市文化并存的一个城市，二战期间，虽经盟军71次轰炸，但战后又迅速恢复重建了一些欧洲古典式建筑，成为国际著名的旅游城市。6点时，我们抵达市中心，光线已不太好，步行穿越人行广场，在皇家啤酒屋稍事停留，据说此地，曾经是当年希特勒和他的支持者，发动“啤酒馆政变”的地方。然后，便来到了位于玛利亚广场北面的高大的新、老市政厅，这是19世纪末新哥特式建筑，钟楼高达85米，在这教堂式的古典建筑前，拍了一些照片。已是下午6:15了，到附近百货商场转了转，7点集中，乘车原路返回，到郊外一家四合院式的中国餐馆用餐。据说这家餐馆，是国内北京人开的，饭菜的味道纯正，还吃到了手擀面，这是欧洲行以来，第一次吃到家乡的面食。今日看的景点少，又耽搁在路上，但晚饭吃得挺适口，大家还喝了些啤酒，也算尽兴。9点，又乘车返回市中心居住，从室内的陈设看，很像阿拉伯人开的旅店，房间摆设简单，墙上的挂画为线条勾勒成的画面，和马小平、孙志勇、大同市的李局长等闲叙，于12点多去休息。

10月17日

晴转阴雨。昨晚下了一晚上的雨，早餐后，天稍放晴，但空气中湿气很大，乘车游览慕尼黑奥林匹克运动场。这是为举办1972年第20届夏季奥运会而建造的，最高的建筑是高289.53米的电视塔，体育场总面积7.5万平方米，可容纳8万观众观看比赛，其帐篷式的顶盖，远看就像一张大渔网，错落有致，十分壮观。大家在一片森林与

草坪组成的绿地上拍照留影，遥望对面双排圆柱叠加的灰黑色的高大建筑物，即为著名的宝马汽车总部大厦，不少人也把它作为背景拍照留念。9:19 乘车上路，130 多公里的行程，即将要进入奥地利的国界。此时，天已放晴，高速路的两边，被雨水冲洗洁净的自然画面十分诱人，远望阿尔卑斯山脉，高处有雪，中呈灰褐色，山下绿林红枫相间，近处草坪，绿茵成片，自然生成这一协调美丽的画面。据介绍，这一带美丽的天然屏障，却有纳粹当年的阴巢、狼穴；行进间，左方出现了湖面，据说是凯密湖和舍密湖；左、右的两边，又有不少的田园风格的度假村；越接近于奥地利，又能看到不断出现的城堡式的教堂。11:02 进入奥地利，在奥边防站过后的第一个加油站，大家稍事休息，以边界的山林为背景拍照留影，于 11:15 上车向奥地利行进，20 分钟后，进入奥地利的萨尔茨堡市。

萨尔茨堡，又译作萨尔斯堡，是奥地利共和国萨尔茨堡州的首府，位于奥地利的西部，是奥的第四大城市，历史悠久，新石器时代就有人居住，公元45 年萨尔茨堡获得城市自治权。这个仅有几万人口的山城，美丽的萨尔茨河，把萨尔茨堡分成新城、旧城两部分，高处有古老的城堡，城中有建于 774 年的主教堂，后毁于战火，重建于 1614 至 1628 年。吃中午饭前，先游览了米拉贝尔公园，位于城中心，据说是总主教沃尔夫·迪特里希于 17 世纪初，为他的情人所建造的宫殿和花园。人们在园中的喷泉、雕塑前拍照留影后，便穿街过桥，去游览 1756 年诞生于这个城市的伟大的音乐家莫扎特故居。莫的故居位于这座老城最著名的步行街格切特街（亦称粮食胡同）9 号楼 3 层，莫扎特一家在这里，一直生活到 1773 年才去了维也纳。现在这个居所，已辟为莫扎特博物馆，里面陈列了他的书信、乐谱、人像画，幼年时使用过的小提琴、羽管键琴和现代钢琴等，还不停地播放着他的音乐作品，来观瞻的游客络绎不绝。从莫扎特故居出来后，即在附近的石砌城堡地下室的华都中餐馆用餐。饭后，又走马观花地游览了萨尔茨堡主教堂、莫扎特广场，以及格切特街两旁林立的各种精品店、艺廊、餐厅与咖啡厅等，沿萨尔茨堡河边，步行到停车场，11:50 结束了在该市的参观，上车离开了这个美丽的城市，向维也纳行进。

上了高速路，大约 5 点，天又下起雨来，而且越下越大。行驶了 350 多公里，于 5:34 进入维也纳，入住一家国际连锁饭店，在该城市的西郊，我住 114 房间。简单洗漱后，6 点上车，冒雨行驶 15 分钟进城，在一家昆仑中餐馆用餐，近 8 点又返回住处，看电视、报纸，此处离城较远，但却安静宜人，于下 1 点休息。

10 月 18 日

阴雨，傍晚放晴，全天在维也纳参观。维也纳，是奥地利的首都，位于多瑙河畔，是奥地利共和国政治、经济和文化的中心，享誉世界的文化名城，有“音乐之都”的盛誉，许多音乐家都在此度过大部分生涯；又因风格各异的建筑和精妙绝伦的装饰，而赢得“建筑之都”和“装饰之都”的美称。维也纳又是一座拥有 1800 多年历史的古老城市，新石器时代此地已有人居住，约公元前 500 年，凯尔特人建立了维也纳，19 世纪随着奥匈帝国的强盛，这里先后成为奥地利帝国（1806 年起）和奥匈帝国（1867 年起）的首都。如今，它又成为联合国的四个官方驻地之一，也是石油输出国组织、欧洲安全与合作组织和国际原子能机构的总部以及其他国际机构的所在地。

早餐后，天仍下着雨，人们打着伞，风一吹，浑身觉得特别凉。冒雨先到多瑙河畔游览，河上停泊着瑞士、荷兰等国的游船，洁白的天鹅在水中悠闲地游着，在河畔照了相，并将河左侧的罗马式的卡尔大教堂作为背景也留了影。据说，这一带过去是黑社会人员出没的地方，曾不断有国际间谍在此地交换情报。

拍照后，原路返回，到维也纳国家歌剧院观瞻。该剧院创建于 1869 年，位于市中心的格林大道，被称为“世界歌剧中心”。它造型

美观大方，色彩和谐，是一座高大的方形罗马式建筑，仿照意大利文艺复兴时期大剧院的式样，全部采用意大利生产的浅黄色大理石修成。正面高大的门楼有5个拱形大门，楼上有5个拱形窗户，窗口上立着5尊歌剧女神的青铜雕像，分别代表歌剧中的英雄主义、戏剧、想象、艺术和爱情；在门楼顶上，两边矗立的是骑在天马上的戏剧之神的青铜塑像，剧场内休息大厅和走廊上，还竖立有施特劳斯父子、莫扎特等音乐巨匠之金色头像和半身塑像。

我们在剧院门前留影后，乘车到坐落在城西的霍夫堡皇宫中的茜茜公主博物馆参观。据介绍，这是仿照法国凡尔赛宫建立的皇帝行宫，它位于霍夫堡皇宫宫廷议会的那条回廊中，购门票进去看了看，里面陈列的是奥匈帝国皇帝弗朗茨·约瑟夫一世(1848—1916)与皇后茜茜公主，生活起居的实物和相关的油画等，真实地再现了美丽皇后寂寞的生活和大胆的追求，以及对宫廷礼仪的反抗精神等。之后，又到皇家花园观赏。

皇家花园，是美泉宫(音译作申布伦宫)的附属建筑，建于1743年，坐落于市区西南边缘，此地曾为神圣罗马帝国、奥地利帝国、奥匈帝国和哈布斯堡王朝家族的避暑皇宫，但真正建成并具有规模的是奥地利女皇玛丽亚·特蕾西亚时期，总面积2.6万平方米，仅次于法国的凡尔赛宫。花园建在皇宫背面，是一座典型的巴洛克式园林，硕大的花坛两边，种植着修剪整齐的绿树墙，绿树墙内是44座希腊神话故事中的人物雕像，园林的尽头是一座“海神泉”，向东便是皇宫名称由来、但却不很起眼的“美泉”，美泉的正对面，是一片人造的罗马废墟和一块方尖碑。大家绕园林的主要景观走一走，看一看，深为其规模之宏大，设计之绝妙，雕像之精美，喷泉之奇特，惊叹不已，不时用相机拍下了一些迷人的景观。一个小时后，又到昨晚的昆仑中餐馆用餐。

午饭后，冒着风雨先到金色大厅门外拍照留影，这是维也纳最古老、最现代化的音乐厅，始建于1867年，1869年竣工，是意大利文艺复兴式的建筑，外墙黄、红两色相间，屋顶上竖立着许多音乐女神雕像，古雅别致，并以金碧辉煌的建筑风格和华丽璀璨的音响效果驰名世界。不巧的是，大厅近日刚刚维修完，今晚又未安排演出，大家只好带着遗憾离开这世界最著名的音乐圣殿。

离开金色大厅后，步行游览了哥德塑像、莫扎特广场、新旧王宫、国会大厦、市政厅、玛丽亚·特蕾西亚广场、英雄广场、人民广场（新王宫外）和圣斯特凡大教堂等著名景观。这些建筑，大部分都坐落在维也纳老城区的戒指路上，每个广场都有形态各异、造型逼真的代表性人物的雕塑，其建筑风格的多样化，建筑规模的宏伟壮观，石雕像及青铜塑像的生动逼真，广场喷泉的造型奇特，维修保存的完好无损，都堪称是第一流的；同时，又配以栽种修剪奇特（几何图形、整齐多样）的园林、花草（如新王宫的玫瑰园等），这些都极大地提升了这个城市的文化品位。尤为值得一提的是，圣斯特凡教堂和国会大厦。圣斯特凡大教堂是维也那环城景观带上一著名建筑，是维也纳市的重要标志，至今已有800多年的历史，历史上几经被毁，几经重建，它那高达137米的尖塔，是继科隆大教堂之后，全世界第二高的教堂尖塔，也是全世界最著名的哥特式教堂之一。教堂内的“倚窗眺望人”的塑像、343级台阶的南塔、用战争缴获的枪炮铸成的重达20吨的塔楼铜钟，以及放置成千上万维也纳人尸骨的地下墓穴，构成了它的令人神往的建筑特色。而建于19世纪下半叶的国会大厦，则以雄伟壮观驰名世界，素有“欧洲最美的国会大厦”之美称，大厦前的雅典娜雕像和喷泉，以及青铜英雄塑像，是最具特色的景观，那栩栩如生的姿态及形象，更是让游人流连忘返。这一路走来，虽然是走马观花，但却深深为维也纳城市的文化艺术氛围所折服。一直到近3点，才结束了维也纳街面的游览，到昆仑饭店路对面的水晶店选购了一些水晶制品，5:30到昆仑饭店用餐，近7点时返回

住处。

此刻,天已放晴,明天就要离开奥地利了。回顾这一天的游览,维也纳市的景观,是继法国巴黎之后,很值得一看的好地方。欧洲教堂之多,王宫建筑之美,完全可以与我国古代的庙宇、皇宫建筑相比美,虽各有特色,却毫不逊色。这一点,过去确实是知之甚少,有的甚至可以说是一无所知,这次欧洲之行,受益匪浅,补上了应知的一课,真可谓不虚此行。

10 月 19 日

晴,午后有阵雨。早餐后,乘车前往意大利的威尼斯城。车向西南行进,沿路两旁树木、草坪,依然美丽宜人。近 1 点,到达奥地利的边境城市克拉根福,它是奥地利南部克恩顿州的首府,是一个标准的边境城市,距意大利约 60 公里、离南斯拉夫仅 30 公里。由阿尔卑斯山雪水积蓄而形成的湖泊,使得这片土地,因湖水的调节而舒爽宜人,市区的气氛又安详宁静,因山水之胜而成为奥地利南部的观光重镇。我们下车后,先在"咱台湾"餐馆用中餐,饭后,到该市附近著名的沃尔特湖观瞻拍照,10 多分钟后离开,车上了高速路,直奔意大利。大约 2:00,天下了一阵子雨,2:40 进入意大利边境的第一个收费站。汽车沿着阿尔卑斯山脉行驶,沿途穿越了不少的长隧道,修得质量都挺好,虽高速行进,却无异常的感觉。午后行驶了 320 多公里,约 5 点多,进入威尼斯城的郊区,顺路停车,让大家看了一个钻石厂和皮具厂,因价格昂贵,均未选购。近 7 点时,入住市中心的一个四星级饭店(HOTEL GROUP),我住 705 房间,实为新盖的一层套房。晚饭吃在中华饭店,饭后,在附近的街上散步,大部分的商店早已关了门,在一家华人开的皮具店内,购买了一本介绍古罗马等四城市的画册。返回住处后,洗了一件衬衣,便去休息。

10 月 20 日

晴。早餐后,乘车出发,到达水城的码头,由当地陪同参观的张小姐做导游,张是本地出生长大的台湾人,祖籍福建,说得一口流利的汉语。张小姐乘小艇介绍威尼斯城的来历沿革,下船后还逐一介绍景观。

威尼斯,是意大利东北部著名的旅游与工业城市,也是威尼托地区的首府,市区涵盖意大利东北部亚得里亚海沿岸的威尼斯潟湖的118个岛屿和邻近一个半岛,是享誉世界的著名的水上城市。它的历史,可以追溯到5世纪中叶左右,其政权的基础奠定于12世纪初。

乘船登上连接海堤与圣马可广场的小广场,迎面而来的便是耸立着的两根由整块花岗岩雕成的高大石柱,一座石柱上雕有圣托达罗雕像,据说是这个城市最初的保护人之一;另一座石柱上雕有来历不明的古老的圣马可狮子雕像,据说就是耶稣门徒圣马可的化身。左侧是建于15世纪中叶的图书馆,右侧是建于15至16世纪的"督纪王宫",建筑风格为典型的威尼斯古典式,而且珍藏了大量古代的图书、文物、绘画、雕刻及兵器等。

进入圣马可广场,首先被场面之宏大、四周古建筑的整齐壮观所折服。整个广场东西长170多米,东边宽80米,西边宽55米,总面积约1万平方米左右,地面以17世纪的白色石头装饰而成。广场的南、北、西三面,被宫殿建筑所环绕,其中有建于14世纪末至15世纪初的古公署、建于16世纪末的新公署、建于18世纪的拿破仑行宫;东面耸立着建于11至15世纪的高98.6米的圣马可钟楼,以及将东西方建筑艺术融为一体的高大的圣马可教堂;它们造型的优美、和谐,石雕的生动、逼真,是古罗马建筑中少有的。这些不同风格的古典建筑,竟浑然一体地展现在人们的面前,不得不为这些匠心设计建造的建筑杰作所叹服。加上络绎不绝的游人潮,成群的鸽子飞起飞落,每隔半小时,钟楼敲起响彻寰宇的钟声,为这一古老的广场,营造了典雅、肃穆、庄重而又神圣的气氛。

为了一览水城的风貌,我们乘坐老式的小渡船,从广场出发,绕小巷的水面曲曲弯弯地行进。一条船上坐6个人,边摆渡,边观赏两边的地面建筑,头顶上不时飘过建筑风格各异的石桥。第一道桥便是著名的叹息桥,它是建于16世纪的巴洛克式风格的桥,是连接"督纪王宫"和15世纪修建的新监狱。由于水城的特殊环境,必须以桥梁来连接相邻的建筑物,建造不同样式的桥梁,便是建筑师们大显自己才艺的地方。据介绍,威尼斯有404座桥,造型千姿百态,这成为水城上的一道亮丽的风景线。小船在狭窄的水面上,行驶了半个小时,大家边观赏,边拍照,对水城有了更直观的了解;返回原出发地下船后,在圣马可广场自由选景拍照,并进入教堂大殿的一层通廊,观瞻精美的绘画、雕刻和拜占庭式的金银器。

11点时,集中大家上了岸码头,乘游艇去一家水晶厂观看吹管玻璃制品的表演,之后,选购了一些水晶首饰品。乘汽艇返回,又搭乘巴士,经过一座墨索里尼时建造的3.7公里的大桥,到中华饭店去用午餐。饭后,2:10乘车离开威尼斯城,行程130公里,向另一文明古城维罗纳进发。

3:23进入维罗纳,住宿于一个度假酒店,我住319房间,住宿条件不比昨晚的四星级差。稍事休息,简单洗漱,4点出发,步行到该城游览。据介绍,维罗纳,位于意大利北部阿迪杰河畔、威尼斯西65英里,是一座融远古文化和现代文明为一体的古城,拥有悠久的历史,至今城中还保留有不少中世纪的古建筑。只见阿迪杰河以"S"形穿城而过,城中车多、人多,游人如潮,但却显得格外的悠闲安静。

我们步入市中心的布拉广场,先去观看阿雷纳圆形竞技场,其规模仅次于罗马的竞技场,是古罗马时代圆形剧场的遗迹,建于公元1世纪,至今依然完好地保存着当年的风貌。整个古剧场呈椭圆形,长直径152米,短直径128米,高30米,可容纳3万余人,进入竞技场内部,爬上瞭望台,可以将整座竞技场和市区的景致一览无余。

从布拉广场往东南方向走，沿着庞特尔大道前行10分钟，便到了绅士广场。这个广场，以但丁雕像为中心，被众多文艺复兴时期的建筑所包围，左侧有美丽的回廊与维罗纳市之望族斯卡拉家族的墓地，毗邻墓地的是坎格兰德一世墓碑所在的圣母教堂；右侧是现为市政厅的拉吉奥尼宫，它的里院和台阶是游览的重点，曾经留下了乔托、但丁的足迹；附属于市政厅的兰贝尔提塔，是维罗纳的标志性建筑之一，登上塔顶参观，可以将整个广场和市区景色尽收眼底。大家就广场周围的建筑物拍照留影。

之后，又随着旅游的人流，顺着香草广场东侧一个小巷的商业闹区，去参观位于卡佩罗路27号小院里的一幢小楼。这里是莎士比亚名著《罗密欧与朱丽叶》中女主角朱丽叶的故居，是一幢建于13世纪的古老建筑，高墙大院，圆形拱门，在庭院中央，伫立有一尊与真人同比例大小的朱丽叶青铜塑像。观瞻了故居，在朱丽叶铜像旁拍照留影后，原路返回，又步行到达了布拉广场。

一路上，游览观光的人络绎不绝，川流不息，漫游在如潮的国际各族人种中，突然感到这个世界是如此之大，又如此之小，正是因为优秀的古代文明，才吸引了如此众多的世界各国的游客，也正是因为保存了良好的文物景观，才为这一城市带来了巨大的经济效益。

6点多，于布拉广场西侧的皇宫饭店用中餐，饭后，于7点多返回住地。

10月21日

阴，有雨，傍晚越下越大。早餐后，乘车前往摩纳哥，行程据说500多公里，沿着地中海和阿尔卑斯山脉行进，光隧道就穿越了100多个。11:35，途经意大利的热那亚海港城市，在高速路的左侧，可以看到一望无际的蔚蓝色的地中海。下午1:28，由意大利进入了法国的边界，1:50到达法国的尼斯旅游度假城，于新羊城饭馆用中餐，饭后，便在这个城市逗留观光。

尼斯，是地中海沿岸法国南部港口城市，地处马赛和意大利热那亚之间，是法国的第五大城市，为滨海阿尔卑斯省行政中心。尼斯城大约建造于公元前350年，1543年法国得到尼斯的所有权，之后不停地更换主人，直到1860年，尼斯成为法国的领地至今。由于这里冬暖夏凉的气候特征，成为人们旅游度假的首选地。午饭后，我们漫步来到市区的马塞纳广场，这是一个具有热带、亚热带植物的城市广场，建于18世纪30年代左右，北边是长方形格局，即为金梅德新大道，南边则为半圆形，是尼斯的老城，同时具备了阿尔贝托的新古典主义风格与旧马塞纳的18世纪风格。广场中央有7根立柱，每根柱子顶部有一尊坐着的人像，大家边观赏，边拍照。然后，又到附近的天使湾，沿着海湾去观赏著名的步行道盎格鲁街，这里有英国人的散步大道，也有美国人大街；对过坐北朝南的建筑为尼斯歌剧院，正在维修间，是建于19世纪末典型的第二帝国式建筑，门面的大理石主要建筑依然保留原样，其他则重新进行了装修。大家在海滨拍照留影时，天下起了大雨，上车之后，司机和导游，不知因为什么闹起了别扭，互不理睬，在城中心转了三次，仍出不了城，又耽搁了1个多小时，于4点多才离开尼斯，向摩纳哥进发。

一路上，天下大雨，又不时地堵车，一直到5:07才进入摩纳哥城市。这个面积1.8平方公里，居住着几万人的小国，竟然独立有主权。据介绍，摩纳哥的地名，源自约公元前6世纪，地处法国的南部，是位于欧洲的一个城邦国家，也是世界上第二小的国家（仅次于梵蒂冈），实行君主立宪制，主要靠海滨度假旅游、博彩业和银行业生活。该城分为新港区、王宫区和赌场三部分。王宫区有建于13世纪的摩纳哥亲王宫，位于峭壁边上，是摩纳哥政府的所在地；而赌场位于摩纳哥蒙特卡罗镇，建于1878年，室内华丽的装潢风格则是20世纪初的。5:30冒雨在海滨的王宫、赌城拍照留影，然后进入赌场观看。大多数人是边走边看个稀罕，也有下场玩的，大同市的李局长拿了5元筹码,侥幸赢得了100个筹码,扣去输的,最后以筹码换得7.8欧元。近7点,全体乘车返回市区,8点多,入住火车站附近条件最差的一个老式旅店,房间狭小,又不干净。之后,步行到新羊城饭馆用晚餐,可能有些累,回来也不想洗漱,早早躺下就休息了。

10月22日

晴。早餐后,乘车前往意大利的比萨城,行程340多公里,到比萨时已是下午1:30了。在城外下了车,交了入城费,乘公交车到景点去,先在东方酒楼用了中餐,饭后,前往观瞻比萨教堂及斜塔。

比萨,是意大利中西部城市,位于佛罗伦萨西北方向,历史上是个海滨城市。比萨的名气,很大程度上是得益于比萨斜塔。比萨斜塔其实是比萨教堂的一部分,整座教堂建筑分为主教堂、洗礼堂与钟楼三大部分,外墙面均为乳白色大理石砌成。主教堂建于11世纪初至13世纪,采用了拉丁十字架式,以设计高雅别致的柱子作装饰;教堂正面是洗礼堂,建于12世纪中叶至14世纪;在后方有一罗马式的建筑,其圆顶部分是在百多年后才兴建的,采用歌德式的设计,像是一个圆球上的圆锥,十分独特。比萨斜塔离大教堂20多米,本是大教堂的钟楼,建于1173年,完工于1372年。外观呈圆柱形,是由白色大理石砌成,塔高54.5米,直径16米,重约1.4万吨,塔共有8层,除底层和顶层有所不同外,其余6层结构完全一样,每层都有拱门,总共有213个,底层墙壁上刻有浮雕,顶层有钟亭,塔内有螺旋台阶294级,供游人登塔,远眺全城风光。动工五六年后,塔身从3层开始倾斜,直到完工还在持续倾斜,目前塔顶已向东南倾3.5米,成为世界建筑史上的一大奇观。大家跟随导游,先进教堂,后看斜塔,见雕工精细,建筑精良,近千年的建筑杰作,堪称一绝,远处拍照,近处细看,于3:20结束了在比萨的观赏,乘车前往意大利文艺复兴的策源地佛罗伦萨。

车上了高速路,行程110公里,于4:38进入佛罗伦萨市境内,办

理入城手续后，步行了一大圈，近5点时进入景区。

佛罗伦萨，旧译名叫“翡冷翠”，是意大利中部的一个城市，托斯卡纳区的首府，欧洲文艺复兴运动的发祥地，艺术与建筑的摇篮之一，拥有众多的历史建筑和藏品丰富的博物馆，为举世闻名的文化旅游胜地。

我们观看的第一个景点是圣母百花大教堂，也称主教座堂，坐落在佛罗伦萨的大教堂广场之上。原址是建于4世纪的圣·雷帕拉塔教堂，1296年乔凡尼·美第奇出资建造新的教堂，花了175年时间才最终建成。教堂圆顶仿造罗马万神殿设计，使用白、红、绿三色花岗岩贴面的美丽教堂，将文艺复兴时代所推崇的古典、优雅、自由诠释得淋漓尽致，因而被誉为“花之圣母堂”。圆顶内部是瓦萨里所绘制的穹顶画《末日审判》，大厅墙壁上有壁画《乔凡尼·阿古托纪念碑》和为纪念但丁诞辰200年所绘的《但丁与神曲》，堂内浮雕比比皆是，确为艺术的殿堂。

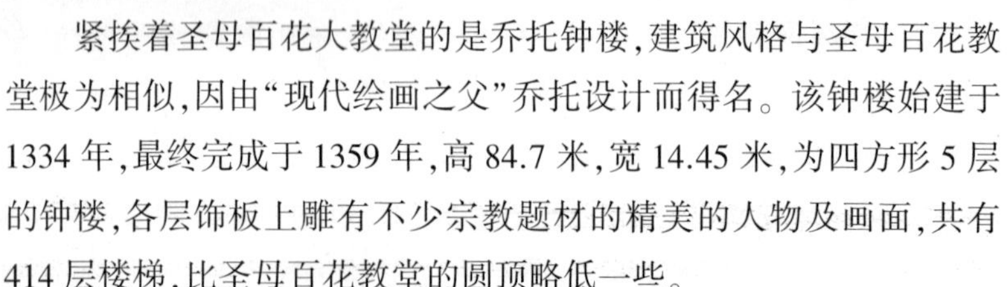

紧挨着圣母百花大教堂的是乔托钟楼，建筑风格与圣母百花教堂极为相似，因由“现代绘画之父”乔托设计而得名。该钟楼始建于1334年，最终完成于1359年，高84.7米，宽14.45米，为四方形5层的钟楼，各层饰板上雕有不少宗教题材的精美的人物及画面，共有414层楼梯，比圣母百花教堂的圆顶略低一些。

离开教堂和钟楼，又观赏了乌菲兹美术馆的外景，这座建筑位于维奇奥宫和阿尔诺河之间，建于1560年，1581年竣工。最初是按美第奇家族的柯西摩一世旨意建造的，用来作为佛罗伦萨公国政务厅办公室，后改成画廊，因而也称其为“公务大厦画廊”。这个经匠心改建了的“U”字形3层楼建筑，因珍藏并展出丰富的意大利文艺复兴绘画作品而驰名，其中经典的绘画作品有达·芬奇的《东方三圣来朝》、拉斐尔的《金翅雀的圣母》、米开朗琪罗的《圣家族》和波提切利的《维纳斯的诞生》，这些都是欧洲文艺复兴时期的杰出作

品;此外,鲁本斯、科雷乔、提香、卡拉瓦乔的作品亦有展示。要看画展还得排长队等候,限于时间关系,大家只好看看馆舍的外景,拍照留影而去。

接下来,又看了老桥(也称古桥、维奇奥桥),这是一座中世纪建造的石质拱桥,横跨在阿诺河上,最初建造于10世纪末,现在的桥是1345年重建的,它是连接旧宫与碧提宫的必经之道,是意大利现存最古老的石造封闭性拱肩、圆弧拱桥。桥上有2层楼的建筑,两边建有专卖店铺是其显著的特色,由此,老桥也成为佛罗伦萨著名的地标之一。

从老桥的右侧向里走,便到了市政广场,这里有一座建于13世纪的碉堡式旧宫(现为市政厅),侧翼的走廊连同整个广场,成为一座露天雕塑博物馆,各种石雕和铜像作品栩栩如生,形象传神。其中著名的有抢劫沙比少女的石雕像、希腊英雄白塞俄的青铜像、海神喷泉的石雕及青铜像、柯西摩一世骑马青铜像以及大卫的石雕像(复制品)等。这些作品大多为16世纪中叶所作,堪称雕塑艺术的精品和杰作。

6:30结束了在佛罗伦萨的观瞻,又看了附近的一家皮具店,价格昂贵,只能看看而已。晚饭在天厨酒楼用中餐,饭后,8点多乘车出城,当晚宿于城北10余里的山坡上一个条件比较好的度假村。先对所带行李进行调整、打包,然后洗漱,今天步行走了一大圈,有些累,近1点时去休息。

10月23日

晴。早餐后,8点动身,原路返回。驶出佛罗伦萨城时,司机迷了向,绕了段路,8:40多才上了高速路,300多公里,行进在拉齐奥大平原,向意大利的首都罗马进发,一直到下午近1点时才进入市区。市内不让旅游车行驶,只得下车步行,急行军约4里,绕着罗马城的中心地段走,到新翡翠酒楼用中餐。大家又饥又渴,显得有些

急,服务人员竟异样看待,太不理解中国人了,这些当服务员的姑娘,从大陆出来才几天,就变得如此,太不应该!饭后已是2点,在城内看了一些景点。

罗马,是意大利的首都,是意大利最大的城市和第二大都会,被誉为“万城之城”,有着辉煌的历史。约公元前2000年初,罗马人从东北移居于此;公元前8至前4世纪筑城堡,逐步形成早期的罗马城;公元756—1870年为教皇国的首都,1870年意大利王国统一后,成为意大利的首都,教皇国才退至梵蒂冈。正是因为有着这样悠久的历史,所以在这座古城里,至今仍保留有不少的名胜古迹和艺术精品。

许愿泉是今天看的第一个景点,实际上它叫特雷维喷泉,是罗马市内最大的喷泉,由教皇克里门七世下令建造,共花了30年,于1762年建成。喷泉建筑采用左右对称的手法,在中央立有一尊被两匹骏马拉着奔驰的海神像,在海神的左右两边各立有两尊水神,右边的水神像上,有一幅少女指示水源的浮雕,而浮雕上面有四位代表四季的仕女像。每个雕像神态各异,栩栩如生,诸神雕像的基座,是一片看似零乱的海礁,泉水由各雕像之间、海礁石之间涌出,流向了四面八方,最后又汇集于一处。面对这一设计精巧的群雕喷泉,游人们或默默许愿,或抛掷硬币入池求幸福,满足了各自的心中企盼。

接下来看的是万神殿,这是至今完整保存下的唯一的罗马帝国时期建筑,用以供奉奥林匹亚山上的诸神。该殿始建于公元前27—25年,因毁于火灾,重建于118年至126年,是有眼状孔的圆屋顶建筑的登峰造极之作。殿堂内部比例协调,十分恰当,其直径与高度相等,约43米;建筑正面的16根圆柱,让人联想到古希腊建筑;两扇高7米的宽厚青铜大门巧妙地镶入;大圆顶的基座从总高度一半的地方开始建起,殿顶圆形曲线继续向下延伸,形成一个完整的球体与地相接;穹顶中央开了一个直径 8.9 米的圆洞,从圆洞进来的柔和漫射的阳光照亮空阔的内部;由于拱门分担了建筑整体的重量,殿堂内没有一根柱子,堪称建筑史上的奇迹,加上首次使用混凝土,表现出古罗马的建筑师们,高深的建筑技巧和深奥的计算方法。我们置身于殿堂之内,除了感受那种宗教的安谧气息,更多的是赞叹这高超的建筑艺术。

从万神殿出来,漫步来到威尼斯广场,这个广场因其西面的威尼斯王宫而得名,王宫建于 1455 年文艺复兴时期,曾是墨索里尼的官邸。现辟为艺术博物馆,馆内有极其精美的拜占庭风格和文艺复兴早期风格的绘画,以及珠宝、挂毯、陶器、青铜小雕像和盔甲武器等收藏品。威尼斯广场位于罗马市中心,是罗马最大的广场,呈长方形,广场长 130 米,宽 75 米,是 5 条大街的汇合点。广场正面有一个绰号叫“结婚蛋糕”的白色大理石建造的新古典主义建筑维克多·埃曼纽尔二世纪念堂,建于 1885 年,耗时 25 年才建成,16 根圆柱形成的弧形立面是它最精彩的部分;台阶下两组半圆形的喷泉石池,池上各卧一巨人石像,分别代表意大利东西两岸的海洋;中央骑马的高大的镀金铜质人物塑像,就是完成意大利统一大业的维克多·埃曼纽尔二世;两边建筑物上有两座巨大的青铜雕像,右边代表“热爱祖国的胜利”,左边代表“劳动的胜利”;1921 年为纪念为国牺牲的英雄们,在纪念堂基座下增建了无名英雄墓,墓前两支火炬日夜燃烧,两旁有卫兵守护着。大家观看了这壮观而又肃穆的建筑及场面,对对称得体的布局,建筑雕塑的精美,无不叹为观止,拍照留下这庄重逼真的形象,向下一个景点走去。

从威尼斯广场出来,走不多远,便到了古罗马广场(亦称古罗马市场)。这是一个特殊的景观,是由各种古建筑的遗迹、废墟所组成。此地原是古罗马城的核心,原为沼泽地带,大约公元前 6 世纪加以整修,成为市场和集会之地。历代统治者在这里修建庙宇、宫殿、

会议场所、政府机构；帝国时期添置尤多，而且规模宏大，石建筑工程精细，十分壮观；广场上还有店铺和摊棚，它是政治、宗教、商业和公众活动的中心，但历经战乱、火灾、地震、劫掠等，一片古老辉煌的建筑荡然无存。从现存的断壁残垣、庙墩柱础的建筑构件，依稀还能分辨出一些当年著名的建筑：赛维鲁大帝凯旋门、君士坦丁凯旋门、提图斯大帝凯旋门、神圣之路、埃米利亚会堂、元老院、农神庙、威斯巴西亚神庙、众神柱廊、朱利奥恺撒神庙、安托尼努斯和福斯提娜神殿、火炉神维斯太神庙、圣女之家、马森齐奥宫、卡斯托尔与波卢克斯神庙、提伯亚那皇宫、佛卡圆柱、公共演讲台等。面对这些废墟中的遗迹留存，人们或追忆，或惊叹，或遗憾，或感慨，同时也可从意方这样安排景观中受到启示，国内圆明园之类的景观就可效仿。当游人们在观瞻这些残缺不全的历史遗存时，固然会发生穿越时空的想象，但重要的是，这是对一个国家和民族厚重的历史及灿烂的文化的极好的诠释与解读。

在古罗马广场附近，还有一个雄伟壮观的古建筑，那便是古罗马斗兽场（亦称罗马竞技场），它是在罗马要看的最后一个景观。它建于公元 72 至 82 年间，是古罗马文明的象征。从外观上看，它呈正圆形；俯瞰时，它是椭圆形的。其占地面积约 2 万平方米，最大直径为 188 米，小直径为 156 米，圆周长 527 米，围墙高 57 米，可以容纳近 9 万人数的观众。建筑分为 4 层结构，外部全由大理石包裹，下面 3 层分别有 80 个圆拱，其柱形极具特色，按照多立克式、爱奥尼亚式和科林斯式的标准顺序排列，第 4 层则以小窗和壁柱装饰。这种建筑，是古罗马帝国专供奴隶主、贵族和自由民观看斗兽或奴隶角斗的地方，但从功能、规模、建造技术和艺术风格来看，确实是古罗马建筑史上堪称典范的杰作和奇迹。许多世纪前，这个竞技场由于地震部分倒塌了，但其雄伟之气魄、磅礴之气势犹存。大家跟随导游入内各层观看，深为当年建筑设计的宏伟和科学而叹服。

从斗兽场出来后,全体乘地铁到梵蒂冈教皇国参观。这是一个很特殊的国家,位于意大利首都罗马城西北角的梵蒂冈高地上,由于四面都与意大利接壤,故称“国中国”,是全世界地理面积最小(0.44 平方公里)的国家,却拥有最大的天主教堂——圣伯多禄(亦称圣彼得)大教堂,拥有驰名世界、价与天齐、收藏丰富的梵蒂冈博物馆。

我们走出地铁后,先在教皇国的圣伯多禄广场参观,这个广场建于 1656—1667 年,长 340 米,宽 240 米,被两个半圆形的长廊环绕,呈椭圆形,是典型的巴洛克建筑风格。广场中心耸立着 41 米高的埃及方尖碑,顶端保存着耶稣十字架的真木,两边有两座巨大的喷泉;两侧建有成弧形状的巨大柱廊,共有 284 根,每排有 4 根,各排巨柱分别在同一圆心的不同半径上,柱子上端环立着 140 尊圣人和殉道者的大理石雕像。大家仰望这高大的建筑,深为设计之奇巧、建筑之宏伟、雕刻之精细而惊奇。

之后,便排队入教堂参观。早在公元 4 世纪,罗马帝国皇帝君士坦丁大帝,就在罗马城西北角耶稣门徒圣伯多禄殉难处,建立了君士坦丁大教堂以志纪念。到了 15 至 16 世纪,君士坦丁大教堂被改建成如今的圣伯多禄大殿,成为天主教会举行最隆重仪式的场所。大教堂的外形是一座典型的十字架建筑,前后长、两侧短,整座教堂宽 137 米,长 220 米;教堂内部走廊里,带浅色花纹的白色大理石柱上雕有精美的花纹,从左到右长长的走廊拱顶上有很多人物雕像,整个黄褐色的顶面,布满立体花纹和图案;大殿中央是直径 42 米的穹顶,圆顶的十字塔尖距地面 138 米,中央通廊有 8 根巨柱支撑,巨柱上雕有壁龛和人像装饰;整个教堂的墙壁与天花板,均以大理石、镀金等装饰,满眼金碧辉煌。教堂的珍宝馆,还珍藏有米开朗琪罗、拉斐尔及贝尔尼尼等大艺术家的壁画和雕塑。整个大殿,建筑之精美,陈列之富有,可称为世界教堂之最。据说,该国有神职、公务人员 2000 人,警卫 200 人,大多为瑞士人充任。

6点，整个参观结束，步行20多分钟，绕梵蒂冈城的外墙一周，到停车坪等车，等了半个多小时，今天太累了，也是全部欧洲行的最后一站。晚饭在罗马市中心仙都饭店用中餐，导游小余用啤酒招待大家，并征求意见。我代表全团对他美言了几句，并向4位地市局长致谢。饭后，乘车向住宿地进发，约有20多里，在城南郊区一个度假村，我住118房间。房子很大，有套间，大沙发、桌凳、餐具，适合一个家庭外出旅游居住，是这次出行最好的居住旅馆，可惜不知道名字。稍事休息，召集全团人员开了个小结会，之后，收拾行装，打包行李，准备明天乘飞机返国。这次欧洲万里文化考察，至此就圆满结束了。

※根据当时逐日的日志记录，参考相关资料整理而成。

我们的班主任

明亮的电灯光，映出窗帘上一个人影。同学们早已酣入梦乡，他却在不知疲倦地工作着。只要是熟悉他的人儿，便会知晓，这是我们的张志荣主任。他那和善的面孔，和蔼的语音，瞬间即会出现在你的脑海里。

还是在那大战农业的时刻，全校师生放假110天，援助农村抓三秋的时候，他即调来了学校，被领导分配在五、六班任班主任。当时的情况我一概不晓得，只是在开学时，听留校的同学说："我们班来了个好班主任。"此后，每当自习时间、课外活动时间以及休息时间，总见有一个穿着一身黑制服、头戴一顶兵帽、中等身材的中年人，在班内不断地与同学们交谈或问候每一个人。他见人总是那样，未曾开言满面笑容，说着一口风趣的乡音，有时说得你会欢畅地笑起来。长时期的相处，让我的确感到，他是一个工作有方、领导能力强、态度和蔼、平易近人、深受同学喜爱的好班主任。

每当工作安排下来，他总是善于发动群众，讲清道理，使得人人心服口服，以至于工作搞得既轰轰烈烈，又成绩突出。记得评助学金的时候，他首先召开了团干部会议，将校领导传达的精神和自己思考可能会出现的问题，给大家讲清楚，然后，与团干们想方设法共商对策。认识统一后，即召开了团支部大会，首先从团内摸清了思想的底子，依靠团员，进而将全班同学的情况初摸了一遍。之后，即在全体同学中开展了"讲实话，评公平"的评助学金活动。其间，他始终坚持了政策的原则性与同学的实际问题相结合的工作方法。

为确保助学金的使用公平合理,他不辞辛苦,数次往返距学校 10 余里的社、队,去侧面了解一些学生的家庭情况与经济收入;居住远的同学,则向所在社、队发信了解。就这样,他把 110 个同学的相关情况摸得一清二楚,根据实际情况确定了方案,做到助学金使用合理,人人满意,极大地调动了同学们的学习积极性,班内出现了空前的学习热潮。

为了熟悉这 110 个同学的情况及脾性,他将同学们入学准考证上的相片全部剪下来,满满地贴在划有表格的一大张纸上,并红红绿绿地注明了有关情况,以熟悉相片代认人的方法,在不足半个月的时间里,将两个班的同学牢记在心。再通过班干部与家长的侧面了解,以及对学生本人的接触交谈,基本掌握了每个同学的情况及个性,对进一步开展思想教育工作打下了良好的基础。

说到他做人的思想教育工作,更是令人敬佩。不光是学生,就连老师们也是这样的称赞:"张主任很会教育人,他看问题全面,怎能不令人信服呢?"确实如此,每当同学犯了错误,张主任总是在指出过错的同时,又充分肯定他的优点及长处,并鼓励他今后应当努力的方向。这样的教育方法,使犯了错误的同学心服口服,郭松元同学就是一个明显的例子。他因 10 余次迟到,平时爱说风凉话,张主任主动找他个别谈话。首先指出了错误的严重性,他说:"你已是高中生了,国家和家庭为了你的学习,父母辛辛苦苦照顾你的生活,又享受着头等助学金,自己不好好学习,还对得起谁呢?"说得郭低头不语。继而又说道:"你是个聪明的孩子,脑筋灵活,应发挥这一长处,用在学习上。你对劳动很热爱,每次劳动都能主动给同学借工具,干活中你又很卖力,今后你对待学习,就像对待劳动一样,争取学习劳动双丰收,岂不是一个好学生吗?如果继续像现在这样走下去,后果是不堪设想的。"这一席话让郭面红耳赤,还出了一身的汗。果然从第二天起,他不再迟到了。当天晚上,张主任即找他谈话，鼓励他继续向好的方面发展。此后，郭便改正了他迟到现象，并主动为班内做好事，诸如扫地、整理书报等，受到了班内红人红事台的点名表扬。这一下他更积极了，主动找团员和班主任谈心，并成为班内研究学习难题的"红人"，同学们都夸赞"松元变样了"。在张主任这种细致入微的教导下，班内状况大有起色，同学间相互主动谈心，大大促进了学习，要求进步蔚然成风。张主任也注意与教师们谈心、交朋友，一些抱有"少说为佳"思想的老年教师，也都愿意和他随意交谈，有的竟成为知己，他们常说："张主任平易近人，又很尊重人，有什么话不和他说，心里总觉得不痛快。"

听到同学和老师们的夸奖、称赞，张主任总是谦虚地说："这算得了什么，大家不都是一样的吗？"话虽这样说，他却在思想上引起足够的重视，警惕自己飘飘然。他常以刘少奇同志《论共产党员的修养》中的教导，事事严格要求自己，从不搞特殊，在班主任岗位上默默地奉献着，以他那赤诚关爱之心，去温暖同学和老师们。

※写于 1962 年 5 月 15 日，当时在阳城一中高中上学。

与王谦同志接触的几件事

我所著的《戏苑史海鉴赏录》正文前的彩页，有一帧与王谦同志亲切交谈的照片。此时，他早已离休，常住北京赋闲，夏日里他返回太原休息，时逢省晋剧院排演场有演出，特请老领导前来看戏，这是演出前我们二人在休息室闲聊的画面。

我 1977 年从阳城县委宣传部调入省委组织部工作时，王谦同志即任省委书记。作为干部一处承办地、市、县及省直党群口省管干部任免事宜的主办干事，在省委常委研究干部时，有时随部、处领导参会，旁听负责记录；而大量的工作是，按省委常委会研究的决定起

草任免文件，经处、部领导签字后，直接送王谦书记审阅签发下文。在这具体的工作过程中，遇到了和王谦书记相关的几件事，给我留下了深刻的印象。

一次，在汇报研究地、县干部时，组织部提出的一个人选，被王谦书记否决了。他在说明不合适的具体理由后，并没有提出他心目中认为合适的人选，而是让组织部根据条件另择人选。这样的情况遇到过好几次，我体会到，他是要充分发挥组织部的职能作用，不以书记的身份，居高临下，随意提自己熟悉的人。作为省委书记，在任用干部上，不以自己的意愿强加于人，严格按组织程序办事，保证了选人用人上的风清气正。

十一届三中全会后，根据中央的精神，处置过一些提拔过快而不称职的干部。其中有一名凭“活学活用”起家的地级领导，由运城地委副书记，降职安排到晋东南地区的沁县任副职。我根据省委常委会研究的记录起草了文件，送王谦书记签发时，却严肃指出我们工作不细心，给弄错了。当时正好组织部一位“支左”留任的副部长也在场，乘势对我进行了严厉批评，说什么太不认真、不负责，就这么几个字都能搞错了。这是我到省里工作，在省委书记的办公室，第一次挨到这样的批评，确实有些吃不消。但因为清楚自己核对过常委会记录，加之年轻气盛，在领导们批评后，又给做了说明。为证实起草无误，我又到楼下抄录常委会记录，让领导们看，这下都不吭声了。原来常委会议定，让此人到沁县任县革委会副主任，在未签发任职文件前，王谦书记和另一位省委领导找其谈话时，给说成是县委副书记兼县革委会副主任。事已至此，无法挽回，好在两个职务职级一致，只能做些善后事宜。王谦书记当即肯定了我的认真细致，让先按谈话意见发文任命，组织部于下次常委会时，提出变更意见，记录在案。这件事尽管没有自己的过错，但对我来说，却教育意义很深。说明在今后起草干部任免文件时，一定要认真核对，过细办理;其次是,遇事一定要坚持实事求是,即使在领导指责和批评的情况下,该说的话一定还要说,该坚持的一定要坚持。

此后不久,第四届全国妇联换届时,提名山西昔阳县大寨一名知名女劳模为全国妇联执委的候选人,需要提供她的生平简历,中央组织部电话催要有关情况。因她系农村不脱产人员,省里又没她的人事档案,部领导指派我到昔阳县抄录有关资料。为了迅速办理,当天去当天即返回来,事先给昔阳县委组织部打了电话,让能留个人配合我办理。这个电话打过去,引起了一些神经敏感人的怀疑,以为我是去昔阳调查了解谁的事情。霎时间,从昔阳到北京,又从北京返回到太原,莫明其妙的质疑电话不断,最后竟惊动了王谦书记。当天晚上我正在家,琢磨明早去昔阳需要带些什么,组织部值班室的同志找到我家,让我立即到王谦书记家去,这让我也愣住了,不知道发生了什么事。等我赶到书记家,才知是说去昔阳的事。王谦书记冷静地听完了我的诉说,对我说,你做得没错,但不要去昔阳了,就让他们自己办吧;只是责怪组织部领导没有能给他通个气。这个"为他人做嫁衣裳"的事,竟然引起了无端的猜忌,是一件本不该发生的事。作为身居高位的王谦同志,在敏感时期的是非面前,居然能冷静地听一个一般承办人员的详尽诉说,他没有盛气凌人,更没有指责训斥,这让我对他产生了由衷地敬重。

我到文化厅工作后,王谦同志早已由中顾委委员、全国人大财经委员会副主任岗位上退下,离休在京赋闲。在与老艺术家相处的日子里,常常能听到他们对王谦同志的怀念。特别是 20 世纪 60 年代,王谦同志任山西省长期间,他对文化艺术工作、尤其是戏剧事业的关怀重视,给艺术家们留下了深刻的印象。组建省实验剧院,成立青年演出团,为晋剧的进京汇报演出,不惜动用国库的黄金白银,给演出装备投入巨大财力,在文艺界传为佳话。1995 年 10 月,中国老龄委、文化部老干部局和中国剧协,在北京联合举办"全国中老年

戏剧汇演”,省文化厅组建了包括四大梆子名家、具有相当规模的“山西中老年艺术团”,由我带团进京演出。演出团中有近30名著名的表演艺术家,他们的艺术表演炉火纯青、各有绝招,在20世纪60年代曾红极一时,誉满三晋。在京期间,我曾请山西籍或在山西工作过的省部级领导,莅临山西驻京办事处,与来京参加汇演的艺术家们座谈,王谦同志即在座。谈起山西的戏剧及其艺术家来,他如数家珍,谈笑风生,他对文艺界的熟悉与关爱,令在座者无不佩服。汇演完,我专程到他住处拜望,他除了问询一些年事已高的艺术家的近况外,还将他亲自撰写的“舞台上的郭凤英”文稿托我带回,让我亲自转交给被誉为“晋剧名生”的老艺术家郭凤英老师。我拜读了他的这篇文稿,他对郭自幼学艺、刻苦成名的血泪艺术生涯深表同情,对其雄健、优美、精湛的舞台表演予以中肯和地道的评述,对她致力于艺术传承和培养后人的业绩大加肯定和赞扬。此文已辑入李文虎所著的《晋剧名生郭凤英》并公开出版。他虽评述的是郭凤英老师,但却表达了德高望重、一生从政的省级老领导,对文艺界及其艺术家们的深厚的关爱与赞美之情。

我最后一次与王谦书记见面,就是请他到晋剧院排演场看戏,此时他已是耄耋之年的老人了,但思维敏捷,交流爽快,谈笑风生,从当时留下的照片看,一点也不觉得他老。2007年7月9日他在北京病逝,我是事后才知道的,享年91岁,也算是高寿之人。他长期在山西工作,他的工作业绩和对家乡人民所作出的奉献,广大干部群众有目共睹,是会心中有数的。就我和王谦书记的接触而言,我更看重的是他的人格魅力,他对党忠诚,与民亲和,勇于担当,清正廉洁,尊重人才,实事求是,这些都深深地镌刻在我的记忆中。

※追忆写成于2021年2月11日。

在和社奎同志相处的日子里

我大学毕业后，即返回原籍阳城县工作，从事过党的组织、宣传及理论工作，曾担任过乡镇和县级宣传部门的领导职务。粉碎“四人帮”后，奉调到省委组织部工作，一待就是17个年头。这17年，是我人生经历中最长的一段时间，也是个人成长发展的黄金阶段。在部领导的培养教育下，和同事们的相处共事中，我受益匪浅。由于工作的缘故，我与社奎同志接触相处得比较多。与他相处的日子里，他的为人处世、工作作风及人格魅力，给我留下了深刻的印象，同时也深深地感染和影响了我。

良师益友

粉碎“四人帮”后，省委为充实和加强省委组织部，1977年的下半年，从全省各地抽调了一批有基层工作经历的干部，到省委组织部工作。我是在本年度的8月，调入省委组织部干部一处工作的。没过多久，社奎同志也由临汾地委组织部的副部长，调入省委组织部干部一处任副处长。此时的干部一处，既有原处内的老人，又有刚从省直单位调入的新人，大家彼此互不了解，新老人员间，或多或少还有点戒心。随着工作业务的展开和日常生活的相处，作为处领导之一的社奎同志，干部业务熟悉，待人热情诚恳，善于和人交流，处事一视同仁，很快便与大家融合在了一起。此时的他，正年富力强，精力旺盛，性格随和，平易近人，无论是在薛店滩翻地、西山植树，还是在东山挖防空洞，总能看见他那高大的身影，颈上围着一条白毛巾，抡起镐头或锹，卖力地干着活，深受大家的赞扬。

在工作上，他也是勇挑重担。当时，正处于落实政策、拨乱反正

的年代,好多工作,接踵而至,对于他来说,更是超负荷承载。除参与处内日常分管的地(市)、县及省直党群口领导干部任免事宜的研究讨论外,受省委及部领导的指派,还先后主管了全省“右派”摘帽办公室、县级“双代会”(党代会、人代会)换届选举人事安排和地、县机构改革指导组办公室的工作。我有幸配合他参与了后两项工作的全过程,亲历了那紧张而又繁忙的日日夜夜。为了选配好领导班子,除直接听取地、市委组织部及考察组的汇报外,还多次与有关领导及部门交换意见,力争形成一个最佳班子人选方案。为了准确明了地向省委汇报,他反复熟悉人选的有关情况,亲自拟写汇报提纲。这方面的工作量及其所花费的时间与精力,是显而易见的。鉴于换届选举与机构改革的紧迫性和时效性,加班加点批办处置事情是经常的。特别是在县级换届选举中,临时要求更换候选人选,或超职数选举的事时有发生,遇到这些情况时,不管是上班或者下班,均是急事急办,逐级请示,及时处置,不得拖延,以不影响基层的选举为原则,无形中增加了办公室的工作量。尽管如此,他还是以认真、严谨、冷静、乐观的态度,带领大家,妥善地处置好一桩桩、一件件事情。有时为了调节工作气氛,下班之后,主动邀办公室的同志一起玩玩扑克牌,借以放松一下,体现了毛泽东同志所倡导的“团结紧张严肃活泼”的工作氛围。正是由于有他这样的领导,办公室的同志,齐心协力,任劳任怨,和谐相处,心情舒畅,较完满地完成了省委及部领导交付的工作任务。

作为和社奎同志同为一个处室的同事,在与他相处的日子里,我始终把他看作是自己人生征途中的良师益友,在认真办理他所交付的各项工作任务的同时,有意识地向他学习干部业务和为人处世的方方面面。日积月累,熏陶感染,为我的人生经历增添了许多珍贵的精神财富,诸如为人正派、与人为善、勇于担当、勤于学习、认真细致、善于思考等,就连常年坚持记工作日志这个习惯,也是向社奎同志学习的。我为有这样一位师长而庆幸，从他身上学到的好多东西，让我终身受益。

放手使用

1984年4月，省委组织部机构改革后，社奎同志被破格提任为组织部的副部长，协助部长主管干部工作。5年后，他被任命为省委组织部部长，之后，又担任中共山西省委常委，干部工作即成为他全部工作的重心。由于他坚持贯彻执行党的干部路线、方针及政策，坚持选人用人上的任人唯贤、选优任能，坚持干部工作中的调查研究与改革创新，使这一时期山西的干部工作，面目一新，卓有成效，受到了中组部及省委的充分肯定。而对于组织部部内干部的任用，则更体现了他知人善任、勇于压担、放手使用的气魄及其领导才华。在这一方面，我自身便有深切的体会。

1984年5月，在省委组织部内设处室干部的调整中，我被破格任命为干部调配处处长，这固然是部领导集体讨论所决定的，但我深知，是和社奎同志7年来对我的观察了解，关键时刻向组织的举荐分不开的。此刻，我默默地告诫自己：领导的信任，是鼓励你敢于去挑起重担；组织的重托，则是鞭策自己要更加出色地工作。

果不其然，在我所在处室的工作全面铺开之后，便频频地抽调我带队赴地、市及省直单位去考察干部。曾先后到晋中、临汾及省广播电视厅、省公安厅及省直机关工委等单位，用了较长的时间，做了比较深入细致的考察了解领导班子的工作。特别是后三个省直单位，由于受“文革”派性的干扰，干部职工间的积怨甚多，人际关系相对复杂一些；必须从党性立场出发，采用恰当的考察方式，了解到一个客观公正的情况，把真正的民意反映出来，给省委提供一个可以信赖与稳定大局的领导班子人选。为此，我和参与考察的同志，不惜花费更多的时间，扩大考察了解的面；坚持以个别谈话为主，辅

之以阅看相关历史资料；考察时认真听、仔细记，不作任何的回应及评议，对涉及有争议的人和事，务必要搞清原委及来龙去脉；排除一切干扰，内部要不断沟通与交换意见，在酝酿一致的基础上，形成考察报告与新班子人选意见。正是由于坚持了上述原则及方法，才比较好地完成了部领导交办的考察任务，所提出的几个单位领导班子的人选，也得到了省委的认可。考察过程中，也培养与锻炼了自己的综合、概括能力和认真细致严谨的工作作风。

进入 90 年代初，社奎同志已担任了省委常委，干部调配处也已更名为干部综合处。工作量日渐增大，除日常省管干部的任免综合汇报、省管干部外派挂职锻炼及考察、全省干部队伍情况统计分析、有关干部政策与干部管理的调研与行文外，凡属省委组织部与省直有关单位共同承办的事宜及其会签的文件，均由干部综合处具体承办，报部领导最后审定。此时，为加强干部队伍的宏观管理与省直机关的思想作风建设，省委先后安排部署了两项具体工作。其一是清理整顿省直机关滥设内部处室及超职数配备处级干部，指定由省委组织部、省人事厅负责办理；其二是开展省直机关的作风整顿，指定由省直机关工委与省委组织部牵头，吸收有关部门人员参加。在组建和安排这两个办公室负责人员时，本应有一名组织部的领导参加，社奎同志却指派由我充任，我深知这副担子的分量，竭尽全力，密切配合相关部门的领导，扎实细致地做好分配给自己的工作。尤其是处级干部职数的清理与整顿工作，在摸清底子的情况下，既坚持原则，严格审批，又从实际出发，与所在单位反复协商沟通，处置少数应当解决的遗留问题，妥善地解决了干部宏观管理中的这一失控现象，得到了部领导及省委领导的赞赏。

在干部综合处的工作中，临时交办的工作任务，也占有相当的一部分。诸如抽调援藏的干部、抽调组建省扶贫工作队、安排大龄团干及撤销单位的干部到新的工作岗位等，不少都是耗费时间精力又棘手难办的事。1990年的年末岁尾，我省新一届的团省委要进行换届选举。此前，有几个省的团委换届，均出现了省委确定的候选人落选的情况，鉴于我省的候选人中有几个是非团干系统的新人选，担心也会出现落选，省委分管领导要求组织部能派一名部领导到会督导。考虑到部领导事情多，抽不开身，社奎同志又指派我，带领党政干部处的两位同志，驻会予以协调指导。到会之后，我们深入到各代表团了解情况，召开一些座谈会，倾听代表们的心声；在强调要严格执行选举规定的纪律，独立思考、不受干扰的前提下，针对性地做了一些思想工作；尤其是与各代表团的主要负责人个别沟通谈心，尽力去化解一些消极因素，保证了团省委换届选举的顺利进行。这一临时交办任务的完满完成，受到了省委分管领导及社奎同志的称赞，也为我在今后的工作中，化解矛盾及消极因素，对症做好思想工作，积累了可供借鉴的经验与方法。

承办出国人员的政治审查，是干部综合处的一项经常性工作。因为出具审查结果时，要加盖省委组织部的公章，所以在日常承办过程中，处内审核完毕后，还要送分管的部领导审核签字，方可加盖组织部公章批复呈报单位。社奎同志主持省委组织部工作后不久，即改革了这一审批程序，责成我审核把关，不再报送分管的部领导，经我签字后，即可加盖组织部公章批复。当时，我曾提出，由我签字盖部里的公章不合适。社奎同志讲，这么做，是为了简化审批程序，加快审批时限，也能使你们的责任心更加强。为此，他还批示印章管理的处室按此办理。事实正如社奎同志所指出的，改革出国人员政审的审批程序，大大缩短了审批周期，提高了办事效率，方便了呈报单位，也更促进了我与承办同志的严格把关。

回顾上述与社奎同志相处的一段经历，令我深有感慨。正是由于部领导的高度信任和放手使用，才极大地调动与焕发了自己的工作活力，面对一项项新的工作任务，敢于去承担，并想方设法

去攻坚克难。同时也一再提醒自己，宁肯多花费些时间和精力，尽力把工作做得好一些、细一些，切不可辜负了部领导的期望，更不能给组织部带来任何负面的影响。这些正是当年自己的心路历程写照。

关 怀 备 至

我的身体状况虽不是太强壮，但也属正常、健康，在省委组织部工作的10多年里，没有发生过大的毛病，从未输过液，更不用说去住医院了。1991年的秋末冬初，我被抽调在省军队转业干部培训中心，做处置省直机关处级干部职数的清理整顿工作，突然感觉到浑身不舒服，原以为是感冒，到省第二医院去就诊输液，没想到竟然回不来了。接下来，病情又有所发展，先是低烧了一个月，进而发展到体温高达39至40度，一直降不下来，身体虚脱得躺在病床上起不来。医生采用各种检测手段及治疗方法，包括骨髓穿刺术和使用进口的抗生素药物，均无效果，甚至怀疑我得了不治之症。得知我病得住了医院，社奎同志十分焦急，他高度重视，除亲自到医院探视，关照院方指派得力大夫积极治疗外，主动协调省卫生厅有关领导，组织省城几大医院的专科大夫进行会诊，以求形成最佳的治疗方案。与此同时，还责成组织部办公室，组织安排部内各处室的人员，轮流到医院去，值夜班看护，又让部属的太原饭店，派专人每天定时往医院给我送饭。在治疗无效果的情况下，又让院方派主治大夫，携带我的病历及各项检测结果，进京求助协和医院的老专家指导治疗。在北京老专家的具体指导下，治疗有了明显的效果，到本年度春节的除夕夜，连续高烧一个多月的病魔终于退却。继续巩固治疗半个月后，我出了院。这次突然患病，又较长时间查不出病因，使我的身体确实大伤了元气。但在治疗的过程中，却让我深切地感受到社奎同志对我的亲情般的关怀，以及组织部大家庭中同志们的呵护

与关爱,这对我的病情治疗及身体的恢复,无疑是一种莫大的慰藉。上述这一刻骨铭心的经历,让我与我的家人终生难以忘怀。

我出院后,在家休养了一段。上班后,即带领处内的同志,先后赴上海和山东,考察了解我省外派当地挂职锻炼干部的情况。1992年10月的中、下旬,在社奎同志的直接关照下,让我随太原市一个企业家赴美国考察代表团出国考察,这在当年部内处级干部中也是个先例。我深知这也是社奎同志对我关怀备至的结果。

1993年3月,我被省委任命为省文化厅党组成员、副厅长,两年后,社奎同志也担任了省委副书记,主管农业农村工作。由于工作的关系,除在省城一些大型文艺活动中,两人时有相遇外,平时基本没有什么接触。一转眼,我俩竟都成了七八十岁的老者。此刻,回顾当年与社奎同志相处的点点滴滴,记忆犹新,历历在目。那是一段难忘的岁月,相互间流淌的是一种同志式的真情实感,但愿这美好的回忆能够永驻心间。

※写成于2019年6月20日,辑入《郑社奎口述史》工作组编的《我知道的郑社奎》一书中。

与郭汉城老先生的交往

郭汉城老先生,系著名戏曲理论家、戏曲史学家、教育家、剧作家和诗人。我和他的接触交往,始于1999年冬,我分管上专业艺术生产和专业艺术团体的管理;而更多的接触,则是2002年元月担任了省戏剧家协会主席之后的事。

那时,省直艺术院团,但凡有新立起的戏曲剧目,必请北京专家莅临审看指导,郭老偶尔亦能到席;但更多的是,我省戏曲院团为演员参赛"梅花奖"进京汇报演出以及中国剧协组织的全国赛事上,经

常能看到郭老的身影。此时他已是耄耋老者，但思维敏捷，清癯矍铄，行走矫健，特别是在他所参加的研讨评议剧目座谈会上，总能听到他那中肯得当、极具启发的真知灼见。

2000 年 10 月 27 日，临汾蒲剧院的现代戏《土炕上的女人》进京演出，郭老高度评价了担纲主演的任跟心的舞台表演，他兴奋地谈了自己的感受："看戏后，很受鼓舞，很高兴，很喜欢。一喜蒲剧的水平有了很大的进步和提高，剧本好，内容形式别具一格；音乐比过去更丰富，好听了；布景构思巧妙，简单明了，提供了表演空间；演员更成熟了，是在扎扎实实搞艺术。二喜演员有很大的进步，现代戏的表演达到了化境；文学上基本排除了概念化，真实地去反映生活，描写人物，并不排除生活上的挫折、错误，又给人以希望，真实不回避现实，又反映是理想的；我们时代的现实主义，文学上、内容上有很大的进步，应予肯定；特别是演员的表演，中国戏曲巨大的现实主义精神和丰富多彩的表现方法，规范的民族文学与现实生活密切结合，有程式，不刻意表现程式，表演相当成熟了。三是为现代戏已经趋于成熟而喜。这个戏的出现，为我们共产党领导的现代戏的创作走向成熟，提供了有力的例证，建议把现代戏趋于成熟的旗子打起来，提倡搞现代戏的精品。"2002 年 12 月 12 日，晋中青年晋剧团在京演出《三关明月》《空城计》《杀驿》《绵山魂》，郭老在肯定主演王珍茹在唱腔与表演上的继承与发展很突出的基础上，提出："历史真实与艺术真实怎么体现？传统戏里要继承哪些，不继承哪些；历史剧如何实现古为今用，怎么用，这些都值得去研究。"2006 年 9 月 3 日，晋城市上党梆子团进京演出新编现代戏《赵树理》、移植古装戏《潘杨讼》，郭老赞赏《潘杨讼》为"创造性的移植"；对《赵树理》剧目与主演张保平的表演大加赞扬，他称赞说："剧作写得好，演员演得好，很感人。"同时，还指出："编演现代戏难，演真人真事更难。人物语言要更接近地方语言，地方色彩更大些；语言更靠近生活，从生活

出发,不要拘泥念白的程式;风趣、幽默的表演,也不要太拘泥于程式;从生活出发,人物可以塑造得更活一些。”2007 年 7 月 23 日,太原市实验晋剧院青年团,由谢涛担纲主演的《傅山进京》《范进中举》在京演出。《傅山进京》剧目获得了轰动效应。郭老称赞“谢涛是一个好演员”,指出,这是个“非常好的题材,有自己的特色。剧作写得好,以中华民族的角度来看,符合历史的真实。戏好就好在这里,要好好地宣传,好好研究。”并就全剧的基调,以及“梦幻”情节与个别人物形象提了些修改意见。2007 年 12 月 10 日,在苏州戏剧节上,郭老对运城市景雪变主演的现代蒲剧《山村母亲》十分赞赏,除肯定了景的细腻逼真的舞台表演,还就戏曲的现实主义发表了看法。他说:“戏曲的现实主义在深化、在发展,戏曲要关注现实,关心人们的斗争、艰苦与希望,对人民倾注巨大的热情,这样,人物塑造才能更真实。《山村母亲》表现的伟大的母爱,在维系着这个社会,从历史到现实都具有典型的意义。实践证明,戏曲只要关心人民,人民就欢迎、就买账。表演的时代性、典型性,要求创作必须从实际出发,人物的真实性和社会现实的鲜明性,是向现实主义道路上发展。社会的变化,促进了戏曲的发展,反映出新的人物和生活;而过去戏曲确实有脱离人民群众的倾向,我们应致力于话剧的民族化。”

类似上述剧目研讨评议会,我曾参加过多次,应邀出席者均为国内戏剧界著名的专家学者。研讨评议内容丰富,涉猎面宽,囊括了戏剧的一度创作、二度创作以及舞台综合呈现的方方面面。在聆听各位专家评议的过程中,我认真仔细地做了笔记,尤对郭老的评议格外关注,他的发言,言简意赅,阐发深湛,常常给人以启迪。每次听取郭老及诸位专家的评议时,如同在听一堂生动活泼的戏剧理论与实践相结合的讲座课,对于我这“半路出家”管文化艺术的人来讲,确实是收获颇丰,受益良多。

2003 年 12 月,我所著的传统剧目研究《戏苑史海一得录》公开

出版,为能得到郭老等北京专家的指正,在赴京参加我省艺术院团剧目研讨评议座谈会上,亲自奉送给郭老及诸位专家。没想到,2006年9月中旬,我居然收到了由郭老2006年9月12日亲笔签署的、他刚出版的4卷本《郭汉城文集》,扉页上他工整地签有"李金海同志指教",这让我有些汗颜和受宠若惊,他谦逊待人的态度及慈祥长者的作风,更让我由衷地敬佩他。得到他馈赠的文集,我如获至宝,当即饶有兴致地浏览了全书。

文集中汇编了郭老一生从事戏剧工作的文稿,卷一为有关戏剧改革的理论文稿,收入文章、讲话、序言等42篇,起自1957年,终于2002年;卷二为作者多年来的剧评、序文、书评、杂议等短文的结集,共收入文稿143则,起自1959年,终于2003年;卷三为作者多年来的诗词作品汇编,共分为"淡迹余痕集""淡迹余痕续集""芳洲拾珠集"三编,收入诗词310余首,起自1960年,终于2003年,分为咏景、咏物、咏人、咏戏,记游、记事、记感、和答等;卷四汇集了作者的剧作5部,即《海陆缘》《合银牌》《青萍剑》《琵琶记》《卓文君》等,并附有戏剧界同仁对他本人及其诗词、剧作的品评文章32篇。文稿凝聚了郭老一生从事戏剧工作的心血,表明了他鲜明睿智的观点与见解。书中的一切及郭老的为人成为我学习文化艺术业务知识的必修内容。

苏州戏剧节后,除外出参加中国剧协组织的理事会活动外,我很少再见到北京戏剧界的专家和朋友了,自然也未能够和郭老再谋面。2013年2月,我所著的《戏苑史海鉴赏录》出版,很想再奉送给郭老,却不知他的近情。偶从《文汇读书周报》上看到一则有关他的专稿,随即于2013年9月25日给郭老写了一封问候信,并附拙著一册,请郭老闲下浏览。信文内容如下:"尊敬的郭老:您好,近来身体安康,全家可好吧?我于2005年退休后,便很少参加全国性的艺术赛事,也基本看不到您老的尊容,对您的身体状况更不了解,有时遇到一些剧协的同志来太原，问到您的情况，大体都说还好，只是年事已高，外出行动不便，具体的情况也就不便细问了。近读《文汇读书周报》，偶然阅读到唐斯复先生写的一篇有关您的专稿'大师·小鸟·打油诗'，我一口气将它读完，不仅了解了您老的近况，而且为您老的健康高寿、才思至今仍很敏捷而欣喜。继拙著《戏苑史海一得录》之后，今年又把这些年来，我的有关剧目研究方面的文稿汇辑出版，因同前著体例相仿，称之为《戏苑史海鉴赏录》，这是我这'半路出家'的文化人的习作及学艺感受，奉送郭老雅正。时值中秋已过，国庆将临，遥祝您老健康长寿，节日愉快，合家欢乐。致礼 晚辈 李金海 拜"

此后，我与郭老再无接触和联系，但却牵挂着他的境况。辛丑春节，我上网搜索郭老的信息，惊喜地发现，文化旅游部和中国艺术研究院派代表登门探望105岁的戏剧理论泰斗郭汉城老先生。我为郭老这一颐龄老人的安康而欣喜，祝愿他健康长寿，颐养天年。

※追忆写成于2021年2月16日。

湘晋戏苑传友情

1989年11月，湖南省首次举办了"映山红"民间戏剧节，为各地蓬勃兴起的民营职业戏剧团体登台亮相、展示风采，提供了一个极好的平台。此事得到了文化部艺术司和中国剧协、中国戏曲学会的认可和支持，不仅加盟成为组办方，而且在评奖上给予了一定优惠。我省晋中市、太原市的一些民营剧团的演员，就是通过参加"映山红"民间戏剧节的演出而获得"梅花奖"奖项的。

为扩大"映山红"民间戏剧节的影响，吸引更多的民营戏剧团体参与这个民间戏剧盛会，经湖南省"映山红"民间戏剧节组委会与太

原市协商,2001 年 10 月,第六届中国“映山红”民间戏剧节,走出湖南,在太原市举办。太原市政府自然成为主办方之一,具体由太原市著名民营企业家冯福虎先生全力承办,演出场所并食宿地均在其辖下的梨园文化发展中心。我被聘为组委会成员,并和省文化厅的夏平、程德俭两位处长,被聘为评委,参与了戏剧节评奖的全过程。

在看戏与评奖的过程中,我结识了来自湖南的三位评委,即刘瑞其、范正明和欧阳觉文。刘是长沙市一个区的剧院经理,但却是热心为戏剧观众服务的组织者和管理者,以至于成为连续几届的湖南“映山红”民间戏剧节的组委会主任。我省一些民营剧团能够到湖南参加戏剧节演出,“映山红”民间戏剧节能在太原市举办,和他的组织协调是分不开的。范正明先生,是三位湖南评委中年事较高者,当时已 72 岁了,是湖南省文联执行主席、省剧协主席,著名的剧作家和戏剧理论家,虽不苟言笑,却是湖南戏剧界的前辈及行家里手。欧阳觉文则是一位戏剧音乐家,许多著名的湖南花鼓戏的音乐、唱腔的设计,均出自其手。和这些学有专长、又有丰富从艺经历的同行合作共事,在评议参赛剧目及演员表演的过程中,受益匪浅;除老刘外,范老与欧阳都是首次来山西,他们亲身领略了我省参赛的民营剧团之实力,对山西作为戏曲大省、参赛演员的出色表演均赞不绝口。

与湖南戏剧同行们的短暂相处,竟结下了割舍不断的情谊。就在范主席们返回湖南的不久,我收到了他的一封来信,信中写道:“我是第一次到山西,和你们短暂的共事,欣赏了 12 台晋剧艺术,深感山西是真正的戏剧大省,拥有那么多的国营和民间的剧团;保留那么多的优秀传统剧目;培养出那么多优秀的中青年演员,特别是县级剧团,居然出现陈素琴、马建艺、侯刚英等技艺精湛的演员,真是难能可贵啊!唯其如此,才可能拥有广大的观众。在这两方面,我觉得湖南远不如山西,这绝非过溢之词。我以为山西没有通常说

的戏剧危机，或者说已经走出了低谷。我还有幸观摩了王爱爱老师从艺50周年的晚会，她那高超的演唱艺术，使我们几个湖南人为之倾倒。从以上的情况中我体会到，你们领导的正确和对老一辈艺术家的尊重和爱护。第二个感受是，山西的几位评委同志，忠厚质朴的品德，大公无私的精神，给我以深刻的印象。你们几位从没有为山西的参赛剧团争过什么奖，这是极为难得的。这点，我多次和湖南的同志谈及，是值得我们学习的。因此，我有一种相见恨晚的遗憾。也就很想成为你们的朋友，我相信你是不会拒绝我这一要求的。今后，在戏剧创作上，有用得着老朽之处，当尽微薄之力也。祝愿山西省的戏剧事业进一步繁荣昌盛，希望下一届“映山红”民间戏剧节上，有更多的优秀晋剧出现。言不尽意，就此搁笔。并颂大安！范正明顿首　2001/10/27”拜读范老的来信，被他热情至诚的心愿所感动。为加深晋、湘两地戏剧界的相互了解，我让文化厅创作室，将由我主编的《三晋戏剧》刊物，以及太原市戏研所主办的《太原艺术》，负责每期都给范正明主席邮寄参阅，以加强业务交流。

没想到的是，2002年6月25日，文化部在湖南省长沙市，举办全国地方戏曲精品折子戏的评比暨戏曲青年演员大奖赛。天赐良机，我又和文化厅艺术处处长夏平、省晋剧院院长孙志勇，带领省晋剧院的《凤台关》《芦花》两个折子戏，到长沙市去参赛。由于准备得充分，《凤台关》的主演苗洁和《芦花》的主演王铁梅，分别获得了一等奖第1名和二等奖第16名的好成绩，这是出乎我们意料的。我们的初衷是，不能错过这个机会，必须要去参加；这是建国以来文化部以国家政府的角度，组织的第一次全国多剧种的精品折子戏汇演，一共包括了41个剧种、100多名参赛演员。我们带去了一文一武折子戏剧目，竟然以精彩的舞台呈现，轰动了长沙市的剧场，让戏曲圈内外的人对山西戏曲刮目相看。范主席们观看了演出，盛赞我省的专业艺术团体人才济济，并请我和夏平、孙志勇于饭店吃便饭，欧阳

与老刘也在座。席间,边吃边叙,气氛融洽,饭后合影留念;老刘还陪我到湖南图书城去看书、选购书。这次长沙之行,进一步加深了我们之间的友谊。

2003 年 12 月,我所著的《戏苑史海一得录》出版,在次年文化部召开的全国艺术创作会议上,我托湖南省文化厅的领导,给湖南戏苑的三位朋友们各捎去一本。两年后,2006 年 1 月 10 日,我收到了范主席编著出版的《湘剧高腔十大记》,内容包括"拜月、追鱼、覆水、百花、金丸、琵琶、白兔、金印、鹦鹉、玉簪"等"十记",是流传久远的湘剧高腔中的精品部分。全书 60 万字,"十大记"中有"四大记"的整理改编出自范老之手,它凝聚了范老多年来保护、传承优秀文化遗产的一片心血。该书由郭汉城老先生作序,他深刻阐述了整理改编"十大记"的成就和现实意义,并高度肯定了"十大记""极具保留和研究价值,又是保护和继承我国民族戏曲艺术优秀传统的积极举措。"浏览这一巨著,使我深切地感受到范老充溢睿智的艺术才华,他那认真坚毅的笔耕精神令我钦佩。鉴于我俩都担任着省剧协主席,又都喜好撰写戏曲方面的文稿,在此后的日子里,与湖南戏苑的朋友交往中,也主要是我与范老了。

2011 年 5 月 23 日,我收到了范老寄来的、他著的湘剧研究系列丛书 3 种 5 本著作,即《湘剧剧目探微》《含英咀华——湘剧传统折子戏一百出》(上、中、下)与《湘剧名伶录》。翻看后,让我大为震惊,一个年过八旬的老者,独自整理编写如此浩瀚的戏曲剧目及名伶资料书,实为罕见。这不仅要花费大量的时间,去收集和核对一些原始资料,包括口头采访及寻找当事人,而且还需耐得"寂寞",得有经年"坐冷板凳"的毅力和淡定。近几年,每逢元旦、春节时,我俩都互发贺年卡拜年问候,这一次我却为他的成果所感动,不得不写信致意了。于是,便写了如下的内容:"尊敬的范主席:您好,值此新春佳节,特去函问候,祝您老节日愉快,健康长寿!蒙您厚爱,曾前后两次将您的佳作惠赠予我，令我十分感激，未能及时复信予以告知，甚感为歉。太原相识，长沙相聚，转眼已过十年。这十年间，虽人事变迁，年事渐高，而您却老当益壮，笔耕不辍，先是呕心之作《湘剧高腔十大记》问世，紧接着《湘剧剧目探微》《湘剧名伶录》《湘剧传统折子戏一百出》等皇皇巨著连续推出，这些200多万字的有关湘剧的扛鼎之作，出自一位八旬老者，实属不易，令人敬佩赞誉。不仅对湘剧，而且对中国戏剧事业，也是功不可没。值此龙年新春，祝愿范老长寿康泰，颐养天年。对范老的眷顾与惠赠，表示由衷的感谢！致以新春佳节的崇高敬意！　李金海恭贺　2012年元旦”。

此信发出去10多天后，即收到了范老的新春贺卡及复信。其文如下：“李主席：收到您热情洋溢来信及精美贺卡，甚为兴奋！您对拙著湘剧四本书的过誉，既是对老朽的鼓舞，也是鞭策，特向您表示衷心的感谢！您还在进行剧目探源，我每当收到《三晋戏剧》，您的《剧目探源》文章是必读的，我敬佩您的文史功底渊博，如一篇《爱情的千古绝唱》，需读多少书啊！诚为难得。希望您继续写下去，更盼续集早日问世。有一事相请，我省山西老干部较多，先后任省委副书记、省人大常委会主任、省政协主席的刘夫生同志，是和曲润海院长同一个村的（曲每来长沙，他俩必相聚相叙），他酷爱山西戏，大凡晋剧到湖南来演出，每场必看。现已离休多年，然家乡情结甚浓，常问我山西戏剧情况，因此我常把您寄我的《三晋戏剧》，还有《太原艺术》转给他看。您能否嘱编辑部给他寄赠一份？我想这对老人的乡思定有很大的慰藉。如蒙应允，他的地址附后。专此致复，并祝大安！范正明谨致　2012/1/11”。信尾附有刘夫生同志的通讯处，我随即按范老的嘱咐，让文化厅创作室，每期《三晋戏剧》都给这位山西南下的老领导邮寄赠阅。

2013年2月，我著的《戏苑史海鉴赏录》结集出版，9月4日我给范老寄去一本。半个月后，收到他的信函，内容如下：“李主席：中

秋佳节到来之际,收到大作《戏苑史海鉴赏录》。这是你继《戏苑史海一得录》后又一力作。我敬佩你在学术研究上的专一精神,以剧与史关系为中心,可谓咬住青山不放松,成就很高。我也比较喜欢研究剧目,但远没有你的专注,我当虚心向你学习,把晚年有限的时光,集中到一点上来,希能像你一样有所收获。我还只读了《序》和《前言》,浏览了目录,俟拜读完后,有什么心得、意见,当另奉告。湖南用了近十年时间,编辑出版全了《湖湘文库》,共七百多卷,随函奉上总目一本,如你想读其中某种,请来函告知,我当寄上。祝节日愉快! 范正明拜　2013/9/15”。

此后,我因家中发生了一些变故,未能主动再和范老联系。没想到,2017 年 1 月 12 日,范老又给寄来他新出版的著作《范正明电影戏剧选》,书中选收了他的一个电影文学剧本,两个昆曲本和一个无场次现代戏曲本。应当说,这些都是他的精心之作,其中,电影文学剧本《田汉与国歌》已被拍成电影《国歌》上映,获中宣部“五个一工程奖”、华表奖;昆曲《荆钗记》已上演,剧作获得第七届中国戏剧节一等奖;昆曲《彩楼记》与现代戏曲《大决堤》,都是在范老 76 岁高龄时,分别完成了剧作的第四稿和第三稿。特别是撰写昆曲本,不具备娴熟的填词技艺,是无法着笔的;而他的创作,2006 年竟获得了文化部昆曲艺术优秀主创(编剧)人员奖。我不禁为他的才华横溢、艺术创作的多面手而赞叹、而折服,真是人才难得、难得的人才! 他是艺术创作这个“舞台”上的佼佼者,也堪称是“炉火纯青,宝刀不老”!

接下来的日子里,我因家事困扰,推掉了不少的社会应酬,也和范老失去了联系。辛丑春节,我想把和范老的相识、相交之经历记录下来,上网搜索范老的信息,竟意外得知,他已于去年 4 月 17 日作古了,享年 91 岁,这令我深感遗憾和惆怅。但冷静之后,反观范老的一生,倒觉得他活得充实,活得有意义、有价值。他潜心艺术,把毕生的精力与心血,奉献给了中国的戏曲事业,特别是在他的后半辈子,在晚年,建树多、著述多、影响大,是一个敢于担当、踏实苦干的戏剧创业者。我为自己晚年能和他相识、相交一段而庆幸,在我的心目中,他是位谦逊高寿的长者,是高产的剧作家,是品德高尚的戏剧人,他的人品作为令人敬佩。终其一生,一直是在不知疲倦地工作着,实在是太累了!此刻,我遥望南天,祝愿范老安恬地歇息吧。

※追忆写成于 2021 年 2 月 21 日。

一次追悔莫及的失误

今日省人代会安排大会选举,我和省人大的张文楼、老曹负责选举的综合组,一切进展顺利。在发放选票后,按规定,剩下的选票,都得剪角作废,此时,应当清点一下票数。但时间太紧,我们听从了文楼的意见,没有清点便剪了角,在实到会人数临时又增加 1 人的情况下,计算出了差错,致使一场选举作废,当即造成不好的影响。面对这种情况,我内心感到很内疚,但仍然沉住了气,立即指挥开始发放预备票,认真核对,严把各道程序,第二场的选举终于成功,经计票,3 位候选人当选,弥补了第一场选举之失误。

这次教训太深刻了,主要是本人深入不够,对助手过于相信,该走的程序没有认真走,以致出了如此大错。事后,尽管部长们做了安慰,我内心却很不平静。晚饭后,组织组小结时,对选举失误总结教训,我主动承担了责任。这次本属帮助选举,我进入岗位迟,没引起足够的重视,临场用人未广泛征求意见,又过分相信,自己检点按各个程序办事的力度又不够,以致本该顺利进行的事没能顺利,是很不应该发生的。回想起来,追悔莫及。

※摘自 1989 年 4 月 20 日的工作日志。

两次失窃的深刻教训

我一向处事细致,比较谨慎,生怕出错误事,有生以来曾因一时的疏忽,出现过两次失窃之事,让我难以忘怀。

那是1968年的6月间,正是"文革"动乱时期,省城太原时不时地还发生些"武斗"。我在省委党校等待分配期间,被抽调到省革委政法办公室上班。当时,接到母亲有病、让我速回的电报后,我向办公室负责人请假,急匆匆上街去,为母亲及家人们买了些吃食及生活用品;又将自己日常的衣服、用具、毛选及其他书籍、学习笔记等,整整装好了两个行李包。为携带方便,两个包捆扎在一起,包内还装了些钱和粮票。当晚我乘坐太原开往侯马的火车回老家阳城。上车后,我将行李包放在我对面能望见的行李架上,因系夏天雨季,还拿了个草帽,连同脱下的衬衣,挂在我座位后的衣钩上,为备用,衬衣口袋里装了一张10元钱。因下午上街购物,回来又紧张地打包随带的物件,我有些疲倦,不知什么时候就睡着了。直到火车行驶到辛置车站,列车员叫喊催促到站者下车时,我才醒来。一看行李架上我放的包不见了,我着急了。找了一会,还未找到,只好让列车员帮着找。最终未找到,分析是乘我睡着,行窃者携包下车了。列车员让我做了失物登记,还安慰了几句,但在当时那种混乱的年代,丢失的物件是很难找回的。庆幸的是,衬衣口袋里还有10元钱,不然,到了侯马,都没钱买回阳城的汽车票,那我连家也回不去了。一个待分配的穷学生,丢了这么多东西,让我感到很沮丧。回到县城,当时爱人在县百货公司二门市部做售货员,看到我这个狼狈样,也大吃一惊。说明情况后,她又为我去做了身衣服,两人相跟着回村看母亲,才知是怕有"武斗",电报上说了假情况喊我回来,匆忙中,我经历了一次失窃的遭遇。就这样，我在家待了两个月，才又返回省城。

另一次，发生在1994年的8月15日，我已到省文化厅工作。恰逢第四届中国艺术节在兰州市举办，党组决定，让我带领厅机关有关处室和厅属几个演出院团的少数艺术骨干，一行16人，到艺术节观摩去。乘坐太原到西安的普通列车，我的行李箱包，由随行同志负责存放，我只拎了个随身小手包，里面装有工作证、身份证、少量的钱物，重要的是，还带了一本“内部读物”《×××回忆录》，是郭立从省委宣传部借阅的，我准备在车上阅读。手包放在紧挨车窗的小台桌上，列车行驶到临汾车站时，已是夜间，因是个大站，上下车的人员多，停留的时间稍长一些，有人下车去购物，有人开车窗透气。我只顾和随行的人员说话，没去理会我的手包，快开车时，才发现手包不见了。此时我才着急了。关键时刻，时任文化厅艺术处副处长孙志勇同志，自告奋勇下车去找，这让我很感激，我叮嘱他，必要时找所在地派出所同志帮助寻找。列车到达西安后，志勇搭乘下一趟车，随后赶来。手包并证件找到了，听他说，手包扔在平房顶上，证件埋在沙土堆里，钱物和书还无着落。派出所已介入，据说是几个经常在车站附近扒窃的小混混们干的。钱物没有了无所谓，我担心的是，若那本书找不到，或者流传到社会上，就麻烦了。为此事，在观摩艺术节期间，我心中一直忐忑不安。

从兰州艺术节观摩返回后，得知失窃案告破，书已找到，我立即给临汾车站派出所董建华同志去信致谢，让他代为保存图书，我将派人去取。之后，又以文化厅名义，起草印制了感谢信，赠送写有致谢词的玻璃匾，专程派时任文化厅办公室主任的郭立，亲自前往临汾车站派出所致谢取书，处理手包失窃善后事宜。《×××回忆录》拿回来后，我也再没心思看了，随即让郭立归还给了省委宣传部。

这两次失窃事件的酿成，不管有什么客观原因，都和自己一时

的疏忽大意分不开,教训是深刻的。古人说得好:“智者千虑,必有一失”,何况自己还不够个“智者”呢!

※追忆写成于2021年4月2日。

真诚的鼓励与支持

我从省委组织部到省文化厅工作后,先是分管厅机关的综合服务性工作及机关与厅属单位的党务工作;与此同时,本着“干什么,学什么”的原则,主动参加一些艺术活动,有意识地去接触和学习一些文化业务知识。尤其是在机关党委号召机关干部学习文化业务知识的背景下,我想多接触一些文化厅所管辖的“重头业务”——戏剧。在多次观赏优秀传统剧目和新编古装戏的过程中,我对感人的戏剧故事的本源及创作素材,萌生了探讨研究的兴趣及欲望,并尝试着先从一些流传久远、盛演不衰的剧目入手,《打神告庙》《焚绵山》与《打金枝》,是我首选的3个剧目。工作之余的休息时间,我将相当多的精力,用于查找并阅读与这些剧目相关的书籍和资料,这让我的业余生活更加充实和有意义。

当时,文化厅机关和厅属戏剧研究所,分别办有《山西文化》和《戏友》2个杂志,我的首篇戏剧研究文稿“《打神告庙》与《王魁传》”,就是在《戏友》杂志1998年第4期登出的;紧接着,“《焚绵山》及寒食节”一文,也在同年的《山西文化》第5期发表了。2篇剧目研究文章的先后问世,从我这“半路出家”从事文化工作的人来讲,不敢有丝毫“关公面前耍大刀”之意,当时我的本意,是硬着头皮,投石问路,想在学习业务方面,给自己蹚出一条道来,真诚地听取些反响及意见。没想到的是,2篇文章却得到了厅领导及文化圈内人的认可及赞扬,厅机关一些科班出身、懂行的老处长们,竟然鼓励我继续研究下去。就这样,在不影响和耽误自己分管工作的前提下,我继续去研究撰写这方面的文稿。

一年后,随着领导班子的调整交替,我的分管工作调整为专业艺术生产和专业艺术团体的管理。审看舞台演出剧目,主抓新剧目的创作,成了我分管的一项主要工作。这为我的剧目研究,提供了更为方便的条件。每当看演出归来,脑海里一时还难以平静,正是我阅读或伏案写作的极好时机。长此以往,日积月累,围绕剧目的源流及其演变,我沿着看戏、读书、辨析、概括、撰稿的轨迹,历经5年多时间,撰写出了45篇剧目研究文稿。这些文稿所涉及的剧目,几乎囊括了目前仍在上演的绝大部分的优秀传统剧目。每撰写一篇文稿,翻阅、采录的相关资料笔记,长达数千、甚至上万字,但最终成稿的文字,也就是三四千字。为了更多地了解、占据资料和保证撰文的准确性,几年来,我确实没有少往省图书馆及省戏剧研究所资料室跑,许多尘封许久、无人问津的书籍及戏曲资料,对我来说,十分珍贵,能采得可用的只言片语,令我喜出望外,如获至宝。毕竟我是初入此行道,又比较认真,别人事半功倍的事,对我而言,却常会出现事倍功半的情况。这期间的艰辛,是可想而知的。

文稿累计达32万多字时,在时任省文化厅创作室主任王辉同志的建议和协理下,2003年12月,我拟名为《戏苑史海一得录》的书稿,终经中国戏剧出版社核准出版。在编校过程中,王辉及创作室的骨干全力以赴,王辉同志全面协调出版事宜,李岗、陈维光两位同志承担具体细致的编校工作;我请时任文化厅厅长、我的老搭档成葆德同志写序并予书名题签,请省画院周洪海美术师做装帧设计。全书文字稿及采用图片,经我最终复核定稿。

得知我的处女作要出版,几位前任厅领导及剧作家欣然提笔,有的题词,有的写诗,表示祝贺。原任省文化厅厅长、文化部党组成员、艺术局局长、中国艺术研究院党委书记、常务副院长曲润海先生

的题词为:“一得何嫌少,求真岂厌烦,苍茫荒草底,揭石现源泉。”原任省文化厅代厅长、省戏剧家协会主席鲁克义先生撰诗:“寸寸歌台皆黄金,时时书林遍搜寻。出将释出兴邦志,入相诠入立业魂。戏苑有情乐会友,史海无边苦独吟。喜读一得繁似锦,更觉笔耕心与神。”原任省委宣传部副部长、省文化厅厅长、省文联主席温幸同志题词为:“亦文亦艺岁峥嵘,风流华章笔底生,天高景澈舒壮志,放尽歌喉唱大风。”山西剧作家杨焕育撰诗:“戏苑喜见剧论家,史海澄金浪淘沙。一得篇篇来不易,录成字字耀光华。潜心钻研几冬夏,业务精通成行家。情系梨园心血润,催开三晋梅杏花。”这些题词及赠诗,倾注并表达了诸位作者对我的盛情关爱及真诚鼓励,令我感激,至今难以忘怀。

2004年4月27日,省文化厅召开了一年一度的全省艺术创作会议。会上,由葆德同志主持,举行了拙著《戏苑史海一得录》的首发仪式。来自全省文艺界的剧作家、演出院团长和文化局局长百余人,在聆听会议内容的同时,获赠了拙著;时任省文化厅领导全部到会,并特邀省城文艺界老领导、老专家鲁克义、韩玉峰、梁枫等出席,表明了厅领导的高度重视。会议期间,省、市新闻媒体对会议及首发式做了报道,还对拙著的内容及特色做了要点介绍与评述,扩大了其在社会上的影响。

时任省文化厅艺术处副处长的高晓江同志,多年从事戏剧研究工作,他阅览拙著后,曾撰写了一篇评论文章,题为“简评李金海和他的《戏苑史海一得录》”,现录其文如下:

司马迁在《史记》中,记载了楚国宫廷里的这样一幕:一个叫孟的优人,为已故丞相孙叔敖鸣不平,于是就装扮成孙叔敖生前的样子,在楚庄王面前讲述了家人的清苦。楚庄王如梦方醒,善待了功臣的家人。后人把这个故事叫做“优孟衣冠”。这也是最早的有情节有具体装扮的记载之一。戏曲史家们大多把“优孟衣冠”看作戏

曲的雏形。可以说也就是从那时开始，中国戏曲走上了一条以历史为主要表现对象的道路。所谓“唐三千，宋八百，三国故事唱不完”，就是这个意思。千百年来，戏曲执着地以历史为对象，几乎演绎了整整一部二十四史，甚至充当了下层百姓的历史教科书。然而，戏毕竟是戏，有百姓口味的左右，有艺术家的创造性介入，有社会思潮的影响，一部戏里的二十四史，也就成了不同于正史的“民间二十四史”“艺术二十四史”。最典型的例子就是包公和曹操。一个是由简单的几行字变成了中国人心目中清官的代表；一个是由雄才大略的政治家变成了白脸的奸雄，变成了道德批判的对象。面对这样的变化，历史学家们也是无可奈何。历史学家兼文学家郭沫若先生，曾想把艺术和历史统一起来，在《蔡文姬》中给曹操翻案，事实上也仅限于那部作品，对公众并没有起到什么影响。其实，历史就是历史，艺术就是艺术，二者属于不同的范畴，是两回事，完全没有必要画等号，也没有必要较真。但也不能否认，二者之间有着紧密的联系。

我们要关注的是，千百年来二者之间发生着怎样的关系，历史是如何走进戏曲并被戏曲改变的？这种改变说明了什么，又记录了哪些历史和时代的信息？也就是说，历史被戏曲化的过程中作了怎样的改变，戏曲在改变历史的时候经过了怎样的历程，有没有规律可循？李金海先生的《戏苑史海一得录》正是在这个层面上为我们作了翔实的解答。作者在浩如烟海的剧目中选择了至今仍盛演不衰的四十多个剧目，对它们的本源、演变、流布以及演出效果和启示、意义都做了细密的梳理和全面的阐释。

在这部书里，我们首先看到了戏曲选择历史的角度。这是一种艺术的角度，确切地说是中国式的角度。我们知道，中国有着非常发达的道德哲学，在漫长的封建社会中，从官方到民间，从皇帝到士人，不遗余力津津乐道的都是规范行为的道德礼仪和规范家庭、社会秩序的伦理信条。孔子开创的儒教，因而也被汉武帝以后的历代

王朝奉为国教。也许正是在这种强大的传统力量的作用下，中国戏曲在表现历史、选择历史的时候，就把重心放在了道德上，担负起了“高台教化”的使命。例如李著中所说的“赵氏孤儿”的故事，本来历史上没有此事，自宋始，就有论家指出了太史公的失误，但戏曲仍然执着地表现；例如“焚绵山”，《史记》《左传》均无记载，宋以后的研究者也指出“割股”“焚山”之事有误，戏曲也没有理会。另一方面，像《芦花》这样的事，从有戏曲的那天起，剧本的故事情节基本都没有什么大的改变，几乎完全按照南北朝的有关记载不厌其烦地唱到了今天。这些选择说明，在表现历史的时候，戏曲并不是完全按照史实去演绎，而是有自己的立场和态度。它关照的是对“世道人心”的教化，是故事的道德力量和历史的客观实在性，而不是历史片断本身。如果历史——确切地说是史料——本身提供的素材极具道德教化的力量，那它就采取“拿来主义”并不进行大的改编。这就说明，从一开始，戏曲就不是历史的奴仆，而是独立的艺术。它把自己定位在了对现实的介入和影响上，而不是仅仅提供一个纯客观的欣赏对象。它不是匍匐在历史面前，而是腾跃其上进行主动的截取和选择。选择的标准既有艺术上的考虑，也有现实意义层面的关照。作者为我们提供了多处坚实的例证，勾勒出了一条历史和戏曲既有联系又相对独立的发展脉络。当然，作者并不是无原则地赞赏所有对历史的超越。他更愿意看到的是那些尊重历史前提下的艺术创造，是在历史的逻辑真实里的艺术自由，而不是把历史当作玩偶涂抹的随意。

本书的第二个贡献，是对剧目来龙去脉的梳理，这也是作者着力最多的地方。一个在民族的记忆里生存了数百年的人物，他或她是不是真的？如果不是，是谁在什么时候创造了她或他？戏曲面对历史的时候，更多的是直接取材于正史，还是另有源头？通过作者的努力，我们才知道，在三国历史上有重大作用的美女貂蝉是虚构的，这个名字和故事到元代，才在《三国志平话》中出现。流传广远、连《吴书》中也言之凿凿的刘备借荆州，也是不真实的，是吴人的“狡词诡说”。戏曲的《黄鹤楼》依照的也是《三国志平话》，连《三国演义》里都没有这个情节。被“晋剧皇后”王爱爱唱得家喻户晓的《金水桥》，唐史也无其人其事，它的出处来源于明清以来的说唐系列小说。凡此种种都说明了，戏曲的素材大部分来源于话本、小说等文学作品，并不是直接取材于历史。这就告诉人们，不可把戏曲当历史来解读。更重要的是，为当今的剧作家提供了一个好的借鉴，写历史剧应该主要着眼历史小说，这是容易成功的一条道路。正如成葆德先生发表在《三晋戏剧》上的一篇文章《站在小说家的肩膀上》。照理说，作者在这里停笔，也已出色地完成了考据的任务，但他没有就此止步，而是在史料和戏曲的演进变化中，发现了不同时代对同一题材的扭曲和影响。例如，貂蝉的出现，起初赞扬她以身报国，疾恶如仇。其后不久，又有“祸水论”加入，民间产生了《斩貂蝉》剧目，一则是理学的影响，二则可能是为了迎合清人神化关羽的需要；而清人的神化关羽，又是对汉民族实施统治的一个策略。到了今天，有些团体又有翻演关公与貂蝉故事的新作，那目的又是为了歌颂貂蝉的敢爱敢恨，批评关公在感情面前的软弱和“以义制情”的理智了。这些过程的梳理，就为我们提供了丰富的历史信息，让我们看到了不同时代在戏曲身上打下的烙印，也可以在戏曲的身上看到时代思潮和观念的变化。这样一来，戏曲就成了一个全息的社会文化载体；同时，也把对剧目沿革的研究，提升到了历史文化研究的层面。在这一点上，本书的成就十分突出。

本书呈现给我们的第三个特色，就是超越本书价值的严谨的学术态度。中国是一个历史情结极为浓厚的国度，有着不间断的历史记载。加之历史漫长，又有避讳、隐瞒、曲笔等习惯，所以整个历史，可以说，山峦重叠，千回百转，烟云笼罩。不要说正史不载的野史笔

记、话本小说、讲唱戏文,就是许多历史上的大事,许多决定历史进程的关键环节,至今还是困扰历史学家的谜团。要想找见一本戏的历史线索,廓清它的来龙去脉,难度及所费功力可想而知。作者是一位即将进入知天命之年才步入文化系统的行政官员,用他的话说是“半路出家”,但他凭着过人的毅力、罕见的认真,在工作之余,于凌乱无序的正史野史之间穷究博采,为我们理出了一条条清晰的脉络,辨析了一个个谜团,廓清了一个个谬误。例如,一个《空城计》,他不但考清了空城计的“于史无稽”,还交代清楚了诸葛亮空城计的来历;同时,又列举了历史上六次使用空城计的战例。尤为令人敬佩的是,他还指出了两本有关“三十六计”著作的多处谬误。再看他在书尾的“主要参考与征引书刊”,细细一数竟多达 280 余种,经史子集、类书辞典、话本小说、鼓词说唱、写本抄本、石印木刻,无体不有,无所不备。严谨的学术态度,务实的学术精神,艰辛的学术历程,让人感慨系之。作为李金海先生多年的下属,看到他的这部心血之作,不禁想起了唐人韩愈在《进学解》中说过的一段话,就用它来做本文的结尾吧:

“弟子事先生,于兹有年矣。先生口不绝吟于六艺之文,手不停披于百家之编。记事者必提其要,纂言者必钩其玄。贪多务得,细大不捐。焚膏油以继晷,恒兀兀以穷年。先生之业,可谓勤矣。抵排异端,攘斥佛老。补苴罅漏,张皇幽眇。寻坠绪之茫茫,独旁搜而远绍。障百川而东之,回狂澜于既倒。先生之于儒,可谓有劳矣……”

高的这篇文章,发表于《三晋戏剧》2004 年第 2 期。早就听说,他是当年省戏剧学校“史论班”的高才生,拜读他的这篇评论,我为他明快流畅的文笔和提纲挈领、明晰入理的评述所折服,也为有他这样的知音、知己同事而欣喜。评论促使我以更高的层面,去重新审视和认识剧目研究的文化价值,从而也激励了我继续研究下去的决心和信心。十年后，一部以研究新编古装戏剧目为内容的33万余字的《戏苑史海鉴赏录》，在时任省文化厅厅长张明亮同志的关照下，在文化厅创作室领导王辉、牛晓珉及何大鹏诸同志的大力协助下，于2013年2月，仍由中国戏剧出版社出版。

两本戏曲剧目研究的专著，从戏与史两方面进行了详尽的研讨。它们的先后出版，受到省内外戏剧界、广大戏迷及省内一些从政人员的赞誉，时不时地有人登门或托人索要阅看。这让省城文化系统内外的不少人对我刮目相看。说得直白些，就是两个没想到。我曾在省委组织部工作了17年，不少省委的老同事们，没想到我竟通晓并研究起了戏剧这门艺术，还被选为省戏剧家协会第六届主席；而文化系统的一些人，认为我多年从政、管干部，空降而来，不懂业务，没想到竟然敢管上文化部门的重头业务——戏剧，还略有所获。不管外界反响如何，我内心却很清楚，一个人想干成些事，就得学习，就得吃苦，就得有毅力。当初，为了学习文化业务，自辟蹊径，自选难题，从研究剧目入手，这成为我入行的内动力；和我共事的历任厅领导及广大正直善良的同事们，给我营造成长发展的良好环境，对我些许的进步，都表示了真诚的关爱、鼓励和支持，这成为我前进的强大助推力。在一定程度上，我更看重和感谢这种能够激励和鞭策的动力。说实在话，当初组织上让我到省文化厅来工作时，根本不曾有过什么著书立说之念头，只是受自己平生爱读书学习的习惯驱使，随着时间的推移，居然有了一些艰辛的收获。如今，望着案头上这两本拙著，我的心境，如同赠同事《戏苑史海鉴赏录》时所寄语的："此生未必要著书，与戏结缘有感悟。戏苑史海探不尽，书山觅珍乐其中。"

※追忆写成于2021年3月27日。

同事聚会所想到的

我退休后，特别是2015年家庭发生重大变故后，和省文化厅原来的老同事们，基本没有什么接触。此后的日子里，我于太原、阳城两地交替居住，对他们的情况，更是一无所知。得知我今年在太原过春节，我在任时的司机梁二虎同志，和我商议，想与原来交往比较多的老同事们聚会，我欣然同意了。

3月24日晚，由梁二虎召集，我见到了夏平、李培勇、张晓亚、高晓江、谢玉辉、贺建平、齐英贵等8位同事，绝大部分都是原来文化厅艺术处的同事，其中夏平、李培勇、张晓亚3位同志已退休，其他都还在工作岗位。大家聚在一起，品尝着丰盛可口的家常饭菜，更大的兴致，却在于相互交流叙谈。在欢悦和谐的气氛中，既诉说近情现况，又追叙当年的轶事，既谈论工作生活，又交流人生感悟，说到共感会心处，时不时地会迸发出爽朗的笑声。得知贾新田、高晓江、贺建平、谢玉辉4位同志，现在分别担任着省直出版、影视、演艺、旅游集团或院校的主要负责人；当年共事的干事、处级干部，如今肩负重任，这怎么能不让我由衷地高兴呢！他们几位，都是从文化艺术岗位上被提拔起来的厅级领导干部，我为他们个人的成长进步而喜悦，更为他们为繁荣发展山西的文化旅游产业勇挑重担而自豪。许久没有这样兴致勃勃地畅谈了，近3个小时后众人才各自散去。

回到家后，我仍兴奋不已，顺手拿起案头拙著《戏苑史海鉴赏录》，在此书正文前的彩照中，有一帧当年省委组织部干部综合处9位同事的合影。此照片摄于2013年4月，是在时任太钢集团党委书记杨海贵同志做东聚会时拍摄的。当时的9位同事中，已有6位是厅局级领导。现在看，绝大部分都已退休，只有两位当时最年轻的，现在还在任，那就是长治市人大常委会主任郭康锋和晋城市委常委、市委组织部部长辛艾艾。同样，我对我们这些同事们的成长和业绩，也是十分欣慰和自豪的。

我从阳城县来到省城工作，30 年间，先后经历了省委组织部和省文化厅2 个单位。在组织部主持干部综合处工作和到省文化厅主管综合、党务及专业艺术处室期间，和相当一批优秀的同志，合作共事，相互学习，互补互勉，互为影响，在各自成长的道路上，应当说是各有所获的。我一直认为，工作上人与人的相识、相处、相交，是一生中难得的缘分，当你离开后，还会常常思念相处的那一段值得留恋的记忆及情谊，那是最有意义的。从我多年来为人处世的人生经历中，深深体会到，要想给自己的人生经历留下一些美好的记忆，就应该努力去做到以下几点：

其一，要与人为善，和谐相处，不交恶，不树敌，即使有些摩擦与纠纷，也不要耿耿于怀去计较，团结为重。

其二，要开诚布公，以诚相待，不油滑，不施威，以身作则，以理服人，以德报怨，友情为重。

其三，不以权谋私，不以己度人，不以耳代目，不挟嫌报复。

其四，要善待属下，一视同仁，不疑忌，不轻慢，大事上严格要求，小事上适度自由，委以重任，放手使用；关键时刻，敢于挺身保护属下，勇于为属下承担责任。

上述几点，看似一些空洞的说教，但却蕴含着我本人和他人，在为人处事中许多实实在在的经历及感悟。作为一个年过七旬的老者，将这些感受记下来，或许对家人和后人是会有益处的。

※写成于 2021 年 3 月 30 日。

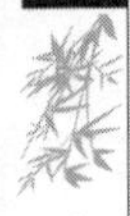

父亲灵柩迁葬记

1962年3月,是农历壬寅年的二月,距离父亲的去世已整3年了。父亲临终前曾留下遗言,让将他的尸骨安葬回故乡白桑淇汭村。母亲谨遵父亲的遗言,去世后,将父亲的灵柩,暂时停放于董封村东、小河附近的北桑沟地里一个土窑洞中。3年后,母亲为此事专门回淇汭走了一趟,和她娘家的几个侄儿商量,因我家的祖坟已占到了地边,只好让在淇汭另为父亲新辟一处墓地,并准备了相关事宜。事情筹备好后,3月31日,才让在县城上班的大哥和我请假返村。此时我在县一中高中部读二年级,回家的那天,正好弟弟金虎也在城里,兄弟三人从中午12点动身,步行返村,因大哥身上有病,走走歇歇,等回到了董封村时,已是日落西边。母亲和姐姐正磨面回来,锁宝兄也赶回家来。弟妹们站立门边,全家老小又团圆了,晚上吃的是包子。

第二天,母亲让我到沟东院的云亮家,去牵牲口驾磨,姐姐帮助我驾上磨后便离开。我看了一天磨,上午磨面,下午磨圪生,为父亲的迁葬事准备吃食。3年来,三姑和我家有些隔阂,来往不多,今天忽然到家帮忙,我想这是乘此事想和好。你看,三姑父与二哥章胜也积极找东西,为父亲迁葬的事做着准备。但愿两家能够和好如初。

第三天,吃了早饭后,除大哥有病不能行走外,我们兄弟姐妹6人,同三姑父、四姑父、振荣、二哥章胜,一起到了存放父亲灵柩的北桑沟窑洞中,将父亲的灵柩起回来。灵柩上放的东西,都被地老鼠吃光了,实在可惜,好在灵柩还好,这是万幸。出窑洞时,锁宝兄一人扛着灵柩的大头往出走,这在平时是很少见的。当灵柩拉回街道铺房背后放停妥后，三姑、四姑的供和圪峦就献上了，姐姐的供和圪峦做得很出色，跟随三姑、四姑之后也献到了供桌上。村里人给送纸火的、送锡箔的、送冥票的也很多，母亲一再让我谢谢众人，但我却不会磕头，感觉很别扭，无奈为父尽孝，就胡乱磕了几个。房背后灵柩上搭有布棚，尚可避风，又点油灯照明，4 个方桌让上供用，很宽敞。靠墙边支起一口大圪节锅做饭，三姑、四姑掌厨，屋内的人常不断，饭做的是米糕便饭。

午饭后，母亲让我去南次营村，接一下英桃姐。走出村东头的阁楼不远，远远便看见一位老者与两个老婆婆，担着钱袋并食盒，好像是西河二舅，到跟前看时，果真不差。我急忙将他们接回家中，然后才又往次营走。风很大，简直要把我吹倒，我肚里不舒服，只能慢慢地行走。已走到了南次营村边，还不见姐姐的面。我不得不走进院子里去看，见英桃姐正准备要走，没有人送她，我立即帮她捆扎了食盒，又与同来的秀莲嫂相跟上，我担食盒，她俩各提一个竹篮，她们都为我未能吃些饭而感到过意不去，我却在为赶路而着急。不知不觉已回到了董封村边，看见村民们才上地走。进家后，又见上河海如哥一家已来到，单等庄头姐了。傍晚时分，庄头姐才来。黄昏时，天又变冷，我守在火炉旁，无意间瞧见四姑她们在拿供食吃，心里很不舒服。

晚饭后，通事振荣哥，负责撤供品打发来客，共计有 8 桌供，送纸火的有 40 余家，县里李局长还送来了 500 头鞭炮一挂。原计划给村里的行情户送点圪峦，但因不符分配，只得磕头称谢好了。除大哥病外，我弟兄 4 人沿村磕头一遍，有的院还不知道是谁家办丧事，等我们沿家挨院去磕完头回来时，还有来送纸火的，无疑，这些是被我们惊动来的。回家后，母亲请大队干部、小队干部了事，一人一个馍，另加油炸食品一盘及烩菜等，来者都表示感谢。只有村支部书记燕成金，感到没有给予帮助，有点过意不去。我想，为人在世，不

可这样瞧不起穷人，有朝一日我们家境好转，他们该如何面对呢？我相信，我弟兄们是会有出头的日子的。母亲受罪儿知道，年纪幼小干不了，将来个个成长大，何愁今日皱眉梢？关键是要志气高！通夜做了3次烩菜，来迁葬的都吃过，我和锁宝兄在棚下守灵柩守到凌晨3点多，海如哥才来替换我们，由于过度疲倦，我倒下头和衣便睡着了。

第四天，吃了早饭后，我忙收拾往城里要带的东西，单等车一来就走。谁知预先订好的25元的柳泉村的车临时变卦要赖，想让加钱至40—60元才走。这一下子激恼了三姑父，和车主大吵一通。姐姐忙让锁宝兄去叫鹿渠村的车来，母亲、哥、嫂、四姑父、振荣等，急忙给车主说好话，让他吃圪蛮、烩菜，拿解吉利布，仍不见效。车主见有人去追鹿渠村的车，也有些急了，便顺水推舟，做了个人情，也不吃菜，就去装车走了。家里的客人也帮忙收拾东西，打发上车往城里走。车开到小河时，正追回来一辆鹿渠村的车，此时我也很生气，真想卸了柳泉的车，让鹿渠的车拉上走。此刻，柳泉的车主，脾气变得特别好，让大家都坐上车，就这样不歇气地一直拉到了水村。我因昨晚没有休息好，上车后就迷糊了。行驶到水村时，我与锁宝兄、四姑父下车步行，先行到达淇汭，看事情安排得怎么样。进村后，见东沟二哥正搭棚子，听说车已到村，连忙找人去抬灵柩。我一直招呼着搭好放灵柩的支架，安放灵柩停妥后，才去吃午饭，饭后至晚，一直跪卧在父亲灵柩边守灵。

第五天，早饭后，姐姐和锁宝兄到尹庄齐家，去请方圆有名的阴阳先生黎牛，因系新坟地，按村里的习俗，还得请懂行的高手来破土点穴。我先把水缸的水担满，按照大哥的吩咐，步行进城去，到李茂财家取纸扎的铺柜，费了番周折，最后还是经马真红哥帮助，花了1元钱买了一个；后又到建筑社，找到了驾胜兄，借了10斤白面。这两件事办妥后，我手提着铺柜，身背面袋，与回通义村的一个中年妇女相跟，中午稍过一些，回到了淇汭村。午饭后，因对破土点穴事好奇，我便到新坟地去看稀奇，只见黎牛老先生，虽已70开外，但却特别精神，他手拿着罗盘，指点着挖坟，并在刮好的小木板上书符下坑。我虽不懂他的什么"庚子并庚午，六尺三色土"的说法，但站在已破土的墓穴，向远处山向瞭望，确觉气势不凡。末了，他还给留下了一份用毛笔写的《龙穴破水书》。

天傍晚时，尹庄、白桑、岳庄的亲戚们才陆续来到，他们在父亲的灵柩前摆上供品，祭祀后纷纷离去。姑姑们因争立祖事，被黎牛老先生给顶了回去。母亲想看一下灵柩中的情况，由东沟长富老哥动斧掀开材板，只见父亲面皮已腐朽，只留骨架，被褥腐烂，身穿的马褂因是真货色，虽未腐朽，也经不得动，只好原样盖严。晚上，明灯高照，在父亲灵柩前，唱起了秧歌和擂鼓戏，惊动了村里的老少们前来观赏；父亲生前最爱摆弄留声机，这次也专门准备了留声机，唱的唱片是杨家将戏《两狼山》，还有女英雄《刘胡兰》，这些虽是尽家人们的心愿，也为父亲的英灵送上了乡曲，催眠安息。孝子们都在灵柩两边守灵，孝女们不时地还烧纸哭祭；多时不见的有财哥，问候母亲近来的状况。最为典型的是白桑温瑞哥的媳妇，未动一声悲，未烧纸半张，守灵叙家常，没点悲伤样。

4月5日，是农历三月的正清明，也是安排父亲灵柩迁葬的下葬日。早起，我先把水缸担满；饭后，弟兄姐妹们前去扫坟。扫坟的仪式，完全是按照乡间习俗进行。黎牛老先生，手执罗盘，篮中装有五花石，在他的指导下，女站地头，男靠坟旁，先将所带的馍，朝马道滚下，再捡出来，等扫坟完了出地后分食。然后，儿子、女婿各出一个代表，手执笤帚，儿子向内扫3下，女婿向外扫3下。此时，我进入坟中央，观看齐老先生定方向，只见他依托罗盘，庚子并庚午，划一白线条，罗盘指南针，成角四十五；左立青龙，右放白虎，头立玄武，脚放朱雀，麻子绿豆，撒下满地。站立线上观山形，可见气势随山行，

遥望重重叠叠山，丁财双旺贯长虹。

扫坟回村后，已是10点多了，出殡下葬安排在午后1点。吃完午饭后，连忙安排人抬灵柩，孝男孝女们都穿好了白孝衫，等鞭炮一响，顿时全场号啕大哭，悲声四起，涕泪交流，痛哭不已，到了坟地后，也难骤然止住悲声。灵柩进地后才发现，马道挖得有些陡了，送不下去，赶快再去挖，好容易下了葬，却将长富老哥和有财哥两人的身上，粘了不少的土泥巴。等把马道填了，坟顶覆盖好，齐老先生将写有文字的地板、地砖安放好，便是插香祭献；最后，将我一路端来的汤锅，浇灌、扎底、倒盖于坟顶，整个仪程才算完毕。出地后，孝男孝女们脱去白孝衫返村。至此，历时数天的父亲灵柩迁葬事才算结束。父亲灵柩入土为安，在他逝世3年后，在母亲的一手操办下，举办如此隆重的安葬仪式，也算是对父亲在天之灵的慰藉，父亲大人若九泉有知，也该安息了！

※根据1962年3月31日至4月5日的日记记录，2013年9月26日整理。

四弟殉难的前后

1971年4月1日上午，我正在县粮食局整理材料，大哥匆忙来找我，我见他眼睛发红，举止着急，心中很是奇怪；谁知一进家，他便趴在桌子上哭起来，我被这突如其来的举动惊住了，不知究竟出了什么事。我急着追问他，才知道是县革委会生产组办公室告知，四弟金龙在海南育种身故了，我兄弟二人顿时抱头痛哭。为进一步澄清情况，我和大哥又一起到生产组去问询了有关情况。

四弟李金龙，出生于1952年2月16日，初中毕业后，他回村务农，曾担任生产队记工员及大队副业会计，为人正直，待人和气，与村人相处融洽。1970年10月，参加县里组织的赴海南育种队，住陵

水县黎安公社后岭大队演村生产队，任育种队后岭排的事务员。1971年3月25日10时左右，在替别人看护育种田时，与同工作的王晚成持枪分头在高粱地里驱赶鸟，不幸猎枪走火击中头部当场亡故。事已酿成，回家安顿母亲大人为要。随即县、社的相关领导和我兄弟二人一起回村报讯，安慰母亲及家人。一家老小哭成一团，邻居们也无不为之掉泪。还是母亲有主见，悲痛之余，她强打精神，提出赴海南搬取四弟尸骨、从淇汭移回父亲的灵柩，一并处置后事。经商议，决定留我在家看护老人，并在村里择地修建父亲和金龙的坟墓，大哥和三弟金虎赴海南搬取尸骨。

1971年4月6日，大哥和三弟离家赴海南，在县农业局铁保的带领下，乘火车、汽车及轮渡，途经5省17个市县，行程达两千余里，才抵达陵水县黎安公社后岭大队。此时，四弟尸骨已埋葬了半个多月，按当地的风俗，起尸骨尚需在3年之后。在搬取尸骨无望的情况下，只得了解了四弟亡故前后的情况，抄录了当地公安部门现场验尸的报告，空手返回。5月15日早晨，大哥和三弟返回县城，我随他俩一起回家，与母亲诉说有关情况。面对现实，母亲通情达理，鉴于父亲的新坟茔已建好，母亲决定先迁葬父亲的灵柩。为此事，大哥又随母亲回淇汭与亲戚们商议沟通。商议停妥，5月31日回淇汭移运父亲的灵柩，6月1日于董封，将父亲灵柩入土安葬，搬取四弟尸骨的事暂时搁置。

1975年春节后，母亲提出想乘清明节前搬取四弟尸骨的事；当时，我于润城公社的河头大队住村蹲点。为此事，我向工作队、公社党委领导请了25天假，2月27日还专程回县里，找到县委孙文龙书记请示商议。鉴于当时海南的育种情况以及铁路部门对搭车运尸骨的禁令，孙书记指示，秋后天凉了，或明年适当时期，通过运送粮食种子，一并处置此事。他对我及家人做了宽心与安慰。我将孙书记的意见，转达给母亲及家人，家人们都很理解。1976年11月，大

哥和农业局的铁保，二次赴海南，按当地风俗，宴请了后岭大队的干部群众，在他们的帮助下，拾取了四弟的尸骨，分装于粮食种子袋中，于11月28日平安返回阳城，当天我和大哥护送四弟尸骨回到村里。

经和县有关部门协商筹备，共青团阳城县委，根据四弟的一贯表现以及为育种以身殉职的事迹，于1976年12月12日做出决定，追认四弟为共青团员，称他是“在毛泽东思想哺育下成长起来的一名优秀的革命青年”。赞扬他“立场坚定，爱憎分明，好事经常办，坏事敢斗争，处处以雷锋同志为榜样，事事以有利于人民做标准；密切联系群众，迫切要求进步，对工作认真负责，对同志满腔热忱，对自己要求严格，深受贫下中农和同志们的爱戴”；并号召全县广大共青团员和革命青少年，开展一个向他学习的活动。12月20日，县有关部门和公社、大队，在村里联合为四弟召开了隆重的追悼大会，寄托哀思，宣布决定。会后，家人们与亲友给四弟举行了灵柩安葬仪式，了却了母亲大人的一桩心愿。

2014年9月，在为母亲大人百年华诞暨19年忌辰举办纪念仪式时，经大哥提议，我们健在的兄弟三人共同出资，以侄子辈名义，为四弟勒石立碑。碑文由我拟定，内容如下：“四叔李金龙，生于一九五二年二月十六日，自幼上学，初中毕业后回村务农，任记工员及大队副业会计。一九七〇年十月参加阳城县育种队赴海南岛育种，任分队事务员；一九七一年三月二十五日上午，替他人持枪赶鸟护种时因枪走火身亡，享年二十岁，为阳城的育种事业献出了宝贵青春。阳城县革委会派人赴海南搬回遗骨，并召开隆重的追悼会；共青团阳城县委追认他为共青团员。他的一生，勤奋好学，追求上进，为人忠厚，办事认真，善待邻里，乐于助人，不幸因公殉难，堪称青年楷模。为继承遗志，弘扬精神，特勒石铭文，世代永传。”至此，比较圆满地表达了我们老兄弟三人对四弟的追怀情感。

时间过得真快，转眼间四弟已经逝去50个年头了，他的英年早逝，对于李家来说，的确是一大憾事，但人生征程，生老病死，又是无法避免的。此刻我遥望太空，默祷四弟的英灵，能够永久地安息！

※根据相关记录，2021年2月5日追忆写成。

追祭母亲的悼文

1995年9月14日，尊敬的母亲大人因病与世长辞，我满怀悲痛之情，写下了追祭母亲的悼文，全文如后：

金秋八月，天高气爽，纯朴、善良、耿直、敦厚、德高望重的老母亲因疾病缠身，虽经多方医治无效，于1995年农历八月二十日（公历9月14日）凌晨3时与世长辞。噩耗传来，举家悲恸，亲友奔走相告，大家为失去这样一位可亲可敬的长者而痛心，子女们高搭灵堂，停梓祭祀，以寄托对母亲大人的哀思。今日，孝子孝孙及亲友们相聚一堂，为母亲大人公祭、送葬，追忆母亲大人漫长的一生，往事历历在目。

母亲于民国三年（1914）生于河南省林县折巨村，7岁时为逃匪荒，跟随外祖父一家8口人到阳城县上淇汭村定居。18岁和父亲结婚后，正逢兵荒马乱，为躲兵，为生活，随父亲先后在阳城的南次营、西河等地，过着颠沛流离的生活；后来定居于董封，种地、开磨坊兼营蒸食铺，过着半农半商的生活。45岁时，不幸父亲病逝，当时正值困难时期，一个寡妇人家，操持8口之家，养儿育女，在温饱线上苦苦挣扎，含辛茹苦地度过了她的后半生。36年来，克服了常人难以克服的困难，使一个贫困破碎的家庭终于有了今天。如今，母亲溘然仙去，但儿孙们怎能忘记她老人家平凡而又不寻常的一生。

母亲是一个普通农家妇女，但有一种东方女性所特有的坚强毅

力。为了养儿育女,在中年丧夫的情况下,不惜牺牲自己的黄金年华,甘守寂寞,艰苦持家;为了振兴家业,克服了经济和生活上的重重困难,宁愿借债也要支持儿女们求学上进;为了支撑门户,一个妇道人家,敢于向欺凌孤寡的乡间恶势力作斗争;直至晚年,虽年迈体弱,仍然操持家务不减当年,即使疾病缠身,仍以顽强的毅力与病魔作斗争,忍受着常人所难以忍受的病痛折磨,坚持到最后一口气。这一切,叫儿孙们看在眼里,痛在心上,令人叹服。

母亲虽是一个普通的农家妇女,但在漫长的82年人生路上,却始终有一股刚强志气。她常说,人穷志不穷,宁折不圪弯。日常生活中,困难面前不低头,遇人欺负不让步。特别是在那极左的年代,幼儿寡母,相依为命,骨骨气气,苦度人生,硬是用这种刚强志气支撑了李家门户,在董封村站住了脚。在她的操持呵护下,子女们个个成家立业,各有所树,人丁兴旺,四世同堂,日子过得一天比一天好。这是伟大母亲的功劳,是其一贯坚持刚强志气的结果。

母亲虽然耿直有志,但却一贯和睦乡里,在董封村的村民中享有很高的声誉。平时与邻里相处,常常是人敬我一尺,我还人一丈,是一位受人尊敬、与人为善、平等待人的老太太。即使子女们成家立业、家业兴旺之时,也从不盛气凌人、以子女们之权势自居,仍谦虚待人,和善处事,深受村里人的爱戴。从这一次老人的病重、直至病逝,村里有那么多乡亲前来探视和送纸火、挽幛,就充分说明,母亲是董封村一位德高望重的伟大的女性。

八十二载人生路,过眼烟云;长长一纸追悼文,难诉衷情。追忆母亲的恩德,即使掬东海之水、举如椽巨笔也难以书尽,千言万语汇成一句话,母仪千古,懿德永存。如今,母亲大人魂归九天,驾鹤仙去,虽未为儿孙们留下什么万贯家产,却留下了一笔宝贵的精神财富,那就是——刚强志气度人生,和睦正派处乡邻。我们为有这样伟大的母亲而自豪。在送别母亲的时刻,我们愿告慰母亲大人,您的恩德，子女、儿孙及亲友们将永世铭记在心；您一生所体现的伟大的人生精神，将世世代代相传下去，发扬光大。

最后，祝母亲大人放心仙去，怡然安息！

※写于1995年9月24日，草成后略加修改，于次日上午公祭母亲的追悼会上由我宣读。当时母亲的灵堂搭在弟弟金虎院里，坐西向东，正面搭有扎满柏枝的门，柏门上下垂自挽的白色灵花。横额大书“母仪千古”，两旁竖着挂有黑布联，贴有方块白纸，书写的内容，上联为“八十二载人生路刚强志气含辛茹苦”，下联为“三十六年独持家四世同堂德高望重”。灵堂正中，悬挂有红绸白字的母亲灵位，上写“公故母亲董氏讳桂英之灵柩”，两旁对联为“寿越八旬睦邻美德留遗范，魂归九天痛失慈亲举室悲”。灵柩上特制红绸棺罩，上面剪贴北斗七星。送殡时，改人抬为平车拉，专门装饰为黑帐灵车，左书“魂归九天”，右书“懿德永存”，背面剪贴八卦中的阴阳图。以上情况，是我返回太原后，1995年10月1日追记。

为父母撰碑文记

母亲去世快一年了，当时兄弟们即商定，于母亲忌辰一周年时，要在父母亲的坟墓前，立一碑记。1996年3月底，收到家兄3月25日写来的信，随信附有他草拟的父母碑文一纸，让我加工修改，以备一周年时立碑用。因工作忙，未能及时予以修改，“五一”前后，才着手修改，综观碑文内容，并不理想。考虑到碑文受字数限制，又要比较准确地反映父母的一生经历和为人，只好重新拟稿。我先写出144字的初稿，并征求了爱人樊小莲的意见，又压缩成120字稿，行文力求通俗明白。之后，又逐字推敲含意，换掉重复的字词，以同义字词相替，四易其文，定稿文字为：

父亲李贤，祖籍山东，生于淇汭，定居董封。一生勤奋，经商务农，忠厚淳朴，德高望重。积劳成疾，五旬竟殁。母亲董氏，原籍河

南，婚配李门，随夫漂流。中年丧夫，重担独挑，含辛茹苦，三十六秋。贫而有志，刚直宽宏，家睦丁旺，生活锦绣。同堂四代，寿越八秩，溘然仙逝，举室饮泣。小祥勒石，光前裕后，懿德恩泽，万古长存！

碑文改定后，正遇家兄5月7日晚来太原，征得他同意，即将上文重抄一份交给他，让返回阳城后勒石；并据有关日历核定，父亲生年以往记载有误，勘定为“公元1909年”，即宣统元年，为鸡年，供刻碑时一并修正。

※写于1996年5月8日，之后，1996年5月29日家兄来信，要求为父母坟前的碑亭撰写对联和横额。几经酌定，拟为“懿德风范世世继，耕读勤俭代代传”，横额为“千古流芳”。拟好后，我让侄儿雁飞于当年的7月18日回阳城时带回。

纪念父亲百年华诞祭文

各位兄弟姐妹们，李家小辈儿孙们，各位亲友宾客们：

二月的天，春意盎然，万象更新，在这春寒料峭的时刻，我们大家怀着崇敬的心情，相聚在一起，目的是为缅怀和纪念一位世纪老人、我们敬爱的父亲大人100年华诞暨50年的忌辰。

100年前的今天，我们的父亲诞生于阳城县上淇汭村的一个农民家庭。这年正是晚清宣统元年(1909)，国运衰败，战火不断，民不聊生，这个稚嫩的小生命就出生在这样的多事之秋。他的童年也是很不幸的，因家境贫困，难以度日，五六岁时，将他过继给下芹村的本家李某为子，受到养父的百般虐待，自小便帮着大人铡草干活，夜深人静，还得独自一人到另外一个院子里去喂牲口，有时还挨打受骂。这样的生活过了一年多，祖父实在看不下去，便强行将父亲领了回来。为了一家人的生活,民国五年(1916),祖父领着刚满 8 岁的父亲,离乡背井,到距上淇汭 50 多华里路的董封镇,开设蒸食铺,字号复兴源。因年幼身小,揉面做馍,脚下都得垫着东西,幼小的年纪,早早就承担起了养家糊口的责任。凭着父子俩起早搭黑,辛勤劳作,艰难经营,勉强维系了全家人的生计。但好景不长,民国十三年(1924),也就是父亲 16 岁的时候,祖父终因积劳成疾,过早地离开了人世。由此,父亲便独自挑起了养活李家 8 口人的重担。此时正是民国年间,军阀混战,兵荒马乱,父亲既要在董封镇经商,又要照顾远在淇汭的一家老小,忙累得不可开交。民国二十年(1931),父亲和母亲结婚,婚后,母亲随父亲到董封居住,成为父亲经商持家的得力助手。不久,日寇入侵阳城,不断骚扰董封,父母亲已无法在董封安稳地经商,只得带领全家颠沛流离、四处躲兵。先到盘道山、芦家、莲花山的东腰,后又逃到南固隆、西河、南次营等地,并在西河、次营两个地方,与人分种和租种土地,农闲时还挑着货担到四乡叫卖。直到八路军解放了董封镇,全家人才随着父母亲返回到董封镇继续经商。凭着父亲多年的正派做人,公道处事,忠厚待人,诚信经商,在董封镇的商界威信很高,被大家公推为董封商联会会长,并秘密加入了中国共产党的地下组织。

土改时,我家被定为贫农成分,并分得了 6 间街面房和 2 亩土地。因家庭人口越来越多,生活开支吃紧,父亲以经商所得,又购置了一些房产和土地,一家人过着半农半商的生活。由于父亲的为人处世,在董封镇又有极高的信誉度,在务农经商的同时,还为政府代办邮政,为粮食部门加工面粉。统购统销和农业合作化时,父亲都能积极响应党和政府的号召,自觉主动地出售家中的余粮,将所有的土地入社归集体,但仍继续为粮食部门加工面粉。1958 年,父亲在磨坊楼上取草喂牲口时,不小心从楼梯上摔下来,将左腿跌残,这给父亲以沉重的打击;加上家庭人口多、生活负担重,一生操劳过

度，积劳成疾，竟于1958年冬至1959年春，一病不起，卧床数月，虽经多方请医治疗终无效，不幸于1959年农历二月初七日病故于董封，享年50岁。

追怀父亲50年的人生经历，虽较短暂，但却横跨了晚清、民国和中华人民共和国三个历史时期。这是不同社会政治制度不断变革、交替的年代，对于父亲这样一位普通老百姓来讲，他不幸经历了这一复杂的历史阶段，饱经了社会的动乱和战争的离乱，饱受了人间的苦难和人生的磨难，他的一生是坎坷而又多难的。他为李氏家族的发展，为李家子女的成长，承担了巨大的困苦，做出了超负荷、奠基式的奉献，这一点，李氏家族的子孙后代要永远铭记。作为一位饱经磨难、默默奉献而终生未能享用的世纪老人，是带着莫大的遗憾离开了人世，离开了朝夕相处的亲人。他的一生，虽然没能够给李氏家族，留下什么丰厚的物质财富，但却给李氏后人留下了一笔宝贵的精神遗产。

爱国为民，追求进步，是父亲一生处世所奉行的基本信条。父亲一生历经三代，绝大部分时间是在黑暗的旧中国度过的，岁月的磨难造就了老人耿直的性格和爱憎分明的立场与观点。当日寇入侵、民族危亡时刻，他宁肯放弃经商赚钱的机遇，支持抗日，避难乡间，保持了中国人应有的民族气节。当共产党、八路军建立新政权时，他不仅追求光明、追求进步，秘密加入党的地下组织，而且带领商会会员在支持政府、服务民众上做了大量的工作。为了解决老百姓订报读报、邮递信件的便利，他不辞劳苦地为政府代办邮政。为了解决非农业人员的粮食加工问题，他毅然承揽了粮食部门为供应户加工面粉的任务。建国初期，实施新政，很多决策并不是老人都能接受的，如出售余粮、土地入社等，但一经党和政府决定，父亲便会舍小家、为大家，顾全大局，积极响应。这些都充分体现了他所具有的朴素的爱国为民的情操。

忠厚诚信，公正待人，是父亲一生为人所遵循的基本准则。父亲自幼随祖父为谋生到达董封后，很快便落户定居下来。作为一个外乡外族人，在这商贸交汇、人流涌动的董封古镇码头能够站得住脚，并逐步发展起来，很大程度上是靠父亲的人格魅力和影响。父亲生性忠厚随和，不善言谈，一生正正派派做人、踏踏实实做事，与人交往，和谐相处，善待乡邻，宁肯自己吃些亏，也不会讨人的便宜。一辈子几乎没有自己的对立面，即使有人做了对不起他的事，他也能宽容以待，从不去计较。在多年的经商活动中，他以诚信为本，一贯公平交易，既无缺斤短两之嫌，又无欺行霸市之举，在董封的商贸界，留下了极好的声誉，得到了广大顾客的普遍赞赏，以至能成为名副其实的商会魁首，深受商会会员们的信赖和拥戴。这一切，既是父亲做人的骄傲，也为后辈儿孙们与人相交树立了榜样和典范。

勤奋俭朴，重学严教，是父亲一生齐家所坚持的基本风范。父亲自幼家境贫寒，生活的现实逼迫年纪尚小的父亲，过早地承担起养家的责任，同时也培养和造就了父亲勤奋俭朴的优良品格。当他独自挑起了李氏家族生存及创业的重担后，更是把勤俭持家作为家风坚持下来，在母亲这一贤内助的通力合作下，使李家从小到大、从贫困无助到自给有余，逐步地发展了起来。受父母亲的影响，李家的子女们从小就养成了勤劳俭朴的作风，吃过农家饭，穿过补丁衣，爱劳动，爱学习，讲卫生，爱干净，这成为李家子女们共同的生活习惯。由于父亲从小家贫，失去了上学读书的机遇，因而对子女们的读书求学显得特别重视，只要能考上，就想方设法克服困难供子女们上学；宁肯家中生活紧一些，也要给子女们的上学提供费用和物质的保障。子女们学业有成，他从内心里感到高兴；子女们发生过错，他也毫不留情，有时管教不听，还会棍棒加身。就是在这样严格的管教下，李家的子弟，个个都走上了正道，人人都能健康地成长。

回顾父亲短暂的人生经历以及为我们留下的精神遗产时，我们

为有这样一位可敬可爱的父亲而感到骄傲和自豪，对父亲为李氏家族的发展与李家子女的成长所做出的奉献表示崇高的敬意。在纪念父亲百年华诞的时刻，我们要铭记父母亲的懿德恩泽，还要告慰父母亲的在天之灵。如今的李氏家族，已成为一个人丁兴旺、和睦相处的大家庭，兄弟姐妹 5 人，已繁衍为儿孙满堂的 54 口之家。在这个大家族中，各家都建有宽敞明亮舒适的新居，每人都有一份各尽其能的事情可做。子女辈年事已高，身心健康，颐养天年；孙子辈如日中天，勤奋拼搏，事业有成；曾孙辈青春焕发，刻苦求学，努力上进。各家生活过得殷实，吃食丰富，衣着讲究，家业兴盛，邻里称羡。这一切，不仅可以补偿父亲离世时的遗憾，而且为李氏家族今后的发展，奠定了很好的基础。此刻，我谨代表李氏后辈的子孙们以及所有的亲戚宾客们，衷心地祝愿父母的在天之灵：你们可以放心地安息吧，你们的后代子孙，没有辜负大人们的培育和期望，你们留下的宝贵精神遗产，将世世代代相传下去！

※写成于 2009 年 2 月 24 日，几经修改，于 2009 年 3 月 8 日上午在纪念父亲百年华诞暨 50 年忌辰的仪式上由我宣读。

纪念父亲百年华诞纪实

3 月 8 日，农历二月十二，多云间晴天。今天是筹备了多时的父亲百年华诞祭日，早 7 点便起了床，简单洗漱了一下，便和学军相跟着往村东头父母亲的墓地走，只见大哥、金虎、和平、建平、裕平等一行人早已来了。他们已把 6 米多高的两幅长联挂起，瞭远相望，效果很好，7 米多长的横幅刚刚扯起，我正好帮着给定了定位置。三弟金虎已将高音喇叭接上，正播放着鼓书和豫剧。之后，又让孩子们回去搬桌凳，为唱擂鼓戏的做准备，大体停妥后，一同回去吃早饭。早饭后，我又把纪念祭文的开头导语改写了一下，更能体现自然贴切，同时又把先前拟好的祭祀仪程作了个别文字的补充，尽量做到完满无憾。8 点 40 多分钟，八音会乐队来家，除八旬老者和大嫂因病乘坐宏善开的卧车先行外，其余全家人及亲戚们皆列队携物行进。大体顺序为，鞭炮前导，乐队紧跟，我和大哥捧着父母的画像走在队列的前面，随后众人有的端着祭品、供物，有的举着花圈、各色纸扎，尾随画像自行排列而行。一行队列浩浩荡荡沿街而行，招引了不少村里人在街两旁观看。至此，百年祭的活动高潮序幕已拉开。约 9 点钟到达墓地，乐队坐场唱开了擂鼓戏，孝子们以父母的墓碑为中心，紧张有序地开始摆放面制圪銮、寿桃、油炸食品、五色仙衣、金银包等祭品、供物，排列花圈、花篮、各色纸扎及成批的纸火，父母亲的画像放置在墓碑的左右两侧，特制的元宝树挂在碑亭两边，一切显得庄重、肃穆，又很壮观、气派，确实体现了隆重纪念的意图。乡亲们从未见过如此的场面，有的一路跟来，站在墓地周边围观；住在墓地附近的则走出家门，或居高临下观看，或站立高处远望。现场摆放停妥后，又组织排列了孝子们的队形，除第一排安排子、女辈和亲戚来宾一家一个代表外，其余人等依次排列，不分家别，补齐空额，行与行之间留有一步的距离，以备跪拜时能整齐划一。一切准备就绪，约 10 点多，祭祀活动在鸣炮奏乐声中开始，全部活动由我主持，逐项进行。除宣读祭文用了 20 分钟外，其他各项均为礼仪性的仪程，费时不多，整个活动用了半个多小时，最后烧化土纸、仙衣、纸扎、金银包、祭文等，收拾供品，燃放鞭炮，按预定时间约 11 点全部结束。

※摘自 2009 年 3 月 8 日的日记，当时自拟了祭祀仪程 6 项，现场祭祀仪门横幅为“隆重纪念父亲百年华诞暨五十年忌辰”，两条对联为“五十年坎坷人生为李家创业育才，百年诞家旺人兴祭先考告慰英灵”。

纪念母亲百年华诞祭文

各位兄弟姐妹们,李家小辈儿孙们,各位亲友宾客们:

金秋八月,天高气爽,在这充满收获、丰收在望的季节里,我们大家怀着崇敬的心情,相聚在一起,目的是为了缅怀和纪念一位德高望重,慈祥善良,勤劳俭朴,受人尊重和爱戴的,我们可亲可敬的母亲大人100年华诞暨19年的忌辰。

100年前的农历5月28日,我们的母亲,诞生于河南省林县折巨村一户殷实之家。7岁时,为躲避当地土匪的绑票,跟随外祖父一家8口人,逃难来到阳城县上淇汭村定居。为维持生计,13岁的母亲,随妗母及大、二姨妈走乡串户,给人家弹棉花,幼小的年纪早早便承担起养家糊口的责任。18岁和父亲结婚后,正逢军阀混战,兵荒马乱,加上日寇的侵扰,为躲避兵祸,维系全家人的生计,随父亲先后在阳城的盘道山、芦家、东腰、南固隆、南次营、西河等地,过着颠沛流离,居无定所,吃不饱、穿不暖的日子;后来定居于董封镇,种地、开磨坊兼营蒸食铺,开始了比较稳定的半农半商的生活。这中间,父亲理外,母亲主内,相夫教子,配合默契,夫妻恩爱,家境充裕,自给自足,令人称羡。45岁时,不幸父亲病逝,当时正值国内3年自然灾害,经济发展萧条,人民生活极度困难;一个寡妇人家,操持8口之家,养儿育女,在生活线上苦苦挣扎,她含辛茹苦、艰难跋涉、独挑家庭生活重担。这期间,她老人家在成年子女的支持配合下,继续以农为业,连带给粮食部门加工面粉,维持了全家老小的生活;坚持勤俭持家,精打细算,必要时向亲友、邻里借债,向信用合作社贷款,支持孩子们上学、办事业,尽力操办孩子们的婚事,使未婚子女成家立业、再婚子女家庭和谐。并以自己耿直的性格、宽厚的胸怀、与人

为善的态度，凝聚了家人及亲友的心，维系了李氏家族的大家庭。在父亲去世的30多年间，母亲为了孩子们的健康及成长，为了李氏家庭的和睦和发展，可以说是操碎了心，出尽了力，她克服了常人难以克服的困难，使一个贫困破碎的家庭，终于出现了新的转机，朝着幸福美满的趋向发展。这是母亲大人的功劳，儿孙们将铭记在心。正当子女们事业有成，李氏家族蓬勃发展之时，病魔却向母亲的身体袭来。子女们得知这个信息后，心急如焚，想方设法，请医诊治，尽心护理，尽可能地减轻母亲的病痛折磨；母亲却淡然处之，以惊人的毅力与病魔作斗争，终因医治无效，于1995年农历八月二十日走完了自己漫漫的82年人生历程。母亲的离世，对李氏家族是一个巨大的损失，给子女们带来了莫大的悲痛，但我们也深知，人的生老病死是无法抗拒的，只能以隆重妥帖的安葬礼仪和忠实地履行母亲的遗志，才是对母亲哀思的最好寄托。从母亲仙逝至今，转眼又过了19个年头，19年来，尽管岁月推移，人事变迁，风云变幻，日新月异，但子女们对母亲的怀念意愿却始终未有中断，她老人家的音容笑貌，常常留在儿孙们的脑海间。特别是她那丰富的人生经历，伟大的人格魅力，更是给子女及邻里们留下了深刻的印象。

母亲是一位普通的农家妇女，有一种东方女性所特有的坚强毅力。为了养儿育女，在中年丧夫的情况下，有人劝其改嫁，她不惜牺牲自己的黄金年华，甘守寂寞，艰苦持家，硬是把幼小的子女们抚养成人；为了支撑门户，呵护儿女，一个妇道人家，敢于担当，极有主见，带着孤立无援的子女们重建李氏家园，并向欺凌孤寡幼弱的乡间恶势力作抗争；为了振兴家业，望子成才，克服了经济和生活上的重重困难，宁愿四处举债，也要支持儿女们求学上进，适时为儿女们操办婚事，成家立业；家中遇到重大挫折，她挺得住、放得下，四弟金龙海南育种丧身，她强忍悲痛，未敢掉一滴眼泪，指挥孩子们分头料理，一边找政府寻求合理解决，一边指令孩子们不远万里，两下海南

搬尸骨，直至金龙入土为安，才放声哭出了失子的痛心泪；直至晚年，她虽年迈体弱，依然操持家务不减当年，即使疾病缠身，仍以顽强的毅力与病魔作斗争，忍受着常人所难以忍受的病痛折磨，坚持到最后一口气。这一切，叫儿孙们看在眼里、痛在心上，令人叹服。

母亲虽是普通的农家妇女，但却是一位智慧的女性。自幼因家境所限，未能读书识字。和父亲成婚后，在配合父亲为政府加工面粉、代办邮政过程中，受环境所逼，不仅了解和熟悉了相关的业务，也认识了一些简单的数码和文字，在父亲有时外出不在的情况下，她照常经营，没出差错，成为父亲经商办事的贤内助。毫不夸张地说，在和父亲相伴中，以及父亲离去后重建李氏大家庭的过程中，李家大小事的计划和决策，无不凝聚着母亲的智慧和心力，无形中母亲成为李家的主心骨。日常生活中，母亲虽然不能读书看报，但却喜欢看连环画、小人书、电视剧及舞台戏曲，这种学习和欣赏，使她能明事理，增知识，不仅有着一个充实的精神世界，而且从中也汲取了一些精神力量，最突出的便是自立和志气。她常说，人穷志不穷，宁折不圪弯。困难面前不低头，遇人欺负不让步。特别是在那极左的年代，幼儿寡母，相依为命，骨骨气气，苦度人生，硬是用这种自立及志气，支撑了李家门户，在董封村站住了脚；在她的操持呵护下，子女们个个成家立业，各有建树，人丁兴旺，四世同堂，日子过得一天比一天好。这是伟大母亲的功劳，也是其一贯坚持自立精神及刚强志气的结果。

母亲虽然耿直有志，但却一贯处人和善，善待他人及乡邻，在董封村村民中享有很高的声誉。当年在配合父亲为政府加工面粉、代办邮政过程中，对过往的邮递人员以及领取面粉的人员，总是笑脸相迎，接待周道，端茶送水，有时还给做饭吃。由于她待人热情厚道，一些常来办事的年轻人，情愿认她做干娘。平时与邻里相处，常常是人敬我一尺，我还人一丈，是一位受人尊敬、与人为善、平等待人的老太太。即使子女们成家立业、家业兴旺之时，也从不盛气凌人，不以子女们之权势自居，仍谦虚待人，和善处事，深受村里人的爱戴。从老人患病、直至病逝，村里有那么多乡亲们前来探视，以及去世后许多人来送纸火、挽幛，就能说明母亲是董封村一位德高望重、有人缘的女性，也充分体现了母亲伟大的人格魅力。

回顾母亲82年的人生经历，我们为有这样普通而又伟大的母亲而自豪。在母亲离开我们19年后的今天，我们举行这样的祭奠仪式，主要是追怀母亲大人深厚的养育恩德，颂扬母亲大人伟大的人格魅力。此时，我们可以告慰父亲母亲大人在天之灵的是：你们精心养育的儿女，都已进入古稀之年，在孙子辈的关照护理下，正静心健康地颐养天年；你们开创的李家家业，在儿孙们的传承下，更加发展，更为扩大；你们培育建树的人生精神，正凝聚团结了李氏家族的男女老幼，代代相传，弘扬光大。而母亲大人所体现的人格魅力，也已成为李氏家族的精神遗产、家训家风，继承发扬，生根开花。我们兄弟姐妹们，在有生之年，没有辜负父母亲的教诲及希望，并能为父母亲两位老人分别举办百年华诞纪念活动，这是我辈人生的一大幸事。古话说得好，长江后浪推前浪，一代更比一代强。借此机会，希望李氏家族的后辈儿孙们，在祖辈和父辈的基础上，在持家育人、发展家业、团结互助、善待他人方面，能够比父辈们做得更好。这样，既对得起上辈人的教诲，又不愧是李氏家族的后人，就这点希望，请小辈们加油、努力吧！

※写成于2014年9月4日，几经修改，于2014年9月14日上午在纪念母亲百年华诞暨19年忌辰的仪式上由我宣读。现场祭祀仪门横幅为“隆重纪念母亲百年华诞暨十九年忌辰”，两边对联为“祭百年颂扬母亲伟大的人格魅力，祀忌辰追怀母亲深厚的养育恩德”。

爱人英灵归故里

苍天不予好照拂，病魔横来袭我家。相敬相爱、相濡以沫、相伴共处近半个世纪的爱人樊小莲，因患病竟于 2015 年 2 月 1 日凌晨 5:15 离开我和孩子们而去。此前的一年零三个月间，虽经省城几大医院多方诊治，乃至赴陕进京请求名医，均无回天之力。爱人和孩子们跟随我在太原工作与生活了近 40 年，从未考虑过百年之后的事，在她弥留之际，经与老家兄弟们沟通意见，承诺带她回归故里。爱人逝世的塌天之祸的降临，给我和家人们以沉重的打击，面对这一无情的现实，我忍受着巨大的悲痛，支撑着处理好爱人的身后事，决心稳妥地将爱人的遗骸安葬回家乡。

连日来，省信访局与省文化厅的领导、处级干部及勤杂人员，以及孩子们的同事、同学与亲友，来家中灵堂吊唁、祭拜爱人的人络绎不绝。大家对爱人的去世，感到突然、震惊、悲伤、惋惜，不少人痛哭流涕，哭泣参拜不已，并对我做了安慰。就连住宅院内的理发员小李，也来家向爱人的遗像燃香叩头，这些都是爱人平时热情好客、和蔼可亲、善待他人、人缘宽泛的结果。等遗体告别事宜筹备停妥，老家亲戚奔丧人员赶来后，即为爱人举办了一个严肃而又隆重的遗体告别仪式。

2 月 5 日，多云转晴。7:30 我下楼乘车往永安殡仪馆去，帮忙办事的拆除灵堂设置，收拾原在院内摆放的花圈、挽联，大多数人是乘坐高海昊提供的大轿车，我和小善、引花、彩莲乘坐小车，一路行驶顺利。8 点多，抵达永安殡仪馆，下车后，孝男孝女们，很快从上到下，全都换上了白孝衫，披麻戴孝，停站在一层的永安告别厅里。我直接进入告别厅，看办事人员正在布置厅堂，往花圈上别写好的挽带，我指导他们有序地摆放花圈。大厅正前方的电子屏幕上，已播放出爱人面带笑容的大幅彩色遗像，遗像上方横幅为："沉痛悼念樊小莲同志"，左右两条挽联是："公正敬业理民事尽职尽责，宽厚善良待他人交口称誉"，均为黑底红字。爱人从事信访工作近30年，由一位普通公务人员成长为正处级干部，挽联的内容正是对她生前为人处世的评价。花圈大体安放停妥后，小善和引花扶着我，到贵宾室歇息了一会儿，其间，向等候在贵宾室前来告别的省信访局部分领导打了招呼。8:40多，听说要起灵，我在小善、引花扶持下，迅速赶到停放爱人遗体的3层7号房间，见房间内外，已挤满了接灵的孝男孝女及平辈送别人，里里外外哭声一片。在孝子们跪拜后，殡仪人员将爱人遗体从冷藏透明棺罩里抬出，放入黄色的棺罩里。在整理爱人的遗体时，我和小善、引花挤进房间，观瞻了爱人的遗体遗容，覆盖被单、盖棺后，爱人的遗体，在孝子们的引导护卫下，从3层移送到了1层。泽霖在前举着引魂幡，学军端着爱人的遗像，学民端着骨灰盒，紧跟其后的是小高、小吕、泽霭、素萍、艳萍、宏善，放遗体的车紧随其后，遗体车后，小善、引花扶持我走在前，玉梅的女儿扶着彩莲、玉梅压后。进入告别大厅后，先给爱人遗体上覆盖了党旗，再把爱人的遗体，推放在周围层层叠叠布满鲜花的玻璃棺罩下，棺罩前摆放着一个大绢花圈和一个小真花圈，是我和孩子们敬献的。此时，在遗体的右侧，站着一大片亲属、孝子队列，穿着白孝衫者是孝男孝女，还有些身着深色便装的平辈亲属，遗体对面站立的是整齐有序的告别人员，每人胸前都佩有白纸花，手中还拿着一枝真花，肃穆地站立着。告别仪式开始前，先由殡仪人员将爱人的遗像，恭放于大绢花圈下的平台上。9:05时，在殡仪主持人开场悼言引领下，播放哀乐，全体人员默哀。之后，由省委信访局领导薛建军，代表组织宣读爱人的生平，宣读完后，告别开始。全体人员先向爱人遗体行三鞠躬礼，然后，个人前往拜谒。站在第一排的是厅局级领

导,其中多数为省信访局的,文化系统的厅级领导有赵银邦、夏平、李培勇等,从省信访局副局长梁雨润开始,或3人,或5人,齐整站在遗体前,肃立弯腰致3鞠躬礼后,放下手中的真花,缓步行进,瞻望遗容,向前排亲属握手告别,然后依次离去。在近百人的告别队列中,有信访局的,有文化系统的,有孩子们的同学、同事,也有同乡、亲友们,吴敏、李运启、赵继红、李秋菊夫妇以及小高的弟弟、小吕的几个哥哥、嫂嫂也在其中。9:19时,个人拜谒完毕,在殡仪人员的引导下,孝男孝女及平辈亲属排成一行,有序地拜谒、瞻仰爱人的遗容,拜谒完后,孝子们跪倒在遗体前,追思爱人的恩德及为人处事,告别厅内顿时哭声大作。不一会儿,在殡仪主持人的指挥下,孝子们站立起来,殡仪人员从鲜花丛中推出了爱人的遗体,撤去盖在身上的党旗,用红牡丹花为图案的寿被覆盖了爱人的遗体,盖上黄棺盖。9:27爱人的遗体离开了告别大厅,在孝男孝女们的护卫簇拥下去火化;9:28在孝子们的跪拜、哭泣声中,遗体被推入火化间等待火化。

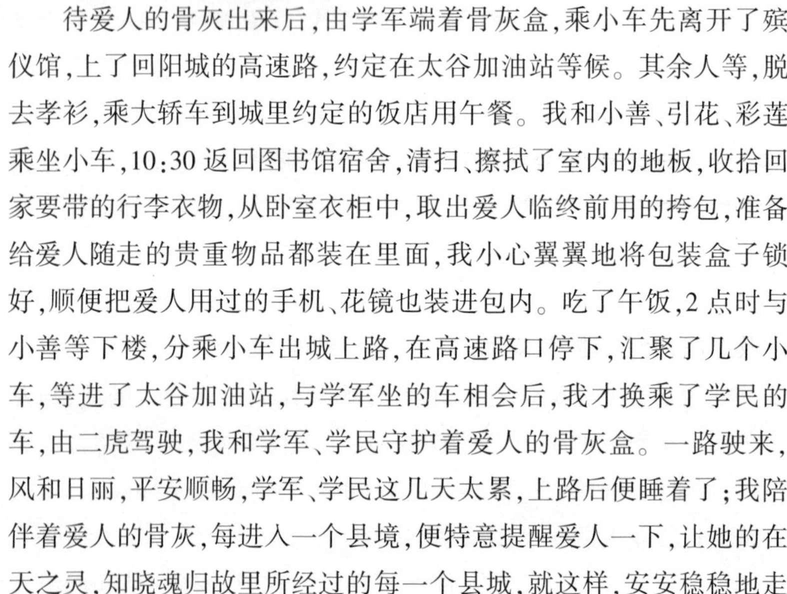

待爱人的骨灰出来后,由学军端着骨灰盒,乘小车先离开了殡仪馆,上了回阳城的高速路,约定在太谷加油站等候。其余人等,脱去孝衫,乘大轿车到城里约定的饭店用午餐。我和小善、引花、彩莲乘坐小车,10:30返回图书馆宿舍,清扫、擦拭了室内的地板,收拾回家要带的行李衣物,从卧室衣柜中,取出爱人临终前用的挎包,准备给爱人随走的贵重物品都装在里面,我小心翼翼地将包装盒子锁好,顺便把爱人用过的手机、花镜也装进包内。吃了午饭,2点时与小善等下楼,分乘小车出城上路,在高速路口停下,汇聚了几个小车,等进了太谷加油站,与学军坐的车相会后,我才换乘了学民的车,由二虎驾驶,我和学军、学民守护着爱人的骨灰盒。一路驶来,风和日丽,平安顺畅,学军、学民这几天太累,上路后便睡着了;我陪伴着爱人的骨灰,每进入一个县境,便特意提醒爱人一下,让她的在天之灵,知晓魂归故里所经过的每一个县城,就这样,安安稳稳地走了一路，下午近6点时，顺利抵达阳城北站。

进入阳城县境后，宏善的车行驶在前面，每经过一个村落时，还刻意燃放起鞭炮，到7点时，车驶入了董封村口。此时，夜幕已经降临，载有爱人骨灰盒的车，直接开到了住宅院门口，等学军端着骨灰盒进入院内后，在院里等候多时的姐姐、末琴、芙莲等哭着迎了出来，同时，在院外的大街上，也响起了鞭炮声。稍缓了缓，在金虎的指挥下，由天保做前导，学军、学民分别端着爱人的骨灰盒及遗像，我紧随其后，先到楼上，后下楼底，不时轻轻地呼唤着“小樊”，让爱人的在天之灵，逐一走过李家大院的各个房间，最后将爱人的骨灰盒及遗像，安放在北房中间事先摆好的桌子上。在骨灰盒及遗像前，摆上了献饭、香炉，桌后紧挨的是一副油漆一新的柏木寿器。至此，历经一整天的奔波，将爱人的骨灰，从太原到董封，远隔700里之遥，总算平安地护送回家乡来。等给爱人上了香，烧了纸，加了馇饭，大家便去吃晚饭。饭后，孝男孝女们一起相跟着，到村东头往李家墓地走的路上去“送路”。我看了大院内的设置，迎面悬挂的是大幅横额及挽联，均为黑底喷印的白字，横跨院上方的横额为：“沉痛悼念母亲大人逝世”，两旁的长联为：“古稀之年溘然仙逝举家悲伤，三十八度魂归故里叶落归根。”这些文字是我在太原事先拟就的。横额长联后，是对开的白绸幕布，靠后边的墨绿色幕布的中央，悬挂着一个大“奠”字，因怕起风，在院上方还搭有棚布，整个设置，显得肃穆、简洁、得体，等孝子们送路回来，纷纷涌入北房，对着爱人的骨灰及遗像，上香、叩拜、烧纸。

8:20多，开始入殓，早已来到的娘家人小板、芙莲、里社、马龙以及从太原相随回来的小善、彩莲等，李家的长辈人大哥、大嫂、姐姐、金虎、引花、末琴以及绝大多数的小辈人等，全都聚集在北房里，围着打开的寿器，观瞻了入殓的全过程。在天保的指导下，先在寿器底放了硬钱币，把我和爱人结婚时盖的被子垫了底，上面铺

上新做的寿褥子；然后，引花把在太原已整理与叠得齐楚的衣物，按照种类、样式，分开季节、内外、长短、大小、薄厚、单棉，层层紧挨着摆放过，大衣物有风衣、大衣、西装，小至背心、丝巾、手套，计有120余件；而将骨灰盒、挎包，紧紧摆放在寿器及各色衣物的中央；骨灰盒上放有一个红包，里边包着爱人的头发，是里社从上义拿过来的；骨灰盒两边，插入我的两本著作：《戏苑史海一得录》和《戏苑史海鉴赏录》；上面又覆盖了爱人在医院盖过的驼绒被子、上义岳母给拿过来的粉绸被子，最后，以红牡丹花图案的红绸寿被及发家致富为图案的金黄缎寿被封顶；在寿器的头部及脚部，又塞进了不少的金银包，然后将棺盖紧紧地压上。灵柩上覆盖着鲜红的党旗，整个寿器，满满当当给爱人随了一大批生活起居用品，其中有相当的衣物，还是崭新未穿用过的。入殓的过程用了约40多分钟，于9点多入殓完，驾车送爱人娘家人回上义，我又和家人们商议了办丧事的相关事宜。

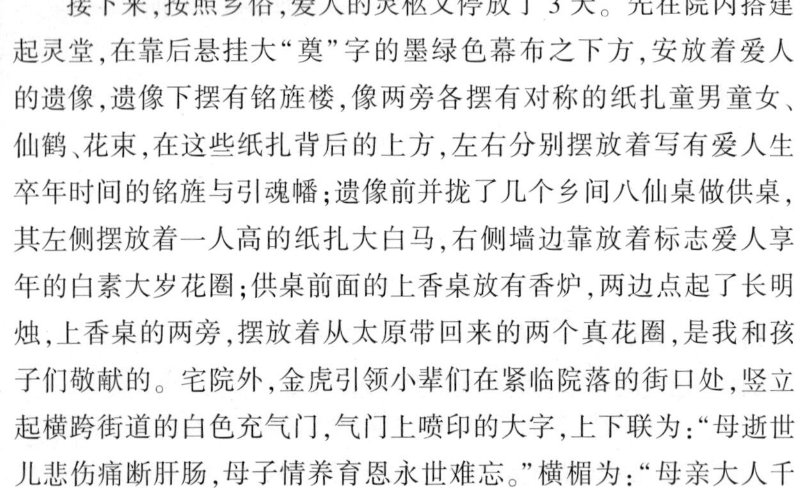

接下来，按照乡俗，爱人的灵柩又停放了3天。先在院内搭建起灵堂，在靠后悬挂大"奠"字的墨绿色幕布之下方，安放着爱人的遗像，遗像下摆有铭旌楼，像两旁各摆有对称的纸扎童男童女、仙鹤、花束，在这些纸扎背后的上方，左右分别摆放着写有爱人生卒年时间的铭旌与引魂幡；遗像前并拢了几个乡间八仙桌做供桌，其左侧摆放着一人高的纸扎大白马，右侧墙边靠放着标志爱人享年的白素大岁花圈；供桌前面的上香桌放有香炉，两边点起了长明烛，上香桌的两旁，摆放着从太原带回来的两个真花圈，是我和孩子们敬献的。宅院外，金虎引领小辈们在紧临院落的街口处，竖立起横跨街道的白色充气门，气门上喷印的大字，上下联为："母逝世儿悲伤痛断肝肠，母子情养育恩永世难忘。"横楣为："母亲大人千古。"此后，他又带我去看刚砌好的墓室，撩开马道，打开石门，进入圪里看了看。全身站立起，头挨不到顶，内壁尚宽绰，底部铺着大块方砖，显得洁净干燥，尤其是一对石门，镶嵌得恰如其分，关闭后严丝合缝，石门两边及顶上，还雕刻有篆字，上下联为“青山护佳地，绿水吟芳德”，横楣为“山明水秀”，如此雕饰，显得肃穆古朴，古香古色。

这几天中，引花领着素萍、小高、小吕等人，在北房里糊岁草、哭棍，捏金银包，学军动笔撰写悼念母亲的祭文；我接待前来吊唁、祭拜的亲友及我和爱人当年的同学、同事。也有我们熟识的市、县领导闻讯而来，时任晋城市副市长的李章宏，敬献的花圈上，自拟的挽联为：“贤惠善良家乡人民永远怀念您，朴实无华子孙后代永世不忘您。”以此表达对逝者的敬仰及追怀。晚上，在院内灵堂爱人的遗像前，连续演出了几场歌舞、戏曲、小品晚会；送葬的前一晚，晚会演出场地移在大哥与宏善住宅院门外的空地，北房里响起了戏曲音乐，唱起了传统的上党梆子擂鼓戏，既让爱人的英灵聆听乡曲，又用此形式回馈来观瞻的乡亲们。

2 月 9 日，风和日丽。今天是爱人的安葬日，昨晚因孝子们为爱人守灵柩，通夜院内、室内灯火通明，北房里的沙发、椅子上坐满了彻夜守灵的人，我虽盖了被子，在北屋东侧床上躺卧着，却睡得不踏实。6 点起床后，孝子们穿着孝衫，全部相跟着到墓地去“暖坟”，我到爱人灵柩前的香案上了香，并连续烧了些纸。近 8 点时，接待了从县城赶来为爱人送葬的小吕的两位哥哥及嫂嫂，知他们昨晚是从屯留赶过来，住宿在县城；同时赶来的还有学军、学民在太原的一些同学和同事。此后，我又到临院的街上，看了灵车的装置，见爱人的遗像已稳妥地安放在车头的中央，黑布挽的 5 朵垂花，环绕在像下沿的车两旁。8:30 吃早饭，8:50 送葬仪式开始，由村党支部书记主持，他先代表村党支部为爱人致了悼词，之后，全体孝子跪倒在灵柩前的地面，听学军读祭文，祭文读完后，孝子们三叩首，即去列队送葬。此刻，我和大哥、小善已坐到了灵车里，灵车由二虎驾驶着，在前面

开道,既展示爱人的遗容,又播放行进中的哀乐,车前还有几个人沿路燃放着鞭炮。

9:13送葬队列行进开始,灵车在村街上由东向西,缓缓地向前行驶,紧跟其后的是花圈纸扎队,大小共40多件,以大纸花圈居多,另有大小真花圈、仙鹤、白马、花束、童男童女等;花圈纸扎队后是八音会乐队,乐队后紧跟着孝子队列,由长孙泽霖领头扯灵布、举着引魂幡,40多位孝男孝女扶着灵布,披麻戴孝,拄着哭棍,哭泣着缓缓行进,孝子女中,紧挨着灵柩者,素萍抱岁草,学民打手炉,学军拎纸锅,建平端铭旌楼;灵柩放置在平车上,前有铭旌引导,上面覆盖着红丝绒棺罩及鲜红的党旗,在铭旌楼后缓缓跟进;灵柩后又有女子管弦乐队鸣奏行进,之后,由一个花圈引导着的10余人的同学、同事、亲友送葬人员压后;前后130余人的送葬队列,迤逦行进在董封旧街上,沿街走到村西头的庙门口,拐弯向南走去,走到头又折向东行,沿河边的堤堰上缓缓推进。走到村东南向的大桥旁折身北行,此时,路两旁聚集了不少围观者,向李家墓地走的路两侧,同辈人引花、末琴、芙莲、彩莲等也在哭泣送别。9:40多,灵车直接开到墓地路边,送葬的人员全部拥进了墓地,放下花圈、纸扎,孝男孝女们脱去了孝衫,纷纷从墓地离去。9:47开始,灵柩从平车上滑下,顺着已撩开的马道,借着人推与绳拉的力量,缓缓地向下滑行,9:50灵柩顺利放入坟茔,置放中间,将铭旌铺在灵柩上,又放入纸扎童男童女及铭旌楼,一切安放停妥,9:56关闭了坟茔的石门。由学军动土后,办事人员向马道回填了部分土,10:03于马道坑里焚烧花圈纸扎,然后填土覆盖,最后将真花圈及标志享年的岁花圈,插立在爱人的坟顶上,约10:15时整个下葬、覆坟完毕,至此,爱人的骨灰总算平安地安葬回家乡。此刻,我对着新拢起的坟头,默默地祝愿她的在天之灵可以安息。对爱人身后事的承诺兑现,让我的心绪平静了许多,但她的离世,却又增

添了我无尽的惆怅、寂寞及思念……

※根据 2015 年 2 月 1 日至 9 日的日志记录,2020 年 10 月 16 日整理。

附录:

送葬仪式上的祭文

(2015 年 2 月 9 日)

各位李家的长辈和小辈们,来为我的母亲奔丧的亲朋好友们,今天,我们怀着无比沉痛的心情,聚集在一起,来追思和悼念我亲爱的母亲大人。

2015 年 2 月 1 日凌晨 5 时 15 分,母亲在饱受病痛折磨之后,终因回天无术,离开了我们,我们全家痛彻心扉,悲戚无比。

我的母亲 1946 年 5 月 17 日,出生于山西省阳城县次营乡上义村的一个农民家庭。8 岁起上学,先后在本村小学与次营中学,读完了小学和初中。1961 年 5 月在次营中学加入共青团,1963 年 8 月初中毕业后回村务农。1964 年 9 月,经组织选调参加当时开展的社会主义教育活动,先后在长子县的布村公社南张大队和屯留县的余吾公社莲村大队搞了两年多的社教,1965 年 6 月,在长子县搞社教时加入中国共产党,一年后,按期转正。社教运动结束后,被分配到阳城县商业局工作,先在商业局任干事,后到县百货公司第二门市部当营业员。1971 年起,调往教育部门工作,先后在本县的董封学校、东关学校担任教师,后到县教育局任人事干事。1978 年 12 月,随父亲调省委工作,在省委、省政府办公厅信访局,省委、省政府信访局,先后任干事、主任科员、副处长、正处级调研员等职,2006 年退休至今。

母亲一生追求进步,政治觉悟高,热爱党,热爱祖国,一贯忠诚党的事业。早年从事商业和教育事业,兢兢业业,勤奋工作,为祖国的财贸、教育事业贡献了青春,在不同的工作岗位上,多次被评为模

范及先进工作者。后调入省委、省政府信访局工作，其间，始终保持着坚定的理想信念和饱满的革命热情，始终以全心全意为人民服务为宗旨，处处以人民利益为重，从不计较个人的名利得失，近三十年如一日，默默地在信访战线工作着。工作中公正敬业，踏实肯干，认真负责，给人民群众排忧解难，为信访事业贡献了自己的力量，多次被省委办公厅、省委信访局评为“优秀共产党员”称号，她对党的忠诚和对工作的态度，给我们留下了难以磨灭的印象。

母亲一生正直善良，宽厚待人，从不与人计较，遇事常为他人着想。在家尊敬老人，恪守孝道，兄弟妯娌间和睦相待；与人相处，乐于帮助人，对晚辈更是无微不至地关怀和付出。早年为支持父亲的工作，为照顾年幼上学的我们兄弟俩，她除坚持上好班外，承担了繁重的全部家务。退休以后，为了支持我们的工作，主动担负起照顾孙子女生活的重担，牺牲了像别人一样锻炼养生、外出旅游、悠闲自得的晚年生活。为了这个家，她操持家务，劳累了一生，真可谓是操碎了心，呈现在家人和亲友面前的，是一个无私奉献和勇于付出的高大形象。对待同事和邻里之间，更是以诚相待、以善为本，从不以领导干部之家属自居，平易近人，和蔼可亲，人缘宽泛，受人尊敬，博得大家的一片赞誉。在她去世之后，上至厅局级领导和处级同事，下至宿舍区的理发员，都亲至灵堂，上香礼拜，痛哭流涕，共同追思母亲平日的为人处世。一位曾是她下属、现在担任领导职务的同志，望着她的遗像，沉思良久，满含热泪，伏地跪拜，回忆起他在单位时，受到母亲的照顾和关怀，因他家在外地，连他结婚时吃的饺子，都是母亲亲自做好送去，就像他的妈妈一样。一位 80 多岁的老邻居，抚着她的遗像，痛哭流涕，诉说着与母亲相处的点滴感人轶事，令人难以忘怀。就是这样一位善良而素有人望的老人，如今却离我们而去，怎不让家人、亲友与同事，以及邻里们，极度地难过和伤心呢?!

母亲是这样为人处世的,同时也是这样教育我们的,她让我们也学会了做人要以诚相待,要多为别人考虑,做事要认真踏实,勤勤恳恳。母亲一生积极上进,刻苦学习;初到太原时,在操劳繁重的家务之余,为弥补自己学识的不足,掌握更多的知识,经常挤出时间和我在同一灯光下、同一书桌上,共同努力学习,终于在短时间内取得了高中学历,后因家务缠身,才放弃了自考上大学的机会。母亲一生勤俭持家,生活朴素。初到太原,因生活拮据,她既要在柴米油盐上精打细算,又要孝敬老人,自己经常吃剩饭剩菜,为了节约开销,连我们哥俩的头发,都是她买来推剪自己学着给理的。就是这样含辛茹苦地把我们抚养成人,过上了较为富足的生活。如今该是她安享晚年的时候,她却离我们而去,怎能不让人悲伤痛心呢?母亲看似柔弱,实则坚强;在病痛折磨的日子里,高度配合大夫的治疗,从不给大夫提过分要求,对护士的护理更是"谢谢"不离口,病痛期间,面对亲友们的看望,始终保持着一种安然祥和的神态,这需要多么坚强的毅力才能做得到。

母亲就是这样一位既平凡又伟大的女性,她的伟大之处就在于她的平凡,中国女性的优良品德,都在她身上体现得淋漓尽致。这些品德和她的人格魅力,始终激励和影响着我们的成长,教会了我们诚实做人、踏实做事、努力上进,我们才能有今天工作上的成就和生活中的收获。

追思母亲不平凡的七十年人生,正如党组织在母亲遗体告别仪式上对她的评价:"公正敬业理民事尽职尽责,宽厚善良待他人交口称誉。"母亲的一生,是谦虚谨慎、诲人不倦的一生,是兢兢业业、勤奋工作的一生,是克己奉公、廉洁自律的一生。我们为有这样的母亲而自豪。如今,这位可亲可敬的母亲离我们而去,让我们全家人痛断肝肠、悲痛至极。面对无可挽回的现实,我们告慰母亲大人的在天之灵,您的养育之恩,我们会永世不忘;您的优良品德,我们一

定要继承发扬；我们一定会照顾好年迈的父亲，维系发展好这个家庭，积极生活，继续前进，请母亲大人放心安息，祝母亲一路走好。

※此祭文系长子李学军写于2015年2月8日，经我修改补充，2015年2月9日上午在送葬仪式上由学军宣读。

劫后重建幸福家

2015年，对于我们家来说，忌讳说起，不堪回首。这一年，家中接连失去了两位亲人，继2月1日爱人病逝，近5个月后，6月25日病魔又夺走了大儿媳高海燕年轻的生命。时间不长，竟连续遭此劫难，这对我们家来说，无疑是一个沉重的打击。相当一段时间内，家中笼罩着一种悲哀、凄怆的氛围，也不时有一些同乡、同事前来看望与劝慰，我及我的家人，却始终沉浸在悲痛之中不能自拔。

回想在陪伴爱人度过的最后时日里，我推掉了单位及社会上一切与我有关的事项和活动，宅在家中，精心照料。看着爱人被病痛折磨得难受的样子，我心里十分难过，但还得强忍悲痛，强装笑颜，好言安慰开导她。日常里却以爱人的食欲、情绪为转移，自个儿也变得忧郁寡言，哀毁骨立，身体消瘦了10多斤。爱人离去后，家中雇上了保姆，儿子学军与学民及其家人，先后搬回到图书馆家中，关照我的生活起居。但等孩子们上班与上学的都走后，我不由自主地就会想到与爱人相伴的日日夜夜，眼前凄楚的境况，不禁让我潸然泪下，哀伤、寂寞、孤独之感无法驱散。海燕的接连去世，犹如雪上加霜，使家中悲伤凄凉的气氛更浓了。等看到李家目前唯一的主妇、二儿媳吕琴暗自哀伤落泪时，我猛然意识到，麻木而无休止地沉浸在这悲伤的氛围与环境中，将会毁掉此前邻人们企慕的我们这个和谐幸福的家庭。我必须头脑清醒，振作精神，想方设法，化解哀伤，尽快摆脱目前的困境,重新组建和谐幸福的李家家园。

处置完海燕的丧事后,正遇暑期,孙子孙女们放假在家,我索性将遭逢不幸的学军父子,也集中回图书馆的家中居住。此时,我是既当爹又当娘的角色,不仅检点孩子们的生活起居,又要开导抚慰他们心灵上遭受的创伤。每日里,除忙乱各自的事业与学业外,尚有一定的时间,聚合在一起,闲聊家事,相互交流,劝慰引导,解除一些沮丧情绪。特别是鼓励学军父子,要坚强些,还得向前看;并再三开导孩子们,这个家还得向前走,还得过好后半辈子的生活,不然,也对不起逝去的亲人。随着时间的推移,逐渐地以家人温馨的团聚,驱散了弥漫于家室中的悲哀氛围;以和谐融洽的亲情,去温暖了各自伤感的心。在这个过程中,我始终注意调整我自个的心态及情绪,不可因自己的不良心绪而影响到孩子们。白天孩子们上班后,即由两位孙子孙女陪同我,进入迎泽公园去走步锻炼,归来后,孙子孙女们去做作业,我去读书,以此分散及排解脑海中的哀伤思虑。2015年是我有生以来读书最多的一个年头,这一年,我共阅读了27种39本书籍,其中有小说、史评、随笔、回忆录、人物年谱、专题研究、文言笔记、书话书评、采访笔录、读书札记等,好多都是数卷的大部头,如9卷本的《毛泽东年谱》、4卷本《史家随笔》系列、明人田艺蘅2卷本的《留青日札》及长篇《师哲回忆录》等,仅《毛泽东年谱》就长达439万字。应当说,阅读这一大批书籍,对于调整心态、扭转悲哀情绪,起到了至关重要的作用。

就在举家团聚、自我疏导排解哀伤阴影的同时,善良、正直的邻居、同事及同乡、同学、亲友,也纷纷向我家伸出了援手,他们或看望,或问候,或劝慰,或开导,更有从我及家人今后日常的生活实际考虑,善意地提出帮助另择配偶。最先提出这个建议的是住在本单元2楼的温处长的爱人,这个年过八旬的老大姐,心地善良,一向与爱人交好,爱人逝世后,她还哭泣着来到家中的灵堂祭奠。此时提

出这个建议，怕我接受不了，特意把次子学民及其媳妇小吕，叫到她家说明情况，还推荐了人选。孩子们很通情达理，想听听我的意见，我明确表示，老太太是一片好意，是出于对我们家的关怀，今后遇到类似建议，应当感谢，不要断然回绝，何况推荐的人选还需有一定的了解过程。我特别强调的是，老年人的再婚，不仅仅是个人的事，而是事关家庭今后发展前景的事，既不要冷漠对待，又不可草率从事，更不能急于求成，应慎重处置。本着这种想法，家人、亲友及邻居，便先后从多个渠道给推荐了些人选，包括远在老家的老岳母与爱人的姊妹们以及一些同乡和同学，都在关心着我的择偶之事。在被推荐的人选中，有的还未接触，对方就表示放弃；有的限于条件或比较了解，我觉得不太合适，便推辞了；有所接触与交谈的两位女士，为人处世及其个性，各有优长及弱点，但都属早年婚变，离异带着幼小子女，虽抚孤成人，却是独自生活多年的单身女性，生活的艰辛备有体味，却没有操持多子女家庭生活的经历，这不能不说是缺憾。

正当合适的伴侣人选难于抉择之时，从晋城传来了当年我在阳城县委工作时的老书记赵振宏的问候。此前，因爱人的去世，他曾来电话表示哀悼并安慰过我。此次来电话问候，就直截了当地提出，要为我选择一位新的伴侣。出于对他的尊重及信任，我应允了他的好意。没过多久，他便给推荐了位阳城籍的女士李小竹，年纪比我小 5 岁，虽是同乡，因我离开老家已近 40 年，对她的情况一无所知。赵书记告知我小竹的电话号码，让我主动和她联系。我随即打通她的电话，对于和她交谈、做个老年伴侣的事，她不介意，尚能接受，这让我感到很欣慰。交谈中，还能听到婴儿的哭闹声，才知道她正看护着尚在襁褓中的小孙女。通过几次短暂的电话交流，我对她有了大概的了解。她是城内南关人，出身于贫困的多子女家庭，因家中的一些变故，自小便承担了养家糊口的责任，女孩子顶着男娃子干活。参加过武乡修铁路，在县棉织厂当过工人，调入机关转干后,曾在全县最偏僻、最贫困的山区杨柏乡当了10年的妇会主任,后又调回县公安局,和爱人一道工作。后来不幸爱人身染重病,她侍候料理了8年,爱人去世后,又含辛茹苦将一双儿女养育成人,她抚幼守家15载,也曾有不少人想与她联姻,都被她拒绝。观其一生经历,正如她所说,是位"苦命人"。这样一位品德高尚、吃苦耐劳、勇于担当、善于持家的女同志,值得与她交往下去,加上又是同乡,生活的习俗也一样,这不正是最好的新伴侣人选吗?! 我试着邀请她来太原相处一段,她居然爽快地答应了,这令我大为感动,即兴写了一首五言韵文,以表达我的心思。文云:"夜晚入睡后,辗转不能眠,七旬续弦事,令我费思联。爱妻病逝走,亲友常挂念,亦曾代择偶,合意实难选。赵君诚关怀,着意牵姻缘,热心做红娘,故乡觅佳眷。通话两三次,谈吐很坦然,开朗又大方,凡事皆理解。再婚论条件,切莫太苛偏,彼此不计较,长短共所见。自身体已衰,劫难接踵现,此时伸援手,更显心地善。人生大半辈,奢望勿敢言,但求老来伴,温馨化哀怜。撑起破碎天,缺失宜补圆,重建幸福家,共度好华年。"

2015年11月14日,我随同次子学民、小吕两口子,自驾车回阳城去接小竹。此前,我曾提醒过小竹,来太原的事,应当和孩子们商议一下。后听她说,孩子们尊重她的选择,我为她有这样懂事理的子女而欣喜。到她家后,只见到了她儿子、儿媳妇,未见到女儿。他们一家给予我们热情款待。为让小竹能放心走一段,儿媳妇还主动联系娘家母亲来照看外孙女。我和小竹是初次见面,原想并无共议的话题,但在回太原的途中,说起阳城先前的一些人和事,两人的交谈却始终没个完。太原的孩子们为迎接小竹的到来,于饭店安排了一桌丰盛的晚餐,席间小竹坦率豪爽的言谈,赢得了孩子们的好感。我俩居住在体育路长子学军的高层建筑楼里,共同度过了一个多月的二人世界的生活。起初相互介绍了身世、经历及家境状况,使我知晓了她女儿张莉、儿子张明及儿媳妇李莉芳的相关情况。我说到

逝去的爱人及儿媳海燕时,她见我掉泪也落了泪,她看我悲伤也很难受,还硬是以她温存善良的情怀,温暖了我哀伤孤寒的心;进而交流了老年再婚的一些想法与困惑,直抒胸臆,正视现实,解除顾虑,寻求共同点。叙谈与交流常常是夜以继日,有相当的一段时间,晚上的交谈竟然到了凌晨的四五点,好多事情俩人都有着共同的语言。周末假日与孩子们的相聚,她总是想方设法、变着花样给家人们做一手地道可口的饭菜。饭前饭后,关切地问询各家的情况,有无需要她帮办的事,尤对不幸的学军父子倍加呵护;每次离开时,她都要将事先已做好的花卷、小笼包及炸肉丸等,分别给两家孩子们带回去吃;她的到来及对家务的操持,填补了我们家家庭主妇的空缺,使这个家又出现了欢声笑语,孩子们也感受到了慈祥温馨的母爱关怀。

短暂的一个多月的相处,彼此间增加了信任感,小竹对太原的孩子们视如己出,她与我以及这个家庭,无形中已结下了一种割舍不断的情愫。她提议元旦让阳城的孩子们来太原聚会,这说出了我的心里话,我满口赞同,还让太原的孩子们做了些准备。此前,我曾征求过学军和小吕对小竹的看法,他们对这位姨妈的为人处世、居家过日子是满意的,不约而同地都持赞赏的态度,这便成为决定我和小竹联姻的重要基础。2016 年的元旦,太原、阳城两地家人大小 13 口,包括莉芳的母亲在内,全部聚会于太原。当天,在太原唐都生态园,安排了一桌合家团圆餐。餐前,我说了一段话,除了欢迎阳城孩子们及亲家母的到来外,主要将我与小竹自愿结合相伴的决定告知了全体家人,并陈述了我俩的相识、相交、相处、结合的必然因素及相关情况;对双方孩子们同情、理解、支持两位老人结合的一片诚意孝心表示感谢,对双方孩子们今后的交融、互助、和谐相处寄予了希望。小竹也简单说了几句,表示要尽最大的努力,关爱太原的孩子们。席间气氛亲切热烈,餐饮方还指派专人来给拍了个合家照。

之后,孩子们分层次来向我和小竹频频敬酒,双方的孩子们,也兴致勃勃地相互敬酒、致意,共叙新的兄弟、兄妹情谊。至此,我与小竹重组的大家庭就这样诞生了。

元旦过后,孩子们各自返回去上班,小竹又忙乱起两件事。其一是过问并协助学军选择配偶,除关心鼓励他自择外,又委托在太原工作退休、她的儿时好友成书琴为学军介绍人选;其二是筹划并采办过年用的物品,准备在太原过大年。这一年的春节,一家老小12口人全部聚集在太原长子学军家中,过了一个温馨祥和、亲情浓郁的农历大年。春节后,待两地的孩子们上班及上了学,我和小竹返回图书馆家中,收拾整理并居住了几天,又去张罗回老家的事。3月4日,由学民、小吕驾车送我们回阳城,路过屯留时,携带礼品去看望了亲家小吕的父母及其家人,受到他们家的盛情款待。小竹的言谈举止备受小吕父母及家人的赞许,临行时小吕母亲附耳对我说,这样的人不好遇,这让我感到欣慰。回阳城后,我和小竹携带礼品,到董封、上义的亲戚家,逐家登门看望认亲,等见到年过九旬的老岳母时,小竹的一声“妈妈”的喊叫,老太太显得异常激动和高兴。接下来,3月19日,我们在县城的环城酒店宴请董封、上义的亲戚们,出席者近50人,正式宣告我和小竹的联姻。聚餐前,我讲了一席话,一是答谢亲戚们在爱人和儿媳海燕染病直至逝世间,所给予的关爱、照护;二是概括介绍我与小竹相识、相知乃至结合的过程,对小竹的人品特点归纳为为人正派、心地善良、性格开朗、持家有方,指明孩子们对她的为人处世,持认可、喜爱及敬重的态度,并把新的家庭成员张莉、张明、李莉芳也介绍给亲戚们;末了还强调人生苦短,各个家庭都应珍惜人生,和睦相处,和谐度日。我的讲话,饱含了深情,说到伤心处,感染人们落泪,陈述感悟言,令人感慨沉思。此后,我们还专程到晋城,登门拜谢了为我俩牵线说合的老书记。在阳城居住间,我们密切关注学军的择偶情况,最终尊重他的意愿,选择了

在山西大学任教的副教授陈蓉为伴。当年的国庆节，我们家两地的家人全部聚集于太原，在温馨朴实欢乐的氛围中，为学军与陈蓉完婚。

新组合的家庭，特别是我与小竹结合的消息不胫而走，在太原和阳城熟识的同事及老乡中，引起了不小的波澜。小竹的一位多年从事妇女工作的同事，竟说我俩的结合，"轰动了半个阳城县城"，此话固然有些夸张，但却从侧面反映出，此事引起了不少人的关注。这其间，不乏有人持异样的眼光和态度，没想到我俩能走到一起。而更多熟悉了解我俩为人处事者，则是持赞赏和认可的态度，纷纷打电话问询情况，表示了关心和祝贺。在省城及晋城市工作的原县宣传办公室的几位老同事，还聚会表示庆贺；吴敏同志通过微信，还发来恭贺的诗文："中秋时节迎泽边，挚友相聚喜庆宴。老树逢春枝叶茂，新歌始唱韵味甜。人生难免遇波折，梅花何惧经风雪。古稀有缘得佳偶，晚霞灿烂映云天。"亲友、同事及老乡的赞赏和祝贺，更鼓起了我俩和谐相处、共度余生的信心。

就这样，我们这个家，经历了人生征程中的一番风波后，又逐渐地凝聚为老小 14 口人的完整的大家庭。5 年来，我与老伴几乎以对半的时间，停留于太原与阳城两地，在颐养天年的过程中，相依相伴，保重身体，尽量不给家人们以拖累；孩子们在忙碌于各自事业和学业的同时，也竭尽孝道，关心照料我们的生活起居，让我俩尽享天伦之乐。这期间，除逢年过节全家团聚外，还利用节日休假，数次组织家人们外出，或瞻仰人文景观，或观赏山水风光，或泡温泉浴，或玩漂流水，于游乐中分享情趣，增强家人间的亲情。看到孩子们的亲密相处，我俩的心情也特别高兴。但愿我们这个和谐幸福的家庭，在人生的征程中，能够一如既往地稳健向前。

※追忆写成于 2020 年 11 月 3 日。

珍贵的“全家福”

在我的居室和学军、学民两个孩子的家中，均摆放着一幅精致放大的“全家福”照，那是我60岁生日宴后，全家在开明照相馆拍照制作的。当时，一家三代8口，温馨和谐，尊老爱幼，欢聚一堂，其乐融融。

回首往事，追忆当年。我是1968年2月1日和上义村的樊小莲结婚的，婚后，1970年12月14日和1976年6月6日，先后生子学军、学民。1977年8月，我从阳城县委宣传部奉调到省委组织部工作，次年的12月，爱人樊小莲也从县教育局调往省委、省政府信访局工作，学军、学民即随迁落户太原生活。我在省委组织部工作了17年，历任干事、处长，1993年7月到省文化厅工作后，历任党组成员、副厅长、机关党委书记、党组副书记、巡视员（正厅级）；爱人一直在省信访局工作，历任干事、主任科员、副处长、调研员（正处级）；两个孩子，自幼在太原上学，直至参加工作。

1997年5月，长子李学军，与在太原生长的原籍代县的高海燕结婚，他俩原系省交通厅所属的交通建设开发公司的同事，婚后，生子李泽霖。二人在职进修，海燕、学军分别取得大学本科与大专学历。因住房问题，单位领导处置不公，学军赌气离开单位，自谋职业，最终于家炒股，拥有了自己的住房及家用轿车；高海燕曾做过一段旅游导游，后参加公务员招考，被省作家协会录用，从事影视作品的筹划拍摄工作，并任副处长。

次子李学民，与屯留县的吕琴，原系省供销学校的同学，在校期间，确定了恋爱关系。毕业后，学民到省文化艺术学校工作，吕琴设法留在太原，后到太原理工天成电子信息技术有限公司工作。2001

年5月俩人结婚，婚后，生女李泽霭；二人在职进修，均取得大学本科学历，有了自己的住房及家用轿车。

我和爱人退休后，正好两位孙子孙女，在紧临我们住所的小学上学，招呼他们吃饭、休息是日常必办的事，但一遇到假期和节日休假，全家人自驾车外出观光旅游，则是首选的一项家庭活动。七八年间，除去过省内的大同、忻州、阳泉、晋中、太原、临汾、运城等地外，还外出到过北京、河北、陕西、福建、河南、山东、江苏，乃至深圳、香港及澳门等地。活动内容有观瞻文物古迹、游览名胜景观、海滨游乐及泡洗温泉等。最为典型的是，2006年，为给爱人过60岁生日，全家北京三日游，观看了市内及市郊的名胜景点，还偕同八旬老岳母登上了天安门城楼；2012年的春节，全家是在香港与澳门度过的。每当全家兴高采烈驾车外出旅游时，住宅院内的邻居和厅机关的一些同志，总是以欣羡的目光观望，好似在说："瞧这一家子！"孙子孙女们上了中学后，我和爱人，或回老家探亲、避暑休闲，或参加原单位组织的老年人外出旅游活动，退休生活过得既充实，又舒坦。

俗话说，天有不测风云，人有旦夕祸福。正当我们尽享天伦之乐时，劫难却悄然降临到我们家。先是爱人身染重病，经多方医治无效，2015年2月1日撒手人世，离我们而去。近5个月后，6月25日病魔又夺走了大儿媳高海燕年轻的生命。两个家庭主妇的相继离去，对我们家是个沉重的打击，全家人沉浸在万分悲痛之中。庆幸的是，在"全家福"照中，留下了她俩那神态祥和、喜悦可亲的遗容。她们俩为这个家，养育孩子、操持家务、维系家园，所付出的辛劳、作出的奉献，将永远铭记在全家人的心中。

老天不负心地善良的人，在两位亲人相继离世近半年之后，正直、心善、开朗、持家有方的李小竹女士，从老家阳城的县城，走进了这个家庭。她以慈善、包容、大度的胸怀，温暖和凝聚了这个家庭，天赐良缘，2016年元旦，她成为这个家庭的新主妇。随着长子学军的再婚，一个包容老小 14 口人的完整大家庭重新组合了起来。2017 年与 2018 年的新春佳节，先后在阳城环城酒店的饭厅和太原迎泽公园的藏经楼前，拍下了新家庭的“全家福”照。

新家庭主妇、老妻李小竹，参加工作后，一直在阳城县工作，由棉织女工走上了干部岗位，担任过 10 年的乡级妇会主任，转岗公安战线，以科级退休。不幸中年丧夫，含辛茹苦，硬是将一对儿女养育成人，在教养儿女、支撑家业上付出了极大的艰辛。如今，她陪伴在我的身边，我俩相依相敬，每年奔波于太原与阳城，在颐养天年的同时，也关照与呵护子女们的小家庭。

长子李学军新组合成 4 口之家，妻子陈蓉，原籍新绛县，生长在太原，大学毕业后，一直从事教育工作，现为硕士研究生，任山西大学美术学院的副教授。儿子李泽霖，现在四川传媒学院播音与主持专业读大四；陈蓉生养的儿子王友祺正在攻读高中。

次子李学民的家庭，又有了一些新的变化。他所在的省文化艺术学校后升格为艺术职业学院，他从事过团委、财务及继续教育工作，任副处级职务；随着省文化旅游厅所属的两所职业院校及演出院团的合并提格，他又被任命为山西艺术职业学院播音主持系的党支部书记。妻子吕琴，参加工作后，一直从事财务工作，曾任太原理工天成电子信息技术有限公司财务部、清欠部部长，现为山西云数据科技有限公司财务部经理。他们又购置了一套小区高层住宅，其女李泽霭，去年考入太原学院建筑系学习。

女儿张莉，中专毕业后，曾在阳城县人民医院从事过一段医务护理工作，在职进修取得大专学历后，被选调到县委宣传部工作，现任县网络管理中心副主任。由于婚姻的不幸，离异后，带着女儿回娘家居住生活，在家人的关照下，母女相依为命。现已拥有自己的住房及家用轿车，其女王博雅，在重庆师范大学涉外商贸学院的播音表演专业读大三。

三子张明，曾在太原市公安消防支队服役，退役后返回阳城县，被安排在县财政局所属小额贷款担保公司工作，在职进修取得大专学历。妻子李莉芳，系沁水县人，从省警官高等专科学校毕业后，参加公务员招考，被阳城县公安局录用，先在基层派出所工作，后调回县公安局法制科至今。他俩 2013 年结婚，婚后，生女张哲瑜，现正上小学。他们有自己的住房及家用轿车。

以上便是这个家庭活生生的一幅“全家福”照，我和老伴为拥有这个和谐温馨的新家庭而欣慰；我和我的家人们，倍加珍惜和关爱这个幸福的家。

※写成于 2021 年 4 月 1 日。

励　志

(1960. 2. 10)

政治挂帅，努力学习，参加劳动，积极工作；
练好身体，学好知识，建设祖国，保卫祖国。

自　勉

(1960. 5. 4)

多读书开阔视野，听党话忠心为民，
树雄心刻苦奋进，为祖国奋斗终身。

参观阳城河北三八水库

(1960. 6. 12)

党群毅力大如天，移山造湖灌良田，
高山低头河让道，定使农村变江南。

庆祝《毛泽东选集》第四卷出版

(1960. 10. 13)

锣鼓喧天鞭炮燃，笑逐颜开购毛选，
四卷雄文传真理，革命建设永向前。

日记开头语

(1962. 2. 26)

壬寅春初从头起，皓首亦应持续记，
集腋成裘水穿石，坚持不渝语惊俪。

听报告有感

（1962. 2. 27）

满院春光满院人，席地而坐多齐整，
倾听主任作报告，教导计划宣布清。
任务措施讲得明，具体要求条条精，
理想树立要远大，对我影响尤为深。
平生立下一志向，毕生精力献给党，
人民幸福全靠党，我为人民尽己能。

阅“美国发射人造宇宙飞船未成功”有感

（1962. 3. 1）

美帝恶狼枉自狂，自不量力显其能，
发射人造宇宙船，梦想太空亦称王。
上轨不到三周半，大西洋中把身安。
预先待下守候人，打捞残骸狼狈还。
遨游太空未得逞，留下臭名天下传。

电灯（调寄《永遇乐》）

（1962. 3. 3）

三月初三，上川学校，大大改观。宿舍教室，电灯电棒，明亮白昼般。房舍幢幢，辉煌夜晚，人道群星降凡。想当年，广阔田野，蔬菜绿波腾翻。

去年刚搬，煤油烟灯，赢得怨言乱谈。总

计数月，脑中犹记，自习烟迷漫。你看今晚，宿舍教室，一片欢乐赞叹。凭谁问，电棒电灯，何时可安？

为国分忧

（1962. 3. 14）

自古国家若有难，匹夫有责应承担，
如今自然遭灾荒，齐心自救皆安康。
各行各业步不紊，我等尚能求学忙，
助学金额自降等，为国分忧理应当。

河滩垫土造地忙

（1962. 3. 14）

狂风大作，黄沙卷扬，扑击人面，难以站稳。
一伙勇将，肩负双筐，抢运黄土，垫滩成壤。
响应号召，自力更生，河滩变样，种菜种粮。
人行道上，熙熙攘攘，任风狂吹，与时赛争。
河滩地上，铁器轰响，一片人海，抬石正忙。
来来往往，皆是学生，与天斗争，抗灾保粮。
与地斗争，荒滩变样，与人斗争，改造思想。

励　志

（1962. 3. 16）

老师赠物催奋进，我以学业报师情，
品学全靠党培养，肩负重担敬党恩。

苏联人造卫星升天有感

（1962. 3. 23）

本月十六在苏联，人造卫星又升天。
科学装备无线电，遥测系统携带全。
还有无线发射机，二零九零机两个。
发射目的很明确，考察大气宇宙间。
卫星造福全人类，世界人民赞语添。

听老红军作报告

（1962. 3. 30）

集合哨声响，排队到城上。济济满座人，会见老红军。
孝元与登科，原籍四川人。雪山与草地，亲历并长征。
前者闹革命，人称土连长。后者为朱德，入死几出生。
退伍未褪色，扎根在阳城。困难自己挑，方便让别人。
当年千般苦，如今尚俭朴。堪为好榜样，促我当自强。
刻苦学本领，忠心为人民。学业有成就，毕生献给党。

集锦感言

（1962. 4. 19）

只因立下集锦志，见缝插针集锦忙。
自习期间留空隙，杜甫生平抄本上。
知识积累似海洋，学习功课添力量。
平时还应练写作，笔下流出好文章。

“五一”追怀（调寄《忆江南》）

（1962.5.1）

今忆昔，最忆是“五一”。美芝加哥工人起，要为自身争自由，不胜不罢休。想当年，工人真解气。游行示威大罢工，提的要求必接受，资方低了头！

从那起，工运潮水涌。世界公认劳工权，确立“五一”做纪念，赞声遍全球。看今朝，劳动最光荣。“五一”公休并集会，造就业绩与成果，劳工受尊重。

点滴母爱记心怀

（1962.5.2）

油灯拨亮夜不眠，为儿缝补忙针线。
夜半响动惊我醒，赶做熟食为儿行。
为我求学心操碎，点滴母爱记心怀。
刻苦读书学本领，终生孝敬老娘亲。

为父烧五七纸

（1962.5.9）

请假返回淇汭村，五七烧纸祭父坟，
献食祭品并纸张，不可忘带火与香。
姐弟外甥齐相跟，路边地里换新装。
麦浪半腿随风荡，下种各地平整光。
地净无草遍地绿，今年丰收有希望。
献食摆好烧化纸，姐姐哭泣我悲伤。

父亲辛劳一辈子，未享幸福即早丧。
想起往事心难受，坟头垂泪湿衣裳。
节哀鼓劲求上进，学有成就慰父魂。

叹天旱

（1962.5.19）

老天瞪目似烈火，田间小麦半枯黄，
到口粮食被天毁，民众心内如火焚。

干旱忧农家

（1962.5.22）

万里无丝云，愁煞种田人，点种不出苗，出苗半枯黄。小麦正灌浆，无雨没保障。我辈虽上学，家居在农村，春夏无雨水，秋粮没指望。抬头望烈日，低头叹庄稼，民以食为天，干旱忧农家。

观大同评剧帽儿戏

（1962.5.29）

开场搭戏太无趣，三人演了一幕剧，
也怪剧场无秩序，人声嘈杂道拥挤。
乐队伴奏实美气，唱念听来也清晰，
从其内容观来去，大概是个贤良戏。
男子娶下二房妻，喜新厌旧弃前妻，
二房贤良尊前妻，共同对付这男子。
结局仍为团圆戏，一夫二妻美滋滋。
可憎男子非君子，酷似世美无信义。

听天体物理课有感

（1962. 6. 6）

首创火箭世无双，打开天体运行门，
可叹封建腐朽制，中华科研无指望。
苏制飞船人登天，开创航天新纪元，
急盼中华国力强，遨游太空上天堂。

励　志

（1963. 2. 16）

艰苦环境育英才，富裕舒适出懦夫，
不经几番风霜苦，难得梅花放清香。
宝剑锋从磨砺出，松柏常青岁寒生，
困难何曾困志士？艰辛反倒助英雄。

自　勉

（1963. 5. 4）

鸟的美丽是翅膀，人的美丽是思想。
努力改造世界观，誓做红色接班人。

自嘲自责

（1963. 5. 5）

好男儿志在四方，为何被琐事缠身？
登绝顶始于足下，徒虚名贻害无穷！
每自里虚度光阴，岂晓得大理不容！
看处境不及苏秦，望前程楼阁空中。

切莫学醉汉赶车，应珍惜秒阴寸光，
急勒马重上征程，补漏船乘风起航。

读书三忌（调寄《十六字令》）

（1963. 10. 29）

乱，毫无选择计划散。拿起这，又想把那看。
浮，浅尝辄止不细读。读得粗，力尽不得术。
躁，囫囵吞枣化不了。不扎实，好高骛远糟。

闻河北遭灾有感

（1963. 11. 9）

忆昔遭灾民惆怅，扶老携幼去逃荒。
朱门酒宴动歌舞，哀鸿遍野难生存。
今朝逢灾民安稳，同舟共济千方帮。
灾年丰收新鲜事，皆因有了共产党。

大学生淘大粪

（1963. 11. 17）

勤工俭学添新招，在校学生把粪掏，
齐肩粪桶抬膀上，白面书生运粪忙。
弥天臭气何所畏？脏累皆弃笑颜开，
肩肿体乏汗满背，体味民众苦和累。
学子淘粪不奇怪，劳动光荣尤可贵，
知识分子需锻炼，脑体并重育英才。

见瑞雪普降

（1963. 12. 1）

瑞雪纷纷落大地，带给农家好福气，
银色地毯由天降，来年丰收万民喜。

听省长作形势报告

（1964. 1. 3）

国际形势持续好，东风强劲西风倒。
美帝危机逼眉梢，苏修自个也很糟。
回头再看神州地，中国影响很显耀。
谁说我们势孤立？亚非朋友赞誉高。
到底谁最得人心？国际友人向北京。
党的领导真英明，主席思想入人心，
马列大旗高举起，国际义务勇担承。
真理在握尤自信，把舵起航再前进。

干部参加劳动好

（1964. 4. 20）

干部参加劳动好，劳动本色忘不了，
干群关系亲又密，相互心思都知道。
干部参加劳动好，艰苦朴素境界高，
永不褪色不生锈，兴无灭资根基牢。
干部参加劳动好，站稳立场不动摇，
依靠贫农下中农，阶级路线错不了。
干部参加劳动好，躬身实践样样到，
发扬民主同商量，党的政策贯彻好。

干部参加劳动好，以身作则好领导，
鼓舞群众积极性，生产热情高又高。
干部参加劳动好，生产情况都明了，
学习技术增经验，指挥生产更周到。
干部参加劳动好，科学试验办法巧，
刻苦钻研勤磨炼，又红又专本领高。
干部参加劳动好，洒下汗水浇禾苗，
集体财富能增加，群众负担大减少。
干部参加劳动好，劳动光荣传家宝，
树立新风易旧俗，不爱劳动人耻笑。
干部参加劳动好，示范后代学勤劳，
热爱集体兴俭朴，代代相传江山牢。

“五四”有感

（1964. 5. 4）

四十五年面貌新，犹记紫禁怒火升，
外争国权内惩贼，唤起东方睡狮醒。
宣传马列倡科学，为党创建奏新声，
武装斗争革旧制，神州换来新天地。
今岁“五四”国昌盛，建设飞速捷报频，
三大革命肩头负，永做红色接班人。

不违农时快补苗

（1964. 5. 20）

同志们，站一站，黑板报上看一看，
农时节令小满到，下种补苗挺重要。
赶快动手查补苗，保证粮棉出全苗。

今年棉花任务大，经营管理头一条。
推广芽苗移栽法，几项事情要记住。
首先苗要移得小，一片真叶就行了。
其次起苗用小铲，不用手拔免伤苗。
挖下苗子放水里，勤换水防烫坏苗。
移栽苗时天要好，宜暖怕冷要记牢。
晴天上午九时始，下午五点就得完，
其他时间不宜栽，阴天移苗更倒霉。
栽苗时，窝要小，水少还应温度高，
先倒水，后栽苗，每窝三两足够了。
栽得深度按原样，太浅太深都不当。
栽下不必急着埋，结块阻碍棉苗长，
三分水，渗二分，轻轻推土把苗盖，
千万不敢用手按，防止湿土结硬块。
栽上以后早松土，三天之后浅中耕。
出了苗，要定苗，带尺定苗最标准，
最好不要用锄定，用锄定苗留不准。
只要把紧定苗关，合理密植无疑问。
定了苗，抓中耕，治虫追肥都跟上。
中耕应在麦收前，三至五次最适当。
治虫一次至两次，现蕾前把肥追上。
确实做到无虫草，保证棉苗茁壮长。
把好以上三道关，棉花丰收有希望。

※系黑板报稿，写于文水县韩村。

相信科学不迷信

(1964. 5. 26)

弹弓画就一张纸，土地老头一团泥，
玉皇观音由人雕，东厨司命由人书。
泥人木雕哄自己，磕头烧香碰破皮，
摆上吃的不能吃，求它保佑不应声。
供上财神没钱花，供上弹弓不生娃，
神汉巫婆不治病，哄走钱财害了命。
千年恶习要铲除，相信科学不迷信，
有钢使到刀刃上，有钱花在生产上。
信神信鬼都是假，唯有劳动最光荣，
省吃俭用重节约，细水长流过光景。
自我教育心明亮，分清是非不上当，
敲锣打鼓焚诸神，牛鬼蛇神成灰烬。

※系黑板报稿，写于文水县韩村。

人人都把集体爱

(1964. 5. 27)

孤雁单飞不成行，独梁个檩难盖房，
单人匹马难创业，组织起来有力量。
集体好像一棵树，根深叶茂要爱护，
剪叶修枝勤浇灌，果实丰满人人欢。
个人好像一芝麻，集体好似一篓油，
扳倒油篓拣芝麻，鸡飞蛋打丢大头。
大河有水小河满，大河没水小河干，
人人都把集体爱，集体力量是靠山。

※系黑板报稿，写于文水县韩村。

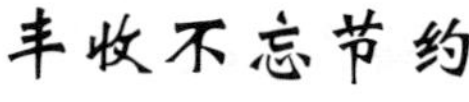

丰收不忘节约

(1964.7.18)

开口不把别事谈，单把节约表一番。
今年小麦虽丰产，丰收不忘歉收年，
今夏口粮吃个光，明春挨饿闹饥荒。
孩子哭，老婆骂，男人一旁把火发：
你过日子你当家，粮食究竟干了啥？
你怨我，我怨你，闹得一家不和气，
每天起来不上地，三天两头要救济。
挨了饿，受了气，误工受罚没人替。
集体生产搞不好，家庭不和饿肚皮。
增产节约是大事，大家特别要重视。
大吃大喝要不得，俭过日子记心里。
不要吃了才算粮，而应算了过时光。
家庭主妇责任大，生活安排要得当，
和子饭，面片汤，多吃菜，少吃粮。
稀稠搭配吃得好，细水长流不缺粮，
家家户户都节约，勤俭持家好风尚。

※系黑板报稿，写于文水县韩村。

高灌站劳动

(1964.12.8)

满山站金刚，铁锨闪亮光，建设大寨田，荒山换新装。
有党总路线，三面红旗展，河水引上山，丰收定实现。

开栅民众志气高

(1964. 12. 24)

开栅民众志气高，高灌站上逞英豪，
满山遍野铁锹响，全民整治虎喊沟。
北风呼啸不怕寒，荒山秃岭变面貌，
高灌引得水上山，开栅有望成江南。

贺年赠语

(1965. 1. 18)

相识年余不知君，爱慕之人无有情，
贺上一语记在心，人间春色后来新。

学习王茂林

(1965. 4. 25)

记工员，王茂林，工作积极挺热心，
不挣一分补贴工，熬夜误工为群众。
记得勤，算得真，当众宣布人欢迎，
人人应学此精神，为民服务民尊敬。

※系黑板报稿，写于文水县大象村。

表扬范海仙

(1965. 4. 25)

知识青年范海仙，工作学习走在前，
带动妇女把田下，地头读报学毛选。
担任队内统计员，积极热情挺负责，

俱乐部里当主演，党的政策传心间。
抽空还种试验田，吃苦耐劳永不闲，
她是青年好榜样，人人都应学海仙。

※系黑板报稿，写于文水县大象村。

学习铁奴老模范

(1965. 5. 13)

王铁奴，年六十，劳动生产起带头，
别看人老心不老，一片红心为集体。
冷嘲热讽全不管，下地主动把人唤，
力争满勤多投工，老当益壮人称赞。
有些妇女不像话，坐在家里翻闲话，
能去看戏能摆街，就是不能去动弹。
不是借口有小孩，就是装病不出来，
有的好歹去了地，支应差事磨洋工，
三天打鱼两晒网，劳动一天歇十天。
有的出门选吉日，三六九才下田间，
有的借口汉养活，梳妆打扮串商店。
新社会，新风尚，男女之间讲平等，
靠汉养活实可耻，唯有劳动最荣光。
奉劝妇女同志们，积极出勤把地上，
年纪轻轻不劳动，好吃懒做不像样。
发扬妇女好传统，应学铁奴老模范。

※系黑板报稿，写于文水县大象村。

赶快动手查补苗

(1965. 5. 21)

小满到，旱象重，赶快动手查补苗，
今年气候不大好，玉茭棉花尽缺苗。
人说见苗三分收，没有苗儿心着急，
公社昨天把会开，要求动手查补苗，
缺苗过多重新种，少的边锄边补苗。
不要借口太迟了，补上总比缺下好，
克服松劲快行动，三五天内补齐苗。

※系黑板报稿，写于文水县大象村。

麦田套谷办法好

(1965. 5. 26)

麦田套谷办法好，我给大家作介绍。
三类麦田麦苗稀，套种谷子产量高，
一亩产谷二百多，小麦产量不减少。
套种方法很简单，社社队队能办到，
套种要用人拉耧，别用牲口踩倒苗。
播种时间掌握好，立夏以后赶紧搞。
种子一定要下足，合理密植产量高，
每亩留苗三万多，不稀不稠要记牢。
麦收以后先中耕，垄背去茬锄杂草。
谷子长到半尺高，追施精细熟肥料。
谷子抽穗半月前，追上化肥劲更高。
每次追肥施过后，迅速中耕锄杂草。

希望大家快行动，套种尽量争取早。

※系黑板报稿，写于文水县大象村。

自　责

(1966. 5. 3)

学友问起进步事，自愧语塞不得言。
同窗战友共社教，表现优劣不一般。
一味只知踏实干，不善与人相交谈。
胸中虽有上进志，缺乏沟通亦枉然。

自我警诫

(1966. 5. 29)

有人意识差，对上不对下。长此走下去，定然露马脚。
以其为警诫，改造不停歇。意识要纯洁，赤心为大家。
上下要一致，表里不能差。愿做孺子牛，随民驾驭它。

声讨美帝轰炸我驻越使馆

(1966. 12. 20)

万人集会在广场，声讨美帝野心狼。
侵略本性更加剧，魔爪伸向太平洋。
炮轰河内我使馆，中越人民怒火旺。
血债要用血来偿，同仇敌忾打豺狼。

贺毛主席诞辰

(1966. 12. 26)

七十三年前，韶山旭日升，日出东方红，东亚睡狮醒。
斗争求解放，建立新国家。建设攀高峰，抗衡两大霸。

当代活马列，雄文传天下。光辉照征程，锦绣我中华。

为政局不稳忧虑

（1968. 10. 30）

山雨欲来风满楼，志士还须备争斗。
提高警惕擦亮眼，谨防幕后有黑手！

回访出生地

（1968. 11. 28）

随母西河去探亲，村落房舍面貌新。
二十四载返故地，出生之处倍感亲。
道不完的家常话，割不断的农家情。
村寂夜深人睡定，犹闻交谈细语声。

军垦感怀

（1969. 4. 5）

万里东风舞红旗，五洲四海风雷激，
举国欢腾庆盛会，军垦战士献厚礼。
脚踏污泥种稻米，艰难困苦何所惧，
自觉接受再教育，红心永向毛主席。

忆党史

（1969. 4. 24）

营房喜传电讯波，普天同庆夜不眠。
集会庆贺人欢耀，抚今思昔感慨多。
四十八年光辉程，多次击败左右倾。
主席巨手挽狂澜，拯救革命向前进。

井冈遵义天安门，全靠主席来导航。
武装斗争打江山，加速建设固金汤。
忆往更感党伟大，思今倍觉主席亲。
怀揣雄文望北京，誓做革命接班人。

专题讨论有感

（1969. 9. 28）

连队学习议专题，主席思想大普及。
家家都有红宝书，学以致用成风气。
刻苦锻炼在农场，虚心接受再教育。
追求进步有方向，革命路上不停顿。

欢呼氢弹及地下核试验成功

（1969. 10. 4）

喜庆光辉二十年，氢弹居然飞上天。
首次地下核爆炸，蘑菇云彩走九泉。
自力更生搞试验，主席思想结硕果。
国防科研创奇迹，打破两霸核垄断。

军垦战士打稻忙

（1969. 10. 27）

脱稻场上笑声扬，军垦战士打稻忙。
腰酸臂疼何所惧，快打净打早入仓。
打稻如同上战场，既多又好不损粮。
稻谷丰收粮满囤，支援建设保国防。

赞儒生金刚

(1969.11.2)

天气骤变冷，全连抢运粮。遍地金黄稻，全靠背来扛。
负载过百斤，压弯腰脊梁。连背七八趟，往返窄地埂。
负重气难喘，步履还得稳。汗流如雨注，腰酸腿又疼。
这些尽书生，从未背驮粮。只缘再教育，磨炼到军垦。
立下愚公志，苦累扔一旁。汗水浇红心，冲刷旧思想。
炼就铁身板，儒生似金刚。未来承大业，铁肩能担当。

荣誉面前只能让

(1969.11.12)

连队嘉奖评先进，有人情绪很低沉。
上进之心人皆有，不能都去当先进。
艰苦工作应担当，荣誉面前只能让。
不计名利埋头干，老牛精神要发扬。

夜间挖战壕

(1969.12.15)

今夜营房甚寂寥，军垦战士挖战壕。
天寒地冻心潮涌，反修怒火万丈高。
脱掉棉衣跪着干，弯下身子用手刨。
带着敌情做掩体，埋葬苏修美国佬。

迎来新十年(调寄《满江红》)

(1970.1.1)

豪情满怀，迎来又一新十年。忆往昔，共运论争，反修鏖战。帝修后院烽烟起，亚非拉美烈火燃。毛泽东思想照寰宇，红旗展。

看今朝，形势好；五洲怒，起波涛。群情怒潮涌，两霸胆颤。马列大旗神州擎，革命风雷掀波澜。要埋葬一切反动派，同心战。

数九破冰挖渠

(1970.1.6)

一身污泥一身汗，数九寒天破冰干。
军垦战士挖大渠，来年丰收稻浪翻。

中秋思亲

(1977.9.27)

天高云淡月正明，中秋佳节倍思亲。
遥知全家团圆处，欢声笑语少一人。

除“四害” 起新程

(1977.10.1)

二十八周年，国庆佳节临，举国齐欢腾，神州笑语频。
党的十一大，发出进军令，全党总动员，军民齐响应。
高举导师旗，雄文指路明，奋力除“四害”，建设起新程。
紧跟党中央，征途面貌新，巧绘“四化”图，祖国在前进。

奉劝无语者

(1981. 1. 5)

开会议往事，各把意见提，平日戚戚者，今日竟无语。要么不表态，表态也稀奇，或言不清楚，态度没法表；或称没水平，表现很谦逊。看似不惹人，背后却计较。同志犯错误，理应多帮助，既不应歧视，亦不要庇护。伸出热情手，切莫太冷酷。奉劝无语者，换位自思筹，假若已失足，与人何所求？人生漫漫路，世事无定数，得意固然好，难免有失手。常怀为善心，多为他人虑，善待众人者，自身亦安怡。

阅处群众来信有感

(1981. 3. 26)

夜读青海求助信，支边女子诉衷情，
只缘痴情轻委身，十年交情化泡影。
负心男儿竟转正，抛弃芳心跃龙门。
爱情悲剧已铸就，不知能否再挽救？
干部之家宜干预，以期姻缘有回头。
援手晋籍弱女子，促成冤家重聚首。

“七一”咏怀

(1981. 7. 1)

六十年华一瞬间，历尽艰险换人间，
东方巨龙腾空起，全靠中流砥柱坚。
今朝喜庆舞翩跹，春风送暖神州变，
十亿同心干“四化”，振兴中华谱新篇。

为人事变动有感

（1981. 8. 26）

风云突变人事变，走马换将起风波，
你上我下平常事，蕴含派系在其间。
一生慎行落骂名，正派勤恳竟招祸，
多做工作多有过，公正之地无公言。
劝君暂避无风港，风物长宜放眼宽，
只要理真人健在，他年再论是与非。

听师娘诉衷肠

（1983. 3. 21）

昨日遇师娘，满面添忧伤，七旬老妇人，哭泣诉衷肠。
生怕遇其女，拉我站僻墙，倾诉往日事，越说越悲伤。
动乱年代间，成分受牵连，批斗遭迫害，师命丧九泉。
儿女皆不济，生怕被株连，受尽凌辱苦，无人问短长。
连续二十载，母女断交往，口出不逊言，感叹母未亡。
春雷震大地，和风降吉祥，平反又昭雪，经济作补偿。
五千还有零，慰藉孤寡娘，听闻娘有钱，接来享天伦。
另择平房居，住所犹禁房，出入不随意，动辄责备娘。
如此度晚年，慈母心冰凉，就为那点钱，全家不欢畅。
姐弟相斗嘴，视母仇人样，儿女都贪婪，老母无指望。
几经遭劫难，老人尚坚强，如今家中事，难倒老师娘。
家丑伤心事，也难向外扬，倾诉泪不干，相助恐有妨。
愿为传书信，解禁返故乡，难享儿女福，独自度时光。
奉劝世上人，心地要善良，贪财坏心肠，背负养育恩。
各自有子女，好坏做样本，今日虐待娘，他日苦自尝。

人生都要老，莫忘父母恩，家和万事兴，孝道第一桩。

诫朝令夕改者

（1983. 11. 11）

领导一句话，牵动你我他，朝令夕即改，累煞小属下。
发话随心欲，处事欠周密，只图己痛快，后果不考虑。
同是干事业，上下要协调，彼此多尊重，办事效率高。
多替属下想，换位去思考，遇事多商议，心齐泰山移。

题本瑛与和平荣调合影照

（1983. 11. 18）

青春易逝本无情，自然法则岂容人？
未老先衰身已觉，弹指已近四旬人。
喜看朋辈担重任，相聚话别赴新程。
何当共绘“四化”图，却话当年送别情。

校核“三种人”案例有感

（1984. 1. 7）

校核案例见异常，取舍事实有偏向。
直面建言遭疑忌，了解背景论短长。
为人不做亏心事，不怕半夜鬼叫门。
宁肯前程受影响，公正之言亦要讲。

正直为人心坦荡

（1984. 2. 12）

同学亲友常相问，前程之路何渺茫？
有人劝说找靠山，有人建议避锋芒。

生就诚实直为本，攀高乖巧皆不能。
任用与否顺其然，正直为人心坦荡。

烦心的周末（调寄《忆江南》）

（1984. 2. 19）

盼妇归，数日等不来。彩莲婚事早办毕，元宵已过应该来，至今却未回。

天阴沉，我心更冷清。懒于清扫和洗涮，还得下厨去做饭，和儿共进餐。

叩门频，客人不断临。名为看望实有事，企求件件都办成，无奈又烦心。

下两点，此时才上街。转了商场看书店，剧院门外观影展，又是小半天。

天傍晚，携儿把家还。菜窖之中取蔬菜，父子动手做晚餐，仍吃家常饭。

如此过元旦

（1988. 1. 1）

今日过元旦，家中人不断，说是来看望，实际有事办。
叙谈个人事，说起没个完，时间消磨掉，还得留吃饭。
更有陌生者，硬把老乡攀，狮子大张口，管你能否办。
不是说调动，便是想招干，帮他要指标，说合户口转。
再三做解释，充耳不纳言，一门邪心思，就是得让办。
直言说不行，翻脸晴变阴，带气离家门，我心亦难平。
家人受连累，诸事干不成，就连脱换衣，还得加班洗。
孩子温学业，没有好环境，成绩渐倒退，贻误下一代。
如此过元旦，累人心又烦，恼火也无奈，还得忍着来。

品议《八窍珠》

(1990. 11. 25)

八窍珠串全书前后呼应，反贪官杀污吏惩恶扬善；
女豪杰并淑女轶事引人，民主性正义性突出体现。
仿《水浒》称绰号群雄聚义，忠皇帝重孝义尽数招安，
维封建讲孝悌三纲五常，文字劣妖魔现败笔不断。

读《补南陔》

(1992. 1. 18)

鲁翔京寓纳楚娘，赴任留家受恓惶。
柳州传讯鲁翔故，举家闻报痛悲伤。
楚娘遭妒儿夭亡，避祸出家进庵堂。
鲁惠奔丧柳州道，月仙慕惠和诗章。
昌期为女择佳婿，狄公甘愿做红娘。
鲁惠月仙成婚配，风裙话出小鲁郎。
千里收骨又见父，七年离合子会娘，
生死离合皆奇遇，子孝家和万事畅。

读《反芦花》

(1992. 1. 19)

端娘长孙结良缘，夫妇携子赴任所。
战乱逃难多拖累，端娘跳井绝牵连。
避难走入甘家庄，带子入赘又结缘。
遍找前妻无踪迹，小儿想娘泪涟涟。
从此甘氏抚幼孤，孩儿心内却恋娘。
甘氏临终一席话，感动遗孤泪泣下。

捐弃前嫌释误会，方识继母善心肠。
长孙正名重赴任，得见岳丈诉前情。
原来端娘被父救，借着续弦再联姻。
端娘扮鬼试长孙，深知其夫不薄情。
曲折离合终团聚，继母竟然是亲娘。
善待前房子与女，此等继母受人尊。

读《赛他山》

（1992. 1. 20）

涉川择偶遭戏弄，为寻佳人到扬州。
偶和润娘得相遇，神态仪容梦寐中。
彭生设局骗涉川，润娘反将涉川慕。
为表相思传书信，涉川怕骗竟出首。
彭生气恼挞润娘，涉川理屈亲侍奉。
何生赞赏涉川才，更愿促其结佳姻。
不惜重金赎润娘，激励涉川苦读书。
涉川金榜题名后，终和润娘成眷属。
为友何生甘奉献，行为举动人称颂。
他山之石可攻玉，何公德高赛他山。

读《张生彩鸾灯传》

（1992. 3. 25）

张生观灯遇丽人，钟情幽会竟私奔，
行路走失长相思，庵堂相逢情更长。

读《苏长公章台柳传》

(1992. 3. 25)

东坡西湖戏柳妓，以词破题堪称奇，
醉言年后娶章台，如期等候终不来。
遂嫁丹青李从善，一任风吹不动怀。
至今风月江湖上，传言苏失章台柳。

读《冯伯玉风月相思》

(1992. 3. 25)

冯琛浪迹投赵门，得遇云琼情愫生。
拜得韶华传书信，诗词和合情意长。
亏得夫人成美事，联结一对好鸳鸯。
生离相思情难阻，泪水写就两地书。
忽报迎亲书信至，重逢胜过初夜时。
冯琛云琼喜相聚，生死与共誓不离。

读《孔淑芳双鱼扇坠传》

(1992. 3. 25)

淑芳夜遇徐景春，情投意合难离分，
双鱼扇坠作表记，人鬼相交两情长。

读《铁菱角》

(1992. 3. 26)

汪人吝啬出奇，对己同样小气，
家居事必躬行，只为省钱省事。
积银百万余两，粗食破帽陋衣，

更不与人交往，杜绝亲朋邻里。
银两竟成军饷，充公气绝身亡，
此等行为举止，世人切莫效仿。

读《牛丞相》

（1992. 3. 27）

罗伦耿直讲真言，忤旨贬谪到福建，
借牛说事吐怨气，雷神朱批皆虚言。
在朝为官莫行奸，为奸后果不等闲，
此是劝人一片语，雷击奸人有谁见？

读《关外缘》

（1992. 3. 28）

行赌挪借终得还，以少积多债如山，
流徙关外未丧命，只缘当年舍过银。
劝人一生莫好赌，四处躲债受辛苦，
扶危济贫多行善，困境之中有奇报。

读《枉贪赃》

（1992. 3. 29）

贪赃枉法刮地皮，抚院督察行贿去，
大盗县衙劫银两，案发父子蹲班房。
劝君为官莫贪赃，事败家破人又亡。
做官要做清廉官，莫愁睡觉睡不稳。

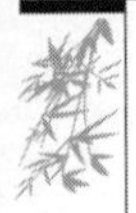

读《长欢悦》

（1992. 3. 30）

知足常乐不靠天，名利权贵放一边，
长寿之法尚可取，欢欣喜悦度晚年。

读《小夫人金钱赠年少》

（1992. 4. 29）

赠金原为相亲近，难动张生至诚心，
是鬼是人终不乱，不贪钱财不施淫。
人鬼相交本无稽，颂扬正直是宗旨，
世人多为财色迷，方见张生处事奇。

读《二刻拍案惊奇》卷三十四

（1992. 7. 9）

年少之人莫贪色，官宦人家少娶妾，
任生贪色命根断，多蓄妻妾生淫乱。

观刘公岛有感

（1992. 7. 20）

碧海狂涛起波澜，中日甲午酿战端，
黄海海域鏖战急，同仇敌忾赴国难。
水师将士斗志豪，折戟沉沙御敌曹，
百年国耻常铭记，世代忠魂应嘉褒。

叹某公信邪

（1992. 8. 11）

说是传闲话，却是正经话，用人不公正，不让人说话。
只许官发火，不让属下言，进言即牢骚，谁还敢讲话。
官高有附庸，近者好谗言，业绩无建树，任用倒优先。
辛苦十数年，秉性实难变，不为谋私利，任尔无奈何。

读《欢喜冤家》第三回

（1993. 3. 18）

害人之心不可有，防人之心不可无，
相好得意吐真言，割爱救夫惩凶犯。

读《欢喜冤家》第四回

（1993. 3. 18）

命妇怨寂寞，勾奸酿祸患，为掩家中丑，连杀二女流。
巧计终成拙，罢官失妻妾，正国先正家，滥杀更恶劣。

读《欢喜冤家》第五回

（1993. 3. 20）

开园赏牡丹，丢失妻与男，同妻团圆时，反得厚资产。
掠美终被杀，为盗案亦发，做人别贪色，好色死于色。

读《欢喜冤家》第六回

（1993. 4. 27）

戏谑偷情送了命，忠厚才子蒙冤情，
花仙侠义赎罪身，王卞得配二美人。

工作变动有感

(1993.5.7)

本是文化人，还归文化去，误入人事圈，蹉跎十七秋。
甘为孺子牛，真诚做人梯，精力几耗尽，生命险堪忧。
岁月不饶人，规律不可逆，该走尔不走，更待何时去？
朋辈寄厚望，熟者鸣不平，皆说此归宿，实在不公正。
公道不公道，自有天知道，世风不纯正，很难摆公允。
忆昔农家子，一生本无求，机遇是党给，贵在众支持。
落得此境遇，人说太正直，江山虽易改，秉性实难移。
试看众同辈，尚有不如己，知足可常乐，新职当自励。
不图名声显，更不为牟利，只愿换环境，身心得安愈。
尽心干事业，为民办实事。年华未虚度，吾愿已足矣。

读《欢喜冤家》第七回

(1993.5.9)

陈彩垂涎潘妻美，暗杀潘生得犹娘，
十八年后犹知情，报官惩凶祭亡魂。

读《欢喜冤家》第十二回

(1993.5.12)

悭吝监生被色迷，得便宜处失便宜，
原想占她万顷园，孰料积蓄被劫去。
美人携财送上门，艳妇兄妹是骗子，
为人诚实不可贪，财色面前不移志。

读《欢喜冤家》第十五回

(1993.5.13)

王文凶狠殴妻房，妻随情人去私奔，
钱财耗尽无生路，行妓卖淫西湖旁。
周全公干遇王妻，押解马氏永嘉堂，
听审官卖入空门，王文怜惜又续婚。

读《欢喜冤家》第十八回

(1993.5.20)

柳生逢娇意不乱，资质平常竟得官，
有道生疑休贤妻，真相大白亲迎还。
积德显报未必信，正人君子应称赞，
不可随意疑妻室，知错能改男子汉。

读《欢喜冤家》第十九回

(1993.6.8)

木生信友托家眷，岂知妻室被友奸，
得寸进尺又窃财，木妻责怪童仆冤。
传报家主反遭笞，投河自尽表诚愿，
冤魂索走不义友，其妻与木结姻眷。

读《欢喜冤家》第二十回

(1993.6.9)

商氏引狼入后园，丢失家私身被奸，
择邻留客不谨慎，候科举子在行骗。

读《欢喜冤家》第二十一回

（1993. 6. 9）

朱生好色遭暗算，失却财产自丧身，
莲姑巧施脱壳计，伍家骤然成富翁。
智妇明理归朱子，朱门有后不追索，
故事编织奇并巧，旨在劝善莫贪色。

读《欢喜冤家》第二十二回

（1993. 6. 9）

宦女避祸入空门，黄生尼庵通田娘，
一朝权奸冰山倾，娇妻美妾好事成。

读《合影楼》

（1993. 6. 10）

道学先生防奸盗，为藏人影筑隔墙，
绿波无意露倩影，含情男女欲乘凉。
合影阁中初会面，玉娟羞怯拒珍生，
相思之情还未了，又添锦云单恋生。
路公设就连环计，姻缘医好三相思，
影中情人遂心愿，合影楼中双娇藏。

读《夺锦楼》

（1993. 6. 11）

只因父母乱许婚，夺锦楼前闹剧生，
刑吏面试择才郎，袁生喜得二美娘。

读《三与楼》

(1993. 6. 11)

虞公耗资起园亭，未成而卖为还银，
唐某贪心图其产，乘人之危贱买亭。
得园还想吞书楼，为富不仁欺善人，
行善之家有功名，唐家奇祸自天临。
侠士仗义惩贪徒，贤令察访奇案情，
楼阁园亭归原主，谋人田产一场空。

读《夏宜楼》

(1993. 6. 11)

夏宜楼中藏娇娘，借物高山睹群芳，
慕色急切想联姻，使媒探病惊詹娘。
借镜探得闺中景，联诗更摄詹娘魂，
娴娴不知个中情，更觉才郎神仙样。
瞿生乘势施故技，窥得詹父写书文，
以假乱真降岳丈，赚得花主美詹娘。

读《归正楼》

(1993. 6. 12)

贝生业就拐骗经，骗吃骗金又骗人，
骗得湖州笔主顾，官场拐来近万金。
一夜风流情意深，愿为一娘赎妓身。
净莲庵堂诚修行，归止楼庭换主人。
骗术建起双层殿，至诚修得僧尼身，
拐骗归正施巧计，全是笠翁玲珑心。

读《萃雅楼》

（1993. 6. 12）

三俗居雅楼，龙阳成朋友，后庭花惹祸，净身失自由。
委身侍严党，存心要报仇，重开天日时，建功除奸酋。

读《拂云楼》

（1993. 6. 13）

只图妆奁丰，丑妻娶入门，雨中睹群芳，气煞裴七郎。
貌丑装标致，受辱气郁亡，为寻续弦者，三登韦氏门。
欲得韦娇娘，需找内应帮，裴郎跪地求，赚得能红情。
丫鬟定巧计，铁嘴推八字，韦父勉允诺，降格择裴生。
代主相七郎，约法定三章，未嫁先制夫，不甘做梅香。
说梦降韦氏，欲做二婆娘，谋划巧周旋，二美侍裴生。

读《十卺楼》

（1993. 6. 13）

醉仙题额十卺楼，世上无人能解透，
不爽婚事整十次，石女破阴姚郎就。

读《鹤归楼》

（1993. 6. 16）

郁生难忍离别苦，段生稳当十年差，
爱风流的不遂心，守本分的得佳人。
风流之辈盼归期，妻室先逝自龙钟，
远虑之人平安回，释疑解怨两情浓。
同窗同榜两秀士，一生经历大不同，

造物偏要弄颠倒，人生于世莫强求。

欢送会感触

（1993. 6. 18）

部内召开欢送会，清茶一杯话离情。
临别赠言多肯定，往事历历十七秋。
凡事多为组织想，莫为自身苛求人。
坦坦荡荡去行事，努力适应新征程。

读《奉先楼》

（1993. 6. 19）

守节存孤两难全，七世单传重香火，
奉先楼前通族人，允妇抚孤可失节。
历经战乱离别苦，寻妻觅子受熬煎，
忍辱存孤为传承，将军仗义得团圆。

读《生我楼》

（1993. 6. 19）

小楼建起得贵子，因灾走失独肾男，
卖身做父为寻子，觅妇竟得慈母还。
二十多年离又合，生我楼中喜相逢，
奇巧之文奇巧情，奇迹出自行善人。

读《闻过楼》

（1993. 6. 21）

顾公入山图清闲，遭难受害无友援，
出山只为明是非，羞见友人遮颜过。

失却财物全奉还，县尊亲临来问安，
亲朋编就恶作剧，闻过楼中纳忠言。

读《美男子避惑反生疑》

（1993.6.21）

避惑反生疑，本分落奸名，老鼠暗作怪，冤狱屈打成。
怪事临自身，反思申冤情，美男配娇女，患难结姻亲。

读《人宿妓穷鬼诉嫖冤》

（1993.6.21）

穷汉喜风流，凭技嫖雪娘，侍奉四五年，白干无分文。
失财又受刑，魂魄诉嫖冤，运吏主公道，巧索冤债钱。
奉劝众嫖客，莫信妓女言，别到妓院去，风流无好果。

读《改八字苦尽甘来》

（1993.6.22）

戏改八字穷变富，皂隶居然当主簿，
编就奇文说命相，旨在揭露官场恶。

读《男孟母教合三迁》

（1993.6.22）

龙阳之姻实为奇，教子三迁亦得志，
南风之好不堪传，编出奇文为劝喻。

读《失千金福因祸至》

（1993. 6. 23）

一样相貌两样情，借银不借凭相命。
相貌相同结金兰，银两相同落贼名。
世芳认了世良银，生意兴隆得万金。
返家方知银认错，良心驱使倍还人。
本想责问相命翁，安知料事竟如神。
为人处世要诚实，盛德终究有盛报。

读《女陈平计生七出》

（1993. 6. 24）

女陈平七出妙计，保贞节反得重金，
对贼首胸有成竹，巧周旋夫妻团聚。

读《鬼输钱活人还赌债》

（1993. 7. 5）

小山百伶俐，靠赌偶发家，诱引王竺生，入园共赌业。
先得蝇头利，再下大赌注，财产全输光，气死爹和娘。
没有岳父怜，竺生死无葬，害人终害己，小山亦遭殃。
劝君莫去赌，其害无尽穷，倾家又荡产，后人遭祸端。

病后反思

（1993. 7. 6）

大病一场如梦醒，劳逸适度最要紧。
事业新人续老人，新人身后尚有人。
心强体弱不相称，负荷超常出毛病。

职位缺下有人补，身体累病难复初。
身强体健事如意，于国于家皆相宜。
得消闲时即休闲，能松缓时尽宽余。
说到往往做不到，事在人为很重要。
安得劳逸巧安排，身体事业均兼顾。

读《变女为儿菩萨巧》

（1993.7.6）

劝人行善要始终，言必有信最紧要，
变女为儿未必有，心诚则灵有好报。

读《妻妾抱琵琶梅香守节》

（1993.7.9）

居家富裕时，妻妾皆表忠，大难从天降，各自奔西东。
国乱出忠臣，家败出义佣，独有小梅香，守节并抚孤。

人生转折有感

（1993.7.14）

人生大转折，调任管文化，虽然不陌生，但需从头越。
市场大潮涌，重商轻文化，崇尚财神爷，追逐权势业。
此种背景下，履职事文涯，势者相轻看，同辈更冷落。
落寞可励志，寂寥利自学，蜗居文源巷，勤奋度年华。
营造新环境，敬业习文化，强化己素养，文坛创新业。

读《连城壁》子集

(1993.7.20)

戏里表情假做真，曲终死节共殉情，
化仇为恩宽宏量，逼婚促成谭刘姻。

读《连城壁》寅集

(1993.8.4)

乞丐行善助人难，正德为媒结姻缘，
不攀皇亲不做官，重为叫花访民间。

读《毕将军马》

(1993.11.3)

马通人性恸主逝，情真意切不亚人，
忘恩背主行不正，不若异类恋主情。

读《珍珠船》卷六

(1994.3.20)

证空风流僧，通尼在庵堂，黄生偶相遇，借机诈银两。
避事到秀州，黄生随踪跟，只为当年事，厮打不相让。
寄居湖州地，恶习又萌生，打坐装正经，钱物诱陆娘。
供食并舍体，私奔逃外乡，陆夫信流言，丘大受冤枉。
提审被保释，衔恨遍缉访，案情虽大白，贪色惹祸殃。

读《连城璧》午集

(1994. 6. 22)

费公疗妒手法高，软硬兼施持公道，
反思劣行终悔悟，常山妇人不吃醋。

读《连城璧》申集

(1994. 6. 23)

吕生才貌人称羡，众美择婿起风波，
曹氏谋划先下手，四美联手抢在前。
使媒多方做协调，相与吕生共缠绵，
围绕才貌做文章，堪称喜剧传奇篇。

读《连城璧》亥集

(1994. 6. 23)

酒席宴上出戏言，将错就错酿奇冤，
亏得县令审察明，辨冤雪耻完姻缘。
劝君莫要枉生疑，戏谑之言不可过，
借助鬼神解疑惑，千古奇文共赏鉴。

读《连城璧》外编卷三

(1994. 6. 23)

云娘智做无米炊，家无用度可点金，
只缘细察暗审度，恢宏旧业显奇能。
借鬼计赚降刁仆，体贴冷暖得人心，
不必去做狮吼记，当家理财人尊敬。

读《二刻拍案惊奇》卷三十一

(1994.6.26)

报父仇委曲求全，护父尸竟自捐身，
重情义夫死妇殉，这孝烈不足为训。

观马蹄寺

(1994.8.16)

南出张掖百余里，祁连山下看马蹄，
摩崖雕像造佛寺，“文革”遭毁实可惜。
登临三十三天窟，洞中奇观已渺然。
中华文物宜保护，弘扬光大万万年。

祁连山下度假村

(1994.8.16)

祁连山下风光秀，蒙古包中笑语盈。
酥茶美酒饮不尽，蒙藏女郎歌声频。
傍依草坪摄美景，载歌载舞甚怡神。
裕固儿女迎宾客，酒不醉人歌醉人。

读《拍案惊奇》卷三十二

(1994.10.29)

换妻之说本荒诞，局成圆了胡心愿，
狄氏被诱与胡淫，双双早逝得恶果。

读《拍案惊奇》卷三十一

（1994. 10. 30）

慕术成奸是虚构，因奸而败亦胡言，
赛儿起义有其事，吕熊外史细评演。
官逼民反正义举，文中所写尽污蔑，
只因轻信身边人，造反不成遭覆灭。

购得《活地狱》

（1995. 2. 15）

阳泉采风逛书店，觅得伯元一名篇，
古往今来话衙门，比之地狱实灼见。
入木三分绘污吏，讽刺晚清暗无天，
难得一部刑狱史，奉于世人明赏鉴。

读《拍案惊奇》卷二十三

（1995. 3. 26）

兴娘眷夫染疾亡，魂附妹体伴崔生，
幽处一年返故里，以妹续缘终完婚。

读《三孝廉让产立高名》

（1995. 3. 29）

为让弟兄得高名，不惜自落恶名声，
让产和处三孝廉，孝悌名高人尊敬。

读《陈从善梅岭失浑家》

（1995. 4. 2）

从善梅岭失妻房，如春千日遭祸殃，
紫阳真君获白猿，恩爱夫妻终团圆。

读《拍案惊奇》卷二十四

（1995. 4. 9）

猕猴作怪拘夜珠，仇氏守贞拒色妖，
心诚敬佛女得救，刘生尚义娶美娇。

读《大树坡义虎送亲》

（1995. 4. 10）

义虎送亲为报恩，成全勤公林氏婚，
此事说来也为奇，劝人行善莫杀生。

读《醒世奇言》第三回

（1995. 4. 13）

孙寅痴情恋刘女，断指梦幻追其羡，
志诚换得佳人心，有情人家结姻眷。

夜行泉州道

（1995. 4. 17）

厦门泉州夜间行，一路灯火一路人，
昼夜兼程忙事业，福建处处不夜城。

泉城不虚行

(1995.4.21)

泉城开会宿东湖，文化党人首会晤。
交流党建议政工，保驾护航为艺术。
海交馆里听高论，茶艺厅间赏南音。
开元寺里观双塔，清源山中瞻老君。
晋江石狮览胜景，经济腾飞面貌新。
文化名城堪称赞，泉州古城不虚行。

灵山、万安行

(1995.4.22)

灵山福地谒圣墓，万安村边看宋桥，
当年海上丝绸路，对外开放谱新曲。

读《皂角林大王假形》

(1995.5.5)

除怪引其根，变化知县样，遁迹先回京，蒙上骗众人。
两个赵县令，真假实难分，若有孙金睛，不怕妖孽狂。

读《续黄粱》

(1995.5.7)

蒲公笔下续黄粱，描写福建曾书生，
梦坐相位享荣华，以权谋私罪昭彰。
乐极生悲终流放，转世受苦再遭殃，
梦幻报应皆虚妄，劝君为官莫贪横。

读《莲花公主》

（1995. 5. 10）

梦中两见莲花女，原是邻翁旧圃蜂，
虽然不似黄粱梦，如此艳遇亦思萦。

读《柳毅传》

（1995. 5. 11）

柳毅侠义传书函，龙女钟情爱柳郎，
人神相恋本虚妄，自由联姻情高尚。

读《拍案惊奇》卷十九

（1995. 5. 13）

谢段结姻亲，经商江上行，偶遇江洋盗，亲人尽丧命。
小娥跳水逃，渔翁相救捞，为报父夫仇，浪迹江湖走。
冤魂共托梦，不解其中言，李公巧解梦，复仇志更坚。
男装入申家，党羽一网抓，报仇并雪恨，谢氏女中侠。

读《堪舆》

（1995. 5. 14）

迷信堪舆求吉地，负气相争终不果，
不若闺阁贤妯娌，合谋共寻葬祖茔。

赞申凤梅演出

（1995. 5. 21）

喜看越调来晋演，《七擒孟获》谱新篇，
民族团结大题材，边疆安定盼和谐。

大师演唱堪称绝，年近七旬赛当年，
济济满堂齐喝彩，众口皆赞活诸葛。

看秦腔折子戏

（1995. 5. 23）

观看秦腔折子戏，后生可畏名不虚，
做戏认真底功好，薪火相传有后继。
更喜《杀嫂》有新意，金莲临死表衷曲，
还原女子本来貌，一反古今贬潘意。

读《李娃传》

（1995. 5. 23）

李娃节行人敬仰，知遇之情报郑生，
沦落风尘重情义，至今曲坛仍传唱。

读《莺莺传》

（1995. 5. 26）

世人喜看西厢会，不言张生弃莺莺，
多情儿女读此传，莫学张生负心人。

读《元无有》

（1995. 5. 27）

物化吟诗述职事，意在讽喻趋炎者，
如今世风每况下，趋炎胜过老实人。

读《杜子春三入长安》

（1995. 5. 31）

三入长安为借银，亲友凌辱浪荡人。
老君点化终回首，情缘未了果难成。
浪子回头成正果，夫妇得道上天庭。
演绎故事为劝人，多做善事别浪行。

读《李谪仙醉草吓蛮书》

（1995. 6. 1）

李白醉酒才气显，蔑视权贵傲骨坚，
一生经历多坎坷，千古名扬称谪仙。

读《李生借亲戚》

（1995. 6. 4）

骗术被揭不觉耻，反向郎中借亲戚，
奉劝世人需警惕，盛世骗子更出奇。

读《李汧公穷邸遇侠客》

（1995. 6. 4）

李公放囚行善事，竟对恩公布杀机，
床下侠客知底细，仗义怒杀负心徒。

读《赚兰亭记》

（1995. 6. 14）

右军兰亭笔有神，后学临书艺精勤，
太宗痴迷求真迹，萧翼施计赚兰亭。

何氏写就赚书记，引发世人论是非，
兰亭真迹究何在？欲揭谜底待后人。

读《金明池吴清逢爱爱》

（1995.7.3）

金明池畔逢双美，相思害得断了缘，
人鬼相恋还情债，痴情换得爱爱来。

读《灌园叟晚逢仙女》

（1995.7.3）

好个护花灌园叟，爱花如同惜自身，
感动上苍司花神，百花竞放惊世人。

读《苏知县罗衫再合》

（1995.7.5）

苏云赴任遇强盗，徐用心善放人逃，
苏子贼养成御史，罗衫为凭处海盗。
世上多少稀奇事，养子竟向父开刀，
只缘做下昧心事，执法如山罪难饶。

读《碾玉观音》

（1995.7.9）

郎才女貌天做成，人鬼相恋结真情，
为情离合缘不断，生死冤家两相称。

读《闹樊楼多情周胜仙》

(1995. 7. 9)

相思范郎周丧生，盗墓活来周小娘。
多情女子投范生，视人为鬼打杀亡。
梦中欢快遂心意，周范相思长悲怆。
如此这般怪异事，只缘一个情字生。

读《贾人妻》

(1995. 7. 14)

女侠仗义留王居，报仇惜别终离去，
看似平凡农家女，所作所为多豪气。

读《张道陵》

(1995. 7. 16)

道陵学道善施舍，服丹分身可升天，
七试赵升度高徒，师徒三人成神仙。

读《唐俭》

(1995. 7. 16)

甲逝尚存孝姑心，乙亡九泉竟乱淫，
同是亡故女流辈，行为举止不尽同。

读《裴航》

(1995. 7. 17)

裴航蓝桥会云英，人神相恋结姻缘，
才郎匹配天仙女，颂扬男女情意绵。

读《独孤穆》

（1995. 7. 19）

人鬼相爱重于情，信守诺言代迁茔，
二百年来抒幽怨，同归泉台结佳姻。

读《萧旷》

（1995. 7. 20）

双美亭中遇仙姝，洛水之上话洛神，
人神相恋度良宵，谈奇传情共缱绻。

读《周秦行纪》

（1995. 7. 20）

夜过薄后庙，有幸见六妃，谈吐旧日事，惆怅诉心声。
人鬼共咏诗，隔世同述情，借言说帝妃，怜惜众娇嫔。

读《越娘记》

（1995. 7. 22）

钱易记越娘，叙及人鬼情，战乱人遭难，女流更悲惨。
良人死于兵，欺凌女自尽，幽沉埋贞骨，企盼归故园。
杨生帮迁茔，凭此欲常淫，离却为珍重，不遂竟伐陵。
如此无义人，不若损其生，女虽为鬼魂，其行亦高尚。

读《杨思温燕山逢故人》

（1995. 7. 22）

事见洪迈《夷坚志》，爱情专一颂意娘。
为夫守贞自刎死，念夫题壁诉衷肠，

恋夫骸骨归故土，怨夫索命钱塘江。
战乱造就民众苦，痴情女子恨绵长。

读《公孙九娘》

(1995. 7. 22)

人鬼相恋本虚妄，借鬼喊冤诉民望，
怜亡迁葬古已有，蒲公笔下新意生。

读《画琵琶》

(1995. 7. 22)

儒生信手画琵琶，竟当神灵敬奉它，
一旦洗却琵琶去，僧房何处有灵圣？

读《京都儒士》

(1995. 7. 22)

本系胆怯者，偏要镇凶宅，屋中并无怪，只缘心有鬼。

读《霍小玉传》

(1995. 7. 23)

小玉钟情近于痴，爱恋李益志不渝，
饮恨身亡情不泯，化作厉鬼偿冤孽。

读《卢虔》

(1995. 7. 24)

卢公不畏怪，盛气压妖魔，穷究其本相，柳树并瓢也。
世上本无怪，全由心作祟，无畏胆气壮，身正不怕邪。

读《题红怨》

(1995.7.24)

红叶流水竟有缘，宫怨之人终得偕，
看似偶然非偶然，皇宠不遂到人间。

读《步飞烟》

(1995.7.30)

楼高垣深难阻情，诗词和合诉衷情，
为情欢洽苦抗争，飞烟至死亦刚强。

读《鹦鹉告事》

(1995.8.5)

文士喜猎奇，记述鹦鹉事，一桩凶杀案，珍禽告事端。
奇鸟通人性，为主雪冤情，此事未必有，嘲讽官昏昧。

读《唐解元一笑姻缘》

(1995.8.5)

一笑钟情恋秋香，屈身华府欲成婚，
缔姻遂愿相依去，风流韵事千古扬。

送别刘毅民部长

(1995.8.28)

哀乐起处泪已涌，灵堂组干同悲恸，
痛心刘老遽然逝，音容风范存心中。

读《罗刹海市》

(1995. 9. 1)

罗刹国里丑为贵，入得海市显荣来，
本是虚无缥缈地，入木三分喻世态。

读《流红记》

(1995. 9. 4)

红叶题诗诉宫怨，流水无情遇有缘，
他日有情人结缘，却话当年相思怨。

读《谭意歌传》

(1995. 9. 10)

英奴家贫，逼入娼门，才华出众，赎身随张。
遭弃志坚，教子守贞，张想重聚，明媒正婚。
人落风尘，不卑自尊，独立人格，受人赞赏。

读《王幼玉记》

(1995. 9. 10)

虽为风尘女，立志出火坑，委身于柳富，相恋情更长。
事终未得愿，以死去抗争，芳魂随柳生，来世再相傍。

某公行踪记

(1995. 秋)

某公做事太阴险，惯于背后点邪火，
策动朋党拟谤书，暗地印就飞满天。
抬高自己贬他辈，不择手段造谎言，

玩弄“文革”劣伎俩，为己升迁作铺垫。

读《西蜀异遇》

（1995. 9. 15）

人狐相恋意缠绵，敬亲睦邻得相谐，
向往男女真情爱，借狐喻人求欢悦。

读《王魁传》

（1995. 9. 17）

王魁桂英盟誓言，得中功名王负约，
打神告庙为公道，千古痛斥负心男。

读《苏小卿》

（1995. 10. 1）

花下会厅吏，自荐偷欢情，功成找小卿，竟自落娼门。
相见叙离情，私宅续前缘，同舟共私奔，两情得如愿。

读《卢梦仙江上寻妻》

（1995. 10. 2）

卢为登第断书信，妙惠守贞重夫情，
难得艾氏明大义，重会贤妻在江浔。

读《梅妃传》

（1995. 10. 3）

虚构梅妃述宫怨，为色争宠起妒波，
失邦不咎明皇责，反将杨梅罪千年。

读《王八郎》

（1995. 10. 3）

王妻被弃志刚强，经商养女度时光，
独立人格受人敬，虽死骨殖不相傍。

读《兰溪狱》

（1995. 10. 16）

糊涂官固执己见，村里正挟私报隙，
行乞人良心受谴，获真凶冤狱才申。

读《单符郎全州佳偶》

（1996. 2. 24）

符郎与春娘，自小两无猜，只因战乱起，二人各东西。
弱女遭兵掠，转卖入乐户；符郎因父荫，全州为司户。
筵宴偶相遇，男女情相宜，听她叙身世，知其为旧缘。
单公不负约，不计落风尘，全州得佳偶，上下高义称。

读《两县令竞义婚孤女》

（1996. 2. 25）

贾昌忠厚不忘本，抚养月香为报恩。
贾妻心狠鬻月香，因祸得福成娇娘。
多因县令明大义，要为孤女联姻婚。
世上还是好人多，济弱抚孤高风尚。

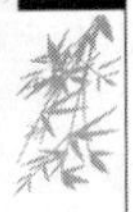

读《拍案惊奇》卷十一

（1996. 2. 25）

动手只缘些许事，但却引得大祸降。
周四贪财施毒计，家奴欺主恶告状。
不是吕公讲义气，王生性命难活存。
劝君处事别鲁莽，厚待他人自安生。

读《拍案惊奇》卷十六

（1996. 2. 25）

此篇讲骗术，心软必上当，不知其底细，竟敢联姻婚。
老翁续靓妇，以为大沾光，谁知中圈套，拐走二娇娘。
另有一骗子，专把婚介当，将妻作表妹，骗钱把人伤。
沈生会其妻，二人有缘分，说透个中事，女愿跟沈往。
骗人终害己，财丢失妻房，沈生得续弦，女嫁称心郎。

读《二刻拍案惊奇》卷六

（1996. 2. 25）

战乱兵丁掠美色，恩爱夫妻生离别，
千里寻妇虽得见，托称兄妹恨绵长。
相处咫尺似天涯，两情依恋暗悲伤，
生前不能长相随，死后相傍再续缘。

读《二刻拍案惊奇》卷八

（1996. 2. 25）

入话正文皆说赌，劝君莫入此行当，
舍却三千买笑钱，方知已陷连环套。

读《二刻拍案惊奇》卷二

(1996.2.27)

对棋居然出异乡，两局赢得美娇娘。
同为国手相匹配，才子佳人结成双。

读《二刻拍案惊奇》卷三十九

(1996.2.29)

神偷技高走天涯，扶危济贫整邪恶，
常留梅花且作记，官府奈何不了他。

读《张定叟失出》

(1996.2.29)

串供骗过严明吏，纠错竟然铸冤狱，
断狱难免有失误，只叹为官太自负。

叹世风

(1996.3.3)

世风日下重难返，说是廉政却相反，
好话说给百姓听，丑行却在背后营。
平生学就耿直性，自感不适时下情，
埋首书斋求自慰，甘于寂寞度光阴。

读《二刻拍案惊奇》卷十

(1996.3.6)

莫家有悍妇，家中少安然，其夫通丫鬟，暗怀小冤家。
偷情明朗化，丫鬟被出脱，生出外养子，返家认爹妈。

莫大见识高，认弟息波涛，凡事存忍让，家和祸端消。

读《二刻拍案惊奇》卷十二

（1996.3.6）

台妓严蕊多侠义，身受冤屈不污人。
只缘秀才争闲气，甘受酷刑著芳名。
王淮陈亮均登场，演示审严个中情。
通篇为文说朱熹，揭穿道学假面具。

读《拍案惊奇》卷三

（1996.3.17）

东山江湖夸技艺，居然不敌年少郎。
劝君莫把大话讲，强手之外还有强。

读《陈御史巧勘金钗钿》

（1996.3.18）

只为借衣走风声，无赖钻空假冒真。
母女相助方寸乱，假婿放荡骗女贞。
相赠钗钿明心迹，自尽雪耻表真情。
御史勘断明真相，附魂联姻却荒唐。

读《王娇》

（1996.3.19）

两情依依情不断，生不能合死相随。
爱情悲剧《娇红记》，矢志不移动天地。

读《秦士录》

(1996. 3. 20)

文武全才人豪俊，竟谓狂生不可近，
报国无门徒有志，怀才不遇隐山林。

读《王冕传》

(1996. 3. 20)

勤奋好学拒荐官，历览山川增才干，
隐居山林图清寂，得遇明主逝为憾。

读《书博鸡者事》

(1996. 3. 21)

看似无赖却有情，伸张正义治豪民，
聚众鸣屈斗恶势，英雄本色人称敬。

读《绿衣人传》

(1996. 3. 22)

生前相爱未了愿，夜间幽会续前缘，
只因奸相太残忍，滥杀一对钟情人。

读《古杭红梅记》

(1996. 3. 24)

一枝红梅天上来，慕鹗品格为鹗开，
临窗夜叩自荐枕，伴鹗为官走南北。
为君折枝桃曾悲，轻信妖蛇鹗落泪，
家和丁旺离鹗去，红梅阁下常悲怀。

读《长安夜行录》

（1996. 3. 24）

长安夜间行，得遇开元人，诉说饼师妇，巧对宁王辱。
借取本事诗，翻转旧时情，鞭挞唐腐败，颂扬女中豪。

读《琼奴传》

（1996. 3. 25）

天生一对可人儿，被诬分离各西东，
又遇恶吏枉用刑，屈杀徐郎匿尸骨。
幸得傅公平沉冤，琼奴殉夫称贤义，
酿成如此悲惨状，官府昏昧似狼豹。

读《拍案惊奇》卷九

（1996. 3. 29）

秋千会上情愫生，家遭变故竟悔婚；
小姐重情自缢死，哭棺侥得女还阳。
携手出走成连理，夫妻恩爱情意长。
结局感化悔婚者，始知情爱不宜分。

读《拍案惊奇》卷二十七

（1996. 3. 29）

携妻赴任遭劫难，侥幸逃生各隐身，
芙蓉画屏传音讯，落难夫妻再相逢。

读《沈小官一鸟害七命》

（1996.3.30）

浪荡哥儿沈小官，玩鸟酿就无头案，
一鸟丢掉七条命，可叹为官糊涂蛋。

读《二刻拍案惊奇》卷三十七

（1996.3.31）

托言神怪人谓虚，再说海神更是奇。
辽阳经商得艳遇，和程同处似伉俪。
度过多少难熬夜，赚得钱财数万计。
暗中护佑解厄难，约定蓬莱再相聚。

读《刘尧举》

（1996.4.2）

刘生诱奸舟人女，科考不中落孙山，
可叹风流纨绔子，玩女负约心亦安？

读《拍案惊奇》卷一

（1996.4.3）

通篇宣扬时运命，无福得来也难存，
时来运转废变宝，文公海外成富商。

读《点选绣女》

（1996.4.5）

讹言选绣女，民间起波澜，婚嫁不择婿，配偶少般配。
老翁配少女，俊美嫁丑男，宁肯错配对，不愿进宫苑。

读《拍案惊奇》卷十

（1996.4.9）

婚姻本大事，怎能当儿戏，乱时胡嫁女，过后却食言。
太守主公道，怜才判婚约，佳人配才子，一对好夫妻。

读《桂员外途穷忏悔》

（1996.4.13）

桂氏负心怨报德，妻儿变犬家道落，
途穷噩梦成现实，忏悔送女陪施家。
变异之说未可信，相交至诚却箴言，
员外不做负心事，未必家破又沦落。

读《杜十娘怒沉百宝箱》

（1996.4.16）

风尘知遇为从良，却逢李甲负心郎；
怒沉百宝玉人去，千古赞叹杜十娘。

读《珠衫》

（1996.4.18）

新婚蜜月赠珠衫，偷情转送新安男；
追衫不见休发妻，珠衫复得妾是妻。

读《沈小霞相会出师表》

（1996.4.20）

为参严嵩遭杀身，斩草除根不留人，
爱妾智救沈小霞，相会出师寻父茔。

话说历代忠奸事，到头终能说分明，
忠臣自有人呵护，留得根苗袭父荫。

读《玉堂春落难逢夫》

（1996.4.22）

花柳巷中色迷人，费了银两又折身，
苏三不忘公子情，激励王生夺功名。
骗卖洪洞遭冤狱，差点要了苏氏命，
亏得王生平冤案，有情人儿结佳姻。

读《小青传》

（1996.4.23）

才女小青不如意，低就为妾被人欺，
妇妒生漠孤自处，英年早逝人惜怜。

知葆德来厅工作有感

（1996.4.24）

山转路转人亦转，转来转去不一般。
有人为官路畅通，有人仕途不平坦。
二十年来分与合，殊途同归搞文化。
生性不谙权势道，清心寡欲度日月。

读《赵太祖千里送京娘》

（1996.4.28）

路见不平急相助，救人救彻见真情，
千里送美不及乱，豪杰英名天下传。

读《秦淮健儿传》

(1996. 4. 28)

山外有山楼外楼，能人之上有能手，
纵横天下三十年，竟然败在群少手。

读《汪十四传》

(1996. 4. 28)

汪公真豪杰，英名震山川，艺高镇蜀道，终遭盗贼忌。
施计擒英雄，巧遇美人救，千里送娇娘，同处竟无私。

读《雷州盗记》

(1996. 4. 28)

雷州太守实为盗，治理雷州尚有绩，
百姓不识官真伪，但得廉吏便拥戴。

读《再来诗谶记》

(1996. 4. 29)

荒诞写就说再生，意在苦诉科举文，
穷儒博学竟不第，只待来生显荣光。

读《圆圆传》

(1996. 4. 30)

冲冠一怒为红颜，引清入关乱中原，
千古斥责陈圆圆，岂知风尘女亦怜！

读《劳山道士》

（1996. 5. 1）

不想吃苦想成仙，碰壁方知学技难，
劝人不可学王生，做人求学诚为本。

读《青凤》

（1996. 5. 2）

狂生耿去病，豁达肯助人，偶遇胡家女，一见便钟情。
为情不怕鬼，为爱心恋狐，终得青凤女，相欢在人间。

读《画皮》

（1996. 5. 2）

王生爱色心被掏，画皮隐去显狞貌，
起死还生实为假，劝人莫让假面惑。

读《促织》

（1996. 5. 6）

宫中时尚，喜斗促织，岁征民间，百姓煎熬。
名篇佳文，直指皇上，讽喻时政，入木三分。

读《席方平》

（1996. 5. 10）

席生申冤志不移，告遍阴曹告天际，
阳世阴间一样黑，凭借鬼神讽腐吏。

读《胭脂》

(1996.5.10)

胭脂奇案冤又错，吏治腐败终难破，
世上难得有清官，覆盆之下多沉冤。

读《仇大娘》

(1996.5.11)

难得仇氏苦经营，合家团聚家业兴，
俗谓姑娘是外人，兴室齐家女功臣。

读《黄英》

(1996.5.12)

好菊引来菊花精，由贫致富续美人，
倡言贩花不为俗，自食其力结佳姻。

读《河东君》

(1996.5.12)

如是慕才适钱君，老郎少妇情意深，
以身殉义对凶暴，更见柳氏爱钱情。

读《眎娘》

(1996.5.12)

可叹眎娘弱女子，姑母骗卖遭凌辱，
才貌双绝情不悦，含恨早逝令人惜。

读《程公引》

（1996. 5. 12）

程公清廉竟潦倒，只因官场无公道，
世风日下人情淡，倒让廉吏常悲叹。

读《陆五汉硬留合色鞋》

（1996. 5. 25）

只为了却闺中怨，谁知换得父母尸，
风流铸就折狱事，男女信物莫轻许。

读《张孝基陈留认舅》

（1996. 5. 25）

富家易生败家子，维系家业靠孝义，
浪子回头重在教，陈留认舅当赏鉴。

读《唐打猎》

（1996. 5. 30）

莫看老少貌不惊，猎虎瞬间虎毙命，
十年苦练目与臂，功夫不负刻苦人。

读《讲学者》

（1996. 5. 30）

月下一妓女，托言为狐娘，诱得讲学者，相就共缠绵。
晨起生拜谒，知师是色狼，当众出尽丑，道学现本相。

读《乡民妻》

（1996.6.1）

好个乡民妻，巧计诱色吏，勾吏为脱夫，色吏受惩处。

读《柳青》

（1996.6.1）

小婢柳青不弃约，被迫失身亦为约，
贞淫是非难论定，纪公文中寄同情。

读《米芗老》

（1996.6.3）

花钱买妇竟颠倒，少得老妪艾配叟，
看似一场轻喜剧，绘就战乱悲惨图。

读《崮尖篇》

（1996.6.3）

大言不惭吓妖狐，后院起火无所措，
色厉内荏可怜相，戒人遇事别逞能。

赴烟台途中

（1996.8.11）

早离并州夜宿鲁，高空航行二千五。
换机间隙不放过，琉璃厂街觅新书。
喜看京都新面貌，又见烟台形势好。
最恶的士宰乘客，淳朴民风不见了。

海城夜景

（1996. 8. 13）

海风拂面沁人心，一片平安消闲景，
亲友相聚恋人会，围看老翁夜钓垂。

重登蓬莱阁

（1996. 8. 14）

海风迎得游客临，重登海岛观仙境。
八路神仙今何在？蓬莱阁里觅踪影。
齐鲁大地人潮涌，秋景宜人万象新。
玉阁琼楼拔地起，过海诸仙欲返尘。

参会有感

（1996. 11. 27）

台上三个人，台下人稀零，开会念讲稿，签字为拍照。
念者学究样，听者小议论，越开越没劲，台下尽打盹。
天天泡会海，处处摆式样，都知不济事，还得照样来。
如此当领导，谁也做得了，效果怎么样，只有天知道。

曲艺界聚会

（1997. 1. 7）

一年一度联谊会，曲坛老友喜相逢，
多出精品多演出，九七更上一层楼。

听宋转转音乐会

(1997. 1. 10)

生就一副好嗓子，唱得满堂喝彩声，
晋剧越剧黄梅戏，民歌婉转也赢人。
自幼父母皆盲人，养育成才实不易，
今日艺坛有成就，功夫不负有心人。

庆香港回归

(1997. 5. 18)

举国同奏回归曲，香江共唱团圆歌，
百年奇耻一朝雪，万民喜贺盛世年。
一国两制史无例，港人治港谱新篇，
神州腾飞辉煌锦，捷报频慰邓公愿。

读《金玉奴棒打薄情郎》

(1997. 8. 10)

金氏棒打薄情汉，羞煞世上无义男。
人生世事无定数，贫富上下本平凡。
不以贫富论贵贱，滴水之恩当报还。
为人不学莫生样，许公包容堪称赞。

读《买臣记》

(1997. 8. 10)

贫贱未必常，富贵未必久，读书求上进，苦尽甘自成。
请辞不为休，泼水难再收，夫妇共患难，何必事后羞？

喜得韩国藏书

(1998.5.1)

说部珍本传异域，九十年代重刊辑，
早悉书讯却难觅，四月书市终得识。
首辑五卷汇十种，半数家中有藏书，
幸喜可以破整购，三卷七种充吾室。

表彰会所见

(1998.5.31)

新任权贵气轩昂，腆着肚皮来受奖，
签字拍照走过场，借助孔方再攀登。

读《错斩崔宁》

(1999.6.9)

只因酒后发戏言，冤杀一对同行者。
为官不得莽从事，错斩崔宁警吏人。

读《十五贯戏言成巧祸》

(1999.6.12)

戏言招祸端，昏官亦妄断，错杀同路人，酿成奇冤案。
后世又演绎，直称十五贯，上演数百年，警戒出错案。
敬告执法者，遇事别武断，要学况知府，为民平冤案。

观主席台有感

(2000.1.31)

台上要员调换频，一批新贵竞相临，
新人应有新作为，带领民众开新程。
三晋自古民风淳，地下地上尽宝藏，
勤廉赢得民心振，山川面貌会变样。

淘得《艳异编》留言

(2000.9.29)

此书久觅不得，偶在南京截获，
虽然有些破损，但亦无妨赏阅。

《一得录》书赠大哥

(2004.5.25)

一得之获自笔耕，不枉再度去从文，
心血劳作知音赏，莫管他人论短长。

《一得录》赠书寄语

(2004.7.29)

一得不易十年耕，从文习艺著文章。
人生苦短需勤奋，莫虚光阴盼来生。

恭贺山西省歌舞剧院建院五十周年

(2004.9.9)

舞苑耕耘五十春，黄河歌舞显辉煌，
更喜傲雪西厢继，英姿妙曲颂晋魂。

读《徐老仆义愤成家》

(2006.5.20)

义仆忠厚苦经营，成就徐门家业兴。
身无积蓄清白去，一腔丹心可对天。

常熟看锡剧

(2007.12.5)

夜走常熟看锡剧，吴音细语也入迷。
杨乃武事续新作，不及原剧多赞誉。

看川剧《易胆大》

(2007.12.6)

剧坛怪才魏明伦，易胆大中显奇能，
戏中戏来文中文，巴蜀文化意蕴藏。
斗智斗勇正制邪，怨怒笑骂皆文章。
唱做念打满台彩，悲欢离合是人生。

笔耕求乐

(2009.6.17)

退休于家养天年，心态随和最当先，
读书习作帮家务，莫谈当年优与劣。
往事历历已翻篇，闲言碎语放一边，
笔耕不辍唯自好，苦中求乐亦怡然。

为张君感叹

（2009. 6. 19）

听张一席话，感慨万万千。工作几十年，事事走在前。
曾进厅党组，正处十多年。推荐票数高，晋升不沾边。
机遇好几次，都让别人占。很快要退休，还是事业编。
心中不平衡，难免有怨言。但愿风气正，用人不走偏。

读书自责

（2009. 6. 23）

一本《万历十五年》，全书读完过十年，
潜心阅读谈何易，持之以恒最为先。

读剧作《罗贯中》有感

（2009. 6. 26）

贯中故里在何地？清徐祁县共争辩，
河湾实证频频现，清源凭谱欲领先。
更有某君写传记，子虚乌有信笔演，
名人效应诚可贵，无据得来亦枉然。
虽说未出古太原，孰是孰非岂妄言？
平心而论重史实，莫给后人贻笑言。

某公信谤言

（2009. 7. 15）

某公喜爱听谎言，以耳代目信谤言。
乐道他人闲碎语，自个劣迹尽遮掩。
为人不做亏心事，无端流言不屑辩。

人生大道阔步走，是非曲直有公断。

《鉴赏录》赠书寄语

（2013. 9. 27）

此生未必要著书，与戏结缘有感悟。
戏苑史海探不尽，书山觅珍乐其中。

网络奇观

（2013. 9. 30）

网络出现是奇观，寰宇距离咫尺般。
新闻信息如潮涌，穿越时空把话谈。
网上购物新鲜事，足不出户货到站。
更喜网上将书购，新书打折实可观。

国庆有感

（2013. 10. 1）

祖国六十四年春，国强民富举世尊。
全民践行中华梦，华夏明日更辉煌。
我与祖国同成长，酸甜苦辣共品尝。
改革开放起新局，家国面貌大变样。
长江后浪推前浪，薪火传承启新航。
凝聚人心鼓实劲，振兴中华有希望。

摸钱囊

（2014. 9. 18）

手摸钱囊心内疼，囊之主人卧病床，
病魔缠身遭磨难，举家痛楚心如焚。

忆昔夫妇携囊往，欢声笑语逛商场，
诚盼爱妻早康复，怀囊游览去四方。

叹人生

（2014. 10. 13）

风光时节曾喜悦，煎熬之时亦心疼，
人生酸甜苦辣味，未能经历不尽知。

续弦夜思

（2015. 11. 3）

夜晚入睡后，辗转不能眠，七旬续弦事，令我费思联。
爱妻病逝走，亲友常挂念，亦曾代择偶，合意实难选。
赵君诚关怀，着意牵姻缘，热心做红娘，故乡觅佳眷。
通话两三次，谈吐很坦然，开朗又大方，凡事皆理解。
再婚论条件，切莫太苛偏，彼此不计较，长短共所见。
自身体已衰，劫难接踵现，此时伸援手，更显心地善。
人生大半辈，奢望勿敢言，但求老来伴，温馨化哀怜。
撑起破碎天，缺失宜补圆，重建幸福家，共度好华年。

健康谣

（2016. 4. 9）

要想人长寿，清晨郊外走。室内透空气，不忘干梳头。
早起水入口，饭后百步走。走路甩开手，微笑常挂口。
多多交朋友，遇事不要愁。戒烟又限酒，常用脑和手。
荤素都要有，顿顿少一口。多醋少盐油，水果天天有。
泡脚应坚持，经常把齿叩。按摩要长久，打打健身球。
有病看医生，坐卧不可久。不做违法事，对人不记仇。

家和子孝顺，敬老又爱幼。夫妻手牵手，相伴到白头。

回阳感慨

（2016. 4. 21）

偕妻归故里，温馨度新婚，已是休闲人，何须唱高腔。尔辈充不知，我亦莫声张。抚妻护儿女，居家读书文。

说微信

（2016. 5. 1）

举世庆“五一”，我辈亦欢然。身居南北地，信息相通连。微信转奇文，博览增见闻。各色人生经，品读并鉴赏。老来行踪影，图文递真情。休闲不寂寞，充实又愉悦。如此度晚年，因何而不乐？

观同事全斗旅游照有感

（2016. 5. 20）

佛国归来谒帝陵，纵横万里天下行，
平生豪爽待人事，如今潇洒过余生。
晋城京都两地奔，来去匆匆享天伦，
休闲时节不虚度，堪称我辈好榜样。

回阳纪事

（2016. 6. 2）

偕妻回阳城，携手铸亲情，品尝巧妇食，感受家温馨。奔走告亲友，李家续姻亲，专程赴晋城，酬谢牵线人。县内遇故知，追忆昔日情，历数已逝者，健在弥足珍。踏春看杏花，留影樱花下，安阳观明居，霍山农家乐。

故里赶庙会，岳家拜寿星，扫墓祭祖茔，告慰在天灵。
更喜阖家聚，笑语添欢声，儿女尽孝道，关爱情意深。
化解离逝憾，珍重续弦情，两情心相印，恩爱度余年。

观同事汉良农家照有感

（2016. 7. 13）

久在闹市居，今日得悠闲，偕妻归故里，怡神山水间。
老屋旧嫁妆，相伴度金婚，远走不忘根，再享农家乐。

复同事吴敏关怀

（2016. 9. 3）

夏去秋来流水年，晋阳阳城两奔波，
中秋过后盼相聚，再话兄弟情谊绵。

向家庭网发送锻炼照留言

（2018. 5. 15）

入夏天炎热，锻炼不停歇，相偕到公园，走步吸氧吧。
偶尔拍个照，留住一刹那，老来共赏花，儿女莫笑话。

生日感言

（2018. 8. 7）

又是一年秋来临，两地家人贺寿辰，
贺语频传显亲情，美满和谐好家庭。

老伴诞辰咏竹

（2018. 9. 11）

孤竹屹立六八春，风雨冷暖备体尝。
天缘助就挺拔势，枝叶茂盛主干壮。
人生犹如竹生长，含辛茹苦大半生。
幸喜重组好家庭，儿女孝敬精神爽。

辨识阎氏书作有感

（2019. 3. 18）

年久失忆不稀罕，搞错容易辨识难。
遇惑切莫妄判断，多方检索释疑团。

高中同学聚会感怀

（2019. 9. 15）

五十六载重相聚，风华男女皆古稀。
人生风雨大半辈，五味杂陈尽感知。
昔日峥嵘转瞬过，居家养老为首议。
欣逢盛世风光好，颐养健身享天伦。

议豪门逆子

（2020. 8. 9）

同事访豪门，引出事一桩，这个话题好，我辈共思量。
豪门出逆子，父母咎难辞，贿物送家门，父母岂不知？
修庙捐重物，激愤实名告，贪婪吞巨款，免职入监牢。
名门无好后，高官心内焦，一辈勤奋进，余生受煎熬。
思前又想后，恶果是自造，教训比天大，追悔何来及？

清白度人生，平安才是福，颐养天年时，举家乐陶陶。

兰花盛开感触

（2021. 3. 15）

阳台兰花盛开放，全靠老妻精心养，
花艳神怡心舒畅，欣喜家室又兴旺。
家国情怀紧相傍，国富兵强底气壮，
群魔狂吠不屑顾，神州处处谱华章。

建党百年赞

（2021. 4. 20）

举国上下学党史，喜迎百年党华诞，
抚今思往多感慨，百年征程不平坦。
忆昔神州百年前，列强瓜分国纷乱，
弱肉强食受欺凌，生灵涂炭遭磨难。
党的诞生似春雷，革命风云滚滚来，
苍茫荒原亮红灯，指路凝心求解放。
武装斗争御蒋顽，抛洒热血打江山，
遵义确立掌舵手，抗日驱蒋掀波澜。
立国建制铺基石，改革开放再扬帆，
薪火相传添锦绣，继往开来换新颜。
只因有了党领导，百姓乘上小康船，
百年奇耻一朝雪，国强民富举世赞。
中华崛起引忌惮，群魔诬蔑挑事端，
时代伟人稳把舵，军威民心震宇寰。
华夏民族不甘辱，自强不息勇登攀，
国力雄厚边疆固，笑看异域乱麻团。

后　记

这本搁置多年的记述本人人生经历及感悟的书稿，终于能够结集付排了，它了却了我多年来的一桩心愿。回顾这本书跨度较长的选编过程，每当翻阅浏览和摘编这些自撰的各类文稿时，我就会不由自主地将自己带入当年那鲜活的工作和生活情境中去。这里边，蕴含有追求上进的情结，充溢着自我锤炼的情操，既有撰稿立言的思索，又有表达心迹的文录，不管是长文短语，还是散记韵文，都是当年多彩人生的真实写照，也是自个儿随时即事的心声吐露。现今我已进入人生暮年，书稿的结集出版，对于我的人生历程算是一个总结，其优劣得失，对于家人以及同道、同好的后来者，若有些许的儆戒或启示，我也就心满意足了。

书稿选编结集时，我已是年近七旬之人，面对成摞的讲稿、讲话提纲、文章、札记、习作，以及上百本的日记、工作日志及各种笔记随录，如何选编，要摘录些什么内容，颇费周折，甚耗心思，所付出的心力及艰辛，是可想而知的。加上家中连续发生变故，选编结集不得不中断。如今能够汇编付排，不得不说是一件幸事。回首选编结集的过程，我十分感谢我的家人，尤其是前后两位贤惠正直的夫人，是她俩和孩子们的理解与支持，成为我汇编书稿的精神支柱和不竭的助推力；她俩承担了大量家务，生活上对我无微不至地关怀，使我能够集中精力，完成书稿的选编和结集。书稿正文前共选用了73帧图片，力图展现人生征程的相关时段我和家人、同事间的聚会及行踪。应我之约，正在攻读大

学建筑专业的孙女李泽霭，数易其稿，为书稿设计了极能表达其主旨的封面，这让我更感欣慰。书稿汇编成册后，有幸又得到省出版传媒集团董事长、我的老同事贾新田同志的重视与关照，三晋出版社总编辑莫晓东女士、责任编辑解瑞女士，更是热情接待，真诚服务，在书稿的编排上做了大量细致耐心的工作，对这些支持和帮助，我表示由衷的感谢。

书稿汇编付排时，正逢举国上下喜庆我党的百年华诞。作为一个光荣在党55年的老党员，庆幸遇上了这一光辉的日子。我的人生经历也正说明，没有党的培养教育，没有党和政府的关怀照顾，就没有我的成长和进步，也就没有我的人生的一切。正因为如此，书稿的字里行间，无不渗透着我对党对祖国的无限热爱和崇敬之情。特撰韵文《建党百年赞》，来颂扬我们党走过的不平凡的百年艰辛历程，以及所建树的辉煌业绩和给中国人民带来的巨大福祉。以此作为书稿的收官之作，既表达了我对党的深厚情感，也衷心祝愿我们的党，在习近平新时代中国特色社会主义思想的指引下，会更加坚强、成熟、伟大，祖国更加繁荣富强，人民更加幸福安康！

作　者

2021年6月27日于太原